AF281764

Sich an ein Lied erinnern

Erzählungen

Petra M. Dobrovolny-Mühlenbach, Zoe Fornoff,
Werner Hetzschold u.v.a.

Dorante Edition

Sich an ein Lied erinnern

Erzählungen

**Petra M. Dobrovolny-Mühlenbach,
Zoe Fornoff,
Werner Hetzschold u.v.a.**

Bibliografische Information durch die Deutsche Nationalbibliothek: Die Deutsche Nationalbibliothek verzeichnet diese Publikation in der Deutschen Nationalbibliografie; detaillierte bibliografische Daten sind im Internet über http://dnb.d-nb.de abrufbar.

herausgegeben durch das Literaturpodium, Dorante Edition
Berlin 2025, www.literaturpodium.de
ISBN: 978-3-8192-6302-6

Foto auf der Vorderseite: Marko Ferst

Verlag: BoD · Books on Demand GmbH, Überseering 33, 22297 Hamburg, bod@bod.de
Druck: Libri Plureos GmbH, Friedensallee 273, 22763 Hamburg

Margit Stein

Die Geschichte vom alten Kirschbaum

Wenn sie heutzutage durch ein Wohngebiet schlendert, dann erblickt sie große Häuser in kleinen Gärten, Haus- und Gartenensembles wie in Modelleisenbahnanlagen, in die auf kleinstem Raum vom engagierten Sammler möglichst viel integriert werden muss.

Die Häuser in diesen schönen Gartenwelten gleichen Festungen, je nach der Vorliebe des Besitzers schottischen mächtigen Landhäusern, skandinavischen blutroten Holzhäusern oder toskanischen pastelligen Villen. Hineingesetzt in die seit Jahrhunderten gewachsene Hauslandschaft wie Fremdkörper in unterschiedlichsten Farbnuancen.

Das Haus und der Garten ihrer Kindheit waren anders...

Keine Villa mit großzügigem Grundriss, kein Architektenhaus mit interessanten Details, kein Denkmal mit schützenswerten Elementen... ein kleines altes Häuschen aus den 1920er Jahren, das sich in der Mitte eines großen und in seinen Randbereichen zunehmend verwilderten Gartens erhob. Das Haus mutete von außen klein an und angesichts der vielen Dachschrägen waren die Zimmer eng und verwinkelt und im Dachgeschoss musste man oftmals mit eingezogenem Kopf zu den Regalen in den Schrägen gehen, in welchen sich die Bücher von mehreren Generationen befanden. Trotzdem bot das Haus Platz für viele. Wer hier mit drei Kindern einziehen möchte, ist unter Umständen richtig. Aber wer einen achttürigen Kleiderschrank für seine Wintergarderobe und einen sechstürigen begehbaren Schrank für die Sommerkleider sowie eine große Wohnzimmerwand mit integriertem Plasmafernseher mitbringt, könnte unter Umständen besser mit einem anderen Objekt beraten sein. Dem Haus im Erdgeschoss vorgebaut war eine Glasveranda, in der sich seit Urgroßmutters Zeiten Rattanmöbel und Asparaguspflanzen befanden. Das Verandadach grenzte oben direkt an das kleine Wohnzimmer der Urgroßmutter an.

Der große Garten war das Beste an dem Haus. Er war nicht nur der Platz für die Spiele von ihr und ihren Geschwistern, sondern wann immer möglich kamen ihre Cousins und Cousinen und die Kinder der Nachbarn hinüber und der Garten war ihnen Bühne für sorgloses Treiben. Zwischen den Zweigen der Bäume bauten sie Theaterbühnen, Verkaufsstände, Läden und Häuser für sich selbst, die Puppen und Teddys auf.

Der Garten war einer Zeit geschuldet, als man sich selbst noch im Garten verköstigte, als jede Familie oftmals neben dem Erwerb des Brotberufs einer kleinen Landwirtschaft nachging, welche sich auch auf die Größe des Gartens beschränken konnte. In einem kleinen Bauerngarten fanden sich umgeben von bunten Blumen die Beete und jedes Kind durfte sein eigenes kleines Beet im Garten anlegen und dort Kräuter, Gemüse und Blumen pflanzen. Im Garten gab es keinen Teich, sondern man fuhr mit dem Rad an den See oder ging die Böschung hinab zum Bachlauf und Sommer war dann, wenn wieder eines der Kinder beim Spielen in den kleinen seichten schnell dahinfließenden eiskalten Bach gefallen war, der sich zwischen mannshohen Gräsern und Büschen seinen Lauf bahnte, und komplett klitschnass nach Hause gebracht werden musste. Überhaupt konnte man den Verlauf der Jahreszeiten im Garten nicht nur durch den Wechsel vom Sprießen der Blätter, über die Blüte, das Reifen der Früchte und schließlich das Fallen des Obstes, dann der Blätter nachvollziehen, sondern auch anhand des Wechsels der jahreszeitlichen Düfte. Während im Frühling ein sanfter süßer Blütenduft in der Luft lag, roch man schließlich im Sommer immer mehr das Gras unter den alten Obstbäumen und schließlich das Obst, das teilweise, wenn es nicht geerntet wurde, als Fallobst auf den Boden lag und zu faulen begann und Bienen und Wespen anzog. Jeder Bereich des Gartens wurde für Obst genutzt, sogar an den seitlichen Wänden des Hauses und an dem kleinen Nebengebäude war Spalierobst zu finden. Angesichts der geschützten, windstillen und sonnigen Lage am Haus in der Ecke zwischen Hauswand und Terrasse gedieh sogar Obst des Südens prächtig. Die Aprikosen- und Pfirsichspaliere kamen in den neunziger Jahren hinzu als ein „Experiment" ihres Vaters und waren aus Kernen gezogen worden. In dem großen alten Garten wuchsen Obstsorten, die heutzutage kaum mehr bekannt sind und kaum mehr verwertet werden wie Quitten, Mirabellen, Frühäpfel oder Boskoplageräpfel. Die krummen und schiefen Bäume, die heute aus Effizienzgründen weichen müssten, überspannten viele Quadratmeter des Gartens und waren ihnen Spielgerät. Sie mochte den Frühapfelbaum, der sich so knorrig und schief über die Fläche hinter der Terrasse spannte, dass man bequem auf seinen Zweigen sitzen konnte. Und die Rinde der Quitte war so rissig, dass sie ihre kleinen Finger in die Kerben legen konnte.

Besonders aber liebte sie den Kirschbaum. Es war ihr Kirschbaum und war gepflanzt von ihrem Vater zu ihrer Geburt hinten rechts im Garten kurz vor der Grundstücksgrenze.

Immer wieder bat sie ihn „Papa, zeigst du mir nochmal den Kirschbaum und erzählst, warum du ihn gepflanzt hast?"

Und daraufhin erzählte er dem kleinen Mädchen immer wieder und wieder geduldig: „Du bist ganz zu Frühjahrsbeginn Ende März geboren und an dem Tag, als du geboren wurdest, trieben noch ganz sanfte letzte kleine kaum sichtbare Schneeflöckchen über den Fluss. Es war damals noch zu kalt, aber ich nahm mir vor, dass ich, wenn nun das Frühjahr käme, einen Baum für dich pflanze. Dann Mitte Mai, als keine Nachtfröste mehr zu erwarten waren, als die Eisheiligen, der Servatius, der Pankratius, der Bonifatius und die kalte Sophie vorbei waren, fuhr ich zur Gärtnerei. Ich war mit dem Fahrrad unterwegs, denn da konnte ich den Baum, der noch ganz klein war, hinten auf den Gepäckträger schnallen!"

„Wie klein war der Baum?", fragte sie, da sie wollte, dass er ihr wieder und wieder zeigen würde, dass der Baum damals so klein war, dass er gerade bis zu seinen Knien ragte.

„Damals war er sooooo klein, aber nun, da du schon fünf bist, ist der Baum auch gewachsen, so wie du, und er ist sogar heute weit größer als du geworden! Und er wird ganz ganz groß werden; Kirschbäume sind die größten Obstbäume. Der Baum wird höher als unser Haus. Der Baum und auch das Haus werden vielleicht noch in hundert Jahren hier stehen, wenn wir beide – also ich auf jeden Fall, und du wahrscheinlich auch nicht mehr – hier sein werden! Schau, was er für eine glatte graue Rinde hat"

Und immer und immer wieder geht ihr Vater mit ihr zu diesem Baum – ihrem Baum – hin und sie sprechen darüber, wie der Baum wächst und mit ihr zusammen größer und stärker und widerstandsfähiger werden wird gegen alle Stürme und unheilvollen Eventualitäten des Lebens, wie er schließlich eines Tages blühen und viele Kirschen hervorbringen wird… Dieses Jahr waren es nur zwei gewesen. Die Hälfte der Ernte war den Vögeln zum Opfer gefallen: Eine der wertvollen Kirschen hatte die Amsel gefressen, die morgens vor dem Kinderzimmerfenster immer so schön sang wenn sie erwachte. Die andere Kirsche aber war sorgfältig in kleinste Teile zerlegt worden, so dass sie als gute Gastgeberin jedem in der Familie eine kleine Kostprobe zukommen lassen konnte! Aber irgendwann würde sie viele, viele Herzkirschen ernten und an ihre Geburt zurückdenken mit jeder Kirsche, die sie essen würde…

Die Jahre ziehen ins Land. Sie und der Kirschbaum wachsen hoch auf. Gerne sitzt sie im Sommer nun mit einem Buch unter den schattigen Zweigen ihres Kirschbaums, der sie nun schon bei weitem überragt. Es ist ihr geheimer Platz. Nur der dicke schwarze Kater Muzzi leistet ihr gerne dabei Gesellschaft und liegt bevorzugt unter dem Baum im kühlenden Schatten. Auch der kleine Bruder und die kleine Schwester, die nach ihr geboren wurden, haben Bäume bekommen. Wenn sie besonders traurig ist, dann geht sie in den Garten zu ihrem Baum und umarmt ihn. Nicht, dass er ihre Fragen beantworten oder ihren Kummer mit vielen Worten besänftigen könnte, aber dennoch tröstet er auf seine Art. Stumm und stark und beständig steht er im Wind, wie es der Vater gesagt hatte, trotzt dem Landregen und der schwülen Hitze des Sommers und dem Nordwind und der beißenden Kälte des Winters und gibt ihr Trost und Kraft in seiner Verlässlichkeit. Sein starker, glatter, grauer Stamm lässt sich leicht mit den zarten und gleichwohl glatten Kinderarmen umfangen. Nur die ersten fünfzig Zentimeter des Stamms sind nicht glatt, sondern aufgeraut von den Krallen des Katers, die er bevorzugt an der Rinde des Kirschbaums schärft und zur Freude der Eltern dafür von den Polstermöbeln des Wohnbereichs Abstand genommen hat, die unten bereits an den Beinen ganz aufgeraut von seinen Bemühungen sind. Und sie hat ihrem Baum auch einen Namen gegeben, den sie aber niemandem jemals verraten hat und den sie oftmals leise und fast zärtlich flüstert, wie den Namen eines Liebhabers in der Nacht, wenn sie an seinen Stamm gelehnt mit geschlossenen Augen ruht.

Weitere Jahre gehen ins Land und ihre geliebte Urgroßmutter verstirbt schließlich in dem Haus, in welchem sie zu Beginn des Jahrhunderts geboren wurde. Lange schon war sie nicht mehr in der Stadt gewesen, später nicht mehr im Garten, zuletzt nicht einmal mehr außerhalb ihres Zimmers. Immer wieder am Tag gingen die Kinder – als die Urgroßmutter dann schon bettlägerig war – in ihr Schlafzimmer im ersten Stock des Hauses und fragten, wie es ihr gehe. Dort ruhte die Urgroßmutter in ihrem großen goldenen Messingbett, aufgerichtet und blickte aus dem geöffneten Fenster in den großen Garten, den sie nicht mehr betreten konnte. Häufig trafen die Kinder sie lesend oder strickend an. Dadurch, dass ihre Augen immer schlechter geworden waren, war sie nicht mehr in der Lage, die von ihr geschätzten feinen Muster oder überhaupt mit dünnen Nadeln zu arbeiten und war nun dazu übergegangen in einfachen Rechtsmaschen und mit Nadelstärke acht grobe Wolldecken für den Winter zu stricken. Reihe um Reihe fügte sich in leuchtenden bunten Farben aneinander, bis jeder im Haus und in der weiteren Verwandtschaft eine große warme Wolldecke besaß. Die Enkelkinder brachten etwas zu essen, Obst aus dem Garten, erzählten ,wie es ihnen in der Schule oder im Kindergarten gegangen war. Beim Abschied drückten sie ihr immer einen Kuss auf die Wange, die zuletzt von vielen roten und blauen kleinen feinen Äderchen durchzogen und von einem feinen weißen Flaum besetzt war und immer dünner, pergamentartiger und fahler wurde. Zunehmend überlief sie, auch wenn sie ihre Urgroßmutter sehr liebte, ein unangenehmer Schauer, wenn sie sie küsste und so in ihrem Bett liegen sah. Gerade als es immer schlechter wurde mit der Gesundheit der Oma und sie auch kaum mehr sprach, sondern sie immer nur mehr mit ihren weisen und gütigen Augen ansah, weigerte sich ihr kleiner Bruder schließlich den Raum zu betreten und schaute nur mehr ängstlich von der Türe aus in den Raum mit der sterbenden Frau. Sie ging für immer an einem Dienstag, mittags um Viertel nach zwölf, genau zu einer Zeit, als sie sich immer früher daran gemacht hatte, die ersten Vorbereitungen für das Mittagessen der Familie zu treffen, denn gegessen wurde immer um halb zwei, wenn die Kinder aus der Schule kamen. Es hat sich schließlich beim Tode bewahrheitet, was die Urgroßmutter immer wieder und wieder sagte, dass man sie „nur mit den Füßen voran aus dem Haus brächte" und dass man „einen alten Baum nicht mehr verpflanzt".

Eines Nachts, etwa zwei Monate nach dem Tod der Urgroßmutter, wacht sie auf, weil sie einen unterdrückten Streit zwischen den Eltern hört, der aus dem Wohnzimmer in die Schlafzimmer der Kinder hinaufdringt. Die Eltern weinen, die Stimmen sind lauter als gewöhnlich, auch wenn man offenbar bemüht ist, leise zu sein. Sie ist neun Jahre alt und wundert sich, dass die Eltern weinen. Dass Erwachsene weinen, war ihr bis dahin noch nie so bewusst und dann auch noch ihre Eltern, die bisher immer die starken Felsen in der Brandung ihres kleinen Meeres waren, das oft hoch aufwogte und viele Wellen warf. Scheinbar wähnen sich die Eltern unbemerkt und denken, dass die Kinder schlafen. Sie hört ihre Mutter schluchzen und der Vater sagt mit trauriger und tonloser Stimme: „Wenn ich die Kinder durch den Garten laufen sehe, dann muss ich weinen." Sie hört es und läuft ins Wohnzimmer und umarmt ihren Papa ganz fest und die Eltern schließen sie in die Arme. Sie schlingt ihre kleinen dünnen Arme fest um den großen Rumpf ihres Vaters und drückt sich so fest an ihn wie an den glatten Stamm ihres Kirschbaums und sein Gesicht ist grau und fahl vor Kummer und Schmerz des Lebens, so wie der Stamm ihres Baumes in Wind und Wetter des Sommers und des Winters auch im Laufe der Jahre grau geworden war.

Die Familie muss das Haus verlassen. Die Urgroßmutter, zu der sie gezogen waren, um sie erst nur leicht beim alltäglichen Leben zu unterstützen, später als sie schwerer und schwerer erkrankte, Tag und Nacht zu pflegen und zu versorgen, hatte kein Testament hinterlassen. Mündlich hatte die Urgroßmutter immer wieder in der Familie und der Verwandtschaft gesagt, dass ihre Familie das Haus erben würde, wenn sie die Pflege mitübernehmen würden und niemand jemals ausziehen müsse. Die Geschwister von der Mutter jedoch halten nichts von den mündlichen Abmachungen und fordern angesichts des fehlenden Testaments ihr Erbteil ein. Das Haus hatte bis zuletzt der Urgroßmutter gehört; eine Überschreibung auf die junge Familie hatte nie stattgefunden. Für eine Auszahlung der insgesamt vier Geschwister – ihrer Familie gehört nur mehr ein Fünftel des Hauses – ist nicht genug Geld da.

„Wisst ihr, wir selbst haben zwei Kinder und zahlen mit großen persönlichen Opfern ein kleines Reihenhaus in Hamburg ab – wir können es uns einfach nicht leisten, euch dieses Haus zu schenken. Es tut uns so leid für euch, bitte glaubt mir", hatte ein Onkel argumentiert und bedauernd seine Brille auf der Nase nervös auf und abgesetzt…

„Wenn Mama gewollt hätte, dass euch das Haus allein gehört, hätte sie doch ein Testament geschrieben", sagte die Tante mit der modischen rotgefärbten Frisur, die sie als Kind immer viel zu dunkel für den blassen Teint der Tante erachtet hatte…

„Ich bin durch meine Scheidung gerade unheimlich belastet, ich zahle nun für vier Kinder Unterhalt und kann es kaum mehr aufbringen. Ihr müsst mir das Geld ja nicht sofort geben", sagt Mamas jüngster Bruder, ein lebenslustiger Luftikus…

„Mama war zwar am Schluss schon sehr pflegebedürftig, aber in den ganzen Jahren zuvor, hat sie euch immer unterstützt, hat gekocht, den Garten gemacht und war unheimlich selbständig", sagte die Patentante als Erklärung für ihr Bestehen auf das Geld…

„Auch wenn ich nicht bei Oma gewohnt habe, habe ich doch ganz oft vorbeigeschaut und ihr geholfen", meinte die Frau des Bruders von Mama erklärend.

Sie fragt ihre Eltern, ob die Tanten und Onkel denn nicht gewusst haben, dass Oma gesagt hat, dass sie im Haus bleiben dürfen und dass ihnen das Haus gehören würde.

„Doch, das wissen sie", war die Antwort der Eltern. „Sind die Tante und der Onkel böse Menschen?", fragt sie, aber die Eltern verneinen rasch und ebenfalls ohne Begründung: „Nein, sie sind nicht böse, mache dir keine Sorgen." Zum ersten Mal in ihrem Leben überzeugt sie die Antwort der Eltern nicht und sie muss daran denken, wie die Eltern weinten, und fragt sich, wie man sich da keine Sorgen machen soll, wenn sogar die Eltern nicht mehr weiter wissen.

Als der Umzugswagen kommt, regnet es in Strömen und die Kiste, in welche sie ihre geliebten Plüschtiere eingepackt hat, wird ganz nass, aber die Pelze der Tiere bleiben trocken und sie kuschelt sich in dieser Nacht ganz eng an das hellbraune weiche Kuschelfell ihres Teddys. Sie hatte ihn vor zwei Jahren als Hauptgewinn auf dem Volksfest im August gewonnen und seither war er ihr Begleiter. Sie waren in eine neue Mietwohnung vier Straßen weiter gezogen, da die Eltern wollten, dass sich für die Kinder möglichst wenig ändert und sie in die gleichen Kindergärten und Schulen gehen können und ihre Freunde weiterhin regelmäßig sehen, ihre Läden weiterhin besuchen, an dem gleichen See baden und möglichst ihr altes Leben nahtlos und ohne Probleme weiter aufrechterhalten können.

Die Wohnung ist eine von vier Wohnungen in einem neu gebauten Haus. Jeweils unten sind zwei Familien untergebracht sowie im ersten Stock darüber auch zwei. Unter dem Dach wohnt noch Kirsten, eine Studentin in einer Dachgeschosswohnung mit einem Zimmer. „Kirsten", hatte sie gerufen, als sie diese einmal in ihrer Wohnung besucht hatte, „du kannst von Deinem Balkon aus, wenn du auf dem Stuhl rechts vom Balkontisch sitzt, direkt in unseren alten Garten sehen: Ich seh' sogar meinen Kirschbaum!"

Die neue Wohnung der Familie hatte fünf Zimmer, davon ein sehr sehr kleines und sie musste sich ein Kinderzimmer mit ihrer kleinen Schwester teilen. In dem ganz kleinen Zimmer waren die Schreibtische ausgelagert worden und wenn eines der Kinder seine Hausaufgaben machen wollte, musste es in diesen Raum gehen und dort hatte es dann seine Ruhe. Gespielt und geschlafen wurde in dem größeren gemeinsamen Mädchenzimmer. Die Wohnung war hell und übersichtlich mit einem dunkelbraunen durchgängigen Laminatboden auf der ganzen Bodenebene. Im alten Haus hatten sie Holzdielenböden gehabt. In Küche und Bad befanden sich eierschalenfarbene Fliesen an den Wänden, wie sie jetzt modern waren, ganz im Vergleich zu den schreienden hellblauen und hellrosa Fliesen in den Bädern des alten Hauses, die in den sechziger Jahren hineingekommen waren; die übrigen Wände waren in einem gebrochenen Weiß gestrichen.

Von etlichen der alten Möbel hatten sie sich trennen müssen, da ihnen nun nicht mehr so viel Raum zur Verfügung stand wie im alten Haus, auch wenn dieses weniger Quadratmeter aufgewiesen hatte als die neue Wohnung. Der Garten war winzig und lief einmal um das Haus herum. Jede der vier Familien hatte einen Gartenstreifen, der zu den Nachbarn nur durch eine Wand aus Bambusgeflecht abgetrennt wurde. Der Rasen war frisch eingesät und durfte noch nicht betreten werden und rechts neben der kleinen Terrasse befand sich ein gerade gepflanzter Gingkobaum, der wohl der Goetheliebhaberei des Besitzers der Häuser geschuldet war – oder hatte er sich einfach dafür entschieden, weil dieser Baum nicht so groß und ausladend wird wie Obstbäume?

„Mama, ich möchte so gerne meinen Kirschbaum mitnehmen", sagt sie voller kindlicher Hoffnung, aber natürlich ist der Baum schon zu sehr verwurzelt und in dem kleinen Garten kein Platz für einen so hohen und schnell wachsenden Baum wie ihren Kirschbaum.

„Aber du kannst ihn doch jederzeit besuchen…! Er wird auch, wenn neue Kinder in unser Haus einziehen, dort stehen und du wirst sehen, er wird weiterwachsen und das Haus bewachen. Auch die neuen Besitzer freuen sich, dass wir schon so schöne Bäume gepflanzt haben und sie im Schatten sitzen können." Ihre Mutter empfand Mitleid mit dem fragenden Kind.

Oft geht sie die drei Straßen hinunter, die sie von ihrem alten Garten trennt und besucht ihren Kirschbaum. Zum Glück für sie steht er so dicht am Zaun, dass sie über den Zaun greifen kann… und als es Sommer wird, erntet sie sogar die Früchte der Zweige, die über den Zaun hängen. Sie beneidet den Kater, denn er ist behände und klein genug, um über den Zaun zu springen und liegt weiterhin unbeeindruckt, dass er nun woanders wohnsitzgemeldet ist, unter dem Baum im Schatten und wetzt sich am Stamm die Krallen. Sehnsüchtig blickt sie auch zum Haus hinüber und beneidet die Leute, die dort einziehen werden. Bisher sind die neuen Besitzer, die das Haus gekauft haben, scheinbar noch nicht umgezogen, denn das Gras wächst höher und höher und das Haus liegt ruhig und still und verlassen in einem wehenden wogendem grünen Meer aus Gräsern und Kräutern, deren Köpfe der Wind sanft streichelt und die sich ergeben dem Wind des Wandels tief beugen.

Eines Tages, als sie gerade nach der Schule an einem heißen Sommertag auf dem Nachhauseweg einen Umweg über den alten Garten macht, um ihrem Baum einen Besuch abzustatten, ist etwas anders. Als sie genauer über den Zaun blickt, sieht sie, dass um das Haus herum das Gras abgeschnitten ist, während das Gras zum Ärger von jedem bekennenden und nichtbekennenden Allergiker um den Zaun herum noch mannshoch steht und seine Blüten sich im Winde wiegen. Das kurzgeschorene Gras um das Haus erinnert sie an die Hirnoperation einer Tante, die an einem Tumor erkrankt war. Als sie nach der Operation zum ersten Mal zu Besuch kam, fiel den Kindern zuerst auf, dass das Haar um die vernarbende Stelle und die verheilende Wunde herum ganz kurz geschnitten war. Sie blickt sich genauer in dem Garten um und entdeckt weitere Änderungen: Auch die Gemüsebeete hinter dem Haus sind verschwunden und die Erde liegt offen und verletzlich da, wie eine frische offene Wunde. Sie widersteht der Versuchung über den Zaun zu steigen und sich noch einen tieferen Einblick zu verschaffen und läuft nach einer Ewigkeit zurück nach Hause. Die Eltern schimpfen und sagen, dass sie – wenn sie jetzt nicht bald von der Schule gekommen wäre – nach ihr hätten suchen müssen. Ihr war nicht bewusst gewesen, wie lange sie weg gewesen war. Sie ist sehr beunruhigt und erzählt ihre Beobachtungen. „Bestimmt wollen die Käufer den Garten nun herrichten und anpflanzen und haben mit den Bereichen rund um das Haus begonnen", meint die Mutter.

Sie aber lässt sich nicht so schnell beruhigen und stattet dem alten Garten gleich am nächsten Tag einen weiteren Besuch ab, so wie man einen Kranken besucht, um den man sich Sorgen macht und von dem man fürchtet, dass man ihn bald verlieren könnte und nicht weiß, ob er am nächsten Tag noch da sein wird. Auch diesmal ist weder am Haus noch im großen Garten ein Mensch zu sehen, aber sie sieht, dass sich wieder etwas verändert hat: In großzügigem Abstand um das Haus herum ist eine rot-weiß gestreifte Bande gespannt, wie sie sie teilweise im Krimi gesehen hat, die die Leiche umgibt, damit niemand zu ihr vorstoßen kann. Sie beginnt sich immer mehr Sorgen zu machen und greift sorgenvoll in die Zweige ihres Baumes, der sich beruhigend im Wind zu ihr hinabsenkt. „Ach", sagt sie zu ihm, versonnen aufblickend und durch die Zweige in die Sonne blinzelnd, „du hast mitbekommen, was hier los ist und könntest mir bestimmt vieles erzählen." Am Zaun gleich neben dem Baum ist nun ein Schild angebracht, ebenso wie vorne an der Einfahrt, auf welchem zu lesen ist: „Betreten der Baustelle verboten! Eltern haften für ihre Kinder." Baustelle?

„Bestimmt wollen die neuen Käufer das Haus renovieren", meint die Mutter „es ist wirklich teilweise seit Jahren nichts gemacht worden. Du wirst sehen, das Haus wird schön werden. Wir haben doch auch hier in der Wohnung neue Fenster, die die Hitze im Sommer und die Kälte im Winter sehr gut abhalten. Die Fenster von Omas Haus waren alt. Gehe auf keinen Fall in den Garten hinein, nicht dass dir noch etwas passiert."

Als sie am nächsten Tag wiederkehrt, ist der vordere Zaun verschwunden und einer sandigen und erdigen Einfahrt gewichen, über die Baustellenfahrzeuge in den Garten eingedrungen sind wie Panzer auf Wiesen. Sie erzählt wieder zuhause beim Mittagstisch, was sie beobachten konnte. Die Eltern erfahren von Nachbarn, dass der große Garten zerschlagen werden wird, aufgeteilt in drei Baugrundstücke und dass das Haus im Vorderteil des Gartens wohl abgerissen werden würde, da es ungut auf der Grenze zwischen dem ersten und dem zweiten Baugrundstück steht.

An diesem Abend verbieten ihr die Eltern, in den nächsten Tagen zu ihrem Garten zu gehen und bitten sie, gleich nach der Schule nach Hause zu kommen. Sie aber wird sich nicht daran halten und gleich am nächsten Tag wieder ihrem Haus und ihrem Garten mit ihrem Kirschbaum einen Besuch abstatten.

Als sie am nächsten Mittag um die Straßenecke blickt und vorsichtig zum Haus hinschielt, sieht sie gerade noch, dass eine große Abrissbirne zum entscheidenden Schlag ausholt. Sie beginnt zu laufen und bleibt erst direkt am hinteren Zaun stehen, den sie mit ihren beiden Händen umfasst, wie um Sicherheit und Halt zu erlangen. Als erstes bricht die Veranda in sich zusammen und die Hölzer, die lange Jahre eine ganze Vordachkonstruktion hielten, knicken um wie Streichhölzer von Kinderhand. Aber auch die Mauern, von denen sie instinktiv hoffte, dass sie der Birne standhalten würden, sind kaum widerstandsfähiger. Als erstes wird das Dach zerschlagen und die entstehende Lücke gibt den Blick frei auf den Raum, der ihr jahrelang als Kinderzimmer diente. Sie sieht noch die bunten Wände, die sie einmal in Sommerferien in farbenfrohem Orange gestrichen hatten. Dachbalken brechen und bersten, Ziegel stürzen und fallen in die Tiefe, wo sie die Platten der Terrasse dort zerschlagen, wo diese nicht eh schon längst gesprungen waren; die Abrissbirne leistet ganze Arbeit. Sie schluchzt leise, aber kann wie eine Süchtige den Blick dennoch nicht von dem in sich zusammenstürzenden Haus abwenden. Es ist ihr, als operiere man ihr eigenes Herz heraus und als tropfe ihr Blut auf den Boden rings um ihren Kirschbaum.

Eine Ruine ragt an diesem Abend auf in den kühlen Sommernachthimmel und ihr Kirschbaum winkt dem vergehenden Haus traurig mit seinen Zweigen zu. Schon zwei Tage später ist kaum mehr etwas von dem Haus zu sehen und sie ist traurig, dass mit dem Haus auch so viel von ihrer Kindheit, ihrer Familie, ihrer Urgroßmutter verschwunden ist. Der Kirschbaum ist Zeuge, wie alles wegtransportiert wird, der Schutt, der Dreck, aber auch die lieben Erinnerungen und die Andenken an eine schöne, liebliche Kindheit. Sie wird mit niemandem über ihr Erlebnis sprechen können.

Auch am nächsten Tag geht sie mit einer dunklen Vorahnung zum Garten. Sie ist traurig, aber kann auch nicht umhin, Zeugin der Veränderungen zu sein. Vom Haus ist nur mehr ein kleiner Berg Bauschutt übriggeblieben, den man sich beeilt abzutragen. Aber was ist das? Auch im hinteren Teil des Gartens, der bisher noch so hohes Gras hatte, ist nun alles abgemäht und die Bäume ragen einsam in die Höhe wie Affenbrotbäume als alleinige Baumensembles in der afrikanischen Steppe. Ihr

Kirschbaum ist umringt von drei Männern in orangefarbenen Schutzanzügen. Sie halten unterschiedlichste technische Gerätschaften in den Händen. Als sie sieht, wie einer der Männer eine Motorsäge hebt und an den grauen, geraden Stamm ihres Kirschbaums anlegt, ist es um ihre Selbstbeherrschung geschehen: „Nein!", schreit sie so laut, dass die Männer auf sie aufmerksam werden, die den Baum umschneiden und inne halten und das Mädchen anblicken, das so laut gerufen hat.

„Nein, das ist mein Baum", ruft sie und klettert über den Zaun. Die Männer blicken das Mädchen mit den langen braunen Haaren und den vom Laufen und der Aufregung roten Wangen erschrocken an und lassen die Motorsäge sinken. Sie sieht, dass im Hintergrund schon der Birnbaum ihres kleinen Bruders und der Zwetschgenbaum der Schwester als Stamm mit abgetrennten Hauptzweigen, nur mehr als lebloser Rumpf auf dem Boden liegen wie wehrlose verdrehte Körper.

„Bist du die Tochter von Herrn Neuner?", fragt schließlich einer der Männer.

„Nein, ich habe hier früher gewohnt!", sagt sie. „Der Baum hat mir gehört, die beiden anderen Bäume meinen Geschwistern. Die haben sie schon umgeschnitten! Warum? Lassen sie bitte den Baum stehen, auch wenn das Haus schon weg ist! Er ist meiner. Er hat doch sogar schon Kirschen dran. So viele waren es noch nie. Jeder mag doch Kirschen."

Einer der Männer hebt bedauernd den Kopf, denn ihm tut das Kind leid. „Aber wir haben vom Besitzer direkte Anweisung, nun auch die Bäume hinten am Zaun umzuschneiden. Dort, wo die Bäume stehen, wird das Fundament für eine Doppelgarage ausgehoben werden. Hier am Zaun kann man dann gut mit dem Auto einfahren. Komm', sei vernünftig, geh' nach Hause, hier wirst du noch vom Baum erschlagen! Komm' geh' jetzt." Der Mann lächelt sie aufmunternd an, er meint es gut, auch wenn er durch seine Worte ihr Herz verletzt.

Mit hängenden Schultern schleicht sie weg, nach Hause, was nie ihr Zuhause sein wird. Sie wird nie wieder kommen und sich das Haus und den Garten nie mehr ansehen. Das Haus und der Garten ihrer Kindheit existieren nicht mehr. An jenem Abend sprechen die Eltern lange mit ihr in einem Gespräch, wie man es sonst nur unter Erwachsenen führt. Sie fängt gleich an zu reden und sagt unter Schluchzen: „Wie kann man denn einen so wertvollen Baum, der schon so lange wächst, einfach so umschneiden. Du hast gesagt, dass die neuen Besitzer froh sein werden, schon alte Bäume im Garten zu haben!"

„Ja", erwidert die Mutter, „das hatte ich gehofft, aber der Baugrund ist so teuer geworden, dass es sich einfach nicht mehr trägt einen alten und großen Garten zu halten. Keiner gibt mehr so viel Geld aus, um dann in einem kleinen alten Häuschen mit seiner Familie zu leben. Es sollen möglichst viele Familien dort wohnen können." Die Mutter steht im Raum und hält sich noch krummer als sonst. Sie scheint alt geworden zu sein, auch wenn sie erst Ende dreißig ist.

„Sie wollen dort drei Häuser bauen mit je zwei Stockwerken", ergänzt der Vater, „dann werden dort, wo wir früher wohnten, wohl drei oder wenn es Mehrfamilienhäuser oder Doppelhäuser werden gar vier oder fünf Familien einziehen. Immer mehr Familien mit Kindern suchen Häuser." Der Vater seufzt resigniert und lässt sich auf einen Stuhl fallen. Seine Hände hängen schlaff und kraftlos neben ihm Richtung Boden und seine Schultern hängen.

„Ich hoffe", erwidert sie trotzig, „dass die Häuser so hässlich werden, dass dort niemand wohnen will. Jeder weiß, wie schön der Garten von uns war", sagt sie kämpferisch.

„Schau", sagt die Mutter nachsichtig und streichelt sie „auch wir wohnen nun in einem der Neubauhäuser. Auch auf diesem Grundstück stand vielleicht einmal ein altes Haus, das weichen musste, weil viele junge Familien nun am Standrand wohnen möchten."

„Aber was ist mit meinem Baum… er gehörte doch mir? Man kann doch nicht einfach meinen Baum umfällen!", ruft sie verzweifelt und energisch aus.

„Ja", sagt die Mutter erklärend, „er gehörte dir… und er wird auch immer dir gehören, so wie auch Oma immer nach ihrem Tod für dich da sein wird. Er war, weil du ihn geliebt hast und zu deinem Baum gemacht hast, etwas ganz Besonderes. Er war uns wichtig, er war uns etwas wert. Aber den Wert bezog der Baum nicht aus seinem Alter oder seiner besonderen Art, sondern dadurch, dass er so viel Bedeutung für Dich hatte. Diese Bedeutung können andere nicht verstehen. Schau dir deinen Teddy an, der alt und abgegriffen ist. Neu war er mehr wert als nun, aber für dich ist er im Laufe der Jahre immer wichtiger und wertvoller geworden, weil du immer mehr mit ihm verbunden hast und immer mehr mit ihm erlebt und durchlitten hast. So ist das mit allen Dingen und allen Menschen…"

Und der Vater ergänzt: „Es können ganz wertlose Dinge sein, die uns so teuer sind, dass wir glauben ohne sie nicht leben zu können. Schau, Mama hat schon vom Teddy gesprochen. Als ich ein kleiner Junge war, hatte ich auch einen Teddy, schneeweiß war er mit einer dunklen Schnauze und schwarzen glänzenden Knopfaugen. Er wurde immer abgewetzter und war immer schmutzig grau und braun, weil ich ihn überall mit hin schleppte. Damals gab es noch nicht so viele Teerstraßen im Dorf und es war deshalb immer erdig. Oma wusch ihn ab und an, aber das war eigentlich aussichtslos. Als ich in die Schule kam, wollten ihn mir meine Eltern wegnehmen, weil ich ja nun groß sei und keinen Teddy mehr bräuchte. Ich sagte nein und mit Gewalt wollten sie mir den Bären nicht entreißen. Schließlich wandten sie eine List an und sagten, der Bär müsse mal wieder in die Wäsche... Ich habe ihn nie wieder gesehen und noch ein Jahr lang nach ihm gefragt. Ich war richtig fertig... Der Teddy wäre auf dem Flohmarkt wahrscheinlich nicht einmal mehr ein paar Pfennige wert gewesen. Aber schau, mir war der Bär so viel wert, weil ich so viel mit ihm erlebt habe, er mir bei meinen ersten Runden auf dem Dreirad und später auf dem Fahrrad zugesehen hat, ich so oft in seine großen Plüschohren Geheimnisse geflüstert habe, ich mir so oft meine Tränen an seinem weichen Pelz abgewischt habe, er in der Nacht immer so weich in meinem Bett dabei lag."

Sie sagte nun nichts mehr. Sie wusste, was ihre Eltern sagen wollten, aber sie war nicht überzeugt. Aber sie schwieg, denn die Eltern meinten es gut, auch wenn – wie ihr später im Studium ein Professor sagen würde „Gut gemeint das Gegenteil von gut ist." Und das Prädikat „Sie waren stets sehr bemüht" steht im Arbeitszeugnis nicht umhin für „Sie haben es nicht richtig gemacht". Was konnte man schon tun?

Im Frühjahr war sie fünfzehn Jahre alt geworden. Der vielbeschworene Ernst des Lebens hatte nun auch sie erreicht. Ein Onkel hatte einmal davon gesprochen, dass dieser Ernst schon mit dem Eintritt in den Kindergarten beginne und einen bis zur Pensionierung nicht mehr loslasse. Die Spiele im Kreise der Cousins und Cousinen, mit ihrem jüngeren Bruder und ihrer kleinen Schwester im verwunschenen Paradiesgarten waren nun für immer Vergangenheit. Auch ihr Baum stand nicht mehr...

Der Tag, an dem ihre Kindheit endgültig vorbei war, war ein Samstag Ende Juni. Würde der Baum, den ihr Herz liebte, noch stehen, würde er nun Kirschen tragen... dunkelrote Herzkirschen.

Wolf-Ulrich Cropp

Worte in der Wüste

An nieselregnerischen November- oder Dezembertagen sehnt sich so mancher von uns nach südlicher Sonne und Wärme. So geht es auch mir heute und ich erinnere mich an meine erste Begegnung mit der Sahara. Allerdings mit recht gemischten Gefühlen.

Der Targi Sullahm hat einmal gesagt: „*Wenn du die Zeichen lesen kannst, ist dir die Wüste ein vertrauter Garten, wenn nicht, ist sie dein Grab. – Inschallah.*"

Wir befanden uns auf einer Sahara-Expedition, oben im kaum erforschten Fochini Mourdi-Gebiet, einem Wüstenabschnitt im Norden des Tschad unweit der libyschen Grenze und suchten bisher unentdeckte Felszeichnungen, die beweisen könnten, dass die Sahara in diesem Abschnitt einst voller Leben war.

An jenem Abend lagerten wir an einer windabgewandten Seite eines Dünenhangs. Die Zelte waren im Sand aufgebaut, das Abendessen hatten wir am prasselnden Lagerfeuer zu uns genommen. Suleyman und Omar sonderten sich mit einem kleinen Teppich ab, um sich darauf gen Osten, gen Mekka zu verneigen. Wir rückten im warmen Sand zusammen, sahen die Sonne, die uns den ganzen Tag gequält hatte, unschuldig, mild hinter einem Kamm untergehen, als wollte sie sich mit den Menschen im Sand versöhnen. Suleyman und Omar hatten ihr Gebet verrichtet, schritten barfuß herbei, setzen sich zu uns.

In dieser Stunde, in der die Wüste Atem schöpft, beschlich mich das Gefühl als gehören nun auch wir in diese weltenferne Landschaft, deren Horizont sich jetzt violett färbte, uns bald in dunkle Nacht hüllen wird. In dieser Nacht war ich ruhelos und schaute in den flimmernden Himmel. Etwas beschäftigte mich. Die unheimliche Verlassenheit in diesem Teil der Erde? Ich stand auf, spürte den Wind, der Flugsand über den Boden wehte.

Mit einer Taschenlampe ausgerüstet, entfernte ich mich vom Lager. Hinter mir glomm beruhigend das Feuer wie ein Zeichen der Verbundenheit. Immer geradeaus stapfte ich durch den Sand, es ging etwas aufwärts, etwas abwärts. Berauschend schön war die Nacht. Ein Blick zurück zur Kontrolle: Das Lagerfeuer war weg! Umgeben von Dunkelheit und Stille, leuchtete ich den Boden ab. Nur meine letzten Spuren waren zu erkennen, die anderen verweht.

Natürlich könnte ich jetzt in irgendeine Richtung rennen, rufen, schreien, in Panik geraten. Ich tat nichts dergleichen. Genoss auf sonderbare

Weise diese absolute Einsamkeit, diese unheimliche Verlassenheit – ein Gefühl, das ich bisher noch nie erlebt hatte ... Eine Empfindung, die Angst und Euphorie auslöste. So stellte ich mir einen Drogenrausch vor. War das ein Wüstenkoller, der wie ein Tiefenrausch wirkte?

In dieser Nacht war mir, als glitt ich in eine andere Dimension des Bewusstseins. Unbegreiflich, unheimlich und doch wirklich! Und auf einmal kamen mir Gedanken zur Wüste, die ich noch nie gedacht hatte: Bleiben, Bewahren, Vergehen – damit assoziierte ich ein Landschaftsbild, die Urlandschaft der Erde: Die Wüste. Den Erg. Das sind die großen Sand- und Dünenmeere der Sahara. Aus Sand war alles entstanden, zu Sand wird alles werden. Es ist nur eine Frage der Zeit.

In den Wüsten unserer Erde unterwegs zu sein, ist das Reisen durch ein grenzenloses Labyrinth, durch einen Irrgarten, in dem sich der unkundige Eindringling rasch verläuft, umherirrt bis zum Wahnsinn, um dann qualvoll zu verenden. Über der Wüste lag eine undurchdringliche Stille. Auch Furcht, Angst und Schrecken vor unbesiegbarer Natur lasten auf ihr. Du hörst dein Blut durch die Adern rauschen, den Puls pochen. Und du hörst Worte, die du zuvor nie gehört hast.

Deine Worte?

Nein, es sind die des Schöpfers, der zu dir spricht. Ganz vertraut, als wäre er schon immer bei dir gewesen, nur gehört hast du ihn nie. Es ist kein Wunder, dass große Gedanken in der Wüste entstehen. Besondere Persönlichkeiten schöpften Kraft dort draußen in Askese und Einsamkeit: Moses, Jesus, Mohammed, Gandhi, Ben Gurion und viele, viele andere Gestalten der Weltgeschichte waren es, die sich in die Wüste begaben und als andere wiederkamen. Schon wahr: *Niemand verlässt die Urlandschaft so, wie er sie betreten hat. Non sum qualis exam!* (Nicht mehr bin ich, der ich war. Horaz.)

Charles de Foucauld, einst Lebemann in Paris, dann Offizier, schließlich Mönch in der Sahara: „*Das Panorama vor meiner Steinklause ist unvorstellbar schön. Ich kann nicht hinsehen auf dieses Meer von Sand, ohne Gott anzubeten.*" Auch Antoine de Saint-Exupéry kam mir in den Sinn: „*Die Wüste ist für mich die schönste und traurigste Landschaft.*" Ob er damit ihre zerstörende und zugleich konservierende Kraft meinte?

Es war nur eine Stunde her, dass der Glutball der Sonne hinter der Düne verschwand und die dünne Nahtstelle zwischen Tag und Nacht, zwischen Hitze und Kälte verblasste. Die Natur schöpfte Atem, erholte sich mit einem erlösenden Seufzer von grausamer Tageshitze. Ich lief noch einige Zeit in eine Richtung, die mein Gedächtnis für die richtige hielt ... Sie war es nicht, denn ich sah keinen Feuerschein, der Lichtkegel der Taschenlampe fand weder Zelte noch Fahrzeuge.

Ich war erschöpft, legte mich in den Sand. Bereitete mich auf die Nacht vor. Wollte schlafen, suchte den Sand ab. Schwarzkäfer bohrten sich aus dem Grund. Hornvipern huschten über den Sand. Ein Skorpion hastete davon. Der Abendwind blies sie weg, die letzten Lebensspuren ... Und plötzlich drang herzzerreißendes Jammern an mein Ohr. Ein Baby in der Wüste? Es war der Laut eines Wüstengeckos!

Während die Dunkelheit ganz plötzlich wie ein Leichentuch herabgefallen war, wölbte sich das berauschende Firmament über mir und ich fühlte mich, so von flimmernden Sternen umgeben, wie im Mittelpunkt des Kosmos, der die Gedanken in ungeahnte Sphären trug. Trotz bedrückender Einsamkeit und einer unheimlichen Maß- und Grenzenlosigkeit, fühlte ich mich auf sonderbare Weise geborgen, ja aufgehoben und behütet! Und es war, als befände ich mich hier draußen, im endlosen Ozean des Nichts, in des Schöpfers Hand.

Und hier – wie seltsam auch – erfuhr ich, so Nacht und Dunkelheit ausgesetzt, die Wüste als Metapher. Ich erkannte sie mit einem Mal in ihrer Vieldeutigkeit. Erlebte sie als Ikone, als eindringliches Lehrbild und treffliche Stätte einer viel tieferen Wüste, die überall in der Welt und – vor allem – in jedem Menschen steckt.

Wüste, das ist unser Ausgebranntsein von der Hektik des Alltags und von der Oberflächlichkeit menschlicher Begegnungen. Wüste ist das Ausgesetztsein unseres Selbst. Hier, im Schweigen absoluter Einsamkeit, begegnete ich dem gesamten Spektrum des Lebens selbst! Und abermals in dieser Nacht kam mir Foucauld in den Sinn: *„Schweigen bedeutet ganz das Gegenteil von Vergessen und Kälte. Im Schweigen liebt man am glücklichsten. Oft ersticken Lärm und Worte das innere Feuer."*

Während der Wind mit dem Sand spielte, lag ich grübelnd da und fragte mich: Was ist meine Wüste? Erfolglosigkeit? Krankheit? Einsamkeit? Trostlose Dürre des religiösen Lebens? Depression? Angst vor dem Morgen? Niemandem wird der Weg durch die Wüste erspart. Jeder muss bereit sein, sich in seiner Wüste aufzuhalten. Wer die Gunst des Schicksals sucht, seinen frischen Gnadentau, muss auch die Tränen der Wüste ertragen!

Endlich schlief ich ein, in dieser so einsamen Nacht. Unruhig zwar, hatten sich doch die Worte des Targi in mein Hirn gegraben: *„Siehst du den Aasgeier da, im Sand auf einem toten Menschen, dann rufe: Weg, du, von meiner Leiche!"*

Im noch nächtlichen Morgen weckte mich das Trällern einer Wüstenlerche. Hoffnung heißt der Vogel, welcher singt, wenn die Nacht noch dunkel ist. Das Lied klang nach Zuversicht, und es sagte mir: Sei unverzagt, du wirst ihn finden, den Weg aus deiner Wüste!

Wolf-Ulrich Cropp

Ein besonderer Ort

Bekenntnis

Mein Name ist Slavko Novak. Ich bin Lehrer, der das Gute vermitteln soll. Getan habe ich das Böse.

Jetzt stehe ich auf dem Berg, von dem aus alles begann, und ich schaue ins Tal, in der die Stadt liegt, wo Kirchen, Synagogen, Moscheen einträchtig beieinander standen – bis sie das plötzlich nicht mehr durften.

Ich schaue auf einen Platz, auf dem einst die Freude der Menschen so vieler Nationen für Wochen dass alles Beherrschende war. Eintracht und Wonne schienen auf ewige Zeiten über der Stadt zu schweben. Man schrieb das Jahr 1984. Die Olympiade versetzte die Menschen in Begeisterung. Künstler des Wintersports, die besten der Welt, hatten sich eingefunden.

Wie damals, sehe ich das Olympische Feuer lodern. Sehe die Eissporthalle *Zetra*, in der der „Herr der Ringe", Antonio Samaranch, die Spiele eröffnete.

Ich war bei diesen 14. Olympischen Winterspielen dabei, als Zuschauer. Und es war herrlich! Und dann kam der Krieg. Ich war dabei. Anfangs überzeugt. Später wuchs in mir das Grauen vor meinen Taten!

Der Angriff, ein Überfall, begann. Das war im Mai 1992. Ich saß zu jener Zeit im Geäst einer alten Eiche, da drüben, rechts des Berghangs. War Scharfschütze mit Sturmgewehr, Zielfernrohr und einem Kasten voller Munition. Ganz vorn war ich eingeteilt. Ich hatte mich freiwillig gemeldet. Träumte – wir alle träumten den Traum vom christlichen Groß-Serbien.

Ich legte an, zielte, sah die rennenden Menschen, die erschrockenen Gesichter, die angstgeweiteten Augen… und drückte ab. Ich war ein guter Schütze!

Die Gesichter der von mir Erschossenen habe ich alle vor mir. Noch immer könnte ich sie genau beschreiben, erklären, was die Toten anhatten, wie sie sich bewegten.

Anfangs blieben diese Toten Feinde, die im Krieg durch meine Hand fielen. Ich war ein Sniper, der für ein vereintes, mächtiges Serbien kämpfte. Doch allmählich wurden aus den Feinden Menschen. Menschen mit Familien, Sorgen, Nöten. Menschen, die anklagten, mir nachts den Schlaf raubten. Menschen, die sich wie Dämonen in meine Seele fraßen.

Ich muss gestehen: Erste Zweifel keimten 1994, als Antonio Samaranch auf den Ruinen der *Zetra*-Halle stand. Dort, wo er zehn Jahre zuvor die Spiele eröffnet hatte und den Olympischen Geist proklamierte – gegen die Berge, gegen den Feind, gegen uns – als würde es den Feind in den Bergen nicht geben! Lautsprecher trugen Samaranchs Worte durchs Tal und die Höhen hinauf. Worte von Frieden, Freiheit und Versöhnung. Worte, die mich damals zwar nicht erreichten, sich dennoch ins Gewissen gruben.

Später dann, zu Hause, wieder in Belgrad als Lehrer, fand ich keine Ruhe. Für den Schuldienst wurde ich schließlich untragbar, für die Erziehung der serbischen Jugend zum Risiko. Die Toten stiegen aus ihren Gräbern und malträtierten mich. Ich war dem Wahnsinn nahe, musste zurück an den Ort der Schandtaten! Also bin ich wieder hier oben, schaue auf die Stadt und bitte um Vergebung.

Der Pfad

Ich muss hinunter. Nicht in das Leben der Stadt. Ich muss an einen *besonderen* Ort. Eine unwiderstehliche Kraft zieht mich dort hin.

So schreite ich, in Gedanken verstrickt, den Weg hinab. Die Sonne sticht unbarmherzig. Der Pfad ist schmal, steinig, steil, mit Wurzelwerk durchflochten. Es riecht nach Schwefel und Pulverdampf. Die Blumen blühen grimmig, rot wie Blut und stinken nach Verwesung. In den Baumkronen kreischen Vögel. Mit seltsamer Kraft werde ich immer stärker und schneller hinabgezogen…

Dann bin ich da. Das Licht ist seidig und grell zugleich, mild und rau die Luft.

Da steht die *Zetra*, die Eishalle. Ein Kunstwerk. Der Stadt das Symbol für Versöhnung und Neubeginn. Auferstanden aus rauchenden Trümmern. Daneben ein großes Feld weißer Stelen. Dem Stadion zugewandt, ragen sie im diffusen Licht des Nachmittags gen Himmel wie aberhundert weißgewandete Trauernde, die andächtig *Zetra* anblicken. Es ist das Leid, das sie beklagen. Unermessliches Leid, vergraben unter den Steinen in schwarzer Erde.

Mühselig schleppe ich mich durch die langen Reihen, von Grab zu Grab. Ich bin allein…

Doch da, ein Schatten. Nein, eine zusammengesunkene Person. Ich bin nicht allein. Gemurmel. Die Person durchfährt ein Schütteln. Wie angewurzelt stehe ich auf dem Sand des Weges.

Es ist eine Frau, die da verharrt, über ein Grab gebeugt. Sie steckt eine Nelke in die Erde neben die Stele, dorthin, wo sich schon viele verblühte Nelken befinden. Sie zieht ihr Kopftuch in die Stirn und lässt sich am Fuß des Steins niederfallen.

Das Bild zieht mich aus der Dunkelheit des verschämten Beobachtens. Etwas Starkes in mir befiehlt, mich ihr zu nähern, mit ihr zu sprechen. Ich will auf sie zugehen. Im selben Moment kommen mir Zweifel. Ich fühle, dass es falsch ist – gefährlich sein könnte. Vielleicht ist es aber doch gut?

Hilflos denke ich an das erste Wort.

„Vergehen denn Sonne und Mond, wenn sie unter dem Himmelsrand sich neigen? Du meinst, es sei der Tod, doch es ist Geburt", flüstere ich.

Sie erhebt sich, langsam, gefasst, schiebt das Kopftuch aus der Stirn. Mir ist unbehaglich. Ich gedachte ein altes Mütterchen zu sehen. Doch vor mir steht eine junge, auffallend schöne Frau, die mehr als es gut sein soll ans Leben denken lässt. Wimpern verdecken vom Weinen zerlaufene Tusche, aber sie schämt sich der Tränen nicht.

Ihre Selbstsicherheit irritiert. Diese Frau besitzt eine große Kraft, durchfährt es mich. Eine Kraft, die gleichermaßen anzieht und abstößt. Ihr Blick drückt Erstaunen aus. „Ich möchte etwas über diese Stätte erfahren", sage ich, obgleich mir vieles bekannt ist. Sie wendet sich ab, und schreitet einer Bank zu. Verharrt kurz, dann lässt sie sich nieder. Ich *muss* ihr folgen.

Ich setze mich ans andere Ende der Bank neben sie. Zwischen uns die nötige Breite des Anstands und quälende Erwartung.

„So, Sie möchten etwas über diesen unseligen Friedhof erfahren?" Und nach einer Weile ergänzt sie: „Die Toten unter der Erde haben das Leben der Überlebenden zerstört – meines und das meiner Familie! – Uns hat man unzählige Male gemordet, doch das tiefste Entsetzen überfällt uns erst, wenn es einen trifft, der uns am teuersten ist!"

Ich murmele: „Der Krieg war Irrsinn!"

„Alle Kriege sind irrsinnig!", antwortet sie.

Auch heute, nach so vielen Jahren seien die Tränen nicht versiegt. Noch immer säumten Särge den Weg der Trauer. Täglich gehe sie zu dieser Stunde ans Grab, um für ihren Vater zu beten. Ihr Vater sei Buchhändler gewesen und der gütigste Mensch der Stadt. Ein Sniper habe ihm an einem frühen Freitag in den Kopf geschossen.

Ich, auf der anderen Seite der Bank, sitze da, wie gelähmt, wage nicht zu atmen.

„Vater war gerade aus der Moschee getreten", erzählt die Frau. „Meist trug er eine schwarze Hose mit Weste. Sein Sohn hat sich vor Schmerz über den Verlust selbst gerichtet – eine Sünde, ja, aber er konnte nicht weiterleben, ohne ihn gerächt zu haben."

„Ein würdiger alter Herr mit schwarzem Bart, vollem Haar und grüner Weste?", flüstere ich, wie zu mir selbst.

Sie wendet mir ihr Gesicht zu, fast ruft sie: „Ja – woher wissen Sie das?"

Von nun an sitzen wir wie zwei Gegner nebeneinander, die ihre wahren Absichten verbergen, ihre Waffen hinter den Rücken versteckend. Ich fühle, was sie denkt. Warte aber. Will sehen, was sie zu tun trachtet.

„Sie kommen aus?"

„Belgrad."

„Und heißen?"

„Slavko Novak."

Damit war es gesagt. Sie weiß alles. Es gibt kein Zurück. Wie nackt sitze ich neben ihr. Ein enttarnter Agent. Was habe ich angerichtet?

„Slavko Novak", wiederholt sie, und aus ihrem Mund klingt mein Name wie Musik. „Belgrad ist eine schöne Stadt, dass glaube ich wenigstens. Gern würde ich Belgrad kennenlernen." Ihre Worte fließen wie Honig vom Löffel.

„Ich heiße Munira Selimovic", sagt sie und steht auf. Und mit einem Blick, der mir das Blut in die Adern peitscht, ergänzt sie: „Morgen bin ich wieder hier. Zur gleichen Stunde."

Wie ein Schlafwandler wanke ich hinüber zur *Zetra*, zur olympischen Eissporthalle. Ein schlichter Bau, an den ich mich mit Schaudern erinnere. Stand nicht auf seinen Ruinen der Spanier und rief zu mir?

Niedergeschlagen, unschlüssig, hier und dort von gedämpftem Mondlicht umspielt, haste ich durch die Stadt. Wieder gilt es, aufkeimende Angst zu besiegen. Angst, die ich als Soldat nie kannte.

Ich brauche einen Zufluchtsort. Finde einen Platz in einer Herberge mit dicken Mauern. Schweißnass wälze ich mich auf dem Lager, habe weder Ruhe noch Schlaf.

Morgen, das war Gewissheit, stünde etwas Ungeheuerliches an. Nur was? Erschöpfung übermannt mich.

Hoffnung?

Das Tor öffnet sich. Ich trete ein, in *meinen besonderen Ort.* Heiß ist der Tag und von drückender Schüle. Der Friedhof „Lav", das heißt „Löwe", ist in jener Stunde verlassen, wie gestern. Lauernd stehe ich hinter einer Stele.

Sie ist da, lehnt am Grabstein. Umfasst ihn jetzt, drückt ihr Gesicht an den Stein. Sinkt wie kraftlos an ihm herab, in der schlaffen Hand eine Plastiktasche. Müde und zerbrechlich wirkt ihr Körper. Aber das Bild täuscht. Als sie mich wahrnimmt, springt sie auf, schnellt herum, wie zum Sprung. Schließlich lächelt sie, und in ihren Augen glimmt eine bezwingende Flamme.

„Slavko Novak, Sie sind gekommen. Ich hoffte, dass Sie kommen. Sie sind von großer Wichtigkeit!" Ich lächle zurück, war gar etwas glücklich, von der schönen Munira so erwartet zu werden.

Ich blinzele in den Himmel. Dunkle Wolken türmen sich auf, wuchern vom Westen heran. Mit Macht schieben sie sich über das Firmament, verfärben es schwefelgelb, dann violett. Jäh wird es dunkel. In Wetterleuchten, ferne Blitze und Donnergrollen hinein, entlädt sich das Gewitter in Kübeln von Sturzwasser.

Wir stehen uns gegenüber, triefend vor Nässe. Wartet sie ab? Lauert sie? Ihre rechte Hand gleitet in die Plastiktasche. Sie schreitet aus und lässt, wie unbeabsichtigt, eine Nelke fallen. So, dass ich mich, um sie aufzuheben, umdrehen muss. Ich wende ihr den Rücken zu, langsam, wie in Zeitlupe. Beuge mich zur Erde, um die Nelke zu greifen und denke, dazu bist du doch hier – tue es endlich – erlöse mich von der Schuld!

Ein Blitz durchzuckt den Himmel. *Zetra* steht im grellen Licht. Und stärker als den krachenden Donner vernehme ich den spitzen Schrei Muniras. Sie hat sich auf meinen Rücken geworfen. In der Faust schwingt sie ein Messer. Wo bleibt der Stich? Sie stößt nicht zu. Sie lässt den Stahl in den Sand fallen, gleitet zu Boden und schluchzt.

Wir schleppen uns auf die Bank. „Ich wollte - ich musste dich töten!"

„Ich weiß – warum hast du es nicht getan?"

„Ich sah die *Zetra*, das war ein Zeichen – ich konnte es nicht!"

„Warum nicht? Warum denn nicht? Ich habe den Tod verdient. Zu groß ist meine Schuld."

„Ich muss beten", murmelt sie, „dass ich nicht ermatte im Leid des Bruders, im Leid der Menschen, und dass mich der Hass nicht vergifte." Nur mühsam kommt die junge Frau zur Ruhe.

Das Gewitter hat sich ausgetobt. Noch ist in mir ein dumpfes Grollen, aber es entfernt sich. Und dann kommt eine lange, leere Stille über uns...

Munira erwacht wie aus einem Koma, steht auf und flüstert: „Komm."

Einige Schritte weiter bleibt sie vor zwei Gräbern stehen. Das eine ziert ein schlichtes, nach rechts geneigtes Holzkreuz. Das andere, nur durch einen schmalen Pfad getrennt, ist ein schlanker Stein, mit einem Halbmond versehen, der sich nach links lehnt. „Schau, die Gräber umarmen sich", sagt sie.

Ich lese einen muslimischen und einen serbisch-orthodoxen Namen.

„Auch eure Brüder wurden getötet. Warum können sich die Lebenden nicht vertragen, wenn es doch die Toten tun?", flüstert Munira.

Eine winzige Hoffnung keimt in mir auf. Ich gebe mir einen Ruck. „Wir brauchen Versöhnung, endlich Versöhnung!", sage ich und strecke ihr langsam meine Hand entgegen. Sie zögert. Dann reicht sie mir die ihre. Ich drücke sie dankbar und fest.

Wir schauen uns in die Augen… dann weinen wir.

Der Regen fällt warm und doch erfrischend. Der Wind, ein süßer Sommerhauch. Die Blumen, freundlich, duftende Farbtupfer. Ein Rabenschrei klingt wie Frohlocken. Und während ich zurück zum Berg gehe, um den mühsamen Aufstieg anzutreten, kommen mir Ivo Andrics Worte in den Sinn: „Sarajevo ist eine Stadt, die sich abnutzt und stirbt, aber gleichzeitig neu geboren wird und sich wandelt." Und ich frage mich: Gibt es für Munira, gibt es für mich eine Zukunft im Neubeginn – Frieden für unsere Seelen?

Wolf-Ulrich Cropp

Eine Kokosnuss

Längst zu Hause, im wohlgeordneten Deutschland, muss ich wieder und wieder an ein Ereignis denken, so skurril, dass ich bisweilen glauben möchte, es dürfte sich gar nicht ereignet haben. Aber alles hatte sich tatsächlich genau so zugetragen.

»Willst du wirklich zu Fuß gehen, Fred?«, fragt Ruth.
»Etwas Bewegung tut gut.«
»Ich nehm' den Bus.«
»Denk an die Besorgungen und vergiss nicht bei Dangboo vorbeizugehen du weißt schon.«
»Ja, ja, Liebling«, antworte ich und denke, glaubt sie nun auch schon an den verdammten Humbug?
Der Kies knirscht unter meinen Schritten. Ich bin stolz auf die repräsentative Auffahrt zu unserem Anwesen. Aheme Zongo, mein Fahrer, kommt mir mit einer Harke entgegen. Gleich wird er den Kiesweg planieren. Zongo stammt aus einem kleinen Urwalddorf nördlich von Cotonou, wo er mit Frau und vier Kindern lebt. Ich mag den Yoruba. Er ist immer gut gelaunt, verlässlich, hilfsbereit, einfach sympathisch. Selbst in der Küche und bei Gartenarbeiten hilft er gern. Er ist eine wahre Perle.
»Bon jour, monsieur Conte. Sie gehen auf den Markt? Denken Sie an Dangboo? Bitte!«
Ich liebe die Märkte Afrikas. Sie sind nicht nur Orte des Handels und vielfältigster Geschäfte, sondern auch der Begegnung, der Kommunikation, des Austauschs von Neuigkeiten. Herz und Leben Afrikas pulsieren nirgends heftiger als auf den Märkten. Nur dort bist du nah dran an dem, was die Menschen bewegt.
Ich bin als Gastarbeiter in Benin an der Industrialisierung des Landes beteiligt. Der kleine Staat neben dem riesigen Nigeria will modern werden und an der Technik des einundzwanzigsten Jahrhunderts teilhaben, auch wenn außerhalb von Cotonou der Regenwald dampft, sich das Savannengras wiegt und in den Lagunen Eshu, Shango, Oshumale, gute und böse Geister spuken.
Kaum anderswo in Afrika prallen Moderne und Tradition so brutal aufeinander, wie in der Hauptstadt Cotonou mit ihrem Markt. Cotonou heißt in der Sprache der Fon Lagune der Toten. Die Stadt wurde im

fünfzehnten Jahrhundert zur Zeit des Sklavenhandels gegründet. Dieses dunkle Kapitel hat Dahomey, später Benin genannt, bis heute geprägt. Der Voodoo-Kult hat hier seine Geburtsstätte und breitete sich bis in die Karibik aus, ja bis in die Südstaaten der USA. Ein Geister- und Dämonenkosmos der Verzweifelten und Entwurzelten, die sich so ihr geheimes Netzwerk schufen.

Der Bus biegt gerade in die Avenue Cozel. Ich steige aus und schlendere hinüber zum großen Markt, freue mich auf die farbenprächtige, quirlige Informations- und Klatschbörse von Dörflern und Städtern. Das Treiben wie in einem Bienenstock fesselt und fasziniert gleichermaßen. Wie nebenher besorge ich, was Ruth mir aufgetragen hatte: Yams, Süßkartoffeln, Platanen, Hirse. Für heute Abend haben wir Gäste zu einer Gartenparty eingeladen. Die wenigen Europäer der Stadt kennen sich. Man pflegt freundschaftlichen Kontakt. Unser repräsentatives Einzelhaus inmitten eines tropischen Gartens, von Aheme Zongo so hingebungsvoll in Ordnung gehalten, ist für Geselligkeiten wie geschaffen.

Ich muss lächeln. Der Yoruba wird jetzt die Beete jäten. Und ich bin sicher, dass er an meiner Lieblingspalme einen neuen Juju-Zauber befestigt hat, einen Fetisch aus Holz in Form einer Puppe. Zongo ist überzeugt, das guter Zauber die Palme schnell wachsen lässt.

Eigentlich ist der Afrikaner Kfz-Mechaniker. Ein Vollbluttechniker. An meinem Dienstwagen kennt er jede Schraube. Neulich hat er von Dangboo über unserem Hauseingang einen skurrilen Fetisch aus Wurzeln des heiligen Borassus-Baums anbringen lassen, ein Gebilde, dass Zongo fast jeden Morgen liebevoll abstaubt. Dangboo ist ein geachteter Voodoo-Priester. Er hatte den Fetisch mit viel Hokuspokus geweiht. Damit sei ich mit meiner Familie vor Feinden, Krankheiten und Ungemach geschützt, verkündete Zongo feierlich. Mein Sohn Jürgen und ich amüsierten uns über den Unsinn. Ruth hingegen fand unsere Einstellung gar nicht lustig.

Der Fetisch hing niedrig unter dem Eingang und ich schlug mir bisweilen den Kopf an. Deshalb nagelte ich ihn einfach höher. Das war vor zwei Tagen. Gestern entdeckte Zongo meine Untat. Schreckensbleich beschwor er mich, Dangboo aufzusuchen. Mit einer neuen Weihung und einem angemessenen Opfer könnte sicherlich das Schlimmste verhindert werden. Natürlich denke ich nicht daran, einem solchen Aberglauben nachzukommen.

Gerade schiebe ich mich an duftenden Gewürzständen vorbei und erreiche eine mächtige Auslage mit Kokosnüssen. Ich kaufe eine besonders schöne in vollem Bast. Zu Hause werde ich sie aufschlagen. Ruth und

Jürgen werden sich über die frische Nussmilch hermachen. Meine Einkäufe verstaue ich in mitgebrachten Plastiktüten mit einem sinnigen Aufdruck in der Sprache der Fon. Fon wird von der Hälfte der Bevölkerung gesprochen. Auf den Tüten steht: Guten Tag. Wie geht es dir? In Benin geht es mir gut. Es amüsiert mich, als ich bemerke, wie viele Leute mit solchen Tüten herumlaufen.

Ich bummele weiter. Allmählich kriecht die Hitze wie flüssiges Gas aus dem Boden. Schweißnasse Körper stehen vor Auslagen. Barbusige Frauen stampfen Hirse. Ein verwirrter Dorftrottel hält Volksreden. Männer dösen unter dem Palaverbaum. Ein Trommler rührt zwei Fasstrommeln und bringt die Luft zum Schwingen. Am Kopf einer Menschentraube befragt ein Geschäftsmann in weißem Hemd mit Krawatte das Orakel. Ob der sich die Börsenkurse weissagen lässt?

Ein Voodoo-Priester wirft eine Handvoll Knöchelchen in den Staub. An Hand ihrer Lage kann er so allerhand erkennen, allerdings nicht, ohne zuvor in ein verkrüppeltes Kudu-Horn zu blasen. Er wirkt wie gerade dem Urwald entsprungen. Sein nackter Körper ist in ein verfilztes Antilopenfell gehüllt, das bärtige Gesicht von Rasterlocken umhängt. Seine schwarzen Augen blitzend boshaft. Ein Erscheinungsbild, das abstößt und doch magische Kräfte signalisiert. Im modernen Cotonou mit seinen drei Millionen Einwohnern ist Markttag auch immer Orakeltag.

Der Assistent des Priesters sammelt eifrig Opfergaben ein. Ohne Gabe kein Rat, keine Zukunft. Ich bin sicher, der Voodoo-Mann macht heute einen besonders guten Umsatz: Hühner, Eier, Geld, auch schon mal ein Schaf und eine Ziege verschwinden flugs unter einer Zeltplane. Wie ist es möglich, dass diese Hexenmeister im Industriezeitalter einen derartigen Zulauf erfahren? Ich denke, es hat mit der Landflucht und der damit verbundenen Unsicherheit zu tun. Der Einzelne ist entwurzelt und ratlos, von Angst getrieben auf der Suche nach Schutz vor den bösen Kräften der Natur und der Umwelt. Das Leben in Cotonou ist unverständlich und verwirrend, und der Priester hilft, die abstruse Welt zu deuten. Nur durch Magie und starken Zauber lässt sich in einer Zeit der Konfrontation von Tradition und Fortschritt überleben. In diesem spirituellen Vakuum lassen sich's Voodoo-Priester gut gehen.

Da fällt mir wieder ein, dass auch mein Hausgeist schief hängt. Meinetwegen. Afrikanische Geister haben keine Macht über Europäer. Ich verlasse diesen Ort des Orakels und der Dämonenanbetung und denke, wie ungleich stärker muss die Macht von Voodoo, Juju und Hexenmeistern draußen im Wald sein?

Gerade rollt der Bus vom Ancien Pont heran. Die Brücke überspannt die malerische Cotonou Lagune. Ich springe auf und bekomme einen Platz hinter dem Fahrer. Meine Einkaufstüten stelle ich neben mich in den Gang. Die feuchte Hitze macht schläfrig. Bevor ich ganz dahindöse, nimmt ein Afrikaner neben mir Platz. Er wirft mir einen Blick voller Grabeskälte zu. Für einen Augenblick habe ich das Gefühl, dem Tod in die Augen zu sehen. Ich spüre etwas Beängstigendes in seinem Blick, das mir auf sonderbare Art vertraut ist. Unruhig wirkt der Mann, verwirrt, als stehe er unter fremdem Einfluss. Drogen? Was kümmert's mich.

Seine Tüte hat er neben meine gestellt. Ich lese: Guten Tag. Wie geht es dir? In Benin geht es mir gut. Ich denke, wer hat nur diese Tüten in Umlauf gebracht? Dann bin ich eingenickt.

Endstation. Ich nehme meine Tüten, verlasse den Bus und gehe die Straße an den gepflegten Grundstücken entlang zu unserem Haus. Der weiße Kies knirscht vertraut unter meinen Schritten. Ich sollte Aheme Zongo endlich mal eine Prämie für liebevolle Gartenarbeit zahlen. Ruth begrüßt mich in der Haustür: »Du kommst spät, Fed. Hast du unsere Party vergessen?«

»Liebling, du kennst doch meine Schwäche für Märkte.«

Ich gebe Ruth ein Küsschen und gehe in die Wohnküche. Jürgen huscht an mir vorbei. »Paps, hast du eine Kokosnuss mitgebracht?«

»Aber natürlich.«

Zongo steht an der Spüle. Mit Schürze wirkt er wie ein perfekter Hausmann. Ich setze mich an den Küchentisch und stelle die Tüten ans Stuhlbein. Ruth und Jürgen kommen erwartungsvoll in die Küche. Zongo, schon die Machete in der Hand, sagt: »Monsieur Conte, donnez mois la noix de coco. Ich schlage sie auf.«

Ich greife in die Tüte und wundere ich mich noch über den Bast, der sich eigentümlich weich anfühlt, fast zart. Mit einem Schwung hieve ich etwas Schweres, Rundes auf dem Küchentisch.

Ruth schlägt die Hände vor die Stirn und stößt einen grellen Schrei aus. Zongo kreischt: »Dangboo!«, lässt die Machete fallen und stürzt in den Garten hinaus. Wir haben ihn nie wieder gesehen. Jürgen beißt sich in den Handrücken und stöhnt: »Oh Gott, Paps, was für 'ne affengeile Sauerei!«

Ich starre auf den Küchentisch. Keine Kokosnuss, ein abgeschlagener Kopf liegt da. Aus der durchtrennten Halsschlagader tropft noch Blut. Das Gesicht ist mit geronnenem Blut verschmiert. Die Augen sind aufgerissen, doch ich sehe nur das Weiß der Augäpfel. Ein Schädel, der in sich hineinsieht. Nacktes Grausen! Nie werde ich diese Augen, diesen

Orkusblick vergessen. Nie diesen Schädel, mit dem klaffenden Mund, den entblößten Zähnen, den blutverkrusteten Haaren.

Ruth erbricht sich in die Spüle. Jürgen glotzt mich an, als sei ich Schänder und Mörder in einer Person. Unter mir schwankt der Boden. Ich sacke auf einen Stuhl. Meine Sinne spielen Karussell und drohen zu schwinden.

»Herr im Himmel, was hat das zu bedeuten«, stoße ich aus. »Polizei, die Polizei muss her! Das ist ein Ritualmord, ein Menschenopfer.«

»Aber was hast du damit zu tun, Paps? Das ist ja furchtbar«, stöhnt Jürgen.

Es dauert eine Ewigkeit, bis ich wieder einigermaßen klare Gedanken fasse. Ich stiere auf den Kopf. Obgleich das Gesicht eines Einheimischen, sieht es irgendwie bleich aus, wie ein Zombie. Ein junger Zombie, ja. Kaum älter als 18 Jahre. Ruth würgt noch immer, die Augen vor Entsetzen geweitet.

Ich stelle mir vor, wie der Junge geköpft wurde. Ich sah ihn durch sein Dorf gehen. Haben ihm Häscher heimtückisch mit einem Buschmesser den Kopf vom Rumpf getrennt? Oder war er von bösen Geistern behext und der Voodoo-Priester wollte seinen Kopf als stärksten Zauber gegen das Böse?

Mein Gott. Hatte man ihn, hatte der Priester ihn am Ende für ...? Nein. Nein. Das darf nicht sein. Das ist unmöglich. Ich versuche, den irren Einfall aus meinem Gedanken zu verbannen.

Die teuflischen Augen des Mannes im Bus glommen auf. War er der Mörder oder war es der Priester selbst? Vielleicht wurde der Junge ja auch auf einem Geheimtreffen des Nachts bei Neumond auf einer Urwaldlichtung geopfert. Nein, hingerichtet, um seinen Schädel für weitere Exerzitien zu verwenden.

Ich frage mich, welche Gedanken dem schwarzen Jungen durch den Kopf gingen, falls er von seiner Hinrichtung gewusst hatte. Aber was wird nun aus dem grausigen Relikt auf unserem Küchentisch? Soll ich den Kopf rasch im Garten vergraben, tun, als wäre nichts geschehen? Unsere Gäste erscheinen in zwei Stunden. Überlegungen, die mir die Polizei abnimmt. Zwei Uniformierte stehen plötzlich in der Küche. Jürgen hatte sie alarmiert.

»Merde!«, stößt der Größere aus. Und der kleinere Dicke fragt mich: »Avez vous trouvé cette tête?«

Die beiden Afrikaner schwitzen in ihren Uniformen. Der Große hält die Tüte auf, während der andere in den offenen Mund des Kopfes greift und diesen – plop, in die Tüte fallen lässt.

»Und Sie kommen mit aufs Präsidium, verstanden«, meint er barsch.
„Was soll ich denn da?"

„Das werden Sie schon sehen."

An der erschrockenen Ruth vorbei, werde ich zu einem Landrover eskortiert, wo man mir beim Einsteigen den Kopf herunterdrückt.

»Keine Sorge, ich bin gleich wieder da«, rufe ich meiner Familie zu.

Der Dicke schüttelt den Kopf: »Das sehen wir aber ganz anders.«

Für eine Woche verschwand ich im Untersuchungsgefängnis. Das ist in Schwarzafrika kein empfehlenswerter Ort.

»In unserem modernen Benin gibt es keine Ritualmorde, Monsieur Conte. Merken Sie sich das!«, hämmert mir der Verhöroffizier ein. Sicher hätte er auch mal gern einen Europäer überführt. Botschaft und Anwalt holen mich schließlich aus dem Kerker heraus.

Zu Hause erfahre ich, dass Aheme Zongo auf dem Weg in sein Dorf tot aufgefunden wurde. Keine äußeren Einwirkungen. Er starb einfach so, an Herzversagen. Und Jürgen war eine Treppe hinabgestürzt und hatte sich das Bein gebrochen.

Ja, und Ruth ist überzeugt, das war die Rache des Voodoo-Priesters Dangboo, weil ich seinen Hausgeist verhöhnt habe. Und ich? Haben sich die Mächte der Unterwelt gegen mich verschworen? Jedenfalls erscheinen mir im Traum immer wieder die glühenden Augen wie Irrlichter der Hölle, und ich sehe den abgetrennten Kopf, aus dessen Mund Zongo spricht: „Du hast Dangboo missachtet. Du bist verflucht!"

Zoe Fornoff

Gregor gibt Gas

Sein Bruder hatte sich schließlich auch mit 17 den Autoschlüssel genommen, denkt Gregor. Und natürlich das Auto. Er ist noch 14, fast 15, der Bravste in der Klasse. Wenn er nicht ständig geteast werden will, dann muss das endlich ein Ende haben. An Mädchen kommt er nicht ran, also das Auto. Es geht immer um Autos, Mädchen, Muskeln. Die ganze Zeit. Muskeln hat er nicht so, aber die Men's Health, die ganzen Bilder bei seinem Bruder im Zimmer. Der ist jetzt 19 und will nur ausziehen, ich will endlich mal ausziehen, sagt er bei jedem gemeinsamen Abendbrot, das zusammen eigentlich nur am Freitag stattfindet. Sonst isst jeder wann er will, bei sich im Zimmer. Sogar Mama, die kocht dann schnell was und dann aufs Sofa mit dem Tablet. Hanteln hat er jetzt, zehn Kilo, für morgens und abends und zwischendurch.

Zu den Muckis fehlen viele harte Monate, zum Autoschlüssel ein paar Sekunden. Die Mädchen, das ist vage. Klar, Internet, wir bewerten die dann alle, denkt er, und dann muss er gleich an Mascha denken, die mag er, die findet er richtig gut. Mascha will die Welt retten, sie will was mit Umweltschutz werden, anders kapiert's niemand, sagt sie. Nach der Schule kümmert sie sich um Tiere auf dem Land. Klar, am Handy ist sie auch immer, aber nicht so wie die Jungs. Sie hat ihm bei Englisch geholfen, das war eigentlich total schön, aber danach hat er sich so blöd gefühlt und es war ihm richtig unangenehm, dass ein Mädchen ihm hilft, er ihr aber umgekehrt nicht helfen konnte. In dem Moment.

Er öffnet die obere Tür des Flurschranks. Weiß, silberner Griff. Die Schule nervt eh. In den MINT-Fächern ist er ganz gut, aber er reicht halt auch alte Referate und Modelle seines Bruders ein, die der noch auf einem Stick hat oder die Mama auf den Dachboden gebracht hat. Meistens fühlt er sich irgendwie zu aktiv, um den ganzen Tag auf einem Stuhl zu hocken, nach vorn zu starren, sich mit unendlich vielen Informationen zu füttern, Jahre über Jahre. Manchmal denkt er, sein Körper will raus aus seiner eigenen Haut, will was tun, aber am Gymnasium gibt es kein praktisches Fach, es quatscht immer einer, seine Hände nutzt er nie. Nur zum Basketball, die Jungs treffen sich ansonsten zum Zocken. Wieder sitzen. Hypermotorisch, hat der Arzt gesagt, da musste er fast lachen, ich bewege mich doch nie.

Der Anhänger ist mit dem Logo der Automarke verziert, mit dem Daumen fährt er über den Kreis, in dem sich drei gleichförmige Linien treffen, die alles in Drittel zerlegen. Er liebt Silber, Chrom, ob beim Laptop, am Auto, kühl und cool und klar und ohne Fragen, ohne komplizierte Muster. Stabil, schön, funktional halt. Mit Mascha war er mal in einer Ausstellung, also sie waren eigentlich zu viert, es waren wieder Stunden ausgefallen und niemand hatte Lust, nach Hause zu gehen. Die beiden Mädchen, Mascha und Leonie, wollte unbedingt ins Museum. In den Räumen war alles knallbunt, überall gab es nur Punkte und Penisse zu sehen, als Kunst natürlich, aber er fand es schrecklich.

Leonie machte viele Fotos für Insta, Malte, der auch dabei war, wollte auch bald wieder weg. Gregor beobachtete Mascha, wie sie auf alles reagierte, und machte Fotos von ihr, mehr oder weniger heimlich, wofür er sich dann wieder schämte. Die schickte er ihr fast alle, dann ging es ihm wieder besser.

Er beschließt, sich den Schlüssel noch nicht zu nehmen und noch ein paar YouTube Videos übers Autofahren für Anfänger zu schauen. Auf die Vespa seines Bruders hat er keine Lust, die ist ihm zu omahaft, auch zu lahm. Und die Farbe erst, für ihn ist das lila. Wie diese Ausstellung, nach der sie noch am Fluß spazieren gegangen waren. Die Mädchen sprachen die ganze Zeit über diese Künstlerin und posteten weiter, er tat halbwegs interessiert. Gottseidank war Malte da und zeigte ihm die neuesten Transfernews im Sport. Maschas Gesicht erschien ihm wie erleuchtet unter den vielen Glühbirnen und Lampions, die sie passierten. Immer vorbei an Cafés, Bootsanlegern, Obdachlosen, die sie nicht anbettelten, mit Blick auf bekannte Gebäude am gegenüber liegenden Ufer. Die Mädchen waren ihm nie fremder als jetzt, da er ihnen außerhalb der Schule nah war, und doch wollte er nirgends sonst sein. Eigentlich bildeten Mascha und Leonie ein Paar, wie sie so Händchen hielten beim Gehen, und er mit Malte, der ihn leicht boxte, aus Spaß natürlich, beobachtete er ruhig und genervt zugleich.

Gregor beschließt, sich den Führerschein seines Bruders zu nehmen, ähnlich genug sehen sie sich, außerdem ist er in den letzten Monaten endlich wirklich gewachsen und hat dunkle Stoppeln an den Wangen. Mit einer Jacke, die besonders breit in den Schultern ist, und nur solche tragen er und sein Bruder, und seiner nicht mehr so kindlichen Stimme glaubt er, es durch eine mögliche Kontrolle zu schaffen. In der oberen Etage der Wohnung befindet sich sein Zimmer, dass er verstohlen betritt. Sein Bruder würde erst in ein paar Stunden heim kommen. Noch bevor er zur Kommode tritt, in deren oberstem Schubfach wichtige Papiere und Schmuck aufbewahrt sind, greift er sich einen Hoodie, die Adidas Samba und eine neue Männerzeitschrift.

Aus dem Fenster im oberen Geschoss sieht man die Autos etlicher Fahrschulen ihre Kreise ziehen. Sie wohnen an einem Platz, der von einer Allee durchzogen ist, unterbrochen von einer Kreuzung. Gregor studiert die Namen der Fahrschulen, ihre Automodelle, und stellt sich die angespannten, schwitzenden Lernenden vor, in Panik vor Schildern, vor dem Einparken. Er muss lachen. Sie kreisen und kreisen, für viel Geld, viel Stress, noch mehr Prüfungen, in der Hoffnung auf eine Freiheit, die sie teuer zu stehen kommt und die in der Stadt sowieso nicht mehr erlebt werden kann. Sein Vater, der mit der Bahn pendelt, will das Auto abschaffen, zu teuer, nur Baustellen, nur Radwege. Bliebe die Wohnung, zwei Räder, eines davon elektrisch, das andere das Hollandrad seiner Mutter mit den albernen Blumen am Lenker, dann noch die Vespa seines Bruders. Nicht mal ein Motorrad, lächerlich

Die Fahrzeugpapiere, das weiß er, befinden sich im Handschuhfach des Autos. Als er die Schublade seines Bruders aufzieht, stellt er fest, dass die Mädchen seiner Schule genau so den ganzen Tag durch sein Leben kreisen wie diese Autos um den Platz. Allesamt noch nicht ganz legal, noch nicht mit allen Dokumenten versehen, noch unter Aufsicht und doch voller Erwartungen. Das will er nicht sein. Er kann das auch abkürzen. Sein Blick fällt auf lederne Armbänder mit silbernem Beschlag, auf zwei Ringe und auf die von Opa geerbten Manschettenknöpfe. Gold und Elfenbein. Verboten heute, aber wegwerfen geht auch nicht. Dann der Reisepass, ein paar Karten und fast ganz unten im Stapel der neue Führerschein, dessen Foto Gregor wie ein Spiegelbild entgegen blickt. Sogar der Name ist fast identisch, die Adresse natürlich auch. Er fühlt sich bereit, ausgestattet, legitim. Mit dem Ausweis, den Sneakern, dem Hoodie und der einzigen Lektüre, die ihm wirklich hilft beladen, betritt er den Flur und zieht die Zimmertür hinter sich zu, leise, aber nicht unmerklich, sondern fest, in dem Bewusstsein, einem klaren Plan zu folgen und Befriedigung dabei zu empfinden.

Abends stellt er die Videos auf repeat, lernt dabei das Wichtigste übers Autofahren. Er saß schon mal am Steuer, nur zum Spaß, im Urlaub, mit seinem Vater, der ihn in einer verlassenen spanischen Landschaft, die schon völlig versteppt war, kurz mit dem Mietauto fahren ließ. Leider nur sehr kurz. Dort gab es keine Straßen, weder Verkehr noch Regeln, und sein Vater saß natürlich direkt neben ihm und unterwies ihn. Das Gefühl der Hände auf dem Steuer, der Aufregung durch die für ihn viel zu komplexe Kupplung und das Vibrieren nach dem Tritt in die Pedale verließ ihn nie mehr. Er liebte den Geruch des Autos in der Hitze und den, wie er fand, völlig anderen Blick durch die Windschutzscheibe vom Fahrersitz aus. Er wollte immer weiter fahren, durfte aber natürlich nicht.

Später im Wohnzimmer schaut er TikTok-Videos und lässt dabei den Fernseher laufen. Malte und er machen sich immer lustig übers Fernsehprogramm und chatten total zynisch beim Gucken. Sein Bruder kommt heute gar nicht mehr, sondern übernachtet bei seiner Freundin. Gregor hätte Lust, nochmal in sein Zimmer zu gehen, ganz ungestört, lässt es aber lieber. Morgen früh wäre der ideale Moment für die erste Fahrt. Sein Vater kommt erst am Freitag wieder, seine Mutter hat Dienst. Seit zwei Jahren arbeitet sie wieder im Krankenhaus, sie ist gegen fünf weg. Da wird es langsam hell, außerdem ist dann noch nichts los im Verkehr. Er checkt die Wettervorhersage, trocken, kein Regen, kein Nebel in Sicht. Erstaunt bemerkt er, dass er jetzt ganz flach atmet und fast ein wenig zittert bei dem Gedanken, bald durchzustarten.

Die Anlage, in der sie wohnen, hat einige Stellplätze und eine Garage für zwölf Autos. Ihr Auto, ein typischer guter Mittelklassewagen in silber, steht auf einem der Stellplätze. Georg geht hinaus, inspiziert alles für morgen und legt sich die Schlüssel zurecht. Seine Mutter läuft zur Arbeit, acht Minuten sind es zum Krankenhaus, zu kurz fürs Rad, wie sie immer sagt. Das muss immer aus dem Keller geholt und dann wieder zurück gestellt werden, auf dem weitläufigen Klinikgelände liegt ihr Arbeitsplatz auf der Stirnseite des großen überdachten Fahrradstands, also alles zu viel Aufwand. In der Gegend werden ohnehin viele Räder geklaut. Gestern hörte Gregor den Nachbarn fluchen, jemand hätte die Luft aus seine Reifen gelassen, er fährt einen SUV. Sein Bruder ging hinaus und sprach mit ihm, beide schauten besorgt, kopfschüttelnd. In der Schule kannte er Leute, die so richtig gegen Individualverkehr waren, vor allem gegen Autos in der Stadt. Die nervten ihn, auch wenn er glaubte, dass Mascha das auch so sah. Sagte sie nicht so direkt, aber es würde zu ihr passen.

Am Abend schaut er nochmal die Videos durch, seine Hände griffen dabei in die Luft und ahmten die Bewegungen auf dem Bildschirm nach, seine Füße pressen sich gegen einen unsichtbaren Widerstand und wechseln entschlossen die Position. Tutorials, die das richtige Anfahren erklärten, das Schalten, eines in vier Teilen und zwei weitere; "Verkehrsregeln" und "Einparken" klickt er erstmal nicht an. Wie ein Vorfahrtsschild aussah, wusste er, ebenso, dass er den Spiegel einstellen musste. Getankt hatten sie letzte Woche, daran erinnerte Gregor sich, während er einem Vlog mit dem Titel "Richtig Lenken" zum zweiten Mal seine ganze Aufmerksamkeit schenkt. Ihm fiel auf, dass er sich hierbei viel besser konzentrieren konnte als in der Schule. Dort schaffte er vielleicht zwanzig Minuten, bevor er abdriftete, aus dem Fenster sah, Mascha auffällig unauffällig anstarrte, mit Malte zu quatschen und zu lachen begann, kippelte, das Handy unterm Tisch fest im Blick. Das hier interessierte ihn wirklich. Anstatt seine Zeit immer nur abzusitzen, Jahr um Jahr, konnte er endlich etwas tun, wobei ihm keiner mehr was vorschreiben würde. Selbst beim Basketball gab es tausend Regeln und eine klare Rolle auf seiner Position, dort war er ein Rad im Getriebe, von der Schule ganz zu schweigen, 600 waren sie, 33 in der Klasse. Jeden Tag sah er so viele Leute, dass ihm manchmal schwindelig davon wurde.

Er stellt den Wecker auf 4.30 Uhr. Seit seine Mutter wieder arbeitete, sein Vater weiter pendelte unter der Woche und sein großer Bruder noch mehr unterwegs war als schon in der Oberstufe, war er oft allein, unbeaufsichtigt. Klar, am Handy waren alle immer erreichbar für ihn, und gerade seine Mutter schickte ihm gefühlte tausend Nachrichten am Tag. Er war so viel freier, auch antwortete er nicht immer gleich wie früher noch. In der Schulwoche aßen sie selten gemeinsam, es war immer was im Kühlschrank oder Geld, um was zu holen oder zu bestellen. Wenn sie am Wochenende alle zu viert am Tisch saßen, kam ihm das manchmal schon komisch vor, wie eine wieder aufgerufene Erinnerung aus grauer Vorzeit. Seine Eltern fragten nach der Schule, die drei älteren Familienmitglieder diskutierten über Politik oder Geld, über den nächsten Urlaub, solche Sachen, die ihn meistens nicht besonders interessierten. Jedes Mal hoffte er, dass es nicht ewig dauern würde und er wieder in sein Zimmer konnte. Manchmal spielten sie noch was, auch wie früher, aber irgendwie war es etwas albern, wie ein Fake. Der aber echt war.

Gregor schläft erstaunlich gut und wacht kurz vor dem Alarm auf. Er stellt ihn aus, geht ins Bad und überlegt genau, was er anziehen sollte. Seine neuen Jeans, seine ältesten ausgetretenen Sneaker, aber keinen Hoodie, sondern ein weißes Hemd unter einem dunkelblauen Pulli mit V-Ausschnitt. So müsste er definitiv älter wirken. Er hörte die immer gleich Geräusche, die seine Mutter durch die Wohnung sendete, während sie sich fertig machte für die Arbeit. Dann fiel die Tür ins Schloss. Er war allein. Den Schlüssel in der Hand, musterte er sich kurz im Flurspiegel und korrigierte seine Frisur auf seriös. Natürlich war noch niemand unterwegs, auch fast keine Autos. Seine Hände waren ruhig, trocken, sein Atem gleichmäßig, kontrolliert, als er den Weg zum Stellplatz nahm. Auf dem Weg nach unten fiel ihm fast der Schlüssel aus der Hand, als Maschas Gesicht auf seinem Handy erschien. Im noch dunklen Treppenhaus schien es so auf, wie er es von alten Gemälden kannte, stark, unwirklich blendend und dabei irgendwie absolut, so dass es ihn in komplette Verwirrung versetzte. Was wollte sie, jetzt, so früh? Er ging ran. Hey, Hi, sorry, falsche Taste gedrückt, tut mir leid, ich sollte Leonie wecken, die muss nach Hause, die hat bei Melek gepennt, ihre Eltern wissen aber nichts. Jetzt muss sie nach Hause, bevor alle aufstehen. Kein Problem, murmelt er, Melek wohnt ja um die Ecke. Mehr fällt ihm nicht ein. Warum bist Du auf? Hab ich dich geweckt? Nein, nein, alles gut. Ok, bis später, ja, bis sofort. Als ihr Gesicht wieder erlischt, muss er sich kurz gegen das Fensterbrett im Gang lehnen. Sein Herz schlägt laut, er versucht, das Zittern seiner Hände zu steuern und schafft es. Warum jetzt, warum Mascha. Der Moment darf ihn nicht aus der Bahn werfen, das lässt er nicht zu, dafür hat er zu viel in die Vorbereitung gesteckt. Er atmet dreimal durch, hat er in der Therapie gelernt. Die ihn etwas ruhiger machen soll, weil er so an der Grenze ist mit seiner Hypermotorik. Nicht schlimm ausgeprägt, aber besser jetzt was tun. Es wirkt.

Es ist Dienstag. Gregor bewegt sich auf das Auto zu, das ihm in neuem Licht erscheint. Die frühe Sonne kriecht über Chromflächen, der Wagen geht nicht einfach unter im Verkehr, sondern scheint neu erschaffen für diesen Morgen. Er drückt auf die Taste für "Öffnen", hört das kurze, helle Signal und steigt ein. Die gespeicherten Informationen prasseln jetzt nicht auf ihn ein, sondern reihen sich nach und nach zu einer Kette, doch zur Sicherheit montiert er sein Handy links vom Steuerbord und ruft ein Video auf: "Anfahren". Alles klappt, er ist ruhig, besonnen, kontrolliert. Das Auto folgt seine Befehlen wie ein gut dressiertes Tier, selbst das Lenkrad hält er nicht zu stark fest. Den Sitz musste er nicht mehr einstellen, alles passt. Er beschließt, einmal um den Platz zu fahren, der fast komplett ruhig liegt. Kein Verkehr, vielleicht zwei, drei Autos pro Minute, glaubt er. Die weiten Kurven machen ihm keine Angst, bis er die erste nehmen muss. Er schafft es um die Ecke, doch der Erfolg bestärkt ihn nicht. Zwar scheint jetzt alles möglich, immer weiter könnte es nun gehen, doch diese Aussicht beflügelt ihn nicht, sondern löst ein plötzliches Unbehagen aus. Gregor denkt nicht an seine eigene Sicherheit, die des Autos oder die anderer, er denkt nur an die Weite, die Fahrbahn, ein Gefühl von Grenzenlosigkeit, dass er ersehnt hat. Doch das Wohin kennt nur eine Antwort: nach Hause. Wenden kann er nicht. Er nimmt eine Gerade und fährt nach einer weiteren Kurve auf den Stellplatz, etwas holprig, aber ohne jemanden zu rammen, an den Bordstein zu geraten oder das Bremsen zu verpassen. 15 kmh, 10. Das Auto steht leicht schief, aber es fällt kaum auf. Er schaltet den Motor ab. Ganz ruhig sitzt er auf dem mit Kunstfell überzogenen Sitz und blickt in den Rückspiegel, dann in den Außenspiegel. Schiebt sich dann auf den Beifahrersitz, falls doch ein Nachbar vorbei käme. Aktiviert seine neue Playlist, Deutschrap und und eine neue britische Band, die Malte gut findet, und fühlt, wie die Euphorie in ihm aufsteigt. Johlend, singend, den Kopf rhythmisch zur Musik vor und zurück bewegend, bleibt er einfach sitzen, eins mit dem Auto, mit der Musik, mit sich.

In der Schule kann er sich heute überraschend gut konzentrieren. Selbst als ihm Mascha kurz auf der Treppe begegnet, bleibt er gelassen und kaut sein Schokocroissant auf, hebt so nur leicht den Unterarm zum Gruß, geht hinunter, während sie nach oben steigt. Kurz denkt sie, dass Gregor verändert wirkt, beschäftigt sich aber nicht weiter mit ihrer Beobachtung. Unsere Beobachtungen beim Gehen, so einen Text mussten sie kürzlich lesen, Leonie nahm ihn ihr aus der Hand, sie hatte ihre Kopie verloren. Mascha war dabei, sich einen Ordner mit Klimaberichten zusammen zu stellen, eigentlich zwei, einen analogen und einen digitalen. Sie wühlte gern im analogen und sah sich lang die Fotos darin an, Fotos von Fluten, Steppen, dazu Skalen. Der digitale enthielt Videos, Artikel, wissenschaftliche auch, die sie nicht alle verstand. Dann fragte sie ihre Mutter, eine Biologin, die im Vertrieb einer großen Firma arbeitete und neue Geräte im Umland verkaufte. Seit kurzem versuchte Mascha, vegan zu leben, was ihr nicht immer gelang. Bei der Fridays-for-Future-Demo hielt sie nicht so lange durch und ging dann mit den anderen noch zu McDonald's. Das war letztes Jahr, jetzt würde sie sowas nicht mehr machen. Da war sie noch jünger und hängte ein Poster einer der Rednerinnen, die sie selbst nicht gesehen hatte, ins Wohnzimmer. Ihr Vater nahm es wieder ab, sie hängte es wieder auf. Noch zwei, drei Mal sollte sich das wiederholen, dann fand sich das Bild mit der Rednerin in einer dunklen Ecke im Flur wieder , aber immerhin an der Wand. Dort blieb es, keiner kümmerte sich mehr darum. Wenn Freunde zu Besuch da waren, dachten sie, es handele sich um eine Sängerin oder Schauspielerin, die man kennen müsste, die sie selbst aber peinlicherweise nicht zuordnen konnten und deshalb erst gar nicht nachhakten. Maschas Vater störten ihre neuen Interessen mehr als ihre Mutter, er aß für sein Leben gern Fleisch, fuhr ungemindert Auto und buchte Flugreisen. Zu seinem Geburtstag schenkte ihm Mascha ein Buch über Fair Travel, aber mehr, um ihn zu ärgern, sie wusste, er würde es nie lesen. Er machte lediglich ein ätzende ironische Bemerkung, während ihre Mutter beim Kuchenessen darin blätterte und interessiert tat. Mascha begann, sich immer mehr zu vernetzen mit Leuten, die in die gleiche Richtung dachten und endlich handelten. Über Paul und Vera aus der Oberstufe wusste sie von Veranstaltungen, die man besuchen und dabei auch was Praktisches lernen konnte, um endlich nicht nur rumzusitzen und zuzusehen, wie die Welt unterging. Paul und Vera nahmen sie auch ernst, wenn sie mit ihrem anschwellenden Ordner auftauchte, sie nahmen sich unendlich Zeit für all ihre Gedanken, Sorgen, Fragen. Leonie war ihre beste Freundin, aber sie war eher auf Party aus, wollte einfach leben, obwohl Mascha wusste, dass sie genau die gleichen Ängste quälten. Ihre Antwort darauf war nur anders. Zusammen hatten sie versucht, ihren Kleiderschrank auf vegan umzustellen, dann ihr Zimmer. Es war viel schwerer, als sie dachten, und das posteten sie auch, sprachen lang darüber. Mascha wollte sich auf ihrem Weg nicht allein fühlen, sondern als Teil einer wachsenden Gruppe, das gab ihr Mut und Hoffnung.

Am Mittwochmorgen entschied Gregor, dass die zweite Fahrt am nächsten Tag starten sollte. Natürlich will er weiter kommen als beim ersten Mal. Erst stellt er sicher, dass sein Bruder weiter bei seiner Freundin sein würde, dann ruft er Tom an. Tom ist schon 18, sie kennen sich vom Sport, er ist sein bester älterer Freund. Malte hat er nichts erzählt, vielleicht nächste Woche, bei der nächsten Gelegenheit. Er erkundigt sich, ob Tom Zeit für ein Treffen hätte, um was Spontanes zu starten. Sie verabreden sich für Donnerstag, wenn seine Mutter beim Chor ist und mit allen noch was trinken geht, sie also freie Bahn hätten. Als Tom ankommt, wartete Gregor schon am Auto. Soll ich fahren, fragt Tom. Okay, sagt Gregor, und dann ich. Tom grinste und nahm ihm den Schlüssel aus der Hand. Nicht dein Ernst. Außerdem wird's bald dunkel. Gibt doch auch Übungsstrecken für sowas, weisste doch. Tom hatte Bier dabei, Gregor nahm auf dem Beifahrersitz Platz und sorgte für die Musik. Lass ma' Reifen quietschen, lass paar Scheine fliegen ... wie die Weiber schielen durch die Seitenspiegel ... Gleichzeitig öffneten sie ihre Dosen, es zischte und schäumte, und Tom fuhr los. Sie lachten, lachten noch mehr, nachdem sie in einer Fahrpause an einer Brache gekifft hatten, und Tom ließ Gregor ans Steuer. Völlig befreit fuhr er durch den ruhigen Abend, stadtauswärts, und obwohl Tom einmal ins Steuer greifen musste und ihm öfter Anweisungen gab, fühlte er sich, als sei das Fahren kinderleicht, ohne Widerstände, und er frei wie der Wind. Er bremste langsam aus, entlang einer Geraden am Straßenrand, wo Parkverbot herrschte und große Auffahrten zum neuen, noch nicht eröffneten Gewerbegebiet gepflastert waren. Sie lachten wieder, quatschen eine Weile, dann stiegen sie aus, lehnten sich gegen das Autor im kühlenden Abendwind, bevor Tom sie schließlich zurück fahren musste, damit Gregors Mutter keinen

Verdacht schöpfte. Kurz bevor sie heim kam, hatte er den Wagen geparkt, sie gingen ins Haus, um sich Pizza zu machen. Tom hatte ihn beim Fahren kurz gefilmt, sie sahen sich das Video an und posteten es, um es gleich wieder zu löschen; einige likes hatte es sofort gegeben. Gregor schickte es noch gesondert an Malte, der es mit Emojis kommentierte, die aus Riesenaugen und Klatschgesten bestanden.

Am Wochenende sind alle wieder zusammen, Gregor hat außer Sport und Hausaufgaben nichts vor und beschliesst, auf dem Dachboden zu kramen, um noch ein paar alte Sachen seines Bruders abzustauben. In einer Blechkiste findet er eine Sammlung von Fotos der Silberpfeile, der Rennwagen von vor dem Krieg. Sein Uropa hatte sie bewundert und seinem Opa vermacht. Einer von beiden hatte ein paar Jahre bei der Reichsautobahnbehörde gearbeitet, er wusste nicht, welcher, und hatte jetzt auch wenig Lust, zurückzurechnen. Das Design der Autos, ihr Chrom, die frühere Zeit, in der diese Rennen statt gefunden hatten, faszinierten Gregor. Er stieß noch auf ein Foto seines Opas aus den 1960er Jahren, mit einer Harley. Später hatte er alle zwei Jahre einen neuen Gebrauchten, so ging zumindest die Familienlegende. Die Harley hatte ihm gehört, was für ein Witz war die Vespa seines Bruders jetzt dagegen und erst sein bald autoloser Vater. Ein Motorrad konnte er sich auch irgendwann vorstellen, nun aber beschloss er, ernsthaft auf ein Auto zu sparen oder einen AMG S 63 E Performance zu leasen. Er richtete sich auf und nahm die Fotos mit nach unten.

Mascha verbringt das Wochenende auf dem Hof, an dem ihre Mutter Anteile gekauft hat und mit anderen Leuten zusammen Land bewirtschaftet. Mascha ist oft dort, anders als ihre Mutter, kümmert sich um Hühner und Pferde, die man noch nicht reiten kann und sieht zu, wie Gemüsebeete anlegt werden. Sie hatte keine Lust auf ihr Kunstreferat, irgendwelche Futuristen, Futuristen aus der Vergangenheit, wie absurd, dachte sie bei sich, deren Bilder sie total schrecklich fand. Als ihr Handy klingelte, war sie noch vor den Stallungen beschäftigt und sah erst ein paar Stunden später, dass Vera versucht hatte, sie zu erreichen. Wie sich herausstellte, ging es um eine Aktion, bei der Paul nicht in der Stadt sein würde. Sie sollte für ihn einspringen, Vera würde sie vorbereiten, es sei noch genug Zeit. Mascha hört sich alles an und zögert nur kurz, bevor sie zusagt.

In den folgenden Wochen fährt Gregor weiter mit Tom durch die Stadt und stadtauswärts. Einmal tanken sie nach, damit der hohe Verbrauch nicht auffällt, dreissig Liter. Tom ließ ihn immer öfter ans Steuer und staunte, wie gut er war. Gregor hatte die Materialien der Fahrschule, die sein Bruder vor zwei Jahren benötigt hatte, gefunden und lernte über Stunden. Er sah sich weiter Videos an, interessierte sich noch mehr für Motoren und Modelle. Auch wenn er nicht fuhr, fuhr er, seine Hände, Füße, sein Blick imitierten noch lange nach dem Aussteigen die Phasen hinter dem Steuer. Das Regulieren der Geschwindigkeit, gerade die Bremsphasen, fielen ihm noch schwer, beim Einparken stand er noch ganz am Anfang. Tom übte es geduldig mit ihm ein, sie nahmen Äste oder Steine als Markierungen.

In dieser Zeit trafen sie sich wieder zu viert, mit Malte und Leonie. Mascha war gut drauf, lästerte aber ständig über die Elterngeneration, die den Planeten zerstört hätte. Gregor hielt lieber den Mund, wenn es um seine Autoobsession ging, nur dass er den Führerschein machen wollte, das wusste sie. Einmal im Kino saß sie neben ihm, der Stoff ihrer neuen Second Hand Bluse an seinem Unterarm. Sie teilten sich Popcorn süß und salzig und Gummibärchen, sie lachten und lächelten sich an, als Reaktion auf Filmszenen. Ihre Finger sich berührten im Popcornbehälter. Irgendwann werde ich den Arm um dich legen, dachte Gregor, als er ihr Gesicht im Dunkeln leuchten sah. Diese Gewissheit entspannte ihn, sie hatte noch keinen Freund und er beschloss, bald zu handeln. Der Gedanke machte ihn nicht mehr nervös, er freute sich eher darauf. Gregor spürte jetzt, dass er fast erwachsen war. In den Freistunden half ihm nun Malte mit dem Schulstoff, für den er sich jetzt noch weniger interessierte.

Ihm war klar, dass er Mascha nicht fragen konnte. Und so fragte er Malte, ob er Lust hätte, über einen kleinen Umweg mit ihm in die Schule zu fahren. Spinnst du, da sieht dich jeder, und morgens ist Berufsverkehr. Mann, ich hab schon viele Fahrstunden hinter mir, ich kenn' die Strecke. Parken können wir einfach beim Lidl, da ist alles frei um kurz vor acht. Malte wohnte zur anderen Seite des Platzes, sie gingen 20 Minuten zu Fuß zur Schule. Gregor wollte über ein kurzes Stück der Stadtautobahn fahren, um dann die Ausfahrt zum Viertel der Schule zu nehmen.

Sie einigten sich, nur über die Autobahnbrücke zu fahren, nicht auf die eigentliche Autobahn, da es Malte mit der Angst bekam. Er fuhr oft mit dem Rad und fand den Verkehr jetzt schon zu hektisch. Malte staunte, wie souverän Gregor mit dem Auto umging, wie angstfrei. Loben wollte er ihn aber nicht, er checkte auch zweimal, ob er wirklich angeschnallt war und hielt sich am Handgriff fest. Haste Chemie kapiert. So halb.

Paul feiert am Samstag, 16. Gehste hin. Glaub schon. Sie nähern sich der Autobahnbrücke, fahren auf. Die Fahrer vor ihm haben schon beschleunigt, auf 60, 70. Plötzlich sieht Gregor, wie ein Auto vor ihnen die Bahn verlässt, ausweicht, dann das hinter ihm, blinkend, hupend. Malte sagt was, wiederholt es lauter, Gregor versteht es nicht, verliert die Übersicht. Bremst nicht ab, als sich die Spur vor ihm öffnet, als er ihr Gesicht erkennt, knapp über dem Rand der Windschutzscheibe. Steh auf, renn weg, schreit Malte, zwei Mal. Ihre Augen sind aufgerissen, ihr Mund, doch ihr sitzender Körper rührt sich nicht. In einem kurzen dumpfen Laut kommt das Auto zum Halten, dann wird es sofort still. Bis Malte stöhnt und weint, durch das Fensterglas helle Schreie stoßen. Während Gregor in den Airbag atmet, nur noch helles Grau um sich wahr nimmt, fühlt er, wie das Gesicht unter ihm verschwindet.

Zoe Fornoff

Der Zahnarzt. So etwas wie Gewalt

Wo ist die Leistungsbereitschaft geblieben, fragte der Zahnarzt, als er während einer Behandlung innehielt. Er, ein hart arbeitender, großer, noch blonder Mann, verströmte mit jeder Geste Korrektheit, Ernst und Effizienz. Seine druckreife, fast autoritäre, nur wenige Einwände zulassende Ausdrucksweise, sein wohltemperierter Duktus sowie seine fast unnatürlich wirkende makellos aufrechte Haltung komplettierten dieses Bild, ein Bild, das vor ihm existierte, das er jedoch ebenso selbst hätte entwerfen können und es deshalb umso hingebungsvoller übererfüllte.

Natürlich war er verheiratet, als einer der wenigen seines Kreises in erster Ehe, Vater von studierendem Nachwuchs und erfreute sich der sozial wie materiell geordneten Verhältnisse, in denen sich seine Routinen abspielten, die sich zu Jahrzehnten fügten und zu einem Leben defundierten. Diese Umstände, die er als unbedingt glückliche erachtete, schrieb er nicht etwa gesellschaftlichen oder persönlichen Vorzeichen zu, sondern führte sie vielmehr auf eine ausgefeilte Taktik zurück, eine Lebensstrategie, die nicht nur, wie es zu erwarten wäre, auf harten Einsatz und kluge Umsicht setzte, sondern auch auf das Abpassen des richtigen, ja, des perfekten Zeitpunkts. Der Ort, die Stadt und der Staat also, in denen er lebte, hatte die Verwirklichung all seiner Vorstellungen geebnet und ermöglicht, was ihm selbstverständlich erschienen war: Schule, Abitur, Studium und Niederlassung waren sukzessive erfolgt, parallel dazu die Heirat mit der passenden Partnerin und die nie infrage gestellte Familiengründung, dazu ein neu errichtetes Townhouse und ein kleines Boot im wasserreichen Südwesten der Großstadt. Dankbarkeit hatte er nie empfunden, wohl aber Genugtuung und das Gefühl, der gegenseitige Vertrag würde von beiden Seiten und zu aller Zufriedenheit erfüllt. Die avisierte Zukunft war eingetreten.

In letzter Zeit aber erschien der Zahnarzt zunehmend konsterniert angesichts dieses wie von Grund auf veränderten Landes, in dem er kaum noch qualifizierte Angestellte finden konnte. Er beobachtete mit sich steigerndem Unbill, wie seine halbe Arbeitszeit auf bürokratische Abläufe entfiel, während die Zähne der Patientenschaft, die sich im Wartebereich drängte, verlässlich zerbröselten. Neu waren auch die sich fast lawinenhaft häufenden Beschwerden vieler, die die Behandlungskosten nicht mehr stemmen konnte und wollten sowie die Drohungen, denen er und sein Team sich vermehrt ausgesetzt sahen. Verliefen Eingriffe nicht schnell und schmerzfrei genug oder wurden weitere Termine veranschlagt, musste man sich auf lautere Auseinandersetzungen, despektierliche Reaktionen und in bislang zwei Fällen auch auf rohe Gewaltandrohung gefasst machen. Dies ließ sich nun durch alle gesellschaftlichen Schichten hindurch beobachten. Was neben dieser Verrohung nun auch vermehrt vorkam waren Auftritte von Leuten, die sich nicht wirklich um ihre Zahnhygiene scherten und auch deshalb nicht wie vereinbart erschienen, weil sie nur noch über einen rudimentären Begriff von Verbindlichkeit und Pünktlichkeit verfügten; dies dann zu entschuldigen, lag ihnen natürlich fern. All diese Gestalten standen dann irgendwann wieder am Empfang und schmückten ihre Lebensgeschichte entsprechend aus, um damit ihr Verhalten oder ihren Zahlungsrückstand zu rechtfertigen. Das einstmals angenehme und vertrauensvolle Miteinander von medizinischem Team und Patientenschaft in diesem einst guten Viertel war bedroht, alle begaben sich in Habachtstellung, immer in Erwartung einer möglichen Eskalation. Diese neue, reflexartige Dünnhäutigkeit legte sich als neurologisches Symptom über alle Abläufe. Der Zahnarzt hatte die Praxis vor acht Jahren allein übernommen, während eines ersten der neuartigen Hitzesommer, und der Einstieg war trotz seines beachtlichen fachlichen und praktischen Wissens mehr als holprig geraten. Gleich zu Beginn musste er eine schwierige Wurzelbehandlung übernehmen, die wider Erwarten in Blut, Schweiß und Tränen endete, dies im ganz wörtlichen Sinn. Eine Angstpatientin war ihm überantwortet worden, die er durchaus sympathisch fand, da man sich zivilisiert mit ihr unterhalten konnte und die trotz ihrer Phobie wirklich alles gab. Der Eingriff geriet zum ungeahnten Fiasko, die Patientin litt unnötig Schmerzen, mehrere Sitzungen wurden notwendig. Zum ersten Mal arbeitete er, der Souveräne, im Schweiße seines Angesichts, und zum ersten Mal wandte er so etwas wie Gewalt an. Er hatte, ohne es zu merken, wiederholt die falschen Instrumente gewählt. Seine Assistentin, noch unvertraut mit dem neuen Chef, erkannte dies sofort, wagte es aber nicht, ihn vor der Patientin darauf hinzuweisen. Die erste Behandlung ließ ihn erst erschöpft, dann frustriert zurück. Der Zahnarzt schob die Komplikationen auf die ungewöhnlich gekrümmte Wurzel der Patientin, die den Eingriff so erschwerte. Eines abends aber, es musste nach der dritten Sitzung gewesen sein, dämmerte es ihm. Er hatte einen Fehler gemacht. Statt der forensisch aufgeladenen, dabei völlig affektiert und unerträglich redundant inszenierten Krimiszene, die sich noch eben auf dem Fernsehbildschirm vor ihm entfaltete, sah er plötzlich das richtige Besteck vor sich, das nie zum Einsatz gekommen war. Auf dem neuen LED Monitor erstrahlte es, aufrecht, poliert, so selbstverständlich wie selbstgerecht. Sein Herz machte einen ihm, dem schlanken Sportler, gänzlich unerhört erscheinenden Sprung, doch nach einer kurz darauf einsetzenden, kaum eine Minute währenden Schockstarre gelang es ihm, das absurde Bild wieder wegzuwischen. Am nächsten Morgen stand er auf, schlüpfte in seinen leichten Bademantel, trank einen ersten Espresso und putzte sich dann die etwas ungeraden Zähne, wobei er auf die elektrische Zahnbürste verzichtete. Seine Augen waren verschattet. Der Zahnarzt blickte auf das Rasenstück vor ihrem Townhouse und rief dabei unwillkürlich eine Szene aus einem jüngeren Roman auf, den er gelesen hatte. Dort schaut der Held auf ein ähnliches Stück Grün, das ihm in der Abenddämmerung wie ein Sarg vorkommt, ein Eindruck, der ihn dazu veranlasst, sein zweifelsfrei gutes, fast schönes Leben und die dazugehörige Familie sang- und klanglos zu verlassen, um fortan Jahre und Jahrzehnte unerkannt durch die Natur zu streifen. Das Buch hatte ihm seine Frau geschenkt. Sie wusste, dass er den schweizerischen Autor schätzte, dennoch war es eine sonderbare Wahl.

An freien Abenden las er zuweilen andere, nicht fiktive und dennoch im wahrsten Sinn eskapistische Literatur von Politycki, Greiner oder Weimer, die entweder ihrer Heimat großkehlig den Abschied erklärten, da sie sich in ihrem eigenen Land mittlerweile fremd fühlten oder aber gleich ein neues, gar nicht einmal schlecht geratenes konservatives Manifest auflegten. Hier fühlte sich der Zahnarzt verstanden, er markierte viele Stellen mit Bleistift und versah sie mit einem und zuweilen sogar mit bis zu drei Ausrufungszeichen. Früher hatten seine Frau und er oft das Gleiche gelesen, manchmal sogar parallel, um sich dann darüber austauschen zu können. Das fand zu seinem Bedauern mittlerweile nur noch selten statt, selbst das Radiohören im neu renovierten Küchenbereich oder das gemeinsame Schauen von politischen Talkshows, auf die sie nur noch selten Lust verspürte, geriet immer mehr zur Belastungsprobe für ihre Ehe. Im Anschluß diskutierten sie dann noch über Stunden und fanden keinen Konsens, weshalb sie sich verdrießlich in ihren Tag oder ins Bett verabschiedeten. Sie fand ihn oft zynisch und unempathisch und kritisierte seine, wie sie tatsächlich sagte, patriarchalische und privilegierte Sprecherposition. Er lachte dann laut auf. Das hatte ihr die gemeinsame Tochter, die derartige Uniseminare belegte, eingeflüstert, war er sich sicher, und fand es grotesk. Er wiederum dachte über seine Frau als einen gänzlich weltfremden, in Watte gepackten Gutmenschen, der gesellschaftliche Realitäten und wirtschaftliche Notwendigkeiten nicht begreifen wollte und weiterhin unbeirrbar Grün oder Schlimmeres wählte, bis endlich alle Strukturen, die ebenso mühselig wie erfolgreich über Generationen aufgebaut worden waren, zusammenbrachen. Es entging ihm auch nicht, dass sie sich mit den Jahren immer legerer kleidete, Markenkleidung eher mied und nur noch selten schick - und dies dann sehr zurückgenommen - erschien. Statt der Vogue abonnierten die beiden Frauen jetzt das Missy Magazin, natürlich auch, um ihn zu provozieren. Die Bildstrecken darin fand er abschreckend und verstörend. Offensichtlich verhielt es sich also so, wie es das Klischee vorgab: die Wechseljahre gerieten zur zweiten Pubertät. Sie wollte ihn unzweifelhaft angreifen, bestellte fast nur noch Bücher von Frauen, stellte deren Werke gar in der umfangreichen Vinylsammlung nach vorn und löste damit die bewährte alphabetische Ordnung auf. Sie besuchte nur noch Ausstellungen ihrer Geschlechtsgenossinnen mit dem Hinweis, dass die Museen die Werke der Frauen bewusst in ihren Kellern verschlossen hielten und schaute Sendereihen auf ARTE zu diesen Themen, die er ermüdend fand. Kurz vor Weihnachten kritisierte seine Tochter ihn, weil er nie Bücher von schwarzen Frauen las, woraufhin er sich, klein beigebend, ein Buch einer schwarzen Frau bestellte. Seine Frau schrieb dann an die Philharmonie ihrer Stadt, dass sie ihr lieb gewonnenes Abonnement aufkündigen wollte, sollte man nicht endlich mehr Komponistinnen und Dirigentinnen zur Aufführung bringen. Kurz, sie holte ihre Rebellion nach oder wollte, so seine Vermutung, offensichtlich vermeiden, nicht mehr relevant für ihre Tochter zu sein. Er hatte sich ja immer einen Sohn gewünscht oder gleich mehrere, aber schon damals konnte man so etwas nicht mehr ungestraft äußern. Er fühlte sich in seinem eigenen Haus immer mehr in die Ecke getrieben, er, der für diese Frauen Sorge trug, sie liebte und sie immerhin ernährte.

Schon vor ein paar Jahren hatte seine Frau das ein oder andere Mal erleben müssen, dass negativ auf sie reagiert wurde, wenn man ihr ihren Status ansah. Er fürchtete, dass sie es mittlerweile hasste, Zahnarztgattin zu sein, weil es etwas war, das man nicht mehr einfach als gesellschaftlichen Erfolg deklarieren konnte, sondern sich vielmehr dafür rechtfertigen musste, nicht arbeiten zu gehen, vor allem dann, wenn man selbst gut ausgebildet war und die einzige Tochter mittlerweile das Elternhaus weitestgehend verlassen hatte. Natürlich neideten ihnen andere nach wie vor ihre Position und ihren Wohlstand, zumal seine Frau auch geerbt hatte, dennoch hatte sich etwas gedreht. Von ihnen wurde erwartet, bewusst, nachhaltig und gerecht zu agieren und bloß bescheiden aufzutreten, keine laute Kritik in diesen neuen Kontexten zu üben, von einer rigorosen Selbstüberprüfung einmal abgesehen. Sie zog sich diesen Schuh zu seinem Bedauern zu schnell an, wohingegen er seine Pfründe verteidigen wollte. Er hatte schließlich viel zu hart dafür gearbeitet, um endlich da angekommen zu sein, wie er sich schon immer, noch als Junge auf dem Land, imaginiert hatte. Er mochte seine Kaste, die Segler, die Clubs, die guten Restaurants, die schönen Viertel, deren Rassehunde und den meist ansehnlichen und adretten Nachwuchs seiner Nachbarn. Gern hätte er in die Welt gerufen: Seht her, wir haben es geschafft! Seine Frau hingegen war all dessen zunehmend überdrüssig und erzählte von Kindern der Freunde, die sich den Klimaklebern anschlossen, wobei sie deren Radikalität und Gesetzesbrüche herunterspielte. Man konnte einfach nicht mehr wirklich mit ihr reden. Natürlich liebte er sie nach wie vor, er liebte sie jetzt auch auf eine andere Art, aufgrund der gemeinsamen zwanzig Jahre, als seine treue Gefährtin durch wirklich alles, was ihnen widerfahren war und was sie gemeinsam gemeistert und geschafft hatten. Er beschloss, nicht sofort aufzugeben, sie auf eine Lesung von Gila Lustiger einzuladen, denn hier, so glaubte er, könnten sie sich treffen, sich berühren, die Enden ihrer Positionen.

Während ihre Tochter sich bemühte, Mary Beard oder Bernadine Evaristo bekannter zu machen, bemerkte sie nicht ohne Argwohn und Groll, wie Professoren wieder begannen, zu Jünger und gar zu Schmitt zu greifen. Dies hatte sie in Büros während der Sprechzeiten erhaschen können, offene Giftschränke, für welche die Schamgrenze plötzlich wieder zu sinken schien. Es war so, als müsse sie persönlich gegen den drohenden Backlash angehen, und auch sie besuchte kulturelle Veranstaltungen nur noch sehr selektiv. Diese neue schleichende Geschlechtertrennung, der er, als per definitionem schuldbehafteter Cis-Mann, nichts entgegen zu setzen hatte, fand sich jetzt überall. Es stimmte ja, dass er sich für so etwas wie MeToo oder die Auswirkungen männlicher Gewalt überall nicht besonders stark machte. Manchmal ertappten sich die beiden Frauen in den Diskussionen dabei, selbst einseitig und ungerecht zu argumentieren, versuchten dann, alles entspannter zu sehen, aber das Kind war in den Brunnen gefallen, sie bewohnten endgültig andere, ihm grundsätzlich fremde geistige und politische Sphären, was sich unweigerlich und unaufhaltsam auf die familiären Beziehungen auswirkte. Seine Frau ließ es dabei allmählich zu, dass es sie trennte und dachte heimlich immer öfter über ein unabhängiges Leben nach, ein Leben ohne ihn. Die Mühen einer Scheidung, die dann notwendig werdenden Erklärungen der Tochter gegenüber und seine gelegentlichen Versuche, doch auf sie einzugehen, hielten sie noch ab, erste Schritte einzuleiten. Sein Habitus schien ihr wie aus der Zeit gefallen, obwohl er keineswegs schon alt war oder auch nur gedient hätte, doch sein Auftreten, seine Wortwahl setzten sich mittlerweile stark ab von Erscheinungsbild und Art vieler seiner Altersgenossen, mit ihm war kein Staat mehr zu machen. Der Zahnarzt echauffierte sich wiederholt über die vielen multipel gepiercten, tätowierten, unfrisierten Männer, die ganz so, als gehörten sie zu den Mitgliedern einer abgehalfterten Metalband, die Straßen der Großstadt säumten, dies mit immer weniger Rücksicht auf Standards von Hygiene, Ästhetik oder gar Mode, sondern vielmehr in einer sich visuell einbrennenden, nur vermeintlich juvenilen Verweigerungshaltung. Dieser Phänotyp, mit Bierflasche als typischem Accessoire, war lange bekannt, lediglich seine exponentielle Häufung fiel ihm nun unangenehm auf. Man konnte stundenlang durch Viertel der Stadt spazieren, ohne einen Mann im Anzug zu erblicken oder dem, was man eine gepflegte Erscheinung nannte, zu begegnen, von einigen wenigen jüngeren, stilbewussten Ausnahmen einmal abgesehen. Diese hielt er für Touristen. Seine Frau wusste, dass dies alles ihren Mann massiv störte und er neuerdings für die Wiedereinführung des allgemeinen Wehrdiensts plädierte, um der, wie er betonte, ubiquitär um sich greifenden Form- und Disziplinlosigkeit entgegen zu wirken. Ihr erschien dies als absurder Affront, als ein fast schon stereotypes Abgleiten dieses konservativen Unikats, mit dem sie zu ihrem Leidwesen liiert war und zu dem er sich mehr und mehr stilisierte. Ausgerechnet die von ihm geschädigte Patientin hatte eine fast erwachsene Tochter, die, wie sie unter Angst und Schmerzen erklärte, nach dem Abitur zur Bundeswehr wollte. Dies faszinierte und beeindruckte ihn, denn das bislang recht einseitige Bild, das er von der jungen Generation zeichnete, bekam so eine neue Facette. Sein Respekt vor der Frau wuchs.

Der Zahnarzt begann, sich für alternative Medien und für die Veranstaltungen eines neu gegründeten Instituts für konservatives Denken zu interessieren. Im Urlaub, als sie sich ein Laptop teilten, erhaschte seine Frau einen Blick auf seinen Suchverlauf und fiel fast in Ohnmacht, es kam zum Streit. Mein Gott, sind wir tatsächlich so konservativ geworden? Sein bester Freund, dem er die Episode eindrücklich erzählte, blickte erst fragend, dann ratlos. Ist das denn noch von Belang? Du warst früher so links, ich eher unpolitisch, befand er. Hör uns jetzt mal zu. Überhaupt, dieses schematische Linksrechts-Denken das ist doch total überholt, inadäquat angesichts so vieler gesellschaftlicher Probleme. Das Land lebe von seiner Substanz, heißt es nun immer öfter. In jedem internationalen Ranking scheinen wir abzurutschen, ohne dass effektive

Gegenmaßnahmen ergriffen würden. Hinweisen auf den Erfolg anderer, vergleichbarer Nationen in bestimmten Segmenten und auf deren viel besser funktionierende Systeme wurde kein Gehör geschenkt, man wusste es eben von jeher besser oder sah schlicht keinen gangbaren Weg für eine entsprechende Umsetzung von Verbesserungen, dachte der Zahnarzt laut. Zu lange war man daran gewöhnt gewesen, sich in der Rolle des Primus zu gefallen, dem ja die anderen folgten, nacheiferten - die Besten hier, selbstverständliche Weltmeister dort - als dass entsprechend reagiert werden konnte auf dieses vermeintlich unerwartete Taumeln Richtung Abgrund. Dieses, betonte der Freund, würde immer sichtbarer, das bezeichnende Wort „marode" hallte durch viele der Nachrichten, über den Zustand von Schul- und Universitätsgebäuden, Ämtern, Brücken und Bahnhöfen, es war ein Wort, das niemand zuvor mit ihrem Land in Verbindung gebracht hätte. Dieser sich wie eine Ansteckung ausbreitende Befall der Einrichtungen der Nation schien unaufhaltsam, sie glich zunehmend einer Mundhöhle, die von Karies und Parodontitis zersetzt wurde. Es galt zu reinigen, zu röntgen, Löcher zu schließen und notfalls ganze Brücken einzulassen, befand der Zahnarzt zynisch. Investitionen in schwindelerregender Höhe wurden nun in jedwedem Bereich nötig, das ganze Gebiss musste vielleicht ersetzt werden. Gleichzeitig, ergänzte der Freund, herrscht angeblich Sparzwang, der jedoch nicht den Erweiterungsbau des bestehenden Kanzleramts betrifft, dessen Finanzierungsbedarf und Dimensionen nicht nur den Buckingham Palace, sondern auch den neuen Regierungspalast in Ankara in den Schatten stellen. So empörend und beunruhigend dies alles schien, so blieb auch die tröstliche Gewissheit, dass solche Projekte hierzulande schließlich viel länger als anderswo brauchten, um realisiert zu werden, um dann dafür fünfmal teurer auszufallen. Diese sich immer mehr ausbreitende Unfähigkeit, geplante Ziele anzusteuern und Vorhaben verlässlich umzusetzen, bereitete ihnen Kopfschmerzen. Überhaupt: Verlässlichkeit als Faktum des Alltags schien abhanden gekommen zu sein.

Abends setzte der Zahnarzt seine neue Aufbißschiene ein, um sein zwanghaftes nächtliches Zähneknirschen, das ihn seit einer Weile plagte, einzudämmen, wurde ihm klar, dass er keine Lust mehr hatte, die Zungen eines Patienten wegzuschieben, hinunter zu drücken, außer Gefecht zu setzen. Natürlich wusste er, dass dies ein vollkommen unlogischer, dummer Gedanke war, der Sprengkraft für seine Arbeit barg. Er erinnerte sich daran, dass er sich vor kurzem einmal gezwungen gesehen hatte, den Notruf zu wählen, als eine maschinierte Ansage antwortete, mit zwanzig Minuten Wartezeit sei zu rechnen. Er legte auf. Der Patient erholte sich rasch von seinem kleinen Schwindelanfall.

Es beschlich ihn jetzt ein gewisser Ekel, wenn er seine Umwelt wahrnahm - die schlechten Zähne, die Gespräche, von guter Grammatik und Lexik unbehelligt, das gesamte niveaulose Treiben samt seiner unfeinen Gerüche - er wünschte oft, er könnte die antiseptische Sphäre des Behandlungsraums unbegrenzt ausweiten, die er qua seines Berufes immer neu erschuf, in der er uneingeschränkt regierte und wo sein unumstößliches Wissen und Können erstrahlen konnten, ohne von viel zu vielen neumodischen Meinungen und Trends behelligt zu werden. Der Zahnarzt beschloss, sich aufgrund aller Unannehmlichkeiten, die er täglich auf sich nehmen musste, mit einem neuen Rennrad zu belohnen. Die Feinmechanik, seine Gestalt, die ihn an einen Windhund erinnerte, die technische Verlässlichkeit, die es ohne viel Aufhebens repräsentierte, waren, wonach er trachtete, zudem hielt der Gebrauch seine Physis schmal und stramm, sehnig und gebräunt, wofür er dankbar wäre. Es brachte ihn in die Praxis, die er nun einmal liebte, trotz der jüngsten Ereignisse, und es brachte ihn zurück in sein Haus, dass er sich erarbeitet hatte und in dem er nun mit seiner Frau trotz allem schöne Jahre zu verleben gedachte, endlich kindfrei. Natürlich hing er an seiner Tochter, doch war sie oft merkwürdig antriebs- und leidenschaftslos, deshalb auch nicht immer besonders fokussiert, und er staunte, über wie erschreckend wenig Allgemeinbildung sie mit zweiundzwanzig Jahren verfügte. Sie las kaum ernst zu nehmende Literatur, hörte keine ernst zu nehmende Musik, sondern lebte eher vor sich hin, wie er befand. Sie hatte sich vor kurzem einen Studiengang, von dem er nie gehört hatte, in einer Stadt eingeschrieben, von der er nicht gewusst hatte, dass sie überhaupt eine Universität besaß, und dies wohl mehr aus ratloser Verlegenheit als aus akademischer Neugier.

Nun ja, guten Unterricht hatte sie am hiesigen Gymnasium ohnehin nicht genossen, ein Latinum war nicht mehr nötig, um das Abitur zu erreichen, außerdem fiel ständig Unterricht aus, Hausaufgaben wurden jetzt mittels KI erledigt und Wikipedia erledigte den Rest. Klassische Literatur wurde selten und dann nur in Auszügen gelesen, die mündliche Leistung sowie die Fähigkeit zur Teamarbeit zählten. Sein Unmut ob dieser Verwässerung der Standards traf auf der Elternversammlung jedes Mal auf taube Ohren, ja auf Widerstand, die Kinder litten unter Stress, mentale Probleme nähmen zu, man wolle sie nicht weiter unter Druck setzen. Zum ersten Mal hatte er sich dort alt gefühlt, generationell fremd und nicht zugehörig, ganz so, als sei seine Weltsicht bereits bedroht, dies, obwohl die anderen Eltern im Durchschnitt nicht jünger zu sein schienen als seine Frau und er. Bildungskrise und Bildungsferne fügten sich zu einem schon tragisch zu nennenden Panorama, sinnierte er, abgerundet durch das vorherrschende Streben, allen ein gutes Gefühl bereiten zu wollen, indem man etwaige Gemütszustände und wenig fundierte Meinungen vor Wissen und Leistung stellte. Seine Frau sah das natürlich nicht so eng, das ewige Büffeln, das elitäre Gymnasium als Schulform seien doch auch abzulehnen. Ihr war der Abischnitt der Tochter egal, Hauptsache, sie bekam keine Essstörung oder übertrieb es nicht völlig mit dem Feiern und den Drogen, die, ebenso wie harte Getränke, tagsüber im Schulgebäude zugänglich waren und auf den dortigen Toiletten vertrieben wurden. Wissen kommt aus eigener Motivation, aus Interesse an Themen und Fragestellungen, nicht durch Bingelernen für Klausuren und die anschließende strenge Benotung, erklärte sie. Und warum sollten die Kinder nicht einfach eine schöne Jugend genießen? Arbeiten müssten sie schließlich noch genug, womöglich länger als alle vor ihnen. Der Zahnarzt ließ ab. Es war sinnlos.

Während er mit seinem schon älteren Rad zum Fahrradshop fuhr, hörte er ein wenig Classic Rock und dann Schubert und war bester Dinge, bis ihn ein LKW gegen den Bordstein drängte. Ärgerlich schimpfte er dem Fahrer nach, der sich nicht zu regen schien in seiner Kabine, und blickte verdrießlich zurück in den fließenden Verkehr, um sich wieder in die Spur zu begeben. Er spürte die starke Anspannung in seinem Unterkiefer und war dabei, seine jähe Wut mit einem grollenden Laut zu entlassen, als plötzlich diese Patientin wieder vor seinem geistigen Auge erschien und mit ihr sein Behandlungsfehler. Es war schon geraume Zeit her, sie war klagend in die Praxis gekommen und wusste erneut von fürchterlichen Tagen und Nächten zu berichten, da sich die von ihm gerissene Wunde nicht beruhigen wollte. Er hatte sie zunächst melodramatisch gefunden, sie war etwas älter als er, für ihn nicht mehr wirklich anziehend, dennoch alles in allem eine feminine Frau, zu der nun einmal auch gehörte, dass sie sich für seine Begriffe so äußern durfte: jammernd. Jammernd, nicht anklagend. Doch ein Blick in ihren Mundwinkel ließ ihn aufschrecken: alles schien roh, sie musst schrecklich gelitten haben. Es half nichts, er wollte ihr beim nächsten Termin endlich beichten, dass es sein Fehler, seine Nachlässigkeit gewesen war, der sie durch die Hölle und zurück geschickt hatte. Wahrscheinlich würde sie daraufhin die Praxis schleunigst wechseln, mehr war nicht von ihr zu befürchten, dafür war sie zu nett. Ihn beschlich dennoch kurz eine lächerliche Angst vor ihrer möglichen Reaktion, auch vor ihrer Empfindung, die sich wie ein Schatten über die Sicherheit seines Könnens legen wollte. Dies war vollkommen unangemessen, das durfte er nicht zulassen. Seine Standards bröckelten nicht etwa, es war auch kein Laissez-faire eingezogen in sein berufliches Tun. Die Wunde, die er beigebracht hatte, begann ihn trotzdem zu verfolgen. Er war brachial vorgegangen, anstatt abzuwägen, um dann kompetent agieren zu können. Ungeduldig, unüberlegt, nicht kühl und umsichtig. Er erkannte sich kaum wieder. Ja, hatte er etwa seinen Eid gebrochen? Seine Augen weiteten sich untern dem Helm, fast geriet er erneut ins Schlingern.

Er beschloss, heute und auch in der nächsten Zeit doch kein neues Rennrad anzuschaffen, einen Offenbarungseid vor der Patientin zu leisten und auf ihre Milde und ihr Verständnis zu hoffen. Durch den Vorfall war so etwas wie ein Band zwischen ihnen entstanden, was er resigniert feststellte und was er ebenfalls nicht mit sich und seiner Berufsehre in Verbindung bringen konnte. Patienten war eben dies, Patienten, Privates oder gar Ungeklärtes gehörte hier keinesfalls hin, und dennoch belegte er sie bei ihrem letzten Nachsorgetermin mit zu privaten Fragen, die im Plauderton daherkamen, dann wieder im Flur, nach ihrer Prophylaxe, als er sich nach dem Befinden ihrer Familie erkundigte, dies nicht etwa beiläufig, spontan, im unschuldigen Smalltalk, sondern deutlich länger als üblich, nachhakend und nach Verbindungsmomenten suchend.

Der Zahnarzt verstand sein Verhalten selbst nicht mehr und hütete sich, seiner Frau von der ganzen Angelegenheit zu berichten. Schließlich vertraute er sich seinem besten Freund an. Ich kann es mir nicht leisten, argumentierte er zähneknirschend, die Welt als Ansammlung von Aggressionspunkten zu begreifen. So kann und will man doch nicht leben, nicht Zuhause, vor allem aber nicht im Beruf, es ist ja meine Praxis, die sich zudem langsam amortisiert. Die Menschen darin gehören dir aber leider nicht, erwiderte sein Freund ironisch, der zurecht Hartmut Rosa aus seinen Worten herauslas, das machte ja vieles einfacher. Es war ihm nicht entgangen, wie schnell der Zahnarzt von der Beichte zur Anklage zu wechseln wusste und wie er sich dafür noch einen Gewährsmann zur Seite stellte. Eine perfekte Strategie. Könnte dich das deine Zulassung kosten? Nein, unwahrscheinlich, wir gehen eher an den neuen Kapriolen des Gesundheitsministeriums zugrunde. Sie sprachen ein wenig über die verfehlte und dabei nicht einmal immer rechtssichere Politik der verschiedenen Ressorts, die sich in der Konsequenz zu einer veritablen Haushaltskrise ausgewachsen hatte. Wenn ich so mein Budget ansetzte…, aber lassen wir das. Wie geht es euch? Sein Freund blickte in Richtung seiner Schuhe. Gut, eigentlich gut. Ella ist schwanger, aber sie will es nicht behalten. Sogleich spürte der Zahnarzt, wie der Mediziner und der Mensch in ihm in einen Konflikt gerieten. Er beschloss, nur zu nicken und weiter zuzuhören. Weißt du, damit habe ich kein Problem, es ist doch Sache der Frau, es war nicht geplant. Obwohl ich mich gefreut hätte. Was sich jetzt aber zum Problem auswächst, ist, dass sie auf Social Media für mehr Abtreibungsmöglichkeiten eintritt, ganz aktiv und, wie ich finde, fast schon aggressiv. Nicht nur werden wir das Kind nicht bekommen, wir haben uns auch darüber hinaus offensichtlich entfremdet. Ich weiß nicht, was das für uns bedeutet. Mein älterer Bruder war kürzlich bei einer Demo von Abtreibungsgegnern, da liefen einige hundert Leute mit und wurden am Rand fast von Linksextremisten attackiert. Du weißt, er ist gerade zum vierten Mal Vater geworden. Bist du nicht auch katholisch, frage der Zahnarzt. Ja, aber ich praktiziere kaum, wobei es mich in den letzten Jahren wieder mehr beschäftigt hat, nicht nur wegen der Mißbrauchskandale. Ella möchte, dass ich endlich aus der Kirche austrete, sie findet es ethisch unverantwortlich, dort zu bleiben, nach der systemischen Gewalt an so vielen Kindern. Da sie Atheistin ist, kann ich ihr kaum begreiflich machen, dass ich die Kirche als wichtige Institution über Jahrtausende sehe, die auch den Machthabern bedarfsweise etwas entgegenzusetzen hätte, nicht nur als Skandalverein. Das sind aber doch wichtige Fragen für eine Ehe, stellte der Zahnarzt fest, der wusste, dass sein Freund vorgehabt hatte, Ella einen Antrag zu machen. Vielleicht sollten wir mal wieder für ein paar Tage zusammen wegfahren, ein bißchen Rückzug beim Angeln, in unserem Heimatort, was meinst du. Ja, unbedingt, nach Rückzug steht einem ja immer öfter der Sinn.

Es sollte noch zwei Jahre dauern, bis der Zahnarzt der Patientin seinen Fehler gestand. Den langen Zeitraum nutzte er zu seinen Gunsten, seine Überwindung und ihr Schock würden abgefedert durch den Abstand.

Doch es funktionierte nicht. Sein Ego war beschädigt, die Patientin verlor das Vertrauen und sah ihn fassungslos an. Sie berichtete ihrer Tochter Laura, die sie abholte, von dem doppelt befremdlichen, unerhörten Vorfall. Ihre Tochter riet sofort zu rechtlichem Beistand und zu einer Klage auf Schmerzensgeld. Die Patientin aber war verstört, wie viele Fehler hatte er wohl noch gemacht, die niemandem aufgefallen waren, was hatte er noch übersehen? Sie fühlte sich ausgeliefert, war menschlich überaus enttäuscht und dachte an die anderen Patienten in seiner Obhut. Eine Meldung bei der Ärztekammer, ja, eine Untersuchung wäre wohl nötig. Zudem sah sie ihre intrinsische Angst vor dem Zahnarzt, die sie seit der Kindheit hatte, bestätigt und brach eine begleitende Angsttherapie ab. Ihre Ängste erachtete sie jetzt wieder frei und ungehindert als wertvolle Begleiterinnen, die sie lediglich warnten vor den Fährnissen dieser Welt. Sie beschloss, anstehende Vorsorgeuntersuchungen zu verschieben und das Haus nur zu verlassen, wenn es unvermeidlich wäre. Ihre Alpträume kehrten zurück, Laura war in Sorge und übernahm kleine Gänge sowie die Kommunikation mit der Kanzlei, während ihre Mutter immerhin Bewertungen der Praxis postete, was sie ihr gar nicht zugetraut hätte.

Über die Zeit sprach sich alles herum, andere Patienten beschwerten sich nun offiziell und erhoben schwere Vorwürfe. Es wurde ermittelt, dass der Zahnarzt bereits länger ungenau gearbeitet hatte, in mehreren Fällen zu spät oder gar nicht eingegriffen hatte, Röntgenbefunde ignoriert und sogar Instrumente während einer Behandlung zu Boden fallen lassen hatte. In zwei Fällen wurde ihm vorgeworfen, unangemessen aufgetreten zu sein und zu persönliche Kommentare gemacht zu haben. All dies belastete ihn so sehr, dass er sich ein Psychopharmaka verschreiben ließ, um die Praxis weiter betreiben zu können und dem Druck standzuhalten. Seine ihm eigene Stärke, die in seiner Disziplin wurzelte, kehrte zurück, und er biß die Zähne zusammen, in dem Wissen, dass der Sturm vorbeiziehen würde. Seine Frau stand ihm zunächst bei, auch seine Tochter schlug sich ohne Wenn und Aber auf seine Seite. Dennoch wusste er, dass er sie enttäuscht hatte, dass er für sie nicht mehr derjenige war, für den sie ihn gehalten hatten. Er zog sich immer mehr zurück, bis seine Frau ihm eröffnete, dass sie sich ein Zimmer in einer WG genommen hatte, irgendwo im Zentrum, in der frisch getrennte, gut ausgebildete Frauen zusammenzogen. Seine Tochter zeigte für alle Beteiligten Verständnis und verabschiedete sich ins Auslandssemester nach Buenos Aires. Mit seinem besten Freund saß er jetzt öfter beim Angeln, ansonsten schritt er nun nach Feierabend das Townhouse ab, mit Blick auf das Rasenstück, das der Roboter pflegte.

Hätte er doch geschwiegen.

Zoe Fornoff

Lauras Lamento. Eine Entblätterung

Die letzten Jahre waren wie in einem absurden Film vergangen, der auf bestimmte Szenen ausgerichtet wird, Kippszenen, die zu abrupten Brüchen führen, um die Motivation der Handlung zu unterwandern. Heute erschien es Lina, als sei ihr das, was sie als Normalität erkannte, endgültig abhandengekommen, und nicht nur ihr, sondern allen, die sie kannte, ja, vielleicht dem ganzen Land. Alles, was sie umgab, was sie dachte oder empfand, ließ jene Klarheit und Verlässlichkeit früherer Zeiten vermissen, die sie und jeden um sie herumgetragen hatte und es ihnen ermöglichte zu handeln, zu reflektieren und gemäßigt zu reagieren. Auf diese so statuierte Wirklichkeit vergangener Tage, die sich noch mit der Wahrnehmung vieler gedeckt hatte, blickte Lina jetzt als einen Hort der Seligen, ein Safe Space, um es neudeutsch zu formulieren, der nun auf unabsehbare Zeit verloren schien. Doch was genau hatte sie ausgezeichnet, jene Tragfähigkeit, und wie hatte sie so rasant nachgeben können? Oder hatte sich vielleicht kaum etwas wirklich verändert, wie ihre Freundin Laura ihr entgegenhielt, war die Welt schon immer so feindselig und instabil gewesen und hatte man damals nur anders, verhaltener, geschlossener, auf derartige Ereignisse und Umbrüche reagiert?

Damals? Da waren die Diskurse doch auch nicht gerade sediert, befindet Laura, denk nur an 68, den Kalten Krieg, Atomkraft, Tschernobyl, den sauren Regen, es ging um alles, auch früher, wie sollen wir bloß weitermachen, unsere Existenz ist von allen Seiten bedroht. Lina führte nun oft derartige Unterhaltungen mit ihren Mitmenschen, zuweilen fielen sie sehr intensiv aus. Nach der Pandemie war ihr Kreis kleiner geworden, das schon, doch es blieben noch so einige Debattierfreudige und darunter durchaus auch solche, die sich nicht mehr scheuten, ganz offen zu sprechen; allein dies schien bemerkens- und erwähnenswert. Wann hatte es begonnen, dieses „Nicht-sagen-dürfen, was man eigentlich denkt?" 2015 oder 2016? Bereits davor? Laura stockte. War es schiere Einbildung oder wurde tatsächlich allenthalben sanktioniert, gecancelt, wenn die eigene Meinung nicht mehr der veröffentlichten entsprach? Begann es mit dem Aufstieg der AfD, deren moderatere Kräfte sich dann zunehmend verabschiedeten? Mit Thilo Sarrazin, den man lesen musste oder nicht lesen durfte, je nachdem, wen man fragte? Oder doch eher mit der reißenden

Woge einer Wokeness, deren Themen viele nicht begriffen oder nicht begreifen wollten, die dann schließlich nur noch nervte und verfemt wurde wie ein neuer Störenfried in der Gesellschaft, in ihrer Sprache. Lina überlegte.

Dieses erste öffentliche Aufwallen einer kollektiven Wut konnten die Bürger einer Stadt im Süden für sich verbuchen, die sich gegen die immensen Kosten einer Bahnhofssanierung stemmten und nicht nachgeben wollten, dies, obwohl gerade diese Region für ihre Ordnungsliebe, Gesetzestreue und ihr Pflichtbewusstsein bekannt und oft verspottet wurde. Die Wut schrieb sich dann zuhause fort. Es wurde ja immer auf Pegida und den Osten geschaut, aber so einen eher ungewöhnlichen Widerstand der Leute gab es auch im Westen, wenn auch aus ganz anderen Gründen, befand Lina. Das markiert eine Bruchstelle, denn die Identifikation mit den staatlichen Entscheidungen ging offensichtlich verloren und der Unmut darüber entlud sich immer und immer wieder auf den Straßen. Die eigentliche Botschaft lautete doch: Das tragen wir nicht mehr mit.

Du hast recht, stimmt ihr Laura zu, das habe ich so noch nicht betrachtet, jetzt, da du es so sagst, erscheint es mir fast als Serie neuer Protestbewegungen, gerade auch, wenn man nun die Klimabewegung sieht. Sie setzen sich alle auf neuralgische Punkte wie Staatsverschuldung, Immigration oder ökologische Krise und sind so alarmiert, dass eben der bürgerlichen Gehorsam aufgekündigt wird. Wir sind hier ja nicht in einem Roman der Realisten des 19. Jahrhunderts oder im eben nicht nur kommunistisch, sondern auch konfuzianisch geprägten China, wo Ruhe die erste Bürgerpflicht ist, ergänzt Lina. Für mich aber war es noch ein anderer Moment, der so eine tiefgreifende Veränderung markiert, nämlich als das Volk den Präsidenten nicht mehr wollte und vor dem Palast die Schuhe hochhielt, die signalisieren sollten, dass er gehen müsse, was er dann schließlich auch tat. Ich erinnere mich, wie die Medien ihn und seine neue Frau als modernes Vorzeigepaar inszenierten, zu dem man aufschauen solle, ihm dann aber Korruption vorgeworfen worden war in Form von Vorteilsnahme. Aber war er deshalb nicht mehr tragbar? Ging es nicht vielmehr um seinen nicht gerade staatsmännisch, sondern vielleicht zu hastig formulierten Ausspruch, der Islam gehöre zu Deutschland? Darauf war die Mehrheitsgesellschaft nicht vorbereitet, sie nahm vielmehr einen von ihr getragenen Primus inter pares wahr, der den Hebel am Ureigensten, nämlich an der kollektiven Identität ansetzen wollte.

Das, erwidert Laura, ist etwas, das ich damals auch gedreht und gewendet habe und für mich nicht abschließend klären konnte, ob es denn überhaupt eine Notwendigkeit gab, eine solche Äußerung zu tätigen, ein Axiom in den Raum zu stellen, das zwar integrieren sollte, dann aber vielleicht letztlich nur noch mehr gespalten hat. Vielleicht sollte es auch nur modern wirken, dieser Begriff ist ja immer und grundsätzlich positiv besetzt, aber nicht mehr für mich, befand Lina. Verhält es sich denn nicht auch so, dass unser Land im permanenten Minderwertigkeitskomplex stecken bleibt, wenn es um eine selbstverständliche Weltoffenheit geht? Dazu gesellt sich dann die Einsicht, dass wir nicht Amerika sind, nicht einmal Großbritannien, und dass diese eben noch als Marker von Coolness und funktionierender Multikulturalität geltenden Länder selbst ins Strudeln geraten sind, stellte Laura fest. Bundespräsidenten schieden aber nicht einfach vorzeitig aus dem Amt, diese Position an der Spitze war doch immer verlässlich wie die Deutsche Bank oder die Lufthansa. Beide mussten unwillkürlich lachen. Nein, hier ist nicht Amerika, weshalb Leuten in Designeroutfits mißtraut wird, perfekten Bildern ebenso. Viele können den Dreck dahinter förmlich riechen, das haben wir anderen in unserer Piefigkeit voraus.

Noch so ein Moment, der sich mir eingebrannt hat, ist die Erklärung der Kanzlerin und des Finanzministers vor laufender Kamera, unser Geld sei sicher, der Staat würde dafür bürgen, weshalb man natürlich sofort von Unsicherheit befallen wurde und sein Geld zu retten versuchte. Lehmann Brothers. Vielleicht war aber die erste große Verunsicherung die Einführung des Euro. Die Deutsche Mark war doch auch so ein Garant für Stabilität, nicht nur für ökonomische, sondern auch für psychologische Beständigkeit. Die Ersparnisse waren sicher, damit auch die Planbarkeit von Gegenwart und Zukunft. Das wurde dann durch die Einführung des Euro aufgeweicht, die identitäre Bindung an die Währung wurde unterschätzt. Mit der Griechenlandkrise verstärkte sich dieser Eindruck weiter, dies ganz massiv, und jetzt natürlich mit dem Erlebnis der Inflation. Da werden kollektive Verunsicherungen wach, pflichtet Laura ihr bei, doch für mich wie für die Welt steht da eben noch der 11. September. Ich war zur Zeit der Griechenlandkrise noch sehr jung, aber ich bekam auch mit, wie sich meine Eltern darüber echauffierten, dass mit immer mehr als den eigentlich geplanten Mitteln versucht wurde, das Land im Euro zu halten. Wortbruch über Wortbruch. Ihnen erschien das alles völlig unlogisch, da es ja einige EU Länder gibt, die den Euro gar nicht haben, etwa Dänemark, die Mitgliedschaft hier aber an der Gemeinschaftswährung selbst hängen sollte. Ständig wurde zudem das Bild von Griechenland als dem Hort der Demokratie beschworen, ergänzte

Lina, als hinge die Seele der Brüsseler Idee daran. Tut sie das denn nicht? Vielleicht. Doch muss man anerkennen, dass neben vielem anderen nun einmal auch Währungen Identitäten schaffen oder schaffen sollen, so merkwürdig sich das auch ausnimmt. Der 11. September war das Fanal des neuen Millenniums und der neuen globalen Zeitrechnung. Vielleicht war die Welt hier wirklich zum ersten Mal auf der gleichen Höhe der Zeitachse, sinnierte Lina. Das war zwar ein globales Ereignis, von dem viele nach wie vor meinen, dass es Deutschland nicht betraf oder nur in der Konsequenz der Afghanistaneinsätze der Bundeswehr. Was aber nie aufgearbeitet wurde, ist, dass die Attentäter aus Deutschland kamen, aus Hamburg, aus einer Studenten-WG hier bei uns. Wie war das möglich? Warum geht soviel Übel immer von Deutschland aus? Das kann ich mir nicht erklären, antwortete ihr Laura. Egal, wie viel ich über Geschichte und auch Zeitgeschichte lese, es bleibt immer ein kryptischer, ein hermetischer Rest, etwas Unerklärliches. Ein Versagen der Sicherheitsdienste, womöglich ein Versagen in der Migrationspolitik. Das will ich aber nicht denken, das ist fast unaussprechlich für mich, es könnte doch auch eine Kette von Zufällen gewesen sein, weshalb sie sich ausgerechnet in Hamburg formierten. Nichts wurde aufgearbeitet, kritisierte Laura, das kann man an der Islamistenszene dort heute noch ablesen, Tausende, die für ein Kalifat *in Deutschland* auf die Straße gehen.

Für mich, sagte Lina, entschied sich das, als ich José Casanova las, den mir ein Kommilitone empfohlen hatte. Er vergleicht den Islam heute mit dem historischen Katholizismus und sieht eigentlich nur Parallelen. Casanova träumt von den Ummas der Weltreligionen, die alle nicht mehr wirklich kulturell und territorial gebunden sind. Warum muss eine Demokratie unbedingt säkular sein? Was wäre schon das Problem mit den Religionen? Wir und die europäische Identität erscheinen ihm da umgekehrt eher als das Problem. Leider hat sich das mit der Wirklichkeit, die mich umgab, so gar nicht gedeckt. Es sind doch aber der Kolonialismus und die aufgeklärte Moderne selbst, die all diese Probleme erzeugt haben, wendet Laura ein. Denkst du da jetzt rein postkolonialistisch oder auch adornitisch? Denn so oder so ähnlich dachte ich auch immer, und gerade an der Uni ist das ja der dröhnende, alles überstimmende Tenor. Huntington ist sowieso essentialistisch und abzulehnen, aber hat er nicht doch viel von dem erkannt, womit wir uns heute in der Welt herumschlagen? Der Clash der Kulturen, er passiert entlang der kulturellen Linien, die fast immer auch religiöse Linien markieren. Sind denn die geopolitischen Einheiten nicht auch immer religiös verschieden? Die Aufklärung, fürchte ich, behält nicht recht, die alten Götter sind längst zurück. Ich habe dann begonnen, andere Bücher zu lesen, die ich nie hätte in meiner Dissertation zitieren dürfen. Deshalb habe ich das Verfahren schließlich abgebrochen und bewerbe mich jetzt bei politischen Stiftungen, eröffnete Lina. Bei allen? Ja, eigentlich unterschiedslos. Aber was dürftest du denn nicht als Quelle nennen? Eigentlich ist alles nennbar, doch man würde es mich so sehr spüren lassen, es würde in die Bewertung einfließen, meine Chance auf eine Stelle an der Uni wäre dahin, mein Ruf vorab besiegelt und ruiniert. Ich kann mir das gar nicht wirklich vorstellen, entgegnet Laura. Ich habe ja BWL und Philosophie belegt, da war das nicht unbedingt so. Du siehst doch, wie die Stimmung an den Unis gerade ist? Über den Palästinakonflikt will man ein zweites 68 produzieren. Der Antisemitismus dort ist so schlimm, Israel ein Tätervolk. Aber es gibt doch viele Gründe für Kritik an Netanyahu. Die Lage ist doch völlig vertrackt, findest du nicht? Vielleicht, was aber nicht geht, ist sich hier so einseitig als Retter der Entrechteten zu inszenieren und jüdische Kommilitonen zu bedrohen. Ich pflichte dir bei. Meine Seminare waren oft ganz unweigerlich voll von marxistischer Beeinflussung, ein Blick in die Unigänge komplettierte das Bild, überall linksradikale Parolen, als sei die Uni von einem weltanschaulichen Lager eingenommen, anderes, liberales oder gar konservatives Denken, verpönt. Die linke Intoleranz ist real, die Unileitungen haben das mitgemacht und sollen jetzt bitte nicht auf ahnungslos plädieren. Was, bitte, hätte denn die deutsche Linke mit den Zielen der Hamas gemein?

Mein Vater, fuhr Lina fort, liest Collier und Houellebecq, er hat mir Abdel-Samad geschenkt, alles Leute, die die Grenzen von Migration aufzeigen, empirisch, kulturell, soziologisch. Zunächst erschienen mir Gespräche darüber als reine Provokation seinerseits, aber dann gab es da einen Abstand zum Diskurs in der Uni, der sich zur Kluft ausweitete. Zumindest in einigen Punkten musste ich ihm recht geben. Ich denke, erwiderte Laura, dass die Gesellschaft viele Probleme hat, die sie gern auf den Islam projiziert, denn seien wir doch ehrlich, das ist hier mit dem Stichwort Migration gemeint. Und das ist in einem Maße unfair und unproduktiv, dass ich das nicht unterstützen möchte und kann. Religionsfreiheit bedeutet zu Ende gedacht doch auch, dass die Mehrheit irgendwann etwas anderes glauben könnte als es traditionell in unseren Breiten der Fall war. Und ist das nicht schon passiert? Das Christentum, das hier ja auch nicht indigen ist, wurde bei uns in weiten Teilen bereits vom Agnostizismus und Atheismus verdrängt, jetzt wird eben der Islam überall immer sicht- und spürbarer. Für mich ist das unabdingbarer Teil der garantierten Freiheit, die unsere Verfassung ermöglicht. Da steht doch nirgends, dass unser Land auf immer christlich zu sein habe. Es gibt mittlerweile europäische Länder, EU Mitgliedsländer, die ihre „ursprüngliche" Religion in der Verfassung kodieren. Auch das ist doch gefährlich. Man kann es allerdings verstehen als Reflex auf die enorme demografische Krise, die nicht einfach gelöst werden kann und die wiederum zu Verunsicherungen führt, gerade auch ob der ungebrochenen Migrationsströme. Halten wir also an dem fest, was wir einst kannten und verkümmern ließen, auch wenn wir auf wirklich schon absehbare Zeit verschwinden werden? Als Philosophin würde ich dir etwas ketzerisch und etwas pauschal zugleich erwidern: Es verändert sich immer und es bleibt immer gleich, in dem Sinn, dass für Gesellschaften aller Art Religion immer eine relevante Größe sein wird, die Religion oder deren stellvertretende Ersatzmodi. Kriege leider auch, wie wir jetzt wieder erleben müssen. Mark Lilla, den du mir letztens empfohlen hattest, habe ich auch gelesen, aber die Gesellschaften werden nun einmal bunter, solche Wortmeldungen sind für mein Dafürhalten Ausdruck eines Backlash. Die Leute, fiel Lina ein, wollen eben nicht überrannt werden, nicht gendern und sie wählen rechts im aufgeklärten Europa, in den USA vielleicht auch wieder. Gesellschaften brauchen Konsens und Identität, ohne geht es nicht. Plädierst du also für Homogenität? Wo wäre diese bitte noch anzutreffen? Die DNA der Menschen hier in Mitteleuropa ist schon lange äußerst vermengt. Ich wünschte vielmehr, die strukturellen Ungerechtigkeiten gegenüber denjenigen Gruppen, die unterprivilegiert sind, regten die Leute deutlich mehr auf als solche Themen, das wiederum finde ich unerklärlich, befand Laura.

Es geht immer um die Rechte aller, aber es geht auch um die Konsequenzen dieser Ideologien, nämlich die entstehenden, oft nicht mehr aufzufangenden Kosten für die Mehrheitsgesellschaft, deren Unmut immer unabweisbarer wird, entgegnete Lina. Ich bin gegen eine solche versuchte Spaltung, insistierte Laura, und es widerstrebt mir, mich nur noch durch gespaltene Gesellschaften zu bewegen, ob hier oder auf Reisen. Außerdem treffe ich als stellvertretende Leiterin einer Personalabteilung ständig auf die vielen überaus qualifizierten, arbeitswilligen, bis hin zur Assimilation integrierten Migranten, ohne die wir hier dichtmachen könnten. Die Forderung nach Integration als Assimilation finde ich auch mehr als problematisch und nicht realistisch, nicht einmal wünschenswert, lenkte Lina ein. Ich fürchte dennoch, die Spaltung ist mittlerweile schon da, vielleicht nicht mehr kittbar und lange zuvor erzeugt durch die vielen Erschütterungen, die wir schon erwähnt hatten.

All diese neuen Konzepte sind vielen einfach zu extrem, ständig wird gefühlt eine neue Sau durch das diskursive Dorf getrieben. Laura widersprach. Wer hätte denn hier die Meinungshoheit? Ist es nicht an der Zeit, sich die Mühe zu machen, andere Lebensentwürfe endlich gleichzustellen? Identität, schloss Lina, scheint heute alles zu sein, religiös, geschlechtlich, politisch, dieser Begriff ist es doch, der am meisten spaltet. Dieser Begriff hat nach Fukuyama vor allem mit Würde zu tun, er leitet ihn von antiken Vorstellungen ab. Das sah man auch bei *Black Lives Matter*. Wie jemand gelesen wird, bestimmt leider seine soziale Identität deutlich mit, dennoch haben sich in der Unterdrückung kulturelle Merkmale ausgeprägt, die es zu kennen und zu respektieren gilt, und zwar als Kultur. Ich kann mich aber nicht um jede Minderheit verdient machen und finde es zum Beispiel nicht adäquat, für Filmproduktionen ideologisch statt historisch korrekt zu besetzen, wie etwa für die Serie *Bridgerton*.

Du fändest es also besser, schwarze Schauspieler bekämen weiterhin keine Rollenangebote? Das bedeutet deine Haltung nämlich letztlich. Nein, hier geht es ja nur um ein historisches Setting, da wird man das Gefühl nicht los, Geschichte solle umgeschrieben werden, ein Stoß vors Schienbein des Kolonialismus durch die Postkolonialisten, sozusagen. Identität hat aber mit Würde und Authentizität zu tun, stellt Laura fest. Fukuyama leitet das von einem Teil der antiken Vorstellung der Seele ab. Ich kann nicht glauben, dass du ausgerechnet ihn zitierst, der schon mit dem Ende der Geschichte nach 1989 sowas von falsch lag und der auch Trump völlig falsch eingeschätzt hat, nach dem Motto, erlauben wir diese Art des Kapitalismus und des Magnatentums, so bleibt uns das Streben solcher Leute nach politischer Macht erspart. Man staunt, wer da so als Präsidentenberater unterwegs ist. Das gilt doch auch für Huntington und seinen *Clash of Cultures*, er hat die damalige Administration ebenfalls entsprechend beeinflusst.

Ich fürchte, was wir erleben, ist eine Spaltung in Doxa und Noesis, in Meinung und Wissen.

Wissen scheint heutzutage oft variabel, Meinung hingegen ist relevanter, gewichtiger, ebenso das innere Erleben von Individuen und Gruppen, das dann zu politischen Forderungen führt. Was aber bestimmt das Wissen? Die Sprache, der Zeitgeist? Auch empirische Forschung unterliegt ihnen, das weiß man, und überhaupt bin ich da ganz bei Popper. Er meinte doch aber die wissenschaftliche Falsifikation, also etwas anderes als das, was du jetzt aufmachst. Ja und Nein. Wenn alle Erträge der Forschung falsifiziert werden über kurz oder lang, ist es so eine Sache mit der objektiven Messbarkeit und Gültigkeit, wieso sollten dann nicht auch emotive Aspekte einfließen in die Entscheidungsebene? Das tun sie doch sowieso, über die Moralvorstellungen, die wir juristisch kodifiziert haben. Diese werden aber neu austariert, weiterentwickelt. Mich interessiert hier vor allem dieser Eindruck des Nicht-sagbaren, der sich breitgemacht hat, fuhr Laura fort. Beim Nachrichtenschauen, zumindest für diejenigen, die nicht schon längst auf YouTube, Telegram und andere ausgewichen sind, um sich über das Weltgeschehen auf dem Laufenden zu halten, manifestierte es sich. Das, was seit Jahrzehnten als Garant der Seriosität galt, nämlich die Tagesschau sowie die später laufenden Tagesthemen im Ersten Deutschen Fernsehen, wurde jetzt nicht mehr von allen anerkannt: Ungereimtheiten, unsaubere Recherchen häuften sich und wurden aufgedeckt, vermutete Beeinflussung der Zuschauer, das Verlassen des Neutralitätsgebots in der Berichterstattung, die Vermengung von Bericht und Kommentar, die immer öfter unterstellte Linksversifftheit der Redaktionen, horrende Intendantenbezüge und mehr noch gehören zu dem Strauß an erhobenen und nicht immer glaubhaft ausgeräumten Vorwürfen. Dies entspricht einer Erschütterung, die sich weiter fortsetzte, als auch Nachrichtenorgane wie der *Spiegel*, dessen *mudraking* legendär war, in die Kritik gerieten oder besser: die Nation schockten, als klar wurde, dass Berichte und Reportagen unsauber recherchiert oder u.a. von einem Redakteur namens Relotius völlig frei erfunden waren und dies offenkundig niemandem im Haus aufgefallen war. Öffentlich-rechtliche Sender glänzen mit fallender Einschaltquote bei fürstlich-feudaler Grundeinstellung, natürlich nicht dem verpflichteten und dienstbaren Gebührenzahler gegenüber. Ja, in den Medien war es plötzlich unschick, konservativ zu sein oder nur explizit für die Marktwirtschaft, denn jeder war nun sofort rechts. Es ist nicht zu ermitteln, woher dieses Dekret stammte, führte Liane weiter aus, vielleicht war es ein Nebeneffekt der immer stetiger wachsenden linksextremen Szene, zu deren verfassungsfeindlichem, aggressivem Auftreten, das immerhin zur Zerschlagung der Leipziger Innenstadt führte, kaum Stimmen der Empörung zu hören waren und wenn, dann verhallten sie schnell. Auch Teile der Jugendorganisationen bestimmter Parteien scheinen den generellen verfassungsrechtlichen Konsens immer mehr zu verlassen, wandte Lauren ein. Ein mit zweierlei Maß-messen wurde konstatiert, das sich natürlich nie adäquat nachweisen lässt und als eine Art Dauerbehauptung seinen Kopf in regelmäßigen Abständen erhob, um noch mehr Sand ins Getriebe zu streuen, jenen Sand, der dasjenige zu zersetzen begann, was sich gesellschaftlicher Zusammenhalt nennt. Nannte? Wurde er bereits zu Grabe getragen und woraus bestand er überhaupt? Liane sinnierte. Aus Nation, Territorium, Religion? Aus deutschen Werten, die man in ihrer früheren, klassischen Ausprägung immer seltener antraf und die einem dann als meist positive Ausnahme auffielen? Deutlich war, dass es eine Diskrepanz gab zwischen dem, was gängige Medien als Realität zurücksendeten und dem, was viele als ihre Wirklichkeit erkannten, die Schnittmenge verkleinerte sich. In einem neuen Roman von Krien, die sie gern las, traf Lauren auf eine Stelle, die genau dies in ein prägnantes Bild fügte: Irgendwann kommt der Mann samstags vom Bäcker ohne die großen überregionalen Wochenzeitungen zurück. Bei dem bildungsbürgerlichen Ehepaar aus Ostdeutschland hat sich über die Zeit ein Unbehagen den Medien gegenüber eingestellt, ausgelöst von fehlendem journalistischen Ethos, von offenkundig mangelndem Wirklichkeitssinn, nun immer öfter ersetzt von suggestiver Haltung und Wunschdenken, ja von Fiktion. Es ist doch ein Faszinosum, kommentiert Lauren, dass die Fiktion, hier der Roman *Der Brand*, dem Journalismus gerade Fiktion zum Vorwurf macht. Schlimmer noch, wir sollen erzogen werden, affirmierte Liane.

Das hier, mit dir, erinnert mich in gewisser, entfernter, doch nicht zu abwegiger Weise an Wielands *Gespräche im Elysium*. Weißt du, lächelte Lauren, ich beschäftige mich gerade mit Kloakina, der römischen Göttin der Reinheit, nach der die Kloake, natürlich auch die Cloaca Maxima benannt wurde. Wie kann es passieren, dass der Inbegriff der Reinheit zum Inbegriff der Unreinheit wird?

Gab es diesen Moment der inhaltlichen Verkehrung nicht auch bei den Begriffen von Mythos und Logos? Ja, ich glaube, du hast recht.

Mir graut schon wieder vor der Rückfahrt, hielt Lauren fest, eine Parade der ungewaschenen Helden des Alltags. Harmlos sind sie jedenfalls meist dennoch, setzte sie fort, wenn auch keine Augenweide, in den Waggons, die erst von Musizierenden, sie Musiker zu nennen, wäre wirklich vermessen, dann Bettlern und nun auch noch von Junkies und Dealern bevölkert wurden. An mancher Station müsse sie den offenen Konsum mit ansehen, am helllichten Tag, eingegriffen werde nie. Da sie kein Auto besaß und ihr auch das Rad bereits zweimal gestohlen worden war, hatte sie keine wirkliche Alternative. Lauren, die sehr zentral wohnte, berichtete von Junkies im Hauseingang, die den Verstand verloren hätten und von einem täglichen Spießrutenlauf durch den öffentlichen Park, auf dem ihr im Schnitt binnen vier Minuten dreimal Drogen angeboten würden. Die jungen Familien zögen weg, erzählte sie, wenn die Kinder sich dem Einschulalter näherten und die Partyzeit der Eltern hinter ihnen läge, Familien, deren erwachsene Mitglieder alle grün wählten. Sie selbst hatte sich eigentlich bis vor kurzem noch wohlgefühlt in ihrem Viertel, doch der Sperrmüll nahm ebenfalls überhand, die Mieten zogen weiter an und nach den letzten Ausschreitungen an Silvester hatte sie endgültig beschlossen, sich eine Bleibe in einem Außenbezirk zu suchen, obwohl sie Single war. Mehr Grün, mehr Ruhe, mehr Homeoffice, das war der Plan, ein Leben zwar in der Stadt, doch eigentlich auch nicht mehr. Und im Eigentum. Klein, aber mein und unabhängig, vielleicht mit einer Möglichkeit, Kräuter und Gemüse zu ziehen. Alle suchen sich ihre Nische, bemerkte Liane, das alte Gut, das zu sanieren wäre, eine Datsche, ein Hausboot, alle geeignet, die Stressoren dieser neuen Zeit auszubalancieren. Wie lebenswert sind unsere Städte denn noch? Verkommen sie nicht zur infrastrukturellen Notwendigkeit, denn hier gibt es eben alles, auch wenn man sich vieles davon nicht mehr leisten kann, zum Beispiel Ärzte, auch wenn es oft einem Kampf gleicht, als Kassenpatient an einen Termin zu kommen. Keine Leute, keine Kapazitäten, tönt es den ganzen Tag aus Restaurants, dem Einzelhandel, den Ämtern, den Schulen, den Krankenhäusern, auch dies ein Phänomen dieser Epoche der neuen, verwässerten Maßstäbe, weshalb der Alltag als zunehmend anstrengend empfunden wird. Und keine Pause, keine echte Erholung, ergänzt Lauren, die Grünflächen verkotet, dreckig, ungepflegt. Ich frage mich manchmal, ob man sich hier noch erinnert, wie schöne Grünflächen aussehen könnten, sogar müssten. Das offenkundige Ende des ästhetischen Empfindens also, hielt Liane fest, falls der deutsche Michel so etwas überhaupt je besessen hat.

Während die Schönheit sich verflüchtigt, nimmt die Verrohung zu, beides geht Hand in Hand. Doch wie hatte sich das Gesamtgefüge destabilisiert? Waren es „die Zeiten"? War es der Geist der Weimarer Republik, sein gefährlicher Wiedergänger? Ich wollte die neue Staffel von *Berlin Babylon* schauen, es war mir dann doch zu nah an der Realität. War die Wende schuld? Die Immigration? Die Merkeljahre und -jahrzehnte? Das Ende des Kapitalismus? Die Klimakrise? Covid? Von allem etwas? Schaffte Deutschland sich ab, wie der Titel des größten Bestsellers der Nachkriegszeit vermuten ließ? Oder handelte es sich doch um jene dekadente Wohlstandsverwahrlosung, die für das spätkapitalistische Zeitalter antizipiert worden war? Wieso sammelten dann immer mehr Menschen ihr Essen aus dem Müll zusammen, besonders in meinem Viertel, dachte Lauren, und warum konnten die Tafeln die Nachfrage nicht mehr bedienen? Ihr fiel allenthalben auf, dass die althergebrachten Werte wie Ordnung, Sauberkeit, Pünktlichkeit, Fleiß und Zusammenhalt immer weniger galten und offenkundig durch deutlich Minderwertigeres ersetzt wurden; dies zu äußern, würde allerdings sehr viel Überwindung kosten, sie musste mit Ablehnung rechnen, damit, als Nazi bezeichnet zu werden, weil sie sich all das zurückwünschte, um der Ergebnisse willen, denn sie ertappte sich dabei, wie sie von pünktlichen ICEs, funktionierenden Schulen und schönen, gepflegten Parks tagträumte, kurz, von einer besseren Welt, während sich die echten Nazis zur Wannseekonferenz 2.0 zusammenrotteten, ganz in ihrer Nähe und kaum versteckt und zu allem Übel dort, wo *Berlin Babylon* gedreht wird. *Too close to home.*

Lauren verfolgte das Entstehen neuer, nicht einfach zuzuordnender Parteien mit sehr zweifelhaftem Führungspersonal, Liane wiederum erwog auszuwandern. Während sie Žižek las, der das Kernproblem des Islam als Resultat der Verdrängung einer Frauenfigur aus seiner Anfangserzählung psychoanalytisch wegerklären wollte, suchte sie gleichzeitig auf YouTube nach den besten Auswanderervideos. Sie staunte, wie viele Deutsche schon weg waren und wo überall sie sich auf der Welt neu angesiedelt hatten, oft in neuen kleinen deutschen Gemeinden.

Obwohl sie sich zwar beruflich weiterhin in ihrem Land sah, wünschte sie sich doch mit jedem zweiten Gedanken und mit jeder Faser ihres Körpers weg von hier. Eine Entidentifikation hatte stattgefunden, die stärker wog als ihre Prägung, denn die Vorstellung, noch Jahrzehnte so wie bisher verbringen zu müssen, deprimierte sie zusehends. Liane beschloss, sich eine Frist zu setzen und binnen dieser Zeit ihr Vorhaben zu konkretisieren und vorzubereiten. Eine andere Art der Existenz musste möglich sein, eine, die selbstverständlicher, gemeinschaftlicher und freier war, in der Menschen trotz aller Gegensätze immer wussten, dass es darauf ankam, spontan miteinander Kaffee zu trinken, zu reden, in Frieden. Sie wusste natürlich, dass es naiv war anzunehmen, anderswo gäbe es weniger Konflikte oder keine gespaltenen Gesellschaften, aber sie erkannte auch, dass ihr Anspruch nicht zu hoch und deshalb eben realisierbar sein würde. Ein parteiliches Engagement kam ihr nicht mehr in den Sinn, zu vermint erschien das Gelände, zu entfremdet fühlte sie sich von den Angeboten, mit vielleicht einer Ausnahme. Ihr Wunsch zu gehen hatte nichts mit den Impfdebatten und Coronamaßnahmen zu tun, die viele weggetrieben hatten, im Gegenteil, ihr waren die Eingriffe in ihre Freiheiten angemessen erschienen und hatten auch kein persönliches Opfer dargestellt. Insgeheim fragte sich Liane aber zuweilen, ob sie das deshalb so empfunden hatte, weil sie zuvor auch keine Freiheiten vermisst hatte. Lauren hatte nicht nachvollziehen können, weshalb sich Menschen aufgrund dieses Themas überwarfen, anfeindeten, unter Druck setzten, während sie sich täglich informierte und gleich zu Beginn Paolo Giordano zuhörte, um Sachkenntnisse und medizinhistorische wie naturwissenschaftliche Kontextualisierung bemüht. Beide hatten beobachtet, wie neue Trennlinien gezogen worden waren, die das pandemische Beben aufgeworfen hatte. Statt in der großen Krisis zusammenzustehen, stellte man sich gegeneinander.

War es je anders gewesen in diesem Land?

Die sichtbaren Akteure verkamen zu Schwarzweißmalern, deren ideologische Borniertheiten jedwede adäquate Diskussion im Keim ersticken ließ: Auto gegen Rad, Willkommenskultur gegen AfD, Impfen oder Impfverweigerung, Fleischverzehr gegen Weltgewissen, ständig befand man sich im weltanschaulichen Kreuzfeuer. Dies ging sogar soweit, dass Lauren klare Anweisungen in Form von kaum bemäntelten Wahlempfehlungen von Dritten bekam, was sie bloß nicht anzukreuzen habe bei einer aufgrund von massiver Inkompetenz notwendig gewordenen Wahlwiederholung in ihrem Bundesland. Gleich mehrere Wohlmeinende riefen sie an, empfahlen ungefragt und kommentierten sodann ihre indizierte politische Tendenz; sie war so geschockt, dass sie darüber fast vergaß, sich derlei Einmischungen zu verbitten. Nach der ersten, turnusgemäßen Wahl waren so viele Fehler und Ungereimtheiten aufgedeckt worden, dass trotz aller Verhinderungsversuche amtierender Politiker erneut gewählt werden musste, dann mit anderem, viele verstörendem Ergebnis, einem Ergebnis, das nicht zum Image dieses Stadtstaates zu passen schien und noch bis zuletzt infrage gestellt wurde. Sie schien gesprochen zu haben, die noch immer große Mitte der Gesellschaft, die Lauren trotz allem nach wie vor als vernunftbegabt und pragmatisch einstufte und der sie sich zurechnete, auch wenn viele der neuen Debatten sie kurzzeitig ins Wanken brachten. So hatte sie Winnetou als Kind geliebt, er war es sogar, der ihr das Interesse an und den Respekt vor indigenen Völkern, mit denen sie ja nie in Berührung gekommen war, vermittelt hatte. Das hatte vielleicht niemand je pädagogisch intendiert, es entbehrte auch jeder Grundlage, passiert war es trotzdem. Und es hatte funktioniert. Liane leitete ihr einen Essay einer Amerikanistin weiter, der das Thema ernsthaft aufgriff und perspektivisch einzuordnen vermochte. Sie fühlte sich immer unsicherer, ungeschulter, wenn sie versuchte, komplexe Dinge mit dem Vokabular von heute zu formulieren, und so trainierte sie sich abends heimlich neue Begriffe an, um nicht so oft im rhetorischen Regen stehen oder dumm nachfragen zu müssen, genauso, wie sie auch mit technischen Neuerungen verfuhr, die kein Ende mehr nehmen wollten. Manchmal ertappte sie sich dabei, wie sie sich vorstellte, das in ein paar Jahrzehnten einfach nicht mehr leisten zu können. Der Gedanke machte ihr Angst und löste Verunsicherung aus. Anstatt also in Ruhe etwas zu lesen oder Musik zu hören, befasste sie sich mit neuen Kürzeln, neuen Apps und deren Funktionen und natürlich mit neuesten Social Media Trends. Sie hatte geglaubt, noch jung genug zu sein mit Anfang dreißig, doch war die Ästhetik ihrer wenigen, unbeholfenen Posts wie auch die agitierende Sprache einiger YouTuber und TikToker bereits weit entfernt von ihrer eigenen Art, sich im Netz zu äußern. Die Trends änderten sich ständig, offensichtlich zu schnell für sie und letztlich schaute sie sich bei dem ziemlich sinnlosen, doch sozial so notwendigen Unterfangen zu, irgendwie mitzuhalten. Ihr natürliches Habitat war es nicht und würde es kaum noch werden.

Liane fragte sich neuerdings heimlich, ob sie nicht doch einem der vielen anderen, erst seit ein paar Jahren überhaupt existenten Geschlechtern zugehören könnte, deren Dutzenden von Bezeichnungen und Bedeutungen sie sich zunächst einmal nähern musste, um überhaupt zu einer Meinung zu gelangen, deren Grundlagen sie nur ansatzweise erkannte. Dass sie eine Frau war, die Männer mochte, schien ihr nun zu einfach, patriarchalisch codiert, es war keine Erkenntnis, der eine freie Entscheidung vorausgegangen wäre. Sie, die im Alltag dem *male gaze* ausgesetzt war, hatte vielleicht deshalb mit 32 Jahren noch keinen Ehepartner und vor allem noch kein Kind. Auch, ob sie dies überhaupt als Lebensentwurf anstrebte, ob dieses Konzept zu ihr passte, drehte, wendete und theoretisierte sie stetig, während sie in der verrinnenden Wirklichkeit zunehmend immer mehr Zeit allein verbrachte. Sie las Wortmeldungen und schaute Dokus zum *social freezing*, zum Ende der Ehe, zu den Vorteilen von Patchwork, zu polyamoren Modellen. Liane hatte einst geglaubt, ihre Single-Existenz sei die Konsequenz der Freiheitsliebe jener Männer gewesen, mit denen sie eine Beziehung eingegangen und die sich nicht hatten festlegen wollen, auch wenn sie älter gewesen waren als sie, doch vielleicht lag es an ihr, an ihrer noch nicht abschließend erkannten und entfalteten Identität? Sie führte kein schlechtes Leben, das auf keinen Fall, nur gelang es ihr nicht, es als vollständig zu bezeichnen, denn sie wünschte sich eher eine Familie als allein zu bleiben, eine eigene, klassische Familie. Vater, Mutter, Kind. Lauren empfand es als furchtbar unfeministisch von ihr, sich ohne Mann und Kind nicht komplett zu fühlen, was sie ihr sagte, ganz so, als hätte Liane etwas grundsätzlich falsch gemacht.

Überhaupt schien dies das Kernproblem zu sein: sie fühlte sich seit einiger Zeit nie richtig, nicht im Einklang mit dem Land, der Stadt, ihren Zielen, dem Leben, das sie führte. Lag es also tatsächlich an ihr? Gehörte auch sie zu den oft zitierten Unzufriedenen, die nicht so recht mitziehen wollten? Wo läge ihre Zugehörigkeit noch? Vaterland, Muttersprache oder nur Gewohnheit? Sie aß oder kochte fast nie mehr deutsch, Kirchen waren ihr historische Baudenkmäler und Christen wirre Abtreibungsgegner oder Flüchtlingsbootretter aus den Medien.

Ihren Urlaub verbrachte sie weit weg. Meistens genoss sie das bunte Treiben in ihrer Stadt, kaufte sich Tickets für gehypte kulturelle Events, ohne etwa selbst wirklich kreativ zu werden. Kultur kaufte man eben auch, rezipierte sie passiv, man machte sie nur nicht mehr selbst. Allein der Gedanke berührte sie peinlich, sie war schließlich die besten Angebote und Performances gewohnt.

Sie konnte es nicht mehr erwarten, wieder ins Ausland zu fahren, in ihrem Sprachgebrauch häuften sich englische, oft völlig falsch und verwirrend eingedeutschte Begriffe, die ihre Sätze manchmal fast entstellten und die ihre Mutter zum Teil nicht verstand und dann nachfragen musste, worum es genau ging. War das einfach nur cool und modern, oberflächlich globalisiert, vielleicht doch Ausdruck einer nie verarbeiteten Geschichte, eines tief sitzenden Misstrauens allem Deutschen gegenüber oder gar, wie ihr Exfreund trocken anmerkte, der Ausdruck eines Selbsthasses, der auch vor der Eliminierung der eigenen Sprache nicht zurückschrecken würde? Ach nein, das ging zu weit, im 19. Jahrhundert dominierte schließlich das Französische. Pisa-Studien hin oder her, wenn sie sich ihre Nichte im Teenageralter besah, machte sie sich da keine Sorgen. Obwohl, deren Wissenslücken waren zuweilen frappierend, auch fehlte ihr das Verständnis für größere Zusammenhänge, und das, obwohl sie ein renommiertes Gymnasium besuchte. Und so schob man diesen Umstand wieder auf die Corona-Zeit, die allerdings auch nie wirklich vorbei war und besonders in der Jugend nachzuwirken schien, ebenso wie der Abgesang durch die Pisa-Studien, vor deren Veröffentlichung man nun zitterte.

Ein Freund ihrer Nichte datete nur Migrantinnen, da er ausschließen wollte, jemals rein deutschen Nachwuchs zu bekommen. Das sei zu belastend für ihn und für die Kinder. Natürlich mochte er auch biodeutsche Frauen, nur wollte er eben nicht, dass die nächste Generation diesen unumstößlich schuldigen Stammbaum haben würde. Diesem Selbstverständnis standen jetzt vermehrt diejenigen gegenüber, die sich mehr Beflaggung, mehr Patriotismus, mehr Konservativismus wünschten, wobei die Grenze zwischen legitimem Anliegen und offensichtlichem Rollback schmal zu sein schien. Fakt war, dass die Kinder auf beiden Seiten dieses gesellschaftlichen Canyons ausblieben, sich nun immer sichtbarer eine Altenrepublik herausschälte, mit allen Unwägbarkeiten, die das mit sich brachte.

Die Kirchenaustritte erreichten mit jedem neuen Missbrauchsskandal Rekordzahlen. Sollten allein die Werte des Grundgesetzes gelten und leiten? Lauren kannte selbst Leute, die nicht mehr wussten, was am Karfreitag eigentlich passiert war. Und doch gut lebten. Sich hier zu verorten, bedeutete entweder, sich auf eine Seite zu schlagen, was ihr nicht gefiel, oder sich in der Konsequenz eine funktionierende Nischenexistenz zu errichten. Lauren war nie besonders politisch gewesen, doch nun schien sich wirklich alles um Politik zu drehen, ihr ließ sich gar nicht mehr ausweichen, wie noch in den seligen Zeiten jener entschwundenen Normalität der alten Bundesrepublik. Keine Partei repräsentierte sie wirklich, zur Wahl ging sie dennoch und wechselte dann oft zwischen den etablierten jeweiligen drei Großbuchstaben. Sie unterzeichnete zwar öfter Onlinepetitionen, doch ein konkretes Engagement schien ihr nicht machbar neben Job und Freizeit. Nicht mal fürs Klima. Überhaupt hatte sie ihre Meinungsäußerung ins Internet verlegt, wo sie sich auf den bekannten Foren äußerte, Abgeordneten schrieb, likte und immer aufpasste, nicht auch noch unfair zu provozieren, nicht etwa zu den Brandstiftern und Hatern zu gehören, dabei immer mit Bedacht und im Bewusstsein der Regentschaft von Bots und Blasen zu handeln. Jemand hatte ihr einmal erklärt, man müsse sich online so verhalten, als stünde man mitten auf dem Marktplatz, so sichtbar sei man. Das hatte ihr eingeleuchtet. Und: Das Internet vergisst nie. Unheimlich irgendwie. Selbstredend las sie die Posts der anderen, manchmal ging sie statt auf den Content sofort in die Kommentare und staunte über die angestaute Wut, die unverblümte Kritik, die blühenden Theorien. Es war, als würde ein Vorhang weggezogen, als käme das verborgene Eigentliche zum Vorschein in seiner Skurrilität, Verrohtheit und Einfältigkeit. Manchmal legte sie einen Social Media-Account an, nur um anderen folgen zu können. Lauren beobachtete, dass der Zeitraum immer kürzer wurde, bis die veröffentlichte Debatte nachzog, bis sich der Vorhang zwischen Kasperletheater und Danse macabre nicht mehr zurückziehen ließ.

Sie erwog jetzt auch, online zu daten, fühlte sich aber bei den Gedanken noch immer nicht wohl, weshalb ihre Freunde über sie witzelten. Ihr

Denken und Fühlen sollte sich immer mehr in den digitalen Raum verlagern, was sie zunächst mit Sorge und Befremden beobachtet hatte, was ihr nun aber nur noch gelegentlich widerstrebte. Die digitale Welt wurde zunehmend zu ihrem eigentlichen Lebens- und Erkenntnisraum. So wartete sie sehnsüchtig auf ihre Zeit mit einem ihrer Endgeräte, um ungestört zu streamen oder ihren YouTubern zu folgen, bei denen sie nichts verpassen wollte. Vor kurzem hatte sie jene Funktion deaktiviert, die ihre Online-Zeit maß. Es war ihr fast egal, wie lange sie sich in virtuellen Welten aufhielt, denn Lauren fühlte sich wohl und hatte sich schließlich nicht gänzlich sozial zurückgezogen, auch war sie keine Gamerin, die die Nächte durchzockte und ihren Avatar ein Leben für sie ausagieren ließ.

Vor kurzem bin ich eine innerdeutsche Strecke geflogen, da die Bahn wieder mit Streiks gedroht hatte und mir der Rückweg aus Süddeutschland dann zu mühselig erschienen war, erzählte Liane. Das Gewissen plagte mich deshalb ein wenig, als am Flughafen wieder Verspätung um Verspätung angezeigt wurde und ich lange warten musste. Dann boardeten wir endlich und alles sollte sich laut Durchsage des Piloten noch einmal deutlich verzögern, so dass die Passagiere damit rechnen mussten, eine weitere Stunde am Boden zu verharren. In diesem Moment richtete sich ein jüngerer Mann auf, der mit seiner Familie, aber ohne Kinder reiste und dann begann, fluchend die Zustände im Land zu beklagen. Fast wirkte er, der gut gekleidet und frisiert war, deplaziert, man wunderte sich schlicht darüber, dass jemand überhaupt noch Pünktlichkeit und geordnete, verlässliche Abläufe einforderte; dass jemand wie er aber derart aus der Rolle fallen konnte, war, wie ich fand, noch bezeichnender.

Liane und Lauren trugen weitere solcher Szenen zusammen, sie stellten fest, dass sie bei ihren jeweiligen Unternehmungen und Reisen auf immer mehr Verwirrte, Enthemmte und Freaks trafen, auf immer mehr ungezügelte Wut und Enthemmtheit. Soziale Konventionen scheinen zu einer Frage der spontanen Laune verkommen zu sein, merkte Lauren an. Und auch Gewalt erscheint zunehmend als reale Option, ein Revival der niedersten Triebe. Ein Freund, der als Assistenzarzt in der Notaufnahme arbeitete, erlebte einen Angriff auf seine Kolleginnen durch erboste Angehörige eines Patienten, berichtete Liane. Nun steht ein Sicherheitsbeamter am Eingang. Das ist so furchtbar, befand sie, mir graut auch schon wieder vor Silvester. Das waren doch nur ein paar dumme Jungs, entgegnete Lauren, aber natürlich, so geht es nicht. Sie erlebte auch, dass Verabredungen nicht eingehalten und Freundschaften weniger gepflegt wurden, und auch in der Familie nahm man Anlässe oft nicht mehr so wichtig oder veränderte diese bis zur Unkenntlichkeit.

Hast du von dem neuen Lebenswendefest gehört? Was soll das sein? Manchmal vermisse ich Traditionen, bekannte Liane, alles ist so nivelliert, so wenig bedeutsam und, so kontingent. Wo erlebt man denn noch Gemeinschaft, im Fußballstadion? Beim Karneval? An Weihnachten? Immer handelt es sich doch um Events, bei denen viele eben außen vor bleiben. Es ist das Jahrhundert des Ich, resümiert Lauren, nicht mehr das des Wir, und das ist eben der Preis der Individualisierung. Auch Rituale verlieren ihre verbindende Kraft, ich denke aber, ich könnte beides, mein Leben verfolgen und dennoch die gemeinschaftliche Erfahrung hochhalten, meine Mitmenschen als solche erkennen und nicht schon am Morgen mit einer Art Rüstung in den Tag gehen. Dieses Klima herrscht doch nur in Großstädten, da auch nicht einmal in allen der vielen so lebenswerten Kieze.

Es fallen eben immer diejenigen auf, die aus der Reihe tanzen, befindet Lauren. Vieles wird doch auch nur hochgespielt, oder? Leben wir denn wirklich in einem Morast aus Gewalt, Angst und Extremismus? Die große Mehrheit betrifft das doch nicht, und sie will damit auch nichts zu schaffen haben.

Wie man es dreht und wendet, der öffentliche Raum ist nicht mehr derselbe, die Debattenkultur auch nicht, hält ihr Liane entgegen, und hier sehe ich einen Zusammenhang: Sprache, Kultur und Werte schaffen Zivilisation und zivilisiertes Verhalten. Jetzt sollen sogar Zäune um kriminalitätsbelastete Parks errichtet werden, für Millionen von Euro, Parks, die dann nachts abgeschlossen werden. Man wird der vielen Probleme nicht mehr Herr.

Das mag sein, erwiderte Lauren, aber Themen wie das Klima oder die Haushaltskrise interessieren mich da mehr, das große Ganze eben, nicht diese skandalisierenden Scheindebatten. Meine Güte, es *muss* doch niemand Drogen kaufen im Park. Manchmal habe ich den Eindruck, dass die Medien das schlechte Klima nutzen, um zu suggerieren, dass es an jeder Ecke illegale Autowettrennen mit Toten, Gruppenvergewaltigungen und immer neue Dealer gäbe. Wozu? Wem hilft das denn? Wir erleben doch alle, dass dem nicht so ist.

Wirklich? Es gibt ganze U-Bahnlinien, die als Drogenumschlagplatz fungieren. Die Zahl der Vergewaltigungen steigt und steigt, die Clankriminalität führt mit ihren „Erfolgen" den Staat ein ums andere Mal vor, wenn Zeugen plötzlich sehr vergesslich werden. Wer erinnert sich denn noch an die Berliner Staatsanwältin, die eindringlich vor den neuen Verhältnissen warnte und dann verstarb?

Ich erinnere mich, erwiderte Lauren, nur ist meine Welt hier noch immer ziemlich friedvoll, ehrlich gesagt, und dieses Szenario eines Wilden Westens gefällt mir nicht, es hat eine nicht zu leugnende rassistische Färbung. Das Szenario oder die Tatbestände?, fragte Liane in bewusster Provokation.

Ich lasse mich nicht so schnell verunsichern, hielt Lauren dagegen, oft soll doch damit nur vor viel größeren Debatten abgelenkt werden. Dies hielt wiederum Liane für den Inbegriff pauschaler Argumentation. Diejenigen, die arbeiten gehen, müssen nun oft mehr leisten, da Personalmangel herrscht, sich dann wieder durch den Verkehr kämpfen, nur um dann konsterniert auf ihren Rentenbescheid zu blicken, den Vorboten eigener Altersbezüge, die in immer weitere Ferne gerückt werden und sich deshalb auch immer abstrakter, dabei jedoch keineswegs sicherer ausnehmen. Die Alternative wäre, bei den Tafeln anzustehen und Flaschen zu sammeln. Das kann doch alles keine Perspektive für die Leute sein, dazu seit Jahren schlechte Nachrichten und die allenthalben aufgeladene Stimmung. Das mag ja sein, warf Lauren ein, aber nie haben wir länger, in unseren Breiten friedlicher, besser und, im Vergleich zu den Lebensumständen früherer Generationen, leichter gelebt. Für viele in der Gesellschaft geht es gerechter zu, Möglichkeiten, die einer kleinen Schicht vorbehalten waren, etwa essen gehen oder in den Urlaub fahren, sind für die meisten heute selbstverständlich, überall gibt es Arbeit. Europa bleibt eine großartige Idee, ich sehe das alles philosophisch und auch ein wenig ökonomisch. Dieser Optimismus ist mir verwehrt, auch wenn ich natürlich deine Argumente anerkenne, billigte Liane ihr zu. Für mich haben wir aber einen Kipppunkt erreicht, spätestens mit dem Brexit, und ich denke, viele spüren das entweder subliminal oder schmerzhaft deutlich am Geldbeutel und auch in ihren Beziehungen. So viele, die ich kenne, lassen sich scheiden, sind in Therapie, nehmen Antidepressiva, das ist doch nicht normal. Ich bin eher dankbar, dass es diese Möglichkeiten gibt, früher wurde geschwiegen, geschlagen, getrunken oder man blieb unglücklich zusammen. Heute ist eben alles sichtbarer. Sichtbarer, ja, und dabei total verstörend. Vielleicht wird auch viel zu viel pathologisiert? Vielleicht sind wir nicht mehr tough genug?

Wie also geht es weiter? Würdest du eine Prognose wagen? Wir haben viel aufgefächert, entblättert, aber sind wir zu einem Kern vorgedrungen? Es hört sich an wie ein einziges Lamento, wenn man ehrlich ist, unsere Generation jammert ja gern. Sie jammert, aber analytisch, sie ist schlau genug, die Problemlage zu erfassen, rhetorisch zu rekapitulieren. Aber was könnte sie *verändern*? Sie ist doch aktiv, es gibt genügend NGOs, Protestgruppen, denk allein an die Klimakleber, die Anti-Tesla-Demos und so weiter. Indem man Google verhindert in unserer Stadt, verkommt man zur Provinz, anstatt endlich die Weltstadt zu sein, die man potenziell auch ist. Warum hat die EU nicht schon vor 20 Jahren ein Silicon Valley errichtet, mit den besten Köpfen? Digitale Neuerungen kommen fast nie von hier, neue Social Media-Plattformen sowieso nicht. Wir hinken wie so oft hinterher. Der Tüftler, der Ingenieur, ist eben nicht der Tech-Nerd von heute. Haben wir den Anschluss nicht verpasst? Wo sind wir noch vorn? Ich glaube, wir sind schon abgehängt, Old World, und dann stellen wir uns noch gegeneinander. Sozial fällt die Gesellschaft immer mehr auseinander, vielleicht hat man auch ein Zuviel an individueller Freiheit abgefeiert und zu wenig Augenmerk auf den Mainstream gelegt, der eben doch alles zusammenhält. Dafür zahlen wir nun einen hohen Preis. Auch müssten viele unserer eigentlich gut gemeinten, verbrieften Rechte auf neue, nicht absehbare Gegebenheiten ausgelegt werden, so zum Beispiel das Asylrecht oder das Recht auf freie Religionsausübung.

Wenn ich dich nicht so gut kennen würde, antwortete Lauren, würde ich es jetzt mit der Angst bekommen. Funktionieren denn unsere Gesetze so gut, wie wir das erwarten dürfen? Kann man nicht über den Tellerrand des Grundgesetzes hinausdenken? Ja, aber was passierte denn dann? Wir brauchen diesen Konsens, was bliebe ohne ihn? Ich will ihn ja auch nicht abschaffen, sondern der Weltlage anpassen, wenn du verstehst. Unsere Werte bleiben unsere Werte, auch und gerade unter Druck, erwiderte Laura. Ich bin keine Anarchistin und wünsche den Schutz einer Verfassung. Doch nur, weil du noch vom Staat profitierst, viele empfinden das aber nicht mehr so. Der Leviathan erscheint immer krakiger und unfähiger, auf unsere Kosten. Ich sehe ein Land, in dem man noch immer alle Möglichkeiten hat, das gilt auch für die EU.

Wir leben ja in einer Zeit der sterbenden Demokratien, überall geht es in Richtung der Autokratie, der Diktatur, das ist doch viel wesentlicher, denn so will niemand hier leben, glaub mir, versicherte Lauren nachdrücklich. Aber niemand will in einem Land der kaputten Infrastruktur, der schlechten Bahn, der überbordenden Bürokratie leben, wo die Betriebe entnervt aufgeben oder insolvent gehen und trotzdem generös Bürgergeld verteilt wird, auch für Millionen von Leuten, die nicht einmal einen Abschluss machen, geschweige denn arbeiten gehen möchten. Ein solches Land kann nicht überleben, deshalb crasht der Haushalt, deshalb ist die Regierung unbeliebt, deshalb ist die Frustration so groß. Diese Regierung hat doch aber ganz andere Herausforderungen als die vorigen, ihre Leistungen in diesen Zeiten werden nie aufgerechnet. Ich bin fest davon überzeugt, dass auch wieder bessere Tage anbrechen werden. Gut, nur Belege dafür sehe ich kaum, resignierte Liane. Vielleicht brauchen wir neue Visionen, die sich aber nicht wieder wie Utopien des 20. Jahrhunderts rasch in Dystopien verkehren; sie müssten rationaler, aber auch wirklich inspirierend sein und eine Antwort auf die Fragen der erschöpften Gesellschaften liefern. Vor allem müssten sie alle mitnehmen. Wir entwickeln keine großen Konzepte, keine großen Bilder mehr, warum nicht? Dieses Denken muss kein Wunschdenken bleiben. Man sieht, dass du Selkes Ideen folgst, die er in Wunschland formuliert. Er, aber auch andere tun dies längst und knüpfen an frühere Bewegungen an. Ja, zum Beispiel an die Spinner von Monte Verità, während echte neue Konzepte und Gestalt annehmende Utopien kritisiert werden, etwa Wüsten- oder Unterwasserstädte. Warum werden sie denn so scharf kritisiert, entgegnete Lauren, weil sie wieder nur Eliten vorbehalten sind und unendlich Ressourcen verbrauchen, Ressourcen, die uns so nicht mehr zur Verfügung stehen werden. Wusstest du, hakte Liane ein, dass bereits Henry Ford mit dem Elektroauto arbeitete, es aber zu teuer fand für den großen Markt? Es hätte nie zu den Verbrennern kommen müssen, wäre es nicht immer ums schnelle Geld gegangen. Es ist doch pervers, dass der Besuch einer Metzgerei und das effiziente Teilen des Rindskörpers ihn zum Konzept des Fließbands inspiriert hat, wodurch dann Autos viel schneller und viel günstiger produziert werden konnten. Ausschlachtung des Tiers, Ausbeutung des Menschen durch den Kapitalismus, Ausblutung der Erde, alles ging hier ideentechnisch Hand in Hand. Und wozu?

Erfolg muss anders definiert werden, pflichtete Laura bei, er muss in Zusammenhang mit der Weltsorge betrachtet werden, sonst führt er zu unabsehbaren Kosten und Gewinnen nur für sehr wenige. Wie wollen wir leben, das ist eine Frage, die auch impliziert, wer wir eigentlich sein wollen. Nicht mehr Henry Ford, soviel steht fest, doch neue Vorbilder gibt es noch nicht so viele.

Fest steht für mich, dass Aufgeben und Schwarzsehen keine Optionen sein können. Damit machen es sich viele zu leicht. Freude, gar Euphorie sind Empfindungen, die wir gar nicht mehr abrufen. Es gilt, den eigenen Geist, die eigene Kraft wieder zu aktivieren und es nicht zuzulassen, sich zu limitieren von den Umständen, von den Nachrichten oder anderen Widrigkeiten. Doch woher die Kraft, die Zeit hierfür nehmen, zweifelte Liane.

Als Philosophin antworte ich dir: Es ist eine Frage des Willens, der Entscheidung dazu, auch der Anerkennung, dass wir Riesen sind, keine Zwerge. Du klingst fast nietzeanisch! Vielleicht, aber ich fühle, wieviel brach liegt in mir. Das will ich ändern. Liane lächelte.

Zoe Fornoff

Panta Rhei

Wir fahren die Transitstrecke von West-Berlin, so heißt meine Stadt, nach Bayern, über Hof und durch Hersfeld – „Herrschfeld"! ruft mein Stiefvater, ein fränkischer Handwerker mit Militärausbildung, jedes Mal. Denn wir fahren sie oft, diese Strecke, ein paar Mal im Jahr. Vopos überall, Volkspolizisten und mit dem Aussteigen ist das so eine Sache, man sollte lieber nicht „müssen" unterwegs, auf diesen Stunden im Transit.

Für mich ist sie vertraut und fremd zugleich, diese in der Welt doch einzigartige Straße: Einmal führt sie in die Freiheit, zurück führt sie nach Hause, hinaus in die Ferien, dann wieder in die Schule. Ich erblicke meine Mutter, die beginnt zu schwitzen, während wir uns einreihen in den Grenzverkehr. Nicht auffallen, nichts sagen, einfach durchkommen, das ist, worum es hier geht. Die Grenzbeamten, von denen man mir sagt, dass sie auch Deutsche seien, wirken abweisend, niemand heißt uns willkommen. Dass wir der kapitalistische Erzfeind sind, ist mir da noch nicht bewusst, ich wundere mich nur über das schlagartige Grau, in das nun alles gefasst ist, beginnend mit den Uniformen. Jemand musste der Welt eine Farbdrainage verpasst haben. Graue Männer, die ein graues Land mit grauen Autos ankündigen, Autos, über die alle unendlich viele Witze erzählen, weil sie kaum fahren können und angeblich aus Presspappe bestehen. Trabi oder Trabant und Wartburg heißen sie, mehr gibt es nicht im Sozialismus, von dem ich heute denke, dass genau darin seine entspannte Seite lag – man musste sich nicht ständig zwischen vielen Dingen entscheiden, denn Mangel ohne wirkliche Not bedeutete in erster Linie, Zeit für anderes zu haben.

Unser neuer Gebrauchtwagen bot keine Sicherheitsgurte hinten, sie waren damals auch nicht üblich oder gar standardmäßig vorhanden, und so legte ich mich quer über die Rückbank. Beim Fahren wurde mir meistens vom Benzingeruch und den Zigaretten meiner Mutter schlecht, ansonsten langweilte ich mich. Wenn ich mich, des Liegens müde, wieder aufrichtete, mied ich jene unausweichliche und doch irgendwie romantisch verklärte Monotonie des Nachvorneschauens entlang weißer, stetig durchbrochener Linien, die anzeigten, dass man zwar auf die andere Seite wechseln durfte, aber auf der Transitstrecke doch besser in seiner Spur blieb. Schnellfahren war nicht gestattet, nicht auf dieser Seite der deutschen Autobahn, und Übertretungen bedeuteten, dass man ordentlich abkassiert wurde, mit Wechselgeld in DDR Mark. Ich kniete also auf der Rückbank, stemmte meine Ellenbogen gegen die Lehne und wandte den Blick nach hinten, gegen die Fahrtrichtung. Mein Kopf muss sich niedlich-verzweifelt ausgenommen haben neben der obligatorischen Klorolle mit giftgrünem Häkelbezug. Während meine Mutter wie ein Schlot rauchte, teils, um ihre Nerven zu beruhigen, teils, um die Zeit totzuschlagen, begann ich, den hinter uns fahrenden Autos zuzuwinken. Fahrer und Beifahrer winkten meist erfreut zurück, und noch heute, während ich meine jährliche Sieben-Seen-Tour antrete, die per Dampfer vom Wannsee über die nicht kenntliche Wassergrenze der ehemals zwei deutschen Staaten führt, winke ich allen Booten, Partyflößen und Schiffen zu, entschlossen, beherzt, zuweilen energisch, bis nur die Hartherzigsten noch Widerstand leisten und sich alle anderen längst zurückwinkend meinem Gruß ergeben haben.

Der Qualm umflorte mich, denn alle Fenster blieben während der Transitfahrt unbedingt geschlossen, ganz so, als wollte man nichts einatmen von diesem Teil des eigenen Landes, wo man schließlich einigermaßen rechtlos und zudem nicht erwünscht war. Ausgeatmet wurde erst im Fichtelgebirge, in ein paar Stunden. Fenster wurden nur an den beiden Grenzübergängen heruntergekurbelt, während zuvor sinniert wurde, welche Reihe wohl am günstigen und welcher Grenzposten am wenigsten unsympathisch wäre. Hatte man es endlich hinter sich gebracht, blieb das Fenster, das ein Schutzschild vor unwägbaren Schwierigkeiten darstellte, unbedingt zu, die Kurbel blieb unangetastet.

Ich kniete über Stunden weiter gegen die Fahrtrichtung und einmal, ich weiß es noch genau, blieb ein Auto sehr lang direkt hinter uns, bevor es die letztmögliche Abfahrt der Transitstrecke nahm. Darin saßen zwei Männer, vielleicht Ende dreißig, und ich sah ihre gleichzeitig so vorsichtigen wie freundlichen Blicke. Ich war alt genug zu wissen, dass sie nicht einfach die nächste Grenze passieren durften, so wie wir, und dass ein möglicher Kontakt zu BRD-Bürgern ihnen Schwierigkeiten bereiten würde. Also sagte ich meinem Stiefvater nicht, er möge einmal anhalten, damit wir diese netten Menschen kurz an einer Raststätte kennenlernen konnten. Er bekam natürlich alles mit, während ich noch nicht verstand, was diese Szenen bei ihm auslösen mussten. Seine erste Ehefrau hieß Rosemarie, eine Potsdamerin, die es nach West-Berlin geschafft hatte, wo sie als Krankenschwester arbeitete. Dort lernte sie im Krankenhaus ihren späteren Ehemann, meinen Stiefvater, kennen, der sich als Ringer den Rücken ernsthaft verletzt hatte. Wenn Rosemarie aus ihrem Leben erzählte, dann nie von der DDR.

Als das Auto schließlich abbog, winkten wir alle heftig, auch meine Eltern, beide Autos aktivierten ihre Lichthupen, und meine Mutter, die vor Jahren Jugoslawien verlassen hatte für ihren Traum von Freiheit und Wohlstand, seufzte ein schweres „Ach". Dann zündete sie sich die nächste Zigarette an, defätistisch und befreit zugleich.

Dies war, was die Transitstrecke ermöglichte, Beobachtung, Interpretation, ein Übermaß an Emotionen, die weit über den üblichen Autobahnfrust ihres westdeutschen Teils hinausgingen, der sich auch damals zusammensetzte aus der Empörung über Raser, überteuerte Raststätten und natürlich nervige, zeit- und kraftraubende Staus und Baustellen, auf denen selten jemand arbeitend gesichtet wurde. Nein, es handelte sich um eine völlig freie Fläche, die nicht einmal von einem anständigen Radioprogramm unterlegt wurde, um den stundenlangen so offenen wie klandestinen Blick auf ein Land, das sich vor einem auftat und dabei komplett verschlossen blieb und das doch, so wusste man, das eigene war. Die dunkle Seite des Mondes. Nervosität, gar Angst davor, nur einen minimalen Fahrfehler zu begehen, angehalten zu werden oder eine Panne zu haben, schwang immer mit. Immer wieder sollte meine Mutter erzählen, wie sie auf der Fahrt eine Toilette aufsuchen musste, vor der dann Vopos standen, an die Tür hämmerten und sie streng ermahnten, sich gefälligst zu beeilen. Denn die Strecke durfte nicht verlassen werden, man hatte mitten in der DDR kein Recht, die DDR zu betreten, nicht einmal zum Austreten.

Das allgemeine Aufatmen war jedes Mal groß, wenn wir Bayern erreichten, ein Bayern, das sich in Fichtelgebirge, Ober-, Unter- und Mittelfranken gruppierte und, fragte man die Einheimischen, gar kein Bayern war. Mein Stiefvater, ein stolzer Mittelfranke, der dennoch dem FC Bayern ewige Treue geschworen hatte, dessen Herz aber auch weiter für *den Club* – gemeint ist der damals noch recht erfolgreiche 1. FC Nürnberg – schlug, sinnierte mit mir darüber, dass die DDR keine zwei Jahre überstehen würde, kämen nicht immer Transferzahlungen, natürlich in harten D-Mark-Devisen, aus, ja, vornehmlich Bayern in Ost-Berlin an. Dass auch West-Berlin, wohin es ihn, der eigentlich nach Australien hatte auswandern wollen, verschlagen hatte, am westdeutschen Tropf hing, unterschlug er tunlichst oder erachtete es als unvermeidliche Folge des Mauerbaus, dessen Opfer schließlich auch die West-Berliner waren, die man nie gefragt, sondern im Gegenteil vor vollendete Tatsachen gestellt hatte. Ich vertrieb mir jetzt, da ich das Winken wieder eingestellt hatte und mit den Füßen korrekt in Fahrtrichtung saß, die Zeit mit dem

Vergleichen von Geschäften, Währungen und Marken, die es hier oder dort gab. In Bayern bemerkte ich sogleich, dass es hier nicht nur andere Geschäfte gab als in der DDR, sondern auch im Vergleich zu West-Berlin. Die Inselsituation bedeutete, dass wir nicht mit allem beliefert wurden und nicht alle üblichen Handelsketten bei uns vertreten waren. Zwar herrschte seit den Tagen der legendären Luftbrücke gewiss kein Mangel, dennoch kam mir Bayern immer deutlich wohlhabender und bunter vor. Meine Eltern erklärten, dass man im Osten in wirklich guten Geschäften nur mit Devisen bezahlen konnte, also in Westwährung. Mir wollte über Jahre nicht in den Kopf, wieso die Betonung des Wortes *Konsum* dort auf der ersten, bei uns aber auf der zweiten Silbe lag und dabei einen Laden statt den Gebrauch und Verzehr feiner Waren bezeichnete. Vielleicht wollte man sich so selbst etwas vormachen oder, wie üblich, die Bevölkerung schützen - antikapitalistischer Schutzwall, antikapitalistische Aussprache. Fakt war, dass es vieles im Osten nicht zu kaufen gab oder dass die Ware nicht den höchsten Ansprüchen genügen konnte. Nicht einmal den mittleren. Viel später, als die Mauer fiel, munkelte man, man könne vielen DDR-Bürgern die mangelnde Versorgung mit Vitaminen ansehen, sie wirkten blasser, vielleicht lag es aber auch am Ton der unechten Jeans. Mich empörten diese Gemeinheiten, doch heimlich, in der nun wiedervereinigten U-Bahn, prüfte ich sie auf ihre Richtigkeit. Ich versuchte zu erraten, wer woher stammte und meinte, in Kröpfchen und Töpfchen sicher und schnell auseinanderzudividieren. Die Vorurteile über Jahrzehnte hatten gewirkt, auf beiden Seiten.

Natürlich war auch sonst alles sprachlich verwirrend. So teilte man mir mit, dass es ein Sakrileg sei, „BRD" zu sagen anstatt Bundesrepublik, wobei ich nicht ganz folgen konnte, denn einige Leute, die ich kannte, nannten unser Land bewusst BRD. Doch auch die Bundesrepublik war mir ein Buch mit sieben Siegeln, denn in West-Berlin nannte man sie nur „Westdeutschland". Völlig unklar war auch, weshalb die „DDR" in Anführungszeichen gesetzt wurde und wieso ausgerechnet sie nun die *demokratische* beider Republiken war, obwohl die Menschen dort nicht ausreisen konnten und immer dieselbe Partei die Wahlen gewann; in der Bundesrepublik/BRD/Westdeutschland plus West-Berlin hingegen teilten sich die Wahlgewinne stets auf zwei Parteien auf. Wir hingegen durften überall hinreisen, auch nach Amerika, nur in die DDR, die schließlich unser direktes geografisches Umland bildete, zu kommen oder einfach auf die Ostseite unserer Stadt zu gelangen, gestaltete sich äußerst schwierig. Dort sagte man dann auch nicht Ost-Berlin, sondern nur Berlin um den Ostteil der Stadt und die Hauptstadt der DDR zu bezeichnen. Wir auf der Westseite aber wurden aus Bonn am Rhein regiert, das lag fast in Frankreich und so weit weg, dass niemand, den ich kannte, je dort gewesen war. Ein Onkel lebte in Duisburg im Ruhrpott, und so ungefähr stellte ich mir Bonn vor. Es war schrecklich dort und immer, wenn wir dort waren, fuhren wir nach Holland für einen Tag. Das historische Orange Venlos war bitter nötig nach all den Schloten und Alkoholikern, mit denen ich die Stadt und ihre hart malochenden Zechenarbeiter verband. Mein Onkel hatte nicht einmal vor, uns irgendetwas anderes vom Pott zu zeigen, das war dann also meine Bonner Republik. Bayern hatte schließlich von jeher nicht wirklich dazu gehört.

Bei allem war mein Bild von der DDR über Jahre auch positiv. Es ist ein Mythos, dass dort das Westfernsehen zwar äußerst begehrt war, das sozialistische Fernsehprogramm in der Bundesrepublik umgekehrt jedoch gemieden wurde. Nein, ich hing in einer Zeit, in der es nur ARD, ZDF und *das Dritte*, also das Regionalprogramm gab – in meinem Fall das des SFB, des Senders Freies Berlin –, als Fan von DDR 1 und DDR 2 vor der graubraunen Glotze. Statt drei also fünf Programme, was sich luxuriös anfühlte, zumal das Fernsehen auch noch oft aus Sendepausen und einem dazugehörigen fürchterlich fiependen Ton samt Stand- und Testbild bestand.

Kaum bei der fränkischen Verwandtschaft angekommen, vermisste ich also auch schon „Pan Tau", „Sieben Sommersprossen", „Mach mit, mach's nach, mach's besser", an welches das westliche „1, 2 oder 3" nicht heranreichen konnte. Mich faszinierten die ausführlichen Dokumentationen aus den Sowjetrepubliken, vor allem aus der Mongolei, die ich stundenlang genießen konnte, auch deshalb, weil in meiner Schule noch bis zum Abitur bis auf die Oktoberrevolution absolut nichts aus den Regionen hinter dem Eisernen Vorhang gelehrt wurde, nicht einmal der Boxeraufstand oder die Chinesische Revolution oder gar die Indus-Kultur – eine gigantische terra incognita also, die es zu entdecken galt und die über die unfassbar schönen Totalen zu meiner ganz persönlichen inneren Landschaft wurde. Allein vor dem Fernseher und mit zwei voll arbeitenden Eltern verabschiedete ich mich in die Vorstellung von unendlich faszinierenden Völkern, Namen und Regionen: Es gab ein Schwarzes Meer! Kasachstan! Aserbaidschan! Fast ungläubig versuchte ich, die Namen nachzusprechen und sie mir zu merken. Bis heute reise ich gern und angstfrei durch den Südkaukasus, den alle meine Freunde aus der ehemaligen DDR korrekt zuordnen können, die anderen eher nicht. Letztes Jahr in Tiflis traf ich auf eine im Ost-Berlin der Nachwendezeit aufgewachsene und entsprechend doch noch sozialistisch sozialisierte Person, die es nicht verwinden konnte, dass man den „Palast der Republik" abgerissen hatte und die ihn jetzt, Jahrzehnte später, noch immer als Hintergrundmotiv für akademische Ankündigungen nutzte, wie um ihn absurderweise am Leben zu erhalten. Selbst ein Hinweis auf die Asbestproblematik des Gebäudes konnte sie nicht überzeugen, und noch bevor wir Gelegenheit haben sollten, das Pro und Kontra des Wiederaufbaus des Stadtschlosses zu debattieren, begann sie dafür zu plädieren, Gebäude aus jedweder politischen und historischen Ära als verdiente Zeitzeugen stehen zu lassen. Natürlich begriff ich die ikonische Bedeutung des Palastes der Republik für sie, konnte mir aber nicht den Fingerzeig verkneifen, ob diese Forderung auch für Gebäude der Nazizeit gelten solle. Sie ließ ab. Das Gebäude war ihr Nukleus und Symbol des untergegangenen Landes und seiner Größe und Strahlkraft, die es eben auch besessen hatte, dazu das Versprechen auf eine gerechtere Zeit.

Dass die Vergangenheit nicht vergeht, aber bemerkenswerte Allianzen mit der Gegenwart eingeht, zeigte sich mir zudem, als Jana insistierte, in Tiflis nur Cafés aufzusuchen, die dem deutschen linksbiogrünen Verständnis von Coolness entsprachen, weshalb wir viele tolle, neue zentral gelegene Läden seufzend passieren mussten, um endlich irgendwann in einem winzigen, überteuerten Café mit bescheidener Auswahl anzukommen, das allein ihr Placet fand und das, wie ihr offensichtlich entging, nicht etwa Georgien und seine fantastische Küche, sondern vielmehr ihre westliche Idee einer korrekten Wirtschaft repräsentierte. So zerrte sie uns auch völlig undemokratisch in überteuerte Souvenirläden in irgendwelchen halbsanierten Hinterhöfen, anstatt uns den Einkauf in einem der vielen regulären Touristenshops mit mal mehr, mal weniger guter Auswahl zu gestatten. Es war eindeutig, sie wollte den kaukasischen Osten im Sinn der Ästhetik des Westens umerziehen und trat dabei auf wie so viele Deutsche im Ausland, die immer wussten, was richtig war und alle um sie herum autoritär belehrten. Ihr portugiesischer Mann, der uns schwarz-alternativ gekleidet und ordentlich durchgepiercet begleitete, war deutlich entspannter, klagte aber darüber, wie konservativ Georgien doch sei. Er meinte es als Vorwurf, verstand es als Zumutung für ihn persönlich, ganz so, als würden die immer richtigen und progressiven Ideen des Westens noch nicht verstanden. Die Zerrissenheit des Landes zwischen dem Wunsch, Teil der EU zu sein, der Identität als ehemalige Sowjetrepublik und als zutiefst christlich verwurzeltes Land wurde nicht thematisiert. Die beiden betonten vor mir noch, dass sie immer nach Montenegro in Urlaub führen, dem ich entstamme, und zwar nach Ada

Bojana. Mit der Erwähnung des Ortsnamens war sofort klar, dass es sich um einen FKK-Urlaub handeln musste. Es war anscheinend bedeutsam, mir diesen Hinweis zu geben, um ihre ungebrochene Ostidentität zu signalisieren. Diese differente Körperkultur, wie sie sich zum Beispiel in FKK ausdrückte, das bei uns eher auf nächtliches Baden im See beschränkt war, wenn uns also niemand zusah, war Teil des DDR-Erbes. Subkutan wussten wir, dass wir zwar die besseren Jeans hatten, nicht aber den besseren Body, die besseren Optionen, aber vielleicht das schlechtere Sexleben. Diese Freiheiten und entsprechend die Unfreiheiten des Westens waren internalisiert und verschwanden auch bei den Jüngeren nicht so schnell. Janas Vater, ein Ur-Ostberliner, war günstig über Batumi eingeflogen, das er natürlich kannte, und legte einen Habitus an den Tag, der sich mit einiger Wahrscheinlichkeit kein bisschen verändert hatte seit dem Mauerfall. Die so folgenreiche Westeinwirkung war offensichtlich an ihm abgeprallt, eine Veranlassung zur Anpassung, gar zu Leugnung der Herkunft, sah er überhaupt nicht. Er war ein freundlicher, unkomplizierter Mann.

Irgendwann bekam ich mit, dass es die „Aktuelle Kamera" gab, eine Nachrichtensendung des DDR-Fernsehens, die, so hieß es, fiese Propaganda gegen den Westen fuhr. Ganz so, als kostete ich von einer verbotenen Frucht, schaute ich nun – nach wie vor unbeaufsichtigt – Reportagen über die Massenarbeitslosigkeit und den jedem Bundesbürger drohenden sozialen Abstieg und lernte endlich, was es mit dem „Fünfjahresplan", der ständig übererfüllt wurde, auf sich hatte. Diese ökonomische und organisatorische Idee, in Fünfjahresschritten zu denken und zu planen, brannte sich mir ein und verließ mich nie mehr. Ganz offensichtlich war sie auch viel erfolgreicher, als man es im Westen wahrhaben wollte. In der Aktuellen Kamera ging es selbstredend ständig um die SED, Moskau und die Brudervölker, mich aber fesselte insbesondere jeder Bericht über die „FDJ". In den Ferien in Jugoslawien sang ich, schon wieder gänzlich unbeaufsichtigt und freidrehend, die Lieder der jungen Pioniere mit, die meine Freunde über das Schuljahr dort gelernt hatten. Auch ich wollte unbedingt dabei sein und vor allem ein so schickes Halstuch tagen, kurz: Ich wollte Teil einer Jugendbewegung sein, was in Ermangelung einer derart breitenwirksamen staatlichen Organisation im Westen und aufgrund eines streng atheistischen Elternhauses, das keine entsprechende kirchliche Alternative duldete, ein frommer Wunsch bleiben musste. Dann eben über das DDR-Fernsehen teilhaben, bis ich man das Spiel durchschaute und mich schließlich wirklich einer neuartigen Jugendbewegung anschloss und zum „New Romantic" wurde, dem visuellen und ideellen Gegenbild einer sozialistischen Jungpionierin.

Honecker und seine Partei hatten versucht, die eigentliche Jugendbewegung, den westlichen Rock und Pop, aus der DDR herauszuhalten, doch dies funktionierte nur bedingt. Die Trends kamen dort mit einiger, oft jahrelanger Verzögerung an, dennoch fanden sie sich alle auch in Ost-Berlin wieder. Westsänger wie Udo Lindenberg versuchten, eine Auftrittsgenehmigung für „drüben" zu erwirken, während wieder andere Lieder schrieben, deren Refrain da lautete: „Angelika, Angelika, im Fernsehen der DDR, du bist mir nah und doch so fern, Angelika" – gewissermaßen ein deutscher Vorläufer von Elton Johns „Nikita", in dem sich ein mutmaßlich westlicher Erzähler in einen russischen Soldaten verliebt, ohne Aussicht auf eine Romanze, weshalb dieser Songtext ebenfalls aus Fragen und Mutmaßungen besteht. Überhaupt versuchte Popmusik schon vor „Wind of Change" und Konsorten Brücken zu schlagen, so dass auch Sting öffentlich hoffte, selbst die bösen Russen müssten doch ihre eigenen Kinder lieben, womit er implizierte, sie würden sich eines Besseren belehren und keinen nuklearen und somit ultimativen Weltkrieg beginnen. Angelika aber wurde genauer befragt, etwa danach, ob sie heimlich Westkontakte unterhielt, was in ihrer Kaderakte stand, wie sie Freiheit auffasste. Ein seltsames, spezifisch deutsches Liebeslied, die Minne des Kalten Kriegs.

Weitaus intensiver fielen jene Konzerte aus, die eine Zäsur markierten, so zum Beispiel als David Bowie auf der westlichen Seite des Reichstagsgebäudes performte, sein Programm sich dabei unweigerlich zu „Heroes" steigerte, *dem* ikonischen Song über eine Liebe, die der Mauer trotzt, wodurch die skandierenden Rufe auf der Ostseite, denn auch dort hatten sich die Fans versammelt, immer lauter wurden. Und wir skandierten und johlten immer lauter zurück. Dort stand ich, noch ein Schulmädchen, noch minderjährig und großer Bowie-Fan, im Pulk von vielen Tausenden und nahm jene anderen wahr, die nicht dabei sein durften. Angst überkam mich, sie, die ich nicht sehen, aber hören und genau fühlen konnte, könnten zurückgedrängt, es könnte vielleicht sogar auf sie geschossen werden. In diesen Minuten spürte ich die Berliner Mauer, an der wir fast direkt standen, intensiver denn je, gleichzeitig erfuhr ich, dass sie keine Macht besaß, denn sie würde am Ende nichts und niemanden mehr aufhalten. Es war 1987. Reagan hatte Gorbatschow aufgefordert „Tear down this Wall", Springsteen spielte vor 160.000 Menschen in Ost-Berlin, manche sagen, es seien viel mehr gewesen, die aus der ganzen Republik angereist waren, und selbst die Nomenklatura musste erkennen, dass es sich hier nicht mehr um das angekündigte Solidaritätskonzert für Nicaragua, organisiert von der FDJ, handelte, sondern um ein konsensuales Bekenntnis zur verheißungsvollen Freiheit westlicher Prägung. Später erfuhr ich, dass die Propagandamaschine behauptete, der Boss betreibe in Nicaragua eine Druckerei, um die sandinistische Revolution zu unterstützen – man musste die Einladung irgendwie legitimieren, zur Not auch mit Geschichten aus Absurdistan. Unmittelbar vor der Show wurde Springsteen dringend nahegelegt, den Begriff „Mauern" in seiner in Deutsch vorbereiteten Ansprache an das Publikum durch „Barrieren" zu ersetzen. Doch es half alles nichts, es war 1988, die Dominosteine fielen.

West-Berlin war nicht nur in drei Zonen der Alliierten eingeteilt, die Alliierten beherrschten seit der Besatzungszeit nach dem Zweiten Weltkrieg auch das Kulturprogramm. Beim Radiohören war ich eingeschworen auf RIAS Berlin, Rundfunk im amerikanischen Sektor, wo ich gern bei „Musik nach der Schule" alle neuen Bands mitschnitt, also zur Ansage des Moderators den Kassettenrecorder per Aufnahmetaste betätigte. Die Soldaten waren überall, immer in Uniform, wobei dies auch die Stadt der Wehrdienstverweigerer war, eine der vielen vollkommenen Absurditäten, mit denen wir lebten. Wir freundeten uns mit ihnen an, gingen in ihre Clubs, auf gemeinsame Volksfeste und so einige Frauen und Mädchen im Bekanntenkreis heirateten GIs und verschwanden irgendwann für immer die in die USA. Ich beneidete sie, obwohl sie zuweilen rassistischen Kommentaren ausgesetzt waren. RIAS sorgte dafür, dass ich Springsteen schon vor „Born in the USA" kannte und die erste Scheibe von U2 schnell erwarb und stolz mit in die Schule brachte, die nicht weit von der Mauer lag. Doch eine weitere Band hatte es mir besonders angetan, eine Band, die gut produziert war und die auf Deutsch sang: Karat. Ihr Album „Der blaue Planet" hatte das tollste Cover, seit Pink Floyd einen Mann beim Händeschütteln in Feuer hatten aufgehen lassen, das tollste Cover und natürlich die besten Songs. Also hatte man auch auf der anderen Seite der Mauer Angst vor der nuklearen Bedrohung, wurde mir nun klar. Als Kind des westlichen Sektors wusste ich, dass unfassbar viele Raketen auf uns gerichtet waren, auf die paar Quadratkilometer bestehend aus nicht sanierten Häusern und ihren deprimierenden Fassaden und Kohleöfen jenseits des Ku'damm. Die Angst verband uns, und während Karat fragte, wie weit die weiße Taube noch flöge, befand im Westen Hans Hartz, dass diese Gattung bereits ermüdet sei und in der

Konsequenz auch schon lange nicht mehr abhob. Der Befund, die besungenen Tauben betreffend, war bei aller metaphorischen Kongruenz eben doch verschieden. Unser Pessimismus nach Krieg, Nachkriegszeit, deutscher Teilung und nun Kaltem Krieg war mithin größer, vielleicht hatte das mit den positiven Einflüsterungen des Sozialismus zu tun, der zwar die meisten seiner Versprechen nicht einlösen konnte, aber zumindest eine optimistischere Perspektive bot. Bei uns herrschte die Losung *No Future*, der nicht nur die Punks anhingen. Als Losung und als Graffiti war sie ubiquitär.

Später lernte ich, dass es zwei Cover gab, die Karat auf jeweils einen deutschen Markt gebracht hatten: Das eine mit der blauen Erdkugel und einem Riss, der sie durchzog, ein anderes mit einem Streichholz versehen, als dessen Kopf sich ein Globus zeigte, kurz vor der Inbrandsteckung durch die so unfähige und bellizistische Menschheit. Der Erfolg gab Karat recht, und so sah ich ihre Auftritte begeistert in „Wetten, dass …?" genauso wie in „Ein Kessel Buntes", eine Sendung, von der ich überzeugt war, dass sie die mit Abstand besten Acts versammelte. Angesichts der erneut zu nuklearer Schwermut tendierenden Lage im heutigen Europa nimmt sich „Der blaue Planet" wieder aktuell aus, und wie jedes wirklich gute Album kann man es immer wieder auflegen oder eben streamen. Geblieben von Karat ist aber „Über sieben Brücken musst du geh'n", das sich Peter Maffay erfolgreich einverleibt hat, ein Künstler, der ebenfalls den balkanischen Gefilden entstammt und als Kind nach Deutschland kam, um mit den Eltern dem Joch des Kommunismus zu entfliehen. Die Kreise ähneln sich, es bleibt der „Schwanenkönig", das schönste Lied von Karat, ein Abgesang auf die Welt und gleichzeitig elegische Hymne auf sie. Für mich antizipiert es auch den Untergang eines Landes, und kaum erwachsen, lernte ich, dass auch heute noch ganze Reiche vergehen können, wie ich es an der DDR, dann am zerbrechenden Jugoslawien sehen sollte – zugegeben, es handelte sich um junge Staaten, um Resultate von geopolitischem Kriegs- und Nachkriegsgeschacher, doch es blieb eine tief prägende und konstante Verunsicherung zurück. Nichts ist von Bestand, nicht einmal ein Land, alles fließt, die Vergangenheit vergeht nicht, sie bahnt sich Ströme in uns. Den „Schwanenkönig" hatten Karat der Fabel Leonardo da Vincis entnommen, man spürte diese poetische, jahrhundertealte Kraft förmlich. Vor ihrer Umbenennung hieß die Band ausgerechnet „Panta Rhei", weshalb sie vielleicht, so mutmaßte ich, vom sokratischen „Kratylos" auf „Karat" gekommen waren, zumindest war das meine Logik, die meine Altgriechisch-Lehrerin, mit der ich Ravi Shankar-Alben tauschte, nicht abwegig fand.

Es hieß, die DDR hätte eine besondere Literatur- und Theaterszene hervorgebracht. Der Besuch Ost-Berlins war fest im Exkursionsprogramm verankert, und so ging es mit monetärem Zwangsumtausch von D-Mark zu DDR-Mark im Wechselkurs eins zu vier über den subterranen Grenzübergang Friedrichstraße hinein in diese so nahe, so ferne andere Welt, auf die dunkle Seite des Mondes. Nun unter der Mauer und mit strikter Anweisung, zusammenzubleiben sowie vor null Uhr wieder im Westteil der Stadt zu sein – denn nur so lang war das Tagesvisum gültig –, reihten wir uns ein in die Linie der Wartenden. Geprüft und für gut genug befunden, besichtigten wir zunächst den Alexanderplatz samt Weltuhr, dann ging es in das uns ansonsten verwehrte historische Zentrum unserer Stadt. Noch jetzt, wenn ich mich nach unzähligen Malen dort aufhalte, empfinde ich dies manchmal nicht als Selbstverständlichkeit, die frühere Trennlinie hat sich mir eingenarbt, und obzwar man alte Narben fast vergisst, verheilen sie doch nie ganz und lösen bei direktem Anblick Erinnerungen an Schrecken und Schmerzen aus, im besten Fall aber auch an Tapferkeit und bestandene Prüfungen.

In Ost-Berlin waren sehr wenige Menschen unterwegs und diejenigen, die uns erblickten, hielten ostentativ Abstand, denn es war nicht ratsam, sich mit Westlern zu unterhalten. Polizisten sahen wir regelmäßig, in Abständen von ein paar hundert Metern. Als wir Hunger verspürten, ging es in ein Restaurant mit dunkler Holzvertäfelung und Spitzengardinen, das nicht viel im Angebot hatte, lediglich Rotkohl, Kartoffeln, Hausmannskost, doch nach dem Essen verspürten alle für den Rest des Tages einen gewissen ungestillten Hunger. An Snacks war nicht zu denken, also widmeten wir uns der Kultur. Unsere Deutschlehrerin hatte uns über Christa Wolf, Brigitte Reimann und Co. ausgiebig informiert, zum Teil lasen wir sie im Unterricht. Die Buchhandlungen hier und vor allem ihre Preise waren ein Traum, und so sackten wir etliche aktuelle Romane und Klassiker ein, zu einem Bruchteil dessen, was wir auf der anderen Stadtseite dafür bezahlt hätten. Danach ging es ins Theater, die großen Häuser waren nach dem Mauerbau tendenziell dem Ostteil zugeschlagen worden. Wir waren angetan von dem, was man uns präsentierte, saßen aber ein wenig wie auf Kohlen, da wir ja wieder pünktlichst die Rückreise antreten mussten. Ein katholischer Mitschüler hatte sich das „Neue Deutschland" besorgt und musste dann am Grenzübergang ausführlich erklären, weshalb er das Blatt nach West-Berlin mitzunehmen gedachte. In mir stieg Unruhe auf, denn ich erkannte seine kaum bemäntelte ironische, letztlich systemisch-ideologische Provokation, die keineswegs mit der Schule abgesprochen war und die uns in echte Schwierigkeiten bringen konnte. Sie ließen ihn durch, mit der Zeitung. Er grinste.

Wir diskutierten die Fälle von Prominenten, die in den Westen gingen, wir debattierten die in unserer Vorstellung faszinierenden wie tragischen Fluchtversuche. Morgens, wenn ich meinen Toast in den Toaster schob – ich aß immer dasselbe Frühstück, zwei Scheiben mit Butter und Honig, dazu einen Kamillentee –, hörte ich schon vor der Schule in den Radionachrichten von Vorfällen und Schüssen auf Personen an der Mauer, nicht weit von unserer Wohnung in Kreuzberg entfernt. Ich sah die Wachtürme dort und die bunten Graffiti auf unserer Seite und stellte mir vor, wie grau alles auf der anderen Seite sein musste, wo niemand die Mauer besprühen, niemand sich dem Gelände unbefugt nähern durfte. Niemand begehrte auf, niemand demonstrierte, man tat nichts, sondern nahm es hin.

Uns wurde eingebläut, dass die Verfassung eine Wiedervereinigung der beiden deutschen Staaten vorsah, doch schien sie so außer Reichweite wie Shangri-La – wenn ich mich, die Nachrichten noch im Ohr, auf meinen kurzen Schulweg durch das politische und kulturelle Labor machte, das mein Kiez damals war, aus dem so viele Ideen aufstiegen wie Rauch aus den Schornsteinen der riesigen Altbauwohnungen und ihrer bescheidenen Hinterhöfe. Es gab auch Lehrer, die *rüber gemacht* sind, vorgestellt von Schulleitern, die immer wieder darauf herumritten, dass sie aus der DDR stammten und sie keineswegs mit offenen Armen empfingen. Immer waren diese Neuankömmlinge unfassbar sportlich und diszipliniert, was ihr Image nur bestätigte, schließlich war die DDR eine einzige Medaillenschmiede, die uns zumindest hierin überlegen sein sollte. Zwar nicht im Fußball, der einzigen Sportart, die wirklich zählte in Deutschland, aber doch gefühlt in allen anderen.

Dies führte zu einem weiteren Dilemma: Sollte man die Sportler dort bei internationalen Wettbewerben anfeuern als ebenfalls Deutsche, oder waren sie Konkurrenten eines anderen Landes wie die aller anderen Nationen? Große Sportwettbewerbe und vor allem die Olympiaden waren, wie das Weltall im Übrigen auch, Schauplätze des Kalten Kriegs, der dort nur ohne Waffen ausgetragen wurde. Immer wieder wurden diese Großveranstaltungen aufgrund der angespannten politischen Lage von einer Seite boykottiert. Man lästerte über das Erscheinungsbild einiger Teilnehmerinnen des so genannten Ostblocks – von einem Westblock sprach man nicht, nur von der *freien Welt* –, die offensichtlich zur Leistungssteigerung hormonell behandelt worden waren. Auch weiteres wettbewerbsverzerrendes Doping blieb Thema der Kritik, selbst wenn dies im Westen genauso praktiziert wurde. Sportler wurden als Aushängeschilder einer Diktatur benutzt, hieß es, so mancher DDR-Erfolg wurde im Westen zum Flop niedergeschrieben oder immer im politischen Licht diskutiert, was zumeist aufs Gleiche hinauslief; Systemkritiker hingegen wurden in umgekehrter Logik grundsätzlich gefeiert. Nur eine durchbrach das Schema F, Kati Witt, die sich als Eiskunstläuferin an westliche Stoffe wie „Carmen" oder Musik von Michael Jackson wagte und so sehr strahlte, dass einem ihre kleinen Sprungunsicherheiten und ihre Herkunft samt breitem Ostakzent ganz gleich waren – sie war ein echtes Showgirl, etwas, das nicht zur DDR zu passen schien, aber als Schneise fungieren sollte in dieser Spätphase der demokratischen Republik der Deutschländer. Als Witt also ausgerechnet in Sarajevo, dem damaligen Jugoslawien noch zugehörig, Olympisches Gold holte und damit auf politisch vermeintlich neutralem Boden – denn Jugoslawien unter Tito war zwar eine sozialistische Autokratie, aber bekanntermaßen kein Blockstaat –, schuf sie eine neuartige Begeisterung und fast vorbehaltlose Identifikation bei vielen ihrer westdeutschen Bewunderer. Das schloss mich zwar unbedingt mit ein, doch neben dem Zittern vor den A-Noten löste der Anblick ihrer Trainerin Unbehagen aus, sie wirkte erwartungsgemäß streng und linientreu. Fast wollte ich die arme Kati aus ihren Fängen befreien, versöhnte mich aber mit dem Gedanken, dass sie ohne die nötige Disziplin nicht da wäre, wo sie nun stand. Ein übermächtiger Schatten, die personifizierte Unfreiheit, lauerte hinter dem Licht Kati Witts, und erst als sie später endlich in den USA und bei „Holiday on Ice" als Profi lief, war auch ich als Fan wirklich frei und vorbehaltlos glücklich, hatte sich doch der absolute Traum aus westlicher Perspektive endlich erfüllt: Sie war ein Star in Amerika. A-Noten und politische Imagepflege interessierten nicht mehr, die Eisprinzessin hatte sich aller Zwänge entledigt und tanzte bunt und beschwingt ihrer Freiheit entgegen, ganz und gar märchenhaft.

An einem Oktobertag forderte mein Stiefvater mich auf, mit ihm an die Mauer zu fahren, denn dort stünden sie mit Hämmern. Wir machten uns auf den kurzen Weg und sahen sie, auf der verbotenen steinernen Schlange. Sie hatten keine Angst mehr und klopften und feierten drauflos. Es schien ganz so, als wollten sie sichergehen, dass die steinerne Schlange auch wirklich getötet wird, alles andere war zu riskant. Niemand schoss. Es sollte eines der surrealsten Bilder bleiben, die wir je gesehen hatten. Wir hielten ein wenig Abstand zum Geschehen, applaudierten aber und lachten, noch immer ungläubig.

West-Berlin geriet für viele Tage in einen Ausnahmezustand und quoll über vor Menschen. Eine Freundin und ich standen mit vielen anderen auf den vollen Straßen, inmitten hupender Trabis, und erfuhren dort von einem spontanen Konzert in der Deutschlandhalle. Sofort machen wir uns auf, am frühen Nachmittag kämpften wir uns dann Richtung Bühne. Das Who is Who der deutschen populären Musik trat über viele Stunden auf, ich sah endlich die Pudhys und City, Tamara Danz, alles fantastische Musiker mit Songs, die mich nicht mehr verlassen sollten. Nena trat auf mit „Wunder gescheh'n, ich hab's geseh'n". MTV Europe interviewte die erste Reihe und musste erst jemanden suchen, der Englisch konnte.

Später ging ich freitags zum Ostrock, wo wir in der Kulturbrauerei die Nächte durchtanzten, zu Musik aus Ost und West, mit Leuten aus beiden Teilen der Stadt und bald aus aller Welt. Der Eintrittspreis betrug 3 Mark 10 und stand natürlich für den Tag der Einheit. Wir sangen jetzt textsicher mit zu „Alt wie ein Baum", „Am Fenster" und „Jugendliebe", und es wurde immer deutlicher, wieviel wir voneinander verpasst hatten. Auch nach der Wende blieb die DDR ein Sehnsuchtsland für mich, nicht etwa im politischen Sinn, sondern popkulturell, literarisch und in einer diffusen Glückseligkeit bei dem Gedanken an ihre mir unbekannten Landschaften, die einem, so war ich mir sicher, den perfekten Sommer unterm Apfelbaum boten. Irgendwo bei Christa Wolf gibt es da so ein Zitat. Auch der Westen kannte den Sommer samt Apfelbaum, ließ aber die stille Einkehr und Einfachheit vermissen, die mir vorschwebte. In der großen Kreuzberger WG-Wohnung, die ich mit einem sephardischen US-Amerikaner teilte, sinnierte ich über die Möglichkeiten meiner Existenz: eine kleine Wohnung in Lichtenberg, zwei Zimmer, Küche, Bad, dazu eine Datsche oder mal ein Ostseeurlaub, das wär's. Beruflich wäre ich auch angekommen, als Lektorin im Aufbau-Verlag, die sich ganz ohne den Druck des schnöden Marktes ihren Texten und Zöglingen widmen durfte. Diese von mir kreierte, nun vielleicht nicht mehr einholbare Idylle stand im krassen Gegensatz zu meiner Realität, weshalb sie wohl auch ihren Zweck erfüllte. Dennoch ging ich so weit, ein paar Monate als Praktikantin im Aufbau-Verlag zu verbringen, der Mythos zog mich zu sehr an, auch wenn er da schon an Strahlkraft einbüßte.

In den Mittagspausen aßen wir in der Kantine der Komischen Oper mit den Sängern des Hauses in Kostüm und Perücke, Halloween in Ost-Berlin. Silly. Danach vertraten wir uns die Beine auf dem riesigen Platz vor dem Palast der Republik, der bereits nicht mehr genutzt wurde und schmiedeten Pläne, die alle, einer nach dem anderen, vereitelt werden sollten aufgrund der grassierenden Arbeitslosigkeit dieser Jahre. Die Lektorin, unter der ich arbeitete, himmelte ich an, als sei sie ein höheres Wesen. Sie musste meine imaginierte Idylle wirklich betreten, bewohnt, sie gelebt haben, auch wenn sie nun vor allem für neue Westautoren zuständig war und vielleicht um ihren Job bangen musste. Egal. So griff ich nach diesen noch existenten, doch nach und nach verschwindenden Enden der DDR, in dem Versuch, dasjenige zu erhaschen, das uns allen auf der anderen Seite vorenthalten worden war, bevor es dann endgültig zu verschwinden drohte. Ich sah eine dringende Notwendigkeit, eine Einheit auch persönlich herzustellen und mich nicht auf die Politik allein zu verlassen.

Wir erlebten jetzt, wie auf der Greifswalder Straße Westgeschäfte Einzug hielten, was gut, erwartbar und doch ganz und gar unerträglich war. Meine Ostsehnsucht wurde durch undramatische Entscheidungen ,die ich traf, weiter befeuert; ich ging so weit, Dinge, die ich im Westen einfacher hätte umsetzen können, nach Ost-Berlin zu verlegen. Mit Freunden fuhr ich also weit und nahm komplizierte Wege auf mich, um irgendwo eine Premiere eines Harald Juhnke-Films zu sehen, „Der Papagei", zu der er natürlich sturzbetrunken erschien. Der Saal war alt, das Kino voll, doch man musste schon speziell sein, um Juhnke, den Inbegriff des Westberliners, unbedingt im Osten treffen zu wollen. Der besoffene, torkelnde Juhnke, die Pappeln, der Pflasterstein der umliegenden Straßen, übertrafen als Ensemble den Film des Abends bei weitem, obwohl dieser gar nicht schlecht war. Thematisiert wird darin der Aufstieg einer neuen rechtsradikalen Partei. Wollte man den Versuch unternehmen, jene Zeit zu beschreiben, so läge der Befund genau hierin: Das Erleben übertraf die Erzählung. Darin lag das Aufregende, Aufwühlende begründet. Alles war Impuls.

Viele meiner Bekannten und auch enge Freunde sowie angeheiratete Verwandte stammen aus der ehemaligen DDR. Die Großmutter meines Mannes kam aus dem Vogtland in Sachsen und ging mit ihrer Heirat nach Hessen. Ihre Tochter, meine Schwiegermutter, schämt sich noch heute für ihre Herkunft. Sie lebt in Hamburg, wo sie trotz mangelnder Bildung und Weltläufigkeit, dafür aber mit breitem hessischen Akzent gesegnet, zur golfenden und perlentragenden High Society der Stadt gehören will. Natürlich waren Verwandte im Vogtland verblieben, ein Cousin schaffte es als Koch nach Mallorca, lebte also den ultimativen westdeutschen Traum, doch man distanzierte sich eben. Ein anderer verließ sein Tal nie.

Als ich plötzlich erkrankte, rief eben diese Familie aus dem Vogtland besorgt an, um sich nach mir zu erkundigen. Ich hatte sie nie getroffen. Sie klangen unfassbar freundlich und warmherzig. Meiner Tochter, die sich Jahre später mit ihrer Klasse in die sächsische Schweiz zum Wandern aufmachte, erklärte ich, dass sie zum Teil von dort stammte. Bei einigen Eltern hatte es Bedenken gegeben, die Gruppe dorthin fahren zu lassen, da Pegida und die AfD immer mehr im Aufwind waren. Ich kannte keine Deutschen ohne Verwandtschaft von *drüben*, weshalb es mir so unverständlich erscheint, dass viele so tun, als sei Ostdeutschland eine terra incognita, bevölkert von eigensinnigen und uneinsichtigen Menschen, die man kaum verstehen oder deren Motiven man nicht folgen könne. Einige, die nach dem Mauerfall in den Westen gegangen waren, leben mittlerweile wieder im Osten der Republik, so es der Beruf zulässt, doch auch ihr Leben ist nicht mehr dasselbe: Jena ist teuer geworden und schicker, man hat jetzt ein Haus auf den Kanaren oder man ist wieder im nun gentrifizierten Leipzig angekommen, pendelt aber, das Homeoffice macht es möglich, in den Westen wegen der guten Position. Die Rückkehr in die Dörfer von einst scheint allerdings ausgeschlossen. So trifft man auf Paare, die versuchen, die Altmark wieder zu beleben und dort Baby-Yoga in Englisch anzubieten, die schöne Altbauten zu sanieren in der Hoffnung, ihrem Beispiel würden andere folgen. Mehr als ein Urlaub am Arendsee springt nicht mehr heraus bei jenen, die längst ein anderes Leben führen irgendwo in der Republik.

Die eingegangenen Ost-West-Ehen, von denen es in meinem Kreis einige gibt, weisen noch immer kulturelle Unterschiede auf. So werden Kinder nach langen Diskussionen nicht getauft, man ist auch mal zufrieden mit einfachem Essen bei gediegenen Feiern, und Russland sieht man nicht als Feind. Manchmal schien mir, sie passten nicht zusammen, diese Paare, die es dann aber doch über die Jahre und Jahrzehnte miteinander aushielten. Mir fiel auf, dass niemand jemals von Beziehungen zur Stasi sprach, weder die Bauern, die auch in der DDR zu Landbesitz gekommen waren, noch diejenigen, deren Familienmitglieder hohe Positionen bekleidet hatten. Das Thema wurde nicht nur ausgespart, es war das größte aller Tabus. Ein Freund, seines Zeichens Filmschaffender, befürchtete, „Das Leben der Anderen" vermittele denen, die nicht dabei gewesen waren, ein völlig falsches Bild von der DDR. Es regte ihn regelrecht auf. Ein anderer, ein Potsdamer Intellektueller, befand nach ein paar Jahren der Freundschaft in verschwiegenem Ton, dass an der Mauer gar nicht so viele Menschen getötet worden seien. Also auf die vielen Jahre gerechnet, wiederholte er, als es still wurde. Auch sein Potsdam hatte sich verändert, natürlich war er mittlerweile stolzer Hausbesitzer in Babelsberg, hatte in zweiter Ehe eine wesentlich jüngere Frau aus dem Westen geheiratet, die beim woken rbb nicht reüssierte und nun eben auch Yoga unterrichtete. Ihr Kreis bestand aus Leuten, die ihre Kinder

Friedrich und Charlotte „taufte" und nebenbei Höfe in der Uckermark „bewirtschafteten". In diesem wiedererstarkten Preußen fühlte ich mich derartig deplatziert, dass ich nach einer Feier dort, bei der von himalayagesalztem frischen Wild bis zu Weinen aus zwölf Ländern alles aufgeboten wurde, ins erlösende Neukölln fuhr, in die Arabische Straße. Ich hatte ihn nicht mehr ausgehalten, diesen unfassbaren, so verräterischen Sprung, diese üble Verbürgerlichung, und sehnte mich nach dem krassesten Gegenteil, das meine Stadt bot. Am längeren Ende der Sonnenallee begann ich wieder zu atmen und zu lachen.

Dass Berlin die Hauptstadt der gemeinsamen Republik wurde, war alles andere als ausgemacht. Das linke politische Spektrum auch im Westen war dezidiert dagegen und hoffte auf einen dritten Weg, nicht unähnlich den vielen Stimmen der gerade untergegangenen DDR. Freunde erklärten sich gegen ein neues, so großes, *zu* großes Deutschland, und auch das Ausland reagierte nicht nur mit Erstaunen und Freude auf alles, was sich hier so friedlich vollzog, sondern mit veritablem Unbehagen. Ich war für die Wiedervereinigung, ohne Wenn und Aber, doch war ich nicht ethnisch deutsch und trug deshalb keine Schuld und Schande mit mir, gerechtfertigt oder nicht bei jenen, die nach dem Krieg geboren waren. Schließlich sah es die Verfassung der Bundesrepublik vor, außerdem kam Goethe zwar aus Frankfurt, aber eben auch aus Weimar, alles war verbunden durch eine gemeinsame Kultur und Geschichte. Damit sollte ich anecken, doch spätestens mit Schäubles fulminanter Rede für die Verlegung der gesamtdeutschen Hauptstadt nach Berlin sah ich mich endgültig bestätigt. Die Bonner Republik war Geschichte, die Entscheidung sollte direkt auf mein Leben einwirken. Ich wohnte für eine Zeit vor dem Wiederaufbau am Potsdamer Platz, gegenüber der riesigen Brache, und beobachtete live, wie die neue alte Mitte Stein um Stein, Kran um Kran, Gebäude um Gebäude errichtet wurde. Die Narbe verschwand zusehends, zumindest im modifizierten Stadtbild. Jenseits der Brache lagen noch immer viele Wohnungen verlassen, leerstehende Häuser ohne Besitzer lehnten sich gegen ungepflegte, ungestört wuchernde Grünabschnitte. Das sollte sich bald ändern, die Wessis kamen nach Weimar und sukzessive überallhin, doch für eine kurze Phase gehörte dies alles wirklich dem Volk, vor allem dem Jungvolk, ohne Einschränkungen durch Diktatur oder Kapitalismus. Wir verlagerten das Nachtleben dorthin und assistieren dabei, unser bewährtes und so ikonisches West-Berlin auszubluten und zum Schatten seiner selbst werden zu lassen.
Der Ku'damm interessierte jetzt nur noch die Ossis aus der Provinz

und ein paar Serienschauspielerinnen, die sich dort die Haare machen ließen, richtig erholt hat sich der Westteil der Stadt davon lange nicht. Nun existiert eine Art neuer Frieden über ein sehr weit gehaltenes Stadtzentrum, seit auch der Zoo-Palast wieder mit der Berlinale glänzen darf. Während man Versuche unternahm, die Freie Universität zu schließen, da man ja nun die Humboldt Uni hatte, an der jetzt zwar kein Marxismus-Leninismus mehr gelehrt wurde, die aber völlig marode und noch voller systemtreuer Professoren weiter funktionierte, eroberten wir den damaligen Arbeiterbezirk Friedrichshain und das etablierte Künstlerviertel Prenzlauer Berg. In Friedrichshain war absolut nichts los, alles war leblos grau, doch die ein oder andere Kneipe machte auf, ein paar Punks siedelten sich an und die Mieten waren für Studenten wie geschaffen. Wir sollten beobachten, wie wir selbst alles und in Echtzeit veränderten, was wir vorgefunden hatten, wie wir die Blaupause schufen für eine neue, uns adäquate Welt. Touristenmassen gab es noch nicht, doch erste Amerikaner zogen in diese Bezirke Berlins, Künstler, angezogen von den Möglichkeiten eines vielversprechenden Neulands. Ich bin mir sicher, sie wussten nicht viel von der DDR, es interessierte sie auch nicht besonders, denn Konsens war, dass Perestroika und Glasnost, die magischen Formeln dieser Zeit, die Geschichte tatsächlich außer Gefecht gesetzt hatten. So eröffneten English-Bookshops neben alteingesessenen Restaurants mit russischen Namen und russischen Speisekarten. Die Suppen, die hier serviert wurden, kannte man im Westen nicht, auch stieß sich niemand an Namen wie Anastasia oder Pasternak, kyrillisch lasen die Neuankömmlinge ohnehin nicht. Ich schon. In Jugoslawien und seinen urbanen Zentren hatte ich einiges gelernt, zum Beispiel, dass die Bessergestellten durchaus in Plattenbauten wohnten, wie man Tram fuhr und vor allem wie man der Tram auswich und natürlich auch, wie man ein anderes Schriftsystem entzifferte. Oder auch, wie ein Russischer Salat schmeckte, und wie man Wodka und Kaviar richtig konsumierte. Zum ersten Mal hatte ich den anderen durch meine migrantische Abstammung etwas voraus, ich konnte meine neue Umwelt und ihre Menschen besser lesen und einordnen, ich kannte Lenin, kaum etwas befremdete mich, egal, ob es sich um die Ästhetik des sozialistischen Realismus oder die Armut typisch sozialistischer Prägung handelte. Was mir zunehmend auffiel war, dass die Nazizeit kein wirkliches Trauma darstellte oder nur insofern, als man sie aufopfernd kämpfend hinter sich gebracht hatte und schließlich durch die russischen Truppen von diesem Joch befreit worden war. Der Auftrag der Aufarbeitung, den der Westen auf Druck der Alliierten und der 68er-Bewegung angenommen hatte und weitertrug, existierte hier nicht: Sozialisten und Kommunisten, Honecker inklusive, waren Widerstandskämpfer, was sie überhaupt erst legitimiert hatte, eine neue Gesellschaft zu errichten und dann höchste Positionen zu bekleiden. Kurz, das Narrativ und vielleicht auch das kollektive Gedächtnis funktionierten völlig anders, auch wenn Ostdeutschland von 1933-1945 Teil des Reichsgebiets war, über das nun einmal Nazis herrschten und in dem Nazis walteten. Dieser intrinsische Selbstwiderspruch, gepaart mit dem Gefühl, nicht als gleichwertig wahrgenommen zu werden, führte vielleicht zu dem Phänomen der Neonazis, die wir nun auch in Friedrichshain täglich sahen.

Das ostdeutsche Jahrhundert hatte eine freie Republik kaum erleben dürfen, sondern durchlebte und durchlitt Diktaturen, deren Ideologien allerdings vornehmlich deutscher Prägung waren. Sind sie Teil der dortigen DNA geworden oder nicht? Konnte die AfD deshalb vor allem dort Erfolge einheimsen, davor auch die Linke und nun das BSW, eine Partei, die schon mit dem Namen darauf verweist, dass *eine* Person das Sagen haben sollte. Moskau hatte zu lange über Ost-Berlin bestimmt, als dass man nun frei sein konnte von dieser Übergestalt, die Bindung war zu stark.

Diese und ähnliche Überlegungen wälze ich heute mit Freunden beider Seiten, Kritik und Zuspruch halten sich die Waage. In der Zeit aber, als Christo und Jeanne-Claude versuchten, eine Genehmigung dafür zu erwirken, das alte und neue gesamtdeutsche Parlament zu verpacken, spielte dies alles noch eine untergeordnete Rolle. Bis auf Hoyerswerda. Wir sahen die Bilder mit ungläubigem Entsetzen, ein Freund und Kollege meines Vaters war zu Besuch und zeigte Verständnis für die Skinheads, die Menschen anzündeten. Er hieß Michael und stammte aus dem Westen.

Der Reichstag funkelte über Wochen, die Künstler begannen an einem 17. Juni mit der Arbeit. So verhüllt schien das wuchtige Gebäude wie gerade gelandet aus dem All oder schon wieder dabei abzuheben, denn der Wind bewegte den Stoff stark, versetzte alles in Bewegung im reflektierenden Silberschimmer. Wir saßen auf der Wiese davor und blieben bis tief in die Nacht, niemand wollte wieder weg. War es schön oder gefährlich, dass dieses phantastische, transformierende Material die Geschichte des Reichstags in den Hintergrund treten ließ? Es war ein magisches Fest, zu dem im Gegensatz zum Konzert von David Bowie nun alle geladen waren. Zum Frieden, zum Glück gehört auch die Verblendung. Und während fieberhaft der große Nachwenderoman gesucht wurde, in Ost und West, lagen wir bereits selig in seinem unwirklichen und heilsamen Licht. Große Kunst in dieser Zeit konnte nur performativ und partizipatorisch sein. Und unbedingt vergänglich.

Heiner Müller sah ich kurz vor seinem Tod noch auf der Bühne, er ließ sich nach dem „Arturo Ui" feiern, den er in Brechts Ensemble inszeniert hatte, die Zigarre unweigerlich im Mund. Sein Stammensemble sollte ich später in Sofia treffen, wo ich einige Jahre lebte. Hier erfuhr ich, dass er mit einer Bulgarin verheiratet war und sein Antikenerlebnis im Amphitheater von Plovdiv hatte, der ehemaligen Hauptstadt. Einige Leute, die ich kennenlernte, kannten ihn noch persönlich. An meiner Westuni war Müller Prüfungsstoff für mich, insbesondere seine Antikenrezeption, doch Bulgarien wurde in diesem Kontext mit keinem Wort erwähnt. Natürlich galt hier neben Italien nur Griechenland, von den gut erhaltenen Amphitheatern von Pula bis Plovdiv wusste man hingegen nichts; als ich ein Joyce-Seminar belegte, wurde mir vorenthalten, dass er nicht nur in Triest, sondern auch in Pula gelehrt hatte, wovon heute noch eine Statue zeugt. Auch mit osteuropäischer Literatur hatte man nichts am Hut, selbst die großen Russen standen nicht auf dem Lehrplan. Dies führte dazu, dass ich sie verstärkt zu lesen begann und mich meist mit ostdeutschen Freunden darüber unterhalten konnte. Der gesamte Osten war eine Leerstelle, galt als rückständig, nicht vertrauenswürdig und bildungsfern. Polenwitze machten die Runde.

Mit Freunden begann ich zu reisen. Wir feierten in Leipzig, besuchten die Buchmesse, als sie noch in der Stadt und in kleineren Räumen abgehalten wurde. Bei meinem ersten Bäckereibesuch verstand ich kein Wort von dem, was die Verkäuferin in breitestem Sächsisch von sich gab, aber anstatt verlegen oder betreten zu sein, lachten wir alle über die Situation, auch die Verkäuferin, und waren froh, hier gemeinsam stehen zu dürfen. Den Männern war es völlig egal, woher wir kamen, sie waren alle respektvoll, dabei freundlich und charmant, ohne je aufdringlich zu sein. Ihre Art der Annäherung war ein Lächeln auf Distanz, darauf konnte man nun reagieren oder nicht. Für uns war Leipzig ein Paradies, die Stadt der Bücher, des faustischen Weinkellers, der Ort der Leipziger Schule, dazu jenes mysteriöse Völkerschlachtdenkmal mit seinen schlafenden, tragenden Statuen, die mich nie mehr losließen. Wir übernachteten bei Freunden von Freunden und schlossen sogleich wiederum neue Freundschaften, die viele Jahre halten sollten. Dieser Glanz legte sich auf immer über die Stadt, die ich noch mehrmals besuchen sollte, und er verblasste nie, auch nicht nach den zahlreichen Sanierungen und der Errichtung gesichtsloser Neubauten. Später erfuhr ich, dass hier die berühmt-berüchtigte Journalistenschule der DDR stand, während in Dresden der KGB mit Putin operierte. Vor kurzem erzählte mir ein Vertrauter, dass in dem Haus seiner Dresdener Partnerin seit Jahrzehnten gut gestellte Russen lebten, die kein Deutsch sprachen.

Rügen, das wir so sehnsuchtsvoll wie naiv ansteuerten, erweckte einen anderen Eindruck. Die Insel, ihre Klippen und vor allem der Wald, der hier wieder zum Urwald werden durfte, enttäuschten nicht, doch bei einer Rundreise, die uns Putbus und das slawische Erbe Rügens näherbringen sollte, glitt die adrette Touristenführerin in erst disziplinierende, dann offen rechte Rhetorik ab. Die ganze Gruppe schwieg dazu, nicht aus Verlegenheit, sondern weil es so vollkommen absurd erschien, Begriffe und Ansichten zu hören, die, im Westen zumindest, nur noch von einigen alten und unverbesserlichen Mitbürgern vertreten wurden. Der Schock saß, wir konzentrierten uns dennoch auf die Sehenswürdigkeiten. Putbus war noch nicht wieder restauriert, von den slawischen Burgen war nicht mehr viel zu sehen, dennoch staunte ich, dass hier der Gott Svantevit verehrt worden war. Niemand hatte mir beigebracht, dass Deutschland ein slawisches Erbe besitzt; später sollte ich Bekanntschaft mit Sorbinnen schließen – und während ich das Wort „Sorbinnen" eingebe, schaltet mein MacBook autocorrect sofort auf „Serbinnen", wie um mich zu bestätigen –, Frauen, die mir ihre Kultur hier in Deutschland erklären und die enorme Anstrengungen unternahmen, ihre Sprache zu erhalten.

Wir nahmen den Zug, an vielen kleinen Bahnhöfen sahen wir Neonazis, auch heute, auf Barlachs Spuren in Güstrow, wo wir ein traumhaftes Wochenende im Umland verleben, sehe ich sie. Niemand regt sich über sie auf, sie scheinen zum Stadtbild zu gehören, genau wie andere Einheimische, Touristen und Geflüchtete. Sie alle ziehen vorbei am Schloss, das jetzt saniert wird, doch der Leerstand in den Wohnhäusern ist unübersehbar. Unsere Gastgeberin, von der wir das schicke Ferienapartment mieten, beschränkt sich auf den minimalsten Austausch mit uns, so, als müsste sie ihr Hab und Gut verteidigen. Im Ort, der von Touristen lebt, gibt es nach 17 Uhr keine warme Küche mehr mit einer Ausnahme, die aber keine Salate im Sommer kennt. So speisen wir im Rathaus, etwas zu früh, wir merken, dass wir nicht willkommen sind daran, dass man uns beäugt, dann wieder ignoriert und keinesfalls lächelt. Die Herzlichkeit der Leipziger Bäckerin, sie ist hier nicht zu finden, alles fühlt sich an wie ein Waffenstillstand. Also passen wir wieder auf, dass wir nichts Falsches sagen, keine klagenden Besserwessis sind. Als wir aber am frühen Abend mit den Einheimischen am kleinen Steg im See baden und nicht am großen Strand, scheint die Welt wieder in Ordnung: Alle sind freundlich, stellen Fragen, geben uns Tipps, wir werden sofort integriert und genießen gelöst und gemeinsam die Freuden des Sommers, ohne einen Gedanken an die ewige Last von Geschichte und Politik zu verschwenden.

Petra M. Dobrovolny-Mühlenbach

Eine ukrainische Familie in der Schweiz

Am 26. Juni 2024 wird der kleine Platon zwei Jahre alt. Wenn er will, wird er immer noch liebevoll gestillt. Er gedeiht prächtig, ist nie krank, hat einen umwerfenden Charme und schaut oft wie ein Philosoph in die Welt. Jetzt beginnt er zu sprechen. „Njam, njam" bedeutet Schokolade. „Daj, daj" heisst „Gib her!" Mein Partner Georg ist für ihn „Djeda", sein Grossvater. Georg besucht ein- bis zweimal pro Woche die Familie, bringt ihnen frischen Fisch vom Berner Markt oder auch Obst wie Granatäpfel, Erdbeeren, Birnen, Äpfel usw. Er fragt sie nicht aus, hat aber ein offenes Ohr, wenn sie sich ihm anvertrauen oder ihn um seine Meinung fragen. Selten bitten sie ihn oder mich um etwas, was sie wirklich brauchen. Wie kam es zu dieser Bekanntschaft?

Anfang April 2022 nahm unsere Nachbarin Brigitte eine ukrainische Familie auf, die von Mariupol am Asowschen Meer im Osten der Ukraine in die Schweiz geflüchtet war: Die Grossmutter Larissa* mit zwei erwachsenen Töchtern. Die älteste heisst Veronika, sie war im sechsten Monat schwanger und war bereits Mutter der zwölfjährigen Tochter Xenia und dem siebenjährigen Pavel. Die jüngere Tochter von Larissa, Kristina, kam mit ihren zwei Kindern, der Tochter Kyria (4) und dem Sohn Kostja (2). Platon erblickte am 26. Juni 2022 im Inselspital Bern das Licht der Welt.

Larissa wurde im August 1968 geboren, zurzeit der Invasion der sowjetischen Armee in die Tschechoslowakei. Darunter befanden sich auch ukrainische Soldaten. Die Ukraine gehörte noch zur Sowjetunion. Wer hätte damals ahnen können, was in 50 Jahren passiert?

Ende 2022 fuhren Larissa, Veronika und Kristina mit ihren jetzt insgesamt fünf Kindern bzw. Enkelkindern zurück in die Ukraine. Sie fanden keine Wohnung. Viele ostukrainische Familien sind vor den Russen in die Westukraine geflohen. Aber auch hier sind die Städte teilweise zerbombt und viele Häuser unbewohnbar.

Larissa versuchte nach Mariupol – jetzt russisches Besatzungsgebiet – zu ihrem Mann zu kommen, der durch einen russischen Angriff mit Granaten verletzt worden war. Er hatte überlebt und wohnt nach einem Spitalaufenthalt wieder im eigenen durch den Angriff beschädigten Haus. Ersatzbauteile muss er bei den Russen bestellen und unterschreiben, dass sein Haus von der ukrainischen Armee beschädigt worden sei. Das wollte er aber nicht unterschreiben, obwohl eine Reparatur dringend nötig wäre. Nach mehreren Wochen konnte Larissa endlich über die Grenze von Belarus zu ihrem Mann nach Mariupol gelangen. Kristina fand mit ihren zwei Kindern Unterkunft bei einer Freundin in der Nähe von Kiew. Damit haben beide Frauen und die Kinder das Asylrecht mit einem besonderen Schutzstatus in der Schweiz verloren.

Veronika fuhr mit ihren drei Kindern kurz vor dem Ende der Schulferien wieder zurück in die Schweiz. Ihr wurde hier eine Wohnung in derselben Gemeinde vermittelt, so dass sie von unseren Nachbarn unabhängig wurde und vorerst bis Ende 2025 selbständig wohnen kann. Die zwei älteren Kinder besuchen die hiesige Primarschule und erhalten online-Unterricht von einer Schule in der Ukraine. Xenia beendet diesen Sommer die schweizerische Grundschule. Pavel hat Anschluss zu anderen Fussball spielenden Buben gefunden. Beide Geschwister kümmern sich liebevoll um ihren kleinen Bruder Platon, der alle mit seinem Charme bezirzt.

In den vergangenen Osterferien waren sie wieder in der Ukraine, um den Vater zu besuchen. Sie trafen ihn aus Sicherheitsgründen dieses Mal in einem abgelegenen Militärlager, welches für Familienbesuche eingerichtet worden war. Auch Kristina und ihre Familie konnten sie wiedersehen. Deren Mann war kurz an der Ostfront im Einsatz gewesen und traumatisiert zurückgekommen. Larissa konnten sie jedoch nicht besuchen. Wegen der russischen Besetzung der Ostukraine ist es nicht möglich von oder nach Mariupol zu reisen.

Die Kinder freuen sich schon darauf, ihren Vater in den Sommerferien wiederzusehen. An eine endgültige Rückkehr in die Ukraine ist aber noch lange nicht zu denken, zumal durch die russischen Angriffe immer mehr Häuser unbewohnbar werden. Schulen bieten aus Sicherheitsgründen nur online-Unterricht an. Mehrmals täglich heulen die Sirenen. Xenia hat mir auf ihrem Handy eine App, die rund um die Uhr den aktuellen Flugalarm in betroffenen Gebieten anzeigt. Veronika möchte ihre Kinder nicht dieser ständigen Traumatisierung aussetzen. Sie versucht, ihnen den Alltag in der Schweiz so normal wie möglich zu gestalten.

Am Wochenende vom 15. und 16. Juni hat die Schweiz zu einer internationalen Konferenz, die auf den Frieden in der Ukraine hinwirken soll, auf den Bürgenstock bei Luzern eingeladen. Delegationen mit Staatsführenden und Medienleuten aus über 90 Länder kamen, China und Russland blieben fern. Die Kremlführung beeilte sich kurz vor der Konferenz ihre Vorstellung von Frieden zu kommunizieren: Die Ukraine solle auf östliche Landesteile wie Donezk, Luhansk, Saporischschja und Cherson sowie auf die Krim verzichten und dürfe niemals ein Mitglied der NATO werden. Diese Mitteilung erfolgte nicht ohne „Begleitmusik": In einer russischen Zeitschrift wird Viola Amherd, die Bundespräsidentin der Schweiz und Gastgeberin auf dem Bürgenstock, als Satanistin und als eine Frau, die nur an Luxus und Selbstbereicherung denkt, diffamiert. Zudem wurde von der russischen Regierung versucht, das Gipfeltreffen lächerlich zu machen und Delegationen anderer Länder von der Teilnahme abzubringen. Russische Cyberangriffe versuchten die Konferenz zu behindern, wurden jedoch erfolgreich abgewehrt.

Dabei „vergisst" die Kremlführung ihre Unterschrift unter das Budapester Abkommen aus dem Jahr 1994 und damit ihre Verpflichtung bzw. Verantwortung. In diesem Abkommen, welches dem Völkerrecht untersteht, verzichten die Ukraine, Belarus und Kasachstan auf ihre Nuklearwaffen. Im Gegenzug werden diesen Ländern die bestehenden Landesgrenzen garantiert. Unterzeichnet wurde es von der Russischen Föderation, den USA, UK, Frankreich und später auch von China. Die Ukraine hat das Abkommen eingehalten und ihre nuklearen Waffen abgegeben oder vernichten lassen. Die Kremlführung hatte bereits 2014 bei der Besetzung der Krim das Abkommen verletzt. Darauf hatte „der Westen" kaum reagiert, nur mit geringfügigen Sanktionen. Bis heute gibt es kein Gericht, das solche Vergehen bestraft. Die USA, UK, Frankreich und China stehen aber durch ihre Unterschrift in der Pflicht, die von der Kremlführung widerrechtlich angegriffene Ukraine zu verteidigen.

An der Konferenz auf dem Bürgenstock am Vierwaldstätter See hat die Weltöffentlichkeit zum ersten Mal gemeinsam und intensiv über einen Frieden in der Ukraine diskutiert. Die Kreml-Führung hatte eine Einladung dazu abgelehnt. Das Communiqué fordert die Respektierung international anerkannter Landesgrenzen analog zum Budapester Abkommen von 1994 und mahnt den russischen Präsidenten, dass jegliche Drohung mit nuklearen Waffen unzulässig sei. Indien, Saudi-Arabien und Südafrika unterschreiben dieses von der Mehrheit angenommene Communiqué nicht. Viola Amherd lässt als Fazit verlauten: „Wir haben erreicht, was zu erreichen war." Der beim Gipfeltreffen anwesende Staatschef von Lettland, Edgars Rinkevcs, ist von diesem Ergebnis positiv überrascht: Viele Länder, auch afrikanische, südamerikanische und asiatische, die sich auf diesem Gipfel einbrachten, stützen das Recht der Ukraine auf territoriale Integrität und das Recht sich zu verteidigen. Die Wahl des Ortes sei perfekt gewesen: Der Bürgenstock habe eine friedliche Ausstrahlung.

Der deutsche Bauer Hubert Möhrle, der sich für den Frieden mit Russland engagiert, will versuchen, den russischen Präsidenten zu treffen, um ihm die Hand zu reichen. Dann gäbe es Frieden. Davon ist Herr Möhrle überzeugt. Ich meine, dass bei einem solchen Treffen der kleine Platon auf dem Arm seiner Mutter unbedingt dabeisein sollte. Sein Lächeln wirkt entwaffnend und der Blick in seine Augen spiegelt dem Betrachter die eigene Wahrheit.

Quellenangabe zum Bericht über das Gipfeltreffen auf dem Bürgenstock mit Interview mit dem Präsidenten von Lettland: Tageszeitung „Der Bund" vom 17. Juni 2024, S. 1 bis 3.

Mariupol liegt am Asowschen Meer und war bereits in der Antike eine bedeutende griechische Hafenstadt. Vor dem russischen Angriffskrieg zählte sie 500'000 Einwohner*innen.

* Die Vornamen der Familie wurden hier im Text verändert.

Petra M. Dobrovolny-Mühlenbach

Die braune Glasglocke über Deutschland.
Unsere Reise nach Bonn im September 2023

Von der Kunst eine Fahrkarte zu kaufen – Links oder rechts des Rheins aussteigen? – Eine Punktlandung mit 20% Rabatt und eine Meditation für Deutschland und Europa – Ein Klassentreffen im Kulturbahnhof Rolandseck – Erinnerungen – Ein Kristall für den Rhein – Abschied und Rückreise

Von der Kunst eine Fahrkarte zu kaufen

Es gibt genug Gründe, um nach vier Jahren wieder mal nach Bonn zu reisen: Ein sehnsüchtig erwartetes Wiedersehen mit Verwandten, ein nach «Corona» wieder mögliches Klassentreffen und mein Wunsch, etwas für Deutschland zu tun. Hierfür nehme ich wie immer auf meinen Reisen einen kleinen Bergkristall aus dem Himalaya mit, um ihn bei Bonn in den Rhein zu werfen. Davon später mehr.

Georg und ich wohnen in der Schweiz, Auslandsreisen waren wir vor «Corona» gewohnt. Jetzt scheint uns diese Reise mit dem Zug nach Deutschland ein Wagnis zu sein. Denn bei der Deutschen Bahn weiss man nie, ob man dort ankommt, wo man hinmöchte, geschweige denn in dem Zeitrahmen, den man geplant hat. Das «Corona-Regime» ist nun nach über drei Jahren endlich auch in Deutschland vorbei. Mindestens bis April 2023 musste man dort auch im öffentlichen Verkehr noch eine medizinische Maske tragen. Im Unterschied zur Schweiz durften nur Geimpfte und Genesene mit dem öffentlichen Verkehr reisen. In Deutschland nimmt man es mit Vorschriften immer noch sehr genau.

Mit der Besorgung der Fahrkarten von Bern nach Bonn beginnt unser Abenteuer. Zunächst versuche ich mein Glück zuhause am PC. Nach einer dreiviertel Stunde gebe ich auf: Es scheint unmöglich, an dem von uns geplanten Datum von Bern nach Bonn zu fahren. Der Zug hält nicht in Bonn HB, sondern erst in Köln. Oder er hält nur in Bonn-Beuel, eine Platzreservation kann ich nicht vornehmen. Georg meint, ich solle nicht vergebens so viel Zeit am PC verschwenden. Es bleibt uns nichts anderes übrig, als unser Glück im Reisezentrum des Berner Hauptbahnhofs zu suchen. Nach einer viertel Stunde Wartezeit leuchtet unsere Nummer auf, wir werden einer Kundenberaterin zugewiesen, die auf uns nicht gerade einen kompetenten Eindruck macht. Sie sucht eine Weile im Internet und teilt uns schliesslich mit, dass es nicht möglich sei nach Bonn zu reisen. Wir müssten nach Köln. Ich entgegne, dass dies aber ein grosser Umweg sei. Sie findet das nicht, es seien doch nur 20 Minuten. Aber diese 20 Minuten müssten wir wieder zurückfahren, wende ich ein, dies ergäbe dann 40 Minuten Zugfahrt ohne Sinn und sei dazu noch teurer. Nach einer weiteren Suche teilt die Dame uns mit, dass der Zug nicht über den Bonner HB fahre, sondern nur über Bonn-Beule. Ich mache sie darauf aufmerksam, dass es Beuel heisse, nicht Beule. Nach kurzer Überlegung findet Georg, dass wir wenigstens mal bis dorthin buchen sollten, auch wenn Beuel nicht auf der von uns gewünschten Seite des Rheins liegt. Die Dame druckt uns eine Fahrkarte aus, die sogar eine direkte Hinfahrt von Bern nach Bonn-Beuel anzeigt, ohne Umsteigen in Basel. Nach weiteren fünf Minuten erhalten wir noch die Rückfahrkarte, die eine Fahrt vom Bonner HB nach Bern mit Umsteigen in Basel angibt. Sogar eine Platzreservierung ist möglich. Die Rückfahrt scheint einfacher zu sein: Der Abfahrtsort liegt für uns auf der richtigen Rheinseite. Jetzt fehlt uns immer noch die Platzreservierung für die Hinfahrt. Unterdessen haben wir mindestens eine halbe Stunde in dem Reisezentrum verbracht. Ich muss jetzt zum Zug ins Wallis. Der Dame am Schalter sagt Georg, dass sie in Ruhe danach suchen könne, ob nicht doch noch eine Platzreservierung für die Hinfahrt nach Bonn-Beuel möglich sei, er begleite mich zum Bahnsteig und käme in etwa zehn Minuten zurück. Nach diesen 10 Minuten ist die Dame jedoch mit einem anderen Kunden beschäftigt und tut so, als hätte sie Georg noch nie gesehen. So muss Georg einem anderen Kollegen alles nochmal von Anfang an erklären. Eine Platzreservierung nach Beuel scheint weiterhin unmöglich zu sein. Wir sollten einfach einsteigen und schauen, wo es freie Plätze gäbe. Das wollen wir aber nicht, denn wir wissen, wie gut besetzt die Züge den Rhein entlang sind. Am nächsten Tag geht Georg noch einmal ins Reisezentrum des Bahnhofs. Er wendet sich direkt an einen Mitarbeiter, der neue Kolleg*innen in die Geheimnisse der Kundenberatung einweiht. Innerhalb von fünf Minuten erhalten wir immerhin eine Platzreservierung, und zwar nach Bonn HB, obwohl der Zug dort scheinbar gar nicht hält.

Links oder rechts des Rheins aussteigen?

Am 21. September finden wir tatsächlich unsere reservierten Plätze im EC von Bern nach Hamburg Altona, Bern ab um 13.04 Uhr. Laut der

Anzeigetafel im Berner Bahnhof soll der Zug in Bonn HB halten. Wunderbar! Wir machen es uns gemütlich und freuen uns, dass wir in Basel nicht umsteigen müssen.

In Basel hat der Zug etwa eine halbe Stunde Aufenthalt. Zeit genug, um Proviant einzukaufen. Auf dem Basler Bahnsteig kündigt die Anzeigetafel an, dass der EC in Bonn-Beuel halten werde. Der Basler Bahnhof scheint mehr zu wissen als der Berner. Wir nehmen es gelassen. Gegen 15 Uhr nähern wir uns Freiburg im Breisgau. Hier steigen viele Leute ein. Karlsruhe, Mannheim. Die Hälfte unserer Reise ist geschafft. Mit 15 Minuten Verspätung. Mainz, Koblenz. Graue Wolken ziehen auf. In den Städtchen am Rhein entlang ist kein Mensch auf der Strasse zu sehen. Alle scheinen sich zuhause verkrochen zu haben. Es kommt mir vor, als befände sich über der Landschaft eine riesige braune Glasglocke, die alles Leben darunter dämpft. Die Bahnstrecke wird in manchen Abschnitten von Schrebergärten gesäumt. Mir fällt auf, dass dort zahlreiche deutsche Fahnen wehen. Das war früher in einem solchen Ausmass nicht der Fall. Ein paar Stunden später klärt uns der nette Herr vom Empfang unseres Hotels darüber auf, dass Deutschland in den letzten Jahren sehr nach rechts gerutscht sei. Die Partei, die sich als «Alternative für Deutschland» verstehe, fände immer mehr Zulauf. Ich vermute, dass die nicht verarbeitete Vergangenheit so sehr auf dem Land lastet, sodass es seine positive geistige Aufgabe nicht wahrnehmen kann. Jedes Land in der Welt hat eine bestimmte Aufgabe, um zum Wohle der gesamten Menschheit zu wirken. Deutschland jedoch scheint mir traumatisiert und durch Schocks gelähmt zu sein.

Es beginnt zu regnen, in Remagen fährt unser Zug über die Brücke und wechselt die Rheinseite. Spätestens jetzt steht fest, dass er nicht in Bonn HB halten wird. Allmählich wird es dunkel, die Verspätung beträgt inzwischen 30 Minuten. Der vorbeieilende Schaffner hat keine Lust, uns über die genauere Ankunftszeit in Beuel zu informieren. Wir stellen uns mit unserem Gepäck schon mal vor die Tür. Der EC nimmt immer mehr an Fahrt auf, sodass wir befürchten, doch noch in Köln zu landen. Eine erklärende Ansage bleibt aus. Nach weiteren 20 Minuten verlangsamt sich der Zug. Ein spärlich beleuchteter kleiner Bahnhof und ein stellenweise mit Gras bewachsener Bahnsteig kommen in Sicht, der Zug hält tatsächlich. Es giesst in Strömen. Aua, Beule! Eine unbedachte hohe Fussgängerbrücke mit steilen Holztreppen führt über die übrigen Gleise zum Gebäude des Bahnhofs. Mit unserem nicht allzu umfangreichen Gepäck schaffen wir das Hinauf und Hinunter gerade noch. Ein netter Herr hilft einer gehbehinderten Dame mit ihrem Koffer. Sie nennt ihn einen Engel. Der Taxistand neben dem Bahnhof ist verwaist, der nächste Shuttle-Bus zum Bonner HB fährt erst in 20 Minuten. Bei strömendem Regen drängen sich die Reisenden unter das kleine Vordach des geschlossenen Vorortsbahnhofs. Der Engel rät uns, die Strassenbahn zu nehmen und zeigt uns die Haltestelle. O Wunder, die Bahn kommt in zwei Minuten und erreicht den Bonner HB in 10 Minuten. Ein alter Herr, der gemeinsam mit uns eingestiegen war und jetzt neben mir sitzt, sagt: «Ich wohne jetzt seit 50 Jahren in Bonn. Aber so etwas habe ich noch nie erlebt. Das ist nicht nur eine Schande für die Deutsche Bahn, sondern auch eine Schande für ganz Deutschland.»

Vor dem Bonner HB stehen zu unserer Erleichterung einige Taxis. Ich frage nach dem Preis zum Hotel Dreesen. «30 Euro», lautet die Antwort in gebrochenem Deutsch. Ich sage: «Wenn Sie wissen, wo das Hotel ist, dann steigen wir ein.» Ja, er wisse es, er sei schon mal dort hingefahren. Nach 20 Minuten treffen wir im Rheinhotel Dreesen ein, wo wir ein Doppelzimmer für drei Nächte reserviert haben. Ich frage, ob sie eine Suite mit mehr Platz und Blick auf den Rhein hätten. Ja, sie hätten eine Suite, eine einzige, und diese sei zufälligerweise gerade frei und für uns um 20 % günstiger. Der nette Herr vom Empfang zeigt uns die grosszügigen Räumlichkeiten der «Dreesen-Suite» mit zwei Balkons und zwei Toiletten, schwärmt von der wunderbaren Aussicht auf die gegenüberliegende Rheinseite mit der Drachenburg, dem Drachenfels und dem Petersberg, die jetzt bei Nacht beleuchtet sind. Jeden Tag sei er dankbar für diesen einzigartigen Arbeitsort, auch wenn er nicht Bonner, sondern in der sechsten Generation Kölner sei, und fügt hinzu: «Sie haben nun das Glück, dass Sie hier nicht einmal arbeiten müssen, sondern an diesem besonderen Ort einige Ferientage verbringen dürfen.» Besonders schön seien die Sonnenaufgänge, ab morgen sei das Wetter wieder besser. Wir müssen nicht lange überlegen, wenn uns dieses mühsam begonnene «Ferienarrangement» wie ein Lottogewinn angepriesen wird und entscheiden uns für die Suite. Das Restaurant des Hotels erwartet uns mit einer leckeren Kürbiscremesuppe und frisch gezapftem Bier.

Eine Meditation für Deutschland und Europa

Am anderen Morgen scheint tatsächlich wieder die Sonne. Nach einer erholsamen Nacht geniessen wir beim Frühstück den Blick auf den Rhein mit den Karawanen von Lastschiffen flussauf und -ab und die in goldenes Herbstlicht getauchte Landschaft. Endlich können wir meine Patentante Margit und ihren Lebenspartner Felix begrüssen und umarmen! Nach einer Zeit, die wie ein Albtraum hinter uns liegt. Sie staunen über unser Reiseabenteuer und darüber, dass wir ausgerechnet in der «Dreesen-Suite» gelandet sind. Die ältere Generation kann sich noch gut daran erinnern, dass Herr Dreesen, der damalige Besitzer des Hotels, ein Nazi war und Adolf Hitler hier oft zu Gast weilte. Der Führer übernachtete jeweils in der einzig vorhandenen Suite im obersten vierten Stock in der Mitte des mächtigen Hotelgebäudes.

Es sieht so aus, dass das Bett und die Matratze aus den 30er Jahren des letzten Jahrhunderts inzwischen ersetzt worden sind. Georg fragt mich: «Wolltest du wirklich mit dem Führer ins Bett?»

Bei Sonnenuntergang zünde ich eine Kerze und ein Räucherstäbchen mit Weihrauch an, in gutem Abstand zum Rauchmelder an der Zimmerdecke. Ich möchte für Deutschland meditieren und heilende Informationen in meinen kleinen Bergkristall speichern. Danach werde ich ihn in den Rhein werfen, damit das Wasser die lichtvollen Informationen aufnehmen und weiter bis zur Nordsee verströmen kann. Ist es nicht erstaunlich, dass ich genau an der Stelle sitze, wo einst Adolf Hitler als Hotelgast geschlafen hatte? So etwas nennt man eine «Punktlandung». Das Hotel Dreesen hatte ich zwar absichtlich ausgesucht, aber eine höhere Fügung hat mich genau an diesen Ort gebracht. Dazu noch mit 20 % Rabatt.

Hier sitze ich nun auf dem Bett mit Blick auf den Rhein und das Siebengebirge, bitte um göttlichen Schutz und den Beistand von Christus und der heiligen Maria. Erzengel Michael, der für Deutschland zuständig ist, erscheint mir und begleitet mich während meiner ganzen Meditation. Mir wird eine Landkarte von Deutschland gezeigt. Tatsächlich befindet sich darüber eine grosse Glocke aus braunem Glas, ähnlich dem Glas von Bierflaschen. Auch ein paar Nachbarländer sind in braunes Licht eingehüllt, vor allem Ungarn, die Slowakei, Österreich und die Niederlande. Die Schweiz nur am nördlichen Rand. Ich schaue die Karte genauer an: Nicht alles ist in braunes Licht getaucht. Im Land verstreut gibt es hellere, grössere und kleinere, stärkere und schwächere Kreise aus weissem Licht. Hier wurden bereits Landschaftsheilungen von engagierten Menschen durchgeführt, wie etwa von Marko Pogačnik, Wolfgang Hahl oder auch Hubert Möhrle. Als Beispiele davon zeigen sich mir Berlin, München, Augsburg, Regensburg, Görlitz, Aachen, Köln, … oder es handelt sich um starke Kraftorte, die immer ihr Licht behalten hatten, vor allem Marienwallfahrtsorte und die Hansestädte. Besonders fallen mir der Rhein mit seiner tunnelförmigen goldenen Aura und das starke weisse Licht des Bodensees auf. Ich bitte um Auflösung der braunen

Glocke, doch es tut sich nichts. Sie hat sich festgesaugt. Erzengel Michael führt mich in einen unterirdischen sehr verstaubten fensterlosen Raum. Es scheint ein Bunker zu sein. Nach einer Weile erscheint eine magere Gestalt mit zitternden Bewegungen. Sie trägt eine verschlissene braune Uniform und hat einen unangenehm stechenden Blick. Am spärlichen Schnurrbart erkenne ich, wer es ist. «Bringt mich endlich weg von hier!»

Die Gestalt scheint mich kaum wahrzunehmen und richtet die stammelnden Worte nicht an mich, sondern führt eher ein Selbstgespräch mit einer geschwächten Wut, wie sie in diesem Zustand, den ich als vergiftet erkenne, noch möglich ist. Röchelnd stösst Adolf Hitler ein Wort nach dem anderen hervor: «Solche Dummköpfe! Ich wäre schon längst weg ohne sie! Sie verehren mich immer noch. Sie haben nix, rein gar nix begriffen. Lasst mich endlich los, Hohlköpfe! Das war alles eine grosse Dummheit, ein Irrsinn!» Wütend tritt die Gestalt ein auf dem Boden liegendes Buch mit dem Titel «Mein Kampf». Ich verstehe diese Szene so, als wäre die Seele von A.H. in einer «Zwischenwelt» gefangen. Ihn Verehrende nähren sich von seinem Geist. Deswegen kann die braune Glocke über dem Land sich nicht auflösen. Ich bitte die Engel um Erlösung dieser verzweifelten Seele. Daraufhin wird der Raum mit einem hellen Licht erfüllt, zwei Engel heben die jämmerliche Gestalt unter den Armen hoch und schweben mit ihr in den Himmel. Mir wird später klar, dass dies nur geschehen konnte, weil A.H. selbst erlöst werden wollte und eingesehen hatte, dass sein Weltbild und die Nazi-Zeit ein Irrsinn waren.

– Um mich herum ist es still, und ich habe den Eindruck, dass dies alles war und ich meine Meditation beenden kann. Weit gefehlt! Plötzlich verschwindet dieser bunkerartige unterirdische Raum aus meinem Blickfeld. Ich befinde mich wieder in der Suite im vierten Stock des Hotels Dreesen. Die ganze Aussenwand des Gebäudes öffnet sich hin zum Rhein. Eine Kolonne Männer in braunen Uniformen mit einem Hakenkreuz auf den Oberarmbinde marschieren durch «unsere» Hotelsuite. Jemand gibt laut schreiend einen Befehl: «Rechts um!» Alle drehen sich um 90° und salutieren ein letztes Mal in Richtung Siebengebirge. Ein Mann nach dem anderen, bald sind auch Frauen darunter, springt vom Balkon und verwandelt sich im Fall nach unten in eine braune Sauce, die sich über den Uferweg ergiesst und schliesslich in den Rhein fliesst. Dies dauert eine Zeit lang. Ich bin Zeugin davon, wie sich eine dicke braune Sauce ständig breiter werdend auf der vorderen Fassade des Hotels verteilt, anschliessend in den Rhein fliesst und ihn in nördlicher Richtung braun färbt.

Auf der Höhe des Kölner Doms sehe ich, wie die Muttergottes ihren blauen Mantel ausbreitet. Unter ihrem Schutz löst sich die braune Farbe auf, und der Rhein erhält sein goldenes Licht zurück. Während auch diese Szene andauert, beginnt sich die braune Glasglocke über Deutschland und den davon betroffenen Nachbarländern aufzulösen. Ich bitte die himmlischen Mächte dieses Geschehen auch weiterhin so lange wie nötig zu begleiten und beende meine Meditation. Bevor ich in einen tiefen Schlaf versinke, höre ich die Worte Jesu: «Es ist vollbracht!»

Einige Stunden später wache ich auf, es ist noch Nacht. Durch das Fenster der Balkontür dringt helles Licht. Ich denke, es sei der Mond. Neugierig stehe ich auf, trete auf den Balkon und sehe über dem Petersberg einen grossen Stern, der die Landschaft ungewöhnlich stark erleuchtet: Es ist der Jupiter, der dieses und nächstes Jahr seine Bahn besonders nahe an unserem Planeten vorbeizieht.

Am nächsten Morgen weckt mich die Sonne, die über dem Siebengebirge aufgeht. Heute ist der 22. September, die Tag-und-Nacht-Gleiche. Friedlich liegt die Landschaft da, die Lastschiffe auf dem im Sonnenlicht glitzernden Rhein ziehen gemächlich ihre Bahn, eine Schar Gänse fliegt schnatternd vorbei. Mir kommt ein Lied von Cat Stevens in den Sinn: «Morning has broken, like the first morning, blackbird has spoken like the first bird ... Mine is the sunlight, mine is the morning, born of the One light, Eden saw play ... praise with elation, praise every morning God's recreation of the new day.» Übersetzt etwa so: Der Morgen bricht an, wie der erste Morgen, die Amsel hat gesprochen, wie der erste Vogel, mir gehört das Sonnenlicht, mir gehört der Morgen, geboren aus dem einen Licht, das schon der Garten Eden sah ... Preise mit Ehrfurcht, preise jeden Morgen Gottes Wiedererschaffung des neuen Tages.

Ein neuer Tag bricht an für Deutschland, für Europa, für die Welt.

Ein Klassentreffen im Kulturbahnhof Rolandseck

Ein weiterer Sinn meiner Reise nach Deutschland erfüllt sich: Nach vielen Jahren findet heute, am 22. September, ein Klassentreffen in Rolandseck statt. Wir sind acht ehemalige Schüler und Schülerinnen, die in den 50er und 60er Jahren in Luxemburg die Europäische Schule besucht haben. Einige von uns haben gemeinsam die Grund- und Oberschule – insgesamt zwölf Jahre – mit abschliessendem Abitur im Jahr 1970 verbracht. Manche kennen sich sogar seit der Kindergartenzeit.

Während der Jahre danach hatten wir den Kontakt nicht verloren, auch wenn unser Lebensweg uns in unterschiedliche Länder führte. Eine Mitschülerin haben wir seit 60 Jahren nicht mehr gesehen, andere seit 10 bis 30 Jahren. Nach einigen Online-Treffen zu Anfang dieses Jahres entstand der Wunsch nach einem physischen Treffen. Jemand hatte die Idee mit dem Treffpunkt Rolandseck und einer kulturellen Einlage im Programm, der Besichtigung des Arp-Museums.

Die Nazi-Zeit und den 2. Weltkrieg kennen wir nur aus den Erzählungen unserer Eltern. Heute besuchen wir ein Museum mit Werken des Künstlerehepaars Hans Arp und Sophie Täuber, die in den 30er Jahren aus Deutschland fliehen mussten, weil ihre Kunst von den Nazis als «entartet» bezeichnet wurde. Der Bahnhof Rolandseck sollte 1964 geschlossen und abgerissen werden. Der Bonner Galerist Johannes Wasmuth entdeckte das Potenzial dieses Ortes, der lange Jahre ein kulturelles Zentrum gewesen war, wieder neu, kaufte den Bahnhof und gründete die Gesellschaft «arts and music», um jungen Künstler*innen aus dem In- und Ausland die Möglichkeit zu geben, ihre Werke auszustellen oder ihre Musik aufzuführen. Im Jahr 2007 wurde das Arp-Museum im neu entstandenen Gebäude oberhalb des Bahnhofs eröffnet. Ein Kraftort ist wieder auferstanden und verströmt sein Licht. Die Lehre aus der Vergangenheit zusammengefasst mit den Worten «Nie wieder!» ist gerade in der jetzigen Zeit sehr aktuell.

Wir ehemalige Europa-Schüler*innen, die sich diesen Ort für ein Klassentreffen ausgesucht haben, sind in einer Zeit geboren worden, in welcher aus dem Wunsch nach einer Versöhnung von Frankreich und Deutschland und nach einem dauerhaften Frieden und die «Europäische Gemeinschaft für Kohle und Stahl» – mit damals sechs Ländern entstand. Die Einsicht, dass Krieg keine Zukunftsoption ist, sowie der Wille zu einer Zusammenarbeit zum Wohle aller in Europa, verbreitete eine Aufbruchstimmung und neuen Optimismus. Im Oktober 1953 wurde in Luxemburg die erste «Europäische Schule» gegründet. Wir wurden in vier verschiedensprachige Klassen oder «Sektionen» aufgeteilt: Es gab die französische, italienische, deutsche und niederländische Sektion. Letztere nahm auch die flämischen Kinder auf. In unsere Klasse, die zur deutschen Sektion gehörte, kamen auch Kinder aus Luxemburg, der Schweiz, Ungarn, dem Iran und den USA. Die Schüler*innen der deutschen Sektion lernten gemeinsam mit jenen der niederländischen und italienischen Geografie, Geologie, Geschichte und Kunstgeschichte auf Französisch. Die französischen Schüler*innen lernten diese Fächer auf Deutsch. Die Schüler*innen der italienischen und französischen Sektion wurden gemeinsam in Englisch unterrichteten, diejenigen der deutschen und niederländischen Sektion ebenfalls. Turnen fand für alle

Sektionen – getrennt nach Mädchen und Jungen – auf Französisch statt. Es gab einen katholischen und einen lutherisch-reformierten Religionsunterricht. Diejenigen Schüler*innen, deren Eltern keinen christlichen Unterricht für ihre Kinder wünschten, erhielten «Ethik-» bzw. «Moral-Unterricht» auf Französisch. Dieses Schulsystem hatte zur Folge, dass wir von klein auf andere Sprachen, Sitten und Meinungen kennen- und respektieren lernten. Natürlich gab es manchmal Streitigkeiten unter den Schüler*innen, aber nie wegen der Zugehörigkeit zu einer anderen Nation oder Religion. So hatten wir zum Beispiel einen persischen Mitschüler, dessen Eltern der Baha'i-Religion angehörten und deswegen den Iran verlassen mussten. Von unseren Eltern und der Schule haben wir gelernt, dass die Begegnung mit anderen Kulturen keine Bedrohung, sondern eine seelisch-geistige Bereicherung ist. Manche von uns haben später Partner und Partnerinnen aus anderen Ländern geheiratet oder/und des Berufes wegen in anderen Ländern gelebt. Umso weniger verstehen wir heute, wie sich die europäische Gemeinschaft in den letzten drei Jahrzehnten entwickelt hat und ein bürokratisches Monster geworden ist.

In den letzten Jahren sorgte die Pandemie für viele Arten von Trennung zwischen den Menschen. Themen wie der russische Angriffskrieg auf die Ukraine, die Klimakrise, von «Corona» ganz zu schweigen, entzweit die Menschen. Auch wenn wir nicht alle gleicher Meinung sind, kommt während unseres Klassentreffens die alte Vertrautheit wieder auf. Wir erinnern uns an gemeinsame Erlebnisse und ehemalige Lehrer und Lehrerinnen, geniessen das Mittagessen, das sonnige Herbstwetter, und planen ein nächstes Treffen im kommenden Jahr im Elsass.

Erinnerungen an das Kriegsende, die erste Bundesregierung und den Neubeginn für unsere Familie in Luxemburg

Am Abend laden Georg und ich Margit und Felix in die Dreesen-Suite zu einem Glas Wein ein. Wir möchten die grosszügigen Räume noch geniessen, denn für die vierte und letzte Nacht vor unserer Rückreise in die Schweiz müssen wir in ein kleines Doppelzimmer umziehen. Jemand hat die Suite für die nächsten zwei Wochen gemietet. Unsere Gäste erzählen von alten Zeiten, vom Ende des Krieges, von vielen Nächten, die sie bei Fliegeralarm im Keller verbringen mussten, von ihren Gebeten an die Engländer und Amerikaner, Deutschland endlich von dem Irrsinn der Nazis zu befreien.

Für Sonntag wünsche ich mir einen Ausflug auf den Petersberg. Das Zentrum für internationale Konferenzen hat auch ein Hotel, welches für Gäste der Bundesregierung reserviert ist. Nach dem letzten Weltkrieg war in diesem Gebäudekomplex die erste deutsche Bundesregierung unter Konrad Adenauer, dem ersten Bundeskanzler, untergebracht. Mein Vater hatte vor meiner Geburt als Pressesprecher für ihn gearbeitet und uns Kindern, das heisst meinem Bruder und mir, später erzählt, wie Adenauer ihm gezeigt hatte, welchen Tisch mein Vater in den Flur stellen konnte, um dort zu arbeiten, denn die Anzahl der Büroräume war beschränkt. Auf Adenauers Empfehlung hin engagierte Jean Monnet, einer der wichtigsten Gründerväter der Europäischen Union, meinen Vater als Pressesprecher der «Hohen Behörde der Montanunion» für die deutschen Medien. Die Europäische Gemeinschaft mit dem damaligen Sitz in Luxemburg war im August geboren worden, um ein Licht in die dunkle Vergangenheit zu bringen. Ich wurde im Oktober als «erstes europäisches Mädchen» geboren, wie mir meine Mutter später erzählte. Mein Vater sagte zu meiner Mutter, als er mich zum ersten Mal im Krankenhaus auf dem Bonner Venusberg sah: «Das ist unser Glückskind!» Im März 1953 zog unsere Familie von Bonn nach Luxemburg um.

Während seiner Tätigkeit in Luxemburg hatte mein Vater einen regen Austausch mit Journalisten und Journalistinnen, die ihn freizügig mit schwarzweissen Pressefotos in grossen Formaten versorgten. So entstand eine aussergewöhnliche Sammlung wertvoller Dokumente über die ersten Jahre der Europäischen Gemeinschaft. Diesen Nachlass schenkte ich gemäss dem Wunsch meines Vaters der «Fondation Jean Monnet pour l'Europe» in Lausanne, wo er von Besuchenden und Studierenden aus der ganzen Welt besichtigt wird.

Am heutigen Sonntag darf ich auf der Terrasse des Petersbergs mit Margit und Felix Tee, Schokoladeneis und Streuselkuchen geniessen, bei herbstlichem Sonnenschein und ungewöhnlich klarer Sicht auf den Rhein, das Hotel Dreesen mit Bad Godesberg am gegenüberliegenden Ufer des Rheins und dem etwas weiter entfernten Kölner Dom.

Felix erinnert sich auch heute noch gut an den 17. Mai 1991, an welchem er mit meinem Vater zum letzten Mal gemeinsam an diesem Ort war, und erzählt: «Ich schlug deinem Vater damals vor, mit ihm auf den Petersberg zu fahren und ihm das derzeitige geschichtsträchtige Hotel, das inzwischen als Bundesgästehaus dient, zu zeigen. Besonders den Anbau mit dem wunderschönen runden Konferenzsaal, in dem die erste Afghanistankonferenz stattfand. Der Einlass zu diesem Saal wurde uns jedoch vom Pförtner verwehrt. Beim Verlassen des Gebäudes begegnete uns durch Zufall ein Offizier des Bundesgrenzschutzes, der uns nach unserem Anliegen fragte. Ich stellte deinen Vater vor, als einen Mann der ersten Stunde, der damals (mit Felix von Eckardt, erster Bundespressechef) bei der Konferenz der Montanunion auf dem Petersberg mit dabei war. Damals war das Hotel noch Sitz der „Alliierten Hohen Kommission". Da ich auch meinen Dienstausweis als Angehöriger des Bundeslandwirtschaftsministeriums vorweisen konnte, wurde uns der Zugang zum Konferenzsaal von dem freundlichen Offizier geöffnet. Ein schöner Anblick in den Saal und mit einem herrlichen Blick auf den Rhein tat sich auf. Danach schauten wir uns nochmal in dem Hotel um und ich glaube, dass dein Vater, versunken in seinen Gedanken an jene Zeiten seines Wirkens zurückdachte.« In der Nacht auf den 18. Mai 1991 starb mein Vater. Sein Lebenskreis hatte sich geschlossen.

Ein Kristall für den Rhein

Vor unserer Abfahrt vom Hotel Dreesen werfe ich meinen kleinen Bergkristall mit der für Deutschland passenden heilenden Energie in den Rhein. Seit etwa 20 Jahren mache ich dieses Ritual an mindestens einem Ort unserer jeweiligen Reise. Inzwischen habe ich rund um die Erde eine Kristallspur hinterlassen, wie zum Beispiel im Mittelmeer bei Malta, Kroatien und Italien, bei Budapest in der Donau, bei den Kapverden, in der Karibik, im Pazifischen Ozean bei Kauaʻi, im Atlantik bei Irland usw. Eine unserer Nachbarinnen brachte vor zwei Jahren gemäss meinem Wunsch zwei meiner Kristalle nach Neuseeland. Wenn ich zuhause meditiere, sehe ich im Geiste diese Kristallspur vor mir und kann jederzeit heilende Energie in der Form von Klängen und Obertönen hineinfliessen lassen. Ich bin nicht die Einzige, die so etwas tut. So verbinde ich mich auch immer wieder mit den Kreisen der Erdenhüter-Kristalle aus Amethysten und Citrinen von Wolfgang Hahl, mit dem weltumspannenden Steinkreis mit Kosmogrammen von Marko Pogačnik oder mit den Aborigines von Australien, die mit dem Didgeridoo die Songlines von Mutter Erde zu aktivieren, die von uns Energie- oder Leylinien genannt werden.

Abschied und Rückreise

Tatsächlich können Georg und ich am Montag, den 25. September, vom Bonner Hauptbahnhof abfahren, so wie es auf unserer Rückfahrkarte steht. Sicherheitshalber hatte Georg am Tag vorher die Auskunft gefragt. Es wurde ihm bestätigt, dass die Baustelle, die unser Aussteigen bei der Herfahrt in Beuel verursacht hatte, seit letztem Samstag beendet sei.

Margit und Felix fahren uns zum Bonner HB, damit wir nicht auf den unzuverlässigen Regionalzug von Mehlem nach Bonn angewiesen sein müssen. Sie begleiten uns auch zum Bahnsteig, um selbst zu erfahren, ob unser EC auch wirklich fährt. Die Ansage lautet: «Der EC von Hamburg Altona nach Zürich wird mit einer Verspätung von 10 Minuten eintreffen. Der Grund dafür ist eine Baustelle.» In den nächsten Minuten ändert sich die Ansage, der Zug werde 20, dann 30, dann 40 Minuten verspätet sein, dann wieder 30 Minuten. Nach 25 Minuten fährt der EC ohne eine weitere Ansage plötzlich ein. Endlich können wir dem kalten Wind und dem kundenunfreundlichen Bahnsteig ohne vor dem Wetter schützende Wartemöglichkeiten entrinnen. Georg und ich winken noch zum Abschied, machen es uns dann auf den für uns reservierten Plätzen gemütlich. Noch bis Mainz schlängelt sich der Zug am linken Ufer des Rheins entlang. Wir geniessen die wunderbare Aussicht auf die geschichtsträchtigen Städtchen, Burgen und Weinberge, auch unser Reiseproviant und ein Glas Riesling.

Nach gut 4 Stunden treffen wir in Basel ein. Wegen der inzwischen fast einstündigen Verspätung fährt der Zug nicht mehr weiter nach Zürich. Dies betrifft uns zum Glück nicht. Nach Bern müssen wir sowieso umsteigen. Doch wir sind dankbar dafür, dass die Deutsche Bahn heute nicht streikt und dass wir noch an demselben Tag wie geplant zuhause ankommen können. Glücklich und zufrieden fallen wir müde ins Bett. Dieses «Ferienarrangement all inclusive» hat uns viel Kraft gekostet: Georg hat sich vom kalten Wind auf dem Bonner Bahnsteig eine heftige Erkältung geholt, und ich muss eine Woche lang fast nur noch schlafen, um mich von diesen «Ferientagen» zu erholen.

Ich bin gespannt darauf, wie sich die Situation in Deutschland entwickeln wird. Immer mehr Menschen demonstrieren in den grossen Städten gegen die AfD und deren Pläne, Ausländer und Ausländerinnen aus Deutschland zu vertreiben. An manchen Orten demonstrieren sogar so viele Menschen, dass die Demonstrationen vorzeitig beendet werden müssen, weil keine Rettungswagen für eventuelle Notfälle mehr durchkommen könnten. Ich telefoniere mit Margit. Sie erzählt mir, dass sie und Felix in Bonn an einer solchen Demonstration teilgenommen hätte und sagt: «Da muss man doch hingehen. Das geht nicht anders, das ist wohl klar!»

Anfang Februar schickt mir Margit Fotos von der Feier ihres 65. Hochzeitstags im Hotel Dreesen. Die Energie des Hotels scheint mir deutlich angestiegen zu sein. An der Seite zum Rhein hin ist ein Gerüst sichtbar: Die Fassade wird renoviert.

Schliessen möchte ich mit einem Zitat von Hans Arp, das in eine grosse Fensterscheibe vom Arp-Museum in Rolandseck eingeritzt wurde: «Wenn man Grenzen überschreitet, findet man zum Wesentlichen.» Diktatoren verbieten, Grenzen zu überschreiten. Sie wissen warum, denn sie verlieren ihre Macht, wenn du dein Wesentliches, deinen göttlichen Funken entdeckst und erkennst, dass wir über alle Grenzen hinaus eins sind.

Literaturhinweise:

Petra M. Dobrovolny-Mühlenbach, Helmut Tews, Judith-Katja Raab: «Reiseträume erfüllen sich», hrsg. vom Literaturpodium, Berlin 2019. Darin meine drei Berichte über unsere Reisen nach Kauai'i, Irland und in die Karibik.
Wolfgang Hahl: Erdenhüter-Kristalle. Die Botschaften und die heilenden Kräfte der Giganten aus Stein und Licht. Aquamarin-Verlag 2004
Marko Pogačnik: Liebeserklärung an die Erde. Ein weltumspannender Steinkreis für die Kraft des Wandels. AT-Verlag 2007
Den Bauern Hubert Möhrle findet ihr auf www.humisal.de und seinem Youtube-Kanal

Erwin Macher

Wie aus einer Ameise die „Sulnurzolna" wurde

Wer in seinem Berufsleben Erfahrungen mit der Führung von Mitarbeitern machen durfte, der wird nur zu gut wissen, dass es bei diesen, ungeachtet aller sonstigen unterschiedlichen Wesensarten auch verschiedene Charaktere gibt, wenn es darum geht, Anweisungen durchzuführen. Da gibt es solche, die zunächst einmal alles umständlich hinterfragen und dann wiederum andere, die jeden Auftrag problemlos ohne Wenn und Aber sofort ausführen. Das mag in stressigen Situationen für einen Vorgesetzten natürlich durchaus angenehm sein, kann aber manchmal auch zu groben Missverständnissen oder gar zu schwerwiegenden Fehlern führen.

Andererseits ist es aber oft auch sehr nervtötend und zeitraubend, wenn jede noch so unbedeutende Anweisung ständig hinterfragt, oder – was noch weitaus schlimmer ist – in Zweifel gezogen wird. Das kann sehr schnell die eigene Entscheidungsfähigkeit in Frage stellen und schlimmstenfalls sogar zu einem Autoritätsverlust führen. Ein idealer Mitarbeiter wäre deshalb jemand, der, wenn die Anweisung für ihn klar und verständlich ist, diese ohne langatmige Fragerei und Verzögerung ausführt. Und sollte einmal ein Auftrag unklar sein, dann aber auch konkret nachfragt und sich möglicherweise sogar ab und zu sogar mit einer eigenen Idee einbringt und so zu einer betrieblichen Verbesserung beiträgt. Doch leider ist das Leben eben kein Wunschkonzert.

Vor etwa 20 Jahren war ich in einem großen Industriebetrieb in Graz als Gruppenleiter in der Materialwirtschaft tätig. Unsere Firma war für den europäischen Markt praktisch der Vorzeigebetrieb eines weltweit agierenden Konzernes mit der Zentrale in den USA. Mein Team umfasste damals mehrere Disponenten und eine größere Anzahl gut ausgebildeter Staplerfahrer. Insgesamt unterstanden mir, abhängig von der jeweiligen Auftragslage, im Durchschnitt etwa 25 Mitarbeiter. Ich war unter anderem dafür verantwortlich, dass der Materialfluss, beginnend bei der Entladung der Lkws, die das für die Fertigung benötigte Material minutiös genau anlieferten, bis hin zur präzisen Verteilung an die jeweiligen Zonen am Produktionsfließband, einwandfrei funktionierte. Zu den vielen anderen Tätigkeiten zählte aber auch die Vorbereitung von Audits der einzelnen Arbeitsbereiche. Diese Evaluierungen von Systemen und Arbeitsprozessen waren immer eine besonders unangenehme Herausforderung, und es wurde von der Geschäftsleitung natürlich besonderer Wert auf ein gutes Endergebnis jeder einzelnen Überprüfung gelegt. Und davon gab es jede Menge, die nach einem genauen Jahresplan zur Durchführung gelangten. Da wurden unter anderem die exakten Arbeitsabläufe in den verschiedenen Zonen des Produktionsablaufes, der Materialfluss innerhalb des Werkes, die Sicherheit in den einzelnen Arbeitsbereichen und dergleichen überprüft. Besonderes Augenmerk wurde auch auf Sauberkeit und Ordnung gelegt.

Abgesehen von den vielen internen Überprüfungen gab es auch die besonders gefürchteten externen Audits, die jährlich von der amerikanischen Zentrale durchgeführt wurden. Und wehe, das Ergebnis fiel unter 90 Prozent aus. Der verantwortliche Mitarbeiter für diesem Bereich musste sich dann gegenüber seinem Vorgesetzten, in meinem Fall war es eben der Logistik-Abteilungsleiter, beinahe einem Verhör unterziehen und schriftlich genau begründen, warum es zu einer schlechten Bewertung gekommen war. Aber welche Umstände in einem solchen Fall auch glaubhaft dargelegt werden konnten: Es bedeutete einen schwarzen Punkt für die persönliche Leistungsbeschreibung und die künftige Karriere und konnte nur sehr schwer wieder ausgebügelt werden.

Wieder einmal stand so ein herausforderndes, externes Audit für den nächsten Tag auf dem Programm. Schwerpunkte waren diesmal Sicherheit, Sauberkeit und Ordnung. Diesmal oblag es meiner Verantwortung als Gruppenleiter der Materialwirtschaft, dass jeder Staplerfahrer, der in der Produktionshalle unterwegs war, sich vorschriftsmäßig angurtete und ein korrekt geführtes Fahrtenbuch, zusammen mit der Fahrerlaubnis, mit sich führte. Stapler und andere Flurförderfahrzeuge, die gerade nicht im Einsatz waren, hatten in einem gekennzeichneten Bereich abgestellt zu sein. Wobei es ganz wichtig war, dass natürlich auch der Zündschlüssel abgezogen sein musste. Selbst einfachste Reinigungswerkzeuge wie Besen oder Kehrschaufel hatten ihren gekennzeichneten Platz und wichtig war auch ein überprüfbarer und leicht nachvollziehbarer Reinigungsplan.

Bereits im Vorfeld war zu uns durchgesickert, dass es die Amerikaner diesmal besonders streng mit der Bewertung nehmen würden, denn sie wollten es auf Dauer nicht hinnehmen, dass wir hier in der Grazer Firma ständig besser abschnitten, als wie es in dem viel größeren amerikanischen Stammwerk der Fall war. Die Nervosität war dementsprechend groß und schon Tage vor dem anstehenden Audit wurde jeder Mitarbeiter auf das Genaueste instruiert, welche Antworten bei einer eventuellen Frage des Auditteams zu geben waren. Denn wir wussten schon aus Erfahrung, dass die mit dieser Aufgabe betrauten Amerikaner durchwegs gut deutsch sprachen.

Bei einem abschließenden Kontrollrundgang durch die Halle war mir an einem der Entladedocks ein herumstehender, batteriebetriebener kleiner Hubwagen, eine sogenannte „Ameise", aufgefallen. Dieses Gerät wurde immer dann benötigt, wenn eine Sonderlieferung auf einem Kleintransporter ankam und die Entladung mit den ansonsten eingesetzten größeren Staplern nicht möglich oder zu umständlich war. Ich notierte mir diesen Missstand zusammen mit ein paar anderen, noch unbedingt rasch zu beseitigenden Unzulänglichkeiten auf einer Liste. Wieder zurück in meinem Büro ging ich sofort daran, die einzelnen Punkte dieser Notizen abzuarbeiten. Gleich als erstes telefonierte ich mit Harry, dem zuständigen Dockdisponenten, in dessen Bereich die Ameise herumstand. Ich bat ihn, diese auf einem gekennzeichneten Platz abzustellen und das Gerät selbst, mit einem einfolierten DIN-A4-Blatt mit der genauen Bezeichnung zu kennzeichnen. Harry versprach mir, diese Arbeit gleich zu erledigen und fragte mich: „Was genau muss ich draufschreiben, soll ich „Ameise" schreiben oder welche genaue Bezeichnung hat das Gerät eigentlich?"

Genau in diesem Moment kam Georg, auch ein Mitarbeiter von mir, durch die stets offene Tür meines Containerbüros, welches sich an der Wand in der Fertigungshalle befand, herein, sah dass ich telefonierte und wollte deshalb gleich wieder umdrehen. Ich bedeutete ihm mit einem Kopfnicken, dass er bleiben soll und sprach ins Handy: „Harry, warte bitte einen Augenblick, es dauert nur ein paar Sekunden!" Dann wandte ich mich Georg zu. Dieser wollte mir bloß sagen, dass er in der gleich beginnenden Mittagspause mit einer Sammelliste herumgehen würde, um für einen kurz vor der Pensionierung stehenden Kollegen für ein würdiges Abschiedsgeschenk zu sammeln. Dann fragte er mich, ob ich auch den Gruppenleiter von der Nachmittagschicht um eine kleine Spende bitten könnte. Das war durchaus legitim, denn der zukünftige Pensionist hatte bis vor etwa einem Jahr noch in der anderen Schicht gearbeitet.

„Sicher", sagte ich zu Georg in meinem tiefsten, oststeirischen Dialekt, „sull nur zohl´n a," was in allgemein verständlichem Deutsch so viel wie „der soll nur auch bezahlen", bedeutete. Georg dankte kurz und ging und ich hielt das Handy wieder an mein Ohr um mit Harry weiter zu telefonieren. Aber dieser hatte inzwischen schon aufgelegt.

„Natürlich, ist ja schon Pause – er wird bestimmt zum Essen in die Kantine gegangen sein", dachte ich und nahm mir vor, ihn später nochmals anzurufen. Doch irgendeine wichtige Sache kam mir dann wohl dazwischen und schlussendlich hatte ich vollkommen vergessen, dass mich Harry eigentlich nach der genauen Benennung der Ameise gefragt hatte.

Am nächsten Tag musste ich, wie schon im Vorfeld festgelegt worden war, die Auditoren auf dem Rundgang durch die Halle begleiten. Meines Erachtens nach lief es zunächst nicht schlecht, doch als wir zum Dockbereich kamen, durchzuckte mich ein ungeheurer Schreck. Denn sofort war mir die Ameise aufgefallen – zwar vorschriftsmäßig in einem dafür vorgesehenen Bereich abgestellt und und mit dem geforderten einfolierten Blatt Papier beklebt. Doch darauf stand zu meinem unbeschreiblichen Entsetzen in fetten Druckbuchstaben: „Sulnurzolna – wird zur Entladung von Kleintransportern gebraucht." Mir wurde es richtig flau im Magen. Was um Himmels Willen hatte das nur zu bedeuten? Ich konnte es mir beim besten Willen nicht erklären.

Bevor ich auch nur irgendwie reagieren konnte, stand bereits einer der Amerikaner bei der Ameise und machte ein Foto. Ich hatte das Gefühl, als würden mich alle anstarren und auf eine Erklärung warten. Doch ich brachte kein Wort heraus und schaute nur starr auf einen imaginären Punkt in der Halle. Zum Glück gab es im weiteren Verlauf der Überprüfung keine unangenehmen Überraschungen mehr. Danach rief ich sofort den Harry an und wollte etwas unwirsch von ihm wissen, welcher Teufel ihn bloß geritten hat, dass er einen solchen Blödsinn auf die Ameise geklebt hat.

„Das hast du mir doch am Handy gestern selbst angeschafft", meinte dieser beleidigt und legte auf. Über diese Reaktion war ich zuerst mehr als verdattert, doch dann fiel mir wieder mein Telefonat mit ihm am Vortag ein und plötzlich reimte ich mir die Geschichte zusammen. Er hatte mitgehört, wie ich zum Georg im Dialekt das „sull nur zohl´n a" gesagt hatte und es als Antwort auf seine Frage bezüglich der korrekten Bezeichnung von der Ameise bezogen. Er hatte es ganz genau so geschrieben, wie er es gehört hatte. Die paar weggelassenen Buchstaben fielen da nicht ins Gewicht. Und so war aus dem „sull nur zohl´n a" eben die „Sulnurzolna" geworden. Interessant fand ich nur, dass mich in den nächsten Tagen im Betrieb kein Mensch auf diesen offensichtlichen Schwachsinn ansprach.

Zwei Wochen nach diesem Vorfall gab es das Ergebnisgespräch zum Audit. Ich erwartete Schlimmes. Zu allem Überdruss nahm an diesem abschließenden Meeting auch noch der Logistik-Direktor teil, der durch seine überhebliche und unpersönliche Art, mit Mitarbeitern umzugehen, ziemlich unbeliebt war. Sein strenger Blick war auf meinen Abteilungsleiter und mich gerichtet und verhieß nichts Gutes. Und dann wurden Punkt für Punkt die bewerteten Bereiche durchgesprochen. Einige Sachen waren natürlich, wie befürchtet, beanstandet worden. Das war nicht weiter schlimm, denn dass alles positiv bewertet wurde, kam so gut wie nie vor. Schon gar nicht bei einer externen Evaluierung. Aber das Gesamtergebnis war doch deutlich über den geforderten 90 Prozent. Denn herausgerissen hatte unsere gesamte Abteilung, in erster Linie aber mich, folgender unglaubliche Umstand: Unter dem Punkt „Kennzeichnung nicht ständig verwendeter Fahrzeuge und Werkzeuge" hatten die Auditoren die vorbildliche Bezeichnung der Sulnurzolna extra als gutes Beispiel erwähnt und mit dem gemachten Foto noch entsprechend dokumentiert.

Ich war einerseits darüber perplex aber doch mehr als erleichtert über den guten Ausgang. Der Logistik-Direktor schüttelte mir sogar wohlwollend lächelnd die Hand und meinte: „Da erkennt man den wahren Fachmann! Ich habe gar nicht gewusst, dass so ein Hubwagen Sulnurzolna heißt. Wieder etwas dazugelernt!" Keiner der bei dem Meeting anwesenden Kollegen konnte sich entsinnen, jemals eine so leutselige Regung von ihm erlebt zu haben. So etwas zählte schon fast mehr als wie eine Gehaltserhöhung. Auch mein Abteilungsleiter war sehr zufrieden und klopfte mir beim Hinausgehen aus dem Besprechungsraum auf die Schulter und meinte sichtbar erleichtert: „Tadellose Leistung! Nur immer so weiter!"

Seit diesem Tag wurde in der Firma nur noch von einer Sulnurzolna gesprochen, wenn eine „Ameise" gemeint war. Denn es gab ja nicht den geringsten Zweifel: Wenn schon der Logistik-Direktor, der Abteilungsleiter und ein Gruppenleiter – vor allem aber ein strenges amerikanisches Auditteam diese Bezeichnung verwendeten – dann musste diese wohl oder übel auch stimmen. Und weder der Harry – mit dem ich selbstverständlich sogleich das Missverständnis besprochen hatte – noch ich, haben jemals darüber gesprochen, wie es zu diesem sonderbaren Namen gekommen war.

Etwa zwei Jahre nach dieser überaus denkwürdigen Begebenheit habe ich mich beruflich neu orientiert und diesen Betrieb in Graz verlassen. Seither habe ich auch nur mehr zu wenigen meiner früheren Arbeitskollegen Kontakt. Doch vor kurzer Zeit habe ich eher beiläufig und zufällig erfahren, dass in meiner ehemaligen Firma für die Ameise eine Ersatzbatterie bestellt wurde. Und die Herstellerfirma dieser Batterie hätte überaus verwundert und belustigt über die Bezeichnung Sulnurzolna in der Bestellung reagiert.

Erwin Macher

Vom kaputten Motorrad-Kotflügel zu Peter Rosegger

Nicht immer läuft im Leben alles rund. Missgeschicke, kleinere private oder berufliche Enttäuschungen, vereinzelt auch materielle oder ideelle Schäden sind bei objektiver Betrachtung keineswegs außergewöhnliche Begleiterscheinungen unseres Alltags. Das ist nun leider einmal so und muss auch nicht immer gleich nachhaltig negative Auswirkungen auf unser Wohlbefinden haben. Natürlich gibt es mitunter auch Geschehnisse, die wirklich schlimm, manchmal sogar tragisch sind und denen man selbst bei optimistischer Sichtweise wahrlich nichts Positives abgewinnen kann. Davon soll hier an dieser Stelle jedoch nicht die Rede sein. Aber manche Situationen, die zunächst für Ärger sorgen, wenden sich später überraschenderweise doch noch zum Guten. Wo sich der Ausspruch: „Wer weiß, für was das gut war", im Nachhinein als durchaus legitim erweist.

Im vergangenen September, der bei uns in der Oststeiermark ziemlich verregnet war, nutzte ich einen der wenigen sonnigen Tage, um mit dem Motorrad eine gemütliche Ausfahrt in die Steirische Toskana, wie die Südsteiermark wegen ihrer unzähligen Weinberge in der meist sanft hügeligen Landschaft oft bezeichnet wird, zu unternehmen. Wie erhofft, wurde es ein wunderschöner Ausflug und ich war noch in bester Laune, als ich am späteren Nachmittag wieder in meiner Heimatstadt Gleisdorf angekommen war. Nur noch etwa eineinhalb Kilometer von meinem Wohnhaus entfernt, musste ich bei einem unbeschrankten, jedoch durch eine Ampelanlage geregeltem Bahnübergang, anhalten, weil das Rotlicht einen nahenden Zug ankündigte. Vor mir standen bereits zwei Autos. Ich blieb einige Meter hinter dem zweiten Fahrzeug stehen, weil die Straße dort eine leichte Steigung aufweist und ich aus Erfahrung weiß, dass beim Anfahren ein Fahrzeug manchmal etwas zurückrollt, wenn der Fahrer nicht besonders geübt ist. Während ich anhielt und umweltbewusst den Motor abstellen wollte, bemerkte ich im selben Moment, dass bei dem vor mir stehenden Pkw die Rückfahrscheinwerfer aufleuchteten und sich das Fahrzeug rückwärts in Bewegung setzte und zielsicher auf mich zusteuerte.

Ich weiß nicht, ob ich mehr verblüfft oder erschrocken über dieses unverständliche Fahrmanöver war, jedenfalls reagierte ich augenblicklich und drückte mehrmals hektisch auf die Hupe. Diese ertönte zwar ohrenbetäubend laut, doch das machte auf den Fahrer augenscheinlich keinerlei Eindruck. Es blieb mir nun auch keine Zeit mehr, um noch irgendeine andere Reaktion zu starten und so stieß das Auto zwar nicht allzu schnell, aber doch heftig gegen das Vorderrad von meinem Motorrad und drückte dieses wie im Zeitlupentempo zu Boden. Ich hatte nicht die geringste Chance, den immerhin über 250 Kilogramm schweren Chopper aufrecht zu halten. Gottlob bemerkte der Fahrer doch noch den Anprall, denn sein Fahrzeug kam augenblicklich zum Stillstand. Gar nicht auszudenken, was mir passieren hätte können, wäre ich selbst unter den Pkw geraten. So aber war es mir gelungen, während des seitlichen Umkippens der Maschine, von dieser, ohne zu straucheln oder zu stürzen, ein Stück weit wegzuspringen.

Mein schöner, chromglänzender Chopper lag nun allerdings auf der Straße, teilweise unter dem Heck des Autos eingeklemmt. Aus diesem war währenddessen ohne besondere Eile, wie mir schien, die sehr junge Fahrerin ausgestiegen. Sie wirkte überhaupt nicht aufgeregt. Vielleicht täuschte ich mich aber auch und sie stand nur ein wenig unter Schock. Immerhin fragte sie mich, ob ich verletzt wäre. Ich schüttelte den Kopf und bedeutete ihr, sie möge doch bitte wenigstens wieder so weit nach vorne fahren, dass ich das Motorrad aufheben könnte. Das tat sie zumindest schnell und ohne Widerrede. Mit einer gewaltigen Kraftanstrengung gelang es mir, gemeinsam mit dem rasch zur Hilfe geeilten Lenker eines anderen Autos, das inzwischen hinter mir angehalten hatte, das schwere Motorrad aufzurichten und auf den Seitenständer zu stellen. Dann betrachteten wir zusammen den angerichteten Schaden. Da an der Yamaha ein massiver Motorschutzbügel montiert ist und hinten Seitenkoffer dran sind, waren Lenker, Motor, Zusatzscheinwerfer und die Blinker nicht auf der Fahrbahn aufgeschlagen. Das war schon einmal gut. Anscheinend hatte es nur den vorderen Kotflügel erwischt. Dieser sah jedoch erheblich deformiert und gestaucht aus.

Mittlerweile hatte eine ÖBB-Triebwagengarnitur die Eisenbahnkreuzung passiert und der hilfsbereite Mann winkte den wieder in beiden Fahrtrichtungen einsetzenden Straßenverkehr routiniert wie ein Polizist an der Gefahrenstelle vorbei. Die Verursacherin des Unfalls war sich ihrer Alleinschuld sehr wohl bewusst und gab sich nun dementsprechend zerknirscht. Ich machte ihr wegen des unglaublich rücksichtslosen und fahrlässigen Verhaltens auch keinerlei Vorwürfe - das hätte ohnehin nichts mehr gebracht. Bei dem netten Straßenkameraden, der mir in dieser kritischen Situation tatkräftig geholfen hatte, bedankte ich mir herzlich. Er sagte noch, dass ich im Bedarfsfall gerne auf ihn als Unfallzeuge zurückgreifen könnte und drückte mir seine Visitenkarte in die Hand. Ich meinte, das würde hoffentlich nicht nötig sein, war aber dennoch über diese nicht selbstverständliche Zivilcourage sehr dankbar.

Danach füllten die junge Fahrzeuglenkerin und ich das Unfallformular aus. Aus dem Namen und der Anschrift ging hervor, dass sie die Tochter des Besitzers eines unmittelbar in der Nähe ansässigen Autohauses war. Das von ihr gelenkte Fahrzeug war auch als Firmenwagen angemeldet.

Später schaffte ich es mit einiger Mühe, den verformten Kotflügel mit bloßen Händen soweit zurecht zu biegen, dass sich das Vorderrad wieder frei drehen ließ. Die Gabel und das Lenkkopflager hatten, soweit ich das beurteilen konnte, offenbar nichts abbekommen. Alles in allem also Glück im Unglück! Aber dennoch ausgesprochen ärgerlich, denn vor diesem Tag hatte meine Yamaha, obwohl sie schon weit über 20 Jahre alt war, nicht die kleinste Schramme gehabt. Und außerdem war ich an dem Unfall vollkommen unschuldig. Aber davon einmal abgesehen - in diesem Augenblick ahnte ich bestimmt nicht, dass dieser blöde Vorfall in weiterer Folge auch sein Gutes haben könnte.

Die Meldung an die Versicherung geschah ordnungsgemäß; ich musste danach nur noch den Schaden in einem Fachbetrieb schätzen lassen, was ich auch umgehend machte. Die Höhe der Reparaturkosten überraschte mich dann doch - es wurden gar nicht so wenige Arbeitsstunden veranschlagt. Wesentlich einfacher und billiger wäre es natürlich gewesen, gleich einen neuen Kotflügel zu montieren. Aber da mein Chopper schon 24 Jahre auf dem Buckel hatte, war ein solches Originalteil leider nicht mehr lieferbar. Schon gar nicht mit der aufwendigen Sonderlackierung. Zu allem Überdruss erwies es sich noch, dass die Versicherung nur einen geringen Teil der Reparaturkosten übernehmen wollte. Super - jetzt hatte ich zu den ganzen Schererein auch noch einen finanziellen Schaden! Da kam mir eine Idee und ich rief den Vater der Unfalllenkerin an, - immerhin war er Inhaber eines Autohauses mit dazugehörender Werkstätte - und schilderte ihm meine missliche Lage. Wie ich es mir erhofft hatte, bot er mir an, die Reparatur in seiner Firma durchführen zu lassen. Zudem bedauerte er die Unannehmlichkeiten, welche seine Tochter mir durch ihre gemeingefährliche Fahrweise bereitet hat. Erleichtert brachte ich den kaputten Kotflügel in seine Firma und dort versicherte man mir, diesen so rasch wie möglich zu richten. Nur wegen der Lackierung müsse man noch eine vernünftige Lösung finden. Doch mit einer entsprechenden Folierung wäre es vermutlich schon machbar. Das waren zumindest erfreuliche Aussichten.

Aber leider verging danach Woche um Woche und ich wurde immer nur weiter vertröstet. Einmal befand sich der für die Reparatur zuständige Spengler im Urlaub, ein anderes Mal im Krankenstand; dann wieder hatte man den Kotflügel von der Folierungsfirma noch nicht zurückbekommen. Und das Allerschlimmste war für mich, dass wir inzwischen den schönsten und wärmsten Oktober seit Menschengedenken hatten. Ob das mit dem Klimawandel zusammenhängt, weiß ich nicht, aber es wäre bei diesem wunderschönen Wetter natürlich sehr verlockend gewesen, mit dem Motorrad noch einige Ausfahrten zu machen. Doch ohne Kotflügel wollte ich schon aus rein ästhetischen Gründen nicht fahren. Unabhängig davon, ob das verkehrsrechtlich überhaupt erlaubt ist.

Zu allem Überfluss meldete sich gegen Ende des Monats - so um den Nationalfeiertag herum - ein Motorradkollege bei mir und wollte mich für den darauffolgenden Samstag noch zu einer schönen Jahresabschlussfahrt überreden. Notgedrungen musste ich absagen, ich hatte ja den Kotflügel noch immer nicht bekommen. Nun war ich wirklich verärgert und verwünschte insgeheim die dumme Gurke, die mir das Schlamassel eingebrockt hatte. Anstatt eine tolle Ausfahrt mit einem netten Kollegen unternehmen zu können, verrichtete ich an jenem Samstag zu Hause verdrossen einige Gartenarbeiten. Da klingelte das Handy und mein Sohn Bernardo erzählte mir, dass er sich in Gleisdorf auf dem wöchentlich abgehaltenen Flohmarkt befinde und bei einem Händler eine in hervorragendem Zustand befindliche Gesamtausgabe der Bücher von Peter Rosegger entdeckt habe. Natürlich war ich sehr interessiert an den 40 Bänden der gesammelten Werke unseres großartigen, völlig verdient zweimal für den Nobelpreis vorgeschlagenen, steirischen Heimatdichters. Obwohl ich den Großteil seiner Bücher - allerdings der früheren, ursprünglichen Erscheinungsjahre - schon besaß und selbstverständlich auch gelesen hatte. Aber das überarbeitete Gesamtwerk, sozusagen seine fünfzigjährige Lebensarbeit im Bücherregal zu haben, das wünschte ich mir schon seit langem.

Keine 15 Minuten später stand ich auch schon vor dem betreffenden Flohmarktstand. Bernardo hatte recht, der Erhaltungszustand der Bücher war exzellent und ich einigte mich mit dem Verkäufer auch ziemlich schnell wegen des Preises. Kein Wunder, denn so viele Interessenten für diese Art von Büchern gibt es in unserer Zeit schließlich auch nicht mehr.

Und so hat es sich im Nachhinein ergeben, dass der lästige Unfall für mich trotzdem etwas Gutes mit sich gebracht hat. Denn wäre der Unfall nicht passiert oder hätte ich den Kotflügel früher aus der Werkstatt zurückbekommen, dann wäre ich an diesem Samstag mit meinem Motorradkollegen unterwegs gewesen und mein Sohn hätte mich ziemlich sicher telefonisch nicht rechtzeitig erreicht. Und ohne mit mir Rücksprache zu halten, würde er die Bücher bestimmt nicht gekauft haben.

Inzwischen ist es bereits Jänner geworden und endlich habe ich nach mehreren vergeblichen Versuchen den fertigen Kotflügel bekommen und sofort montiert. Ich muss zugeben, die Arbeit ist gut gelungen und er sieht wieder wie neu aus. Lange genug gedauert hat es ja! Somit steht heuer einer diesmal hoffentlich unfallfreien Motorradsaison nichts mehr im Weg.

Dieses Erlebnis hat mir einmal mehr bewiesen: Mancherlei Ärgernisse, die uns widerfahren, können sich mit einem gewissen zeitlichen Abstand betrachtet, trotzdem noch als Glücksfall erweisen. Auch wenn es in diesem Fall zunächst keineswegs danach aussah. Doch wie gesagt, der Spruch existiert nicht zu Unrecht: „Wer weiß schon, wofür das gut war!"

Ich hätte mir nie gedacht, dass ich durch einen kaputten Motorrad-Kotflügel in den Besitz einer Gesamtausgabe der Peter Rosegger Bücher kommen würde.

Aber wie die Erfahrung lehrt, ist der Mensch mit dem Erreichten selten zufrieden. Ich bin da selbstverständlich keine Ausnahme. Obwohl ich jetzt richtig stolz auf die Bücher bin, trotzdem hätte ich im vergangenen, wettermäßig so prächtigem Oktober viel lieber mit meinem Chopper noch ein paar nette Ausfahrten unternommen. Schließlich bin ich bereits in einem Alter, wo einem dafür die Zeit davonzulaufen beginnt. Und die Rosegger Bücher hätte ich vermutlich schon bei anderer Gelegenheit einmal aufgetrieben.

Erwin Macher

Warum ich in fünf Etappen
nicht weggegangen bin

In der vergangenen Vorweihnachtszeit habe ich mir mit einer gewissen Sentimentalität in einem deutschen Fernsehkanal die alte Verfilmung der „Abenteuer von Tom Sawyer und Huckelberry Finn", nach dem weltbekannten Jugendroman von Mark Twain angesehen. Abgesehen davon, dass es mich doch einigermaßen unangenehm berührt und betroffen gemacht hat, wie diskriminierend und menschenverachtend damals noch die gängige Alltagssprache war, hat dieser Film wieder einmal eine Erinnerung aus meiner Kinderzeit in mir wach werden lassen. Genau weiß ich es nicht mehr, aber es wird wohl meine Großmutter gewesen sein, die mir zu jener Zeit diese spannende Geschichte von Tom und Huck vorgelesen hat. Woran ich mich aber noch sehr genau erinnere ist, dass ich danach sehr verunsichert war, ob ich, wenn ich einmal erwachsen sein würde, nicht doch lieber Kapitän auf einem Mississippi Raddampfer werden sollte. Denn vorher waren schließlich Indianer oder Cowboy die eindeutigen Favoriten gewesen, was meine künftigen Berufsabsichten betraf.

Bei den Nachbarskindern standen hingegen Lokomotivführer, Räuberhauptmann, Zirkusartistin oder Prinzessin recht hoch im Kurs. Ja, das waren damals als naive Kinder auf dem Land eben so unsere Berufswünsche. Wie oft habe ich nicht in jenen Tagen meinen Spielkameraden voller Überzeugung verkündet: „Wenn ich einmal groß bin, dann gehe ich ganz weit weg und werde ein berühmter Kapitän auf dem Mississippi! Oder vielleicht auch Indianer oder Cowboy." Wie gesagt, ich war mir nicht ganz sicher. Aber etwas anderes als diese drei Möglichkeiten kam überhaupt nicht in Frage. Allerdings war es mir kleinem Stöpsel immerhin klar, dass ich einmal von daheim weggehen muss, wenn ich „etwas werden" wollte. Was waren das nur für tolle Träume. Und wie schnell sind inzwischen leider nicht nur die Jahre, sondern gar nicht so wenige Jahrzehnte verflogen.

Über diese Kindheitserinnerungen bin ich ein wenig ins Sinnieren geraten und irgendwie dann auf meinen persönlichen Zugang, was das Thema „weggehen aus meiner Heimat Steiermark" betrifft, gestoßen. Dabei bin ich zu dem Ergebnis gelangt, dass ich diesbezügliche Überlegungen in meinem Leben in fünf verschiedene Etappen unterteilen kann. Der erste Teil davon wäre somit, wie mir scheint, bereits ausreichend beschrieben.

Als zweite Etappe würde ich meine Jugendzeit betrachten, bis hin zum Ende meiner Lehrzeit. Auch den Präsenzdienst zähle ich noch dazu. In diesem Lebensabschnitt kam ich erstmals mit Menschen in Kontakt, die andere Erwartungen an das Leben stellten, als ich mir diese vorher in der Beengung des oststeirischen Dorfes, in dem ich aufgewachsen bin, vorgestellt hatte. Fast jede dieser neuen Bekanntschaften wusste zumindest vom Hörensagen von jemanden zu erzählen, der es im Ausland - vorzugsweise in Deutschland oder in der Schweiz - zu etwas gebracht hatte. Wobei als Erfolg rein die finanzielle Komponente bewertet wurde. Da war es natürlich auch für mich die Überlegung wert, ob es nicht eine Option wäre, nach der Lehre und der Bundesheerzeit ins Ausland, oder wenn schon nicht so weit, dann zumindest in ein anderes Bundesland zu ziehen, um dort auch mein Glück zu versuchen. Bis dahin war ich ja, was zu jener Zeit keine große Besonderheit darstellte, kaum über die Grenzen der Steiermark hinausgekommen. Aber andererseits, warum sollte ich überhaupt weggehen? Ich verfolgte damals noch kein bestimmtes Ziel, weder beruflich noch privat und so blieb es letztendlich nur bei nicht zu Ende gedachten Erwägungen. Darüber hinaus lebten hier meine Freunde und die hätte ich wirklich nur sehr ungern verlassen. Vielleicht fehlte es mir aber neben einer vernünftigen Zukunftsplanung auch nur an der nötigen Entschlossenheit und der notwendigen Portion Mut. Nach diesen halbherzigen Auswanderungsabsichten ließ ich mich eine Zeitlang eher träge dahintreiben, ohne vernünftige, zukunftsorientierte Herausforderungen zu suchen oder einigermaßen ehrgeizige Ansprüche an mich selbst zu stellen. Nicht beachtend, wie schnell unwiederbringliche Monate und Jahre weitestgehend ungenutzt verstrichen. Ob diese Zeit eine verlorene war? Müßig, darüber nachzudenken; es ist ohnehin nicht mehr zu ändern!

Als ich Anfang dreißig war, begann für mich die dritte Etappe des „Weggehen"-Wollens. Alles, was ich vorher mehr oder minder hoffnungsvoll begonnen hatte, war inzwischen schiefgelaufen! Eine Beziehung war kläglich und soweit es mich betraf, sehr schmerzvoll gescheitert. Und beruflich und finanziell hatte ich auch einen gehörigen Bauchfleck hingelegt. In dieser deprimierenden Situation kam mir natürlich schon das eine oder andere Mal die verlockende Idee, einfach alles hinter mir zurückzulassen und dem Leben irgendwo anders eine Wende zum Besseren zu geben. Also doch noch weggehen? Alles stehen und liegen lassen und nicht erst langsam weggehen, sondern so schnell es geht weglaufen - das waren für längere Zeit meine beherrschenden Gedanken. Die große Frage war jedoch: wohin? Und was würde sich dadurch überhaupt ändern? Außerdem, die entscheidende Eingebung, wie ich das Ganze in Wirklichkeit und mit Aussicht auf Erfolg bewerkstelligen sollte, kam mir einfach nicht. Und so bin ich wohl oder übel in der Heimat geblieben, habe ganz pragmatisch die Ärmel aufgekrempelt und mich Schritt für Schritt und ehrlich gesagt ohne einen großartigen Plan zu verfolgen, wieder in ein erfreulicheres Leben zurückgekämpft. Allmählich und wie mir schien, ohne allzu große Anstrengungen wendete sich vieles zum Positiven. Sowohl beruflich als auch privat. Gute Freunde und hilfsbereite Nachbarn waren mir in dieser schwierigen Zeit glücklicherweise eine große Stütze und im Laufe der Jahre habe ich mir sozusagen meinen Platz und eine gewisse Anerkennung in meinem Umfeld erarbeitet. Im Nachhinein und nüchtern betrachtet könnte man sagen, dass ich zwar spät und nicht immer auf dem kürzesten Pfad, aber immerhin doch meinen Weg gegangen bin, ohne aus der Heimat „weggegangen" zu sein.

Bei der vierten Etappe bin ich jetzt in der Gegenwart angekommen. Nun, da ich bereits in Pension bin, hat sich das Thema „weggehen" für mich nicht nur gänzlich erledigt, sondern komplett ins Gegenteil verwandelt. Ich würde es beinahe schon als ein Sakrileg betrachten, auch nur ansatzweise diese Möglichkeit in Betracht zu ziehen. Ich habe alles hier, was man sich nur wünschen kann: Eine Familie, die trotz des viel zu frühen, tragischen Todes von zwei meiner engsten Angehörigen einen großen Rückhalt darstellt. Langjährige Freunde, auf die man sich immer und in jeder Lage zu hundert Prozent verlassen kann. Gute Bekannte und überwiegend nette, angenehme Nachbarn. Ich selbst bin, dem Himmel sei Dank, halbwegs gesund und fit. Mehrere interessante Hobbys und ansonsten genügend Beschäftigungen im Garten, die mir viel Freude machen, bereichern ständig mein Leben. Und mit jedem Tag bestätigt sich die Erkenntnis, welches Privileg es ist, in unserer herrlichen Steiermark leben zu dürfen, einer Heimat mit einer wunderschönen, abwechslungsreichen Landschaft, mit einer guten Infrastruktur und einer trotz mancher Schwächen hervorragenden medizinischen Versorgung, wo viele gesunde und hochwertige Lebensmittel praktisch vor der Haustür wachsen oder erzeugt werden und wo sauberes und vor allem ausreichend Wasser so gut wie immer vorhanden ist. Ich will jetzt nicht alle positiven Aspekte, die mir sonst noch einfallen, aufzählen - das würde wohl den Rahmen sprengen. Ich möchte nur so viel sagen: „Wer in unserer Heimat Steiermark mit den Lebensbedingungen nicht zufrieden ist, wird es vermutlich auch sonst nirgends auf der Welt sein!"

Wir leben jetzt in einer Zeit, in der auch in unserem Land das Flüchtlings- und Asylthema täglich präsent ist. Aber wir haben das Glück, dass wir trotz aller Unzulänglichkeiten und Probleme, die in letzter Zeit auch in unserem gesellschaftspolitischen Zusammenleben verstärkt wahrgenommen werden, über das „Weggehen" - sei es nun aus religiösen, politischen, klimatischen oder wirtschaftlichen Gründen - gottlob nicht nachdenken müssen. Die kriegerischen Auseinandersetzungen, wie sie derzeit in der Ukraine, also nur wenige hunderte Kilometer von der österreichischen Staatsgrenze entfernt passieren, zeigen nur zu deutlich, dass so etwas keineswegs eine Selbstverständlichkeit ist. Ich mag mir nicht wirklich vorstellen, was es bedeuten muss, seine Heimat zu verlassen, manchmal sogar ohne konkretes Ziel; einfach nur in der Hoffnung, in einem völlig fremden Land mit einem komplett anderen Kulturkreis ein besseres Leben führen zu können. Und dabei schlimmstenfalls auch die eigene Familie und die engsten Freunde zurücklassen zu müssen. Also ein für allemal, dieses Versprechen gebe ich gerne ab: „Ich werde in meinem restlichen Leben nie mehr einen Gedanken daran verschwenden, aus meiner Heimat weggehen zu wollen!"

Gut, obwohl es mir nun nicht besonders leicht fällt, ich darf die fünfte Etappe meines ganz persönlichen „Weggehens" nicht unterschlagen. Auch wenn dieser Abschnitt noch in der Zukunft liegt. In sehr, sehr ferner Zukunft, wie ich inständig hoffe. Das wird nämlich dann sein, wenn auch für mich der Tag kommt, an den sicherlich sehr viel Menschen nur mit großem Unbehagen denken. Wenn es gilt, für immer Abschied zu nehmen. Nicht nur von der Familie, den Freunden und der vertrauten Heimat. Sondern auf immer und ewig vom irdischen Dasein. Aber um schlussendlich nicht doch noch wortbrüchig zu werden: Auch dann werde ich garantiert nicht weggehen, sondern man wird mich mit der gebotenen Pietät garantiert tragen und fahren. Das ist nun einmal gewiss! Und ohne überheblich wirken zu wollen; ich vertraue schon jetzt darauf, dass danach bei einigen Menschen, die mich näher kennen, eine hoffentlich doch gute Erinnerung an mich nicht schon nach wenigen Tagen verblasst, sondern noch eine Weile erhalten bleibt. Denn solange dann noch jemand an mich denkt, werde ich auch im übertragenen Sinne nicht „weggegangen" sein!

Erwin Macher

Welches Laster passt zu mir?

Vor ein paar Wochen besuchte mich Hubert, ein guter Bekannter und früherer Nachbar von uns. Wir kennen uns schon mindestens 35 Jahre lang. Früher hatten wir schon auf Grund der räumlichen Nähe unserer Wohnhäuser viel Kontakt, aber seit sich er und seine Gattin vor etwa drei Jahren scheiden ließen und das gemeinsam erbaute Haus verkauft wurde, sehen wir uns nur mehr selten und das auch meistens eher zufällig. Hubert hatte sich nach der Trennung mit dem ihm vom Hausverkauf verbliebenen Anteil in der nächstgelegenen größeren Stadt eine kleine Eigentumswohnung finanziert und so hatten wir uns eben mehr oder weniger aus den Augen verloren. Zudem sind Hubert und ich bereits in Pension und man kennt das ja: Gerade im Ruhestand hat jeder alle Hände voll zu tun und die Zeit für das Auffrischen alter Bekanntschaften wird dann oftmals zu knapp. Umso erfreuter und überraschter war ich deshalb über seinen unerwarteten Besuch.

Wir saßen also an jenem Nachmittag bei mir zuhause auf der Terrasse und tranken gemütlich ein oder zwei Flaschen Bier. Mir fiel dabei auf, dass sein neuerdings kurzgeschnittenes Haar schon ziemlich grau geworden war und sein längliches, kantiges Gesicht hatte die für starke Raucher nicht untypische fahle Blässe. Mehrmals beugte er seinen schmalen Oberkörper beim Sitzen leicht nach vorne und fasste sich mit der linken Hand an seinen Rücken. Ich schloss daraus, dass ihm sein Kreuz schmerzte, denn diese Haltung kenne ich zur Genüge auch von mir. Rückenbeschwerden sind in unserem Alter allerdings nichts Ungewöhnliches und meine Frage, ob er Schmerzen habe, tat er auch nur mit einer wegwerfenden Handbewegung ab. Doch ansonsten schien es ihm recht gut zu gehen. Meine Frau leistete uns nicht Gesellschaft, da sie einen Termin beim Zahnarzt hatte. Ihr Fehlen war auch nicht weiter schlimm, denn so besonders gut versteht sie sich mit unserem früheren Nachbarn seit dessen Scheidung nicht mehr. Ich vermute, sie gibt ihm insgeheim die Hauptschuld daran. Solidarität mit seiner Exfrau eben! Hubert paffte wie immer eine Zigarette nach der anderen. Schließlich holte er mit einer bedeutsamen Miene langsam die letzte noch verbliebene Zigarette aus der Packung und sagte: „So, das war es! Aus, Schluss und vorbei. Das ist jetzt mein letzter Tschik!"

Nun, auf mich machte diese Mitteilung keinen sonderlichen Eindruck. Hubert blickte wegen meiner offensichtlichen Gleichgültigkeit sichtlich enttäuscht drein. „Traust du mir das etwa nicht zu" wollte er wissen?

„Sei mir nicht böse", sagte ich, „aber soweit ich mich erinnere, hast du schon so oft mit der Tschikerei aufhören wollen. Und wie lange hast du es dann wirklich ohne Nikotin ausgehalten? Ein paar Tage höchstens! Warum also soll es diesmal anders sein? Wenn du - sagen wir einmal, drei Monate ohne Zigaretten auskommst - dann nehme ich dir das mit dem Aufhören vielleicht ab. Vorher aber bestimmt nicht!"

Aber diesmal schien er es mit seinem Vorhaben wirklich ernst zu nehmen. Denn er hatte einen ausgeklügelten Plan, welchen er mir nun genau erklärte. In irgend einem Zeitungsartikel hatte er nämlich gelesen, um wie viel leichter es fällt, mit einem Laster aufzuhören, wenn man sich dafür selbst auch anständig und vor allem nachhaltig belohnt. Denn vom gesundheitlichen Aspekt einmal ganz abgesehen: Der durch die Nikotinabstinenz eingesparte Geldbetrag fließt im Regelfall in die Alltagsausgaben ein und ist somit zum Monatsende weder am Konto, noch in der Geldbörse vorhanden. Und somit gibt es zumindest was die Finanzen betrifft, auch keinen plausiblen Grund, nicht wieder mit der ungesunden Qualmerei anzufangen.

Und exakt auf dieser Erkenntnis nun fußte der Plan von Hubert: „Ich will mir mit dem ersparten Geld ein neues Auto kaufen", versuchte er mich zu überzeugen. „Das alte verursacht ohnehin schon jedes Jahr sauteure Reparaturen. Und es soll nicht wieder ein klappriger Gebrauchter sein. Ich denke, ich werde mir diesmal ein bequemes SUV zulegen. Da tue ich mir dann auch beim Ein- und Aussteigen ein wenig leichter. Wie du vorhin ja bemerkt hast, tut mir der Rücken bereits bei jeder stärkeren Bewegung weh. Das Geld für die Anzahlung habe ich schon beisammen und die monatliche Leasingrate kann ich mir problemlos leisten, wenn ich nur daran denke, was ich bisher jeden Monat für die Zigaretten ausgegeben habe. Was sagst du dazu? Ist das nicht ein genialer Plan? Und für meine Lunge wird es wohl auch besser sein", fügte er gerade noch hörbar hinzu.

„Alle Ehre", dachte ich mir. Ich fand an seiner Idee fürs Erste nichts auszusetzen. Ganz im Gegenteil; das war wirklich eine hervorragende Strategie. Schade, dass er nicht schon Jahre früher darauf gekommen war. Während Hubert langsam seinen letzten Glimmstängel rauchte, unterhielten wir uns noch ein wenig über seinen geplanten Autokauf. Schließlich dämpfte er die Zigarette aus und meinte: „Sehr sonderbar, die hat mir jetzt gar nicht mehr so recht geschmeckt. Auch gut; umso leichter kann ich in Zukunft ganz darauf verzichten!"

Später dann, als mein Bekannter bereits gegangen war, ließ ich mir das Ganze noch einmal in Ruhe durch den Kopf gehen. Nein, ich konnte tatsächlich keinen Fehler in seinem Plan erkennen. Vielmehr begann ich sogar zu überlegen, ob das nicht auch etwas für mich selbst wäre? Aber zum Glück brauchte ich kein neues Auto. Unser Familienwagen war gerade einmal vier Jahre alt und würde hoffentlich noch recht lange halten. Doch auf einmal hatte ich das verrückte Gefühl, als würden meine Gedanken plötzlich eine Stimme bekommen und mir leise ins Ohr flüstern: „Nicht so schnell aufgeben! Überleg doch erst einmal. Möchtest du nicht schon lange dein altes Motorrad gegen eine neue Tourenmaschine tauschen? Auf was willst du denn noch warten? Mit dem Sparen dauert das doch ewig und es kommt sowieso immer wieder eine neue, ungeplante Ausgabe dazwischen. Mach es doch wie Hubert und kauf dir endlich ein tolles Motorrad. Verzichte doch auch du auf dein Laster und mit dem ersparten Geld bezahlst du dann locker die Raten für die neue Maschine."
Doch bei diesem Punkt angekommen, offenbarte sich allerdings ein nicht zu unterschätzender Schwachpunkt in meiner Überlegung und auch die gedankengesteuerte Stimme in meinem Ohr verstummte wieder. „Zum Teufel nochmal", dachte ich mir, „auf welches kostspielige Laster soll ich denn verzichten? Ich habe doch überhaupt keines!"
Meiner Frau, die inzwischen vom Zahnarzt heimgekommen war, erzählte ich so nebenbei, dass, während ihrer Abwesenheit, Hubert hier gewesen war und wieder einmal das Rauchen aufgeben möchte. Sein großartiges Vorhaben erwähnte ich aber nicht. Und schon gar nicht weihte ich sie in meine eigenen, diesbezüglichen Überlegungen ein. Erstens, weil sie wie bereits erwähnt, gegenüber Hubert doch ein reserviertes Verhältnis hatte und allein schon aus diesem Grund bei seiner Idee so lange nach dem berüchtigtem Haar in der Suppe suchen würde, bis sie ein solches auch gefunden hätte. Und zum anderen würde sie bestimmt baff sein, wenn ich mir ohne die geringste Belastung unseres Haushaltsbudgets plötzlich ein neues Motorrad leisten könnte. Die nächsten Tage zermarterte ich mir deshalb krampfhaft das Gehirn wegen der Suche nach einem teuren Laster. Möglicherweise war es mir selbst gar nicht bewusst, dass ich eine kostenintensive Schwäche zum Abgewöhnen hatte? Die Schwierigkeit war nur, diese erst einmal aufzuspüren. Sonst war es leider vorbei mit dem Traum vom neuen Tourenmotorrad!
Eigentlich gelingt es mir fast immer, eine akzeptable Lösung für ein mich persönlich betreffendes Problem zu finden, aber diesmal stieß ich wirklich an die Grenzen meines Einfallreichtums. Manchmal dachte ich mir schon: „Bin ich denn wirklich so ein armseliger Unglückswurm, dass

ich nicht einmal ein klitzekleines Laster zum Abgewöhnen habe?" In solchen Momenten beneidete ich Hubert fast wegen seiner Nikotinsucht.

Endlich jedoch, nach tagelangem hin- und her mit meinen Überlegungen kam mir plötzlich der rettende Gedanke: „Wenn ich schon kein Laster habe - wo steht denn geschrieben, dass ich mir keines zulegen kann?" Das Geld für eine teure Untugend würde ich schon irgendwie auftreiben. Denn so viel traue ich mich aus eigener Lebenserfahrung und Wahrnehmungen in meinem Umfeld mit Bestimmtheit zu sagen: „Auch wenn es sonst finanziell an allen Enden und Ecken kracht: Für Zigaretten, Alkohol oder irgendeine andere Sucht ist anscheinend immer genug Geld vorhanden!"

Ein neuer, zugegeben etwas unkonventioneller Plan nahm somit Gestalt an. Zunächst einmal ein möglichst teures Laster zulegen, dieses dann binnen kurzer Zeit wieder aufgeben und mit dem dadurch Ersparten die Rate für das Motorrad bezahlen. Ja, so könnte es gelingen. Höchste Zeit also, mir das entsprechende Laster zuzulegen. Doch so einfach, wie ich mir das vorgestellt hatte, funktionierte es leider nicht. Rauchen zum Beispiel kam für mich keinesfalls in Frage! Abgesehen von den paar Packungen Zigaretten, die ich wie viele andere in der Jugendzeit aus Neugier und noch mehr aus Angeberei geraucht hatte, ekelte es mich davor. Und Alkohol? Nein - in diese Abhängigkeit mochte ich mich schon überhaupt nicht begeben. Ich trinke zwar recht gerne bei passender Gelegenheit ein oder zwei Biere oder manchmal auch ein Glas Wein. Aber bei dieser Menge kann wirklich noch von keiner schädlichen Gewohnheit gesprochen werden. Außerdem wäre mir ständiger und übermäßiger Alkoholkonsum sowieso viel zu gefährlich. Selbst bei den vergleichsweise geringen Mengen, die ich manchmal trinke, lasse ich danach aus Prinzip und Vernunft das Auto stehen. Vom Motorradfahren erst gar nicht zu reden! Somit war auch das Thema Alkohol wieder vom Tisch. Aber was dann? Welches Laster passte zu mir?

Irgendwann kam mir aber doch eine grandiose Alternative in den Sinn und darauf war ich mächtig stolz: Wenn ich mich schon für kein Laster entscheiden konnte, dann wäre es doch durchaus eine Möglichkeit, auf ein teures Hobby zu verzichten und auf diese Art das benötigte Geld zu aufzutreiben. Doch schon bald musste ich mir eingestehen, dass auch hier die Möglichkeiten mehr als beschränkt waren. So viele Hobbys habe ich ja nicht. Gut, ich unternehme sehr gerne Wanderungen. Aber da ich dafür keine weiten Anreisen machen muss und auch Übernachtungen nicht oft anfallen, war hier kaum ein Einsparungspotential gegeben. Ein anderes Hobby von mir betrifft das Lesen. Doch die Bücher sind zum

Großteil Geburtstags- oder Weihnachtsgeschenke von Freunden oder meiner Familie. Und die vier oder fünf neuen Bücher, die ich mir im Laufe eines Jahres selbst kaufe - auch ein vernachlässigbarer Kostenfaktor.

Doch halt! Warum war ich da nicht sofort darauf gekommen? Natürlich habe auch ich ein relativ kostspieliges Hobby. Und zwar das Motorradfahren! Diese Leidenschaft von mir ist doch nicht ganz billig. Aber wollte ich wirklich auf dieses Vergnügen verzichten? Auf gar keinen Fall! Auch wenn mein altes Motorrad schon mehr als 20 Jahre auf dem Buckel hatte. Es funktionierte noch immer ausgezeichnet und hatte mich bisher noch nie im Stich gelassen. Warum sollte ich es also überhaupt durch ein neues ersetzen? Und außerdem - jetzt kam mir der Wahnwitz dieser Überlegung erst so richtig zu Bewusstsein: „Das kann doch unmöglich mein voller Ernst sein! Auf das Motorradfahren verzichten, nur um ein neues Motorrad kaufen zu können? Da beißt sich der Dackel ja in den eigenen Schwanz. Das wäre doch der reinste Schwachsinn zum Quadrat!"

Aber gestern wurde alle meine Überlegungen zu diesem Thema ohnehin völlig über den Haufen geworfen. Ich hatte in der Stadt einige Besorgungen zu machen und wollte als nächstes in eine Drogerie gehen. Da fiel mein Blick zufällig auf ein funkelnagelneues, silberfarbenes SUV, welches in der Kurzparkzone vor der Pfarrkirche eingeparkt wurde. Dass es ein neuer Auto war, erkannte ich sofort daran, weil dieses Modell fast täglich in der Werbung vorkommt und erst seit kurzer Zeit auf dem Markt ist. Und wer stieg mit stolzem Gehabe aus dem Auto? Richtig, es war Hubert. Und ich konnte es kaum glauben - lässig zündete er sich eine Zigarette an und ging in Richtung Stadtcafe davon. Wie angewurzelt stand ich auf dem Gehsteig und verstand die Welt nicht mehr. Nicht, dass es mich sonderlich verwundert hat, ihn wieder mit einem Tschik im Mund zu sehen. Ich bin es von ihm ja schon gewohnt, dass er es mit dem Aufhören vom Rauchen nicht schafft. Aber wie, verdammt noch einmal, konnte er sich dann trotzdem ein neues Auto leisten? Ich konnte es mir jedenfalls nicht erklären. Und billig war dieser SUV bestimmt auch nicht. Gleich morgen will ich ihn anrufen und fragen, wie er das nur bewerkstelligt hatte. Vielleicht hat Hubert aber auch nur einen anderen, noch viel tolleren Plan entwickelt? Einen, wo er trotz Autokauf weiterhin seinem Laster frönen konnte. Dann musste er mir diesen aber unbedingt verraten. Darauf werde ich jedenfalls bestehen! Wer weiß, vielleicht käme ich auf diese Weise dann doch noch zu einem neuen Motorrad?

Cleo A. Wiertz

Nachbarn

Nachbarn – was meint das Wort eigentlich? Doch nicht einfach die Leute, die zufällig nebenan wohnen, die schattenhaften Gestalten, an denen wir mit einem bloßen ‚Guten Tag' oder auch grußlos vorübergehen. Nein, Nachbarn, das sind diejenigen, mit denen wir in eine Beziehung treten, mag der Anlass erfreulich oder ärgerlich, trivial oder bedeutsam sein.

Der erste Nachbar in meinem Leben war ein Bulle, Verzeihung, ein Polizist, Dienstrang unbekannt; jedenfalls trug er eine grüne Uniform und war sehr nett zu mir. Vermutlich hat er damit den Grundstein gelegt für mein bis heute ungebrochenes Wohlwollen einem ganzen Berufsstand gegenüber. (Nun gut, es gibt Ausnahmen.) Mein Polizist, mein archetypischer Bulle sozusagen, schäkerte gern mit mir. Einmal, ich hatte mir das Knie blutig geschlagen, nahm er mich auf den Arm und dämmte meine aufsteigende Tränenflut mit der interessanten Feststellung: „Guck mal – da kommt ja Marmelade raus!" Ich war wohl drei oder vier Jahre alt.

Im selben Haus wohnte auch ein gemütlicher älterer Herr, in den ich mit sechs oder sieben Jahren, rettungslos verschossen war. Apropos verschossen – er war passionierter Jäger und besaß zwei Airedale-Terrier. Einer – genau genommen war es eine Sie – biss mich einmal, aber es war mehr ein kleiner Kneifer als ein wirklicher Biss. Ich nahm es dem Tier nicht übel und habe auch glücklicherweise keine Hundephobie entwickelt. Der Herr war eigentlich kein Nachbar, sondern unser Hauswirt, also eine völlig andere Spezies. Er benahm sich aber in keiner Weise artgemäß, sondern war von ausgesprochen sonnigem Gemüt und immer freundlich.

Dann zogen wir um, in eine andere Stadt, in ein großes Haus, in dem es von Nachbarn wimmelte, aber mehr von uneigentlichen als von richtigen. Da war Frau Mörsch, die von ihrem Mann regelmäßig verbimst wurde. Bitte keine Missverständnisse – ‚verbimsen' heißt in etwa ‚die Hucke voll hauen'. Frau Mörsch schien ihrem Mann das Verbimsen nicht weiter übel zu nehmen – die feministische Ära war noch nicht angebrochen. Ansonsten borgte sie sich ständig irgendetwas von meiner Mutter: Mehl, Zucker, ein Ei. Immerhin, sie brachte es gewöhnlich zurück.

Im Kniestock wohnte Herr Frieling mit seiner Tochter und deren nur ab und zu in Erscheinung tretendem Verlobten, der später beim Polterabend kölsche Fröhlichkeit verbreitete. Besagte Tochter kriegte von irgendwelchen Verwandten Pakete aus Amerika geschickt, an denen ich teilhaben durfte. Ich bekam ein Paar hochhackige Schuhe, in denen es sich herrlich ‚große Dame' spielen ließ, und zwei Büstenhalter, deren jedes einzelne Körbchen mehr fasste, als ich bis heute beidseits an Busen aufzuweisen habe. Damals, als Elfjährige, sehnte ich noch den Tag herbei, an denen ich diese fraulichen Behältnisse würde auffüllen können, und stopfte sie einstweilen mit Nylonstrümpfen aus.

Außerdem gab es im Haus noch eine hübsche Dunkelhaarige (auch mit Ehemann, aber an den erinnere ich mich nicht), die zwei kleine Söhne hatte. Als der Jüngste geboren war, durfte ich einmal beim Stillen zuschauen. Wahrscheinlich war es als Lektion im Blick auf die Entwicklung meines mütterlichen Selbst gedacht, aber es hat nicht viel gefruchtet: Immer noch finde ich junge Katzen irgendwie niedlicher als Babys.

Auch Lochenburgers, die im Dachgeschoss wohnten, waren eigentlich keine Nachbarn, sondern bloß die Eltern meiner sogenannten Freundin Helga. Sogenannt, weil uns nichts verband als die Gewohnheit, miteinander zu ‚spielen', soll heißen, in kürzester Zeit Krach miteinander zu bekommen und auseinander zu gehen mit dem Schwur, „diese blöde Kuh" nie, nie wieder sehen zu wollen. Am nächsten, spätestens am übernächsten Nachmittag ging das Ganze von vorne los. Meine Eltern waren vermutlich ziemlich entnervt von dem ständigen Theater, haben es aber kommentarlos hingenommen. Helgas Eltern hatten damals gerade die Sexualität entdeckt, ich weiß nicht, ob selbständig oder mit Hilfe von Beate Uhse. Jedenfalls verbreiteten sie sich häufig über das Thema, zwar nur in Andeutungen, aber schamlos glücksstrahlend, zur größten Verlegenheit ihrer Tochter, die ein selten prüdes Wesen war und blieb.

Mit siebzehn Jahren zog ich von zu Hause weg und hatte jahrelang keine Nachbarn, sondern bloß Vermieterinnen, die entweder bigott oder aber von luxemburgischer Lässigkeit waren. Die eine schmiss mich raus, als sie entdeckte, dass ich einen Geliebten hatte – einen ‚Bekannten' nannte man das damals im Kleinstadt-Jargon. Die Andere dichtete mir einen Geliebten an, der gar keiner war, sondern bloß ein Arbeitskollege, der zufällig dieselbe Automarke fuhr wie mein weiland Beischläfer. Als ich dann mit dem zusammenzog, hatten wir, obwohl's in einem riesigen Neubaukomplex war, eigentlich nur einen Nachbarn. Er war zugleich unser Hausarzt, mehr aus Bequemlichkeit als seiner medizinischen oder menschlichen Vorzüge wegen; ein eher moroser und reizbarer Mensch mit Jet-Set-Allüren, der mit einer sanftmütigen Geliebten und einer Siamkatze namens Joujou (gesprochen: „Schuh-Schuh") zusammenlebte, welch letztere in seiner Armbeuge zu schlafen pflegte. Beim quasi-ehelichen Verkehr zog sie sich, so wurde berichtet, diskret ins Nebenzimmer zurück. („So ein kluges Tier!")

Nachfolgende Nachbarn waren nicht der Rede wert. Die Nachbarinnen wiederum waren entweder wohl onduliert, extrem geräuschempfindlich und Besitzerinnen verfetteter Kater (Ex-Kater, genau genommen), die Schokolade fraßen („Aber nur Suchard!"); oder aber von erfreulicher Schlampigkeit und mit einem Liebhaber gesegnet, der seinerseits in einem Wohnwagen hauste. Wenn sie ihn dort besuchte, klebte er zu ihren Ehren Zettelchen auf den Frühstückstisch: „Ich liebe Dich!" Nicht nur für eine Fünfundsechzigjährige fand ich das eigentlich sehr hübsch.

Es folgte wieder eine lange, nachbarlose Zeit, bis Mauzi in mein Leben trat. Mit bürgerlichem Namen war sie ebenfalls eine Helga, aber ein viel erfreulicheres Exemplar als das aus meinen Jugendjahren. Den Namen „Mauzi" hatte ich mir einfallen lassen wegen ihrer unglaublich großen, graublauen Augen – Augen, wie sie sehr vornehme, aber ein bisschen verschüchterte Perserkatzen besitzen. Mauzi war allerdings nicht persisch, sondern eine wunderbare Ausgabe Wiener Bürgerlichkeit, mit entsprechendem Akzent und ‚Schmäh'. Nach einem jahrelang unter der eisernen Herrschaft ihrer Frau Mama (Betonung auf der zweiten Silbe) erduldeten Leben voller großstädtischer Repräsentationspflichten lief sie jetzt, dieser ledig, in ihrer Wohnung genussvoll mit unmöglichen Socken und Hausschlapfen herum und organisierte ihr Leben neu. Das spielte sich so ab, dass sie ständig irgendwelche Dinge in ihrem Haushalt umschneiderte, umräumte, second-hand verkaufte oder wegwarf, was ihr von mir den zusätzlichen Spitznamen „Abschneiden, Ausreißen, Wegschmeißen" eintrug. Eben den Gegenstand, den sie gerade großzügig in den Müllkübel gedonnert hatte – meine Aufgabe bestand darin, alles potentiell Nützliche vor der endgültigen Vernichtung wieder herauszuklauben – eben diesen selben Gegenstand brauchte sie dann vierzehn Tage später oft ganz dringend: Gummiringe etwa, Gardinenband oder einen Schraubenzieher. Da ich in ihrer Vorstellung immer alles ‚da' hatte, kam sie in solchen Situationen hoffnungsvoll zu mir, und ich durfte ihr mit ihren vormals eigenen Besitztümern aushelfen. Daraus ergab sich meist ein gemütlicher Plausch über einem Glas Wein oder auch mehreren.

Mauzi hatte übrigens auch einen Ehemann, der ein Spezialist für irgendwelche vertrackten Versicherungsfragen war, unter einer spröden Oberfläche herzlich sein konnte und einen gewissen trockenen Humor besaß, der nach dem zweiten Glas Whisky zur schönsten Blüte kam.

Als Nachbarn sind sie mir verloren gegangen – erst zog ich um, dann gingen die beiden zurück in die ‚Heimat'. Als Freunde blieben sie mir lange Zeit erhalten. Es war eine eigentümliche Freundschaft, ganz allmählich aus dem täglichen Nebeneinander gewachsen. Keine großen Worte, nur ein Schwatz dann und wann, eine Tasse Kaffee, eine Probe vom Weihnachtsgebäck und „Magst du grade auf einen Sprung reinkommen?" Mit jeder dieser kleinen, im Einzelnen ganz unwichtigen Begegnungen härtete sich ein Stück Zusammengehörigkeit. Später gab es dann noch den einen oder anderen Besuch, und selbst nach Jahren noch kam gelegentlich eine Postkarte oder ein Weihnachtsgruß.

In der nächsten Wohnetappe verband mich nichts mit den anderen Mietern im Haus – ein junges Ehepaar im Obergeschoss. Der Mann nahm Anstoß an meiner wochenendlichen Handwerkelei, bei der gelegentlich eine elektrische Bohrmaschine zum Einsatz kam. Ansonsten schien er nicht abgeneigt, von seinem Balkon aus zuzuschauen, wenn ich mich nackt auf der Terrasse sonnte – nicht per se ein Grund zum Vorwurf, aber da ich ihn nicht leiden mochte, nahm ich es ihm übel. Auf freundschaftlicherem Fuß stand ich mit den Nachbarn im Nebenhaus. Da wurde schon mal ein Pröbchen vom Selbstgebackenen über den Zaun hin- und hergereicht. Politisch hatten wir nichts gemeinsam – die beiden waren deutlich „rechts" und in der Theorie ziemlich fremdenfeindlich. Erstaunlicherweise hinderte das in der Praxis die Frau nicht daran, für die kleinen Türkenkinder drei Häuser weiter zum Geburtstag Kuchen zu backen.

Ihr Mann war Arzt im Ruhrstand und hat mich gelegentlich – wie auch den Rest seines sozusagen übriggebliebenen Patientenstamm – geimpft. Er hatte eine sagenhafte Technik, man spürte nicht den kleinsten Pieks. Ansonsten war er Blumen- bzw. vor allem Rosenfreund – ich konnte mich allerdings nie daran gewöhnen, dass er den Namen seiner Lieblingsrose „Gloria Dei" aussprach, als ginge es um Eierspätzle ... Für jemanden, der mutmaßlich mindestens ein kleines Latinum vorzuweisen hatte, fand ich das doch recht erstaunlich. Man merkt, ich war damals wohl noch ein klein wenig dünkelhaft ...

Mit einer späteren Nachbarin – die für einige Jahre meine Zahnärztin war – bin ich heute noch in Verbindung. Sie hat's nicht leicht mit einem an Alzheimer erkrankten Mann.

Schließlich zog ich um aufs Land, und damit änderte sich aufs Neue meine nachbarschaftliche Situation. Ich kann nicht sagen, dass ich wirklich willens gewesen wäre, mich ins Dorfleben zu integrieren – ich stand mit allen Nachbarn auf Grußfuß, aber dabei blieb es meistens auch. Obwohl: Ein Mann weiter unten an der Straße adoptierte meinen Kater, als der bei seinem erwachsen und schwanger gewordenen Schwesterchen nicht mehr gut gelitten war. Katzengespräche gab es auch mit den Nachbarn oberhalb, die verschiedene der samtpfötigen Vierbeiner durchfütterten. Wie sie mir mal erklärten: Ja, wir schlagen halt mal mit dem Löffel auf den (blechernen) Teller, wenn's was gibt – und irgendjemand kommt immer ..." – Mit anderen Nachbarn habe ich zwar kaum je ein Gespräch geführt, konnte mich aber zuweilen, durchs dichte Gebüsch um das Haus herum vorborgen, an heimlich erlauschten Kommentaren erfreuen: „Blaue Fensterrohmen – des hob' i jo noch nie g'seha!" – „Ober scheh hett sie's doch g'moolt!" – Saß ich auf meinem Dach, um meinen Kamin neu zu verputzen, hieß es unweigerlich: „Fallen Sie bloß nicht runter!"

Es gab neben den Leuten natürlich nicht nur Katzen im Dorf, sondern auch Hunde. Einen zum Beispiel, der nächtens heulte und von mir deshalb den Spitznamen „Ichwollteeigentlichschonimmereinwolfwerden" bekam. Ein paar Häuser wohnten ein nervtötender kleiner Kläffer bei freilich netten Leuten, die häufig auf der Haustreppe saßen und ihrem Fifi lachend die Schnauze zuhielten, wenn ich vorüberging. Vor allem aber gab es einen alten Schäferhund bei den Nachbarn gleich nebenan, den ich abends nach der Arbeit gelegentlich spazieren führte, als sein Herrchen bettlägerig krank war. Lux war ein großer Katzenhasser, der immer ein mächtiges Gebell anfing, wenn so ein Katzentier am Zaun vorbeihuschte. Das „Frauchen" sagte dann: „Lux, willst du wohl still sein!?" worauf Lux bellend zur Antwort gab: „Nö, will ich nicht ..." Ansonsten war er ein sanftmütiges Tier, stocktaub und – vielleicht deshalb – ängstlich, wenn es dunkel wurde. Bei einer abendlichen Runde im Wald musste ich ihn buchstäblich hinter mir herziehen, er sträubte sich mit allen vier Pfoten!

Die Lux-Besitzer hatten eine Tochter, die Briefmarken sammelte und weit, weit weg wohnte, in der Pfalz. Deshalb bekam ich sie in den neun Jahren, die ich in dem Dorf verbrachte, nur zwei- oder dreimal flüchtig zu sehen. Ihre Mutter zog nach dem Tod ihres Mannes – und Luxens Tod – zu ihr und hat dort hoffentlich noch einige schöne Jahre erlebt. Inzwischen ist auch sie verstorben, aber erstaunlicherweise bekomme ich von der Tochter auch heute immer noch kleine Briefchen, in denen sie sich für meine traditionelle weihnachtliche Briefmarkenzusendung bedankt und über ihr Familienleben berichtet. Und ab und zu bedankt sie sich noch im Nachhinein für all das, was ich, ihr zufolge, für ihre Eltern getan habe – was mich ungeheuer beschämt, denn abgesehen davon, dass ich einmal den alten Mann im Krankenhaus besuchte und ein paar Wochen lang den Hund ausführte, habe ich wirklich nichts getan! Hingegen machte mir die alte Frau, als sie ihren Haushalt auflöste, ein Geschenk: einen hohen Hocker aus Holz, der mir aus irgendeinem Grund gefiel, obwohl er nicht wirklich nützlich war. Ich besitze ihn immer noch: Inzwischen blassgrün angestrichen, steht er unter dem Vordach meines Hauses in Südfrankreich.

Ja, in Frankreich lebe ich nun schon seit über zwanzig Jahren. Und habe dort gute, wirklich wunderbare Nachbarn gefunden. Einen Bäckermeister und seine Frau auf der einen Seite, mit dem meinen Mann und ich uns von Anfang an anfreundeten; und auf der anderen ein Ehepaar, das, wundersamerweise, mein Mann schon von früher her kannte – was wir erst nach dem Kauf des Hauses entdeckten. Beidseitig also Nachbarn, mit denen wir nicht nur von Zeit zu Zeit den „Apéro" gemeinsam einnahmen, sondern die auch praktische Hilfe leisteten, wenn's nötig war. Ich erinnere mich an ein paar Wintertage mit Glatteis, wo beide Nachbarn gemeinsam ungefragt auf unserer 25 Meter langen Zufahrt eine begehbare Spur schufen, indem sie das Eis mit Spaten aufhackten – nur für den Fall, dass wir vielleicht ins Dorf hätten gehen wollen, um Brot zu kaufen!

Auch als wir dann nochmal umzogen in eine andere ländliche Gegend – auf Umwegen sozusagen, denn wir nahmen erst eine Wohnung in der Stadt, was sich als Irrtum erwies – blieben uns diese beiden nachbarlichen Freundespaare erhalten. Und im neuen Haus – es wird wohl unser letztes sein, nehme ich mal an – hatten wir ebensolches Glück: Die Nachbarn schräg gegenüber haben uns mit offenen Armen empfangen. Betty bäckt wunderbare Plätzchen, kocht Marmelade und sammelt leidenschaftlich Pilze, von denen wir dann häufig auch was abbekommen, und Claude ist mit uns im Gespräch (gerne, oft und lange!) und packt zu, sobald es was zu helfen gibt – auch ohne dass man ihn groß fragen müsste. Selbst ihr etwas eigenbrötlerischer Sohn – aus dessen Perspektive mein Mann und ich ja alte und vielleicht etwas wunderliche Leute sind – steht bereit, wenn man ihn braucht – zum Beispiel, um mich nach einem Sturz wieder aus dem Graben zu ziehen ...

Sich „verdienen" kann man all sowas nicht. Es ist einfach Glück – und natürlich auch ein Stück Gegenseitigkeit ... Wohl dem, der gute Nachbarn hat. Sie sind ein wirkliches Geschenk des Lebens.

Vanessa Boecking

Die Nachbarschaft – A never-ending story?

Marion Sattler mein Name. Ich komme aus einem vorstadtähnlichen Gebiet und berichte über Erfahrungen mit einem Nachbarschaftskonflikt. Ein Haus kann noch so schön sein, wenn Nachbarn drumherum zu einem Alptraum werden und sich ein Umzug im Nachhinein ebenfalls als fataler Fehler entwickelt. Alles geht auf die Kappe von früheren Bauplanungen zurück. Damals wurden aneinandergereihte Häuser in unserer Gegend statt mit zwei Hauswänden nur mit einer errichtet. Vielleicht gibt es einige von euch, die ebenfalls in Reihenhäusern mit ähnlichen Bedingungen leben? Aber alles fällt und funktioniert mit einer funktionierenden Nachbarschaft. Am wichtigsten sind die direkt angrenzenden Nachbarn. Und da ist jeder Einzelne gefragt. Scheitert es aber bereits an der Kommunikation untereinander, sind Lösungsansätze schwer zu finden, bis man einfach ab einem gewissen Punkt nicht mehr will und sich in diesem Fall eben Hilfskräfte dazu holt. Ich beginne nun mit der Geschichte. Sollten sich einige Leser wiederfinden, so kann ich euch versichern, dass keiner von euch gemeint ist. Um am Beginn meiner Erfahrung anzufangen, gehe ich mit der Erzählung einige Jahre in die Vergangenheit zurück. Wann, wird nicht erwähnt und dürfte für das Verständnis der ganzen Geschichte keine Rolle spielen.

Einige Jahre in der Vergangenheit

Ich überlegte mit meiner Mutter Simone, ob wir in eine andere Gegend umziehen würden oder nicht. Das jetzige Haus war eigentlich schön, gemütlich und die Nachbarschaft ein Traum, doch auf Dauer würde Mutter nicht jünger und da sie aufgrund eines Lipödems unter dem Fuß bereits Probleme beim Gehen hatte, würden diese Probleme mit den Jahren nicht besser und gegebenenfalls nur mit dem Versuch einer Operation zu beheben sein. Die andere Wohnung lag innerhalb desselben Ortes und gehörte bereits Familienmitgliedern. Die erste Etage war durch die mithilfe von Mutter für das Alter dementsprechend eingerichtet worden und die Nebenkosten wären auch erheblich geringer. Eigentlich sprach nichts gegen einen Umzug. Nachdem alles innerhalb der Familie geregelt war, wurde ein Makler organisiert, der sich um den Verkauf des alten Hauses kümmerte. Ich würde jederzeit auf ihn zurückkommen, da sich alles unkompliziert gestaltete, die Kommunikation einfach nur gut war und man über alles aufgeklärt wurde, was zu beachten wäre. Andere Verträge wurden notariell festgehalten. Testamente und Betreuungsverfügungen, sowie Generalvollmachten notariell festzuhalten, kann generell nicht schaden. Denn man kann nie wissen, wie sich gewisse Situationen entwickeln werden. Und wenn ein Angehöriger zum Beispiel auf einer Intensivstation landet und sei dieser Angehörige dann auch nur für kurze Zeit nicht ansprechbar, kann es im schlimmsten Fall passieren, dass Handlungsstränge und Entscheidungen entzogen werden und andere über die Familie hinwegentscheiden. Um diesen Punkt vorzubeugen, schlossen wir dementsprechend frühzeitig Verträge ab. Im Grunde lief einiges zum Umzug parallel und die meisten organisatorischen Dinge blieben an mir hängen. Neben der Arbeit war dies gar nicht so einfach unter einen Hut zu bringen, doch es funktionierte. Es hing halt auch alles davon ab, ob man die richtigen Helfer und Experten mit ihm Boot hatte. Wenn diese vernünftig arbeiten und die Kommunikation einwandfrei ablaufen würde, wäre der Rest eigentlich ein Klacks. Auch halfen Gott sei Dank Freunde mit.

So konnten wir Geräte aus dem alten Gartenhaus in einen Lieferwagen eines Freundes packen, der diese zur neuen Wohnung fuhr, die wir behielten und andere, von denen wir uns trennten, jedoch noch gebrauchbar waren, zu einem Verein brachte, da wir diese spendeten. Der Verein lud später als Dank zu einem Fischessen ein. Während ich also arbeitete, liefen parallel im neuen Haus Arbeiten durch Handwerker, was alles über Firmen lief, und ich war gleichzeitig im alten Haus mit dem Ausmisten und Packen beschäftigt.

Mutter war es leider zuviel. Ich glaube, das lag daran, weil sie sich vom alten Haus eigentlich innerlich nicht wirklich trennen wollte, vom Kopf her jedoch die Trennung ausgesprochen hatte. Ich akzeptierte diesen Zustand und versuchte, ihr so viel wie möglich abzunehmen. Allerdings konnte ich das Aussortieren ihrer Gegenstände und Kleidung nicht einfach alleine durchziehen, weswegen ich sie hinzunahm und wir vieles absprachen. Der Verkauf des alten Hauses machte mir persönlich weniger Spaß, da es unterschiedlichste Verhandlungsarten bei Käufern gab. Manche handelten das Haus soweit runter, dass ich es hätte verschenken können. Dabei sind wir nicht auf einem Trödelmarkt und manche vergessen, dass auch bei solchen Käufen nicht einfach wild drauf los gehandelt werden sollte. Man kann es versuchen, aber bei mir führte das je nach Ablauf im Erstgespräch bereits im Flur dazu, dass manch Käufer gehen konnte, bevor die Besichtigungsrunde durchgeführt wurde.

Was meine Entscheidungen betraf, hörte ich auf mein Bauchgefühl bei Einschätzungen von Menschen und hatte bereits einiges an Erfahrung aufgrund von Urlauben etc. mit anderen Mentalitäten. Wurde es bereits bei Verhandlungen zu heftig, so wusste ich im Vorfeld, dass Weiteres einfach auch nur Probleme geben würde und man im Nachhinein noch nachhandeln würde und ich im schlimmsten Fall auf Folgeproblemen sitzen würde, obwohl dies bei dem Haus eigentlich theoretisch ausgeschlossen war. Letztlich fand ich Käufer, die den Wert des Hauses und den Zustand erkannten und auch nicht versuchten, eigene Renovierungsvorhaben durch Kostensenkungen herauszuholen. Der Vertrag wurde geschlossen, weitere Dinge geklärt, wir boten noch an, für ein Jahr mit Rückfragen bei Versicherungen etc. oder zu Handhabungen bei Geräten zu helfen und diese zu erklären, und somit war der Verkauf erledigt und für mich aus dem Weg. Da ich mich gerne absichere, ließ ich vorsichtshalber eine Mängelliste unterschreiben, die kleinste Mängel aufführte.

Reibungslose Hausverkäufe wünsche ich jedem Eigentümer, denn letztlich hat jeder Einzelne von uns bei einem Haus im Laufe der Zeit bereits genug Ausgaben gehabt. Den Punkt Hausverkauf strich ich von meiner To-do-Liste. Ich war sowieso jedes Mal froh, wenn ein Punkt abgearbeitet war. Umso mehr konnte man sich auf anderes konzentrieren. Handwerksarbeiten liefen bis auf eine Kleinigkeit eigentlich auch reibungslos ab. Manche behalten wir am liebsten so lange, bis die Handwerker in Rente gehen, sofern keine großen Schwierigkeiten entstehen, mit Mängeln gearbeitet wurde, man nicht auf diese hingewiesen wurde oder man belogen werden sollte. Das sind Kriterien, wo ich weniger Spaß verstehe. Letztlich waren auch die handwerklichen Arbeiten abgeschlossen. Das alte Haus war renovierungsübergabefähig, alte Verträge gekündigt und die Schlüssel konnten gegen Abzeichnung übergeben werden. Weil wenigstens alles halbwegs problemlos verlief, konnten die neuen Besitzer etwas früher einziehen, als in dem Vertrag ausgehandelt wurde, jedoch nicht vor der Bezahlung. Das hat nichts mit Geiz zu tun, sondern es sind alles Absicherungsmethoden. Vielleicht ahnen schon manche von euch, dass ich zu den absicherungsfreudigen Menschen gehöre und hierbei auch zu manch Rechercheaufwand bereit bin, den manch anderer vielleicht eher scheut. Allerdings habe ich in all meinen Jahren festgestellt, dass sich die Absicherungen und seien es noch die kleinsten, irgendwann bezahlbar machen und ich einfach nur froh bin, diese zu führen und festzuhalten.

Das Leben im neuen Haus

Die erste Zeit im neuen Haus verlief eigentlich halbwegs reibungslos. Was ich schon direkt von Anfang an bemerkte, war, dass man alte Bräuche nicht abgeben wollte bzw. bisher Gelebtes stur fortsetzen wollte. Woran ich dies festmachte? Ein gutes Beispiel war die Nichtakzeptanz unserer neuen privaten Parkplatzfläche, wo vorher noch öffentliches Parken möglich war. Es dauerte lange, einige Gespräche und einige meiner Nerven, bis es auch aufhörte, in zweiter Reihe Zu- und Ausfahrt zuzuparken. Man probierte es stellenweise immer wieder, aber da war ich eisern. Letztlich gab es eigentlich genug Fläche drumherum. Man hätte vielleicht etwas weiter laufen oder hintere Flächen benutzen müssen, aber unsere Flächen waren eigentlich für unsere Freunde und Handwerker etc. gedacht und nicht für jedermann. Wenn ich jedem freie Hand gegeben hätte und auf Nachfragen hätte stehenlassen, wären die Parkplätze dauerhaft von unterschiedlichsten Leuten zugestellt gewesen.

Vielleicht ein Brauch in dieser Gegend untereinander mit Leuten, die sich untereinander kannten, aber ich hatte keine Lust an Türen klingeln zu müssen, bis man erst einmal herausfand, wem welcher Wagen gehörte. Manchmal erkundigte ich mich auch auf anderem Wege. Es ging mir jedoch einfach nur tierisch auf die Nerven. Vielleicht hätte ein Perspektivwechsel geholfen, dass man sich vielleicht selber mal versucht vorzustellen, wie das ist, wenn man Leute noch nicht einmal richtig kennt, deren Wagen im schlimmsten Fall erst einmal zuordnen müsste und sich dann auch noch öfter mit fremden Leuten auseinandersetzen zu müssen und die unterschiedlichsten Ausreden anhören zu dürfen, statt, dass man einfach den Wagen wegsetzte.

Es hatte jedes Mal Zeit von mir gestohlen, die ich lieber in andere Dinge gesteckt hätte. Plus, es gab Situationen, da konnte es vorkommen, dass ich von jetzt auf gleich auch wegfahren musste und genau wegen solcher Situationen hatte ich keine Lust, auch noch anderen hinterherlaufen zu dürfen. Manchmal wurde ich auch im Vorfeld beschimpft, ohne dass mich die Leute kannten. Sich gefallen lassen? Darüber wurde ich halt auch etwas biestiger, wenn es schon wieder um dieses eigentlich zeitraubende Thema ging, was eigentlich auch durch sichtbare Schilder im Vorfeld schon mit einem deutlichen „Nein" ausgesprochen war. Diese nicht sehen zu können, war eigentlich nicht möglich.

Zu den Schildern folgten mit der Zeit noch zwei andere zu anderen Themen. Seither kann ich halbwegs meinen Abstand zu zeitraubenden Themen genießen. Ich hoffe, ihr versteht mich nicht falsch, aber ich entscheide auch letztlich danach, wie man mir entgegenkommt. Und Leuten, die hinter meinem Rücken reden, helfe ich ungern bis irgendwann gar nicht mehr. Aber da man mir ziemlich oft mit Ausreden kam oder mich gar beschimpfte, habe ich diese Methoden dementsprechend weitergegeben und gespiegelt. Bei uns dürfen nur einige, wenige Ausnahmen parken. Und diese bekommen es angeboten oder wissen definitiv, dass sie hier parken dürfen. Andere werden direkt weggeschickt. Ich habe mich halt aufgrund der unhöflichen Anfangssituationen dazu entschieden, zu allen bis auf einige Ausnahmen nein zu sagen. Ich habe einfach keine Lust mehr auf Diskussionen, die nichts bringen. Und wenn man dies nicht einsehen kann, dann haben weitere Diskussionen eigentlich auch keinen Zweck oder die Dinge werden mit der Zeit schärfer, auf andere Art geregelt. Ich kannte diese grenzüberschreitenden Bräuche aus unserer alten Nachbarschaft überhaupt nicht. Da gab es maximal ein Thema, wo man sich übergriffig zu sehr mit einer Meinung einmischte, doch ich machte meinen Standpunkt klar, dass es nun mal ein Thema war, das den anderen nichts anging und obendrein hatte er auch noch nicht mal Recht mit seinem Standpunkt und danach war es auch gut. Und das wäre eigentlich auch wünschenswert. Ich weiß aus Erzählungen anderer, dass es leider auch anders gehen kann, aber wenn es einen selber irgendwann einmal trifft und die Grenzüberschreitungen auch kein Ende nehmen, dann steht halt auch die Frage immer wieder im Raum, ob das Thema N eine unangenehme never-ending story wird, irgendwann zu einem gerichtlichen Fall werden könnte, weil ich irgendwann dann auch alles nachweislich auspacken werde, was vorgefallen ist oder, ob man irgendwann auch mal einsehen kann, dass alle Auseinandersetzungen einfach nur zu Dauerauseinandersetzungen werden, die letztlich beiden Seiten schaden werden und letztlich zu nichts führen, außer zu weiteren und größeren Problemen. Im Idealfall geht man sich irgendwann besser einfach nur aus dem Weg und akzeptiert ein „Nein". Denn im Grunde genommen sollten die Grenzen des eigenen Grundstücks mit den Grenzen des anderen aufhören.

Wenn man über den anderen ohne dessen Mitentscheidung einfach hinweg entscheidet und bestimmt, kann dies nur zu Ärger als Endresultat führen. Und wenn man bereits bemerkt hat, dass man mit Diskussionen zu keinem Ergebnis außer gegenseitigem „Anbrüllen" kommt, wäre es irgendwann wünschenswert, man macht gegenseitig einfach nur einen großen Bogen und kommt allerhöchstens nur noch mit dem allernötigsten bei gemeinsamen Grundstückangelegenheiten, kommuniziert dieses im Vorfeld auf angebrachte Weise oder man könnte damit rechnen, dass polizeiliche oder andere Maßnahmen ergriffen werden. Der Anwalt hat bereits einmal kommuniziert. Die Zukunft wird zeigen, ob man sich darüber hinwegsetzt und einfach wieder über das Grundstück hinwegbaut und hinterher mit Geldeinholungen einfach überrumpelt und diese auch auf unangebrachten Wege nicht einmal mit der Eigentümerin selber abklärt, sondern bewusst andere Wege geht, und andere Leute damit in unangenehme Situationen bringt, die eigentlich keine Entscheidungen treffen können und wollen und einfach nur ihre Ruhe haben wollen, sich aber nicht trauen, dies auszusprechen, weil man bereits mitbekommen hat, dass es Ärger gibt, wenn man verneint - oder der Spiralkreislauf wird nach und nach zu stärkeren Eskalationen ausarten. Denn das wäre das traurige Endresultat, wenn Endgrenzen immer wieder weiter übergangen werden und man immer noch nicht merkt, dass man eigentlich auch längst über gesundheitliche Grenzen der Betroffenen hinweggegangen ist. Da frage ich mich, wie oft man ein Nein eigentlich aussprechen muss, oder, ob die Gegenseite es bewusst auf Ärger anlegt.

Letztlich, was man wahrscheinlich gar nicht im Vorfeld vorausdenkt, wird es, wenn nicht irgendwann das „Endnein" bei grundstücksübergreifenden Hinwegentscheidungen anerkannt wird, früher oder später ohne Polizei oder Anwälte gar nicht mehr gehen. Denn meine Wenigkeit hat schon mehrfach mitgeteilt, dass weitere Auseinandersetzungen nicht mehr gewünscht und zu unterlassen sind. Und wenn man irgendwann untereinander längeren Frieden haben möchte, müsste früher oder später einer von beiden Seiten nachgeben. Aber ob dies unbedingt einhergehen sollte mit der Zulassung, dass einfach weiterüberbaut wird, zweifle ich an dieser Stelle an. Denn hierzu weigere ich mich und lasse nur noch das Nötigste zu. Außerdem weiß ich nicht mehr, wie man mit Leuten Dinge klären soll, wo sich bereits harmloseste Erstklärungen in Brüllgebärden entwickelt haben. Man erkannte zwar, dass der Körper einer Mitbetroffenen gezittert hat, ging aber selbst über diese Anzeichen drüber hinweg. Dementsprechend scheint man für andere Mitmenschen entweder kein Gespür zu haben, für Grenzen kein Gespür zu haben, oder es scheint einem egal zu sein. Wenn man aber diese Gebärden fortsetzt, werden entweder beide Seiten früher oder später nicht mehr nebeneinander leben wollen und keiner wird sich mehr wohlfühlen oder irgendeine Seite trägt auf Dauer gesundheitliche Schäden mit davon, die nach und nach stärker werden, bis man ins Krankenhaus eingeliefert werden kann. Ob die Gegenseite robust genug ist, alles auszublenden, was vorgefallen ist u.a. keine gesundheitlichen Schäden davonträgt, wie bereits wir, zweifle ich an. Denn früher oder später wird es die Schwächsten bei Auseinandersetzungen über längeren Zeitraum treffen. In unserem Fall ist dies bereits meine Mutter, weswegen ich bereits zum Tier geworden bin. Wenn irgendjemand meiner Mutter Schaden zufügt, ob bewusst oder unbewusst, dann hat er mich am Hals. Und ich kann sehr unangenehm werden, wenn man meint, mich unterschätzen zu müssen und immer wieder herauszufordern.

Was meint ihr zu dem ganzen Thema? Kriegt ihr bereits beim Lesen Magenschmerzen? Wenn ja, entschuldige ich mich. Aber das ist bisher der Horror, den wir durchleben. Wegziehen ist nicht drin. Ich fliehe nicht aus diesem Haus, in dem meine Mutter ihre Erinnerungen an ihre Eltern hat, und zum anderen lasse ich mir einen solchen Umgang mit meiner Mutter und mir nicht dauerhaft gefallen. Mir wurde als Eigentümerin zu oft gesagt, wie ich was zu machen habe, wie zum Beispiel, wie ich mein Unkraut zu schneiden hätte, so dass ich mich heute frage, ob man umgekehrt gerne vorgesetzt kriegen würde, wie man was zu tun hat? Denn eigentlich ist man bereits in den Anfängen mit diesen Punkten zu weit gegangen. Wenn man über unser Grundstück mitentscheiden will, dann sollte man es am besten kaufen. Aber es wird nicht zum Verkauf bereitstehen. Und wie gesagt, wenn ihr bereits beim Lesen ins Grübeln kommt, was da abgeht und vielleicht hinterfragt, ob dies so gelaufen sein kann, so bestätige ich: Es ist so gelaufen. Ich wünsche solche Verhältnisse keinem und ich wünsche niemanden, dass Streitereien in Häusern durch dünne Wände weitergehen. Mir wurden erneute, unerwünschte Ratschläge durch die Wände zugebrüllt. Und das ging definitiv zu weit.

Eigentlich sollte man meinen, wer so oft ausgeteilt hat, der sollte auch einstecken können, doch der umgekehrte Fall trat bisher nicht ein. Inzwischen meckern beide Seiten. Wir waren früher eigentlich sonnigen Gemüts. Das Meckern von anderen durch Wände zu hören oder Anbrüllereien untereinander oder gegen einen, führt nicht zur Deeskalation, sondern tatsächlich irgendwann zu einer Hochschrauberei, die nur noch weiterhin von Polizei oder Anwälten oder gar in der nächsten Deeskalationsstufe vom Gericht geschlichtet werden kann. Und hier würde ich auch nichts anderes mehr akzeptieren als, entweder hört der Terror auf oder ich ziehe zu den nächsthöheren Möglichkeiten.

Ich habe schon oft Energien in schwierige Themen gesteckt und Dinge erreicht, wo mir Respekt ausgesprochen wurde, aber dieses Thema ist für mich persönlich einfach zu Ende und ich weigere mich, mit solchen Leuten in irgendeiner Weise zu diskutieren. Stellenweise ist es schon ruhiger geworden, aber auch das verlangte immer wieder einzelne Auseinandersetzungen, wo erneut und erneut wieder und wieder über meine persönlichen und gesundheitlichen Grenzen gepoltert wurde. Meine Mutter hatte stellenweise schon Angst, überhaupt vor das Haus zu gehen. Sie ging nur noch in meiner Begleitung. Nun eine Frage an euch? Würdet ihr das zulassen oder würdet ihr aus Liebe zu eurer Mutter anfangen, gegen die Situation anzukämpfen, egal, wie lange es dauern würde, bis man einen endgültigen Abstand um einen herummacht? Letztlich ist es mein Endziel, dass man auf Dauerabstand geht. Denn wenn man sich nicht einmal in den eigenen vier Wänden wohlfühlen kann, weil selbst diese Grenzen überschritten werden, dann läuft irgendetwas menschlich gewaltig schief.

Ich hoffe auf eine endgültige Beendigung dieser never-ending story und hoffe, dass früher oder später die Gegenseite einfach auch zu der Entscheidung kommt, dass es alles nichts bringt, das weiterer Ärger nichts bringt, als weiterer Stress, die Grenzüberschreitungen des Grundstückes mit Überbauungen nur erneuten Ärger mit sich bringen, und wir es einfach ganz sein lassen sollten in Kommunikation zu treten. Stellt sich nur die Frage, inwieweit reflektiert wird, dass eine Fortsetzung der Situation einfach nur für beide Seiten schlecht enden wird. Denn letztlich ... wer hat es gerne, wenn sich fremde Leute im eigenen Garten aufhalten oder einen in Schwierigkeiten reinreißen, weil man falsche Angaben gemacht hat, egal, ob versehentlich oder nicht? Man hält die Nachbarn am besten aus seinen Dingen heraus, wenn man nicht mit ihnen klarkommt und da man lange miteinander auskommen muss und manche vielleicht auch nicht wegziehen können oder wollen, man über manche Bedürfnisse mal nachdenken sollte, ob es wirklich notwendig wäre irgendetwas mit dem anderen regeln zu müssen und man trotzdem weiter macht. Man könnte es auch einfach ganz abstellen. Denn wenn eine Seite etwas will und die andere nicht und nicht irgendwann zu einem Endpunkt gefunden wird, dann ist weiterhin Dauerstress vorprogrammiert. Und wenn ich eigentlich nur eines möchte, dann ist es, nicht mehr von anderen in Probleme hineingezogen zu werden und mich möglichst mit Leuten nicht mehr auseinandersetzen zu müssen, die einen Probleme bereiten und mit ihren Auseinandersetzungen und Überschreitungen gesundheitlich auch nicht guttun. Denn das höchste Gut was man hat, ist die Gesundheit.

Und hier wäre auch die Frage, inwieweit Konflikte sinnvoll sind, wenn die Gesundheit bereits darunter leidet? Aber zur Not kämpfe ich eben weiter mit einem Nein. Denn über mein Grundstück lasse ich nicht weiterhin in irgendeiner Form mit Bebauungen oder Veränderungen noch einmal von Nachbarn fremdbestimmen, ohne dass dies in vorheriger Absprache in einer vernünftigen Form geregelt wurde. Und bei Zuzahlungen werde ich es nicht erneut soweit kommen lassen, dass man jemanden mit hinzuzieht, der eigentlich dafür auch keine Mitspracherechte hat und es eigentlich auch nicht will. Dann würde halt demnächst direkt angezeigt. Und ob ich mündlich überhaupt noch einmal Lust habe etwas mit solchen Leuten und solchen Gebärden zu kommunizieren, steht in den Sternen geschrieben. Beruflich muss man. Aber privat habe ich eine Mitentscheidung, mit welchen Leuten ich mich auseinandersetzen möchte.

Und mit solchen Leuten möchte ich eigentlich im Privaten weder kommunizieren müssen, noch weiterhin irgendetwas regeln müssen, außer das Nötigste, und selbst da, maximal nur noch auf einem schriftlichen Weg. Denn, wenn man einmal zu einem Thema belogen wurde, dann traut man denjenigen auch nicht mehr über den Weg und dann sehe ich persönlich keinen Sinn darin, noch weiter zu kommunizieren.

Ich habe Hoffnungen, dass die Gegenseite früher oder später zu dem Entschluss kommt, sich einfach für sich zu halten und sich bei uns nicht weiter einzumischen und nicht durch die Wände mit uns kommuniziert und dann kann vielleicht auch mal irgendwann eine halbe Normalität zurückkommen.

Oder wie gesagt, wenn man weitermacht und nicht irgendwo auch mal nachgeben kann, vor allem bei Dingen, wie den Grundmauern etc. und Überbauungsgrenzen, über die man eigentlich auch nicht diskutieren muss, wenn es heißt „nein", dieses Nein auch endlich mal grundsätzlich akzeptiert wird. Ich persönlich fand bisher alles andere, sei es auch noch so kompliziert gewesen, leichter zu regeln, als dieses never-ending-story-Problem. Und wie weit es weiter meine Kräfte und Gesundheit übersteigt, liegt letzlich auch an mir. Eigentlich wäre es am besten, es komplett zu ignorieren. Doch ich kann noch nicht sagen, was kommen wird, wenn auch nur irgendwo wieder ein Zaun ohne Absprache aufgemacht werden sollte und man erneut kurz davor sein sollte das Grundstück unerlaubt zu betreten. Ich habe so etwas noch nie erlebt und werde vor solchen Leuten mit Mitregelungen und Absprachen auf Abstand bleiben. Es bringt einfach nichts als Ärger und wenn man in Ärger hineingerissen wird, sagt man besser dauerhaft „Nein".

Nachwort

Nun meine Frage an euch. Wie geht ihr mit Konflikten um? Habt ihr auch einen Konflikt, bei dem es einfach keine Lösungen gibt? Oder einen Konflikt, wo Kommunikation miteinander auch längst an die Grenzen gekommen ist und es vielleicht auch besser ist, einfach nicht miteinander zu reden? Wie geht ihr mit einem Nein um? Ist ein Nein, tatsächlich ein Nein, oder seid ihr selber inkonsequent? Wie steht ihr zum Umgang mit anderen Gegenständen, Gebäuden oder Dingen? Behandelt ihr die, als wären es eure eigenen, oder kümmern euch diese nicht und ihr macht damit, was ihr wollt? Vielleicht regen euch diese Hinterfragungen, sowie das ernste Thema zum Nachdenken an. Vielleicht ist es euch auch zu fremd, weil ihr solche Nachbarn oder Mitmenschen einfach nicht kennt, da ihr andere Erfahrungen gemacht habt. In diesem Fall freue ich mich für euch. Für mich wäre dies auch ein Wunsch. Aber das Leben ist nun einmal kein Ponyhof. Man begegnet unterschiedlichsten Menschen und manchmal leider auch solchen, auf die man eigentlich keine Lust hat und trotzdem irgendwie miteinander klarkommen muss. Und manchmal ist vielleicht wirklich die bessere Situation, sich gegenseitig aus dem Weg zu gehen. Vielleicht wäre auch ein Umzug besser, doch wenn es nicht geht? Ausharren? Beim Nein einbrechen und Augen zudrücken, wenn wieder irgendetwas Grenzüberschreitendes vorfällt? Nun denn. Es geht nicht immer so ernst und bedrückend zu. Aber leider ist dies momentan ein Teil in meinem Leben, der Änderungen in irgendeiner Form erfordern würde. Ich kann nur hoffen, dass das Thema nicht zu einer Never-ending-Story wird. Denn so hartnäckig, wie ich bin, werde ich einknicken und bei einem weiteren Übergriff und Bebauungen des Grundstückes mit anderen Helfern vorgehen. Das steht für mich fest. Einfach wegschauen und darüber verstummen kann ich einfach nicht. Und das ist auch der Grund, warum ich diese erschreckende, traurige, vielleicht ernststimmende Geschichte teile. Ich lasse mir diese Vorfälle nicht gefallen und wehre mich auf meine Art.

Eure Marion

Ulrike Teepe

Der Hecht

Mitten im heißen Sommer nach einem Seminartag ist eine Runde durch Wald und Wiesen genau das Richtige. Ich packe das Klapprad ins Auto und fahre mit meinem Hund in Richtung des Sundermannsees. Jetzt um 20 Uhr beginnt die angenehme Zeit, und es bleibt noch lange hell.

Mein Hund Sahid hasst es, sich den Rücksitz mit dem Rad zu teilen. Aufrecht sitzt er auf dem kleineren freien Teil und behält missmutig das klappernde Ding im Auge. Zwischendurch buxiert er seine Vorderbeine auf die Erhöhung im Fußraum, damit ich zum Trost für das Ungemach meine rechte Hand auf seinen Kopf legen kann. So eine Fahrt dauert nicht länger als eine halbe Stunde. Sahid weiß, dass ich das Rad erst zusammenbasteln muss, für seine 40 Jahre hat es eine ausgeklügelte Technik, doch funktioniert sie nicht immer und dann hilft Ungeduld nicht weiter. Doch wenn ich fertig bin und das Geheul ausstoße, dass es losgeht, dann ist unsere Freude alle Umstände wert. Sahid galoppiert mit weit ausgreifenden Sprüngen, ich trampele was das Zeug hält, so dass wir im Tempo nebeneinander sind. Er hat die Schnauze auf und lachte mich mit den Lefzen und den Augen an, ich lache zurück und feuere uns an.

Nach dem ersten Schwung geht es locker auf Feldwegen weiter. Einem freilaufenden Hofhund entkommen wir, indem wir nochmal aufs Tempo drücken, dann ist schon der See in Sicht. Mein Lieblingsort liegt bereits im Schatten, die untergehende Sonne leuchtet auf eine Uferstelle um die Kurve. Leider steht dort ein Angler. Ich mag Gesellschaft nicht unbedingt, wenn ich Sonnenuntergänge anschauen will, nicht nach so langen, intensiven Tagen. Nicht, dass ich Sonnenuntergänge niemals teilte, nicht, dass ich nicht wüsste, dass jeder wildfremde Mensch nach ein paar gewechselten Worten nicht mehr wildfremd ist. Jedoch grade an diesem Abend will ich Ruhe. Ein wenig neidisch schaue ich auf den in goldenem Licht liegenden Uferfleck und den ruhig stehenden Angler. Dann zucke ich die Schulter und zuckele mit Sahid in die andere Richtung.

Da kommt mir eine Idee, impulsiv werfe ich das Rad herum und fahre zurück. Sahid blickt mir abwartend hinterher, ob ich noch meine Meinung ändere, dann versteht er, dass wir etwas vorhaben und holt auf. Der Angler trägt eine Kapuze und schaut aufs Wasser. „Entschuldigung", versuche ich ein Gespräch mit seinem Rücken, „haben Sie schon etwas gefangen", um dann noch dämlicher mit der Tür ins Haus zu fallen, „könnte ich Ihnen vielleicht Fisch abkaufen?" ich habe keinen Cent dabei, das fällt mir in dieser Sekunde ein. Vor meinem inneren Auge sehe ich, wie ich ihn beim nächsten Mal bezahle, wie es vielleicht einen regelmäßigen Austausch von Fisch gegen Geld geben könnte.

Abrupt falle ich wieder ins Hier und Jetzt, als der Angler sich zu mir umdreht, er ist jung, trägt Kopfhörer, an ein freigelegtes Ohr hält er ein Handy und beendet sein Telefonat. „Was?", er hatte gar nichts von dem gehört, was ich gesagt hatte. Jetzt hätte ich auch fragen können, was er angelt, was er für Musik hört oder ob das Wasser kalt sei, aber nein, ich wiederhole mein Anliegen. Da geht ein Ruck durch sein Gesicht, seine Augen leuchten auf. „Ich habe tatsächlich etwas gefangen, einen Hecht, er ist sehr groß, viel zu groß für mich allein. Und einen Gefrierschrank habe ich auch nicht. Wollen Sie ihn mitnehmen? Die Tüte ist bloß nicht besonders dicht. Und er ist noch nicht ausgenommen. Können Sie das?"

Er spricht wie ein Wasserfall, ich dagegen kriege den Mund kaum zu. „Oh, das kann ich", höre ich mich antworten. Zugeschaut hatte ich, das war alles, beim Camping in Dänemark, und es war kein Hecht gewesen. Der junge Mann macht seine Tasche auf und holt ein halbrund gebogenes, in Plastik gehülltes Etwas heraus. „Bitte sehr." Er gibt mir das Paket, es wiegt mindestens fünf Kilo. Ich fühle die Glätte und Form des Fisches durch das Plastik, es ist das erste Mal, dass ich einen Hecht halte. Er ist riesig.

„Ich bin wirklich froh, wenn Sie ihn mitnehmen. Erst hab ich überlegt, ob ich ihn zurück in Wasser setzen soll." Irgendetwas stimmt nicht, der Angler ist furchtbar verlegen.

Ich bedanke mich überschwänglich und lade ihn zum Essen ein, was er zum Glück ablehnt. Dann drehe ich mich um und vergesse, Geld zu erwähnen, vergesse, mich zu verabschieden, denn es gilt, Hund, Fisch und Fahrrad die Böschung hinaufzubalancieren. Ich schaffe es außer Sichtweite, dann geht die Tüte kaputt. In hohem Bogen flutscht der Hecht heraus, als sei er lebendig und klatscht auf die Erde. Er ist riesig und glitschig, Modder aus dem Teich klebt an ihm. Keine Chance, ihn ohne Tasche zu transportieren. „Denk schneller", sporne ich mich an und entscheide mich für eine Strategie. Zur Straße ist es nicht weit, ich kann hier mit dem Auto heranfahren. Hecht verstecken! Ich lege ihn ins grüne Gebüsch, merkwürdig sieht das aus, als ob er durch das Gras schwömme. Ich rupfe ein bisschen davon aus und decke ihn damit zu. Dann rasen wir mit einen kleinen Umweg zum Auto. Nicht noch einmal an diesem

Hofhund vorbei! Sahid rennt und freut sich über unsere wilde Jagd. Wie gut, dass mein Kofferraum nicht aufgeräumt und die große Plastiktüte noch da ist. Als wir am See parken und durch das Gebüsch kriechen, ist es, als ob wir uns an Beute anschleichen. Der Hecht ist unversehrt und ich berge ihn wie einen kostbaren Schatz, Sahid beriecht ihn intensiv. Der Rückweg geht beschwingt, in der Handtasche ist Geld, ich stoppe am Supermarkt und kaufe eine gute Flasche Weißwein. Sahid behält statt des Fahrrades den Hecht im Auge, man weiß nie. Ich sehe mich tatsächlich an diesem Abend noch Fisch essen, was bin ich naiv.

Zu Hause ragt der Hecht an beiden Seiten des Spülbeckens ziemlich weit heraus. So geht das nicht. Ich trage ihn in die Dusche und stöpsele den Ablauf zu. Einmal richtig abspülen, denke ich pragmatisch. Das einlaufende Wasser gibt ihm sofort seine Würde zurück, ich kann seine Farben und seine Zeichnung erkennen. Seine wunderschöne, braunrot gesprenkelte Rückenflosse schlenkert hin und her, als ob er lebendig sei. Ich stelle mir vor, dass ein Schlag seiner Schwanzflosse ihn blitzschnell mit Ferrari-Schub die Richtung wechseln und davonschießen lassen konnte. Das große Maul mit Zähnen war bestimmt der Schrecken aller Fische gewesen. Was für ein Raubtier! Würdevoll schwimmt er durch mein Duschbecken, das immer voller wird, weil ich mich nicht sattsehen kann. Er war der Star des Sees gewesen! Mein Pragmatismus ist längst dahin, ich hocke im Bad und kritzele folgende Zeilen:

Ich war der prächtigste Hecht
und schwamm durch den ganzen See
Ich war die Augenweide der Algen und Schnecken,
jeder bewunderte mich, die anderen Fische fürchteten sich.

Ich war so schön!
Ich liebte das Wasser, seinen Geschmack,
den Grund des Sees, und darin zu wühlen.
Ich war elegant und schwang meine Schwanzflosse wie kein anderer.
Schnell war ich!
Ich liebte das Leben und wurde zurückgeliebt.

Gehe zum See und sage es der Hechtin
schreibe es ihr auf einen Zettel und lasse ihn schwimmen
damit sie lesen kann:

Ich habe dich geliebt
dein Hecht

Lautes Klingeln an der Haustür reißt mich in die Wirklichkeit zurück.
Mein Nachbar braucht zusätzliche Teller für die Konfirmationsfeier
seiner Tochter am nächsten Tag. Ich zögere etwas, dann lasse ich ihn
meinen Fisch sehen. Als geborener Nordseeinsulaner findet er es jedoch
ganz selbstverständlich, dass ein Riesenhecht spät am Abend in meiner
Dusche herumschwimmt. Während er mit meinem halben Geschirr verschwindet, macht er mir praktische Vorschläge über das Schuppen und
Zerlegen. Einerseits beruhigt es mich, dass er es mir zutraut, andererseits
klingt es schwierig. Ich entkorke die Flasche Wein, schenke mir ein Glas
ein, konsultiere den Computer und finde ein Rezept, das das Schuppen
umgeht. Meine Lust ist bei Null, es fällt mir furchtbar schwer. Erst als ich
erkenne, dass mein Respekt und meine Bewunderung die Handlung des
Zerlegens nicht ausschließen, sondern erst möglich machen, kehrt meine
Entschlossenheit zurück.

Im Bauch des Hechtes liegt eine große Krabbe. Ich bin erstaunt, dass
es solche im See gibt und denke, dass auch er gejagt hatte, irgendwie
tröstet mich das. Es ist faszinierend, alles genau anzuschauen, ich tauche
in die Welt unter Wasser ein. Um durchzuhalten, konzentriere ich mich
auf meine Finger und darauf, mich nicht selber zu schneiden, eine Herausforderung bei dem glitschigen Fisch, einem nur halbwegs scharfen
Messer und meiner Unerfahrenheit. Gleichzeitig lasse ich meinem Kopf
freien Lauf und die Gedanken durch die wundersamsten Überlegungen
über die Nahrungskette streifen. Warum die meisten Lebewesen, die wir
essen, nicht würdevoll leben und sterben, und überhaupt, warum es eine
so große Herausforderung ist, an das Tier zu denken, wenn man es als
Lebensmittel einkauft. Ich verstehe, warum es so schwer ist, darüber
nachzudenken.

Kurz nach Mitternacht bin ich fertig, verfrachte eine kleinen Teil in den
Kühlschrank und den Rest in die Gefriertruhe. Am nächsten Mittag ereilt
mich die große Ernüchterung: der Fisch schmeckt ungenießbar modrig.
Meine Schwester in Paris, die eine ausgezeichnete Köchin ist, lacht am
Telefon, dann tröstet sie mich und verspricht, sich beim nächsten Besuch
der Sache anzunehmen.

In der Tat legte sie den aufgetauten Hecht eine Nacht mit Pfefferminze
und anderen Kräutern in Öl ein, er wurde sehr gut und unser ganz besonderes Weihnachtsessen.

Bei einem meiner nächsten Besuche am See ließ ich den Zettel mit
den Zeilen jener Nacht schwimmen. Langsam tauchte er unter, und die
Hechtin konnte lesen:

Ich habe dich geliebt, dein Hecht.

Marietta Wellerhorst

Sollte die Polizei nicht unser Freund und Helfer sein?

Meine Freundin Lissy ist mit ihrem Mann aufs Land gezogen. Na ja, so ganz abseits ist es auch nicht. Das Dorf könnte man mehr als Vorort einer Großstadt bezeichnen. Eines Abends kam es zu einem Streit, wobei Lissys Mann ihr einen acht Kilo schweren Gegenstand an den Kopf warf. Es tat nicht nur fürchterlich weh, sondern hinterließ eine große Beule, die sie mit ihren Haaren kaschieren konnte. Lizzy ist eine Frau, die sich wehren kann und sich nicht alles gefallen lässt. Ganz bewusst hat sie nicht zurückgeschlagen, sondern ist trotz der späten Stunde, kurz vor Mitternacht, zu ihrem Hausarzt gefahren, der ihr öffnete. Sie erzählte was geschehen war und wurde mit Salbe versorgt. Am linken Arm hatte sie deutliche Druckstellen, wo ihr Mann sie fest angepackt und gegen den Kleiderschrank geworfen hatte. Der Arzt vermutete, dass Lissy Angst hatte nach Hause zu gehen und bestellte ihr ein Zimmer in einer kleinen Pension in der Nähe.

Es stank entsetzlich, denn im Hof war ein Misthaufen, so wie es in Dörfern oft üblich ist. Sie konnte die ganze Nacht nicht schlafen, weil sie sich Gedanken machte, wie es weitergehen sollte. Mehrmals hatte sie Durchfall vor Angst. Am nächsten Morgen führte Lissys Weg sofort zur Polizeistation, wo zwei Beamten mit der Tageszeitung beschäftigt waren. Sie berichtete, was in der Nacht geschehen war und vernahm zu ihrem Entsetzen, dass ein sogenannter Ehestreit nicht verfolgt werde. Soll sich eine Ehefrau alles gefallen lassen und niemand greift ein? Sie hatte ja ihren Arzt als Zeugen.

„Da können wir nichts machen", hörte sie und musste wieder gehen. Sie erhielt auch keinen Hinweis auf ein Frauenhaus. Die Flecken an ihrem Arm hatten sich verfärbt und waren gelb und grün geworden. Das wollte Lissy dokumentieren und begab sich in ein Kaufhaus, wo ein Foto-Fix-Gerät stand. Es konnte doch nicht sein, dass die Misshandlung überhaupt keine Konsequenzen nach sich zog! Hätte sie das gewusst, dann hätte sie auch kräftig zugeschlagen. Die Polizeibeamten hatten sie nicht aufgeklärt, dass sie eine Anzeige gegen ihren Mann machen konnte. Sie wollten wohl keine Arbeit haben und weiter sich der Zeitung widmen.

Die arme Frau hat ihnen nicht leidgetan. Vielleicht war auch der Eine von ihnen frauenfeindlich eingestellt? Jedenfalls war Lissy sehr enttäuscht. Sie hatte sich Hilfe in irgendeiner Form erwartet. Nicht einmal ein aufmunterndes Wort hatte sie zu hören bekommen. Ob sich die Polizisten in der nahen Großstadt anders verhalten hätten?

Lissy war nach der schlechten Nacht nicht in der Lage zur großen Polizeiniederlassung in der Stadt zu fahren. Ein paar Tage später erhielt ihr Mann eine Aufforderung sich bei der Dorfpolizei zu melden. Nach Aussage seines Anwalts konnte er dies ignorieren, was er auch tat. Die Sache schlief ein. Der Alltag nahm seinen Verlauf.

Ein weiteres Mal griffen Polizeibeamte nicht ein, wo es nötig gewesen wäre. In der nahen Großstadt gab es eine Fußgängerzone, die immer recht belebt war. Ein deutlich sichtbares Schild war am Eingang angebracht worden mit der Aufschrift: „Radfahrer bitte absteigen." Danach richteten sich jedoch die Radfahrer nicht.

Bei einem Einkaufsbummel sah ich, wie sich zwei Radfahrer durch die Menge schlängelten und mehrere ältere Leute im letzten Moment beiseite springen konnten, damit sie nicht angefahren wurden. Keiner hielt es für notwendig wenigstens zu klingeln, wenn sie schon verbotenerweise nicht abstiegen. Ich entdeckte zwei Polizisten, die sich intensiv unterhielten. Der Eine rauchte eine Zigarette. Keiner schaute dahin, wofür sie höchstwahrscheinlich beordert wurden. Es interessierte sie nicht. Bekannterweise gab es in der Fußgängerzone auch Taschendiebe. Ich sprach die beiden Polizeibeamten an und fragte, ob sie nichts gegen die frechen Radfahrer machten. Wenn sie zu faul waren einen Strafzettel auszustellen und zu kassieren, dann wäre wenigstens eine mündliche Verwarnung angebracht gewesen. Ich erhielt die Antwort, sie kämen zu Fuß ja den Radfahrern nicht hinterher, die seien zu schnell. Vielleicht hätte ein schriller Pfiff der Polizei die Radler aufgeschreckt und sie hätten angehalten. Wozu braucht man Polizei, wenn sie sich nicht kümmern! Sich über private Dinge zu unterhalten, könnten sie in ihren Büros bleiben und ein Straßeneinsatz wäre nicht notwendig. Das Verhalten hat mich sehr enttäuscht.

In den 70er und 80er Jahren des vorigen Jahrhunderts hatte noch nicht jeder Haushalt einen Festnetz-Anschluss. Schon gar nicht in den Großstädten. Als mein Vater in der Nacht im Krankenhaus verstorben war, läutete die Polizei morgens um acht Uhr am Sonntag stürmisch bei uns an der Wohnungstür. Meine Mutter öffnete im Nachthemd und ließ sie rein. Ganz ohne Vorwarnung und völlig gefühllos sagte der eine Polizist noch im Flur stehend, ihr Mann sei verstorben. Dann hatten es beide eilig und verließen die Wohnung wieder. Auftrag erledigt ohne Mitgefühl, eben auf männliche Art.

Nun fällt mir noch etwas ein, was ich berichten möchte. Ich hatte eine schöne neue Wohnung bezogen, in der ich mich von Anfang an wohlfühlte. Tagsüber war ich im Büro, doch abends und nachts hatte ich keine Ruhe. In dem kleinen Appartement, das sich im Parterre unter meiner Wohnung befand, ging es jetzt erst richtig los. Es klapperte und laute Musik war zu hören. Ich konnte zuerst nicht erkennen, wo der Lärm zu später Stunde herkam. Doch dann sah ich den jungen Mann, der unter meiner Wohnung wohnte, öfters mit einem Kasten Bier nach Hause kommen. Er trank also abends bis spät in die Nacht und schlief wohl trotz der lauten Musik ein. Meine Vermieterin wollte nichts dagegen tun. Ich sollte mir selbst helfen. Als es mal wieder so weit war, rief ich die Polizei an und bat da unten Einhalt zu gebieten. Nach kurzer Zeit kamen sie mit einem Polizeiauto und starkem Licht vor das Haus gefahren. Da es in der unteren Wohnung weder Gardinen noch eine Jalousie gab, hatte der junge Mann erkannt, dass sie zu ihm kommen würden und sofort seine Musik auf Zimmerlautstärke gestellt. Die Beamten zogen wieder ab. Es dauerte nicht lange, da war die Musik wieder laut. Wären die Beamten leise gekommen, dann hätten sie erlebt, wie laut es jede Nacht war. Ein wenig denken sollte man bei der Arbeit. Sie hätten auch zu Fuß noch einmal wiederkommen können. Aber so ein Gedanke ist ihnen leider nicht gekommen.

Die Polizei dein Freund und Helfer – das wäre schön!

Grete Ruile

Wo Geld fließt, muss es nobel zugehen

So ist es auch in der Spielbank in Wiesbaden. An den Spieltischen wird ein bestimmter Dresscode gewünscht. Das heißt: Gepflegte Kleidung. Männer tragen einen Anzug oder einen Sakko mit weißem Hemd, dazu geschlossene Schuhe. Damen sieht man gerne in hübschen Kleidern und geschlossenen Schuhen. Am Abend in Abendkleidern. Diese sollten nicht zu tief dekolletiert sein, denn das könnte vom Spielen ablenken. Jeans, Shorts, Trainingsanzüge, Tennisschuhe und Sandalen, sind nicht erlaubt. Die gute Atmosphäre im Casino muss gewährt bleiben. Im Automatenbereich dagegen geht es locker zu, auch was die Kleidung betrifft. Ein besonders nobles Casino verlangte sogar, das Duschen vor dem Gang ins Casino sollte obligatorisch sein. Das belustigte mich sehr. Wer kann das schon nachprüfen?

Eines Tages gab es einen peinlichen Vorfall am Empfang des Casinos. Zielstrebig wollte dort eine hübsche, mädchenhafte Frau, mit blonden Locken, zartem Gesicht und lebhaften blauen Augen schnurstracks an dem Mitarbeiter vorbeigehen. „Einen Moment bitte, junge Dame", sagte er zu ihr. „Wo wollen Sie denn hin?"

„In das Casino natürlich, in den Raum wo die Spieltische sind."

Er schaute Sie streng von oben bis unten an und meinte: „Da können Sie so nicht hinein, mit ihren verlotterten Jeans und den offenen Sandalen, das ist hier nicht erlaubt. Bitte gehen Sie nach Hause und ziehen Sie sich etwas Anständiges an. Hier wird viel Wert auf eine gepflegte Kleidung gelegt. Sandalen sind sowieso nicht erlaubt."

Da wurde sie sehr wütend. „Heute bin ich volljährig geworden und kann meine Entscheidungen selbst treffen." Ihre Augen funkelten. „Hier, ich zeige Ihnen meinen Ausweis."

Darauf er ganz ruhig: „Der Ausweis ist in Ordnung. Herzliche Glückwünsche zum Geburtstag."

„Leider habe ich die Vorschrift, nur gepflegtes Publikum zu den Spieltischen zuzulassen."

Sie wurde noch aggressiver. „Ich will da hineingehen, Sie können mich nicht aufhalten."

„Doch, Vorschriften sind nun mal Vorschriften."

„Rufen Sie sofort Ihren Direktor an den Empfang, ich möchte mit ihm sprechen."

„Wie Sie meinen." Er rief per Handy den Direktor und umriss kurz die problematische Situation. Sie ließ ihn dabei keinen Moment aus den Augen.

Der Direktor kam und stellte sich vor. „Mein Name ist Robinson, ich bin der Direktor des Casinos." Mit verbindlichem Lächeln wandte er sich ihr zu. „Was kann ich für Sie tun.?"

„Ihr Beamter verwehrt mir den Zutritt, in den Raum, wo die Spieltische stehen. Dort möchte ich unbedingt hinein."

„Das kann ich Ihnen leider auch nicht gestatten, denn dafür ist ihre Kleidung zu wenig korrekt. Das hat Ihnen mein Mitarbeiter sicher schon erklärt."

Nun ritt die junge hübsche Frau der Teufel. Sie wurde immer unbeherrschter und wilder. „Wenn Sie mich nicht sofort hineinlassen, fauchte sie den Direktor an, werde ich jetzt und hier, vor Ihnen meine abgetragene Jeans herunterlassen." Sie öffnete den Jeansknopf und ließ tatsächlich ihre Hose fallen.

Dem Direktor stand der kalte Schweiß auf der Stirn. Einen Moment lang war er einfach fassungslos. „Jetzt reicht es!", sagte er streng. „Sie haben den Bogen überspannt, das lassen wir uns nicht bieten."

„Ziehen Sie sofort ihre Hose an oder ich rufe den Securitas."

„Wenn Sie unbedingt bei einem Glücksspiel mitwirken wollen, dann empfehle ich Ihnen an den Automaten zu spielen. Dort können Sie ihre Jeans und die Sandalen anbehalten."

„Ich will ja überhaupt nicht spielen, ich möchte nur den Roulette Kessel besichtigen, an dem damals der Russische Schriftsteller Dostojewski 1865 sein gesamtes Vermögen beim Roulette verloren hat. Meisterhaft beschreibt er das Ereignis in seinem Roman „Der Spieler." Auch Casino- Erfahrungen von Baden-Baden und Homburg, flossen in den Roman ein. Dieses Werk fasziniert mich noch heute ungemein. Es ist unvorstellbar für mich, dass so kluge Menschen bei Zufallsspielen ihr gesamtes Vermögen verspielen können. Auch wollte ich immer durch einen Raum schreiten, den früher gekrönte Häupter, Musiker und Literaten besuchten, um hier ihr Glück zu versuchen. Gespielt wird anscheinend in einem kirschholzgetäfelten und mit prächtigen Medaillons verzierten Raum. Nostalgische Räume sind für mich Sehnsuchtsräume."

Das war eine unerwartete, berührende Ansprache.

Einer Regung seines Herzens folgend, sagte der Direktor spontan: „Jetzt verstehe ich Ihr Anliegen und werde Ihnen helfen. Warten Sie hier. Ich werde Ihnen das richtige Outfit besorgen von einer Angestellten des

Hauses, denn schöne Kleidung fördert das Ansehen ihrer Person, Ihr Wunsch soll in Erfüllung gehen." Als der Direktor Sie in Ihre Sehnsuchtsräume führte, strahlte aus ihren Augen das Glück.

Grete Ruile

Hochmut kommt vor dem Fall

Wie der Teufel mit großer Geschwindigkeit fuhr Pothos mit seinem zitronengelben Ferrari 250 GT0 auf das Betriebsgelände ein. Stets lenkte er die Aufmerksamkeit auf sich. Durch sein Benehmen und seine Kleidung fiel er auf. Er trug Boss Männermode, bevorzugte Slim Fit Sakkos. Immer hatte er seine Boss-Laptop-Tasche dabei. Die Arbeiter hassten ihn. Selbst im hohen Kader der Firma war er unbeliebt. Man tuschelte: Der ist von allen bösen Geistern beherrscht. Pothos grüßte niemanden. Er schaute herablassend auf alle herunter. Freundlich konnte er nur sein, wenn es um viel Geld ging.

„Ich bin Pothos, der Größte!" Das sagte er einmal. Sein Name, so erfuhr man, kam aus der griechischen Mythologie. Einzig der Firmeninhaber schätzte ihn. Seine Gunst erwarb er, weil er der Firma viel Geld einbrachte. Ihn quälten keine Skrupel, was Geschäfte anbetraf. Er war eiskalt, hatte einen messerscharfen Verstand. Seine spezielle Spürnase galt Firmen, die auf den Konkurs zusteuerten und zahlungsunfähig wurden. Genauso waren es Immobiliengeschäfte, die in Insolvenz gerieten. Er verstand es meisterhaft, hochwertige Firmen und Immobilien zu einem Bruchteil des normalen Preises zu erwerben. Natürlich hatte er sich schon vorher genau informiert, was der springende Punkt bei der Sache war. Alle ließ er eiskalt ausbluten. Aus den Geschäften ging er immer als Sieger hervor, obwohl manches im Grenzbereich des Ungesetzlichen angesiedelt war. Es schien, als brauchte er diesen unmenschlichen Kick.

Der Firmenchef freute sich natürlich über die beachtlichen Gewinne, die er einbrachte, was auch in der Firmenzeitschrift lobend erwähnt wurde. Pothos wurde immer arroganter, war von Hochmut erfüllt. Da beschlossen einige der Betriebsangehörige, die sich im nahen Firmenbistro nach Geschäftsschluss zu einem Bierchen trafen, ihm einen Denkzettel zu verpassen. Er müsste lernen, was es heißt, einmal zu den Verlierern zu gehören, meinten sie. Sie entwickelten dazu einen kühnen Plan, der mehr und mehr feste Formen annahm. Sie wollten ihm kurzfristig seinen messerscharfen Verstand an einer Sitzung vernebeln. Wider Erwarten hatte dazu der Hauswart die beste Idee. Das ergab sich aus Folgendem: Pothos befahl ihm in seiner herablassenden Art: „Vor der Sitzung muss der Raumfilter für die Frischluftzufuhr ausgewechselt werden. Ich kann nicht in stickiger Luft sitzen, zum Denken braucht es frische Luft."

Alle Vertragsgeschäfte wurden im Sitzungszimmer abgewickelt. Pothos zeigte auch hier: Ich bin der Chef! Sein Chefsessel war ein weich gepolsterter Leder-Hochlehner mit bequemen Armstützen. Die Besucherstühle waren gewöhnlich, alltäglich. Bei der Sitzung ordnete er an, keinerlei Getränke auf den Tisch zu stellen. Er war ein misstrauischer Mensch. Schon bald präsentierte uns der Hauswart im Bistro sein fertiges Objekt. „Wir haben Glück, sagte er zu uns. Der Raumfilter für Frischluftzufuhr befindet sich direkt an der Zimmerdecke über Pothos Chefsessel. Ich habe in den Raumfilter für Frischluftzufuhr mit dem Messer kleine Schlitze eingeschnitten. In den Filter gebe ich für die nächste Sitzung das Halluzinogen Ecstasy-Pulver Molly hinein. Es ist so fein wie Mehl. Die Anlage werde ich erst einschalten, wenn das in Insolvenz geratene junge Ehepaar ins Sitzungszimmer kommt. Die Droge wird sanft, aber gezielt auf Pothos Chefsessel herunterrieseln und sein Wahrnehmungsvermögen verändern. Sollen wir dieses einmalige Risiko wagen? Seid ihr einverstanden?"

„Ja, wir sind einverstanden. Ein einmaliger Denkzettel kann ihm nicht schaden."

Die Spannung ließ sie natürlich nicht mehr zur Ruhe kommen bis zur nächsten Sitzung. Dann war er da, der betreffende Tag. Das Buschtelefon funktionierte. Der Hauswart ließ uns wissen: „Das junge Paar hat im Moment das Sitzungszimmer betreten. Wir wussten, dass Pothos den Leuten nur kurz „guten Tag" sagte und ihnen dabei kaum einen Blick gönnte. Dann wies er ihnen auf der anderen Tischseite einen Platz an. So war es auch heute. Er schaute kurz in das Dossier, wo er alle Informationen festhielt und sagte an das junge Paar gerichtet: „Vor der Coronakrise haben sie eine Immobilie mit Restaurant erworben. Da sie während der Pandemie ihr Restaurant schließen mussten, sind in dieser Zeit enorme Zinsrückstände bei ihrer Bank aufgelaufen. Das heißt: Sie werden ihre Immobilie verkaufen müssen. Ich rate ihnen deshalb zu einer zügigen Vermarktung an unsere Firma. Je länger Sie warten, desto größer wird ihre Überschuldung.

Als Pothos sagte: „Sie werden ihre Immobilie verkaufen müssen", da brach das ganze Unglück über der jungen Frau zusammen. Der seelische Schmerz überwältigte sie. „Unseren Lebenstraum aufgeben, das darf doch nicht wahr sein? Wir haben so sehr dafür gespart. Ohne Pandemie hätten wir es geschafft. Ich kann nicht mehr!" Sie schrie ganz laut. Die Tränen flossen ihr unaufhaltsam über die Wangen. Sie weinte immer heftiger. Pothos schaute jetzt auf. Ihre Blicke trafen sich. Der Zustand der jungen Frau erweckte sein Mitgefühl. Es war unerklärlich für ihn. ‚Geht alles bei mir mit rechten Dingen zu', so ging es ihm durch den Kopf? Aber etwas Unbekanntes trieb ihn an, helfen zu wollen. Er sagte: „Ich gebe ihnen eine zweite Chance, ihren Lebenstraum zu verwirklichen, da ich überzeugt bin, dass sie es ohne die Pandemie schaffen werden. Ihre Bankschulden übernehme ich. Sie geben mir jeden Monat zinsfrei zurück, was möglich ist." Er war über sich selbst erstaunt, dass er den tiefen Schmerz des jungen Paares mitempfinden konnte. Die zwei konnten ihr Glück kaum fassen. Pothos wusste nicht, wann er in so strahlende Augen geschaut hatte.

Immer am Monatsende, besuchte er die zwei im Restaurant und sah wie gut alles lief. Stets wurde er mit offenen Armen empfangen. Ein Betrag seiner vorgestreckten Summe lag auch bereit für ihn.

Als der Firmenchef von Pothos selbstloser Aktion erfuhr, ließ er ihn sofort in sein Büro kommen. Er schlug einen scharfen Ton an: „So weit kommt es noch! Geld zu verschenken in selbstloser Weise." Er war sehr wütend. „Es ist ihre Pflicht, für die Firma zu arbeiten. Das heißt: Nur für die Firma Geld einzuholen. Ich hoffe, wir haben uns verstanden, oder ich lasse sie fallen wie eine heiße Kartoffel." Dieses Gespräch ging nicht spurlos an Pothos vorbei. Er war inzwischen ein anderer Mensch geworden. Ob die Drogenberieselung dabei geholfen hat, wir können nur rätseln? Aber nach dieser Sitzung war Pothos ein umgänglicher und freundlicher Mensch geworden.

Grete Ruile

Die Heimat des Grubenpferdes Max

Es geschah 1966 in Friedrichsruh, in der Sohle zwei. Hier war Max eingesetzt, ein Haflinger Pferd, das im Bergbau arbeitete. Heinz, einer der Bergleute, betreute das Pferd stets sehr liebevoll. Man kann sagen: Heinz und Max wurden ein Herz und eine Seele. Sie waren unzertrennlich. So lernte der Haflinger bald die schweren Loren zu ziehen, denn das Pferd war stark. Seine Hilfeleistung war Gold wert für die Grubenarbeiter. Alle liebten das Pferd. Es strahlte eine stoische Ruhe aus. Max, der Haflinger, fühlte sich wohl in der dunklen Kohlewelt, sie war ihm zur Heimat geworden. Hier unten hatte es seinen Stall und gutes Futter. Max erkannte jeden der Männer an seiner Stimme. Durch die spärliche Lichtquelle unter Tage war er in den vielen Jahren fast erblindet. Dafür war sein Gehör- und Riechorgan besonders gut ausgeprägt.

Doch eines Tages verstand das gute Pferd seine Welt nicht mehr. Aus dem Schacht stiegen fremde Menschen und verlangten Heinz zu sprechen. Es waren Tierschützer, die das Pferd aus der Grube holen mussten. Heinz war traurig. Ja, man kann sagen, er war sehr betroffen. Der Haflinger spürte sofort, dass etwas anders war. Als die Tierschützer das Grubenpferd zum Schacht brachten, um es nach oben zu bringen, geriet das sonst so ruhige Tier in Panik. Es rannte mehrere Kilometer weit zurück auf der Sohle zwei, um dem Förderkorb zu entkommen. Das Schwerarbeiterherz des Haflingers schlug bis zum Hals. Die fremden Menschen machten ihm Angst. Heinz, sein Betreuer, war erschüttert. Noch nie hatte das Pferd eine Panikattacke. Es ging ihm zu Herzen, was sein Pferd durchmachte. Auch der zweite Versuch scheiterte, das Pferd aus der Grube zu holen. Es rannte wie wahnsinnig davon, um in seinem Stall Schutz zu suchen. Das sonst so ruhige, ausgeglichene Tier war sehr aufgebracht. Heinz versuchte seinen Liebling zu beruhigen, was ihm für diesmal nicht gelang. Nun wurde beraten, wie man das Tier nach oben bringen konnte. Eine große Holzkiste wurde gebaut, in die man Max hineinlockte. Heinz konnte es nicht mit ansehen. Die Tierschützer versicherten ihm aber, dass Max ein gutes zuhause bekäme, wo er ohne Arbeit auf einer schönen Wiese seinen Lebensabend verbringen konnte ... Natürlich vergewisserte sich Heinz sofort, ob sein Max wirklich ein gutes Zuhause bekommen hat. So oft es ging, besuchte Heinz seinen

Pferdefreund. Ob der Haflinger an diesem Ort wirklich glücklich war, bezweifelte er. Leider konnte das Pferd es ihm nicht sagen. Das gute Grubenpferd verstarb nach vier Jahren.

Grete Ruile

Ein Schatz meiner Kindheit

Mein Bekannter, Heiner, wird dieses Jahr 85 Jahre alt und ich stelle fest, dass er immer mehr Begebenheiten aus seiner Kindheit erzählt. Er wurde in Singen geboren, wie er sagt, einer Arbeiterstadt. Er blieb seiner Geburtsstadt treu. In Singen arbeiten viele der Einwohner bei der Firma Maggi. Das ist auch heute noch so. Maggi hat seit der Corona-Krise wieder Hochkonjunktur. Anstatt Kurzarbeit, ist sogar die Samstagsarbeit wieder gefragt. Das Hamstern ist zum Volkssport geworden. Die Leute wollen wieder mehr haltbare Lebensmittel. Auf diese Weise feiert die Dosen-Ravioli ein Comeback. Es wurden ca. 30 Millionen pro Jahr hergestellt. Ebenso 40 Millionen Flaschen Maggiwürze. Auch Tomatensauce in der Dose war sehr gefragt. Bekanntes sind: Maggi Instant-Suppen, Brühwürfel, Fertigsaucen und Fertiggerichte. Viele der Arbeiter und Angestellte schätzen die Nähe des Werks zum Bodensee. Den See erreicht man mit dem Fahrrad in einer halben Stunde, dazu viele wunderschöne Wanderwege. Kehrte er als Jugendlicher von einer Radtour zurück, lag über Singen immer der Maggi-Duft. Ob es sich dabei um einen Duft oder einen Gestank handelte, ist bis heute umstritten. Erst viel später gab es die neuzeitlichen, geruchsbindenden Luftfilter, die den Duft kompensierten. Für manche war der Duft aber ein Stück Heimatgefühl gewesen. Sogar seine Großmutter schwärmte immer wieder von Maggi, und wie sozial damals die Führung gewesen sei. Sie arbeitete schon vor dem Krieg bis zu ihrer Pensionierung 1945 als Kinderbetreuerin bei Maggi. Das war sehr neuzeitlich, das gab es damals eher selten. Die Mütter konnten Teilzeit arbeiten und ihre Kinder wurden während sie arbeiteten gut betreut. Leider gibt es das heute nicht mehr. War früher eine Person lange Zeit krankgemeldet, das heißt arbeitsunfähig, wurde nachgefragt, wie es der betreffenden Person geht. Fürsorge war groß geschrieben. Das Interesse am Menschen war noch da.

Seine Großmutter erinnerte sich, dass sie in den gesamten Jahren nur einmal längere Zeit fehlte. Sie hatte eine schwere Lungenentzündung. Und so kam eines Tages unerwartet eine nette Dame, die von der Firma den Auftrag hatte, sich nach ihrem Wohlbefinden zu erkundigen. Sie brachte ihr sogar eine gute Flasche Wein mit. Der Vater war nicht aus dem Krieg heimgekommen und so wohnte die Großmutter bei meinem

Bekannten und seiner Mutter. Sie freuten sich alle über den netten Besuch. „Darf ich Ihnen einen Kaffee anbieten?", sagte seine Mutter zu der Dame. „Ja, einen Kaffee habe ich immer gerne."

„Leider habe ich sonst nichts im Haus." Da Heiner auch am Tisch saß, fiel ihm plötzlich etwas ein: Da war doch die antike Biskuits-Blechdose von X0X. Wie der Blitz holte er die Dose aus dem Schrank. Als er die Keksdose brachte und auf den Tisch stellte, sah er, dass seine Mutter erschrak. Sie wurde ganz blass. Sie war plötzlich sehr verlegen. Hätte er nichts verraten dürfen von den selbstgebackenen Keksen?

Seine Mutter entschuldigte sich sofort. „An die Kekse habe ich nicht mehr gedacht", sagte sie. Natürlich bekam die nette Dame davon zum Kaffee. Heiner interessierten diese Kekse überhaupt nicht. Er wollte nur die leere Dose haben. „Warum denn das?", fragte ich meinen Bekannten. „In der Nachbarschaft wohnte mein Freund Heinz. Beide waren wir vier Jahre alt. Der Vater von Heinz war ein geschickter Handwerker. Er konnte fast aus allem etwas herstellen. Für Heinz hatte er einen besonders schönen, kleinen Kochherd für seine Puppenstube gebastelt. Sogar die Ofentür war zu öffnen. Legten wir einen Esbitwürfel hinein, konnten wir in einem Kochtopf Wasser wärmen für unsere Cipollata-Würstchen. So zarte kleine Würstchen hatte ich vorher nie gehabt. Der Vater von Heinz brachte die Würstchen extra für die Weihnachtsfeiertage aus der Schweiz mit. Ich war restlos begeistert. So einen Kochherd wollte ich auch unbedingt haben! Der Vater von Heinz hatte den Kochherd aus einer großen X0X Blechdose für Kekse gefertigt. Es war ein gelungenes Werk, das zur damaligen Nachkriegszeit unsere Kinderherzen höher schlagen ließ. Ich hoffte nur, dass er mir auch so einen wunderschönen Kochherd basteln würde. Ich wollte ihm sofort die leere X0X-Blechdose bringen, um ihn freundlich darum zu bitten. Ich nahm meinen ganzen Mut zusammen und klingelte aufgeregt beim Nachbar: „So gerne möchte ich auch aus der Biskuit-Blechdose denselben wunderschönen Kochherd haben wie Heinz ihn hat. Bitte, bitte!", sagte ich mit flehendem Blick zu ihm. Der liebe Nachbar erhörte sein kindliches Flehen und Heiner bekam einen ebenso schönen Kochherd wie sein Freund Heinz. Beim Räumen des Speichers kam ihm per Zufall dieser Kochherd wieder zu Gesicht. Das war eine Freude! Kindheitserinnerungen wurden wieder wach: „Mit wie viel Begeisterung hatten wir zwei auf dem Herd Cipollata-Würstchen gekocht und genussvoll verspeist! Niemals könnte ich diesen Schatz meiner Kindheit wegwerfen."

Grete Ruile

Kleine Schmunzelgeschichte

Jeden zweiten Donnerstag treffen wir uns, eine kleine Gruppe von 13 Personen, im Literaturtreff. Unsere Leseziele sind vielseitig, wie die Autoren. Das macht uns glücklich. Wir sind motiviert. Zurzeit lesen wir das Buch von Dörte Hansen, zur See, eine Inselgeschichte. Unsere Referentin befragt uns der Reihe nach, was wir zu dem Gelesenen zu sagen haben. So kommt manch stürmische, lebhafte Diskussion zustande. Unsere Gruppe fühlt sich inzwischen wie eine kleine Familie an, die man gerne besucht. Der harte Kern ist immer präsent und konnte 2024 sein 25-jähriges Jubiläum feiern. Letzten Donnerstag ging es um die Identität des Menschen, ob nur genetische Faktoren uns beeinflussen, unser Verhalten bestimmen oder auch die Umwelt.

Der kluge, nette Herr, der immer neben mir sitzt, meint lächelnd: „Nur wer sich erinnert, besitzt für mich eine eigene Identität."

„Dazu möchte ich euch etwas erzählen. Mein Freund Franz und ich waren in unserer Kindheit unzertrennlich. Unsere Helden waren Winnetou und Old Shatterhand. Für sie wären wir durchs Feuer gegangen. Sie waren für uns die absoluten Helden der Gerechtigkeit, ihnen wollten wir nacheifern. Dazu gehörte auch die Blutsbrüderschaft. Dieses starke Band musste von uns geknüpft werden, für immer und alle Zeiten. Vorher wollten wir aber die heilige Friedenspfeife rauchen, sie galt zur Besiegelung der Freundschaften."

„Für diese wichtigen Rituale sollten wir aber gut vorbereitet sein", sagte ich zu meinem Freund.

Franz erklärte mir freudig: „Mein Opa und meine Oma machen jeden Tag nach dem Essen einen langen Mittagsschlaf. In dieser Zeit werde ich Opas Pfeife stibitzen, seine gestopfte Tabakpfeife liegt immer auf dem Tisch."

„Ingo, kannst du vielleicht Streichhölzer besorgen?"

„Geht in Ordnung", sagte ich cool. „Ein Messer meiner Oma, für die Blutsbrüderschaft bringe ich auch mit. Wir treffen uns dann auf der großen Wiese hinter unserem Haus."

Optimistisch und voller Erwartung kam Franz auf die Wiese. „Ich habe alles dabei", rief er mir fröhlich zu. Aus einem Jutesack holte er Großvaters gestopfte Pfeifer heraus und ich die Zündhölzer aus meinem Hosensack. Wir zündeten die Pfeife an, setzten uns im Schneidersitz auf die Wiese, und warteten bis der Tabak gleichmäßig in der Pfeife glimmte.

„Ich habe gehört, dass es wichtig ist, die Pfeife beim Rauchen in alle vier Himmelsrichtungen zu drehen, das soll die Freundschaft verstärken", sagte ich zu Franz.

„Wird gemacht", er nickte mir kurz zu. Der feierliche Akt konnte beginnen. Jeder versuchte kräftig am Pfeifenmundstück zu ziehen, bis der Rauch aufstieg. Unser Rauchen wurde dabei von bellendem Husten begleitet, denn es war das erste Mal, dass wir das probierten. Als wir der Pfeife keinen Rauch mehr entlocken konnten, waren wir sicher, alle bösen Geister verjagt zu haben. Der Hauptakt der Blutsbrüderschaft konnte beginnen. Franz holte das Messer aus dem Jutesack.

„Das Messer ist ja riesig!", sagte ich ganz erschrocken. „Es sieht sehr gefährlich aus." Ich bekam Angst, war aber auch besorgt um meinen Freund. Keiner von uns beiden, konnte den Arm des anderen anritzen. Der Mut hatte uns verlassen. Franz meinte: „Omas roter Johannisbeersaft ist ein Blutersatz. Ich hole sofort ein kleines Gläschen davon." Gesagt, getan. Er setzte es in die Tat um. Als er zurückkam, pressten wir beide Arme fest zusammen und ließen das Ersatzblut darüber laufen, bis es zu Boden tropfte. Es war ein erhebender Moment für uns. Unsere kindliche Vorstellungskraft war so groß, wir hoben ab mit den Flügeln der Fantasie, weil wir sicher waren, der rote Johannisbeersaft habe die gleiche Wirkung wie Blut.

Die zwei Buben sind heute im Seniorenalter. Ihre Freundschaft aber ist ungebrochen, hat vielem standgehalten. Wer die Frage stellt: „Wer bin ich? Muss zunächst wissen: Wer war ich in der Vergangenheit.

Grete Ruile

Der einfallsreiche Junge

Der Junge erzählt euch die Geschichte, als er begann Bücher zu lesen. Er hatte einen strengen Vater, der ihm strikt verbot, Karl-May-Bücher zu lesen. Das waren zum Beispiel Abenteuergeschichten von Winnetou, der Schatz im Silbersee, Old Surehand oder die die Blutsbrüder. „Ich verbiete dir diese Bücher zu lesen, sagte er mit hochrotem Gesicht zu mir! In ihnen wird mir zu viel geschossen, sie sind voller Gewalt. Diese Bücher kannst du dir aus dem Kopf schlagen. Lese doch die spannende Geschichte von Robinson Crusoe. Erzählt wird die Geschichte eines Seemannes, der als Schiffbrüchiger 28 Jahre auf einer Insel lebte und was dort alles geschah." Aber wie das so ist, alles Verbotene wird maßlos spannend. Diese Bücher müssen sehr speziell und interessant sein, dachte ich. Meine Freunde sprachen ganz begeistert über diese Abenteuergeschichten. Es gibt viel aufregende Kämpfe in der Prärie, erzählte mir mein Freund, aber sie gewinnen immer gegen die bösartigen, teuflischen Schurken. Meine Neugier wuchs und wuchs. Ich musste unbedingt mehr erfahren!

Mein bester Freund bot mir deshalb an, seine gelesenen Bücher auszuleihen. Nun galt es, einen geheimen Leseplatz zu finden, von dem mein Vater nichts wusste. Viele Tage und viele Nächte dachte ich darüber nach, wo ich diesen Platz finden könnte? Dann hatte ich eine geniale Idee! Es fiel mir ein, dass es in unserem Keller große, hölzerne Kartoffelhurten gab, die leer standen. Das ist der beste Geheimplatz zum Lesen, hier kann man sich vor anderen verbergen, da war ich mir ganz sicher. Ich war überglücklich! In die Kartoffelhurte trug ich ein Kissen, einen alten Teppich, genug Proviant zum Essen und eine große Taschenlampe. Es wurde ein sehr komfortabler Leseplatz. Beim Lesen schaltete ich meine große Taschenlampe ein und eine kleine Lampe gab es auch noch an der Kellerdecke. Manchmal war mein bester Freund ein willkommener Gast. Er las hier sein neustes Karl-May-Buch in der zweiten Kartoffelhurte. Wenn wir Schritte kommen hörten, schalteten wir blitzschnell unsere Taschenlampen aus.

„Ich kann mich nicht erinnern, ein Buch gelesen zu haben, mit dieser Mischung von Abenteuer und Gemütlichkeit."

„Abenteuer haben die Kraft, eine Leidenschaft für das Lesen zu entfalten, die ein Leben lang anhält."

Grete Ruile

Die Kommunion-Erinnerung
aus dem Familienalbum

Es sollte ein besonderer Tag werden. Mutter hatte die Verwandten und einige Freunde eingeladen und viele Vorbereitungen getroffen.

Unser Pfarrer war sehr beliebt. Er wollte alles gut und harmonisch gestalten. Deshalb lud er die Eltern mit den Kindern vorher zu einem Gespräch ein, in dem er den reibungslosen Ablauf der Feier erklärte. Am ersten Sonntag nach Ostern, am Weißen Sonntag, sollte ich getauft werden und zur heiligen Kommunion gehen. Über das Leben Jesu hatte Pfarrer Nau viel Gutes erzählt. Seine Worte haben mich tief im Herzen berührt. Ebenso freute ich mich auf das weiße Kleid, das ich an diesem Tag tragen durfte als Sinnbild der Reinigung durch das Taufwasser. Nur Vater hatte ein Problem. Als wir nach Hause kamen, sagte er: „Es scheint so, als ob ich mit vierzig Jahren der einzige Vater bin, mit grauen Haaren. Man könnte denken ich sei der Großvater meiner Tochter. Zur Kommunion lasse ich mir meine Haare braun färben, dann sehe ich jünger aus." Mutter verstand ihn. Sie empfahl ihm ihren Friseursalon aufzusuchen, denn hier war sie seit Jahren eine zufriedene Stammkundin.

Im Salon begrüßte ihn die Chefin herzlich. Sie kannte ihn, da er manchmal seine Frau hier abholte. Er trug ihr sein wichtiges Anliegen vor. Sie hörte ihm aufmerksam zu und meinte dann: „Ich denke ein dunkelbrauner Farbton wäre schön für Sie. Der wirkt warm und deckt gut bei grauen Haaren. Sie werden verjüngt nach Hause gehen, das verspreche ich Ihnen. Sind Sie damit einverstanden?"

„Ja, das hört sich gut an, abgemacht."

Sie rief nach der Lehrtochter: „Bitte trage Herrn König die dunkelbraune Farbe Nr. 10 auf und setze ihn dann 20 Minuten unter die Haube. Danach bitte die Haare mit einem milden Shampoo waschen." Das Mädchen lächelte zuvorkommend. „Das Frisieren übernehme dann ich." Mit den gegebenen Verhältnissen einverstanden, setzte er sich zufrieden und entspannt unter die Haube. Als er später unter der Haube hervorkam, war sofort klar, die Lehrtochter hatte die falsche Farbe erwischt. Seine Haare waren feuerrot eingefärbt! Der Schock war groß, als er sich im Spiegel sah. „Ich sehe aus wie Pumuckel", rief er ganz laut! „Was habt ihr aus mir gemacht!" Auch die Chefin war entsetzt. Die Lehrtochter zerfloss in Tränen und sagte immer wieder: „Verzeihen Sie bitte, ich habe anscheinend die falsche Farbe erwischt."

Noch am späten Abend wurden ihm im Salon die Haare umgefärbt. Der Fotograf der zum Fest bestellt wurde, um Fotos für das Familienalbum zu schießen, fotografierte auch meinen lächelnden Vater. Die roten Strähnchen, die im Braun seiner Haare übriggeblieben waren, konnte er aber nicht wegretuschieren.

Grete Ruile

Die Suche nach dem Traummann

Die ideale Beziehung zu finden ist fast unmöglich. Es gibt immer mehr Singles. Manche meinen die Schuld liege bei ihnen, ihrer schwierigen Kindheit wegen oder ihrer Psyche, deshalb könnten sie keine gute Beziehung aufbauen. Ich denke, die Ursache liegt in sozialen und kulturellen Veränderungen. Heute kann jede Frau frei auswählen, wer der beste Mann für sie sein könnte. Ein Beispiel ist das Internet-Dating. Es eröffnet uns ein riesiges Partnerangebot, das im normalen Leben so nicht stattfindet. Für viele wird es schon zum Suchtpotential. Das erweckt die Illusion, man könnte den Traumpartner aussuchen oder es müsste immer noch ein Besserer kommen, für die perfekte Liebe. Man schreibt sich und ist einem der Partner verleidet, genügt ein Mausklick und er ist weg. Auf dieselbe Weise werden auch Freundschaften über SMS beendet. Es fehlen die Auseinandersetzungen wie im täglichen Leben. Die Wirklichkeit sieht anders aus.

Man verlernt dabei auch, in das Gesicht eines anderen Menschen zu blicken. Ich zitiere Dante: „Das Gesicht verrät die Stimmung des Herzens." Wir müssen wieder lernen, einfach mit einer guten Beziehung zufrieden zu sein, denn der Alltag heißt auch: Zuständig sein für den Haushalt, für die Fürsorge der Kinder und für den geliebten Mann da zu sein.

Heute ist eine Frau unabhängig von ihrem Mann. Sie kann studieren, sich in der Gesellschaft behaupten auch in einer Top-Position. Aber es ist oft sehr schwer, mit dieser Doppelbelastung umzugehen und allem gerecht zu werden. Es hindert sie aber nicht von der großen Liebe zu träumen und von romantischen Gefühlen Es fehlt ihr an nichts und trotzdem fühlt sie sich manchmal nicht wirklich glücklich, aber auch nicht wirklich unglücklich. Ersatzdrogen sind: Designerkleider, Taschen, Schuhe, teure Parfüms und teurer Schmuck. Sie sind nur kurze, flüchtige Glücksmomente und dauern nicht an. Und so geht die Suche weiter nach Menschen, einem Haus im Grünen, einem Segelboot oder anderen Dingen. Glück, so denke ich, ist eine innere Einstellung, die vieles nicht benötigt, das schrieb schon Erich Fromm.

Vielleicht heißt das: Offen zu sein für die flüchtigen Glücksmomente ohne sie festhalten zu wollen. Sich freuen an der Natur, einer frisch erblühten Rose und ihrem Duft, der nicht ewig währt. Früher hielt ein

Mann der Frau die Türe auf, half ihr in den Mantel, brachte ihr Blumen mit und schrieb ihr Gedichte. - Obwohl damals der Mann das Sagen hatte, verehrten die meisten Männer ihre Frauen. Egal, ob früher oder heute kann man sagen: Die Liebe gibt unserem Leben einen Sinn. Vor allem wünschen wir uns einen Menschen an unserer Seite, der uns beisteht, wenn uns Unrecht geschieht und für uns Partei ergreift. Ein Mensch, dem wir trauen und vertrauen können. Ein Partner der uns anhört, zuhört, der uns so akzeptiert wie wir sind. Ein Partner der Verantwortung übernimmt. Treffen wir diesen Mann, entsteht eine tiefe Liebe durch innere Gefühle für ihn.

Die Welt von heute macht es den Männern ja leicht. Sagt eine Frau nein, ist das weiter nicht tragisch, an der nächsten Ecke wartet eine andere. Etwas Büro, etwas Ferienflirt, etwas Discoflirt, irgendwo läuft immer etwas. Es ist alles auf den schnellen Konsum eingerichtet, leider auch oft in der Liebe. Sicher, die schnellen Abenteuer sind recht vergnüglich, der Triumph des Augenblicks kann köstlich sein, aber vom Glanz der Dauer ist nichts dabei.

Der Wunschtraum einer Frau ist, einen Mann zu finden der weiß wo er hingehört und nicht ständig neue Begegnungen sucht. Oft sagte mein Partner zu mir: „Als ich dich kennenlernte, wusste ich sofort, dass ich nicht mehr fähig war, außer dir ein anderes Wesen zu lieben." Etwas Schöneres kann einem Menschen nicht widerfahren. Ich weiß, dass ich geliebt habe, aber dass ich so sehr lieben konnte, wird mir erst jetzt bewusst.

Grete Ruile

Das besondere Café

Seit kurzer Zeit gibt es in unserer Kreisstadt ein Palliativ-Café. Freiwillige Helferinnen laden einmal im Monat von 14.00-16.00 Uhr zu Kaffee und Kuchen ein. Viele freuen sich auf den besonderen Tag, denn er bringt Abwechslung in ihr Leben. Eingeladen sind Frauen und Männer, die durch unheilbare Krankheiten, speziell Krebs, ihre Partner verloren haben. Es sind unterschiedliche Menschen, die sich hier treffen. Manche sind froh, wenn sie über ihren tiefen Seelenschmerz reden können. Andere diskutieren gerne. Manche erzählen über bedeutsame, glückliche Momente, die sie zusammen mit ihren Partnern erlebten. Öffnet man die Türe zum Café, schaut man direkt auf eine lange, einladende, hübsch geschmückte Tafel. Rechts und links ist die Tafel eingerahmt mit vielen Sitzmöbeln. Jeder der ankommt, setzt sich einfach auf einen freien Stuhl. Das ist interessant, denn so finden sich die unterschiedlichsten Gesprächspartner zusammen.

Auf diese Weise kam mir per Zufall eine berührende Geschichte zu Ohren. Ein gepflegter, älterer Herr setzte sich rechts neben mich an den Tisch. Sein Sprachausdruck signalisierte mir, dass er in einem gehobenen Milieu lebte. Er erzählte mir, dass er 87 Jahre alt sei. „Seit dem Tod meiner Frau lebe ich alleine in unserem Haus. Ich habe eine freundliche Zugehfrau, die das Haus sauber hält und bekomme Essen auf Rädern. Es geht mir gut. Was mich aber sehr betrübt macht ist Folgendes: Ich wollte meine Frau, die ich sehr liebte und verehrte, für den Rest meines Lebens bei mir haben. So reifte der ungewöhnliche Gedanke in mir, wenn ich Fotos von ihr anschaute, sie auf meinen linken Innenarm tätowieren zu lassen. Dieses letzte Stück Freiheit von mir, sollte ein Geschenk an sie sein für unsere Liebe. Sie konnte sich ja über alles so freuen! Gerne brachte ich ihr deshalb immer wieder einen Blumenstrauß nach Hause. Also beschloss ich, verschiedene Tattoo-Studios aufzusuchen um mich zu informieren. Erstaunlich war, wie viele Tattoo-Studios es im im näheren Umkreis gab.

Inzwischen erfuhr ich, dass ein Risikofaktor die Hygiene ist. Die Nadeln müssen immer sauber sein. Die Körperverzierung muss präzise gestochen werden, damit sie lange schön bleibt. Ich musste ein gutes Studio wählen! Die Farben dürfen keine krebserzeugenden Stoffe enthalten. Ich schaute auf alles: Auf Einwegtücher auf der Liege, ist die Tätowier-Maschine in Plastik eingepackt, trägt der Tätowierer Mundschutz und Einmalhandschuhe usw. Bei manchen mangelte es an der Sauberkeit. Ganz zuletzt fand ich einen einfühlsamen, netten Tätowierer. Er hörte mir genau zu und meinte dann: „Sie sind 87 Jahre alt, da machen wir zuerst einen Hauttest. Die meisten, denen ich Tattoos steche, sind zwischen 20 und 35 Jahre alt." Er fragte mich, ob ich Allergien habe. Ich wusste es nicht. „Wir werden nur kleine Schritte machen, für ihr Lieblingsbild, denn es soll ja alles perfekt werden und wir sehen, wie sie reagieren. Jetzt habe ich meine Frau, mit ihrem zarten Gesicht und ihren großen ausdrucksvollen Augen, auf meinem Innenarm tätowiert. „Darf ich ihr Tattoo auch anschauen, fragte ich ihn?" Da öffnete er zaghaft seinen Hemdsärmel und schob ihn langsam hoch. Es war ein präzise gestochenes Bild. Das Bild lebt ja förmlich. „Es ist wunderbar!", sagte ich zu ihm. „So haben Sie ihre Frau doch jeden Tag im Arm. Er strahlte über das ganze Gesicht vor Freude. „Meine Kinder verstehen das leider nicht. Sie haben sich deswegen sogar von mir zurückgezogen. Das macht mich unendlich traurig." Wie herzlos können manchmal die Menschen doch sein.

Grete Ruile

Die Reue kommt zu spät

Fanny und Gerd waren ein nettes Ehepaar, die in meiner Jugend einmal in der Woche zu Gast bei meinen Eltern waren. Sie waren gern gesehene, beliebte Besucher. Obwohl ich schon vierzehn Jahre alt war, überraschte mich Gerd oft mit einer kleinen Tüte voll Himbeer-Bonbons. Er wusste, wie sehr ich diesen Himbeergeschmack liebte. Genussvoll ließ ich sie auf der Zunge zergehen. Nur noch wenige Bäckereien boten sie zum Verkauf an. Meist standen sie in großen Glasbehältern, gut sichtbar, auf dem Ladentisch. Fanny und Gerd hatten einander sehr gern, das spürte man. Doch eines Tages erreichte uns die traurige Nachricht, dass Fanny unerwartet verstorben sei. Gerd war fassungslos.

Doch mit Fannys Tod, kam eine unerwartete Seite von Gerd zu Tage die keiner kannte, ihn aber in einen tiefen depressiven Zustand brachte. Er erzählte uns folgendes: Fanny liebte Blumen sehr. Oft sagte sie zu mir: „Es wäre so schön, wenn du mir einmal einen Blumenstrauß bringen würdest." Jedes Mal sagte ich dann zu ihr: „Es ist ja genug Geld da, du kannst dir einen Blumenstrauß im Laden kaufen."

Das ist aber nicht dasselbe, meinte sie. „Es würde mir einfach Freude bereiten, von dir einen Blumenstrauß zu bekommen. Vielleicht gratulierst du mir zu meinem Geburtstag mit einem Strauß, mit Blumen, die du selbst liebst? Meine Freundinnen werden von ihren Ehemännern oft auf diese Weise überrascht. Manche Männer danken ihren Frauen sogar mit einem Rosenstrauß für alles Liebe, das sie für die Familie tun. Meine Freundinnen fühlen sich dann sehr verehrt. Ist das nicht wunderbar? Das ist doch eine schöne Geste!"

Erwartungsvoll schaute sie mich dann an. Aber ich sagte zu ihr immer denselben Satz: „Es ist ja genug Geld da, du kannst dir einen Blumenstrauß im Laden kaufen." – Inzwischen weiß ich, wie sehr ich ihr damit weh getan habe. Es muss ein tiefer Stachel gewesen sein, der in ihrem Herzen saß und sehr schmerzte. Jetzt bringe ich meiner Fanny jede Woche einen frischen Blumenstrauß auf ihr Grab. Warum nur war ich so stur! Meine Reue aber kommt zu spät.

Herta Andresen

Schnee

In ein paar Tagen ist Weihnachten. Die Aussicht, dass es diesmal weiße Weihnachten sein werden, ist wohl sehr gering. Ich frage mich, wieso sich die Menschen eigentlich weiße Weihnachten wünschen. Nur wegen der Romantik?

Als es anfängt zu schneien, zuerst ganz zaghaft mit ein paar Flocken, dann immer mehr, wird allmählich alles zugedeckt, was trostlos ausgesehen hat. Die kahlen Felder mit den Fahrspuren, Furchen und Senken voller Wasser, der abgearbeitete Garten, alles hat irgendwie gewartet auf diese tröstliche Decke aus Winterwatte. Es ist, als wäre plötzlich alles verwandelt in etwas Friedlicheres. Eine ganz andere Welt entsteht. Es sieht ja auch schön aus, so eine weiße Landschaft, die Sonne und der blaue Himmel darüber. Wunderschön!

Es kann aber auch ganz anders kommen! So war es, als die Schneekatastrophe kam. Ich wohnte zu der Zeit mit meinem Sohn in Kappeln, in der Gerichtsstraße, gegenüber des damaligen Amtsgerichts in einer kleinen Wohnung im ersten Stock. Direkt unter uns befand sich eine Garage. Es war nicht meine. Mein alter R4 stand auf der Straße. Weihnachten war vorbei, wie meistens mit Schmuddelwetter. Es war Silvester, der Jahreswechsel 78 /79. Ich hatte ein paar Knallkörper besorgt. Auf's Knallen freute sich mein Sohn. Es gab dort einen Balkon, der für alle Mieter zugänglich war, Dort wollten wir unsere Feuerwerkskörper anzünden. Es fing über Tag schon wieder an zu regnen, dann stürmte es auch noch. Es entwickelte sich ein immer stärker werdender Sturm aus Richtung Ost. Aus dem Regen wurde Schnee. In unserer Wohnung standen drei Ölöfen. Ich musste das Öl aus einem Keller holen, und mit einer Handpumpe aus dem Ölfass in eine Kanne abpumpen, zu uns nach oben die Treppe hochschleppen und die Öfen befüllen. Das war nicht gerade ein Vergnügen. Es stank überall nach Öl, die Finger wurden dreckig. Das Ingangsetzen der Öfen klappte auch nicht auf Anhieb. So lange wohnte ich dort noch nicht, die Öfen waren mir noch nicht so recht vertraut. Ich befüllte unsere Öfen also noch. Weil das Wetter so schlecht war, wurde ich natürlich auch nass. Um zum Öl-Keller zu gelangen musste man das Haus verlassen. Die Türen schlugen vom Sturm zu. Ich war froh, als es erledigt war. Mit der Knallerei würde es nichts werden, der Sturm heulte ums Haus. Mein Sohn war sauer und sehr schlecht gelaunt. Er hatte es sich anders vorgestellt. Aber niemand ging nach draußen. Aus dem Haus gehen war kein Thema, und Feuerwerk anzünden schon gar nicht.

Am Morgen war alles weiß. Mein Auto war nicht mehr zu sehen. Es stürmte und schneite, ein Orkan hatte sich entwickelt. Und es wurde richtig schlimm. Wir in Kappeln bekamen das meiste nur aus dem Radio und dem Fernsehen mit. Wir hatten keinen Stromausfall. In der kleinen Stadt herrschte eine ganz andere Lage als auf dem Land. Ich musste auch nicht mit dem Auto zur Arbeit, ich hatte einen Job in einem Blumengeschäft in der Arnisser Straße. Dahin waren es gut fünf Minuten zu Fuß. Autofahren war sowieso unmöglich, und es gab dann auch ein Fahrverbot. Günstig erwies sich die Tatsache, dass Schulferien waren. Meine Mutter und ich telefonierten oft. Bei ihr war zum Glück alles in Ordnung, Mein Sohn hatte eigentlich in den Ferien zu ihr wollen.

Die Schneekatastrophe, das Jahrhundertereignis! Es gibt Filme darüber. Mein Mann kann darüber auch viel erzählen, wie die Schnaruper es erlebt haben. Jungen aus der Nachbarschaft waren unterwegs, um beim Boelschubyer Bäcker Brot für alle zu besorgen. Sie kämpften sich zu Fuß über die Felder durch. Die Straßen waren vollkommen dicht. Überall türmte sich der Schnee hoch auf. Nachbarn halfen sich gegenseitig. Die Landwirte hatten es besonders schwer. Erst recht dort, wo der Strom ausgefallen war. Anfangs konnte tagelang keine Milch abtransportiert werden. Schrot zum Füttern der Tiere konnte nicht gebracht werden. Schneeräumgeräte aus Bayern wurden angefordert. Das Militär musste mancherorts helfen. Hubschrauber holten schwangere Frauen ab und brachten sie in die Klinik. Schnee wurde geschaufelt, Menschen taten sich zusammen, irgendwie musste man ja in die Häuser kommen oder hinaus. Plötzlich war alles nicht mehr normal. Als es wieder einigermaßen normal geworden war, kam im Februar noch einmal ein Schneesturm. Nicht ganz so schlimm. Aber es war ein sehr herausfordernder Winter. In Kappeln lagen außerhalb der Innenstadt riesige Schneeberge. Der Schnee musste ja irgendwo hin, raus aus der Stadt geschafft werden. Es dauerte sehr lange, bis die letzten Schneereste geschmolzen waren.

Schneewinter sind selten geworden. Weiße Weihnachten auch. Es gibt hier in Angeln so einen Schnack : De Fasslaamsfüük kümmt noch! – was soviel heißt wie: Die Schneeverwehung im Februar zur Karnevalszeit, die wird noch kommen! –

Manchmal stimmt das tatsächlich. Und ich war auch schon während meiner Dienstzeit an einem Ostermontag morgens früh um sechs Uhr im Schneefüük unterwegs. Wenn es jetzt mal ein paar Tage schneit, dann wird schon von einem Schneechaos geredet. Das Wetter kann für Überraschungen sorgen. Warten wir es mal ab.

Sigrid Liebenspacher-Helm

Kerwesonntag

I

Er war verabredet. Am Sonntag auf der Kerwe in dem kleinen Dorf, auf das er vom Zug aus immer blickte, kurz bevor er aussteigen musste. Die Bahnstation, die zu dem Dorf gehörte, lag außerhalb inmitten von Feldern und Wiesen. Sie war das einzige Gebäude bis auf eine Gaststätte, die direkt gegenüber des Bahnhofs lag, aber auf der anderen Seite der Kaiserstraße, die man überqueren musste, wenn man dahin wollte, denn die Kaiserstraße zog sich als kerzengerade Linie durch die Landschaft und trennte sie in ein Hüben und Drüben. Zur Gaststätte führte eine hohe und steile Treppe hinauf, an der man sehen konnte, dass das Land hier anzusteigen begann hin zur Hügelkette am Horizont, die sich um den höchsten Berg herum gruppierte, einen erloschenen Vulkan, der sich wie eine Insel aus dem Umland heraushob.

Er war zur Zeit fast täglich hier. Als Architekt der Landwirtschaftskammer hatte er den Auftrag für den Wiederaufbau eines in den letzten Kriegsmonaten zerstörten Gehöftes bekommen, die Pläne gemacht für das Wohnhaus und die angrenzenden Stallungen und war jetzt für die Umsetzung und die Bauleitung verantwortlich.

Von der Stadt hierher aufs Land nahm er immer den Zug und hatte von der Bahnstation aus eine Abkürzung zu dem abseits gelegenen Gehöft über die Feldwege gefunden. Es war Sommer, und er ging vorbei an Äckern mit der für die Gegend auffallend roten Erde, ging vorbei an Wiesen und Kornfeldern und jetzt, im Hochsommer, vorbei an einem schon früh abgeernteten Getreidefeld, auf dessen Stoppeln Krähen und Störche nach Nahrung suchten.

Übermorgen war Sonntag, und dann würde er wieder hier sein. Wie immer an seiner Bahnstation aussteigen, dann aber in die andere Richtung gehen, ein Stück die Kaiserstraße entlang, und dann wäre er auch schon bald in dem Dorf, das er bislang nur vom Zugfenster aus kannte.

Viel mehr, als dass es die Tochter des dortigen Försters war, die er am Kerwesonntag kennenlernen würde, wusste er nicht. Die Verabredung war arrangiert von der Großmutter seiner verstorbenen Frau. Die Großmutter kannte die Förstersfamilie schon lange, und sie meinte, das Leben müsse weitergehen.

Wie oft hatte er diesen Satz gehört, von anderen und ihn sich selbst vorgesagt. Ja, das Leben ging weiter. Und die Schwermut folgte ihm dabei wie ein treuer Hund, der immer wieder die Spur zu ihm aufnahm.

Er überdachte noch einmal den Arbeitsplan für den Tag. Er hatte viel Zeit darauf verwendet, sich über die moderne Kanalisierung von Stallungen zu belesen und deshalb einige Planungsänderungen vorgenommen, die er jetzt mit seinen Leuten besprechen wollte.

Und nach der Arbeit stand heute noch ein weiterer Auftrag an.

Seine Zimmerwirtin in der Stadt hatte ihn gebeten, einen kleinen Umweg zu machen und in einem Dorf in der Nähe des Gehöfts Kirschen abzuholen, die für den heutigen Tag zum Abholen für sie bereitstünden. Er habe ja ohnehin in der Gegend zu tun, und so habe sie gedacht, das füge sich schließlich gut.

Welche Geschichte hatte sie ihm ausführlich lange und umständlich erzählt?

Sie habe Verwandtschaft auf dem Land besuchen wollen, hatte sie begonnen und ihm einen etwas missbilligenden Blick zugeworfen, als er dieses Vorhaben als Hamsterfahrt bezeichnet hatte. Dabei war Nachkriegszeit, die Züge voller Menschen, die aus der Stadt aufs Land reisten, Kontakte suchten und nutzten in der Hoffnung auf Lebensmittel. Das war kein Geheimnis. Aber sie fuhr dann doch lebhaft mit ihrer Erzählung fort.

Mit dem gleichen Zug wie er sei sie aufs Land gefahren, sei an derselben Station wie er ausgestiegen und habe sich zu Fuß auf den Weg zu den Verwandten gemacht, die nicht im Wiesental, sondern in einem Dorf am Berg wohnten. Also sei sie immer der kleinen Straße bergauf gefolgt, anstrengend sei das gewesen bei der Hitze und immer bergauf. Als sie das erste Dorf, das sie auf ihrem Weg passieren musste, schon fast wieder hinter sich gelassen hätte, sei sie am Dorfende auf eine Frau getroffen. Sie habe eine Schürze und ein Kopftuch getragen, nicht mehr jung, und sie habe die Straße gekehrt. Bestimmt eine hiesige Bäuerin, habe sie gedacht und die Frau gefragt, ob man im Dorf vielleicht Kirschen kaufen könne. Die Kirschen seien noch nicht reif, sie brauchten noch ein Woche, habe die Frau geantwortet und sie gefragt, wohin sie denn unterwegs sei. Sie wolle Verwandte im nächsten Dorf besuchen, habe sie erzählt, und sie hoffe, am folgenden Tag den Zug von der nächsten Kleinstadt aus zurück in die Stadt nehmen zu können. Und dann stellte sich heraus, dass sie beide in diesem Städtchen geboren und aufgewachsen waren und als Kinder sogar in der ersten Klasse nebeneinander gesessen hatten. Natürlich würde die ehemalige Klassenkameradin Kirschen bekommen, aber eben erst in einer Woche, wenn sie reif wären. Sie würde ihren Zimmerherrn schicken, so hatte sie es vereinbart mit der wiedergefundenen Schulfreundin.

Heute war es also so weit. Er würde diese Kirschen abholen, in diesem Dorf, dessen Kirchturm man von seiner Baustelle aus sehen konnte und das sich den Berg hinaufzog. Wie er es vorausgeplant hatte, war es Nachmittag, als er aus dem Schatten des Gehöfts hinaustrat in die Hitze des Hochsommers, die auch jetzt noch bleiern über dem Land lag. Hitze. Sie hatte ihm entgegengeschlagen aus den noch immer heißen Steinen, den Trümmern, unter denen seine Familie begraben lag, seine kleine Tochter, seine Frau, seine Mutter. Betäubt hatte er gesucht und gegraben, wissend, dass niemand mehr am Leben sein konnte. An dem Tag, als er den Ärmel des Mäntelchens fand, das seinem Kind gehört hatte, ein rotes Mäntelchen, ein Kinderärmchen, da war er fortgegangen mit dem Unfassbaren in einem Kästchen und nicht mehr wiedergekommen.

Er ging den Feldweg zurück, den er gekommen war, überquerte die Kaiserstraße an dem Abzweig der kleinen Straße, die den Berg hinauf führte. Seine Zimmerwirtin hatte ihm genau beschrieben, dass er dieser Straße bergauf einfach folgen sollte bis fast zum Dorfende des ersten Dorfes.

Als er vor der genannten Adresse stand, hörte er von draußen jemanden Klavier spielen. Ein schlaksiger Hund sprang im Hof herum und auf und ab am Hoftor, mit tiefschwarzem, kurzen Fell und kündigte ihn laut bellend an. Die Haustüre ging auf, und eine junge Frau kam die Treppe herunter auf ihn zu. Sie begrüßte ihn und, einen Blick auf den Korb werfend, den er bei sich trug, meinte sie, er sei wohl der Herr aus der Stadt, der die Kirschen abholen wolle. Ihre Mutter habe sie geheißen, die Kirschen für ihn zu richten. Er sei doch bestimmt ganz durstig nach dem Fußmarsch, meinte sie und lud ihn ein, im Haus etwas zu trinken. Als er sich verabschiedete, hörte er sich fragen, ob er wiederkommen dürfe und wusste, die Verabredung am Kerwesonntag würde er absagen.

Im darauffolgenden Sommer heirateten sie an seinem Geburtstag in der Kirschenzeit.

Wenn es einen Kasten gäbe, in dem die Erinnerungen aufbewahrt wären wie Dias, dann waren es einige Dias, die immer ihren Weg in den Projektor fanden.

Auf dem einen war ein Hund, an einem Altar sitzend, zu sehen. Es war Flocki, der schwarze Hund, der auf einmal verschwunden und nicht auffindbar gewesen war. Er war unbemerkt in die Kirche vorausgeeilt und hatte am Altar gemeinsam mit dem Pfarrer auf das Brautpaar gewartet.

Auf einem anderen Dia konnte man zwei leere Kuchendeckel sehen. Abgenagte Kirschkerne lagen darauf, und an einem der Kuchendeckel war ein Zettel befestigt. Gleich darauf folgte immer die Aufnahme einer jungen Frau mit einem üppigen Blumenstrauß im Arm. Die Geschichte dazu spielte in der Nacht der Hochzeit. Es war schon fast Mitternacht gewesen, als plötzlich eine Gruppe junger Männer auf der Straße vor dem Haus aufgetaucht war und lauthals zu singen begann. Das Brautpaar und die Gäste, die noch da waren, traten ans Fenster und waren gänzlich abgelenkt. Da wegen der großen Hitze, die tagsüber geherrscht hatte, alle Fenster und auch die Haustür offen gestanden hatten, war es ein Leichtes gewesen, dass sich einige aus der Gruppe unbemerkt über den Hof ins Haus hineinstehlen konnten, die beiden Kuchen an sich und einen Blumenstrauß aus einer Vase herausnehmen konnten, um am Ende der Gesangsdarbietung den Strauß der Braut zu überreichen, die sich nun ein zweites Mal freute. Am nächsten Morgen standen die beiden Kuchendeckel wieder unauffällig auf der Treppe, ein Zettel war angeheftet, auf dem man sich bedankte.

Und es existierte noch ein anderes Dia, das sie teilten. Jahre, bevor sie einander begegnen würden, zeigte es die Aufnahme eines Zimmers.

II

Es waren die Kriegsjahre, und sie brauchte ein Weihnachtsgeschenk für ihre Tante Maria, die nach ihrer Scheidung zu ihnen aufs Dorf gezogen war. Die Tante trug schwer an der Veränderung und deshalb wollte sie vor allem ihr eine Freude zu Weihnachten machen. Eine Freundin aus dem Nachbarort kannte eine ältere Frau, die Bilder ihrer Tochter verkaufte und brachte sie auf den Gedanken, der Tante vielleicht ein gemaltes Bild zu schenken, etwas für ihr neues Zuhause. Die Malerin selbst lebte im Ausland, und bei jedem Besuch in ihrer früheren Heimat brachte sie Zeichnungen und Gemälde mit, die ihre Mutter für sie verkaufte.

Sie war dem Vorschlag der Freundin gefolgt und mit dem Zug in die Stadt gefahren. Immer wieder waren auch Bahnstrecken Ziel von Bombenangriffen, immer wieder Fliegeralarm in den Städten. Es war Krieg. Sie am Bahnhof ausgestiegen, in die Stadtmitte gelaufen, die Stufen zu dem Stadthaus hinaufgegangen, in dem die ältere Frau wohnte, um vielleicht ein passendes Geschenk zu finden. Sie wurde bereits erwartet, denn ihre Freundin hatte ihr Kommen und ihren Wunsch, ein Bild zu kaufen, angekündigt. Es hatte unterwegs plötzlich angefangen zu schneien, und ihr Mantel war nass geworden. Die ältere Frau nahm ihr den Mantel ab, hängte ihn in der Küche, in der es warm war, über einen Stuhl in der Nähe des Ofens und führte sie in den Raum, in dem sie die Bilder ihrer Tochter aufbewahrte. Und so stand sie an diesem Tag in dem Zimmer, in dem ihr späterer Ehemann während seiner ersten Ehe eine Zeit lang gewohnt hatte, verheiratet mit der Enkelin der älteren Frau. In diesem Raum in der Wohnung der Großmutter hatte das Paar solange gewohnt, bis eine eigene Wohnung gefunden war. Die Großmutter hatte die Holzkiste, in der all die Bilder waren, geöffnet und nahm verschiedene Arbeiten heraus. Das Bild, für das sie sich entschied, war ein Zweig von Preiselbeeren. Später einmal würde sie erfahren, dass die Malerin des Bildes die erste Schwiegermutter ihres Ehemanns, dem sie erst noch begegnen würde, gewesen war. Damals hatte sie gleich am nächsten Tag ihren Kauf ihrer Freundin gezeigt, weil sie wissen wollte, ob ihr das Bild auch gefalle. Die beiden Freundinnen konnten zu diesem Zeitpunkt nicht ahnen, dass sie in der Zukunft einander für viele Jahre aus dem Weg gehen würden, weil die eine von ihnen, die Försterstochter, sich vergeblich auf einen Kerwesonntag gefreut hatte.

Sie konnte ihm das Zimmer genau beschreiben. Man musste durch die große Küche gehen, rechter Hand vorbei an einer Steinspüle, um in den gefangenen Raum hinter der Küche zu gelangen. Das Zimmer war geräumig und durch ein großes Fenster sehr hell, auf der Tagesdecke über einem Bett viele bunte Kissen, auf der gegenüberliegenden Seite im Raum die große Holzkiste. Auf der Holzkiste hatte eine Puppe gelegen. Sie hatte gefragt, ob sie die Puppe einmal in die Hand nehmen dürfe und sie genau betrachtet. Die Puppe war aus sehr festem Stoff genäht und trug eine farbenfrohe Tracht, auf ihrem Kopf einen geflochtenen Kranz aus Bändern. Sie gab die Puppe zurück und wählte das Weihnachtsgeschenk für die Tante. Etwas Warmes würde ihr guttun, bevor sie sich auf den Heimweg mache, hatte die Großmutter gemeint und ihr einen Teller Suppe, die in einem Topf auf dem Küchenherd geköchelt hatte, angeboten. Als sie ihm von diesem Wintertag erzählte, ihm diesen Blick in sein vorheriges Leben schilderte, wusste er, er war nicht mehr allein. Er hatte noch einmal ein Zuhause.

Heike Streithoff

Rememberings

Mehr als 30 Jahre liegt das letzte Livekonzert zurück. Ich stand am Bühnenrand und habe dich beim Singen gesehen: du in schwarzen Leggins und schwarzem Top, hieltest diese große Akustikgitarre vor deinem Körper. Die Wände in Magenta und schwarz, die Gitarren setzten ein und dann deine Stimme am Mikrofon. Diesen Moment habe ich nie vergessen. 2012 sagtest du eine geplante Tournee aus gesundheitlichen Gründen ab. Was gab es dazwischen? 1992 arbeitete ich beim Fernsehen. Rock-Pop war nicht mehr so angesagt, nach den harten Technobeats begannen gemäßigtere Dance-Beats in den Clubs zu spielen. Whitney Houston eroberte mit ihrem Song ‚I will always love you‘ 1992 die US-Charts. Du warst im siebten Jahr deines Schaffens weltweit erfolgreich und international bekannt mit weit über sechs Millionen verkaufter Platten. Immer viel Wirbel mit deiner politischen und religiösen Einstellung, deine Haltung stets unbeugbar. Die Amerikaner fingen an dich zu hassen. Auf der Suche nach Spiritualität, auf der Suche nach Glaubwürdigkeit und Wahrheit bliebst du immer du selbst, unverkennbar deine Augen, dein Gesicht und die kurzen Stoppelhaare mit einer atemberaubenden irischen Stimme. Und dann sah ich dich im Internet mit pinkfarbenem Dress auf der Beerdigung deines Sohnes 2022. Ich fragte mich nicht, ob eine Ikone schwarz tragen muss auf einer Beerdigung, wenngleich du fast immer schwarz getragen hattest bei deinen Auftritten, nein, du trugst Pink und alle zweifelten deinen Geisteszustand an. Die Medien überschlugen sich und etwas später sah ich das schwarze, glänzende Auto mit dem Sarg am 08. August 2023 durch die Straßen Irlands fahren. Die Message hat mich nachmittags erreicht. Es schlug ein bei mir wie eine Bombe. Warum waren so heftig meine Gefühle, fragte ich mich?
Du begleitetest meine Ankunftszeit zwischen 1989 und 1990 in München. Wie oft habe ich die Kassetten von ‚The Lion and the Kobra‘ und ‚I do not want what I haven't got‘ gehört? Du warst meine Hymne in dieser Zeit, mein Durchhalte-Ankunfts-Ritual, deine Musik zu hören, war meine Freude, mein neues Ich, mein Seelenfrieden: SLEEP IN PEACE. Ich lebte seit Oktober 1989 in der Nähe von München, während die Mauer fiel, im Osten Deutschlands in meiner Heimat. Im Februar 1990 hatte ich einen Job beim BR ergattert, lernte den Hörfunk kennen. Ar-

beit gefunden zu haben, umzuziehen in eine Zweier-WG, frei sein mit der Musik, die berührt, das war mein Übergang in diese kapitalistische Welt. Deine Stimme mit dem fantastischen Video hat mich geprägt – und die Zeit des Auf-mich-bezogen-Seins in diesem neuen westlichen Leben. Ich fühlte mich nicht mehr allein, als du die Musikwelt komplett auf den Kopf stelltest, die AC/DC Fans u. a. stopptest und Bilder von Päpsten in den US-Medien 1992 zerrissen hattest, totale Tabus brachst.

Ich erinnere mich an unsere erste Begegnung. Erst kam Annie Lennox mit Dave Stewart im September 1989 ins Olympiastadion nach München, es roch überall nach kiffenden Fans, die Bühne komplett vernebelt, dann Anne Clark mit ihren düsteren Spoken-Words-Songs und endlich kamst du auf Tour. Das dritte Konzert in meinem Leben. Das war meine Stimmung im Süden der noch geteilten Republik. Ich hatte mich verspätet an dem Tag, musste den Seiteneingang im Zirkus Crone finden. Als plötzlich ein roter Bus die Türen öffnete und du direkt vor mir, so zierlich, so selbstsicher, im Licht einer Straßenlaterne ausstiegst. Ich hielt die Luft an, wartete und dachte: Das kann doch nicht wahr sein! Was tut man in so einem Moment, wenn zum ersten Mal ein Musikstar, eine Ikone, mit nackten Füssen auf den kalten Pflastersteinen vor dir steht? Mein Zuspätkommen war mein Glück und mein Suchen. Ich wartete, bis ihr im Seiteneingang verschwunden seid und beeilte mich, noch rechtzeitig reinzukommen. Die Band stand bereit und du kamst barfuß auf die Bühne gelaufen. Die Halle war nicht ganz gefüllt, ich konnte den weißen Strahl sehen mit deinem ‚Love in‘. Danach nahmst du die Akustikgitarre vom Ständer und stelltest dich an den Bühnenrand. Ich musste den ganzen Abend lachen. Ich hatte dich vorher näher gesehen, du warst fast einen Kopf kleiner als ich, aber viel, viel größer. Ich habe fast kein Wort verstanden von deinen anderen Gefühlen, FEEL SO DIFFERENT. Ich hatte so viel nachzuholen.

Heute habe ich dich gegoogelt: viermal verheiratet, viermal geschieden, vier Kinder von vier verschiedenen Partnern, vier Geschwister, der frühe Tod deiner Mutter 1985 durch einen Autounfall verursacht, die Trennung deiner Eltern, kein leichtes Schicksal. Die Suche nach dem Glauben hat dich immer begleitet, die Kameras waren stets zugegen. Dein preisgekröntes, weltberühmtes Video zu ‚Nothing Compares 2 U‘ markierte Musikgeschichte. Nach deiner Nachricht holte ich meine Gitarre aus dem Keller, kaufte neue Gitarrensätze, ebenso eine neue Gitarrenhülle. Ich wollte spielen und singen, aber ich konnte nicht. Ich hatte damals ein neues Leben aufzubauen in einer kapitalistischen Welt, auf die ich nicht vorbereitet war und nicht vorbereitet wurde. Du hast dich für die Freiheit der Frauen in Irland eingesetzt, ich habe mich für meine Freiheit entschieden, mit einem Koffer bin ich gegangen. Ich wollte mich mal frei fühlen, die 66er Jahrgänge können nicht ohne. Auch wollte ich kein Mensch zweiter Klasse mehr sein, die Ostdeutschen, die angeblich weniger Wert sind als die Westdeutschen, das zog sich wie ein roter Faden durch DDR-Biografien. Ich wollte keine Nachkriegspropaganda zwischen den vier Siegermächten mehr hören, keinen doppeldeutigen Ostrock, keine sozialistische Propaganda mehr an den schönen alten Jahrhunderthäusern in meiner Heimatstadt lesen, ich wollte einfach nur sein, in Levi's Jeans. Zwei deutsche Auswanderer hatten diesen Style mit Nieten erfunden. Die hast du auch getragen.

Während du also 1992 die Früchte deines Talentes erntetest mit deinen zwei Alben 1987 und 1989/90, musste ich mich meiner Realität stellen: Mein Herkunftsland gab es ab Oktober 1990 nicht mehr. Der Westen, der nun anfing, die ehemalige sozialistische DDR abzubauen: Von 7.000 Ostbetrieben blieben 1.200 Firmen systemrelevant für den Kapitalismus übrig. Da war mir nicht mehr nach irischer Rock-Pop-Musik. Ich stellte mir andere Fragen, und suchte Musik, die keine Fragen aufwarf. Solche Fragen stellte ich mir – nach dir. Ich hatte dich aus den Augen verloren, verzeih mir, ich hatte dich ganz auf dem Radar verloren. Aber mein Gefühl hatte dich für immer aufgenommen, diese unbeschwerten Stunden auf den ersten Konzerten in meinem Leben. Ohne Pathos – frei von allen.

Doch ich fühlte mich so anders als vor der Nachricht.

Ich sah am 27. Juli 2023 deine letzte Videobotschaft auf X vom 09.07.2023 und hörte die raue Stimme, deine letzten Worte, sah deine letzten Gesten. Du warst nach London gezogen und hattest den Plan, ein neues Album zu produzieren – eine schwarze Gitarre hing an der Wand. So gern hätte ich dich in den Arm genommen und dir gesagt: Ich warte, wir warten. Doch du gingst am 26. Juli 2023, der Todeszeitpunkt wurde 11.18 Uhr festgelegt. Ich las es fünf Stunden später über die BBC. Meine Welt mit dir stand plötzlich still.

R.i.P. Sinéad O'Connor – THANK YOU
1966 – 2023

Am 29.07.2024 wurde offiziell bekanntgegeben, dass Sinéad O'Connor an einer natürlichen Todesursache verstarb. Eine Verschlimmerung der chronisch obstruktiven Lungenerkrankung und das Asthma bronchiale zusammen mit einer geringgradigen Infektion der unteren Atemwege führten zum Ableben.

Xaver Egert

Wie man zum Helden wird

Das Donnern schallte über die brache Landschaft. Selbst der Löwenzahn erdreistete sich nicht, hier wachsen zu wollen. Die beiden Offiziere verzogen keine Miene.

Es war kurz vor Weihnachten, doch selbst der Schnee wollte sich an diesem gottverlassenen Ort nicht zeigen. Dafür war es sehr kalt, als würde ein Poet die metaphorische Kälte in den Herzen jener widerspiegeln wollen, die gerade an einem warmen Kaminfeuer Truppenbewegungen debattierten. Doch auch Poeten wagten sich nicht an diesen Ort und so bleibt der Vergleich bedeutungslos und leer.

Die Offiziere schlugen die Mäntel enger um sich. Schon diese Reaktion auf die Kälte zeigte streng genommen eine Blöße, doch selbst in ihren streng gedrillten und eng eingehegten Geistern hatte sich für ihre Verhältnisse eine gewisse Gleichgültigkeit breitgemacht. Eine Gleichgültigkeit, die ihnen gleichwohl nur jene anmerken konnten, die dieselbe Schule durchgemacht hatten wie sie und denselben eingehegten Verstand besaßen.

„Also, Name?", schnarrte der eine.

Der junge Rekrut vor ihnen rieb sich die Arme. Er hatte keinen Mantel. Wer weder adelig war, noch Rang besaß, musste sich seinen Mantel zunächst verdienen. Doch die meisten starben, bevor sie an ihren Mantel kamen.

„Erich Kemmrer", antwortete der Rekrut.

„Ich habe nicht nach deinem Vornamen gefragt, Kemmrer", schnarrte der Offizier.

„Was hast du vorher gemacht?", fragte der andere Offizier.

„Ich war Bauer"

„Soso, Bauer. Na, dann heißt du von heute an Krume[1]"

„Wieso das denn? Ich habe einen Namen!", protestierte der Bauer aufgebracht.

„Man muss sich erst verdienen, mit Namen angesprochen zu werden"

Dann durfte Krume gehen.

Die Offiziere trugen Krume in ihrer Liste ein. Für heute waren sie fertig. Ihre Aufgabe war es gewesen zu sondieren, ob unter den neuen Rekruten welche mit brauchbaren Berufen dabei gewesen waren, etwa Schu-

186

ster oder gar Schmiede. Davon konnten sie nicht genug bekommen. Die Schuhe waren löchrig und die Kanonen rostig.

Heute hatten die beiden kein Glück gehabt. Sie hatten alle Rekruten auf die Materialliste setzen müssen, die sie nun vorschriftsmäßig am Materialamt abgaben.

Am nächsten Abend hörten sich die beiden Offiziere stirnrunzelnd an, dass Krume bereits verschlissen war. Eine Granate hatte ihn zerfetzt, wie einer seiner Begleiter mit weit aufgerissenen Augen erzählte. Einer der beiden schüttelte den Kopf, als er die Schilderung hörte. Dass menschliches Material immer so eine Sauerei machen musste. Hier war es immerhin egal, menschliches Blut und menschliche Eingeweide düngten den Boden. Doch was, wenn das etwa beim Kommandeur im Wohnzimmer passiert wäre? Nicht auszudenken, wie lange man da hätte saubermachen müssen.

Die beiden Offiziere stritten sich lange, wer von den beiden nun zum Materialamt gehen müsse, um die Liste auf den neuesten Stand zu bringen. Schließlich fanden sie einen Kompromiss – fünf Zigaretten gegen den Gang zum Materialamt – und die Sache war für sie erledigt.

Am nächsten Morgen stellte sich jedoch heraus, dass Krume sich vor seinem Verschleiß einer dreisten Falschaussage schuldig gemacht hatte. Denn er hieß nicht Erich Kemmrer, sondern Erich von Wiederland. Er war, so stellte sich heraus, der Sohn eines Landadeligen, der unter falschen Namen in den Krieg gezogen war, da sein Vater es ihm verboten hatte.

Doch noch eine überraschende Entdeckung wurde gemacht. Prompt stellte sich heraus, dass die Materialliste mit dem Namen Erich Kemmrer im Materialamt verloren gegangen sei, ja, nie existiert habe. Dafür stand sein Name auf der Liste der verdienten Kämpfer. Es ergab sich, dass Erich von Wiederland ein heroischer Kämpfer gewesen war, der einer Übermacht von Feinden schon an seinem ersten Tag auf dem Schlachtfeld die Stirn geboten hatte. Er starb den Heldentod, doch die Schlacht an jenem Tag war seinetwegen – und nur seinetwegen! – gewonnen.

Zudem stellte sich heraus, dass Erich von Wiederland in der Armee wohl Neider gehabt habe, die nun behaupteten, er hätte vor der Schlacht vor Angst gezittert und gewimmert und wäre gar gleich beim ersten Ansturm von einer Granate zerfetzt worden. Womöglich hatten sie ihn gar auf dem Gewissen! Doch diese Leute waren schnell ausgemacht und noch schneller einer Erschießung zugeführt worden.

Zu Erich von Wiederlands Beerdigung erschien das ganze Bataillon einschließlich des Generals, der eine bewegende Trauerrede hielt. Angesichts seiner Heldentaten beschloss man, ihm ein Denkmal im Lager zu errichten.

Als jedoch die beiden Offiziere zufrieden dem Vater des heldenhaften Kämpfers davon berichteten, mussten sie vermerken, dass dieser keine Begeisterung zeigte. Zu ihrem Entsetzen entpuppte dieser sich als Pazifist, der in Tränen ausbrach, als er vom Schicksal seines Sohnes erfuhr. Irritiert reisten die Offiziere ab. Als sie im Lager ankamen, mussten sie feststellen, dass ein verirrtes Artilleriegeschoss des Feindes das Bildnis von Erich von Wiederland getroffen, und den Bildhauer getötet hatte.

Doch schon bald fand man einen Neuen, der sich bereit zeigte, das Bildnis zu errichten. Erich von Wiederland, da waren sich beide einig, hatte dieses Bildnis verdient. Er hatte sich abgehoben vom wertlosen Material, das im Lager vor sich hin vegetierte. Sein Name sollte ewig in Erinnerung bleiben. Der Name Krume indes geriet bald in Vergessenheit.

[1] Krume: die oberste, lockere Bodenschicht des Ackers

Werner Hetzschold

Kleine weiße Friedenstaube

Annemarie hat einen Anruf bekommen. Am Apparat war ihre Freundin. Seit der Mittelschule in Grabin kennen sie sich. Alexandra kam aus Dobrylugk, Annemarie aus Stoporsk. Nachdem sie beide sehr erfolgreich die neunte Klasse abgeschlossen hatten, wollten sie Unterstufenlehrerin werden, bewarben sich am Institut für Lehrerbildung in Leipzig. Sie hatten Sehnsucht nach der großen, weiten Welt, die für sie die Messestadt Leipzig repräsentierte. Eine Absage erhielten sie. Die Begründung lautete, dass die Plätze bereits vergeben seien. Ihnen wurde empfohlen, ein Studium an der „Henriette-Goldschmidt-Schule" aufzunehmen, um sich zur Kindergärtnern ausbilden zu lassen. Sollten sie mit diesem Vorschlag einverstanden seien, ist die Leitung des Institutes für Lehrerbildung von ihrem Entschluss in Kenntnis setzen. Ihre Bewerbungsunterlagen würden dann an die „Henriette-Goldschmidt-Schule" weiter gereicht. Alexandra musste Annemarie nicht überzeugen, diesen Ausbildungsweg zunächst einmal zu beschreiten. Beide waren sich darin einig, dass sie Lehrerin zu einem späteren Zeitpunkt immer noch werden könnten.

Viele Jahrzehnte sind vergangen. Lehrerin sind sie nicht geworden. In der DDR wurden immer dringend Erzieherinnen gebraucht und Lehrerinnen. Wer einmal was war, blieb es auf Lebenszeit. Nur Ausnahmen bestätigten die Regel. Annemarie und Alexandra hatten keine Beziehungen, gehörten nicht zu den Privilegierten, zu den Nomenklaturkadern zu den Auserwählten. Jetzt teilt Alexandra aus Frankfurt am Main Annemarie in München telefonisch mit, dass ihr im Internet eine äußerst interessante Information begegnet sei.

„Stell dir vor", verkündet lautstark und impulsiv wie immer die Rentnerin Alexandra der Rentnerin Annemarie, dass sie völlig unerwartet mit der Nachricht konfrontiert worden sei, dass das Lied „Kleine weiße Friedenstaube" eine Wiedergeburt erlebt. „Stell dir vor", lärmt Alexandra. „hier steht geschrieben, kleine weiße Friedenstaube DDR-Friedenslied erlebt Wiedergeburt." Du musst unbedingt deine Kiste hochfahren, musst unbedingt den Text lesen. Ungemein interessant ist er! Melde dich später, teile mir deine Eindrücke, deine Meinung mit. Ich lege jetzt auf! Bis später! -- Hast du die Nachrichten gehört?" Dieser Satz hindert Alexandra aufzulegen. „Die ganze Welt muss verrückt sein", nimmt sie das Gespräch wieder auf. „Die ganze Welt ist aus den Fugen geraten. Höchst widersprüchlich sind die Nachrichten. Gibt es überhaupt eine objektive Berichterstattung? Ich zweifle daran. Wenn ich den Nachrichten Glauben schenken soll, zweifle ich am gesunden Menschenverstand. Ich kann nicht glauben, dass solche Verbrechen in der Welt geschehen. Ich misstraue allem ..."

„Jetzt sprichst du wie mein Jan", unterbricht sie Annemarie. Auch er misstraut allem und jedem, glaubt an keine objektive Berichterstattung. Nur auf den Standpunkt kommt es an! Betont er immer wieder! Und als nächster Satz folgt: „Und willst du nicht mein Bruder sein, so schlag´ ich dir den Schädel ein ..."

„Genau das geschieht momentan! Und dabei soll der Mensch ein vernunftbegabtes Wesen sein! Für mich gibt es keine gerechten und ungerechten Kriege! Dass wir zwischen diesen beiden Formen zu unterscheiden haben, wurde uns auch einmal gelehrt ..." Alexandra macht eine Pause, sucht nach Worten, nach den passenden Worten, redet: „Als wir Kinder waren, hörte ich oft in der DDR die Formulierungen: „Stell dir vor, es ist Krieg und keiner geht hin!" oder „Nie wieder soll eine Mutter ihren Sohn beweinen" ..."

„Ich habe diese Sprüche nicht vergessen", pflichtet Annemarie der Freundin bei. „Sicher kennst du auch noch diese Sprüche „Nie wieder eine Waffe in die Hand nehmen!" oder an das hinter vorgehaltener Hand geflüsterte Sprichwort zu Stalins Tod: „Händchen falten, Köpfchen senken, fünf Minuten an Stalin denken!"" Und es dauerte nicht lange, und die vormilitärische Ausbildung stand auf dem Lehrplan.

„So viel Widersprüchliches haben wir erlebt! Und jetzt sind wir alt!", seufzt Alexandra, um dann befreit lachend auszurufen: „Und das Leben geht weiter! Packen wir es an! Noch gehören wir nicht zum alten Eisen! Aber jetzt mach ich erst einmal Schluss! Und du googlest nach der „Kleinen weißen Friedenstaube."

Annemarie überlegt nicht lange, geht in das Nebenzimmer, in dem der Computer steht, der augenblicklich nicht von ihrem Jan in Beschlag genommen wird, fährt das Gerät hoch, findet das Gesuchte, vertieft sich in den Text. Den Text der kleinen weißen Friedenstaube kann sie noch immer auswendig aufsagen. So verinnerlicht hat sie diese Strophen. Damals gehörte dieses Lied zum Stammrepertoire der im Kindergarten gesungenen Volkslieder. Nur war die Autorin ihr unbekannt. Damals war ihr gleichgültig, wer den Text verfasst hatte. Sicher war sie einst überzeugt, dass die kleine weiße Friedenstaube ein Volkslied war, sozusagen im Volke entstanden war und gar keinen Verfasser nötig hatte. Volkslieder hatte das Volk geschaffen. Sie hatten keinen namentlich bekannten Schöpfer. Sie waren einfach da, wurden gesungen.

Zum ersten Mal in ihrem Leben erfährt die Rentnerin Annemarie den Namen der Dichterin, die noch unter den Lebenden weilt, beinahe einhundert Jahre alt ist. Auf dem Foto, das Bestandteil des Artikel ist, erscheint die Schöpferin wesentlich jünger. Richtig fit sieht sie aus! Annemarie lächelt, erinnert sich an ihre Ausbildung an der Puddingschule, die es noch immer gibt. Beim vergangenen Klassentreffen in Wittenberg feierten die noch am Leben verbliebenen alten Damen diese Zeit ihrer Ausbildung, ließen ihre einstigen Lehrerinnen und Lehrer hochleben, auch die kleine weiße Friedenstaube. Der Name des Dichters blieb unerwähnt, weil ihn keiner kannte, weil nie jemand ihn hinterfragt hatte, weil es für alle ein innerhalb des Volkes entstandenes Volkslied war. Annemarie erfährt nunmehr als Rentnerin, dass die Schöpferin dieses Liedes Erika Schirmer heißt und nicht nur Lieder komponierte und dafür die Texte schrieb, sondern dass sie auch Scherenschnitte anfertigte, wahre Kunstwerke, auch Scherenschnitte von der Friedenstaube. Jetzt aufgrund der politischen Situation wird wieder auf das in der DDR entstandene Friedenslied aufmerksam gemacht.

Die Autorin hat selbst am eigenen Leibe Flucht und Vertreibung kennen und spüren gelernt. Gemeinsam mit ihrer Mutter floh sie 1945 aus Schlesien. 19 Jahre war sie alt, als Erika Erna Mertke das einstige Polnisch Nettkow, das 1920 in Schlesisch Nettkow umbenannt wurde, verlassen musste. Nichts sollte von der deutschen Bevölkerung übrigbleiben, weder deutsche Denkmäler noch deutsche Namen. Alles wurde liquidiert. Als Umsiedlerin, so die offizielle Bezeichnung der Heimatvertriebenen in der DDR, lebte sie im Eichsfeld, dann als Kindergärtnerin auf Rügen, ab 1948 in Nordhausen. In dieser Stadt ist sie bis heute verblieben. Damals konnte Erika Schirmer ihren beruflichen Traum verwirklichen. Nach erfolgreichem Lehrerstudium war sie in Nordhausen an einer Grundschule tätig, später wurde sie als Pädagogin für körperlich und geistig behinderte junge Menschen eingesetzt. Den Anstoß zu dem Text, so gesteht die Dichterin, hat ein Plakat mit einer weißen Taube, gemalt von Picasso, gegeben. Annemarie kennt dieses Bild, auch die Geschichte um dieses Bild. Diese weiße Taube fliegt von rechts nach links. Es wurde behauptet von denen, die meinten es zu wissen, dass diese Friedenstaube, wie sie später genannt wurde, von Ost nach West fliegt, den Frieden, die Völkerverständigung in den Westen bringt. Als Kind, so wurde erzählt, soll der kleine Pablo wunderschöne Tauben gemalt und gezüchtet haben.

Vielleicht sind das alles nur Legenden, die im spanischen Volke kursieren. Dieses Bild war der Auslöser für das Gedicht „Kleine weiße Friedenstaube", sagt die Dichterin. Gemeinsam mit ihren Kindern hat sie es im Kindergarten gesungen. Ihre Praktikantinnen, ihre Kolleginnen, ihre Kinder haben es verbreitet, weiter gegeben, es populär gemacht. Mittels der Mundpropaganda wurde es weiter gereicht, verbreitet, wurde zum Volkslied, wurde gesungen in den Kindergärten der DDR, in den Schulen bei Fahnenappellen, während der zahlreichen Pioniernachmittage.

Annemarie hat diese Pioniernachmittage noch in lebhafter Erinnerung. Wie alle aus ihrer Klasse in der Dorfschule in Stoporsk singen sie gemeinsam mit ihrer Lehrerin, Fräulein Hübsch, „Kleine weiße Friedenstaube, fliege übers Land; allen Menschen, groß und kleinen, bist du wohlbekannt. Fliege übers große Wasser, über Berg und Tal; bringe allen Menschen Frieden, grüß sie tausendmal. Und wir wünschen für die Reise Freude und viel Glück, kleine weiße Friedenstaube, komm recht bald zurück." So lautete damals der Text. Später muss es noch andere Versionen gegeben haben. Irgendeine Strophe hörte sich so an „Du sollst fliegen, Friedenstaube, allen sag es hier, dass nie wieder Krieg wir wollen, Frieden wollen wir." Annemarie überlegt: Da gab es doch einen Text „Kleine weiße Friedenstaube" für ein Lied, das von Marianne Rosenberg gesungen wurde. Es nannte sich nicht mehr schlicht und einfach Lied, sondern Song. Strophen, die sie damals während ihrer Kindheit in der Stoporsker Dorfschule gesungen hat, waren auch in dem Song der Marianne Rosenberg enthalten, soweit ihr der Text der Marianne Rosenberg in ihrem Gedächtnis haften geblieben ist. Viele Schlagersängerinnen in vielen Ländern hatten das ihr vertraute Lied in ihrem Repertoire. Irgendwann muss die Rosenberg sich dahingehend geäußert haben, dass sie das Lied „Kleine weiße Friedenstaube" nicht kannte. Durch puren Zufall sei sie bei der Zusammenstellung eines Albums für Kinder auf dieses Lied von der Frau Schirmer gestoßen. Die Sängerin erkannte, dass das Lied hervorragend unsere Zeit widerspiegelt. Wie Annemarie vertritt die Sängerin die Meinung, dass es im Krieg nur Verlierer gibt. Annemarie ergänzt: Die Notleidenden sind die einfachen Menschen, nicht die Entscheidungsträger. Annemarie muss aufpassen, dass sie nicht sentimental, mitleidig, wehmütig, nicht unkritisch wird, wenn sie mit ihrer Kindheit, mit ihrer sorglosen, unbeschwerten Kindheit konfrontiert wird zwischen den Feldern und Wiesen nahe dem Wald in dem idyllisch gelegenen Stoporsk in der Niederlausitz. Die „FRÖSI" fällt ihr ein. Das war der Name einer Zeitschrift für Kinder. Diese Zeitschrift wurde in einem eigens für Kinder geschaffenen Verlages veröffentlicht. „Fröhlich sein und singen" war ihr voller Name. Mit dem Verschwinden der DDR verschwand auch diese Kinderzeitschrift, deren Leserin die Pionierin Annemarie war. Aus ihrem Kopf sind aber nicht die Lieder verschwunden, die zu ihrem Liedgut gehörten. Spontan fällt ihr ein „Wenn Mutti früh zur Arbeit geht", „Es wollen Zwei auf Reisen gehn", „Fröhlich sein und singen", „Stolz das blaue Halstuch tragen". Während ihrer Kindheit begegnete sie diesen Texten auch in den Schulbüchern. Sie gehörten einfach zum Bildungsgut wie die kleine weiße Taube.

Wenn sie in den Schulbüchern ihrer Urenkel blättert, findet sie nirgends solche einprägsamen Texte. Gefühle spielen wohl keine Rolle mehr. Alles ist verkopft. Und jetzt während Corona fällt so viel Unterricht aus, dass der Unterrichtsstoff kaum nachzuholen ist. Diese Bildungsdefizite bleiben. Früher wurde viel geschrieben, gelesen, sogar das Fach Schönschrift gab es. Sie versteht die Welt nicht mehr. Heute kann sie alles ergoogeln, früher musste sie in Büchern nachschlagen, sich alles mühsam und zeitaufwendig erarbeiten, zusammensuchen.

Die Dichterin und Pädagogin Erika Schirmer bewundert sie. Dem Internet kann sie entnehmen, dass erst im hohen Alter ihre Verdienste als Künstlerin gebührend vonseiten der Entscheidungsträger gewürdigt worden sind. Annemarie liest, dass Frau Schirmer 1996 die Auszeichnung für Vorbildliche Integration von Aussiedlern in die BRD vonseiten der Präsidentin des Deutschen Bundestages empfangen hat. 1998 wurde ihr der Kunstpreis des Landesverbandes der Vertriebenen für ihren Gedichtband „Heimat, die ich meine – Nordhausen" verliehen. 2013 wurde sie Ehrenbürgerin der Stadt Nordhausen, 2014 Ehrenbürgerin ihrer Geburtsstadt Czerwiénsk. Annemarie ist überzeugt, dass bei der Wiedergabe des Lebenslaufes dieser Volkskünstlerin Fehler unterlaufen sein müssen. Den größten Teil ihres Lebens und Schaffens hat diese Volkskünstlerin in der Deutschen Demokratischen Republik verbracht. Eine Auszeichnung als Künstlerin, als Pädagogin hat sie offensichtlich laut Vita im Internet nie in der DDR erhalten. Nach der sogenannten Wende verstummte ihr Lied, war in keinem Buch, geschweige denn in irgendeinem Schulbuch zu finden. Erlebt ihr Schaffen vielleicht jetzt eine Renaissance? Annemarie drückt ihr die Daumen, ganz fest. Verdient hat sie es! Auf jeden Fall!

Das Telefon meldet sich. Annemarie vernimmt die Stimme ihrer Freundin Alexandra. Völlig aufgelöst ist sie. Ihre Worte überschlagen sich.

„Beruhige dich erst einmal! Die Welt wird nicht gleich untergehen. Bei diesem Redefluss verstehe ich kein Wort." Annemarie versucht ihre Freundin zu beschwichtigen.

„Stell dir vor, ich habe eine Nachricht per Mail erhalten, die mich umhaut, die mich völlig aus dem Gleichgewicht bringt."

„Und was ist das für eine Botschaft, die dich umhaut? Diese Reaktion von dir ist neu, zumindest für mich."

„Lass es mich erklären!", reißt Alexandra das Wort an sich. „Bisher habe ich zu keinem Menschen über diese meine neue Leidenschaft gesprochen. Nicht einmal dir gegenüber habe ich sie erwähnt. Streng gehütet habe ich sie. Mit keinem Menschen geteilt, nicht einmal mit dir, obwohl du meine beste Freundin bist. Keinem Menschen habe ich anvertraut, dass ich Geschichten schreibe. Diese Geschichten habe ich meinem Lehrer, meinem Dozenten des Lehrganges „Kreatives Schreiben" ausgehändigt, wollte sein fachmännisches Urteil hören. Er ist der Einzige, den ich in meine Pläne eingeweiht habe. Er hat mir empfohlen, sie einem Verlag zuzuschicken, der E-Books publiziert. Da wären die Kosten günstiger als bei einem Verlag, der gedruckte Bücher auf den Markt bringt. Gewöhnlich muss der Schreiber und Auftraggeber sich an den Druckkosten beteiligen und Bücher auf eigene Kosten übernehmen. Die entstehenden Druckkosten sind nicht unerheblich. Ich sagte ihm, dass ich seine Empfehlung mir durch den Kopf gehen lasse ..."

„Und wie hast du dich entschieden?" Annemarie ist hellhörig geworden. Dass ihre beste Freundin schreibt und ihr nichts davon sagt, enttäuscht sie, entfacht ihre Neugier.

„Im Internet habe ich einen Anbieter entdeckt, der mir zusagt aufgrund seiner Offerte."

„Am besten, du schickst mir die Offerte und die Mail, die dir dieser Anbieter zugeschickt hat. Ich melde mich, sobald ich mir Klarheit verschafft habe. Einverstanden? Mit Ungeduld erwarte ich deine Botschaft." Annemarie beendet das Telefonat, speichert den ihr von Alexandra übermittelten Text, liest, langsam, Wort für Wort. Die Offerte flößt Vertrauen ein, ist übersichtlich gestaltet, verständlich, eindeutig und unmissverständlich verfasst. Jeder Leser versteht sie. Jeder begreift sie. Keine Winkelzüge gibt es, zumindest findet Annemarie keine. Jedes Wort klopft sie auf dessen Bedeutung ab. Der im Internet publizierte Text lautet: Ihr Manuskript für mich, die Vorteile einer Verlagsveröffentlichung, größere Reichweite, Marketingunterstützung, Übernahme (und Finanzierung!) von Lektorat und Korrektorat, mehr Zeit fürs eigentliche Schreiben, professionelleres Endprodukt, alle Autoren werden mit 50 Prozent an den Erlösen beteiligt! Liebe Autoren, bei Zusendung eines Manuskripts beachten Sie meine Tipps zur richtigen Einsendung von Manuskripten – und mit Exposé geht alles besser.

Alle Hinweise, alle Tipps hat Alexandra beachtet, gewissenhaft alle Fragen beantwortet, nichts ignoriert. Der Zero-Verlag bringt nur E-Books auf den Markt. Annemarie nimmt diesen Zero-Verlag unter die Lupe, indem sie mittels Internet über diesen freundlichen, geradezu zuvorkommenden, offensichtlich uneigennützigen, neue Autoren fördernden Anbieter Auskünfte einholt. Gerade unerfahrene Autoren ermutigt die Offerte. Immer wieder begegnet Annemarie der Wortgruppe „Nur Mut!".
Alexandra ist sehr mutig gewesen, hat den Hinweis: „Ihre Nachricht – Möchten Sie mir sonst noch etwas mitteilen?", freimütig und offenherzig ausführlichst beantwortet. Den Fragebogen zur Vorstellung ihres Manuskriptes hat Alexandra so exakt wie nur möglich ausgefüllt, dabei viel Persönliches preisgegeben, mehr als vielleicht gut ist. Annemarie prüft, holt alle ihr zur Verfügung gestellten Informationen, die über diesen Verlag in das Internet gestellt worden sind, mittels Internet ein. Sie erfährt, dass der Verlag ausschließlich auf digitale Medien spezialisiert ist und auf die Aufbereitung gemeinfreier Bücher. Es werden nicht nur Bücher aus öffentlichen Quellen verarbeitet, sondern lektoriert, in die neue Deutsche Rechtschreibung übertragen, kommentiert und ... Annemarie findet Beiträge über den Zero-Verlag, die diesen Verlag und seinen Betreiber in einem völlig anderen Licht erscheinen lassen. Da äußert sich der Verleger zu einer Frage eines Kunden wie folgt: „Ja, Sie haben eine unverschämte Frage zu einem GESCHENKTEN Buch gestellt. Was denken Sie sich eigentlich, dass ich nichts Besseres zu tun habe, als für EINE Person ein neues Cover zu gestalten und dann auch noch geschenkt?" Zitat Ende. Dabei hatte der Kunde höflich angefragt: „Sehr geehrter Herr [edit /jh]! Ich habe das Gratisbuch des Newsletter herunter geladen, jedoch lässt es sich nicht öffnen, da die Datei beschädigt ist. Andere Bücher kann ich ohne Probleme öffnen. Wie kann ich vorgehen, damit ich das Buch lesen kann? Vielleicht wäre es möglich, dass Sie den Schriftzug „Gartis" entfernen könnten. Vielen Dank für Ihre Bemühungen."
Annemarie muss aus dem im Internet geführten Schriftverkehr zur Kenntnis nehmen, dass die Gratisbücher nur Werbemittel sind. Sie wird aufgeklärt: „Der Laden lebt ja vom Verkauf gemeinfreier Titel. Dagegen ist grundsätzlich nichts einzuwenden, wenn die dann eben klasse umgesetzt sind. Nur das kann ein Grund sein, Geld dafür auszugeben. Und anscheinend geht es dem Mann damit gar nicht so schlecht."
Ihre Nachforschungen begeistern Annemarie. Sie durchforstet im Internet die über diesen Verleger gemachten Angaben, ordnet sie ein in zwei Spalten: Was spricht für ihn, was gegen ihn als Mensch. Sie sammelt: Wie hattest du denn deine Anfrage formuliert? Ich glaube kaum, dass jemand

so (extrem) unwirsch reagiert, wenn man höflich und freundlich fragt. Dann ist die Antwort wirklich haarsträubend. Der Mann scheint Choleriker zu sein ... So eine Antwort ist immer unverschämt. Der Zero-Verlag will wohl keine Kunden. Gut zu wissen. Deshalb ist er auch ein Choleriker geworden und ich bin wohl nicht der Einzige, dem es so ergangen ist. Wie gesagt, mit ihm als Mensch komme ich auch nicht klar, inzwischen kaufe ich dort aber auch nichts mehr, da er nichts mehr anbietet was mich interessiert. Ich dachte, cholerisch sein ist eine Charaktereigenschaft, die man nicht einfach mal so entwickelt, nur weil irgendetwas nicht so ganz rund läuft. Ich denke eher im Gegenteil: Das Nicht-so-ganz-rund-Laufen offenbart die sowieso schon vorhandene cholerische Ader.

Annemarie denkt nach, fasst zusammen, kommt zu dem Ergebnis, dass das, was über ihn gesagt wird, nicht wohlwollend klingt, diesen Mann in keinem freundlichen Licht zeigt, ihn unsympathisch macht. Sie und ihre Freundin Alexandra sind nicht technisch begabt, haben keine Ahnung, nicht den leisesten Schimmer, wie ein E-Book hergestellt wird, wie ein E-Book-Verlag funktioniert. Offensichtlich ist dieser Verleger ein äußerst technisch begabter und versierter Mensch, hat schon mit seinem Verlag viele Preise gewonnen, verfügt über reiche Erfahrungen in Bezug auf die Produktion der E-Books, ist leidenschaftlich bei der Sache, produziert E-Books per Fließband-Methode. Irgendwo hat Annemarie die Wortgruppe digitale Rationalisierung gelesen. Diese von ihr nicht nachvollziehbare Technik muss es sein, die er bis zur höchsten Perfektion, zur höchsten Vervollkommnung beherrscht, die er mit Leidenschaft und höchstem Engagement betreibt. Er bescheinigt sich eine schnelle Auffassungsgabe, dass er mehrere geistig anspruchsvolle Aufgaben gleichzeitig löst, die Probleme bereits erkennt und beseitigt, bevor sie offiziell angesprochen werden. Perfektion ist das Wort, dass immer wieder auftaucht, von ihm benutzt wird für seine Selbstdarstellung. Die Maximen, die er an sich stellt, sind Schnelligkeit, Machbarkeit, Zukunftssicherheit. Annemarie liest, die von ihm verbreiteten Floskeln wie „Ich denke und lebe online, bleibe immer am Ball." Alles kann er besser, stellt Annemarie sachlich fest. Diese Erkenntnis war der Auslöser, seinen eigenen Verlag zu gründen. Auf diese Weise ist er in das Verlagswesen hineingeschlittert. Und mit großem Erfolg! Und das als Quereinsteiger! So schreibt er über sich.

Annemarie gelangt zu dem Ergebnis, dass die von diesem Verleger ausgewählten jungen Autoren wenigstens siebzig Jahre tot sein müssen. Sie überlegt, was der Grund dafür ist. Sie ist kein Fachmann, kennt sich nicht im Verlagswesen aus. Vielleicht wird ein über siebzig Jahre Toter von diesem Verleger deshalb bevorzugt behandelt, weil er sich nicht beschweren, sich nicht wehren kann, wenn er nicht so veröffentlicht wird, wie er es gern möchte. Bei einem lebenden Autoren, vor allem bei einer lebenden Autorin, muss ein Herausgeber mit Widerstand rechnen, wenn sie mit seiner Verfahrensweise nicht einverstanden ist, ihr nicht zustimmt.

Vielleicht muss der Verleger für deren Werke nichts bezahlen, weil alle diese nicht mehr unter den Lebenden weilenden Autoren jetzt von allen gedruckt werden können, die sie drucken wollen, so wie sie es diese Verleger als Drucker beabsichtigen. Der Gedruckte kann sich nicht wehren, weil er schon so lange nicht mehr unter den Lebenden weilt. Wenn der Verleger das Werk von Alexandra veröffentlicht, muss er eventuell Alexandra ein Honorar zahlen, es sei denn, Alexandra wird für die Veröffentlichung ihres Buches zur Kasse gebeten. Annemarie liest wie Alexandra nur Bücher, die ihr als richtiges Buch zum Anfassen vorliegen, in deren Seiten sie herumblättern kann, keine digitalen Bücher. Sie bekommt Kopfschmerzen, die Augen brennen, tränen, die Buchstaben verschwimmen, tanzen. Sie kann sich nicht länger konzentrieren, wenn sie lange Zeit vor dem Bildschirm ausharrt. Für sie bringt die Lektüre eines E-Books nur Nachteile. Annemarie ist überzeugt, sie trägt nur gesundheitliche Schäden davon, wenn sie statt der Buchseiten dem Bildschirm den Vorrang gibt. Deshalb Finger weg!

Annemarie wendet sich der Botschaft des Verlegers zu, die bei Alexandra Schreikrämpfe verursacht hat. Schwarz auf weiß leuchten die Buchstaben ihr entgegen: „Ich veröffentliche keine Spinnereien von wehleidigen, dauerbeleidigten Verschwörungstheoretikern, ungebildeten Relationisten oder Impfschwurblern, die sich für von Gott erleuchtet halten. BITTE VERSCHONEN SIE MICH ZUKÜNFTIG VON JEDER KONTAKTAUFNAHME"

Annemarie traut ihren Augen nicht. Immer wieder liest sie den Text, versucht ihn zu deuten, zu verstehen. Diese E-Mail ist eine literarische Kostbarkeit, ein literarisches Kleinod, spiegelt den Geist, den Bildungsgrad, den geistigen Horizont, das Feingefühl des Schreibers wider, ist eine Perle, ein Juwel, eine Kostbarkeit der Höflichkeit, des Anstandes, der Umgangsformen. Der Absender gibt vor, nach dem Abitur mit Erfolg ein Studium an einer deutschen Universität abgelegt zu haben, über zahlreiche Qualifikationen zu verfügen. Als Quereinsteiger wurde er zum führenden Verleger der E-Book-Branche gekürt. Alle, die sich über diesen Mann im Internet geäußert haben, bescheinigen ihm Arroganz, Unhöflichkeit, Überheblichkeit. Dieser Verleger, der zweifellos auf seinem Gebiet ein absolutes Spitzenprodukt sein mag, verfügt über eine äußerst mangelhafte Kenntnis in Bezug auf den Schriftverkehr. Weder Anrede noch Grußformel gibt es. Der Text strotzt vor sprachlichen Unikaten, die Annemarie fremd sind. Der von ihm gewählte Stil wirkt auf die alte Frau grotesk, absurd, abstoßend, verletzend, widerwärtig, eines gebildeten Menschen unwürdig. Für Annemarie ist dieser Verleger Abschaum der Menschheit. Sie hält inne.

Ausgangspunkt war das Volkslied „Kleine weiße Friedenstaube". Ihre Gedanken wandern zurück in die Vergangenheit, in die Zeit, in der sie eine junge, lebensfrohe Kindergärtnerin war. Sie sieht das Bild vor sich, das damals in ihrem Gruppenraum hing. Es hieß: „Besuch zum 1. März". Auf diesem Bild waren zwei Bilder zu sehen. Auf dem linken Bild prangte eine farbenfrohe Matroschka, auf dem rechten ein Junger Pionier mit rotem Halstuch, offensichtlich ein sowjetischer Pionier. Ein Spruch ist ihr noch immer geläufig: Von der Sowjetunion lernen heißt siegen lernen. Dieses Bild entdeckte sie im Internet. Sie zaubert es auf den Bildschirm. Der Text lautet: „Besuch zum 1. März. Heute warten wir auf Helgas großen Bruder. Er ist Soldat der Volksarmee. Er und seine Kameraden sorgen dafür, daß wir alle im Frieden leben können. Wir wollen unseren Gast mit einem Lied erfreuen. Alle Schüler kennen es gut. Es heißt „Kleine weiße Friedenstaube".

Der erste März war der Tag der Nationalen Volksarmee, war ein Ehrentag, ein Gedenktag in der DDR. In Betrieben, Schulen, Kindergärten wurde der Tag feierlich begangen mit Fahnenappellen, mit der Verleihung von Auszeichnungen. Ob damals in der DDR Erika Schirmer einen Preis, eine Auszeichnung für die „Kleine weiße Taube" bekommen hat? Annemarie geht der Gedanke nicht aus dem Sinn, dass diese Volkskünstlerin erst nach der Wiedervereinigung Auszeichnungen erhielt. Wie sie jetzt dem Lebenslauf im Internet entnehmen kann, empfing sie in der ehemaligen DDR keine Anerkennung. Annemarie weiß, alles ist möglich. Warum auch nicht das, diese späte Ehrung? Vorstellen kann sie es sich nicht! Frau Schirmer musste sich nicht um die Veröffentlichung ihres Textes kümmern. Mundpropaganda reichte aus.

Im Zusammenhang mit diesem E-Book-Verleger begegnet ihr im Internet eine neue, unbekannte Autorin, die sich wie ihre Freundin gern gedruckt sehen möchte. Sicher gibt es Frauen ohne Ende, die wie Alexandra das langersehnte Ziel haben, es unermüdlich verfolgen, Schriftstellerin zu werden, zu sein. Nicht ohne Anteilnahme vertieft sich Annemarie in den Text, der um die Publikation eines Buches kreist. Die Autorin schreibt, dass sie die Erfahrung gemacht hat, wenn sie sich gedruckt sehen möchte, eine vom Verlag vorgegebene Anzahl von potentiellen Käufern garan-

198

tieren muss, die das Buch vorbestellen. Die Autorin fragt nach, ob diese Vorgehensweise jetzt generell üblich ist. Sie räumt ein, dass ihr bekannt ist, dass Kleinverlage, die die Bezeichnung Druckkostenzuschuss-Verlag wie der Teufel das Weihwasser fürchten, vom Autor einen finanziellen Beitrag einfordern, um dessen Werk vermarkten zu können, da er noch unbekannt sei, sich erst einen Namen erarbeiten muss. Die Autorin gesteht, dass sie ein komisches, ein mulmiges Gefühl hat, wenn sie sich vorstellt, dass sie für ihr Werk die Werbetrommel rühren soll und obendrein noch dafür zur Kasse gebeten wird. Sie habe bereits von anderen Autorinnen gehört, die sich auf so einen Deal eingelassen haben, dass der von ihnen zu entrichtende Betrag zwecks Werbung beträchtlich höher ausfiel als der Druckkostenzuschuss in einem Druckkostenzuschuss-Verlag oder bei einem Dienstleister, wie sich Kleinstverlage manchmal nennen, die als Druckkostenzuschuss-Verlag nicht in Verruf gelangen möchten. Bekannte, Freunde, Mitstreiter, angehende Schriftstellerinnen setzten alle Hebel in Bewegung, um genügend Vorbestellungen aufbieten zu können, kauften auf eigene Kosten eine Leserschaft. Annemarie kann sich nur schwer vorstellen, dass sich Alexandra auf so ein dubioses Geschäft einlässt. Wie belastend, wie fragwürdig es ist, den geeigneten Verlag zu finden, hat ja Alexandra bei diesem zweifelhaften E-Book-Verlag Zero erlebt. Mit einer freundlichen, Vertrauen einflößenden Offerte wird die Debütantin angelockt, umgarnt, um dann madig gemacht zu werden. Dieser Verleger muss ein Psychopath sein, eine andere Erklärung gibt es für Annemarie nicht. Wie soll sie sich Alexandra gegenüber verhalten? Nimmt sie jetzt Kontakt mit ihr auf ohne jegliche Vorwarnung, flippt die Freundin aus. Sie wird sie laufend unterbrechen, Annemarie konfus machen. Es ist deshalb besser, sie auf ein Gespräch vorzubereiten. Annemarie entschließt sich für die schriftliche Einstimmung, sucht nach den passenden Worten: „Hallo Alexandra, ich bin der festen Ansicht, dass du zu den wenigen Auserwählten gehörst, die eine Rückmeldung von diesem sensiblen, genialen E-Book-Verleger bekommen hat. Im Internet tauschten sich einige E-Book-Fans über die Gepflogenheiten dieses Mannes aus, die seine Bücher heruntergeladen und sich zwecks diverser Auskünfte an ihn gewandt hatten. Wenn auf ihre Fragen überhaupt eine Reaktion erfolgte, dann fiel die Antwort qualitativ so aus wie in deinem Falle. Der Mann muss im wahren Leben ein echter Kotzbrocken sein. Seine Frau ist zu bewundern, dass sie dieses vor Eitelkeit strotzende Ekel erträgt, seine Launen, seinen Frust.

Annemarie schreibt irgendwo, irgendwann habe ich diese weisen Worte gelesen: „Für jede Barriere gibt es im Zeitalter der digitalen Kommunikation eine Methode, sie zu überwinden." Du überwindest diese Barriere, indem du seine digitale Kommunikation mittels des E-Books ignorierst. Schwer wird es dir nicht fallen, da wir auf Papier gedruckte Bücher bevorzugen. Diesen Text werde ich dir schicken. Das Weitere werden wir mündlich besprechen.

Helga Thomas

Der Brief, der nie abgeschickt wurde

Im letzten Jahr, es ist noch keine neun Monate her, habe ich mich an meine erste beste Freundin erinnert. Vor drei Nächten habe ich von einer anderen Freundin geträumt, die nie eine Konkurrenz für meine erste Freundin war, die ich auch später kennenlernte, aber sehr liebte, mit der unendlichen Zärtlichkeit, zu der nur heranwachsende Mädchen fähig sind. Unsere Beziehung stand außerhalb des Raumes und der Zeit, die unser Leben bedeuteten. Deshalb hat sie sich wahrscheinlich auch nicht weiterentwickelt, nie gewandelt, wie mir jetzt scheint. Diese Liebe war eine große Welle, die dann sich schlussendlich am flachen Strand verlief. Nur eine Spur blieb sichtbar, eine Form des Lebens, die ich jetzt, im Traum vor drei Tagen, wieder sah. Und seitdem denke ich an sie und die Zeit damals und möchte von ihr erzählen. Aber wie? Soll ich erzählen, wie ein Schulmädchen ein anderes Schulmädchen in den Ferien kennenlernte? Wie sie sich einander erwählten als Ziel ihrer zärtlichen Gefühle (haben wir uns denn erwählt, geschah es uns nicht einfach? Wählt die Welle den Strand aus, in dessen Sand sie sich verläuft?). Soll ich erzählen, was ich als Elfjährige fühlte, als ich sie sah, jünger als ich, denn sie hatte in der Schule noch keinen Russischunterricht, der würde für sie jetzt erst beginnen, nach diesen Sommerferien. Ich sah sie, wie dieses fast, aber wirklich nur fast gleichaltrige Mädchen ihre sehr viel ältere Schwester tröstete, die den Abschied von der Mutter nicht verschmerzte. Ich glaubte ihren Tränen nicht, ich schaute ihnen zu wie einem Schauspiel, musste mir nicht einmal beruhigend sagen „es ist nur gespielt, so wenig berührten mich diese Tränen. Aber die kleine Schwester tat mir leid, sie war so verzweifelt eifrig bemüht zu trösten. Habe ich sie getröstet und gesagt, wie ich es in der Erinnerung meine? Oder hatte ich es tun wollen, aber fand den Mut nicht und nun band mich die geplante, aber unterlassene Tat an dich? Ich wollte dir sagen: „Lass sie weinen, sie wird dann bald merken, dass wir auch alle nett sind; und wenn ihr dort, an diesem Ferienlager, die Mutter noch fehlt, dann kann sie ja wieder heimfahren."
Vielleicht sollte ich dir einen Brief schreiben, mich direkt an dich wenden, wie ich es eben schon tat, im Briefeschreiben leben unsere Liebe, dann, als das Ferienlager schon beendet war und du noch nicht an meinen Heimatort umgezogen warst. Es war wahrscheinlich in Halle, dass

wir uns zuerst sahen. Du stiegst mit deiner großen Schwester, ich meine sie war vier oder sechs Jahre älter als du, zu mir ins Abteil. Deine Mutter blieb auf dem Bahnsteig. Da begann dann die Abschiedstragödie. Wie waren wir bisher gefahren, wer hatte mich zum Bahnhof begleitet? Ich erinnere mich nicht, ich erinnere mich auch nicht an die Weiterfahrt. Ich erinnere mich nur an diesen Moment des unendlichen Mitleidens mit dir und ich weiß nicht, ob aus diesem Mitleiden meine Zuneigung zu dir erwuchs oder ob meine bereits liebenden Augen dein Leid so deutlich sehen ließen. Es war noch ein Mädchen im Abteil, seine Mutter begleitete uns und ein Brüderpaar, von denen einer später eine Blindschleiche fing und wir zuschauten, wie sie Eier legte und aus diesen Eiern junge Schlangen krochen. Stolz zeigte er sie bei der Heimkehr gleich auf dem Bahnsteig und freute sich auf das Geld, das er beim Zoohändler für sie bekommen würde. Das verstand ich nicht. Ich hatte gedacht, er liebe sie. Einen Moment überlegte ich, ob ich sie kaufen solle, denn die Babyschlangen taten mir leid. Sie hatte sich doch so an ihn gewöhnt und nun noch fern von ihrer Heimat ... aber ich war ihnen ja auch fremd.

Wir waren alles Kinder, deren Eltern an einem bestimmten Ministerium angestellt waren. Für uns gab es nur ein Ferienlager im Thüringer Wald. Von überall her aus der DDR kamen wir, manchmal von sehr weit (noch nördlicher als Berlin) und manche ganz aus der Nähe. Wahrscheinlich gab es jedes Jahr solche Ferienlager, aber für mich war es das einzige, auch für dich? An Vieles erinnere ich mich nicht mehr, bzw. geht alles ineinander über. Ich erinnere mich, aber nicht an Details. Ich erinnere mich an den Ort, die andern Kinder, Leiter, Situationen im Hof, an den Bach, an den Speisesaal. Dann sehe ich aber dich nicht, nur das unbestimmte, nebelhafte Gefühl deiner Nähe ist in mir. Wenn ich mich an dich erinnere, dann verschwinden die andern, treten zurück in das Dunkel des Waldes, der Schein des Feuers vor uns fällt nur auf dein Gesicht, das nun selbst flackert wie das Feuer. Es wirkt verängstigt. Durch das Flackern des Feuers? Durch die Geschichte, die gerade einer von den großen Jungen erzählte? Schauergeschichten waren es, z.B. die von dem Motorradfahrer, der an irgend etwas Scharfem vorbeifuhr (einem Mähdrescher?), dann geköpft wurde und nun kopflos weiterfuhr. Ein Gruseln überzog Rücken und Arme, aber Angst hatte ich nicht. Du hattest welche. Dann konnte ich dich wieder trösten. Du meintest, ich könnte so gut trösten und du riefst mich zu denen, die weinten. Aber so konnte ich nicht trösten, so gerufen! Der Trost musste alleine aus mir kommen, er durfte nicht gewollt sein, am besten tröstete ich dort, wo ich genauso litt wie der, den ich tröstete. Was tat ich nun, so gerufen? Ich setzte mich neben das weinende Kind, jünger als ich oder gleich alt. Ich saß ganz still und stellte mir vor, was ich mir wünschte, wenn ich an Stelle der anderen wäre ... und das tat ich dann. Manchmal stand ich auf und ging fort, meistens legte ich den Arm um die Schultern oder streichelte leicht das zerzauste Haar oder trocknete Tränen. Manchmal fragte ich auch oder erzählte etwas, einmal sogar einen Witz, es kam auch vor, dass ich zornig schimpfte. Hatte ich durch dich gelernt, wie ich am besten tröste? Oder konnte ich es schon vorher? Ich erinnere mich aber nicht, dass ich dich so getröstet hätte. Mut machte ich dir, wegen des Russisch, das du nun lernen würdest und vor dem du dich fürchtetest (die Furcht der gewissenhaften Eltern, die ihren Kindern in der Sprache nicht helfen konnten). Ich hatte schon ein Jahr Russisch gehabt (deshalb weiß ich so genau, dass ich elf Jahre alt war). Du lerntest bei mir schon die ersten Anfänge dieser Sprache, so viel man lernen kann von einem Kind, das ein Jahr schon Unterricht in der Sprache hat.

Wo waren die anderen, wenn wir allein waren? Es gab zwei verschiedene „die anderen". Einmal waren es alle im Lager außer uns beiden und dann gab es noch die kleinere Gruppe der anderen, diese mochtest du nicht, sie störten dich, wenn sie uns zum Spiel riefen (oder riefen sie nur mich?). Dann waren da noch „unsere", wie du sie nanntest. Es waren die Kinder, mit denen du am liebsten spieltest. Ich meine heute, mir seien die anderen alle gleich lieb gewesen, wichtig war nur, dass wir beieinander waren. Du neben mir und nicht immer deine Schwester an deiner anderen Seite oder gar zwischen uns. Störte sie mich damals oder meine ich es erst im Nachhinein? Mich störte auch die Aufmerksamkeit des Leiters, die er euch schenkte, aber eigentlich meinte er nur deine Schwester. Du hast mir selbst erzählt, dass er sie einmal küsste. Ein kleines Zimmer, in dem nur ihr beide wohntet, war das Eckzimmerchen zwischen unserem großen Schlafraum und dem noch winzigeren des Leiters. Wenn ich mich zurückversetze, dann störte mich nicht, dass er seine Aufmerksamkeit euch schenkte, sondern mich störte die Art, wie deine Schwester (ich habe tatsächlichen ihren Namen vergessen) sie übersah oder gleichgültig tat, ich glaube, ich mochte sie noch weniger als ich mir damals eingestand. Ich mochte nicht, wie sie mich gouvernantenhaft aus deinem Bett wegschickte und andererseits immer an dir klebte, wenn keine großen Jungs in der Nähe waren, bei denen sie sich gerne aufhielt. Ich mochte auch nicht, wie sie spöttisch über Wolfgang lächelte. Hieß er wirklich so oder gab ich ihm in der Erinnerung den Namen, den Namen meines Klassenkameraden, den ich einst so geliebt hatte? Sie waren sich ähnlich. Nur der Wolfgang des Lagers war größer und älter. Ich mochte ihn. Sprachen wir über ihn? Ich versuchte, ihn einmal zu fotografieren, aber er drehte schnell den Kopf weg. Du mochtest ihn auch. Und wen mochte er? Dich, natürlich, alle Welt musste dich doch lieben. Du warst manchmal so verlegen und dann lächelte er. Mich schaute er fast nie an. Und wenn, dann traurig. Wie sollte ich ihn trösten, wenn ich nie länger neben ihm sein konnte?

Zwei Jahre später, wieder in den Ferien, gab es ein Wiedersehen mit ihm. Habe ich dir davon erzählt? Ich bin nicht sicher, denn damals schrieben wir uns kaum noch Briefe, denn das war nicht nötig, jetzt, da wir ja in der gleichen Stadt wohnten! Meine ersten und einzigen Ferien im Erzgebirge (sowie unsere Ferien die einzigen im Thüringer Wald waren, bis jetzt zumindest). Es war wieder ein Ferienheim für die Angestellten, aber diesmal für die Familien. Da war er mit seinen vielen Geschwistern, und ich hätte gerne mit ihm gesprochen. Ich glaube, die Mütter arrangierten es und wir taten erwachsen-distanziert. Ich kann mir andererseits nicht vorstellen, dass ich nicht sagte, dass du jetzt auch in Berlin lebst. Einmal schaute er mich so an, dass mich sein Blick an früher erinnerte. Worüber war er traurig, immer noch? Ich war damals, obwohl zwei Jahre älter, immer noch in einem Alter, dass mich Blicke noch nicht durcheinanderbrachten.

Was haben wir eigentlich gemacht, wenn wir allein waren (was sicher nicht oft möglich war)? Wir haben gelacht, da bin ich sicher, denn manchmal schauten wir uns im Kreis der übrigen kurz an, verstanden uns und prusteten los. Getröstet habe ich dich und sonst? Ich erinnere mich, wie ich dich fotografierte. Aber das war erst nach der Katastrophe. Ich vermute, dass wir uns in der Zeit auch besonders nah kamen und viel ungestörter miteinander sein konnten. Die Nähe zwischen uns, die von Zärtlichkeit angefüllt war, wuchs auch äußerlich. Am Anfang war es das gleiche Zugabteil. Angekommen, wurden wir getrennt, verschiedenen Gruppen und Zimmern zugeteilt. Erfüllte uns da schon Bedauern? Ich erinnere mich, dass ich bald durch alle Zimmer zielstrebig zu einem kleinen, abgelegenen Zimmer wirbelte. Ich war im großen Raum mit den Kleinsten untergebracht. Die Betreuerin war gerade frisch im Lehrerseminar eingetreten, sie war etwas jünger als deine Schwester. Weshalb stritten sich die beiden eigentlich? War dieser Streit der Anlass, dass ich verlegt wurde, nun in das Zimmer neben euch? Richtig, jemand schlug sogar vor, dass man die Schwestern trennt und ich zu euch, nur zu dir ins Zimmer komme. Aber es gab wieder Tränen. Sie entschuldigte sich dann zwar bei mir, aber ihren Willen hatte sie. Nach der Katastrophe lagen unsere Matratzen im Matratzenlager der Turnhalle direkt nebeneinander. Da konnten wir leise tuscheln und uns Arme und Rücken kraulen.

Je häufiger ich mich an die schöne Sommerferienlagerzeit erinnere, umso mehr Erinnerungen fallen mir ein und doch merke ich, wie wenig ich weiß. Das Bild von dir genauer, was die Einzelheiten betrifft, aber andererseits wird es undeutlicher. Vorher war die Erinnerung an diese Zeit verwoben mit der Erinnerung an dich und nun, während ich versuche, dieses Gewebe oder Gespinst zu entwirren, verschwindest du, wie vorhin im Schein des flackernden Feuers. Du verschwindest, unsere Freundschaft wird unfassbar, aber meine Liebe zu dir ist wieder da, genauso stark wie damals, vielleicht ist sie sogar noch gewachsen, unbemerkt im Verborgenen. Was hatte diese Liebe bewirken sollen?

Wann gab ich dir eigentlich deinen Kosenamen? Überhaupt dein Name! Erzähle ich jetzt von ihm oder von der Katastrophe? Du trugst den gleichen Namen wie meine Mutter: Ursula. Ich mochte diesen Namen, besonders, weil er vielseitig zu verwenden, abzuändern war. Darin wurde er nur noch von Elisabeth übertroffen. Alle anderen langen, wohlklingenden Namen waren nur Zusammensetzungen. Ursula. Ich nannte dich sofort Uschi oder zumindest bald. Darin war alle Zärtlichkeit enthalten, die ich für dich empfand. Wurdest du so auch von deiner Schwester gerufen? Ich kannte den Namen aus den Erzählungen meiner Mutter (natürlich rief sie keiner mehr mit diesem Kleinkindernamen), aber sie hatte mir oft erzählt, wie sie vor dem Spiegel stand, sich ihre Nase am Glas platt drücke und sagte: Uschi-Buschi-Nuschi. So war sie zu dem Namen gekommen. Ja, und mein Name für dich. Ich kann davon erst erzählen, wenn ich von dem Foto erzählt habe und das kommt, meine ich, erst nach der Katastrophe. Ja, die Katastrophe, die für uns keine war, sondern ein wundervolles, aufregendes Abenteuer! Der Ferienort war eigentlich kein Ort, es war eine Mühle, außerhalb des Ortes. Sogar ein ganzes Stück außerhalb des Ortes, denn als das Mädchen, dessen Eltern die Post betrieben, spät am Abend zu uns gelaufen kam (ein Stück sogar durch einen dunklen Wald), wurde mir dieser Weg vorgehalten. Meinetwegen hatte das Kind den Weg gehen müssen und alles nur, weil ich nicht nach Hause geschrieben hatte.

Ich begriff nichts, gar nichts. Ich hatte doch nach Hause geschrieben. Hätte ich schon wieder schreiben sollen? Was konnte ich dafür, dass meine Eltern sich sorgten (war es vielleicht nach der Katastrophe gewesen? In der Zeit hatten wir doch gar nicht schreiben dürfen, nur, dass es uns gut geht und das Wetter leider schlecht sei). Was konnte ich schließlich dafür, dass egoistische oder faule Eltern ihr Kind im Dunkeln zur Mühle schickten, um ein Telegramm zuzustellen. Ja, wir wohnten außerhalb des Ortes in der Mühle. Sie lag in einem lieblichen Tal, durch das sich ein Bach oder Flüsschen schlängelte. Der Name der Mühle war Pisselsmühle. Nach einiger Zeit begann es zu regnen. Es regnete so stark, dass wir nicht herauskonnten, nur noch kurze Zeit in den Hof. Es regnete so viel, dass schließlich der Bach oder das Flüsschen über seine Ufer trat und die liebliche Wiese sich in einen genauso lieblichen See verwandelte. Wenn wir draußen sein konnten, führte unser Weg zum Wald nun direkt an einem See vorbei, Ideen entstanden: Baden, Boot fahren. Auf die Kleinen musste verstärkt aufgepasst werden, wenn sie ins Wasser fielen, konnten sie sofort ertrinken. Jeder wusste so eine schaudervolle Geschichte. Keiner hatte je erlebt, dass ein Kind tatsächlich ertrunken ist, aber beinahe ... Doch, das hatten viele erlebt an sich oder anderen, aber jeder kannte jemanden, der das erlebt hatte oder zumindest jemand kannte, der es erlebt hatte.

Es ist wie mit dem Mann mit der Bierflasche. Auf einer Bierflasche war das Bild eines Mannes, der eine Tasche trug mit einer Bierflasche, auf deren Etikett zu sehen war, wie ein Mann eine Tasche trug ... Heute meine ich, ich hatte mir vorgestellt, wie schön der See aussähe, wenn Seerosen auf ihm blühten. An die armen ertrunkenen Mäuse und Hamster dachte ich erst, als die Jungen sie sammelten und uns zeigten. Ich galt als sehr mutig, weil ich nicht kreischte. Ich war nur froh, dass sie keine sich ringelnden Würmer anbrachten. Bei den Schauergeschichten hatte ich auch eine gewusst, aber ich erzählte dann doch nicht, wie meine Mutter als Kind in die Jauchengrube fiel und beinahe ..., zum Glück nur beinahe ertrunken war. Nein, die Vorstellung war zu schrecklich, es war doch sehr viel angenehmer, in ruhigen, klarem Wasser sofort zu ertrinken.

Es regnete weiter, ununterbrochen. Wir konnten nur noch in den Hof (wir hatten keine Möglichkeit, die vielen nassen Sachen zu trocknen). Manche flüsterten was von der Sintflut. Aber das berührte mich nicht. Ich war sicher, dass jetzt keine neue Sintflut kam. Wenn, dann hätte sie direkt nach dem Krieg stattfinden müssen.

Dann durften wir auch nicht mehr in den Hof. Was heißt, durften, wir konnten aber nicht, denn der Mühlenbach war über seine Ufer getreten und hatte den Hof überschwemmt. Gemeinsam räumten wir die Keller. Schließlich mussten die untersten Räume evakuiert werden. Wir spielten (aber nur heimlich, die Betreuer sollten es nicht merken, wir wollten kommunistische Belehrung vermeiden), dass die unteren Räume Ostpreußen, Pommern, Schlesien, Sudetendeutschland darstellten. Mit jedem Stück, das wir den Russenfluten entrissen hatten, wuchs unser Selbstbewusstsein. Schließlich hingen wir alle aus den Fenstern und sahen zu, wie das Wasser stieg. Es war noch viel Platz, bis es an unser Stockwerk reichen würde. Aber wir hatte ja noch das Dach. Das beruhigte. Sogar die, die zu weinen begannen. Manche hatte Angst um zu Hause. Wir erhielten natürlich keine Post mehr, denn wir waren wie Robinson von der Welt der anderen abgeschlossen. Wie lange würden Nudeln und Reis reichen? Wasser wurde abgekocht und rationiert. Klos waren zum Teil nicht mehr zu benutzen.

Woher kam eines Tages die Feuerwehr? Wer hatte sie gerufen? Der Leiter wurde beschimpft, wir stellen uns schützend vor ihn, aber es hieß nur: Jeder packt ein Bündel mit Sachen zum Wechseln ... und das Lieblingsspielzeug, fügte die Lieblingserzieherin hinzu. Ich war froh, dass ich meine Lieblinge zu Hause gelassen hatte. Also wieder einmal alles verloren ... Wir mussten aus dem Fenster auf Leitern, wurden dann in Boote gehoben und kamen schließlich auf Lastwägen in die nächste Stadt, die eine Turnhalle hatte. Da war es wieder toll, der Schreck des Beinahe war überstanden, wir wurden bedauert und bewundert, bekamen Äpfel geschenkt (und süßes Gebäck, meinen Anteil schenkte ich weiter, den Betreuern, denn die bekamen nichts außer zornigen Reden).

Nun konnten einige wieder schreiben, aber da wurde das Schreibverbot ausgesprochen, das heißt, wir durften nichts erzählen, wir sollten nur schreiben, dass es uns gut geht und es leider immer noch regnet. Ich schrieb gar nicht, denn ich hatte schon geschrieben, dass es mir gut geht. Es hieß, es würde ein Telegramm weitergeleitet. Wer weiß, wann es endlich in Berlin eintraf. Heute denke ich, wie gut, dass es damals noch keine Tagesschau gab, unsere Idylle wäre erheblich gestört worden, denn es war eine Idylle, die wir nun erlebten. Den ganzen Tag durften wir im Trainingsanzug, nur mit Socken an den Füßen, auf unserem riesigen Matratzenlager rumtoben, uns jagen, kitzeln, umwerfen ...

Die tägliche Hygiene wurde auch nicht so streng gehandhabt. Ihr littet darunter, im Gegensatz zu mir. Ich fühlte mich auch ungewaschen wohl. Ihr tatet mir leid. Eindeutig ein Nachteil der guten Erziehung. Meine Eltern hatte sich zwar auch bemüht, aber entweder waren sie nicht so erfolgreich gewesen oder es war an mir verschwendete Mühe. Ihr wart der Inbegriff des Guterzogenseins. Und, dafür bewunderte ich euch, ja euch, sogar deine Schwester bewunderte ich dafür, wie leicht es euch fiel.

Es kam mir gar nicht in den Sinn, um Brot, Butter, Tee zu bitten, wenn sie am andern Ende des Tisches standen. Entweder holte ich sie oder ich frage, wo sie sind oder sagte laut und deutlich, dass bei uns keine Butter sei. Ich fragte, wenn ich zu anderen ins Zimmer trat auch nicht, ob ich störe, ich wollte gar nicht die Möglichkeit entstehen lassen, dass man mich wieder wegschickt. Ich war halt auch da, wo ich helfen konnte und fragte nicht lange, denn schließlich ... woher sollte der andere wissen, ob ich helfen kann. Meine Eltern, vor allem die Großmutter mit den adeligen Vorfahren, wären von euch sehr angetan gewesen. Später waren sie es ja auch.

Meine Zuneigung zu dir war gemischt mit Bewunderung und allmählich entwickelte sich diese Mischung zu zärtlicher Liebe. All meine Liebe konzentrierte sich für mich sichtbar werdend in dem Foto, das ich von dir machte. Da standest du und neigtest etwas den Kopf, so dass dein kurz geschnittenes Haar in sanfter Wellenform in deine Stirn fiel. Dieses fallende Haar, dein geneigter Kopf ... Du löstest Gefühle aus, wie sie junge Hunde auslösen, wenn sie erwartungsvoll, lieb ergeben schauen.

Als Kleinkind hatte ich einen jungen Hund, den ich tollpatschig streichelte und auf meinen dicken Ärmchen trug, alles ließ er mit sich machen, wenn ich es war. Man erzählte es mir oft. Ich erinnere mich nicht, aber meine Hände und Arme erinnern sich und wollten jetzt dich streicheln und umarmen. Da nannte ich dich zärlich Uschi-Wau. Dein Name war unser Geheimnis. Einmal hast du einen Brief so unterschrieben, einen Brief, der mich erreichte, als ich sehr traurig war. Das Foto muss noch in irgendeiner Schachtel sein. Alle liebten es und es war dein eigenes Lieblingsfoto. Und dann kam der Abschied, Tränen, Adressen tauschen, versprechen, sich zu schreiben und dann das große Versprechen am letzten Abend am Lagerfeuer: Wahre Freundschaft soll nicht wanken, wenngleich sie entfernet ist ... keine Ader soll mehr schlagen, wo ich nicht an dich gedacht ... und den letzten Vers – wenn der Tod mir nimmt das Leben, hör ich auf getreu zu sein, wollte ich überbieten, auch über den Tod hinaus wollte ich dir verbunden bleiben.

Und erst einmal blieb ich dir wirklich treu und allmählich tratest du doch immer wieder in meinen Alltag, zu dem du eigentlich nicht gehörtest. Ich erzählte von dir, ich erhielt deine Briefe und schrieb dir eifrig (meistens Postkarten, weil es am billigsten war), antwortete sofort. Ich teilte deine Geheimnisse (die schlechten Noten in Mathe, der tadelnde Klassenbucheintrag), wir erzählten gegenseitig unseren Freundinnen voneinander und eines schönen Sonntagabends klingelte es und du standest vor der Tür. Natürlich nicht allein, sondern mit deinem Vater. Diese Überraschung! Auch mein Vater (die Väter kannten sich ja) war freudig überrascht. Er erzählte vom bevorstehenden Umzug nach Berlin. Im Brief hattest du es schon angekündigt, aber der Brief war noch nicht eingetroffen.

Nun begann eine riesige Vorfreude. Wir planten, was wir alles tun würden, wenn ihr erst in Berlin wäret. Unsere Freundschaft würde nicht mehr außerhalb unseres Lebens stehen, zentral würde sie werden, eingegliedert in unseren Alltag, meinten wir. Wir vergaßen die großen Entfernungen in Berlin, wir vergaßen unsere Pflichten, unsere Rhythmen. Ich erinnere mich nicht mehr, aber es sind die Male, die wir uns in den nächsten Jahren trafen. Merkwürdigerweise erinnere ich, dass du zu meinem Geburtstag kamst. Und ich? Irgendwann während des Jahres, wenn es möglich war draußen zu spielen, war ich bei dir. Auch zum Geburtstag? Zwei, drei Ereignisse sind mir in Erinnerung geblieben. Zu einem Geburtstag kamst du erst nicht, weinend riefst du an. Du hattest den Schlüssel vergessen und konntest nicht in die Wohnung, das Geschenk zu holen. Ich wollte, dass du ohne kommst. Aber du warst nicht umgezogen. Ja, so warst du. Meine Freundin ärgerte sich, dass dir dein Kleid wichtiger sei als ich. Ich wusste, dass es nicht so war. Aber dann kamst du doch und schenktest mir etwas Außerordentliches. Eine Buchhülle aus Leder vorne drauf den Berliner Bären und dazu einen Strauß Alpenveilchen, ganz gewöhnliche Alpenveilchen in typischem Zyklamenrot, aber wie diese Blüten auf dem Braun der Buchhülle wirkten! Ich war hin. Du merktest es und sagtest leise: Uschi-Wau wusste, dass es dir gefällt, darum wollte ich nicht ohne kommen. Einmal bei dir lernte ich Rollschuhlaufen. Alle waren erstaunt, wie schnell ich es lernte und wie geschmeidig ich mich bewegten konnte. Aber zu Hause war dann der Pilz an meinen Fußsohlen ausgebrochen. Schließlich gestand ich, was ich getan hatte (langes Rollschuhlaufen, Eislaufen, Rennen war mir wegen der Herzwachstumsstörung verboten). Meine Mutter schimpfte nicht, weil ich bei euch gewesen war und ihr wart eben vorbildlich erzogen und Deine Mutter war eine Dame, wie meine Mutter nur selten war und ich nie sein wollte.

Wir bedauerten, dass wir uns so selten sahen und jetzt wussten wir so wenig voneinander, denn wir schrieben uns ja nicht einmal mehr Briefe. Nach dem Vorbild der Jungmädchenromane meiner Mutter und Großmütter schlug ich ein „Kaffeekränzchen" vor. Wir konnten Schokolade trinken oder (welch Luxus!) Milch mit Himbeersirup. Die Idee fand sofort deine Zustimmung, aber ihre Verwirklichung scheiterte an unseren Freundinnen, die nicht wussten, ob sie das auch mögen würden. (Vielleicht wäre es auch sonst an Entfernung und Zeitmangel gescheitert.) Die letzte Erinnerung bezieht sich wohl auf unser letztes Treffen. Wusste ich da schon, dass ich Berlin bald verlassen würde? Wenn, dann sagte ich sicher nichts, weil dein Vater im eigenen Interesse nichts wissen durfte, denn mein Vater hatte die DDR illegal verlassen. Und schließlich kannten sie sich und es durfte kein Verdacht auf deinen Vater fallen. Dieses letzte Mal (wie ich meine), hattet ihr winzige Rattenschwänzchen, wie es damals unter den Jugendlichen Mode war und wie ich mich nicht frisieren durfte. Der Tanzlehrer deiner Schwester war da. Ich erinnere mich, wie schön sie am Abschlussabend im Lager eine Ballettnummer dargeboten hatte. So schön, so voll Hingabe! Da hatte ich auch sie geliebt, aber nur so lange sie tanzte. Ich verstand, dass sie nicht weiter zur Schule gehen wollte, wenn sie doch wusste, dass sie ans Theater ging. Aber ihr Lehrer regte mich auf. Merkte denn niemand, wie er diplomatisch den Eltern nach dem Munde redete und ihr beruhigend den Arm tätschelte? Seine Absichten waren doch klar und unmissverständlich deutlich. Du schienst mir in dem Moment wie ein sorgloses Kind, darum sagte ich zu dir nichts. Haben wir uns später noch geschrieben? Ich glaube nicht, die Grenze war für uns unüberwindbares Hindernis geworden.

Was hatte unsere Liebe zueinander bewirken sollen? War sie nicht eine Vorstufe späterer Lieben? Was übten wir für später in unserer Freundschaft? Haben wir einen Keim für Neues gelegt oder Altes abgeschlossen? Ich erfuhr durch dich das erste Mal, wie gut ich trösten kann. War das Briefeschreiben auch ein Einüben für später, war durch die Briefe an dich mir einige Zeit später bewusst geworden, dass ich ein Dichter werden will. (Ich wusste eines Tages, dass ich ein Dichter bin und wollte nun alles tun, um es zu werden.) Vor ein paar Jahren hatte ich eines Tages plötzlich den Gedanken, ob das Wesen im Wasser, dessen hilfreiche Unterstützung ich seit vielen Jahren spüre, nicht schon früher mit mir verbunden war, z.B. ob noch unbemerkt von mir bereits eine erste Verbindung eintrat im Zusammenhang mit der Überschwemmung in Pisselsmühle. Hat sie mich zum Schreiben inspiriert oder die einst gefasste Absicht wieder in Erinnerung gerufen?

Als ich das alte Heft für diese Erinnerung hier fand, störte mich der hässliche Einband. Ich nahm eine meiner Fotografien von diesem Jahr und klebte sie vorne drauf. Es ist ein „keltisches Kreuz", viel mehr der Schatten eines (nachgemachten?) keltischen Kreuzes, ein Schatten in der untergehenden Sonne! Das Kreuz steht auf einem alten heiligen Berg. Wahrscheinlich war er schon vor den Kelten heilig.

Was verbindet uns im Zeichen des Kreuzes? Oder waren wir einst verbunden auf der Höhe eines heiligen Berges? Ist es die Vergangenheit, die unsere Liebe erweckt oder wirft die „Zukunft" ihren Schatten voraus, einen Schatten, der nun im untergehenden Licht länger wird? Warum bist du jetzt in meinen Traum getreten und hast die Erinnerung geweckt und die Liebe zu dir, die ich noch immer spüre, auch wenn sie sich jetzt während des Erzählens von dir zu lösen schien. Sie löste sich von dir und kann durch dich hindurch zu anderen Wesen fließen. Warum gerade jetzt? Auf der Mitte des zeitlichen Bogens von damals bis jetzt ist das

Jahr in dem ich für meinen helfenden Beruf die Ausbildung abschloss. Was war für dich dort? Bist du gerade gestorben, und mir fielen die drei Jahre unserer Freundschaft ein, damit ich deine Seele mit meine Gebet begleiten kann? Oder verarbeitest du diese Jahre unserer Biographie bereits in der geistigen Welt? Dann wärest du schon vor drei Jahrsiebenten gestorben. Warum nicht? Meine Freundin aus der Schulzeit starb auch in diesem Alter. Was verband uns im Zeichen des Kreuzes oder der steigenden Wasser? Eine müßige Frage

> Deine Tränen
> Und meine tröstenden Worte
> schufen das Lied
> zu dem die Nixe
> in den steigenden Wassern
> sang
> wie einst,
> als wir die Blütenschalen
> unserer geöffneten Hände
> betend zum Himmel hoben
>
> Wann war das gewesen?
> Wann wird es sein?

Ob dies mein letzter Brief an dich ist? Der erste, den ich nicht abschicken werde?

Helga Thomas

Gänseblümchen

Ich habe mich entschlossen, eine Geschichte zu schreiben. Mal wieder! Es soll eine Erzählung werden, keine Novelle (dazu müsste ich selbst schon zu viel von meiner Geschichte wissen). Außerdem soll der Erzählfluss gemächlich dahinfließen, aber er soll sich auch nicht zum breiten Strom ausweiten, das heisst ein Roman soll es nicht werden.

Ich will eine Geschichte schreiben, die ich nicht erlebte, (Chronikberichte, auch in schöner Sprache, bleiben Chroniken, sind für mich noch keine Dichtung) wobei mir natürlich klar ist, dass alles, was ich schreibe, ein Stückchen immer auch Selbsterlebtes enthält. Die Geschichte, die ich schreiben will, habe ich mir aber auch nicht ausgedacht, noch nicht. Ich hoffe, ich muss sie mir auch nicht ausdenken, denn dann bräuchte ich sie gar nicht zu schreiben.

Ich möchte die Geschichte schreiben, die ich im Moment, das heißt eigentlich schon seit langem, lesen möchte. Eine Geschichte, die ich schon lange suche ... Seit wann? Ich weiß es nicht. Vielleicht, seit ich schreiben will? War mein erster Roman vielleicht schon diese Geschichte? Der Roman von dem Mädchen, das früh ihre Mutter verloren hatte. Als ich meine Mutter verlor, schien es mir viel zu früh, aber ich tröstete mich damit, dass das Mädchen, die Heldin meines ersten Romans, ihre Mutter bereits als Kind verloren hatte. Die Geschichte soll von Verstorbenen handeln, von Verstorbenen und ihre Beziehung zu Lebenden. Nicht, wie wir es uns vorstellen oder gerne hätten, sondern so, wie es ist, oder vielmehr sein könnte. Von der Art, wie Schwesterchen nach ihrem Tod zu ihrem Rehbruder und ihrem Kind zurückkehrt und fragt: Was macht mein Kind, was macht mein Reh ...Und dann soll sie, meine Geschichte, die ich schreiben will, so weitergehen, dass die Beziehung bestehen bleibt, auch ohne dass die Tote gleich wieder ins Leben zurückkehren muss.

Eine solche Geschichte möchte ich schreiben. Die Hauptperson muss natürlich eine Frau sein, denn dann, wenn die Schilderung unter die Haut geht, so dass es einen schaudert und etwas wie elektrische Ströme über Rücken und Arme laufen, dann muss ich „Ich" sagen können, sonst wird es nicht echt genug. Und ich kann mir nicht vorstellen, dass ich als Mann spreche. Die Frau muss eine sehr junge Frau sein. Schon allein deshalb, damit ich nicht so viel Vorgeschichte von ihr erzählen muss, sonst wird es doch ein Roman. Vielleicht ist sie überhaupt noch nicht erwachsen, in dem Alter, in dem Erwachsene sie nicht mehr zu fragen trauen. Entweder bringen die Fragen sie erst auf Gedanken oder werden nicht verstanden oder es ist eine Zumutung, dass man überhaupt fragt, weil es doch eigentlich selbstverständlich ist ...

Und was tun dann solche Mädchen mit den ihnen nicht gestellten Fragen? Sie schweigen. Sie gehen schweigend durch die Straßen der Stadt, denn keiner fragt sie etwas, keiner will etwas wissen von ihnen und sie haben keine Fragen an die anderen oder trauen sich nicht zu fragen, obwohl sie eigentlich nicht schüchtern sind. Vielleicht sind sie mit ihren Gedanken ganz woanders, denn ihre Blicke scheinen durch alles hindurchzugehen. Trotzdem kommen sie selten unter die Räder. Vielleicht leben sie auch in der Phantasie ihr Leben zur Probe, mal eben so, noch keine Generalprobe, nur als Entwurf. Wie wäre es mit einem Beruf eines Urwalddoktors, einer neuen Madame Curie oder Tänzerin, berühmten Choreographin, blaustrümpfigen Amazone, das Haar natur oder modisch getönt ... Wie sollen sie anderen Fragen stellen können, wenn so viele unbeantwortete Fragen in ihnen sind ... und dann das Denken an das Morgen, das Gleich und das Nachdenken über das eben Geschehene und das Gestern.

Gehen im Wald und auf der Wiese ihre Blicke auch durch alles hindurch oder schweifen sie da in die Runde und Weite? Vielleicht sprechen sie dort mit Blumen, verborgenen Tieren und Wolken und mit denen, zu denen ihre Gedanken wie Wolken ziehen. Vielleicht entwerfen sie Bilder, komponieren Melodien und erfreuen sich an den Geschichten, die sie schreiben möchten und zu denen sie nur noch einige Worte suchen müssen. Auf der Suche nach Worten, wie ich auf der Suche nach meiner Geschichte.

Vielleicht schweigen sie nur unter Menschen und ihre Blicke gehen durch alles hindurch, weil sie nicht wegblicken möchten. Ja, in dem Alter könnte die Hauptperson sein, ohne Namen, sonst wird die Geschichte viel zu konkret, auch ohne bestimmte Haarfarbe, was wiederum nicht heißt, dass die Haarfarbe unbestimmt sei. Augenfarbe? Auch unklar. Sie schaut – zumindest im Moment – träumend, fragend, auf jeden Fall traurig. Sie schaut nicht nur traurig, sie ist traurig. Nicht, weil ihre Mutter im Sterben liegt und ihre Liebe gerade zerbrach, nein, verzweifelt ist sie nicht, nur traurig, wehmütig – wehen Mutes, heißt das, ihr Mut schmerzt oder ihr Mut wurde verletzt und schmerzt deshalb? Diese Stimmung, die jeder von uns kennt – zumindest die Leser meiner Geschichte – in der es fast eine Erlösung ist, wenn etwas Trauriges sich ereignet, denn dann dürfen und können die Tränen fließen, die bis dahin irgendwo im Körper warteten und warteten ... den einen brennen sie, den anderen schmerzen sie. Von ungeweinten Tränen schwer ... der Blick und der Ganz und die Schultern der jungen Frau.

Jetzt weiß ich nicht mehr weiter. Irgendetwas muss passieren und dann kann jeder sagen: Sie hat es vorausgeahnt, deshalb ihre merkwürdige Stimmung. Vielleicht ahnte sie gar nichts und ihre Stimmung hat nichts mit den folgenden Ereignissen zu tun. Vielleicht aber hat sie sich erinnert, so wie wir uns manchmal auf dem Weg plötzlich an die geplante Reiseroute erinnern. Oder: Wir gehen einen Weg zum zweiten Mal (im Zug sitzend passt besser, weil die passive Haltung mehr empfangende Aktivität zulässt) und kurz vor dem einen Ort, Flussbiegung, Berg, Bahnhof fällt uns das ein, das, was nur Trauer auslöst, weil es damals ein Abschied war, den wir nicht erkannten, von einer Lebenssituation, einem Menschen ... und wie viel größer ist die Trauer, wenn wir selbst in weiter Zukunft uns keine Wiederholung der Situation unter anderen Umständen ausmalen können, weil z.B. der andere „Mitspieler" von der Bühne unseres Lebens abgetreten ist. Also doch Traurigkeit der Trauer, die aus Abschieden erwächst? Warum schmerzen nur die bewussten oder vermeintlichen Abschiede und die anderen... sie schmerzen im Nachhinein, im „Hätte-ich-es-doch-bloss-gewusst" oder „Ich-hab-es-doch-geahnt" Kann nicht, nein, ist nicht jeder Augenblick ein Abschiednehmen wie er auch ein Erkennen sein kann? Wer gibt die Sicherheit, dass der Moment wiederholbar ist, auf höherer Stufe, Neubeginn der Oktave?

Sie denkt nach, dass der Abschied schmerzt, der als Abschied gemeint und vollzogen wird (ein leicht hingeworfenes „Tschüss-bis-morgen" schmerzt nie). Gleichzeitig denkt sie, dass Abschied – so entschließt sie sich jetzt – nur möglich ist, wenn ein Grad Vollendung erreicht ist. Sie denkt an reifendes Obst. Unreif vom Sturm herabgerissen, frühzeitig am Baum verfault, ist nicht vollendet. Aber schmerzt der Abbruch, das Ende vor seiner Zeit nicht noch mehr? Sie verstrickt sich so in ihren Gedankenfäden, dass sie das leise „Wir" nicht hörte, das in ihrem Innern ertönte, als sie fragte: Wer gibt die Sicherheit? Sie erinnert sich auch nicht, dass sie es hörte, aber sie blickte zu den kleinen Gänseblümchen im Gras, neben den winzig blauen Vergissmeinnicht. Das Einfache, das Weiß, das Offen-zugewandte, die Kleinheit der Blüten rührt sie. Sie erinnern sie an das kleine Mädchen, das eines Nachts verschwunden war. Sie verstand nicht, als man ihr sagte: sie ist eingeschlafen. Warum so viel Aufhebens deshalb, sie hatten alle geschlafen.

Was hieß, sie würde nie mehr aufwachen und gleichzeitig: Sie ist jetzt ein Engelchen im Himmel. Schlafen denn die Engel dauernd? Oder ist für sie wachen, was für uns schlafen ist, denn wir sind ja bei ihnen, wenn wir schlafen. Sie verstand auch nicht, warum das kleine Kind, so viel kleiner als sie, nun ein Engel geworden sei. Sie war es doch schon vorher! So unwirklich durchsichtig und hell. Dieses Kind liebte Gänseblümchen und sie hätte ihr gern welche gepflückt, als sie das erste Mal zum Spaziergang mitdurfte, aber wo sollte sie ihr die Blumen hinlegen? Brauchte sie als Engel überhaupt Gänseblümchen? Lieber hätte sie ihr noch Glockenblumen gepflückt, die sie so liebte und die sie erst hier in den Bergen des Krankenhauses kennen lernte. Sie liebte an ihnen das Himmelblau und das geneigte Fallen der Glöckchen, wie sie auch das fallende Neigen der Weiden und Birken liebte. Später ließ sie ihr Haar so fallen, damit sie sich dahinter verbergen konnte, wie im Gezweig der Weide (was sie nie tat, aber immer meinte, sie täte es gern).

Sie lächelt. Sie hat gelesen – oder sagte es jemand – einer von denen, die sich selbst für sehr klug halten? – es sei Ausdruck einer depressiven Lebenshaltung. Die haben noch nie die Weidenzweige im Frühjahr, fast kahl noch, tanzen gesehen: Allegretto bis Presto. Aber vielleicht stimmt es, nur anders, Zuneigen kann ein böses Fallen werden, wenn der, dem du dich zuneigst, geht, ohne Abschied und du nicht, wie die alte Birke, fest verwurzelt bist. Und dann versteckst du dich hinter deinen Weidenhaaren, damit niemand dich fragt, was dir so weh tut. Du könntest es nicht sagen, wehmütig lächelnd, der Schmerz würde dann dein Gesicht entstellen, die Tränen deine Stimme ersticken. Ist Depression nichts anderes als verhindertes Sich-zuneigen, verborgenes Trauern?

Jetzt komme ich ins Schleudern, sie, die ihre Geschichte für mich erlebt, ist nicht depressiv. Sie hat auf einmal auch zwei Alter. Einmal ist sie jung, sehr jung, ja, sie trauert um ihre Freundin, die sie verlor, und ihre Gedanken jetzt sind neu für sie, sie freut sich über ihre Erkenntnis und „aufgestellt" geht sie zurück in die Stadt. Ich mochte das Wort meiner Kinder nicht, aber es stimmt ja dann, wenn es das Ende, das Gegenteil von fallender Trauer bezeichnet, die Zeit nach dem Abschied, wenn die Freude auf das Neue, die spannungsvolle Erwartung wieder spürbar wird. Aber sie ist noch nicht aufgestellt. Sie ist ja vielleicht auch älter und die Gedanken sind für sie ein Erinnern und ermöglichen ordnendes Zurückblicken, Nach-denken.

Jetzt weiß ich nicht, ob sie zögert, weil ihre Erwartung zu spannungsvoll ist, fast mit Angst durchsetzt, oder ob sie trauert. Ich glaube, sie trauert. Sie trauert um das Kind, das sie nicht gebären durfte. Ich meine nicht, dass sie eine Schwangerschaft unterbrochen oder abgebrochen hat – das Wort „abgetrieben" würde ihr besser gefallen, sie hätte dann Moses im Kästchen vor Augen, der auf den Wellen des Flusses vom schützenden Ufer abgetrieben wird, in die Weite, zu fernen Ufern. Nein, ich will nicht, dass sie so etwas getan hat, nicht aus moralischen Gründen, sondern wegen der Eindeutigkeit der Erzählung. Es soll beim Lesen nicht die Illusion entstehen, dass es hätte anders ausgehen können, wenn ... wenn sie oder die Eltern oder wenn überhaupt ... nein, keine Schuldfrage, die ohnehin die Sinnfrage unbeantwortet lässt. Sie durfte ihr Kind nicht gebären, weil es schon vor der Geburt starb, in den Himmel zurückkehrte, bevor es auf Erden ganz ankam. Warum, was hatte das Kind so erschreckt, dass es zurückkehrte, das Ziel aufgab? Musste es nur die Verbindung zur Mutter herstellen, ihren Schmerz, ihre Trauer spüren? Oder hatte es bei seinem Aufbruch aus der anderen Welt etwas vergessen, das es rasch holen wollte? Deshalb die eilige Rückkehr? Dann würde es bald wiederkommen. Vielleicht sollte die Mutter auf es warten?

Sie ist stehen geblieben auf ihrem Spaziergang über die Wiese. Sie betrachtet die gelben Blüten des Hahnenfußes, so hingegeben dem Sonnenlicht, dass sie eins wurden mit ihm, und doch, wie anders ist die Hingabe, Zuneigung dieser Blüte als die der Glockenblume, der Weidenzweige. Sie sieht das Wiesenschaumkraut, so zart, wie schnell rieseln die weiß-violetten Blütchen herab, wie Schneeflocken.

Warum fallen ihr die Gänseblümchen ein? Sie ist auf ihrem Gang durch die Blumenwiese wie älter geworden. Jeder Blick auf eine Blüte schenkte ihr die Erfahrung eines Lebensjahres. Sie wirkt jetzt eher wie eine der jungen Frauen, die so tapfer sind, so tapfer wie die großen Schwestern, die ganz selbstverständlich die kranke Mutter ersetzen und durch ihre Opfer der eigenen Kindheit den kleinen Geschwistern die Kindheit bewahren.

Ja, sie hat ein Kind verloren, bevor es geboren wurde, ein Kind, das ihre Sehnsucht schon lange kannte und das sie mit Namen ansprach. Ich möchte beschreibend erfassen, was sie fühlt, was sie denkt. Ich möchte mich erinnernd ihrer Stimmung nähern. Welche Trauer um meine vor der Geburt verlorenen Kinder gleicht am meisten der ihren? Am schmerzhaftesten war für mich wohl die erste, nicht stattgefundene Geburt. Die Schmerzen, körperlich wie seelisch das Entsetzen, die Todesnähe, auch eine eigene! Hatte ich je geahnt, wie nah sich Tod und Geburt sind? Ein Tor für beides, und nur die Blickrichtung dessen, der die Schwelle überschreitet über Freude oder Trauer der anderen. Mein Bub, mit einem Namen, der mir weiter lieb blieb, den ich keinem anderen Kind mehr geben konnte. Heute scheint mir, dass er immer bei mir blieb, mich oft an die Hand nahm und zu Menschen führe, die bald, auf jeden Fall vor der Zeit, sterben sollten. Er blieb auch weiter in meiner Nähe, als ich Kinder gebar, wurde für sie der große Bruder, den sie eigentlich haben. Als ich wieder ein Kind vor der Geburt verlor, auch dieses war ein Bub, stand mein erstes Kind neben meinem Bett und ich begriff: Auch diese Partnerschaft würde bald enden, wie die erste. Gingen die Kinder, weil die Partnerschaften endeten oder damit? Oder kamen sie deshalb, weil so das Gehen wieder leichter wurde?

Ich glaube, ich habe für sie, die Hauptperson meiner Geschichte, nun doch einen Namen. Einen Namen, den ich nie von anderen hörte und der inzwischen doch dreimal vergeben wurde. Erzähl ich die Geschichte des Namens oder erzähl ich, wer sie dann eigentlich ist oder wer eigentlich die ist, die sie ist, weil sie ihren Namen trägt? Oder erzähl ich, wer sie dann eigentlich ist oder wer eigentlich die ist, die sie ist, weil sie ihren Namen trägt? Wenn ich daran denke und mir vorstelle, ich müsse es anderen darstellen, dann erfüllt ein Schwindel meinen Kopf, den ich aus der Kindheit kenne, als ich mich zum ersten Mal von hinten sah und sah, wie ich mich im Spiegel von hinten sah.

Sie ist wieder jünger geworden, so jung, dass sie noch nicht um ein eigenes verlorenes Kind trauern kann. Sie ist biologisch zur Mutterschaft fähig, auch seelisch, denn sie hat immer wieder spielend die Rolle der Mutter eingeübt, aber noch nicht sozial. Und doch, wie sie jetzt die Glockenblume anschaut, ihr Köpfchen wie diese geneigt hielt ... so betet eine junge Frau um ihr ungeborenes verlorenes Kind. Glockenblumen helfen beim Gebet, weil sie selbst beten. Als Kind muss ich das gewusst haben. Eigentlich könnte ich die Geschichte als von ihr erlebt erzählen, aber ich bin nicht sicher, ob ich sie schon herschenken kann. Ich glaube, ich muss meine Geschichte als meine eigene erzählen, später, ganz für sich allein. Eigentlich stört es mich gerade, dass sie immer Blumen anschaut. Ich hätte gerne, dass sie sich über Wicken freut, dass das tänzelnde Schweben dieser Blüten ihren Blick in die Höhe hebt und ihr heiteres Wesen hervorlockt (obwohl sie sich gerade eher wie eine rosa Hauhechel verschließt und versteckt). Aber diese Blumen blühen jetzt noch nicht auf unseren Wiesen.

Wenn sie wie eine Mutter um ihr Kind trauert, das nicht geboren wurde, ohne dass sie selbst Mutter ist ... ist sie die große Schwester, die mit der Mutter um den Verlust des jüngsten Kindes trauert, dem sie ersatzweise hätte Mutter sein können? Ja, sie war in dem Alter, damals, als meine vierte Schwangerschaft so jäh endete ... und drei Jahre später ... wieder ein jähes Ende, aber nun endgültig, aber vielleicht war es gar kein Ende, weil es auch keinen Anfang gegeben hatte.

Jetzt wird die Geschichte schwierig, kompliziert, verwickelt. Träge möchte ich mich zurückziehen (mein junges, trauerndes Mädchen kehrt gerade müde von ihrem Spaziergang zurück). Als die Geschichte in mir wuchs, so schnell, dass ich nicht gleich alles aufschreiben konnte, verfolgte ich voll Spannung ihr Wachsen. Es war die gleiche Spannung wie beim Lesen einer handlungsreichen, verwickelten Erzählung. Aber nun kenne ich ja den Fortgang der Handlung. Heute morgen, bei meinem Spaziergang, sagte ich, ich könne die Geschichte nicht mehr lange weiterschreiben, ich müsse sie bald beenden und muss mutig eingestehen, dass ich sie noch nicht schreiben kann, eine Geschichte, dass die Zeit noch nicht reif ist, dass ich warten muss, wahrscheinlich bis die Seerosen blühen, die in ihrem Kelch das Kind bergen, das nicht geboren werden durfte. Und dann ... wann kam der Umschwung? Als ich die Gänseblümchen sah und an das tote Kind dachte und meine ungeborenen Kinder, die jüngste Tochter.

Eines Tages, als es unwahrscheinlich schien, dass sich mein sehnsuchtsvolles Hoffen auf ein Kind erfüllen könne, schuf ich mir eine Tochter in der Phantasie. Es wurden dann zwei, weil solch verschiedene Wesenzüge nicht in einer vereinbar waren. Auch konnte ich mich wegen des Alters nicht entscheiden. Ich füllte meine familienlosen, einsamen Wochenenden mit meinen Töchtern. Sie wuchsen, sie entwickelten sich, sie verselbständigten sich (wie Dostojewskis Romanfiguren, die sich oft anders verhielten als von ihm geplant). Die Realität seelischer Inhalte, die psychische Realität, die innere Wirklichkeit waren damals beliebte Begriffe in den Kreisen, in denen ich mich bewegte. Hatte ich nicht zwei psychisch reale Töchter, die „überprüfbar" waren in ihrer Entwicklung? Auf der einen Seite hatte ich in der Phantasie meine Erlebnisse mit ihnen, auf der anderen Seite beobachtete ich das Entstehen dieser Phantasie. Ich weiß nicht mehr, in welcher Reihenfolge die Imaginationen entstanden.

Sie hatten in der Vorstellung ein ungefähres Alter, alles in der Phantasie, das Denken war „nur" untergeordnetes Hilfsmittel, das heißt ich ging vom Bild aus, das sie waren, das ich erschaffen hatte, bzw. das in mir gewachsen war. Heute meine ich, sie waren Seelen-Wesen, die in meinem Bild ein Zuhause fanden, einen Ort, ein Brückenhaus an der Brücke zu unserer Welt. Aber das ist wieder etwas anderes.

Also: ich sah ihr Bild und präzisierte ihr Alter, dann errechnete ich (Denken als Hilfsmittel) ihren Geburtsjahrgang. Als nächstes rief ich mir ihre Charaktereigenschaften, Seelenstimmungen und Verhaltensweisen in Erinnerung und fragte mich, zu welchem Tierkreiszeichen es passte. So waren sie realer geworden.

Eines Tages kam mir der Gedanke, ich müsse ihre Geburtsdaten erfahren, dann wäre dieser innerpsychische Prozess besser überprüfbar oder wahrnehmbar oder ... Welche ungeahnten Möglichkeiten, was könnte ich an ihrem Horoskop alles sehen, erkennen, ich legte die Geburtstage fest, einfach so, nannte das Datum, das mir zuerst im Kopf war, eines unter einer Reihe von möglichen (Spannbreite eines Tierkreiszeichens). Die Geburten imaginierte ich: Dauer, Schwierigkeit, Tageszeit, als ich das Kind in Armen hielt. So entstand die präzise Uhrzeit (jetzt, während ich es hier meinem imaginären Leser erzähle, merke ich, dass meine beiden tatsächlichen Geburten ähnlich verliefen; Vorweggenommenes erleben, weil ich mich vielleicht an seinen Entwurf in der Nachtwelt erinnerte, oder durch die Phantasiekräfte vorbereitet?)

Nun galt es, die Horoskope zu berechnen. Ich wollte mir die Arbeit ersparen (ungeübt wie ich war, dauerte es mir zu lange und ich fürchtete, bedingt durch die Aufregung, viele Fehler). Ich gab einer befreundeten Astrologin den Auftrag, und, um mein Vorhaben zu schützen, behauptete ich, es seien zwei Schwestern die man zu mir in die Therapie geschickt hatte (zur Abklärung, nicht wegen irgendwelcher Probleme). Diese Astrologin war fasziniert – nicht von den Horoskopen, von denen vielleicht auch, vielmehr von meiner Schilderung der Kinder, wie ich sie erlebte. Sie staunte, wie gut ich sie erfasst hatte, in dieser kurzen Zeit der Begegnung. Natürlich gab es Einseitigkeiten in meiner Schilderung, bedingt durch eigene astrologische Voraussetzungen. Auch negative Seiten der Mädchen hatte ich übersehen, aber das kannte die Astrologin auch sonst schon von mir.

Eine berühmte Analytikerin, persönliche Schülerin und Sekretärin C.G. Jungs, war fasziniert. Ich hatte hier einen überprüfbaren Beweis der „Brauchbarkeit" der Astrologie „geliefert", ein Synchronizitätsphänomen sichtbar gemacht, ich solle ein Buch schreiben. Mich freute dies alles, versetzte mich in schöpferische Aufregung und doch ... meine Töchter verblassten. Die Kleine, die einen kombinierten Namen aus den Namen meiner beiden Jugendfreundinnen trug, zog sich schmollend und beleidigt zurück, und die Größere schaute mich traurig mit fragenden Augen an, neigte verstummend ihr Köpfchen. Ihr hatte ich den Namen gegeben, den meine Großmutter väterlicherseits sich für ihre Tochter ausgedacht hatte, die sie nie gebar. Und als ich, ihr einziges Enkelkind, endlich ein Mädchen geboren war, kam sie mit ihrem Namen nicht durch. In einem Moment der größten Nähe und gegenseitigen Verständnisses erzählte sie es mir und nannte mich dann immer so, wenn keiner sonst anwesend war. Grita. So verband mich der Name mit ihr und wurde Ausdruck meiner lyrischen Seite, die sie liebte und verstand. Grita hatte die Zartheit, aber auch die Verletzlichkeit einer solchen Beziehung.

Ich versorgte die Horoskope bei den Horoskopen anderer Familienangehöriger und wollte sie „später einmal" wieder anschauen, wenn das Leben sich weiter entwickelt hatte (meines und das meiner Phantasietöchter). Die Horoskope ruhten, bis ich sie in diesem Jahr plötzlich beim Aufräumen in den Händen hatte (vier Umzüge hatten sie überstanden). Das Leben der Töchter war im Verborgenen geblieben. Manchmal schauten sie mich an, aber nicht entsprechend der Zeit, die nun vergangen war, sondern so, wie sie waren, als ich ... ich wage nicht zu sagen: als ich sie mir erschaffen hatte. Damals, als sie in meiner Phantasie zu leben begannen, als wir miteinander in Beziehung getreten waren.

Ach, die Väter, die hatte ich fast vergessen. Sie sind ein starker Bezug zur Realität. Ich meine nicht grundsätzlich, sondern die Väter meiner Phantasietöchter. Außer der genauen Geburtszeit brauchte es für ein Horoskop auch den Ort der Geburt. Nun, ich hatte die Zeit und ich erinnerte mich, wo ich zu diesem Zeitpunkt gewesen war, denn natürlich konnten meine Töchter nur dort geboren werden, wo auch ich war. Ich weiß nicht, ob ich selbst schon an die Väter gedacht hatte oder wer es mich fragte.

„Bist du all meine Trauer, die ich Jahr für Jahr überwand, tapfer, mutig, dass ich wieder heiter und vom Sinn überzeugt dem Leben entgegenging? Du, meine personifizierte Trauer, wesentlich geworden? Weinst du all die Tränen, die ich bei Abschieden nicht geweint (und ich habe geweint und ich habe getrauert, manchmal auch erst im Nachhinein). Komm, ich lege den Arm um dich und werde dich trösten, dafür, dass du meine ungeweinten Tränen bewahrt hast. Kann ich so dich erlösen? Und dann? Dann kann ich die trösten, deren Schmerz du nicht ertragen kannst." Hast du eben so gesprochen? Lächelnd schaut sie mich an, langsam den Kopf hebend, die verhüllenden Weidenhaare zurückgleiten lassend, an ihren Wimpern hängt noch eine Träne. „Weißt du, dass ich bei deinem Jüngling, erstarrt am Rande des Wasser sitzend, blieb, als du wieder gingst?"

Erwacht wollte ich schreibend meine Geschichte weiterlesen, wusste nur nicht, ob ich bei den Vätern meiner Phantasietöchter anknüpfe oder ob ich schaue, was die junge Hauptperson meiner Geschichte so früh am Morgen macht. Da entstand das Zwiegespräch in der Morgendämmerung, das eben zu lesen war. Ich muss aufpassen. Mir geht es gleich wie Dostojewski, aber es ist nicht nur die Person, die sich anders entwickelt, sondern die ganze Geschichte. Was heißt „sich anders entwickelt", sie entgleitet mir. Die Gedankenfäden, die sich im Kopf schneller weiterspannen, als ich schreiben konnte, verwirren sich. Ich fühle mich wie der Leser, der die Spannung nicht mehr erträgt und rasch ein paar Seiten überschlägt, dann ganz am Ende schon liest und wieder etwas zurück ... plötzlich weiß er nicht mehr, was er nun eigentlich schon weiß, jetzt, wo er wieder ordentlich Seite für Seite umblätternd lesen möchte, vielleicht hat er aus dem angedeuteten Wissen schon eigene Kombinationen hergestellt.

Die Väter ... ich habe keine Lust, von den Vätern meiner Phantasietöchter zu erzählen. Gestern hatte ich es noch, da dachte ich, es sei unerlässlich. Aber heute? Sind sie so wichtig, hier, für diese Erzählung? Meine Hauptperson schaut mich an, jetzt wieder das junge Mädchen. Ich glaube, du bist nicht meine Trauer, du bist meine Liebe zu ihm, den ich immer liebte, auch wenn ich es nicht wollte, auch wenn ich es selbst nicht wusste. Jetzt stehst du am Meer, wartend auf den, der wegging. Er kehrt nicht wieder, und doch hat er dich nie verlassen. Du wartest ... vielleicht spült eine große Welle ganz leicht dir sein Abschiedsgeschenk vor die Füße, das Geschenk das er dir mitbringen wollte und das nun ein Abschiedsgeschenk wurde. So, wie du oft die Geschichten vom Meer, von Inseln, von Seefahrern gelesen hast. Wer bist du, die jetzt dort steht und wartet, mit einer Strandrose am Schultertuch, bis du der, der er einst war in irgendeinem früheren Leben und wartest auf mich, den Vater oder den Freund, der nie mehr heimkehrt zu dir und dich doch nie verlassen hat. Doch in meiner Phantasie bist du meine und seine Tochter und wurdest die, deren Geschichte ich schreibend und lesend erlebe.

Ja, du wurdest immer mehr zu meiner Grita, im Alter, als unsere Beziehung sichtbar wurde. Ich sah dein Horoskop und sah, dass er dein Vater ist, den ich Jahre lang nicht sah und den ich bald wieder sehen (und lieben)) würde, was ich aber damals noch nicht wusste. Was hast du von mir unbemerkt alles an meiner Seite erlebt: den Verlust des ersten nicht geborenen Kindes, die Geburt zweier realer Geschwister, den Verlust des Kindes, um das du selbst getrauert hast wie eine Mutter. Drei Jahre später ... jetzt trauerst du anders.

Aber ich muss erst von mir erzählen. Eine neue Begegnung mit ihm, der immer meinte, ich sei in ihm, gehöre zu ihm, niemand könne mich ihm wegnehmen. Hoffen auf Schwangerschaft (auch Erschrecken, aber Hoffen und Freude wuchsen, überwuchsen die andere Stimmung). Biologisch alle Anzeichen. Nie habe ich mich getäuscht. Test sagt nein, aber eigentlich ist es noch zu früh. Ich verlasse mich auf mein Gefühl, vertraue es Kindern und Freunden an, kaufe eine Puppe für „es" und freue mich. Es wird ein Mädchen, sicher, ich werde es Grita nennen, nur so kann unser Kind heißen, weil es so zart, so traumhaft, so innig ist wie unsere Beziehung. Erst einmal heißt die Puppe so (haben wir sie noch oder wurde sie großzügig nach Jahren verschenkt?) Dann: Blutung, stark ... Trauer. Trauere ich um den erneuten Verlust eines Kindes oder um die nicht vorhandene, nicht wahrgenommene Möglichkeit? Ich wusste damals, dass es nun ein Ende war, auch wenn ich es nicht eingestehen wollte. Gritas Trauer heute spiegelt ihre Trauer von damals. Sie ist älter. Sie trauert nicht nur mit der Mutter, nicht nur um das Kind, dem sie Ersatzmutter sein wollte. Sie trauert um die Möglichkeit, die nicht wahrgenommen wurde, die Liebe, die sich nicht erfüllte. In der Trauer der Mutter spiegelt sich eigenes Leid. Wie hat sie ihre Liebe verloren, die sich nicht erfüllen durfte?

Sie schüttelt den Kopf und denkt an Sträuße, die sie für ihn pflückte, erst zum Empfand, dann ... sie hat kein Grab, zu dem sie gehen kann, das Grab ist in ihr. Sie braucht ihre Sträuße nicht herzugeben mit den Blüten, die an seine Augen erinnern. Die Seele der kleinen Grita - hat sie sich mit dir vereint, mit deinen Gänseblümchengedanken?

Sie weiß, dass immer dann, wenn eine Blüte sie nicht loslässt, ein Toter sie ruft, und sie muss auf ihre innere Stimme lauschen, durch die er zu ihr spricht. Ich weiß, dass im vorletzten Jahr vor meiner Geburt ein Rhythmus begann, der in Zehn-Jahres-Schritten mein Leben mit dem Sterben anderer verband und aus dem Bündnis wuchsen Phantasieblumen und blühende Worte. Wer wurde damals geboren, der in dem Jahr starb, das als das Geburtsjahr meiner ersten Tochter, der Phantasietochter, galt? War es vielleicht die Schwester des Kindes, das Grita für sich den Gänseblümchenengel nannte?

Meine Geschichte ist fertig, sie ist vielleicht nicht ganz das, was ich suchte, aber ich werde sie Freunden weitergeben und eines werde ich gewiss tun: Ich werde darauf achten, dass ich für jeden, der mir nah und lieb ist, und dem ich verbunden bleiben möchte, eine ihm im Wesen ähnliche Blume finde.

Heinz Erich Hengel

Das große Vergessen

Das Vergehen der Zeit ist die Zeit des Vergehens: Und man muss hart
an sich arbeiten, dass mit dieser Zeit nicht auch die Hoffnung vergeht.
Tage vergehen, Wochen, Monate. Die Zeit vergeht. Wahrscheinlich nicht
so für Demenzkranke: Scheinen sie doch jenseits der Zeit zu leben. Und
wahrscheinlich auch jenseits des Raumes - so ferne dieser nicht aus ihren
vier Wänden besteht. Das Vergehen der Zeit: warten - hoffen - bangen
- bitten; nur nicht resignieren. Die Einen warten auf den Tod; und die
Anderen hoffen auf ein friedliches Ende dieser Erwartung. Das Warten
vergeht in der steten Bemühung, Nerven & Ruhe zu bewahren, Ängste
im Zaum zu halten und den Verstand nicht zu verlieren.
Was ist das für ein Morgen!? Geht wohl die Sonne auf? Es ist laut; aber
es ist kein Vogelgezwitscher. Ist das ein Klopfen? Woher kommt dieses
Geräusch? Hat man mich gerufen? Ich höre eine Stimme - doch es ward
niemand da. Der Schrei war nur ein Flüstern; doch er war laut genug.
Hörst du den Lärm in der Stille? Hörst du den Laut einer klatschenden
Hand? Kann eine Hand alleine überhaupt klatschen? Der tonlose Ton.
Und dann auf einmal Kirchenglocken. Wann haben die Glocken zuletzt
geläutet? Noch schwieriger, als die Wahrheit zu erkennen, ist es oft, diese
zu ertragen. Demenz und Vergessen - das ist die ganze Wahrheit: die
Keule der Wahrheit. Die Wahrheit für die betreuenden und pflegenden
Angehörigen, die man nicht verdrängen kann.
„Ich will keine Pflegerin. Das kannst du mir nicht antun! Ich will in kein
Pflegeheim. Bitte, kein Spital."
„Ein Pflegeheim ist kein Spital. Wie du glaubst; was du für richtig hältst.
Bitte Ma (so habe ich meine Mutter genannt), vertraue mir."
„Kannst du mir nicht helfen? Ich möchte sterben. Ich laufe auf und
davon. Ich nehme mir das Leben." Schweigen. Was soll man darauf ant-
worten?
Zuletzt beim Friseur: Ma fragt, ob ihr Mann schon da sei. Sie wieder-
holt die Frage. Die Friseurin antwortet: Ihr Sohn wird gleich da sein. Ma
darauf: Nein, heute holt mich mein Mann. Nur ist dieser bereits über 13
Jahre tot ... Stunden vergehen, Tage und Wochen. Tage und das Dazwi-
schenliegende werden vergessen. Das Vergessen löst Stunden auf, lässt
die Zeit dahinschmelzen. Die Jahreszeiten gehen vorüber. Sommerson-

223

nenwende, Wintersonnenwende. Die Tage werden länger, die Tage werden kürzer. Das Vergessen wendet sich nicht mehr retour; sein Weg ist stets nach vorne gerichtet. Glaube und Hoffnung sind die Säulen. In weiter Ferne eine Säulenhalle: in der Schritte widerhallen. Geht dort der ans andere Ufer Gegangene? Was halb ist, wird ganz werden; was leer ist, wird voll werden; was alt ist, wird neu werden.

Die Tage werden kürzer, die Nächte immer länger. Des Herbstes Nebel wallen. Wird das den Walküren wohl gefallen? Nebel wallen, Blätter fallen, der Herbst nicht jedem tut gefallen. Parzival rettet den Heiligen Gral; Lohengrin singt mit Tannhäuser im Duett. Odin holt mit seinen feschen Walküren die gefallenen Krieger vom Schlachtfeld ab und führt sie nach Walhalla zu einem großen Festgelage. An den Mauern von Walhalla bröckelt kein Verputz ab. Oder sind sie etwa gar nicht verputzt? Odin wird das Ganze eher egal sein: Ist doch alles, was er tut, überschattet von dem Wissen, dass die Götterdämmerung unabwendbar hereinbrechen wird. Und die verputzten oder unverputzten Mauern werden dann noch das geringste Problem oder Übel sein. Im Sturmwind ist Odin mit seinem Hengst Sleipnir unterwegs, begleitet von Wölfen und den zwei Raben Hugin & Munin. Odins Botinnen, die Walküren, warten am Rande des Schlachtfeldes auf die Gefallenen. Können sie ihren Auftrag einmal vergessen? Nebel wallen, Krieger fallen; den Walküren - es wird gefallen.

Vergessen ist Walhalla, Odin und die Walküren. Die Erinnerung verblasst in der Götterdämmerung. Nach wie vor aber: Nebel wallen, Blätter fallen. Und Odins Raben? Ihr Schicksal ist ungewiss. Gewiss hingegen ist das alljährliche Wiederkommen der Saatkrähen im Herbst Anfang November. Ihre Ankunft ist ein untrügerisches Zeichen für das Hereinbrechen des Winters. Doch wir haben Glück: Ab der Wintersonnenwende werden die Tage wieder länger. Und das Vergessen ist wiederum ein Jahr gealtert. Heute - gestern - morgen: Was ist / war / wird sein? Ich weiß es nicht. Niemand weiß es. Will man es überhaupt wissen? Muss man es wissen? Ein Schritt ist ein Schritt. Ein Ton ist ein Ton. Und ein Geräusch?: Es ist ein Geräusch. Oder ist es der Lärm in der Stille? Vielleicht ist die Stille bereits laut genug ...

Was heute ist, muss nicht unbedingt auch morgen sein. Das Heute kann auch zu einer ´pathologischen Erregung` werden. Briefe werden zerknüllt, zerrissen, nicht beendet, nicht abgeschickt, weil sie von heute sind und in keinem Heute mehr ankommen werden. Was zu sagen ist, ist gesagt. Was besprochen werden muss, sollte besprochen worden sein. Die Besprechung - ein nicht abgeschickter Brief vor seiner Beendigung. Was wäre gewesen, wenn der Brief nicht zerrissen und trotz allem abgeschickt worden wäre? Was wäre gewesen, wenn der Briefschreiber einfach seinen Brief vergessen hätte? Vergessen hätte, der Absender zu sein. Der Adressat hätte wahrscheinlich gar nichts von jenem Brief gewusst. Wie hätte er auch von etwas wissen können, was der andere vergessen hat!? Wird sich jener später an sein Vergessen erinnern können? Ich weiß, dass ich nichts weiß, stellte Sokrates fest. Doch deswegen leidet er noch nicht unbedingt an Vergesslichkeit.

Zuerst vernahm ich plötzlich Geräusche, die sich als zahlreiche gleichzeitig auftretende Schwingungen von wenig verschiedener Frequenz darstellten und die sich dem Ohr als Reiz in Schallwellen und Longitudinalschwingungen beliebiger Massenteilchen mitteilten, worauf dann auch sogleich durch den Reiz, der nacheinander verschiedene Stellen der Netzhaut traf, eine Bewegung - als sichtbar - erkannt wurde. Jedem Punkt der einen Netzhaut wurde ein bestimmter der anderen zugeordnet, sodass bei gleichzeitiger und gleichartiger Erregung in der Empfindung ein Bild entstand. Allerdings trat dadurch, dass momentan keine Strahlen vorhanden waren, die einen Farbreiz ausüben konnten, eine Wiederersetzung der Substanz ein, die nur eine Schwarzempfindung zuließ. Was da heißt, dass, wenn man schwarz sieht, dies auf dem Nichtvorhandensein von einen Farbreiz ausübenden Strahlen beruht.

Es fällt etwas vor, und der Vorfall wird von niemandem bemerkt. Es geschieht etwas, und man möchte das Geschehene ungeschehen machen. Es geht um etwas und die Sache wird ignoriert. Indem die Charakteristik der Handlung darin liegt, dass der Handlungsablauf nicht davon läuft, beruht das Wesen jeden Tuns darauf, eine Tat folgen zu lassen. Der Ablauf eines Tages ist die kontinuierliche Aufeinanderfolge der laufenden Geschehnisse in Raum & Zeit, wobei jedoch der Tag auch bei nicht vorhandenen räumlichen und zeitlichen Ereignissen abläuft. Es ist unglaublich; es ist kaum zu fassen; es ist schrecklich: Dieser Ton, dieses Geräusch, dieser Lärm. Hörst du den Lärm in der Stille? Den lautlosen Ton? Das Geräusch der auseinander brechenden Zeit? Der Mensch sehnt sich nach Ruhe, entdeckt dann aber, die Stille nicht ertragen zu können. Einsamkeit & Stille. Burnout der Ruhelosen. Ein Vogelgezwitscher? Jetzt um diese Zeit? Es ist nichts zu sehen; nur durch das Gehör wird etwas wahrgenommen. Jeder regelmäßig wiederkehrende Vorgang wird im Laufe der Zeit als etwas Selbstverständliches aufgefasst und sobald dieses selbstverständlich gewordene Geschehen auf einmal nicht mehr geschieht, wird die bestehende Ordnung irritiert und durcheinander gebracht. Irritation durch Selbstverständlichkeit.

Jetzt erinnere ich mich ganz genau: An jenem Tage war das Blau des Himmels von so einer strahlend blauen Intensität, dass die gesamte Umwelt in tiefem Blau erschien. Eine grüne Natur ist azurblau geworden. Ich folge den blauen Fußstapfen nach: blaue Wegränder, blaue Steine am Weg, blaue Bäume, blaue Gräser, eine blaue Sonne, blaue Schmetterlinge flattern überall und ziehen ihre Kreise. Kreise, ununterbrochen Kreise. In den Kreisen ein Punkt in der Mitte - der Mittelpunkt. Kleinere Punkte kreisen rund um den Mittelpunkt. Ein Mittelpunkt kommt näher. Ein riesig blauer Punkt wälzt sich mir entgegen. Der blaue Mittelpunkt hat mich erfasst; ich bin nun im Mittelpunkt des riesigen blauen Mittelpunktes. Das Blau hat sich quadriert. Es ist nicht die Quadratur des Kreises; es ist die Quadratur der Farben. Ich befinde mich mitten in einem endlos blauen Kreis, in den ich ohne mein Zutun gelangte. Rund um mich lauter Blau, blau, Aquamarin, Azur, türkisblau, Türkis.

Ich will auf die Uhr sehen und sehe, dass ich gar keine Uhr habe, weder am linken noch am rechten Handgelenk. Was ist los mit meinem Handgelenk? Es lässt sich nur mühsam lenken. Und mühsam gehen die Fragen weiter: Wie spät es wohl sein mag. Ist es Abend oder Morgen, Tag oder Nacht? Ein Tag ist vergangen. Das Vergangene ist gewesen. Bevor die Finsternis war, strahlte das Licht in ihr. Doch durch die Trennung des Lichts von der Finsternis entstand die Dunkelheit. Und die Dunkelheit ließ das Licht finster erscheinen. Selbst die Sonne verfinsterte sich. Und aus der Finsternis trat dann die Dämmerung, Wegbereiter für das Licht. Die Schatten, entstanden in der Dämmerung, verschwanden im Zwielicht. Und als dann der Morgen anbrach, war klar: Ein neuer Tag stand bevor. Der alte Tag und die davor waren vergessen. Das Vergangene ist nicht nur gewesen, sondern es ward vergessen: Das große Vergessen hat das Alte quasi aufgesogen. So wie beim morgendlichen Erwachen sich die Träume der Nacht zumeist im Zwielicht des Morgens verlieren.

Es gibt wohl kaum ein schlechteres Gefühl, als eines Nachts aufzuwachen und feststellen zu müssen, noch gar nicht eingeschlafen zu sein. Nur mit Entsetzen erinnert man sich an dieses Gefühl zurück. Das Gefühl, welches einen dabei ganz plötzlich überkommt, ist einfach unbeschreiblich: Es war ein Gefühl, das überall fühlbar war, meist von einer ganz bestimmten Stelle ausging und sich ungeheuer rasch mit wellenförmigen Schwingungen nach allen Richtungen weiterverbreitete. Der Schmerz, der durch jenes Gefühl verursacht wurde, war von ganz besonderer Art - es war ein sogenannter Gefühlsschmerz; ein Schmerz, dessen Ursache in einem spezifischen Schmerzgefühl lag. Jener spezifische Schmerz war so eigenartig, dass seine besondere Art gar nicht erklärt werden kann.

Es gibt keinen Schmerz, mit dem er vergleichbar wäre. Er äußerte sich ganz unterschiedlich zu den normalerweise fühlbaren Schmerzen. Dessen Ursache lag offensichtlich in Träumen von Nächten, in welchen man aufwacht ohne vorher richtig eingeschlafen zu sein, also in traumartigen Zuständen außerhalb des Schlafes aber auch des Wachseins.

Etwas Interessantes war, dass sich der Traum größtenteils mindestens in vierter Dimension abspielte - das war jedenfalls der hinterlassene Eindruck: Alle Flächen waren Räume, der Raum selbst war eine quadrierte oder kubierte Fläche, während Linien nur einfache Flächen waren, und alle Bilder waren etwas flächenhaft Räumliches mit dem Charakter eines Raumes in einem zweiten oder dritten Raum. Schließlich wurde der Raum immer dimensionaler und wurde dimensional zur x-ten Potenz, ging von der vierten Dimension, verbunden mit einem nicht zu vergessenden Schmerzgefühl, über zur fünften Dimension, ging weiter über zur sechsten, siebenten Dimension. In der Erinnerung bleibt leider unbekannt, welche Dimension der Traum am Ende erreicht hat. Fest stand allerdings, dass, je höher die Dimension wurde, auch der Schmerz samt dem eigenartigen Gefühl quasi proportional zur Dimension anwuchs. Insgesamt ergab sich so eine Zunahme von Dimension - Gefühl - Schmerz; sozusagen ein Gefühl-Tsunami, dessen Wellen mit ausgeprägtem Wellental & Wellenberg den Schmerz mit sich brachten, der vom Tal zum Berg anstieg und am Kulminationspunkt in die nächste Dimension überleitete. Von dort übersprang dann die nächst höhere Dimension die niedrigere und löste sich im Weiteren, Wellen und Täler sowie Berge überspringend, jeweils durch ihre Potenzierung, die Folgepotenz mit sich bringend, in Form eines quadrierten Farb-Kubus auf. Warum gerade dieser Traum nicht in Vergessenheit geriet, hängt vielleicht damit zusammen, dass das Erinnern am Kulminationspunkt, so wie auch der Schmerz, sich in die nächst höhere Dimension aufschwang. Anders als beim Vergessen, das im Wellental versiegt.

Als ich die Türe hinter mir schließe, habe ich vergessen, warum ich in das Zimmer gegangen bin. Ich kann mich nicht erinnern, was mich hierher geführt hat. Kann man wirklich seine Erinnerung vergessen? Zuvor: Gedanken, Erinnerungen, Ideen. Die Welt der Ideen. Die Welt der Ereignisse und Geschehnisse. In der Welt sein. Nicht von dieser Welt sein. Der Weltgesundheitstag. Der Alzheimer- oder Parkinson-Tag. Der Tag danach. Von den Gedächtnislücken zum Gedächtnisschwund. Das große Vergessen - eine Volkskrankheit. Einen Kranken, der sich für gesund hält, kann man nicht heilen! Etwas Gesundheit ist das beste Heilmittel des Kranken, sagt Friedrich Nietzsche. Und der muss es ja wissen.

Die Welt, die wir wahrnehmen, sei eine Illusion, sie sei entstanden durch eine Beschreibung, die man seit dem Augenblick der Geburt erzählt bekommt, lehrt Don Juan Matus Carlos Castaneda.

Gestern noch glaubte ich an das Morgen. Ob dies heute auch noch so ist, bin ich mir nicht sicher. Wenn das Morgen so wird wie das Gestern, so werden auch die gestrigen Probleme prolongiert. Muss das Morgen wirklich immer eine Prolongation des Gestern sein? Die Zeit ist heute. Oder sie ist es nicht - wenn etwas doch nicht gewesen ist. Die Unzeit irritiert die Zeit. Wenn man einmal sagen kann, „heute" könnte bereits gestern oder lange her gewesen sein bzw. es könnte wieder sein, so wird die Zeit vielleicht überhaupt nicht mehr sein. Wenn eine Zeiteinheit in eine andere Zeit einspringt, so gibt es hierfür kein Maß. So wie es kein Maß für die Unzeit gibt. Und trotzdem drängt sie sich der Zeit auf, oder in diese hinein. Die zersprungene Zeit - die Zeit des Vergessens. Wenn die Zeit das Medium ist, das Probleme prolongiert, so müsste man versuchen, aus der Zeit aussteigen zu können. Sie nur anzuhalten zu versuchen, löst auch die Problemprolongation nicht. Die Zeit aber, vergeht, läuft ab, stagniert, steht still, verkriecht sich in den Minuten, tarnt sich hinter den Stunden, versteckt sich im Uhrengehäuse. Ich wünsche mir das Morgen; ich rufe laut danach. Und das Morgen?

An den Bäumen im Garten Eden reift das Vergessen. Der Fluss Ghion trägt es mit sich fort. In Walhallas Götterdämmerung: das Vergessen steigt empor aus den Gefilden von Purattu. Die Walküren haben ihren Auftrag vergessen. Odins zwei Raben wissen nicht, wohin sie fliegen sollen. Gefangen in der Matrix der Zeit. Das Leben läuft auf Autopilot. Die Matrix dient der Ablenkung des eigenen Selbst. Die Zeit hält einen gefangen. Die Zeit steuert das Lebensrad, nicht das Ich. Ist die Matrix gegen das Vergessen gefeit? Die Tragik des Vergessens besteht darin, dass die Matrix der Zeit das Vergangene für die Betroffenen ausblendet. Gestern wird zum Heute. Mit jeder angebrochenen Stunde zerrinnt das Heute immer mehr.

Ich sage: Jetzt, doch das Jetzt ist bereits zum Dann geworden und ist gerade dabei zum Damals zu werden. Die Fata Morgana des Hier & Jetzt: verweht im Wüstensand, ertrunken in einem der seltenen Brunnen in der Wüste. Jeder neue Tag ist ein neues Erinnern an das Vergessen. Ein Tag wird vergessen und geht verloren. Der Friedhof der vergessenen Tage: Hier ruhen Gedanken, Träume, Erinnerungen, Illusionen und Konfusionen. Erinnerung ist Gegenwart. Erinnern ist aber auch Imagination. Ist das Ende der Hoffnung wirklich die Erinnerung? Oder ist sie nur ein Wachtraum? Was ist schlimmer? Vergessen oder falsches Erinnern. Es

wird sein; nicht: es kann sein. Die Hoffnung besteht darin, dass es nicht
nur die Ewigkeit ist, die die Zeit überwindet. In der Ewigkeit gibt es kein
Vergessen. Vergessen kann doch hoffentlich nicht von unendlicher Dauer sein. Im Vergessen korreliert das Leben mit dem Tod: Bin ich schon
gestorben? Wann werde ich sterben? Die Matrix der Zeit führt zu Auflösung. Geburt - Leben - Tod: Was ist der Unterschied? Die moderne Physik lehrt, dass es eine objektive Zeit nicht gibt: Was so genannt wird, sei
in Wirklichkeit nur eine Koordinate im vierdimensionalen Kontinuum.
Weltlinien führen zu einer Entzeitlichung der Welt. Die drei Dimensionen des Raumes und die eine Dimension der Zeit werden zu einem mathematischen Gebilde von vier Dimensionen zusammengefasst. Wenn in
der konkreten Welt ein Zustand zu einem anderen übergeht, so geschieht
dies durch einen Sprung, sagt Sören Kierkegaard. Und er sagt auch, dass
dies einem Angst machen könnte /würde.
Die Zeit stürzt und blutet. Sie stürzt herab wie ein Wasserfall. Lass uns
nicht fallen, flehen die Tropfen. Selbst das Fallen verliert sich in der Zeit.
Die Zeit blutet und ihr Vergehen stoppt das Blut. Nicht aber das Vergessen. Die Matrix des Vergessens: Wie kann man sich aus ihr befreien?
Die Matrix des Lebens. Die Matrix der Vergesslichkeit. Die Matrix der
Krankheit. Die Matrix von Alzheimer & Demenz: Das Vergessen hat die
Führung übernommen, eine problematische Führung - unsicher, sturz-
gefährdet, ungewiss. Diagnose Demenz: eine endgültige medizinische
Entscheidung. Die Erkenntnis der Gegebenheiten eines Zustandes aufgrund von Symptomen, erhoben durch Anamnese, Befund, Test und
Prüfverfahren. Diagnose Demenz: Ein Leben ohne Erinnerung. Ein
vergessenes Leben. Diagnose Demenz: Der Welt entrückt.
Ma redet mit mir über ihr Sterben und ihren Tod: Was sie anziehen
wolle und dass wir unbedingt all die diversen Wundabdeckungen (derer
es nach ihren letzten Stürzen etliche gab) entfernen müssten. Sie warte schon darauf, dass sie der Herr abberufen würde, sagt sie. Sie hätte
bereits Zeichen dafür bekommen. Sie hätte schon lange genug gelebt.
(Ganz geringe wird der Wert der irdischen Dinge). Wann sterbe ich? Wie
weiß ich, dass ich gestorben bin? Ich möchte eigentlich nicht mehr hier
sein! Wann ziehe ich das Kleid, das im Kasten hängt an?
Ich sitze bei Ma im Wohnzimmer und höre ihr zu. In der Ferne sehe ich
eine Schar Krähen vorüberfliegen. Und ich glaube, am Firmament ihre
Spuren zu erkennen. Kann das aber überhaupt möglich sein?
Shunryu Suzuki jedenfalls sagt, dass man manchmal die Spur eines flie-
genden Vogels sehen könne, oder man jedenfalls das Gefühl hätte, als
ob man es könne. Trotz allem aber überkommen einen vielfach Zweifel.

Wäre da nicht S. Suzuki, der uns Zuspruch erteilt: Ehe der Regen auf-
hört, hören wir einen Vogel. Selbst im tiefen Schnee sieht man Schnee-
glöckchen. Und im Osten, sagt er, hätte er schon Rhabarber gesehen ...

*(Entnommen aus: 'Das große Vergessen`- Diagnose Demenz; unveröffentlichtes
Manuskript)*

*Anmerkung: Gegenständlicher Text wurde geschrieben in Zeiten der Betreuung mei-
ner demenzkranken Mutter (Ma genannt). Eine Zeit großer Probleme und Anforderungen, aber auch neuer Erkenntnisse. Demenz - ein Leid & Leiden, das sich mit
der Zeit multipliziert; ein Leiden, das das Vergessen zum Alltag macht.*

Hans-Jürgen Kuite

Mann am Meer

Ich weiß nicht, wie lange ich schon unterwegs bin, barfuß und mit auf-
gekrempelten Hosenbeinen auf dem festen und feuchten Sand. Ganz
vorne, dort wo das Meer in Form einer Horde zaghafter Wellen versucht,
den Strand zu erobern. Es ist mein Strand! Denn dort, wo ich wohne,
kann ich sie in so mancher Nacht hören, diese Wellen, wie sie sich mit
Wucht an Land werfen, im Verbund mit dem Wind, der sich alle Mühe
gibt.
Die Sonne steht schon tief, so dass ich beschließe, den Heimweg anzutreten, der über den Strand und einen schmalen Pfad durch die Dünen
führt. Kurz vor ihnen, am Saum des sich im Wind wiegenden Strandha-
fers steht eine Bank. Heute jedenfalls steht sie dort, denn an manchen
Tagen ist sie mitten auf dem Strand zu finden, und manchmal auch ganz
vorne direkt am Wasser. Dann steht sie mit den aus Eisenrohr gemachten Beinen mitten im Wellenspiel. Fast immer, wenn ich hier entlang-
gehe, finde ich sie verlassen vor und mir scheint, als würde sie jedes
Mal irgendwo hingetragen und einfach stehengelassen, wenn die Leute
wieder gehen.
Doch heute ist da jemand. Die junge Frau sitzt auf der einen Hälfte der
Bank und ist offensichtlich in ein Buch vertieft. Die andere Seite scheint
sie für irgendwen - vielleicht ja für mich - freihalten zu wollen.
Ich nähere mich an und frage kurz und knapp: „Hallo, ist nebenan noch
frei?" Ich deute auf die freie Sitzfläche.
Sie schaut zögerlich zu mir auf, mustert mich kurz und nickt.
„Ja bitte", lässt sie folgen, während sie sich schon wieder in ihr Buch -
es ist ein elektronisches - vergraben hat. Ich sehe noch, wie ihr Daumen
zum Weiterblättern auf das Display tippt.
Mein Gruß und meine Nachfrage waren meine ersten Worte seit einigen
Stunden. Wenn ich die Uhrzeit richtig einschätzen kann, sind wohl zwei
bis drei Stunden vergangen, seit ich den Strand nach Süden runter- und
nach einer kurzen Kaffeepause wieder hochgegangen bin. Gesprochen
habe ich nicht, mit wem auch? Nicht einmal mit mir selbst. Ich will es
auch gar nicht. Ich will Gedanken wälzen, über mich, über andere, über
ein paar Dinge, die passiert sind, über Rätsel, die gelöst und Entscheidungen, die gefällt werden müssen. Über Zukunft und Gegenwart, und

vor allem über die Vergangenheit, die mich eingeholt hat beim Betrachten der Dinge, die passiert sind.

Es tut gut, hier zu sitzen und aufs Meer zu schauen. Der Himmel ist tiefblau und ein paar weiße Segel unterbrechen hier und da die scharfe Linie des Horizonts. Für ein paar Minuten sind sie weg, diese Gedanken und mein Kopf scheint etwas leichter zu werden.

„Das ist meine Bank!", bricht es plötzlich aus mir heraus. Da war kein Gedanke, der diese Worte hätte vorproduzieren können. Ich habe sie auch nicht bewusst formuliert und dann ausgestoßen, es ist einfach so geschehen. Die Frau neben mir nimmt erst Sekunden später ihren Blick von ihrem E-Book und fragt, während sie ihren Kopf vorsichtig zu mir dreht: „Und das bedeutet jetzt, ich soll ...“

„Nein, nein, schallt es aus mir heraus", diesmal bewusst gesteuert, noch bevor sie ihre Frage zu Ende stellen kann.

„Es ist so", fahre ich fort, „dass ich jeden Tag hier sitze, das heißt, mal hier, mal dort, je nachdem, wohin es die Bank verschlagen hat. Also es ist natürlich nicht meine Bank, aber ...“

„... Sie benutzen sie jeden Tag so, als wäre es Ihre", vollendet die Frau. Sie verändert ein wenig ihre Sitzposition und wendet sich wieder ihrem Buch zu.

„Aber danke, dass ich bleiben kann", fügt sie noch hinzu, während ich verstohlen auf meine Hände schaue, die auf meinen Oberschenkeln liegen, als müsste ich mich abstützen.

Die Sache ist mir peinlich und ich murmele ihr ein schüchternes „Ja, ja, na klar" zu, doch die Frau ist längst wieder in ihr Buch eingetaucht.

Sie nimmt mich und meine zugegeben merkwürdigen Äußerungen wohl nicht ernst, belächelt mich wahrscheinlich insgeheim, und es ist gut, dass ihr scheinbar fesselnder Roman sie ablenkt und von mir fernhält.

Roman? Muss ja kein Roman sein. Und wenn doch, was für einer? Belletristik vielleicht? Oder gar ein Sachbuch? Vielleicht über das Meer und seine Tiere, über Sonne und andere Planeten, über Garten und Pflanzen und wie man sie pflegt, oder über Männer, wie man sie pflegt, wenn sie die Orientierung verloren haben und Hilfe brauchen, oder liest sie gar ein Buch über Selbsthilfe?

Ich wende mich ab von diesem spekulativen Gedankenwust und schaue mich um. In der Ferne zwei Spaziergänger und vorn am Wasser nur eine Mutter mit ihrem Jungen, der flache Steine schleudert, auf dass sie auf dem Wasser hüpfen mögen, was ihm so gut wie gar nicht gelingen will.

Die Stille betäubt mich angenehm und ich erlebe für einen Moment den Zustand des *Gar Nichts Denkens*, als die Frau neben mir ihr Buch zuklappt. Sie legt es in ihren Schoß, faltet ihre Hände darüber und atmet hörbar kräftig aus. Dann schaut sie gebannt aufs Meer.

Meine Frage, die, seit ich hier sitze, im Ausgabefach schlummert, purzelt nun uneinholbar heraus: „Entschuldigen Sie, darf ich fragen, was Sie da grad lesen?"

Sie löst ihren Blick vom Horizont und wendet mir ihr Gesicht zu. Ein vorsichtiges Lächeln breitet sich langsam aus.

„Ja, natürlich dürfen Sie."

Ihre gefalteten Hände lösen sich, erfassen das Buch und drehen es ein paar Male hin und her. Ihre leichte Nervosität ist spürbar und springt auf mich über. Bin ich der Grund dafür oder der Inhalt ihres Buches?

„Es ist, es ist", fährt sie fort, „ein sehr emotionales Buch. Es handelt von einem Mann, der sein Leben überdenkt, der also über Rückblicke seine Gegenwart beleuchtet und zu verstehen versucht." Sie räuspert sich kurz.

„Und er hadert mit der Zukunft, weil da Entscheidungen anstehen und so weiter. Ich bin da grad an der Stelle, wo er ans Meer geht - ich glaube, er wohnt da sogar -, also er geht ans Wasser und versucht, seine Gedanken zu ordnen, damit er seine zukünftigen ..."

„Ähm, oh, also", stammle ich und unterbreche sie damit. „Ich muss, also ich ..., danke Ihnen! Sehr interessant, danke. Aber ich muss jetzt wirklich ..."

„Ist ok, ich möchte Sie ja gar nicht mit diesem Mann langweilen ..."

„Nein, das tun Sie nicht, ich habe Sie schließlich gefragt. Es ist nur so, dass ich ..., ach, ich muss wirklich gehen, weil ..."

„Schon gut, ich mach mich auch gleich auf", sagt sie. „Nur noch die paar Sonnenstrahlen, und später lese ich im Hotel weiter."

„Na dann", sage ich und erhebe mich.

„Muss schließlich wissen, wie das mit dem hier weitergeht", ergänzt sie und wedelt vielsagend mit dem E-Book. „Machen Sie's gut!"

„Ich werde es versuchen, danke. Ihnen einen schönen Abend", gebe ich ihr mit matter Stimme noch mit und begebe mich ein wenig verstört in Richtung Dünenübergang.

Wie es mit dem weitergeht, wie es weitergeht, weitergeht, flüstert eine Stimme ganz hinten in meinem geplagten Hirn. Das wüsste ich nur zu gern, brumme ich und beschleunige meine Schritte, auf dass ich nach Hause und auf gefälligere Gedanken komme.

Carsten Rathgeber

Ein Engel in einer fremden Stadt

„Richtig und falsch ist, was Menschen sagen; (…) Dies ist keine Über-
einstimmung der Meinungen, sondern der Lebensformen."
Wittgenstein (1971), S. 113 (V 241).

Die Stadt war freundlich und voller Leben mitten im Sommer. Doch
in mir, der ich erst am Abend vorher angekommen war, war eher eine
herbstliche Stimmung, bestenfalls von einem goldenen Oktober. Kurzfristig kam es zu meinem Besuch bei einer guten Freundin, die ich aus
alten Zeiten in einer anderen Stadt im universitären Milieu kannte. Doch
nun hatte sie kaum Zeit; sie war beruflich, so ihr Hinweis, unerwartet
eingespannt. Wir sahen uns nur kurz zum Frühstück. Und unsere Dialo-
ge drehten sich hauptsächlich um formale Aspekte: Schlüssel, Abwasch,
Termine.
　Eine aparte Fremdheit spielt ihre Melodie mit uns. Sie brach dann auf,
und ich überlegte mir eine sinnvolle Tagesgestaltung. Tagsüber besuchte
ich ein Museum und ein Café. Dort kam es zu einem Gespräch mit einem
jungen Mann und einer jungen Frau, die miteinander befreundet waren.
Arthur und Marie waren mir sehr sympathisch. Zuerst sprachen wir über
politische Gegebenheiten, dann über Musik und entschlossen uns, eine
kleinere Kirche zu besuchen, in der Stücke von Telemann und Mozart
gespielt wurden. Nach dem Konzert gingen wir in einen Park und das
Gespräch drehte sich wieder um politische Aspekte: Die Universalität
der Menschenrechte und die Geltung der Freiheit in Spannung zur Prägung durch den individuellen Kultur- und Erziehungsrahmen.
　Die Angst vor dem Fremden, die zu irrationalen Handlungen führen
kann, führte zur Frage, inwieweit dies politisch eingefangen und geregelt
werden muss. Das Fremde, so war uns klar, prägt auch uns selbst ver-
deckt in unserem Selbstverständnis. Wir traten in die Fremdheit in uns
und erkennen sie nur bedingt. Wir wanderten zu einem kleinen Park mit
einem See, auf dem Ruderboote fuhren. Auch gab es einen kleinen Ba-
destrand. Es lag eine leichte Atmosphäre vor. Viele Menschen waren mit
Kindern unterwegs und amüsierte sich. Arthur musste zu einem Termin;
er war nicht der Freund von Marie, wie ich zuerst dachte. Marie und ich
schlenderten zu einem Bootssteg. Wir waren ganz entspannt im warmen

Sonnenlicht. Eine Urlaubstimmung lag vor. Jugendliche sprangen von einem kleinen Turm ins Wasser. Es war lebendig und laut. Ein kleiner Junge kam wohl mit seinem Vater zum Springturm. Der Vater sah sich um, und der Junge, der nun hinter seinem Rücken stand, sprang plötzlich ins Wasser. Der Vater drehte sich zurück und sah noch, wie sein Kind im See eintauchte. Er war für einen Moment starr erschrocken. Schon sprang einer der Jugendlichen in die Wellen und brachte das Kind, das wohl nicht schwimmen konnte, sicher an die Oberfläche. Der Vater hob seinen Jungen aus dem Wasser, tröstete ihn. - Sie gingen zurück an den Stand. All dies lief sehr schnell ab.

Marie und ich hatten dies beobachtet und sahen uns fragend an. Wir gingen ans Ufer. „Ich überlegte zu handeln, aber dann sprang schon der Jugendliche."

„Ja, es war für einen Moment unübersichtlich."

„Das hätte auch anders ausgehen können", meinte ich.

„Ja, sicherlich. Vielleicht half ein Engel."

„Ein Engel?" Marie erwähnte einen Gedanken von Wittgenstein, der bemerkt hatte, irgendwie sei immer ein Engel hilfreich notwendig. Eine Überlegung, die mich interessierte. Wir sprachen noch über das Ereignis, und ich begleitete Marie zu einer Straßenbahnhaltestelle. Sie versprach, mir die Textstelle von Wittgenstein mitzuteilen. Dazu gab ich ihr eine Karte mit meiner E-Mail-Adresse. Sie schenkte mir einen Apfel und stieg in die Bahn. Wir winkten uns zu.

Auf dem Rückweg zu meiner Unterkunft fiel mir ein Traumbild ein:
,Silbriges Mondlicht schimmert in den Gassen der Stadt
Wind weht über Wiesen und Felder / Spricht mit dem Meer / Über die Vagheit des Lebens
Auf meinen Wegen liegt Staub / Schritte sind für kurze Zeit sichtbar'

Meine Freundin habe ich in den Tagen tatsächlich kaum gesehen. Einmal haben wir noch zusammen gegessen. Eine uneindeutige Stimmung lag vor. Später träumte ich von uns. In einer schmalen Küche fielen uns die Teller auf den Boden. Letztlich überlegte ich im Traum, ein Fertigessen zu besorgen.

Nach zweieinhalb Tagen fuhr ich wieder 800 Kilometer nach Hause. Marie hatte mir tatsächlich den Gedanken von Wittgenstein geschrieben: ,Ein guter Engel wird immer nötig sein, was immer du tust.' Und dies führte zu einer Verständigung über gute und böse Engel, über das Leben und Wissen.

Marie schrieb: ‚Geprägt hat mich das Offensichtliche und Bekannte und zugleich auch das Verborgene und die Geheimnisse meiner Familie, der Wissenschaft und des Glaubens. Ich suchte nach Beständigkeit, Treue, Verlässlichkeit, aber auch nach Aufbruch, Neuanfang, Veränderung, letztlich nach Freiheit und Tapferkeit. Ich wäre gerne eine Heldin. Doch die Tapferkeit – wofür? – schien mir nicht erstrebenswert zu sein. So wollte ich Klarheit. Eine Entscheidung zwischen Licht und Dunkelheit (Finsternis); doch ich blieb oft im Grau der Schatten. Die Welt schien mir Ausdruck der Vielfalt aller Schattierungen zu sein. Jedoch, so blieb mir die Frage, fordert uns das Heilige, Göttlichkeit zum Bekennen auf – nur, gibt es dieses Heilige in dieser Art überhaupt? Ist es nicht selbst mit dem Realen vergleichbar gestaltet?'

Ich antwortete: ‚Wir leben unser schmutziges Leben; ein Leben voller Bewegungen. Wir versuchen, eine Bedeutung für uns zu gewinnen. Bestenfalls können wir mit aller Kraft die Zeit überwinden und vielleicht einen Blick an den Mantel des Ewigen oder gar in die Tiefe des Absoluten werfen. Doch der Blick erschreckt uns. Die Haut ummantelt uns und verbirgt das Innere vor unserem Blick. Das Absolute ist für uns fremdartig. Gemessen daran bleibt menschliches Tun einfach bloß Tand? Doch was hätten wir sonst? Ja, wir liegen hinter Gläsern, die blind sind. Sogar unsere eigenen Gefühle bleiben für uns versteckt. Umhüllt von Cellophan. Vielleicht ist dies aber auch Ausdruck des Absoluten selbst. Doch wir können im unreinen Abwaschwasser Geschirr spülen und es wird sauber.'

Unser Gespräch betraf Fragen zu den Grundlagen der Mathematik und Physik, zur Musik und Religion und auch zu unseren konkreten Lebensgestaltungen. Dazu kamen zunehmend unsere Geschichten und Hintergründe, die Ängste und Hoffnungen, unsere Gefühle und die Sehnsucht nach Leben. Später besuchte mich Marie und zog nach einiger Zeit bei mir ein.

Nachtrag: Die von mir besuchte Freundin schrieb mir später, dass ihre Distanz mir gegenüber Ausdruck ihrer Sehnsucht nach Nähe zu mir gewesen wäre. Über Jahre erhielt ich von ihr zum Weihnachtsfest einen Jahreskalender mit Kunstbildern und jeweils zum Geburtstag ein bedacht ausgewähltes Buch. In den Jahren gab es einige wenige Telefonate. Dann erhielt ich unerwartet von ihrer Therapeutin, wie von ihr gewünscht, per E-Mail eine kurze Nachricht von ihrem Tod. Eine lange Krankheit lag vor. Sie hätte öfters von mir erzählt. Eine Begegnung zwischen uns hatte es nach meinem Besuch nie wieder gegeben.

Bezüge

Wittgenstein, Ludwig (1971), Philosophische Untersuchungen, Suhrkamp
Wittgenstein, Ludwig, Bemerkungen über die Grundlagen der Mathematik, V13.
Siehe auch Stegmüller, W., Hauptströmungen der Gegenwartsphilosophie, Bd. 1,
S. 696, Kröner.

Petra M. Dobrovolny-Mühlenbach

Leukerbadner Rosinen – Begegnungen im Alltag Aus meinem Tagebuch 2023

Warum Leukerbadner und nicht Leukerbader? Leukerbad hiess einmal Baden, die Einwohner*innen wurden als «Badner*innen» bezeichnet. Noch heute eröffnet der Gemeindepräsident die Gemeindeversammlung mit «Liebe Badner und Badnerinnen!» Seit Oktober 2020 gehöre ich dazu.

Am 11. Januar 2023 besuche ich einen Vortrag über die Chronik der alteingesessenen Familien von Leukerbad und Albinen unter dem Titel: «Die alten Häuser noch, die alten Freunde aber nicht mehr».
Bruno Zumofen (1), ein 80jähriger Lehrer im Ruhestand, zitiert zu Beginn seines Vortrags das Bundesamt für Statistik: Im Jahr 2022 gab es in Leukerbad 1320 Einwohnende. Davon tragen 94 den Namen Grichting, ebenfalls 94 den Namen Loretan, 30 heissen Roten und je 14 Da Silva und Pereira. Die zwei letzten Namen lassen darauf schliessen, dass es hier eine portugiesische Gemeinschaft gibt. Die alten Familien Grichting und Loretan waren meistens in der Verwaltung und in politischen Ämtern tätig. An den alten Häusern aus dem 17. Jahrhunderts kann man heute noch in den Balken der Hauptfassade die kunstvoll geschnitzten Initialen der Bauherren entdecken. Die Initialen zeugen von Familien mit Namen Oggier, Schulier oder Julier, Matter, Hofer, Tschopp oder Zumofen, deren Nachfahren bereits vor langer Zeit ins Rhonetal oder weiter weg bis in die USA ausgewandert sind. Einige hatten sich in den Dienst des Vatikans begeben. Auch von Todesursachen wird berichtet: Steinschlag, Lawinen, bei der Schlacht in Pfyn oder im Dienst als Rekruten des Königreichs Sardinien. In Leukerbad waren ganze Familien über Generationen hinweg als Bäcker, Hoteliers oder Ärzte tätig. Der Gemeindeschreiber hielt in kunstvoller Handschrift insgesamt fünf Klassen Einwohnende fest: Die 1. Klasse waren die Burger, die 2. Klasse die Zugewanderten, die 5. Klasse Handwerker wie Schmiede oder Schreiner ohne festen Wohnsitz. Im Jahre 1829 zählte Leukerbad 419 Einwohnende, davon waren 213 Männer und 206 Frauen. Die Männer hiessen mit Vornamen meistens Joseph, Johann oder Alois, die Frauen Katharina oder Marie. Um sie im Alltag besser unterscheiden zu können, erhielten

sie einen Über- oder Spitznamen. Ein Pfarrer wurde «Pfund» genannt, weil er über einen gewissen Bauchumfang verfügte. Der Vortragende erwähnt, dass einer seiner Urahnen einen Seitensprung gemacht hätte. Dank dem stünde er, Bruno Zumofen, heute hier und könnte diesen Vortrag halten.

So habe ich mehr über die alten Leukerbadner Familien erfahren, die doch nicht alle ausgewandert sind und in den jetzigen noch hier lebenden Generationen die gleichen Berufe ausüben wie ihre Vorfahren vor 300 Jahren: So trägt der heutige Gemeindepräsident den Namen «Grichting» und der Verwalter unseres Appartementhauses den Namen «Loretan».

Im Jahr 1501 wurde Leukerbad eine selbständige Pfarrei, damit sich die Gläubigen während der langen strengen Winter nicht mehr ins Tal nach Leuk zur Messe begeben mussten. Die Kirche war zunächst der heiligen Barbara geweiht. Sie gilt für die Bergbevölkerung als Patronin, die vor schweren Unwettern, Lawinen und weiteren Gefahren schützt. Im Jahre 1864 bis 1866 wurde die Kirche erweitert: Das ursprüngliche Hauptschiff mit der traditionellen Ost-West-Achse wurde zur Seitenkapelle, das daran angebaute neu entstandene Hauptschiff mit einer Nord-Süd-Achse wurde der heiligen Maria geweiht.

Anfang der 50er Jahre wanderten immer mehr Portugies*innen nach Leukerbad. Sie sind auch heute noch vorwiegend in der Gastronomie und in den Thermalbädern tätig. Einmal im Monat findet in der Pfarrkirche Maria, Hilfe der Christen, eine Messe auf Portugiesisch statt. In einer Nische der Seitenkapelle steht eine Marienstatue aus dem portugiesischen Dorf namens Fatima. Diese hat ein Künstler aus Zedernholz nach der Erzählung der drei Hirtenkinder, denen die heilige Maria erschienen war, erschaffen. Im Marienjahr 1954 «wanderte» diese Statue im Rahmen der Feierlichkeiten mit Prozessionen ins Wallis. Der damalige Leukerbadner Pfarrer erwarb sie für seine portugiesischen Gemeindemitglieder. Jeden Tag spenden Einheimische und Tourist*innen der «Königin des Himmels» Kerzen als Zeichen des Danks oder der Fürbitte.

Seit September 2022 darf ich jeweils zur Mittagszeit unter dem barmherzigen Blick der Maria von Fatima mit meinen Instrumenten aus Bergkristall meine liturgischen Gesänge in Latein üben. Währenddessen schauen Wandernde und Einheimische in die Kirche herein, lauschen für kürzere oder längere Zeit meinen Klängen, manche beten still für sich oder sind zu Tränen gerührt, bedanken sich mit einer Geste bei mir, fragen nach der Herkunft meiner Instrumente oder dem Komponisten meiner Liturgie. Im letzten September kam eine Frau aus dem Zürcher Oberland vorbei, setzte sich auf eine Bank und hörte mir längere Zeit zu. Danach kam sie zu mir und sagte: «Ihre Klänge wirken sehr heilend, auch wenn ich nicht katholisch bin. Wann geben Sie denn mal ein offizielles Konzert? Wie kann ich davon erfahren?» Ich dankte für ihr Interesse: «Jeweils am 2. Freitag des Monats biete ich ab 17 Uhr eine Klangmeditation an. Im Eventkalender des Tourismusbüros «myleukerbad.ch» finden Sie die genauen Daten.»

(1) Bruno Zumofen: Die alten Badnerinnen und Badner. Leukerbad und seine Familien seit 1650. Bilgerverlag

Am 3. Januar kommt während meines Übens eine Mutter mit ihrem etwa vierjährigen Buben in die Kirche. Der Kleine schaut mich gross an und zeigt mir den «Daumen hoch». Auf dem Schoss seiner Mutter hört er mir eine gute Viertelstunde lang zu und beginnt dann mit den Buntstiften, die auf einem Tisch für Kinder bereitstehen, ein Bild für mich zu malen: Eine Blume mit einem schwarzen Kreis als Mitte und gelben Blütenblättern. Ein violettes Rechteck – ähnlich meiner grössten violetten Klangschale – schickt violette Linien auf die Erde. Man könnte es etwa so verstehen: Aus einem schwarzen Loch wachsen lichtvolle Blätter, es entsteht eine neue Erde und meine Klänge begleiten diesen Schöpfungsprozess.

Ein paar Tage später betritt zur Mittagszeit ein älterer Herr die Kirche, setzt sich und betet, bis ich meine Klangmeditation beendet habe. Dann kommt er zu mir und sagt, dass ihm die Klänge sehr gefallen hätten. Er habe sogar den Grundton herausgefunden und bemerkt, dass ich ein hübsches Hugenottenkreuz an meiner Halskette trage. Ich wundere mich und frage: «Vous êtes un expert?» Ja, er sei ein pensionierter reformierter Pfarrer und wohne hier in der Gegend. Ich erzähle ihm, dass meine Grossmutter väterlicherseits von einer Hugenottenfamilie abstammte, die aus Frankreich – Colmar – fliehen musste, und zwar in die Hansestadt Lübeck. Meine Grossmutter hatte sich als kleines Mädchen den Erwachsenen immer so vorgestellt: «Ich heisse Cayé und esse am liebsten Cailler-Schokolade.» Daraufhin erzählt mir der Herr Pfarrer, dass er ebenfalls aus dem Elsass stamme. Er möchte noch wissen, woher meine Kristall-Klangschalen kommen und ob ich nur meditative oder auch andere Musik spiele. Erfreut über das Gespräch meint er, dass er wohl mal an einem Freitag nach Leukerbad käme, wenn ich «offiziell» eine Klangmeditation gebe.

Am Freitag, den 13. Januar ist es wieder so weit: Bereits eine Viertelstunde vor Beginn meiner Darbietung finden sich etwa 17 Personen ein, die Mehrzahl sind ältere Ehepaare. Mein Partner Georg bedient die renovationsbedürftige Kirchentüre und wird auch während der Veranstaltung dafür sorgen, dass Zuspätkommende oder Zufrühgehende die Türe leise öffnen und schliessen. Die Sakristanin hatte die Stühle im hinteren Bereich der Kirche um 90° gedreht, sodass das Publikum mit Blick in Richtung Seitenkapelle, auch Barbara-Kapelle genannt, Platz nehmen kann. Die Beleuchtung ist gedämpft, bei der Marienstatue brennen etwa 20 kleine Kerzen in kleinen roten Plastikbechern, eine davon stelle ich neben meine Kristall-Lyra und drei Klangschalen auf den Altar. In die feierliche und andächtige Stille hinein schlagen die Turmglocken viermal, um die volle Stunde anzukündigen, danach gibt die tiefste Glocke kund, dass es fünf Uhr ist. Zufälligerweise tönen meine drei Klangschalen ähnlich wie die Kirchenglocken, sodass ich mit einem «Kanon für Kirchenglocken und Kristall-Klangschalen» beginnen kann. Singend erschaffe ich den Rahmen für die Meditation: «In nomine Patris et Filii et Spiritus Sancti» (Im Namen des Vaters, des Sohnes und des Heiligen Geistes), begrüsse das Publikum mit «Benedictus, benedicta, qui venit in nomine Domini» (Gesegnet sei jeder und jede, der oder die im Namen des Herrn kommt).

Danach improvisiere ich auf meiner Kristall-Lyra, anschliessend kommt das «Gloria in excelsis Deo» (Ehre sei Gott in der Höhe). Die lateinische Sprache verstärkt die Kraft des Gebets. Besonders das «Sanctus, sanctus, sanctus» mit «pleni sunt caeli et terra gloria tua», «voll oder gefüllt sind Himmel und Erde mit Deiner Glorie». Was bedeutet Glorie? Ich stelle mir darunter einen göttlichen Überfluss vor, den wir uns als Menschen kaum vorstellen können. Wenn es einen solchen im Himmel und auf der Erde gibt, warum sprechen wir dann von Energiemangel? In Gottes Schöpfung gibt es Fülle, der Mensch sieht überall Mangel. Beim «Sanctus» bemerke ich, dass die Zuhörenden meinen Worten und Klängen folgen und in einem stillen Gebet versinken, bei «Agnus Dei» (Lamm Gottes) und «dona nobis pacem» (Gib uns Frieden) verdichtet sich die Andacht des Publikums noch mehr. Dies sind für mich sehr kostbare Momente. Meine innere Antenne stelle ich auf Empfang und sehe, wie die Seelen von in Leukerbad Verstorbenen in Form von durchsichtigen Lichtkugeln herbeischweben und wie Christus in einem smaragdgrünen Gewand durch das heute nicht mehr benutze Hauptportal der ehemaligen St. Barbara-Kirche eintritt, seine Arme ausbreitet und mein Publikum liebevoll umarmt. Zum Abschluss singe ich von dem «Summen» meiner Klangschalen begleitet «Pax Domini sit semper vobiscum» (Der Friede des Herrn sei immer mit euch) und «Andate in pacem» (Gehet hin in Frieden). In das abschliessende «Amen» hinein tönt der Viertel-vor-sechs-Schlag dreier Kirchenglocken. Ich bedanke mich bei allen für ihr Kommen, das Mitbeten für den Frieden im Herzen und in der Welt. Drei Damen möchten sich noch persönlich bei mir bedanken. Sie erzählen mir, dass sie Hebammen aus Bern und dem Emmental seien. Sie hätten ein Wellness-Wochenende in Leukerbad gebucht, meine Klangmeditation sei ein wunderbarer Auftakt dazu gewesen. Eine erzählt mir, dass sie auf meiner Webseite dolphinkissis.ch Fotos von mit meiner Stimme besungenem Wasser nach der Methode von Masaru Emoto (2) entdeckt hätte. Vor einigen Jahren hätten sie ein Projekt gehabt, das Fruchtwasser von schwangeren Frauen, die keinen Ultraschall machen liessen, von Professor Emoto untersuchen zu lassen. Leider sei dieser noch vor Projektbeginn gestorben. Ich sage: «Das ist ein wichtiges Thema. Ich hoffe, dass Sie daran weiterforschen. Es gibt im Kanton Bern und im Tessin Fotografen, die mit der Methode von Prof. Emoto arbeiten.»

Beglückt von den Erfahrungen und Begegnungen der letzten Stunde verlasse ich die Kirche und treffe zufälligerweise noch den Pfarrer. Ein «Spion» hätte ihm bereits erzählt, dass mindestens 30 Leute zu meiner Klangmeditation «Dona nobis pacem» gekommen seien.

Etwa zwei Wochen danach spricht mich in der Kirche nach meinem Proben eine ältere Dame an. Sie fragt mich, ob wir immer noch für die Ukraine sammeln. Ich bestätige, dass wir für die kriegstraumatisierten Menschen dort eine Selbsthilfe in die Wege leiten. Daraufhin gibt sie mir eine Zehner-Note und hat Tränen in den Augen. Ihr Mitgefühl berührt mich. Sie wohne in Leukerbad, erzählt sie mir und empfiehlt ihrer ebenfalls anwesenden Freundin, das nächste Mal meine Klangmeditation zu besuchen.

(2) Vor etwa 30 Jahren entdeckte der japanische Professor Masaru Emoto, dass Wasser Informationen aufnimmt und je nach Art dieser Information unterschiedliche Formen von Eiskristallen bildet. Er experimentierte mit der Beschallung von Wasser mit verschiedener Musik, mit Schimpfworten und liebevollen Worten, untersuchte auch Wasser von Heilquellen wie zum Beispiel von Lourdes oder einem See vor und nach der Meditation einer Gruppe am Ufer. Eine Wasserprobe, die mit dem Wort «Liebe» oder «Danke» beschriftet worden ist, bildet wunderschöne sechsstrahlige Eiskristalle aus. Leitungswasser grosser Städte oder Proben, die beschimpft worden waren, wiesen eine zerfallene Struktur auf.

Wenn wir bedenken, dass unser Körper etwa zu 80 % aus Wasser besteht und welche Informationen täglich auf uns einprasseln, ist es nicht verwunderlich, dass so viele Menschen krank sind.

Am 10. Februar ist es Zeit für eine weitere Klangmeditation. Dieses Mal stellt die Sakristanin sogar vier grosse Kerzen auf die Treppe zur Seitenkapelle, auf deren Altar ich meine Klangschalen aufgestellt habe. Zum ersten Mal befinden sich zwei Kinder und eine Jugendliche unter dem Publikum. Die meisten stimmen sich im stillen Gebet in meine Klänge ein und folgen meinen gesungenen lateinischen Worten sowie meinem Obertongesang. Es entsteht ein friedliches Energiefeld. Es gibt auch dieses Mal keine Störungen von aussen. Georg sitzt wieder bei der Tür und sorgt dafür, dass diese leise geöffnet und geschlossen wird. Die heilige Maria von Fatima lächelt sanft, verstorbene Ahnen schweben in Lichtkugeln herbei, über uns spüre ich die Anwesenheit vieler Engel. Bevor nach 45 Minuten die Glocken dreimal viertel vor 18 Uhr schlagen, schliesse ich mit dem «Andate in pacem» ab. Beim Publikum bedanke ich mich fürs Kommen und Dasein, Zeichen der Dankbarkeit sind die Antwort. Einige haben Tränen in den Augen. Die friedliche Stille ist mit einer so wohltuenden Andacht gefüllt, dass niemand sie mit einem Beifallklatschen stören mag. Ich freue mich, dass meine Klänge und Gesänge so willkommen sind und die Herzen berühren. Zum vierten Mal. Jedes Mal scheint sich die entstehende Energiewolke der Andacht, des Friedens und der Dankbarkeit noch mehr zu verdichten. Jedes Mal, so scheint es mir, kann sich mein Publikum besser konzentrieren. Und dies sogar während 45 Minuten. Für Menschen der heutigen Zeit eine grosse Leistung.

Am 12. Februar treffen Georg und ich auf einem Spaziergang eine ältere Leukerbadnerin vor einem Kuhstall an. Sie hilft ihrem Bruder beim Versorgen der Kühe. Wir kommen ins Gespräch. Sie meint: «Die Zeiten seien schwierig. Jetzt wolle der Selenskyj nach Panzern auch noch Kampfflugzeuge. Georg gibt zu bedenken, dass die Ukraine von der Kremlführung angegriffen werde und sich verteidigen müsse. Ja, das stimme, da habe er recht. Hier im Westen wolle niemand kämpfen, da sei es schon gut, wenn die Ukrainer das tun. Aber hier hätten es die Jungen schon schwer genug. In Leukerbad gäbe es nicht genug Lehrplätze. So gingen die Jungen ins Tal und kämen nach der Lehre nicht mehr zurück. Es gäbe hier 400 leere Wohnungen. Die Alten kämen nicht mehr oder seien gestorben, die Jungen wollen die renovierungsbedürftigen Wohnungen nicht übernehmen. Da müsste sich die Gemeinde etwas einfallen lassen. Zwei kleine Nachbargemeinden, Inden und Albinen, hätten jungen Familien Vergünstigungen bei den Steuern und Krankenkassenprämien sowie für den öffentlichen Verkehr angeboten. Mit Erfolg: Innerhalb eines Jahres zogen nach Inden so viele Familien, dass es jetzt keine freien Wohnungen mehr gibt. – Jetzt müsse sie den Stall ausmisten, meint die Leukerbadnerin. Wir erfahren noch, dass sie Bernadette heisst. Bevor wir weitergehen, stellt sie uns noch zwei ihrer weiss-braun gefleckten Kühe vor, die Zwillinge heissen Bernarda und Berna. Sie sind kaum zu unterscheiden. Beide heben ihre schönen gehörnten Köpfe und schnuppern neugierig in unsere Richtung.

Am Donnerstag, den 9. März stelle ich in der Kirche wie gewohnt zur Mittagszeit meine drei Klangschalen auf den Altar der Seitenkapelle und lege meine Kristall-Lyra daneben. Ein junger - meiner Einschätzung nach – serbischer Gastarbeiter betritt die Kirche, kommt zu mir und fragt mich so gut er kann auf Französisch, wo man hier Kerzen für verstorbene Angehörige anzünden könne. Sein Grossvater sei gestern gestorben. Ich deute auf das Metallgestell bei der Madonna von Fatima, wo bereits einige Kerzen in kleinen roten Plastikbechern brennen, und zeige ihm, wie er mit einer kleinen «Hilfskerze» die von ihm ausgewählte anzünden kann. Während er dies tut und betet, spiele ich auf meiner Kristall-Lyra Klänge für seinen Grossvater. Die Trauer des Enkels scheint umso grösser zu sein, weil er jetzt in der Schweiz sein muss und nicht bei seiner Familie im entfernten Land sein kann. Das Kerzenlicht, die Madonna und meine Klänge trösten und beruhigen ihn. Nach einer Weile verabschiedet sich der Mann mit einem herzlichen «Merci beaucoup» und verlässt in Frieden die Kirche.
Bald danach kommt eine etwa 60-jährige Frau zur Madonna, zündet eine Kerze an, setzt sich in meiner Nähe auf einen Stuhl, um zu beten und um meinen Klängen zu lauschen. Als ich «Sanctus» singe, beginnt sie zu weinen. Immer wieder wird sie von weiteren Schüben ihrer Trauer erfasst und viele Tränen fliessen. Da ich den Eindruck habe, dass ihr meine Klänge guttun, spiele ich noch etwa eine halbe Stunde lang und beende mit «Andate in pacem» und «Amen». Danach kommt sie zu mir und bedankt sich. Gerade jetzt werde in Lausanne eine ihr sehr nahestehende Freundin beerdigt. Mit dieser Freundin sei sie öfters in Leukerbad gewesen, auch hier in der Kirche. Es täte ihr leid, dass sie jetzt nicht bei der Trauerfeier dabei sein könne, denn sie sei zurzeit hier zur Kur und könne ihr Therapieprogramm nicht unterbrechen. Umso dankbarer sei

sie für meine Klänge und Gesänge, die für sie genau zur richtigen Zeit gekommen seien. Sie bedankt sich herzlich bei mir, und ich danke ihr dafür, dass sie mir ihre Geschichte anvertraut hat.

Die heutigen Begegnungen in der Kirche waren auch für mich berührend: Zwei Trauernde konnte ich im richtigen Moment mit meinen Klängen begleiten. Und am richtigen Ort: Abgesehen davon, was man über die Institution der Kirche denkt, bietet der Raum einer Kirche die Möglichkeit, dass hier Menschen weinen können, ohne sich schämen zu müssen.

Am Freitag, den 10. März. Die Klangmeditation «Dona nobis pacem», für die ich fast jeden Tag um die Mittagszeit übe, findet heute um 17 Uhr statt. Um 13 Uhr mache ich eine inoffizielle Generalprobe. Ein Westschweizer aus dem Kanton Fribourg unterbricht mich und will unbedingt wissen, welche Technik ich anwende, denn die «Sonorité» sei «magnifique». Suchend schaut er in meine grossen Kristallklangschalen, um das Geheimnis dieser Klänge zu ergründen. Zu seiner Enttäuschung gelingt ihm dies jedoch nicht, denn er muss feststellen, dass die Schalen leer sind. Ob er mich mit seinem Handy filmen dürfe, fragt er. Ich erlaube es ihm nicht, informiere ihn aber darüber, dass ich Anfang April ein Video mit einer Aufnahme in der Kirche auf meinen Youtube-Kanal veröffentlichen werde und dass ich heute und jeweils am 2. Freitag des Monats eine Klangmeditation anbiete. Da sagt er: «Ich werde dann mit meiner Frau kommen.»

Immerhin hatte mich dieser Herr um Erlaubnis gefragt, ob er mich filmen dürfe. Vor ein paar Tagen hatte sich eine junge Dame in das grosse Kirchenschiff mit dem Rücken zu mir auf eine Bank gesetzt. Ich wollte meine Klänge gerade aufnehmen, doch schalte ich das Aufnahmegerät normalerweise ab, sobald jemand die Kirche betritt und es mit der für Aufnahmen nötigen Stille vorbei ist. Denn das Zuschlagen der Türe, Gespräche und sonstige Geräusche der Besuchenden hinterlassen störende Nebengeräusche auf der Tonspur. Nun bemerke ich, dass diese Frau sehr ruhig dasitzt und denke, ich riskiere es und schalte mein Aufnahmegerät wieder ein. In der Kirche ist es still, mehrere Stücke kann ich ungestört aufnehmen. Nach «andate in pacem» sehe ich erst, dass die Frau ihr Handy eingeschaltet hatte. Sie hatte also nicht gebetet, sondern meine Klänge ungefragt aufgenommen und war selbst daran interessiert, diese ohne störende Nebengeräusche auf ihr Handy zu bringen. Mit einer Dankesgeste verlässt sie schnell die Kirche, ohne eine Kerze zu spenden.

Seitdem ich meine Klänge und Gesänge in der Kirche üben darf, das heisst seit September 2022, ist es mehrmals passiert, dass Besucherinnen diese aufgenommen haben, ohne mich zu fragen. Dies will mir sagen, dass meine Klänge den Leuten gefallen und sie diese für sich haben möchten. Es stört mich nicht, aber wenigstens könnten sie meiner Meinung nach etwas für die Kirchenrenovation oder zumindest bei der heiligen Maria von Fatima eine Kerze spenden.

Am Nachmittag beginnt es heftig zu schneien. Viele Tourist*innen sind inzwischen abgereist, die Einheimischen werden wohl bei dem ungemütlichen Wetter kaum das Haus verlassen. Doch ich habe mich getäuscht: Ab 16:45 Uhr findet sich ein zahlreiches Publikum ein. Etwa die Hälfte davon stammt aus Leukerbad, die andere Hälfte kommt meiner Einschätzung nach aus der Romandie und Italien. Mein Georg weist die Plätze zu und passt auf, dass niemand die renovationsbedürftige Kirchentüre laut zuschlägt. Dieses Mal scheut sich niemand, sich in die erste Reihe zu setzen. Die Sakristanin hat links und rechts vom Altar der Seitenkapelle je eine grosse lange Kerze hingestellt und angezündet. Die gedämpfte Deckenbeleuchtung trägt zur besinnlichen Stimmung bei. Etwa fünf Minuten vor 17 Uhr bringe ich leise die drei Kristall-Klangschalen in Schwingung, denn alle sitzen schon bereit da und schauen mich erwartungsvoll an. Den Glockenschlag zur vollen Stunde begleite ich dann kräftig und schwungvoll. Meine Klangschalen klingen fast ähnlich wie die Kirchenglocken und harmonieren sehr gut mit ihnen. Das liturgische «In nomine patris» eröffnet die Meditation, es folgt ein Stück mit meiner Kristall-Lyra, dann das «Benedictus» und «Dona nobis pacem». Etwa dreiviertel der Anwesenden hat die Hände zum Gebet gefaltet und die Augen geschlossen. Ich spüre, wie sie den Klängen und meinem Gesang lauschen, sich darauf einlassen, innerlich ruhig werden und mir im Gebet folgen. Manche, die den Text der lateinischen Liturgie kennen, bewegen schweigend ihre Lippen. Die Klänge wandern durch den Raum der ganzen Kirche und hüllen die Anwesenden in eine Energiekugel ein. Diese «Friedensenergie-Kugel» verdichtet sich spürbar während dieser Dreiviertelstunde und wir werden darin zu einer Gemeinschaft, samt den verstorbenen Seelen, die zu Besuch kommen und den Menschen, die sich aus der Ferne her – um mein Programm wissend – eingestimmt haben. Ich schliesse mit einem «Andate in pacem». Die Glocken schlagen viertel vor 18 Uhr, ich warte betend auf das noch währende Ausklingen der Klangschalen. Niemand kommt auf die Idee Beifall zu klatschen. Die Stille nach den Klängen ist so kostbar, und alle bleiben noch sitzen. Ich danke allen für ihr Kommen und das gemeinsame Beten für den Frieden in der Welt und den eigenen Frieden im Herzen. «Mögen Sie diesen mitnehmen und im Alltag weiterwirken lassen.» Wer möchte, könne etwas für die Kollekte geben, die traumatisierten Menschen in verschiedenen Ländern zugutekäme. Drei Damen aus Genf möchten meine Instrumente noch näher anschauen und sagen, dass sie die Klänge sehr genossen hätten. Andere kommen zur Statue der heiligen Maria von Fatima und spenden eine Kerze. Die Sakristanin hat inzwischen die zwei grossen weissen Kerzen beim Altar gelöscht und sagt mir, dass ich alles so stehen lassen könne. Es bleibt mir nur übrig meine Instrumente einzupacken und Georg in die nahegelegene Cafeteria zu folgen, um gemeinsam mit einem uns befreundeten Berner Ehepaar, das zurzeit in Leukerbad Ferien verbringt, mit einem Glas Walliser Weisswein anzustossen. Die Klangmeditation habe ihnen sehr gefallen und zufälligerweise hat unsere Freundin Elisabeth heute Geburtstag. Dieser Anlass sei für sie ein besonderes Erlebnis und Geschenk gewesen. Unser Freund Walter meint, die Klänge hätten ihn an seine zwei Reisen nach Katmandu erinnert. Meine grosse violette Klangschale ist tatsächlich auch aus kristallisiertem Himalaya-Salz und klingt wie das OM, das unserem AMEN ähnelt.

Am 14. März stirbt Georgs Cousin Antonin Kundera, Tonda genannt. Er lebte in Mähren und wurde 84 Jahre alt. Ich hatte ihn und seine Familie auf meinen Reisen in den 70er Jahren in die damalige Tschechoslowakei kennengelernt. Bei der heiligen Maria von Fatima hier in der Pfarrkirche von Leukerbad zünde ich für ihn eine Kerze an. In dem Moment spüre ich seine Seele. Der Verstorbene erkennt mich und sagt auf Tschechisch: «Ach, du bist es!», und nennt mich bei meinem in Georgs Familie für mich üblichen tschechischen Namen. Es scheint ihm peinlich zu sein, dass ich ihn so verzweifelt antreffe. «Ich weiss nicht wohin – nevím kudy kam –, am liebsten wieder zurück, aber ich weiss nicht wie.» Ich erkenne seine schwierige Situation: Seine Seele hat den Körper verlassen und er kann sich in dieser «Zwischenwelt» nicht orientieren. So antworte ich ihm: «Deine Familie – damit meine ich die Familienmitglieder, die bereits gestorben sind – wartet auf dich auf der anderen Seite der Brücke.» Mit meiner Hand zeige ich in die Richtung hinter ihm, woher aus der Ferne ein Licht scheint. In dem Moment leuchtet seine Seele auf. Nun geht alles sehr schnell: Tonda dreht sich um und geht, von zwei Engeln begleitet, in die von mir gezeigte Richtung. Vor der Brücke blickt er nochmal zu mir zurück und sagt: «Grüsse alle von mir und sage ihnen, ich gehe jetzt schon mal voraus! Am Abend werden wir uns wiedersehen, ich werde dort auf euch warten!» Ich kann noch sehen, wie die Engel ihn über die Brücke begleiten und er auf der anderen Seite, die ganz in Licht getaucht ist, von seiner wartenden Familie, allen voran von seiner Mutter, liebevoll begrüsst wird. Die freudige festliche Stimmung schwappt bis zu mir herüber.

Davon inspiriert spiele ich meine Kristallklangschalen auf dem Altar neben der Madonna mit den vielen kleinen Kerzen in den roten Plastikbechern und singe feierlich beschwingt «Dona nobis pacem» und «Dona eis requiem» (Gib' uns Frieden und den Verstorbenen eine ewige Ruhe). Und wenn Georg wieder nach Leukerbad kommt, werden wir mit einem Gläschen hausgemachten mährischem Slivovic auf Tonda und die ganze Familie anstossen.

22. März 2023: Meine Begegnungen mit dem Wasser

Heute ist der internationale Tag des Wassers. Dies bringt mich auf die Idee, mal über die Bedeutung des Wassers nachzudenken und darüber, wie es meinen Lebenslauf geprägt hat. Alle, die dies lesen, möchte ich auch dazu inspirieren: Bist du an einem Gewässer geboren? Wohnst du an einem See? Hast du Sehnsucht nach dem Meer? Musst du mit Wassermangel leben oder mit Überschwemmungen? Verbringst du Ferien an einer Thermalquelle? Welche Flüsse, Seen und Meere hast du bis jetzt in deinem Leben bereist?

Mir wird bewusst, was ich dem Wasser alles zu verdanken habe. Normalerweise entstehen und wachsen wir zu Beginn unseres Lebens im Fruchtwasser, das der Körper unserer Mutter bereitstellt. Im Idealfall neun Monate lang. Dies ist unsere erste Begegnung mit dem Wasser. Da kam ich etwas zu kurz, denn ich wurde schon nach acht Monaten geboren, und zwar in Bonn am Rhein. Meine Eltern stammten von der Mosel. Mein Vater bezeichnete sich als «Mittelmoselmenschen» und erklärte uns Kindern, dass diese sehr naturverbunden und friedliebend seien.

Meine ersten 18 Lebensjahre habe ich im Grossherzogtum Luxemburg verbracht, wir wohnten in der dortigen Hauptstadt. Die ersten fünf Jahre im Quartier «Bonneweg», danach auf dem «Limpertsberg». Das Tal des kleinen Flüsschens Pétrusse bzw. auf luxemburgisch «Péitruss» unterhalb der Oberstadt mit seinen Parkanlagen war oft das Ziel häufiger Spaziergänge, die ich damals im Kinderwagen erlebte. Das Wasser der kleinen Pétrusse fliesst in die Alzette, die Mosel, den Rhein und schliesslich in die Nordsee. Meine Ballettschule befand sich in der Oberstadt am Rand des unverbauten grünen Pétrusse-Tals. Vom Fenster des Tanzsaals hatten wir eine schöne Aussicht darauf und frische saubere Luft. Ich kann mich auch noch gut an den Geschmack unseres Luxemburger Hahnenwassers erinnern. Es war sehr kalkhaltig und schmeckte wunderbar. An Gerolsteiner Sprudelwasser aus der Eifel hatten wir immer einen Vorrat im Keller. Ich weiss heute noch, wie lecker es schmeckte.

Da ich als kleines Kind oft an Atemwegserkrankungen litt, empfahl unser Kinderarzt meinen Eltern, die Sommerferien am Meer zu verbringen. Mit meinem Vater am Steuer und meiner Mutter als Strassenkartenleserin – Karten von «Michelin» – fuhr unsere vierköpfige Familie – mit meinem älteren Bruder und mir – jedes Jahr entweder ans Mittelmeer nach Italien oder nach Südfrankreich, später auch oft an die Atlantikküste nach Spanien, einmal nach Portugal. Es waren immer wunderbare Ferien, die unser Immunsystem für den Winter im meistens grau bewölkten Luxemburg stärkten.

Als Teenager durfte ich drei Sommer lang in London verbringen. Meine Gastfamilie war Mitglied eines Segelclubs an der Themse. Dort verbrachten wir jedes Wochenende. Mein englischer Freund John zeigte mir, wie man die kleine Fock bedient und mit dem eigenen Körpergewicht das Segelboot bei starkem Wind im Gleichgewicht behalten konnte. Einmal waren wir zu übermütig und kippten um. Natürlich trugen wir Schwimmwesten und es gelang uns auch, die kleine Yacht wieder aufzurichten. So erlebte ich eine Taufe in der Themse. Meine Gastfamilie lud mich auch ein, mit ihnen eine Woche auf einer gemieteten Segelyacht auf den ostenglischen Seen, den Norfolk Broads, zu verbringen. Leider war oder ist es immer noch verboten, in diesen wunderbaren Seen zu schwimmen, weil die Kanalisation dort hineingeleitet wird. Dies war für mich die erste unmittelbare Begegnung mit von uns Menschen verschmutztem Wasser.

Auf meiner Lebensreise bin ich vielen Gewässern dieser Erde begegnet, hier nur ein paar Stichworte: Zürichsee. Als Vierjährige habe ich dort schwimmen gelernt. Wir verbrachten oft die Ferien in Schmerikon am Zürichsee, wo ich als Kind C.G. Jung begegnete, der dort wohnte und täglich am Ufer spazieren ging. Als Studentin und Assistentin lebte ich acht Jahre lang in Zürich und genoss oft ausgedehnte Spaziergänge am Seeufer. Georg lernte ich auf der Reise nach Venedig, der manchmal im Wasser versinkenden Stadt, kennen. In St. Gallen wohnten wir neben der Schlucht des rauschenden Steinbachs und in der Nähe des Bodensees. In der Schweiz unternahmen wir Schlauchbootfahrten – damals mit Schwimmwesten, aber ohne Helm. In Washington DC lernten wir 1986 den Potomac River kennen, in New Jersey das «white water rafting», aber mit Helm. Unsere Reise führte uns zum ersten Mal an den Pazifik nach San Francisco, Big Sur, auf den Highway Number One, die berühmte

Küstenstrasse in den Süden. Es folgte der Umzug nach Bern an der Aare, ein Campingplatz am Neuenburger See. Reisen in die Ukraine nach Jalta am Schwarzen Meer, auf die Krim, nach Japan, auf die Kapverden, nach Madeira, Teneriffa und Gran Canaria, die Karibik mit Barbados und Grenada, Irland, Griechenland. Nach Kauai'i, wo wir einen Tsunami zum Glück aus sicherer Entfernung erlebten. Budapest, wo ich meinen goldenen Ohrhänger mit einem böhmischen Granat im Thermalbad verloren und wo ich einen kleinen Bergkristall mit heilenden Energien in die Donau geworfen habe. Dies tat ich auf unseren Reisen immer wieder und habe im Verlaufe der letzten 25 Jahre eine Kristallspur hinterlassen. Dazu gehören auch Malta, Gozo, die Ligurische Küste von Italien sowie die Adriatische Küste von Slowenien und Kroatien.

So können Flüsse, Seen und Meere auf den «Fluss des Lebens» wirken. Seit drei Jahren geniesse ich nun die heilende Kraft des Thermalwassers hier in Leukerbad. Mein Lieblingsspaziergang führt über den Thermalquellensteg mit Sicht auf die aus den Felswänden hervorsprudelnden heissen Quellen.

Am 23. März übe ich am späteren Nachmittag in der Kirche. Ich hoffe, dass ich meine Klänge ungestört für mein neues Album «Dona nobis pacem» aufnehmen kann. Nach etwa einer Minute höre ich die Türe des vorderen Seiteneingangs. Ein älterer Herr betritt mit seinem Fox Terrier die Kirche, geht den Mittelgang bis zur Höhe der Seitenkapelle, wo ich musiziere, und setzt sich in meiner Sichtweite auf einen Stuhl, um mir zuzuhören. Das Aufnahmegerät lasse ich laufen und hoffe, dass der Hund nicht bellt oder beginnt, zu den Klängen zu heulen. Doch er und sein Herrchen hören ruhig und andächtig zu, sodass die Aussicht auf eine ungestörte Tonaufnahme doch noch besteht. Schliesslich schaffe ich es nach drei Minuten bis zum «Amen». Daraufhin kommt der Herr mit Hund zu mir: «Darf ich Sie fragen, was Sie da spielen und wozu das sein soll?» Ich sage, dass ich für meine Klangmeditation probe, die jeweils am zweiten Freitag des Monats stattfände. Mit Blick auf seinen Hund meine ich: «Eigentlich gehören Hunde nicht in eine Kirche.» Doch dessen Herrchen entgegnet mir: «Mein Hund bedeutet mir sehr viel. Er ist genauso ein göttliches Geschöpf wie Sie und ich.» Es stellt sich heraus, dass dieser Herr in der Nähe von Trier wohnt und öfters in Leukerbad Ferien verbringt. Er hätte mir gerne zugehört, er sei gläubig, aber nicht katholisch. Er sei Protestant, habe Vorbehalte gegen die katholische Kirche und sei als Kind in der Schule von einem katholischen Lehrer jahrelang gemobbt worden. Er erzählt mir davon, als wäre es gestern und nicht vor mehr als 60 Jahren passiert, hebt den Zeigefinger und sagt: «Doch das ist nur ein Beispiel, es gab noch viel mehr davon.» Ich gebe dem Hundebesitzer den Flyer zu meiner nächsten Klangmeditation am 14. April mit den Worten: «Falls Sie mit Ihrer Frau kommen möchten …» Dann seien sie schon nicht mehr in Leukerbad, aber vielleicht ergäbe es sich ein anderes Mal, meint er. Kaum haben Herr und Hund die Kirchentüre hinter sich geschlossen, schalte ich mein Aufnahmegerät wieder ein.

Ende Januar hatte ich mit den Tonaufnahmen meiner Klänge in der Kirche begonnen. Ich weiss, dass es jederzeit zu Störungen kommen kann: Die Besuchenden schliessen die Kirchentüre entweder gar nicht oder mit einem solchen Knall, den mein Tontechniker später nicht aus der Tonspur löschen kann. Inzwischen habe ich gelernt, trotzdem jeden Besucher und jede Besucherin in Gedanken willkommen zu heissen.

Egal, wieviel Lärm wir machen, wir sind alle Geschöpfe Gottes, und irgendwann wird auch die Kirchentüre renoviert. Deshalb singe ich in solchen Momenten: «Benedictus, benedicta, qui venit in nomine Domini.» Wer will nach der «Corona-Zeit» beim Betreten oder Verlassen einer Kirche jeweils zweimal eine öffentliche Türklinke anfassen? Erstaunlicherweise – ich meine dies in Bezug auf die vergangenen Erfahrungen mit Corona samt der Angstmacherei wegen möglicher Ansteckungen – tauchen gemäss meinen Beobachtungen viele Katholik*innen nach dem Betreten oder auch beim Verlassen der Kirche ihre Fingerkuppen in eine der bereitstehenden Schalen mit Weihwasser. Die danebenstehende Flasche mit einem – wahrscheinlich nicht gesegnetem – Desinfektionsmittel bleibt unbeachtet. Wenn ich wieder ungestört sein möchte, singe ich «Andate in pacem» (Gehet hin in Frieden), und die Menschen verlassen andächtig diesen heiligen Ort und schliessen die Türe etwas sanfter. Wenn zwischendurch die Schweizer Luftwaffe nicht über Leukerbad übt, wenn keine Hunde bellen, Kinder schreien, die Koffer der Abreisenden die Kirchgasse hinunterrollen oder sich der Baulärm der Umgebung in Grenzen hält, gibt es durchaus stille und besinnliche Momente. Dann schaut mir die heilige Maria aus Fatima zu und lächelt sanft und nachgiebig, wenn ich mal den Ton beim «Salve Regina» nicht ganz treffe. Sie meint, ich dürfe nicht zu selbstkritisch sein, denn meine Hingabe beim Singen und Klingen sei das Wichtigste. In solchen Augenblicken finde ich mein Projekt, aus all diesen Aufnahmen eine CD bzw. ein Album zu kreieren, wieder durchführbar. Irgendjemand hat mal gesagt: «Ein gutes Projekt erkennt man daran, dass es zu Beginn unmöglich erscheint.»

5. April, Mittwoch vor Gründonnerstag: Zur Mittagszeit habe ich wie gewohnt in der Seitenkapelle meditiert und bin gerade dabei, die Klangschalen wieder einzupacken, als eine ältere Dame die Kirche betritt und mit ihrem Smartphone in der Hand auf mich zukommt. Ob ich schon fertig sei, möchte sie wissen. Als ich ihre Frage bejahe, sagt sie enttäuscht: «O wie schade, da habe ich Sie verpasst! Ich wollte eine Aufnahme machen und sie meiner Freundin, die morgen operiert wird, ins Krankenhaus senden. Gestern hatte ich schon versucht, die junge Organistin beim Üben aufzunehmen, doch das hat nicht funktioniert.» Ich erkläre ihr: «Die Aufnahmen müssen professionell gemacht werden. Vor zwei Tagen habe ich meine Version von 'Dona nobis pacem' auf meinen Youtube-Kanal geladen. Wenn Sie mir Ihre E-Mail-Adresse geben, kann ich Ihnen den Link schicken, den Sie Ihrer Freundin weiterleiten können.» Die Dame freut sich sehr über dieses Angebot und schreibt mir ihre Adresse auf. Sie erzählt mir, dass sie mit ihrem Mann im Kanton Thurgau wohne und seit 1993 jedes Jahr nach Leukerbad in die Ferien käme. Von meinen Klängen sei sie sehr fasziniert. «Die sind so durchdringend und gehen in jede Körperzelle. Das tut so gut!» Daraufhin spiele ich für diese wohl 85-jährige Thurgauerin noch eine Zugabe. Sie bedankt sich herzlich bei mir. Es sei wunderbar gewesen. Leider würde sie morgen wieder nach Hause fahren. Doch nächstes Jahr käme sie wieder.

In der Nacht von Gründonnerstag auf Karfreitag gibt es die Tradition der sogenannten «Anbetung». Jesus soll zu seinen Jüngern am Abend vor seiner Festnahme im Garten Gethsemane gesagt haben: «Bleibet hier und wachet mit mir.» (Matthäus 26, 36ff) Deswegen ist die Kirche die ganze Nacht über geöffnet, man kann die Stunde der eigenen Präsenz auswählen und sich in eine Liste eintragen. Ich füge meinen Namen zwei anderen hinzu für die Zeit von 23 bis 24 Uhr. Sicherheitshalber frage ich den Organisten, der auch für organisatorische Belange zuständig ist, ob es erlaubt sei, wenn ich in der Zeit meine Klangschalen spiele. Er meint, nur die Orgel müsse bis Ostersonntag schweigen, doch andere Instrumente seien erlaubt. Ich müsste mich nur darauf einstellen, dass es Frauen gäbe, die laut den «Rosenkranz» beteten, und dies nicht nur einmal, sondern mindestens eine Stunde lang. Das würde ihn persönlich stören, denn er würde das stille Gebet vorziehen. Also beschliesse ich, anstatt für mich allein zu Hause zu meditieren, mich auf diese mir bisher unbekannte Tradition einzulassen und offen zu sein für eine Möglichkeit, mich einzubringen. Und tatsächlich: Fast gleichzeitig mit mir finden sich zwei Leukerbadnerinnen ein und beginnen in der Seitenkapelle, wo mit Papiermaché das Grab Jesu nachgebildet wurde, sehr gekonnt den Rosenkranz zu beten. Als Reformierte wurde ich nicht in diese Kunst eingeweiht, kenne den Text nur teilweise und könnte auch nicht mit der hohen Geschwindigkeit der Rezitation mithalten. In aller Ruhe stelle ich meine drei Kristallklangschalen wie gewohnt auf den kleinen Altar beginne mit meinem Schlägel jeweils den oberen Rand zu streichen, so dass sich nacheinander allmählich drei verschiedene langanhaltende vibrierende Töne und Obertöne entfalten. Mit diesem «Klangteppich» begleite ich die Litanei der beiden Frauen. Eine Stunde lang durchwabert ein faszinierendes Gewebe von Kristallklängen und zwei weiblichen Stimmen den nach Weihrauch duftenden Raum.

Ostersonntag, der 9. April: Alle feiern!
Die Kirche ist wunderschön mit Blumen geschmückt, die Ostermesse ist gut besucht. Der Chor gibt sein Bestes. Es herrscht eine freudige und feierliche Stimmung. Der Pfarrer spricht weder davon, dass wir alle Sünder oder Sünderinnen sind, noch davon, dass Christus für uns am Kreuz gestorben ist, sondern er erzählt die Geschichte von Maria von Migdal, als sie Christus vergeblich im Grab suchte, ihn als Auferstandenen antraf und zunächst für den Gärtner hielt. An Ostern wird der Geist gefeiert, der über den Körper, über die Materie, siegt.
Meine Gedanken dazu: Christus hat mal gesagt: «Nimm dein Kreuz auf dich und folge mir nach.» Er hat nicht gesagt: «Ich nehme dein Kreuz auf mich.» Warum sollte er dies tun, noch dazu für die Sünden zukünftiger Generationen? Christus hat uns gezeigt, dass der Geist über die Materie siegen kann. Wenn ich singe «dona nobis pacem» meine ich damit nicht, dass eine äussere göttliche Kraft uns Frieden geben möge, sondern ich bitte darum, dass wir uns unserer eigenen geistigen Kraft bewusst werden sollten, um diese für den Frieden in unserem Alltag einzusetzen. Gott hat uns seinen Sohn als Lehrer und Vorbild geschenkt, nicht als Opferlamm. Wir sind dazu aufgerufen, aufzuwachen und uns an unsere eigene geistige Kraft zu erinnern.
Während ich am Ostermontag zur Mittagszeit wieder meine Klänge und Gesänge verbreite, besuchen viele Familien die Kirche, um eine Kerze für ihre liebsten Lebenden und Verstorbenen anzuzünden: «Pour grandmaman, pour grandpapa.» Drei Besucherinnen wollen mehr über meine Klangschalen wissen, eine Dame aus Lausanne fragt mich, ob dies eine katholische Kirche sei. Eine andere frägt nach der Herkunft der Marienstatue und staunt, dass diese aus dem portugiesischen Fatima stammt. Manche Besuchende möchten gar nichts von mir wissen und lieber im Stillen zu meinen Klängen beten.

Dies tun auch wieder die Teilnehmenden an meiner Klangmeditation am *Freitag, den 14. April.* Georg bewacht wie jedes Mal die Kirchentür und sorgt dafür, dass ich mich ganz auf meine Klänge konzentrieren kann. Eine Dame aus dem Kanton Fribourg hatte mir einmal beim Proben zur Mittagszeit zugehört, war davon fasziniert und kommt jetzt zum offiziell angekündigten Anlass. Am Tag danach treffen wir sie zufälligerweise in einem Restaurant wieder. Sie bedankt sich noch einmal für die wunderbaren Klänge. Während ich Ave-Maria und Salve-Regina gesungen hätte, sei sie zu Tränen gerührt gewesen.

Ein paar Tage später betritt ein Ehepaar die Kirche zur Mittagszeit und staunt über meine Klänge. Sie seien «mystisch» und führten nach innen. Es stellt sich heraus, dass sie beide Kirchenmusiker sind und aus Luzern kommen. Es erstaunt sie, wie stark meine Klänge in Wellen auf- und abschwingen – oszillieren – und im ganzen Kirchenraum herumwandern. Die Organistin meint, dass ich dies unbedingt in der hiesigen Reha-Klinik kranken und gehbehinderten Menschen anbieten solle. Wer weiss? Vielleicht wird mir der Zugang zu dieser Möglichkeit noch eröffnet. Wir leben in einer Zeit, in der Zyklen enden und sich neue Portale öffnen. Vor allem an der Sonnenfinsternis vom *20. April* und der Mondfinsternis vom *5. Mai.* Die Wirkung dieser himmlischen Konstellationen wird auch in die kommenden sechs Monate hineinwirken.

Heute, am 22. April, betritt eine etwa 20-köpfige Gruppe sogenannter geistig behinderter Tourist:innen die Kirche für eine Besichtigung. Sie winken und lachen mir herzlich zu, während ich ihnen als Willkommensgruss ein Klangbad schenke. Etwas irritiert nimmt die mir nicht bekannte Fremdenführerin von «Leukerbad Tourismus» Kenntnis von meiner Präsenz in der Seitenkapelle. Sie will offenbar ihr Programm durchziehen und beginnt ohne mich über die Länge ihres Vortrags zu informieren, etwas über die Geschichte der Kirche und Bischof Matthäus Schiner, dem ersten Besitzer der Thermalquellen, zu erzählen. Nach gut fünf Minuten meint sie mit einem Kopfnicken in meine Richtung, dass ich jetzt weitermachen könne und verlässt schnellen Schrittes die Kirche. Die Gruppe folgt ihr nur zögerlich, denn viele möchten noch so lange wie möglich meine wiedereinsetzenden Klänge geniessen. Mit einem herzlichen Winken zum Abschied werde ich belohnt.

8. bis 11. Mai: Visionen

Vier Tage nacheinander hatte ich morgens kurz nach dem Aufwachen folgende Visionen:

Tag 1: Ermächtigung durch Gott

Wir, das heisst eine Gruppe von etwa 50 Leuten, liegen auf dem Rücken auf einer grossen leeren Theaterbühne. Es ist dunkel. Der Vorhang öffnet sich. Von oben kommt ein hellblaues Licht, Engel singen Obertöne. Auf dieser diagonalen Lichtbahn schweben einzelne Buchstaben und Zeichen herunter. Zunächst sind es Buchstaben einer Lichtsprache, dann ägyptische Hieroglyphen, hebräische Buchstaben, am Schluss georgische. Die Buchstaben sinken auf uns herab und verschmelzen mit unseren Körpern. Es dauert eine Weile, bis unsere Körper damit angefüllt sind. Zum Abschluss schweben noch gezeichnete Platonische Körper herunter. Es heisst: «Dies ist die Basis der Neuen Erde. Gehet hin und erschaffet in Frieden.» Ich verstehe es so, als hätten wir gerade die Instrumente dafür erhalten, um als Schöpferinnen und Schöpfer eine neue Erde zu erschaffen. Die Buchstaben flossen aus dem Mund Gottes zu uns. Am Anfang war das Wort.

Tag 2: Schöpfung als Dienst für das Allgemeinwohl

Ich sehe einen Regenbogen, höre kosmische Klänge und Vogelgesang. Und Gott spricht: «Ihr habt nun alle Werkzeuge – damit sind Farben und Klänge als Schwingungen gemeint – zur Verfügung, um den Himmel auf Erden zu erschaffen. Ihr habt gesegnete Hände, ein offenes Herz und euren erwachten Verstand, dem ich meinen heiligen Geist gesandt habe. Am 6. Mai dieses Jahres wurde bei euch ein Mensch zum König gekrönt, auf dessen Wappen steht: «Ich dien.» Ihr alle seid hier, um zu dienen. So erschafft ihr den Himmel auf Erden. Achtet dabei die göttlichen Gesetze. Ich habe sie euch durch meinen Boten Hermes Trismegistos gesandt. Sie wurden auf Smaragdtafeln geschrieben und sind euch bekannt. Achtet vor allem auf das Gesetz von Ursache und Wirkung. Was ihr aussendet, kommt zu euch zurück. Mein Sohn ist euer Lehrer. Er ist der Weg, die Wahrheit und das Leben. Folget ihm nach mit Freude. So werde ich abwischen alle Tränen und unter euch wohnen. Ich habe euch einen freien Willen gegeben. Mein Bund war, ist und wird ewig sein. Ihr befindet euch in dieser Zeit an einer Weggabelung und habt die Wahl, welchen Weg ihr geht und was ihr lernen wollt. Ihr tragt die Verantwortung für eure Entscheidungen. Verantwortung bedeutet, Gott zu antworten.»

Tag 3: Reinigung und Gerechtigkeit

Die kommenden drei Jahre – *2023 bis 2026* – wird es eine heftige Reinigung der Erde durch die Naturelemente – Luft, Wasser, Feuer und Erde – geben. Die Prophezeiungen der Alten gehen in Erfüllung. Der

Maya-Kalender gibt Auskunft über die jeweilige Zeitqualität. Besonders die USA wird von Hurrikans betroffen sein. In diesem Sommer wird es in Europa schneien.

Es wird Gerechtigkeit geben. Vieles kommt an das Licht der Wahrheit, die Schuldigen kommen vor Gericht. Die Strafen bestehen vor allem in der Verkündigung des Ausmasses der Strafe. Die Schuldigen werden ihren Ämtern enthoben, müssen jedoch nicht in Gefängnisse. Das Wichtigste ist, dass die Wahrheit bekannt wird und die Täter und Täterinnen einsehen, wie menschenverachtend sie gehandelt haben, und Reue zeigen.

Weiterer Zeitraum bis 2029: Viele Menschen werden umziehen, wenn sie es nicht bereits in den letzten drei Jahren getan haben. Viele Flüchtlinge werden in ihre Heimatländer zurückkehren. Besonders nach Afrika, weil sich die dortigen Lebensbedingungen verbessern werden. – Verschiedene Regionen werden ihre Autonomie erhalten: Katalonien, Wales, Schottland, das Baskenland und Korsika. Viele blühende Gemeinschaften werden entstehen, wie zum Beispiel in Marokko, Andorra und auf Kamtschatka. – In Bezug auf die geistige Führung Europas werden die Alpenländer eine wichtige Rolle einnehmen. – Die Wissensgebiete, die sich am stärksten entwickeln werden, das bedeutet natur- und menschengerechter werden, sind die Landwirtschaft, die Architektur, die Medizin, die Rechtsprechung und die Pädagogik. Die Kinder können selbst wählen, was sie lernen möchten. – Die Naturwesen werden anerkannt und respektiert. Die Menschen lernen mit ihnen zu kommunizieren. In Island wird es eine Universität geben, an der Naturwesen lehren werden.

Es wird keine Kriege mehr geben. Die Ukraine wird wieder aufgebaut und aufblühen. Viele bisherige internationale Organisationen werden sich auflösen, neue werden gegründet werden. Commonwealth wird als common wealth, bedeutet auf Deutsch „allgemeiner Reichtum", wird als Dienst für das Allgemeinwohl verstanden.

Die Bibliotheken des Vatikans werden öffentlich zugänglich sein und wichtiges Wissen wird hier zum Vorschein kommen. – Die USA werden sich politisch und militärisch völlig aus dem Ausland zurückziehen. – Die Eingeborenen Südamerikas erhalten ihr Land zurück und werden den ganzen Kontinent zum Blühen bringen, vor allem durch Naturmedizin und Pflanzenheilkunde sowie schamanisches Wissen. Guatemala wird dabei eine wichtige Rolle spielen. – China wird sich auf seine alte Weisheit besinnen und sein traditionelles Wissen in Bezug auf Medizin, Musik, Geomantie und Kalligrafie der Welt zur Verfügung stellen. Die

Weisen von Indien, Japan, Korea, Tibet und China werden zusammen-
arbeiten.

Tag 4: Morgendämmerung und Vogelgesang
Botschaft: This is the dawning of the age of Aquarius. Erinnert ihr euch
an die Melodie des gleichnamigen Musicals?

3. Juni, Samstag: Wanderung auf dem Kulturweg Dala – Raspille
Meine Erlebnisse bei dieser Wanderung wurden bereits als Erzählung
mit dem Titel «Auf Goethes Spuren im Wallis» im Sammelband «Die japanische Freundin» im Jahre 2023 vom Literaturpodium veröffentlicht.
Hier sei nur der letzte Abschnitt erwähnt:
Im Prospekt steht: «Der Kulturweg Dala – Raspille beeindruckt durch
das Wechselspiel der vielseitigen Natur- und Kulturlandschaft.» Der
etwa 18 Kilometer lange Weg lässt sich wegen seiner guten Erschliessung
durch den öffentlichen Verkehr ohne Weiteres in drei oder vier einzelne
Etappen aufteilen. Unbedingt mit Wanderstöcken, nicht unbedingt mit
Weissweinsuppe, stattdessen lieber mit Besuch eines Weinkellers und des
Weinmuseums in Salgesch. Und wegen des Muskelkaters ist ein Besuch
der Therme spätestens am darauffolgenden Tag sehr empfehlenswert.
Man kann auf Goethes Spuren nicht nur wandern, sondern auch baden.

17. Juni, Samstag: Meine Klänge berühren eine japanische Touristin
Während ich zur Mittagszeit in der Pfarrkirche meine Klangschalen
spiele und dazu singe, werde ich mit einer besonderen Begegnung be-
schenkt. Eine etwa 35-jährige japanische Touristin betritt die Kirche. Auf
dem Rücken trägt sie einen grossen, vorne auf der Brust einen kleinen
Rucksack. Wanderstöcke hat sie auch dabei. Ich singe gerade «Gloria in
excelsis», danach «Sanctus». Nach kurzer Zeit bricht sie in Tränen aus,
legt ihr Gepäck ab, setzt sich auf eine Bank, hört mir weiter zu und
weint. Nach etwa 20 Minuten kommt sie zu mir, bedankt sich unter Tränen und sagt auf Englisch: «Ich bin so glücklich! Ihre Stimme und die
Klangschalen haben mein Herz so stark berührt! Vielen, vielen Dank!»
Sie möchte bei der Statue der heiligen Maria von Fatima eine Kerze anzünden, ich helfe ihr dabei. Sie käme aus Okinawa, der südlichsten In-
selgruppe Japans, wo Menschen mit der höchsten Lebenserwartung der
Welt leben. Ich frage, ob sie meine Visitenkarte möchte. Auf meinem
Youtube-Kanal könne sie Aufnahmen meiner Gesänge und Klänge in
der Kirche hören. Über dieses Angebot freut sie sich sehr, sie werde sich

dies zuhause in Okinawa anhören. Immer noch mit Tränen in den Augen verabschiedet sie sich, nimmt ihre Rucksäcke und verlässt mit ein paar zu mir gewandten Verbeugungen japanischer Art die Kirche.

Mich hat diese Begegnung sehr berührt. Dass mir Zuhörende ihre Tränen aus Kummer oder Trauer fliessen lassen, habe ich schon oft erlebt. Dass jemand über meinen Gesang und Klang so heftig aus Freude weint, dazu noch von weither und von einer anderen Kultur kommt, habe ich noch nicht erlebt. Meine Darbietung war für diese japanische Touristin ein Geschenk. Ihre Freudentränen waren ihr Geschenk an mich. Die Muttergottes würde sagen: «Wenn sich Herzen öffnen, gibt es weder Grenzen noch Fremdsein, sondern Vertrauen und Nähe.»

24. Juni, Samstag: Ein internationales Literaturfestival
Auch dieses Jahr findet es in Leukerbad statt, vier Tage lang. Zum dritten Mal möchte ich den literarischen Abend am Samstag erleben. Die zwei weissen Festzelte sind wieder aufgestellt. Nach zwei Tagen Nebel und grauen Wolken zeigt sich heute ein strahlend blauer Himmel. Zunächst gehe ich zur Mittagszeit in das Bücherzelt am Dorfplatz, um zu fragen, wo ich ein Ticket kaufen kann. Die junge Dame sagt mir, hier gäbe es nur die Bücher, ich solle im nächsten Zelt neben der Walliser Alpentherme fragen. Dort treffe ich einen jungen Walliser an, der gerade Getränke auspackt. Er wüsste von nichts, denn er arbeite nicht für das Festival, sondern für die Catering-Firma. Ich solle im Tourismusbüro beim Bahnhof fragen. Dann legt er vier pizza-ähnliche blasse Gebilde in die Vitrine und sortiert die Weinflaschen.

Die Fortsetzung der Beschreibung meiner Erlebnisse an diesem Tag könnt ihr im Erzählband «Die japanische Freundin» unter dem Kapitel «Ein internationales Literaturfestival hautnah erlebt» finden. Herausgeber: Literaturpodium in der Dorante Edition, Berlin 2023.

23. Juli, Sonntag: Gottesdienst bei der Flüekapelle auf 2067 Metern Höhe
In der Umgebung von Leukerbad gibt es zahlreiche Kapellen, in oder bei denen einmal im Sommer ein Gottesdienst abgehalten wird. Am dritten Sonntag im Juli ist die Kapelle «Maria Sieben Schmerzen» an der Reihe. Anschliessend findet ein Fest auf der bewirtschafteten Flüealp auf 2039 über dem Meer statt. Zufälligerweise verbringen dort die Kühe unserer benachbarten Bauernfamilie in Bremgarten bei Bern den Sommer. Im dortigen Hofladen wird Walliser Alpkäse von den eigenen Kühen angeboten. Nun hat Georg von Bauer Martin erfahren, dass er seine Kühe

jedes Jahr auf eine Alp bei Leukerbad schickt. Zur Petra. Zufälligerweise heisst die Pächterin so wie ich. Georg staunt. Und diese Petra habe ich vor zwei Jahren hier in Leukerbad als Chefin der alten Molkerei kennengelernt. Sie hat vor ein paar Jahren ihr Düsseldorfer Stadtleben gegen das Walliser Bergleben eingetauscht. Die Liebe hatte wohl kräftig mitgeholfen. Der Käse von der Alp schmeckt wunderbar, besonders derjenige mit Bärlauch. Bei meinem Einkauf im Juni frage ich Petra, wann sie wieder mit den Kühen auf der Alp sei, denn ich wolle endlich mal vorbeikommen. Sie empfiehlt mir das Fest vom 23. Juli, falls das Wetter mitmache.

Die Fortsetzung könnt ihr im Erzählband «Die japanische Freundin» unter dem Kapitel «Ein Gottesdienst auf 2067 Metern Höhe und Kühe als Kurgäste» lesen.

Hier erwähne ich nur noch Folgendes: Im Prospekt «Kapellenweg» der Tourismusorganisation Leukerbad steht: «Die Legende will wissen, dass die Statue der schmerzhaften Muttergottes in einer Grotte etwas oberhalb der Flüealp gefunden wurde. Die Leute wollten ihr im Stafel der Flüealp einen Bildstock errichten. Nachdem sie zur Alp transportiert worden war, befand sie sich am nächsten Morgen wieder am ursprünglichen Fundort. Daraufhin wurde entschieden, Maria den Platz zuzuweisen, den sie sich selbst auserwählt hatte. In der ersten Hälfte des 19. Jahrhundert wurde die Grotte zu einer Kapelle ausgebaut. Das Gnadenbild ist eine Pietà.» Unterhalb der Kapelle entspringt eine Quelle, deren Wasser heilend auf die Augen wirken soll.

11. August: «Incroyable!» «Unglaublich!»

Heute findet in der Pfarrkirche Leukerbad wieder meine Klangmeditation statt. Beim Eingang spricht mich eine Dame aus Lausanne an: «Sind Sie diejenige, die hier Klangmeditationen geben?» Ich bejahe. «Dann habe ich Sie vorgestern schon gesehen und gehört! Oh, wissen Sie, Ihre Klänge rufen so starke Emotionen hervor! Wunderbar! Darum bin ich jetzt wieder gekommen. Und mein Mann kommt auch, aber etwas später. Er ist gerade noch in der Reha-Klinik in einer Therapie.» Während ich meine Kristallinstrumente auf dem kleinen Altar der Seitenkapelle bereitstelle und eine Kerze anzünde, finden sich etwa 27 Personen ein. Wie bisher besteht mein Publikum zu 90 % aus Frauen. Einige davon bringen ihre Ehepartner mit. Heute sind auch Zuhörende dabei, die gewohnt sind zu meditieren. Sie setzen beide Füsse auf den Boden, legen die Hände wie zwei Schalen mit den Handinnenflächen nach oben auf die Oberschenkel, sitzen aufgerichtet da und schliessen die meiste Zeit über die Augen. Beim Warten auf den 17-Uhr-Glockenschlag stimme ich mein Publikum bereits leise auf die Klänge meiner drei Kristallschalen und der Kristall-Lyra ein. Zufälligerweise harmonisieren die Klangschalen mit den Kirchenglocken. Während den weiteren 45 Minuten geniessen die Zuhörenden das Klangbad. Nach zehn Minuten sehe ich, dass viele gähnen. Dies verstehe ich als ein Zeichen der Entspannung. Nach weiteren zehn Minuten beginnen Tränen zu fliessen. Mein «Dona nobis pacem» und «Ave Maria» berühren die Herzen. Heute betet ein Besucher in der hintere Stuhlreihe kniend sehr andächtig mit. Auch weint er dabei. Männer schämen sich ihrer Tränen und möchten schon gar nicht, dass jemand sie sieht. Deswegen verlässt dieser Mann zehn Minuten vor Schluss der Vorstellung die Kirche. In Gedanken schicke ich ihm einen tröstenden Engel. Einige neugierige Besuchende, die auf ihrem Weg ins Restaurant an der Kirche vorbeikommen, schauen auch dieses Mal wieder herein, wollen sich zwar nicht setzen, hören heute aber länger zu als sonst. Mein Georg sorgt als Türsteher jedes Mal dafür, dass die renovationsbedürftige Kirchentüre nicht zu laut geöffnet und geschlossen wird. Besonders dieses Mal inspiriert mich die dichte Konzentration und Andacht des Publikums so, dass ich die Klänge und lateinischen Gesänge mit Passagen von Obertönen in voller Hingabe gestalten kann.

Die Glocken verkünden mit dem Dreiviertel-Schlag das Ende der Veranstaltung, ich schliesse ab mit «Andate in pacem» und «Amen». Das Publikum klatscht leise und dankbar Beifall, das Körbchen für die Kollekte, die für ein Projekt für kriegstraumatisierte Menschen bestimmt ist, wandert von Hand zu Hand. Zwei Besucherinnen aus Amsterdam und eine weitere aus Fribourg bedanken sich noch persönlich bei mir. Letztere möchte noch wissen, aus welchem Material meine Schlägel seien. Ich antworte: «Aus Silikon.» Sie kann nicht glauben, dass man mit Silikon solche erstaunlichen Klänge hervorbringen kann und schaut mit suchendem Blick in die Umgebung in der Erwartung, noch Lautsprecher oder sonstige technische Einrichtungen zu entdecken. Ob ich denn wirklich keine Hintergrundmusik laufen liesse, will sie wissen. Ich verneine. Das sei unglaublich, «incroyable», meint die Dame aus Fribourg und verabschiedet sich kopfschüttelnd. Mit einem Glas Walliser Weisswein in der nächsten Bar schliessen Georg und ich den Abend ab, dankbar für das Publikum, welches ich heute mit meinen Klängen im Herzen berühren durfte.

Ebenfalls heute am 11. August hat mir die Post das grosse Paket aus Deutschland mit der von mir bestellten besonderen Leuchte gebracht. Durch ein Interview auf Youtube von Thomas Schmelzer mit Thomas Künne hatte ich von dieser Leuchte erfahren und gedacht: Genau so etwas suche ich! Ende der 80er Jahren hatte ich über Ernst-Joachim Behrendt die kosmischen Klänge – wie den Sonnenton, den Jahres- und Tageston der Erde, den Ton der Venus usw. – entdeckt und mir fast alle Schallplatten von Michael Vetter mit Gongs, indischer Tampura, japanischem Koto usw. gekauft. Dank ihm wurden damals diese Musikinstrumente, die er «zen-meditativ» in verschiedenen Tonlagen der kosmischen Oktave spielte, in Deutschland, Österreich und der Schweiz bekannt. Anfang der 2000er Jahre wurde vor allem von Inge Schubert die Phonophorese, eine Akupressur mit Klängen, entwickelt: Stimmgabeln in den Frequenzen der kosmischen Oktave werden auf bestimmte Organpunkte der Körpermeridiane gesetzt, um so das gesundheitliche Gleichgewicht wiederherzustellen. Bald gab es auch entsprechend gestimmte Klangstäbe von der Firma «Planetware», mit denen ich auch heute noch die Aura meiner Patienten und Patientinnen behandle. Dazu singe ich Obertöne. Dies versetzt den Behandelten in eine tiefe Entspannung. Oft tauchen innere Bilder traumatischer Situationen oder Erlebnisse aus früheren Leben auf. Die Klänge unterstützen die Freigabe dieser Traumata aus dem Zellgedächtnis des Körpers, sodass eine Heilung stattfinden kann. Aufgrund der Themen, die meine Kundschaft in die Therapiesitzungen mitbringt, komponiere ich seit 2005 CDs bzw. Alben mit jeweils sechs oder mehr Titeln bzw. Stücken, die etwa einer Stunde Klangtherapie entsprechen. – Wenn man einen Klang oktaviert, das heisst seine Frequenz verdoppelt, wird er für das menschliche Auge als Farbe sichtbar. Der Schweizer Physiker Hans Cousto hat nicht nur die Klänge der kosmischen Oktave in Hz (Hertz), sondern auch die jeweils dazugehörigen Farben in nm (Nanometer) berechnet. Dies ermöglicht mir, meine klangtherapeutischen Musikstücke mit Bildern in den dazugehörigen Farben zu kombinieren. So entstanden meine DVDs zur Farb-Klangtherapie. Eine Auswahl findet Ihr bei www.dolphinkissis.ch und auf meinem Youtube-Kanal. Zum Beispiel ein Video zum besseren Einschlafen, ein anderes zur Heilung von einem Unfall.

Die Leuchte «cosmic-lights-tube» kann simultan meine Klänge in Farben übersetzen. Sie durchläuft dabei das gesamte Planetenspektrum von 461 nm bis 743 nm und zeigt die Planetentöne in einer wunderschönen Farblicht-Symphonie. Ich bin gespannt, wie mein Weg mit Licht und Klang weitergeht.

Im September ist so viel passiert, dass ich mit dem Schreiben gar nicht mehr nachkomme: Am 16. September nahm ich am Ausflug der Thermalquellenzunft teil. Ziel war ein Besuch des höchst gelegenen Rebbergs

Europas auf 1100 Metern über dem Meer in der Nähe der Visperterminen. Hier wird der berühmte «Heida» angebaut, eine Rebsorte, die bei diesen besonderen klimatischen und geologischen Verhältnissen sehr gut gedeiht. Durch die steile Hanglage werden die Sonnenstrahlen durch den Schiefer so reflektiert, dass die Trauben bis spät in den Herbst hinein dank idealer Temperaturen reifen können. Man kann Mitglied der «Heida-Zunft» werden, einen Rebstock für 1000.- CHF erwerben, dessen Früchte jeweils in der lokalen St. Jodern Kellerei gekeltert werden.

Am 19. September fand die Trauerfeier für unsere langjährige Freundin Gisela in Locarno statt. Georg und ich erlebten eine abenteuerliche Rückfahrt mit dem Zug zurück nach Bern – siehe weiter unten. Unsere weitere Zugreise nach Deutschland und zurück in die Schweiz waren ebenfalls von Hindernissen geprägt. Dabei heisst es schon seit einigen Jahren, man solle öffentliche Verkehrsmittel benutzen! Georg meint, diese abenteuerlichen Ereignisse geschähen nur, damit ich in meinem Tagebuch davon erzählen könne. Vielleicht lerne ich noch «zen-meditativ» zu schreiben. Das bedeutet, dass ich die Ereignisse als neutrale Beobachterin beschreibe, die Bilder an mir vorüberziehen lasse, bis eine Leere entsteht, die schliesslich zur Erleuchtung führt. Die Erleuchtung ergibt sich von selbst, ohne jede Absicht sie zu erreichen. Der Weg ist das Ziel. Die Folge wären leere Seiten, die die Lesenden mit eigener Fantasie so lange füllen könnten, bis ein pures Dasein in der Leere Platz greift. Einige Lesende werden diesen Zustand als Erleuchtung bezeichnen. Meinen Weg zu den leeren Seiten, d.h. von der Materie zur Leere, beginne ich heute bei der Materie:

Am 1. Oktober erhalte ich wie jeden Monat eine Mitteilung der Firma igroove, die meine musikalischen Werke in verschiedene Streaming-Portale wie «Deezer» oder «Spotify» setzt und mir über die Einnahmen berichtet. In den letzten 30 Tagen wurden 126 Titel meiner Alben gestreamt: Auf der Hitliste ganz oben stehen die Titel «Sound of Tao», «Celebration of Light», «Dona nobis pacem» und «Free yourself from pain». Meine Zuhörenden kommen vor allem aus Deutschland, den USA, der Schweiz, von UK und den Niederlanden. Die grösste Altersgruppe befindet sich bei den 45- bis 59-Jährigen, zwei Drittel davon sind Frauen. Im August habe ich mit meinen online eingestellten Klängen 1.39 CHF verdient.
Als ich gestern in der Kirche hier in Leukerbad für meine nächste Klangmeditation übte, kam eine ältere Dame zu mir und legte ein Fünf-

Franken-Stück neben meine Klangschalen. Sie sagte: «Eigentlich wollte ich nur schnell eine Kerze bei der Muttergottes anzünden. Doch Ihre Klänge sind so schön, dass ich eine halbe Stunde sitzengeblieben bin und zugehört habe. Ich komme dann am 13. Oktober zu Ihrer offiziellen Klangmeditation.»

19. September: Zur Feier des Lebens
In der Nacht auf den 13. September ist unsere jahrzehntelange Freundin Gisela im Alter von 92 Jahren gestorben. Sie sehnte sich schon lange nach ihrer Reise in die geistige Welt, um endlich wieder mit ihrem geliebten Lebenspartner, der bereits einige Jahre zuvor gestorben war, vereint zu sein.
Da wir sehr herzlich mit Gisela und ihrer ganzen Familie verbunden sind, beschliessen Georg und ich zur Trauerfeier ins Tessin zu reisen. Am 19. September findet diese um 15 Uhr in Locarno statt. Georg nimmt um neun Uhr in Bern den direkt nach Domodossola fahrenden Zug, ich steige unterwegs in Visp dazu, da ich von Leukerbad komme. Mit einem Strauss Sonnenblumen als Abschiedsgruss für Gisela. In Domodossola steigen wir in die hundertjährige Zahnradbahn, die uns bei schönstem Spätsommerwetter durch zahlreiche Tunnels und über malerische Viadukte ratternd durch das Centovalli, also durch hundert wildromantische Täler, nach Locarno bringt. Dort reicht noch die Zeit, um auf dem Weg zur Kirche im Garten einer Trattoria auf den typischen Tessiner Steinbänken ein Mittagessen mit Gnocchi und Tessiner Rotwein zu geniessen. Die Idylle wird ab und zu durch die laute Landung des Helikopters auf dem nebenan gelegenen Spital unterbrochen. Bald rufen uns die Kirchenglocken der Collegiata San Antonio zur Trauermesse.
Die kalte Atmosphäre der Kirche mit hohen Rundbögen aus Steinen der Tessiner Alpen in verschiedenen Grau- und Rosatönen erwärmt sich allmählich durch die Liebe der Trauergemeinde zur Verstorbenen. Die feierliche Orgelmusik und die strahlenden Sonnenblumen auf dem Sarg aus hellem Holz tragen ebenfalls dazu bei. Die zwei anwesenden Priester wären überflüssig gewesen. Sie haben die Verstorbene nicht gekannt. Routiniert erfüllen sie ihre Pflicht. Zwei Töchter und zwei Enkelinnen lesen Giselas eindrucksvollen Lebenslauf vor. Anschliessend wird der Sarg im Schritttempo mit dem Auto zum nahegelegenen Friedhof transportiert. Die Trauernden folgen schweigend, sich ab und zu umarmend. Alles ohne Begleitung von Musik. Für meinen Georg, der aus Mähren stammt, undenkbar. Dort gehen auch heute noch mindestens drei Musiker, wenn nicht eine ganze Blasmusikkapelle dem Sarg voraus, oft geführt

von einem Familienmitglied, das ein eingerahmtes Foto der verstorbenen Person vor sich trägt.

Nach einem letzten stillen Abschiednehmen von der Verstorbenen verlassen die Trauergäste den Friedhof und begeben sich in den Garten eines Restaurants. Es bleibt uns nur kurze Zeit, um alle zu umarmen und gemeinsam das Leben, zu dem das Sterben gehört, zu feiern. Giselas ältestem Sohn überreichen wir einen grossen Laib Leukerbadner Alpkäse mit dem Auftrag, diesen unter den Geschwistern zu verteilen. Den letzten Zug, der um 18.48 Uhr in Locarno abfährt, wollen wir noch erreichen, um fahrplanmässig um 21.24 Uhr in Bern zu sein. Die Centovalli-Bahn bringt uns wieder schaukelnd und in den Kurven quietschend durch die wilde Landschaft mit Viadukten über steilen felsigen Schluchten und durch Wälder mit alten Kastanienbäumen zurück zum italienischen Domodossola, wo wir pünktlich in der Abenddämmerung eintreffen. In zehn Minuten sollten wir in den von Milano kommenden EC der Trenitalia nach Basel via Bern umsteigen können. Von dem EC ist jedoch nichts zu sehen, die Ansagen bleiben aus. Stattdessen fährt auf «unserem» Gleis der von Spiez durch den Simplontunnel kommende und wieder dorthin zurückfahrende Regionalzug ein. Wir denken an den Spatzen in der Hand und steigen in diesen Zug ein, denn das Städtchen Spiez am Thunersee liegt auf der Strecke nach Bern. Einige Fahrgäste denken ähnlich. Einige Minuten lang tut sich nichts, der Zug fährt noch immer nicht ab. Eine wohlbeleibte Schaffnerin, in der Schweiz Kondukteuse genannt, die im Eilschritt an uns vorbeiläuft, können wir anhalten und fragen. Sie meint: «Haben Sie es pressant? Sind Sie auf der Flucht?» Ich sage: «Wir sind immer auf der Flucht!», woraufhin sie lacht und meint: «Haben Sie doch noch etwas Geduld!» Wir nehmen es mit Humor und Georg packt unseren zum Glück noch reichlich vorhandenen Proviant aus. Plötzlich ertönt eine Durchsage: «Aus technischen Gründen kann dieser Zug nicht weiterfahren. Bitte bleiben Sie aus Sicherheitsgründen auf Ihren Plätzen sitzen.» Nicht nur wir, sondern alle weiteren Fahrgäste staunen über den Sinn bzw. Unsinn dieser Ansage. Wir packen den Proviant wieder ein und steigen wie alle anderen aus, Sicherheitsgründe hin oder her. Nach wenigen Minuten erfahren wir durch den Lautsprecher des Bahnsteigs, dass der EC aus Milano in Kürze auf Gleis 4 statt 2 mit Verspätung einträfe. Das bedeutet Treppen runter, Treppen rauf. Ein Schaffner sagt uns, dass es am Gleisende einen Lift gäbe, es sei aber nicht garantiert, dass dieser funktioniere. Solange wir den Bahnhof von Domodossola kennen – dies sind etwa 50 Jahre –, mussten wir mit mehr oder weniger Gepäck immer die Treppen nehmen. Tatsächlich: Der EC fährt ein, wir sind längst nicht die einzigen Fahrgäste, die ihn sehnsüchtig erwartet haben. Deswegen entscheiden wir uns schnell für die nicht überfüllte 1. Klasse. Ein Abteil mit drei Plätzen ist noch frei, in der zweiten Hälfte des Waggons befindet sich eine Bar. Eine Durchsage kündigt die vorgesehenen Haltestellen der Route an, Bern ist dabei. Weitere Minuten vergehen, es tut sich wieder nichts. Eine weitere Durchsage bittet uns Ausweise und Gepäck für die Zollkontrolle bereitzuhalten. Der Zug fährt immer noch nicht ab. Wir öffnen eine Tüte Pommes Chips, Georg geht zur Bar und kommt mit einer kleinen Flasche Chianti biologico zurück. Eine Durchsage an die «gentili viaggiatori», die lieben Reisenden: Wegen eines Hindernisses auf der Fahrbahn erleide der Zug eine unbestimmte Verspätung. Bewaffnete Grenzpolizisten kommen vorbei, sie interessieren sich jedoch nicht für uns. Georg fragt einen von ihnen, ob sie wüssten, wann …

«Nein», antwortet dieser, er habe mit dem Zug nichts zu tun, er sei Polizist. Der auf dem Bahnsteig wartende italienische Kondukteur scheint bald am Ende seiner Nerven zu sein. Er selbst erhält keinerlei Information über das weitere Geschehen, hat genug von den ständigen Fragen der Reisenden und wird ausserdem noch von einer bekifften jungen Frau umtanzt. Er schreit sie schliesslich an, wohin sie denn fahren wolle, doch sie lallt ihm lächelnd etwas Unverständliches entgegen. Im Zug entsteht nun an uns vorbei in Richtung Bar eine Karawane von Fahrgästen mit Smartphones in der Hand oder am Ohr. Alle wollen zur Bar, um noch Proviant für die nächsten Stunden zu ergattern. Es ist ein Hin und Her wie in einem Tanztheater. Wir sind die Zuschauenden. Pina Bausch und ihr Wuppertaler Tanztheater hätten ihre Freude an dieser Szene gehabt. Georg meint, dass dies aber ein langweiliges Stück sei, mit welchem wir hier unfreiwilliger Weise beglückt würden. Er geht nochmal zur Bar. Dort ist inzwischen die online-Bezahlung ausgestiegen. Ein chinesischer Tourist meint, das sei ihm während seiner ganzen Reise noch nie passiert. Die Bardame erklärt ihm, dass wir im Moment in einem Tunnel seien, da könne das schon mal vorkommen.

Georg berichtigt sie: «Wir stehen hier immer noch auf einem Bahnhofgleis und sind nicht im Tunnel.» Die letzte noch vorhandene Flasche Chianti und das letzte Sandwich – vegan mit grünen Oliven und Tofu – kann Georg zum Glück bar bezahlen. Für unser leibliches Wohl ist also bestens gesorgt. Einen vorbeigehenden Grenzpolizisten fragen wir, ob noch die Aussicht bestünde, dass wir heute weiterfahren, oder ob wir uns ein Hotelzimmer in Domodossola suchen müssten. Mit erstaunlicher Klarheit antwortet er, dass wir heute bestimmt noch weiterfahren werden, es sei nur eine Frage der Zeit. Allmählich ahne ich, was auf der Bahnstrecke

passiert ist. Jemand hat seinem Leben wohl ein Ende bereitet. Dies bedeutet: Der Lokomotivführer des betroffenen Zuges – wahrscheinlich
des Regionalzuges aus Spiez - konnte nicht weiterfahren, musste ausgewechselt und psychologisch betreut werden, die Strecke muss von Polizei
und Notfalldienst wieder befahrbar gemacht werden usw. In Deutschland werden die Reisenden mit einer Durchsage, es sei ein Personenunfall
passiert, informiert. Dies bedeutet meistens einen Fahrtunterbruch von
zwei Stunden. In der Schweiz wird nur allgemein über eine «technische
Störung» informiert, der Rest ist Schweigen. Inzwischen informiert der
italienische Kondukteur verzweifelt die «gentili» Reisenden darüber, dass
die Verspätung inzwischen 100 Minuten beträgt. Die bekiffte Frau ist
wieder ausgestiegen und tänzelt lallend auf dem Bahnsteig vor unserem
Fenster hin und her. Ob sie spürt, was passiert ist? Nach weiteren sechs
Minuten setzt sich der Zug plötzlich in Bewegung. Über den Lautsprecher ertönt voller Freude die Stimme des Kondukteurs: Die Strecke sei
jetzt frei und der Zug habe eine Verspätung von 106 Minuten. Der nächste Halt sei Brig, dann Visp, Spiez, Thun, Olten, Basel. Ich spitze die
Ohren: Bern kam bei der Aufzählung nicht vor! Ich sage Georg, dass wir
nachfragen müssten, denn theoretisch könnte der Zug von Thun direkt
nach Olten fahren und Bern links liegen lassen. In Brig halten wir auf
der Höhe der Anzeigetafel des Bahnsteigs. Für unseren Zug wird darauf
kein Halt in Bern angekündigt, dagegen für den wartenden Zug auf dem
Gleis gegenüber. Schnell packen wir unsere Sachen und steigen um in
den Regionalzug nach Bern, der eigentlich gleich losfahren sollte. Wir
sind erleichtert, im richtigen Zug zu sitzen und nicht in Olten zu landen.
Nach einigen Minuten ertönt eine Durchsage: «Dieser Zug erhält eine
Verspätung von 20 Minuten. Der Grund: Wir warten Anschlussreisen-
de ab und bitten um ihr Verständnis.» Der Vorfall hat eine Kette von
Verspätungen ausgelöst. Ein Trost: Wir werden tatsächlich heute noch,
wenn auch mit fast drei Stunden Verspätung in Bern ankommen.
Um Mitternacht fährt uns dort der letzte Stadtbus in den Vorort von
Bern, nach Bremgarten. Zu Hause fallen wir müde in unsere Betten,
dankbar dafür, dass wir heil und unbeschadet angekommen sind. Welch
ein Tag! Wir haben das Leben gefeiert und das Sterben. Unsere Freundin
Gisela hatte ihren Lebenskreis in Demut und Hingabe geschlossen. Die
Engel hatten sie ins Licht geführt. Der mir unbekannte Mann auf der
Bahnstrecke hatte dem Ende seines Lebens nachgeholfen, aus welchem
Grund auch immer. Ich bitte die Engel, ihm das Licht in der Dunkelheit
zu zeigen. Möge auch er Frieden finden.

Die Botschaft einer verstorbenen Mutter an ihre Kinder

Einen Tag, nachdem unsere Freundin Gisela gestorben war, erscheint sie mir in der Nacht auf den 14. September, fünf Tage vor ihrer Beerdigung. Sie trägt ein hellbeiges, langes Brautkleid, einen Schleier aus Spitzen in der Form, wie ihn die Frauen in Spanien in der Kirche tragen. In ihren Händen hält sie einen Brautstrauss kurzstieliger roter Rosen mit weisser Myrthe. Sie sieht so aus, wie sie im Alter von etwa 50 Jahren ausgesehen hatte. Sie bittet mich, ihren sechs Kindern folgende Botschaft zu überbringen und sagt: «Liebe Kinder! Trauert nicht um mich, der Herr hat mich von meinen Altersleiden erlöst. Dankt Ihm dafür, freut euch darüber und feiert. Das Leben ist ein grosses Geschenk, das Sterben gehört dazu. Ich hatte genügend Zeit zum Abschiednehmen vom irdischen Leben. Ich habe alles geregelt, ich habe mich mit allen und allem versöhnt. So begebe ich mich voller Vertrauen in die Hände von Gott Vater. – Euch möchte ich von Herzen danken, dass ihr mich als Mutter in diesem euren Leben gewählt habt. Wir haben viel voneinander gelernt. Für mich war unsere Familie meine Lebenserfüllung und grösste Freude. Bei der Feier in Locarno werden meine sterblichen Überreste neben diejenigen von Mario gebettet. Doch dies ist nur das äussere Bild in eurer Wirklichkeit. In Wahrheit geht meine Reise danach weiter: Engel werden mich zu Mario in den Himmel begleiten. Dort wird eine himmlische Hochzeit stattfinden. So haben wir es uns immer gewünscht, und dieser Wunsch geht nun in Erfüllung. Als eure himmlischen Eltern werden wir auch weiterhin liebevoll über euch, euren Kindern und Kindeskindern wachen, euch beschützen und euch beiseitestehen. Wenn ihr es wünscht, könnt ihr uns um Rat fragen. Doch erinnert euch, ihr habt euren freien Willen und eure Freiheit. Wir begleiten euch in Liebe, wie auch immer ihr euch entscheiden mögt. Zum Schluss wünsche ich mir, dass ihr euch immer gut vertragt und euch gegenseitig unterstützt. Lasst es euch gut gehen und feiert das Leben.»

Zum Abschied winkt Gisela mir zu, wirft Kusshändchen und dreht sich um. Zwei Engel nehmen sie in ihre Mitte. Sie schreiten langsam in diagonaler Richtung nach rechts oben, von meiner Perspektive aus gesehen in Richtung Himmel. In der Ferne sehe ich eine Brücke in Regenbogenfarben über einem Fluss, auf der anderen Seite der Brücke wartet ihr vor Jahren verstorbener Lebenspartner Mario, festlich gekleidet wie ein Bräutigam, in der Brusttasche ist ein kleines Sträusschen mit Maiglöckchen, hinter ihm steht Giselas Bruder, ebenfalls festlich gekleidet. Er scheint einer der Trauzeugen zu sein, weiter hinten sind noch viele

Seelen weiterer verstorbener Familienmitglieder versammelt. Es herrscht eine Atmosphäre der freudigen Erwartung. Von irgendwoher klingt eine himmlische Musik.

Giselas Botschaft habe ich aufgeschrieben und ihren sechs Kindern geschickt. Diese haben mich bei unserem Wiedersehen in Locarno herzlich umarmt und mir dafür gedankt. In der Botschaft hätten sie ihre Mutter erkannt und grossen Trost gefunden.

21. bis 25. September: Unsere Reise nach Bonn
Über diese Reise, das Klassentreffen ehemaliger Schüler*innen der Luxemburger Europa-Schule im Kulturbahnhof Rolandseck und meine Meditation für Deutschland und Europa, in der mir die verstorbene Seele von Adolf Hitler erscheint und um Hilfe bittet, berichte ich in diesem Erzählband in einem gesonderten Kapitel mit dem Titel «Die braune Glasglocke über Deutschland».
Am 3. Oktober stehe ich wieder hinter dem Altar der Seitenkapelle in der Pfarrkirche Leukerbad. Vor mir warten meine drei Kristallklangschalen darauf, dass ich sie in Schwingung setze. Heute möchte ich diese harmonisierenden Klänge nach Deutschland schicken, zum Tag der deutschen Einheit. Einigkeit und Recht und Freiheit ... «Wo sind sie geblieben? Wann wird man je versteh'n?» Dies sang Hildegard Knef. Die Älteren unter euch werden sich noch daran erinnern. Alle Menschen werden Brüder ... Freude ... Wo ist all das geblieben? Mögen meine Klänge und Gebete mithelfen, den göttlichen Funken in den Herzen der Menschen in Deutschland wiederzuerwecken.

Am 12. Oktober stirbt der Philosoph und Buchautor Gunnar Kaiser. Während der «Corona-Zeit» hatte er sich vom offiziellen Narrativ abgesetzt. Für viele waren die zahlreichen Videos auf seinem Youtube-Kanal eine wertvolle Unterstützung in dieser schwierigen Zeit, anderen waren sie ein Dorn im Auge. Er wurde geliebt und gehasst. Es enttäuschte ihn, dass viele Menschen, die für ihn so offensichtliche Wahrheit nicht nachvollziehen konnten und ihn auf das Übelste beschimpften. Er wollte trotzdem nicht aufgeben und fragte sich immer wieder: «Habe ich genug getan?» Schliesslich erkrankte er an Krebs und starb im Alter von 47 Jahren nach einer ihn zermürbenden Leidenszeit von etwa einem Jahr. In Gedenken an Gunnar schreibe ich folgendes Gedicht:

In Memoriam Gunnar Kaiser
9. Juni 1976 – 12. Oktober 2023

Er war der Philosoph von nebenan
und stiess gerne mit dir an
und meinte:
«Die Welt ist anders als sie scheint.
Lass' uns darüber philosophieren,
dann wirst auch du es bald kapieren.»
Er tat dies unermüdlich kaiserlich
und fragte sich schliesslich:
«Habe ich genug getan?
Es ist doch unglaublich,
was hier passiert
und wie lange es dauert,
bis das endlich mal jemand kapiert!»
Als Lehrer und Beamter
war er eines Tages ausgestiegen
und hatte sich gesagt:
«Ich mach' da nicht mehr mit!
Ich mag nicht über andere siegen,
will lieber hinterfragen,
egal, was andere sagen.»

Das Mobbing war für ihn
schwer zu schlucken,
doch wollte und konnte er
sich nicht ducken.
Kaiserlich führte er uns
zu neuen Einsichten,
ohne es sich darin
gemütlich einzurichten.

Er nahm uns mit auf neue Reisen,
wir hatten Teil an Trank und Speisen.
Er nahm uns mit
auf seinen Höllenritt.
Viele wünschten, er werde wieder fit!
Wir sagten: «Gunnar, bleib' wie du bist!
Wir lieben dich! Lass die Welt nicht

zu nah an dich heran!
Aus unserer Sicht
hast du genug getan!»

Nun ist er Philosoph im Paradies.
Ohne Zweifel geniesst er dies.
Er prostet uns zu von einer Wolke
und sagt: «Das ist es, was ich noch wollte!
Ich bin euch hierher schon mal vorausgegangen,
damit ihr nicht müsst bangen
vor dem Tod. Er ist die tiefste
und höchste Transformation
durch die göttliche Liebe.
Das sag' ich euch jetzt
aus dieser Perspektive.»

(Autorin: Petra M. Dobrovolny-Mühlenbach)

30. Oktober: Ein historisches Dokument und die Erinnerung an zwei Schutzengel
Kennt ihr das auch? Ihr sucht ein Dokument tief unten in einer Schach-
tel. Zum Vorschein kommt ein anderes. So erging es mir vor ein paar
Tagen. Mein Fund veranlasste mich zu einer Reise in vergangene Zeiten.
Das amtliche Dokument ist eine Verfügung der Fremdenpolizei des
Kantons Zürich vom 6. Juni 1977 an meine damalige Zürcher Adresse.
Diese Verfügung stützt sich auf das Schweizer Bundesgesetz über «Aufenthalt und Niederlassung der Ausländer» vom 26. März 1931(!). Sie ist
eine Antwort auf meine drei Gesuche um eine Verlängerung der Aufenthaltsbewilligung, um die Bewilligung zum Stellenantritt als Psychologin
für neuropsychologische Therapie am Universitätsspital Zürich im Rahmen eines Forschungsprojekts des Schweizerischen Nationalfonds sowie
um eine Niederlassungsbewilligung im Kanton Zürich. Meine Gesuche
werden in der Verfügung alle abgelehnt, da ich ohne fremdenpolizeiliche
Bewilligung die Arbeitsstelle bereits am 1.9.1976 angetreten hatte. Mit
keinem Wort wird erwähnt, dass meine Gesuche bereits seit zehn Monaten auf dem Schreibtisch der Fremdenpolizei liegen.
«Zum Verlassen des zürcherischen Kantonsgebietes wird ihr (mir) eine
Frist bis zum 10. Juli 1977 angesetzt.» Also habe ich einen Monat Zeit, um
Wohnung und Stelle zu kündigen. Gemäss dem Bundesgesetz aus dem
Jahre 1931 Artikel 17 Absatz 2 zählt nicht, dass ihr (mein) Ehemann für
den Kanton St. Gallen eine Niederlassung und für den Kanton Zürich

eine Nebenniederlassung hat. Es zählt ebenfalls nicht, dass ich weiterhin zwecks Doktorandenstudium an der Universität Zürich immatrikuliert bin. Zur Erklärung für die Lesenden: Als deutsche Staatsangehörige hatte ich im Herbst 1970 meinen Wohnsitz von Luxemburg zwecks Studium in die Schweiz verlegt. Demzufolge stand ich unter Aufsicht der hiesigen Fremdenpolizei. Gemäss meiner Kenntnis der Bestimmungen hatte ich nach Gesetz Anrecht auf eine Niederlassung, falls ich in der Schweiz jemanden heirate, der entweder einen Schweizer Pass oder eine Niederlassungsbewilligung hat. Letzteres war bei meinem Georg als tschechoslowakischem Flüchtling der Fall.

Mein Stellenantritt beim Universitätsspital Zürich per 1.9.1976 war uns seit Ende Juni 1976 bekannt. Deswegen wollten wir unbedingt noch vorher, also im August, heiraten. Natürlich hatten wir auch Georgs Eltern zur Hochzeit eingeladen. Doch die tschechoslowakischen Behörden zögerten deren Ausreisegenehmigung mit schlussendlich negativem Entscheid lange hinaus. Ein Hochzeitstermin im August war deswegen gar nicht mehr möglich, es wurde Ende September, der Zeitpunkt der Auszahlung meines ersten Monatslohns. Dies alles war der Fremdenpolizei äusserst verdächtig. Sie vermutete eine fingierte Heirat, zumal ich mich ihrer Meinung nach «nicht in einem gemeinsamen Haushalt mit meinem Ehemann aufhielt». Obwohl wir in Zürich eine gemeinsame Wohnung hatten. Ausschlaggebend war jedoch Georgs Hauptwohnsitz im Kanton St. Gallen, für welchen er eine Niederlassungsbewilligung hatte. Gemäss der Meinung der Fremdenpolizei des Kantons Zürich hätte ich, um die «Echtheit» unserer Eheschliessung zu beweisen, in St. Gallen bei meinem Ehemann wohnen, den Haushalt führen müssen und keine Stelle antreten dürfen.

Innerhalb von 20 Tagen darf ich gegen die Ablehnung meiner drei Gesuche Rekurs beim Regierungsrat des Kantons Zürich einlegen. Dieser Einspruch «muss einen begründeten Antrag erhalten. Verfügung und Beweismittel sind beizulegen oder genau zu bezeichnen.» Soweit das Schreiben der Fremdenpolizei vom 6. Juni 1977. Bereits seit Herbst 1976 hatte ich begonnen, alle möglichen Formulare auszufüllen und einzureichen. Am 1. Februar 1977 hatte mich das Arbeitsamt des Kantons Zürich angerufen und mir mündlich mitgeteilt, dass ich keine Arbeitsbewilligung benötige, wenn ich eine Niederlassung hätte. Und falls ich noch an der Uni immatrikuliert sei, würde ich nicht das Kontingent für ausländische Arbeitskräfte belasten, sondern gelte als Studentin. Wahrscheinlich stimmt hier das Gesetz von 1931 nicht mehr mit den im Jahre 1977 gültigen Bestimmungen für ausländische Arbeitnehmende überein. Oder das eine

Amt weiss nicht, was das andere tut. Vor Freude und Erleichterung über diese Mitteilung vergass ich den netten Herrn vom Arbeitsamt zu bitten, mir dies nicht nur telefonisch, sondern auch schriftlich mitzuteilen. Als fünf Monate später das Schreiben der Fremdenpolizei das Gegenteil verfügte, verstand mein Chef, der Leiter des neuropsychologischen Laboratoriums, als Schweizer die Welt nicht mehr. Er musste mehrere Formulare mit der Erklärung unterschreiben, dass er vor meinem Stellenantritt über diese Komplikationen bzw. Bestimmungen weder von mir noch einer amtlichen Stelle informiert worden war.

Wie schon oft in meinem Leben, trat nun ein Schutzengel auf meine Lebensbühne, diesmal in Gestalt eines Zürcher Rechtsanwalts. Er wurde uns über einen lieben Freund vermittelt. Dieser Schutzengel rief am 21. Juni 1977 kurzerhand den Chef der Zürcher Fremdenpolizei an und liess ihm anschliessend ein Protokoll dieses Telefonats per Einschreiben mit Kopie an meinen Ehemann Georg zukommen. Telefonisch hatte er dem Herrn Polizisten die «auf Missverständnissen beruhenden Differenzen zwischen dem Kanton Zürich und dem Kanton St. Gallen dargelegt.» In der Schlussfolgerung wird in bestem Einvernehmen die zürcherische Verfügung vom 6.6.1977 suspendiert. Das weitere vereinbarte Vorgehen: Georg soll in St. Gallen für mich eine Niederlassungsbewilligung, auf welche ich gesetzlichen Anspruch hätte (also doch!), beantragen. Sobald diese erfolgt sei, was normalerweise innerhalb weniger Tage passiere, solle Georg sich mit der Zürcher Fremdenpolizei in Verbindung setzen, um die weiteren zürcherischen Formalitäten für seine Ehefrau zu erledigen. Eine kleine Nebenbemerkung: Ich war zu der Zeit zwar volljährig, doch ein Ehemann hatte in der Schweiz damals die Pflicht «Angelegenheiten mit den Ämtern» für die Ehefrau zu erledigen.

Mein Schutzengel beendet den Brief an den Herrn Chefpolizisten wie folgt: «Ich danke Ihnen dafür, dass Sie so entschlossen und rasch dazu beigetragen haben, die schon sehr verfahrene Situation einer glücklichen Lösung zuzuführen und verbleibe mit freundlichen Grüssen P.M.G., Rechtsanwalt.» Man kann viel von Schutzengeln lernen. Nach zehn Monaten Hin und Her mit unzähligen eingeschriebenen und per express gesandten Briefen und Telefonaten meiner- und behördlicherseits fand diese «Causa» ein gutes Ende. Herrn P.M.G. habe ich nie persönlich kennengelernt. Er hat mir auch nie eine Rechnung für seine Dienste gestellt. Als Dank hatte ich ihm eine Flasche Wein in sein Zürcher Sekretariat gebracht.

Dies geschah im Jahr 1977. Irgendwann im Jahr 2020 brachten die Mittagsnachrichten des Schweizer Radios folgende Meldung: Die Schweiz hätte entschieden einem Fachkräftemangel entgegenzuwirken. Personen aus dem Ausland, die hier ein Studium oder eine Fachausbildung abgeschlossen hätten, erhielten ab sofort eine Arbeits- und Aufenthaltsbewilligung auch ohne heiraten zu müssen. Ich füge hinzu: Auch ohne von der Fremdenpolizei verdächtigt zu werden, sich durch eine fingierte Hochzeit eine Arbeitsstelle in der Schweiz erschleichen zu wollen, wie es mir vor 46 Jahren passiert ist. Georg und ich sind immer noch glücklich verheiratet. Und der immer noch bestehende Fachkräftemangel auf dem Gebiet der Neuropsychologie kann hoffentlich bald behoben werden.

Die Liste sog. «behördlicher Steine» während meiner beruflichen Laufbahn ist damit keineswegs abgeschlossen. Im Jahr 1987 wurde in der Schweiz der damals noch junge Beruf der Psycholog*innen vom Bundesamt für Gesundheit zum ersten Mal gesetzlich geregelt. Im Mai 1987 erhielt ich vom Kanton St. Gallen die Bewilligung, eine selbständige Praxis eröffnen zu dürfen. Wenige Wochen darauf zogen wir wegen Georgs neuer Arbeitsstelle nach Bern um. Nun musste ich erneut um eine Bewilligung ersuchen, und zwar beim Gesundheitsamt des Kantons Bern. Dieser stellt nicht so hohe Anforderungen an Praxiseröffnungen wie der Kanton St. Gallen. Trotzdem musste ich sämtliche Papiere über meine Ausbildungsabschlüsse sowie Belege über Praktika vorlegen, um die amtliche Bewilligung zu erhalten. Alle 26 Kantone hatten unterschiedliche Bestimmungen, die Papiere der betroffenen ausserkantonalen Bewerbenden wurden bei einem Praxisumzug in einen anderen Kanton Dokument für Dokument jedes Mal genau geprüft. Überflüssig wurden diese kantonalen Regelungen erst im Jahr 2005, als die Schweiz und die EU untereinander die Psychologenberufe anerkannten. Denn es konnte doch nicht sein, dass sich Psycholog*innen aus dem «EU-Ausland» im Unterschied zu Schweizer Berufskolleg*innen sich ohne weiteres irgendeinen Kanton aussuchen konnten, um dort ohne langwierigen Papierkram eine Praxis zu eröffnen. Somit wurde mein Beruf 25 Jahre nach meinem Abschluss mit Lizentiat und Doktorat an der Universität Zürich endlich landesweit, das heisst «eidgenössisch» anerkannt.
Ebenso hatte die bundesrätliche Unterschrift beim Beitritt der Schweiz zum Europarat im Jahr 1963 bewirkt, dass auch die Schweiz die Schulabschlüsse sämtlicher Mitgliedstaaten anerkannte bzw. anerkennen musste. In meinem Fall ging es im Jahr 1970 um die schweizerische Anerkennung meines Abiturs an der Europäischen Schule in Luxemburg. Bei der Universität Zürich beantragte mein Vater mit der Kopie meines Abiturzeugnisses meine Immatrikulation. Die Antwort lautete: «Sehr geehrter Herr

Dr. Mühlenbach, Ihre Tochter verfügt weder über ein eidgenössisches Abitur noch über eines des Kantons Zürich. Ein Rekurs gegen diese Absage ist nicht möglich, da die Universität Zürich in Bezug auf diese Entscheidung souverän ist. Mit freundlichen Grüssen.»

Da staunte mein Vater. Anscheinend war seine Tochter seit 1963 die erste Person mit einem Abiturabschluss eines «ausländischen» Mitgliedstaates des Europarats, die sich an der Universität Zürich immatrikulieren wollte. Beim Europarat in Strassburg besorgte mein Vater eine Kopie des Dokuments, welches belegt, dass die Schweiz mit ihrem Beitritt zum Europarat die Schulabschlüsse sämtlicher Mitgliedstaaten, insbesondere der Europäischen Schulen – damals gab es drei davon, in Varese, Brüssel und Luxemburg –, anerkennt. Zu mir sagte mein Vater: «Mach dir keine Sorgen, es wird schon gut gehen. Die Universität Zürich muss trotz ihrer Souveränität die Unterschrift des eigenen Bundesrates anerkennen.»

Nun staunte die Universität Zürich. Ohne eine Entschuldigung für ihre vorherige Absage erhielt ich ein Schreiben mit der Genehmigung, dass ich im kommenden Herbst-Wintersemester mein Studium an der 1. Philosophischen Fakultät beginnen könnte. Dieses Mal war mein Vater mein Schutzengel gewesen.

2. Dezember: Ein weiterer Erzählband erscheint

Gestern ist das schwere Bücherpaket des Literaturpodiums per Post bei mir angekommen. Der gerade erschienene Sammelerzählband mit 404 Seiten und dem Titel «Meine japanische Freundin» beinhaltet unter anderem auch meine vier Beiträge von insgesamt 186 Seiten. Dies sind die Erzählungen «Auf Goethes Spuren im Wallis», «Ein internationales Literaturfestival hautnah erlebt», «Ein Gottesdienst auf 2067 Metern Höhe und Kühe als Kurgäste» und schliesslich «Mein Tagebuch 2022: Ein Leben in wachsenden Ringen». Der Band ist im Buchhandel erhältlich, in der Schweiz auch bei mir. Ein besonderes Weihnachtsgeschenk für Lesebegeisterte!

17. Dezember: Dritter Advent und ein Rückblick

Es geht nicht nur auf Weihnachten zu, sondern zunächst mal auf die Wintersonnenwende. Heute werde ich eine Allgäuer Heilkräuterkerze anzünden, die dem Thema Jahresrad und dem 21. Dezember gewidmet ist. Sie verströmt mit ihrem Licht den Duft von Myrrhe, Fichten, Tannen, Weihrauch und Mistel. Die Natur regeneriert sich. Alles verlangsamt sich auf wohltuende Weise. Zur jetzigen Zeitenergie passt ein Jahresrückblick. Zum Beispiel in Bezug auf meine Klangmeditationen in der Leukerbadner Pfarreikirche.

Seit Dezember 2022 darf ich jeweils am zweiten Freitag im Monat von 17 bis 17.45 Uhr – Glockenschlag! – mit drei grossen Kristallklangschalen und einer Lyra aus Bergkristall eine Klangmeditation in der Seitenkapelle der Pfarreikirche anbieten. Zu den Klängen singe ich Texte aus der lateinischen Liturgie in von mir komponierten Melodien. Dieses Angebot ist eine interkulturelle und interkonfessionelle Meditation für den Frieden mit dem Titel «Dona nobis pacem». Zudem darf ich zur Mittagszeit bzw. wenn nicht gerade ein Organist oder eine Organistin an der Orgel üben, meine Klangmeditation für den Frieden den die Kirche Besuchenden oder Besichtigenden darbieten.

Bis heute habe ich zwölf Klangmeditationen durchgeführt, die im Pfarreiblatt, vom Tourismusbüro im online-Eventkalender und über von mir in Hotels und Geschäften verteilte Plakate angekündigt wurden. Es kamen jeweils zwischen 10 bis 35 Besuchende, zu 85 % Frauen im Alter von 40 bis über 85 Jahren. Die Männer wurden meistens von ihrer Partnerin begleitet. Etwa 30 % der Teilnehmenden sind Einheimische oder Patienten und Patientinnen der Leukerbadner «Rehaclinic». Die auswärtigen Gäste kommen zu 70 % aus der Schweiz, das heisst aus den Kantonen Fribourg, Bern, Luzern, Schwyz, Waadt, Wallis, Genf, Tessin und Neuenburg. Die Gäste aus dem Ausland kommen aus Deutschland, den Niederlanden, Italien, Portugal, Japan, Australien, der Slowakei, der Tschechischen Republik und der Ukraine. Die meisten Teilnehmenden beten schweigend mit. Manche scheinen es gewohnt zu sein zu meditieren und können sich besonders intensiv während 45 Minuten auf die Klänge konzentrieren. Als Darbietende kann ich wahrnehmen, wann sich mein Publikum entspannt, wer die innere Einkehr sucht und wer zu Tränen gerührt ist. Zum Abschluss bedanke ich mich bei den Anwesenden für ihr Dasein und ihr Mitbeten für den Frieden in der Welt und den Frieden im eigenen Herzen und verbinde dies mit dem Wunsch, dass sie diesen Frieden in ihren Alltag mitnehmen mögen.

Mindestens viermal pro Woche habe ich dieses Jahr während der Mittagszeit ohne publizierte Ankündigung die Klangmeditation gespielt. Kirchenbesuchende, die zum Gebet, zum Anzünden einer Kerze bei der Statue der Hl. Maria von Fatima oder zur Besichtigung vorbeikamen, entdeckten meine Darbietung also zufällig. Die meisten reagierten verwundert, neugierig oder auch freudig überrascht, setzten sich in eine Kirchenbank und lauschten meinen Klängen, manchmal sogar länger als eine halbe Stunde. Kinder waren besonders fasziniert, wurden ruhig und lauschten andächtig.

Rückmeldungen im Wortlaut:

«Meine Glückwünsche zu dem, was Sie da tun! Es ist sehr sanft und beruhigend. Sie haben uns einen schönen Moment geschenkt. Herzlichen Dank!»

«Ihre Klänge haben mein Herz geöffnet. Ich musste weinen. So etwas habe ich noch nie erlebt.»

«Es ist sehr entspannend. Ich spüre keine Schmerzen mehr.»

«Ich kenne tibetische Klangschalen, aber so etwas habe ich noch nie gehört.»

«Hat es Sie gestört, dass ich geweint habe? Es kam einfach über mich. Es war so ergreifend.»

«Wie ist es möglich, solche Klänge hervorzubringen ohne Mikrophon, Verstärker und sonstige Technik?»

«Ich habe die Zeit und alle Sorgen vergessen. Es war wie im Himmel.»

«Die Akustik ist wunderbar! Man fühlt sich ganz in die Klänge eingehüllt. Ihre Stimme wirkt sehr heilend.»

«Ich erlebe gerade eine schwere Zeit. Ihre Klänge und Ihr Gesang haben mich getröstet. Herzlichen Dank!»

Es gibt auch Rückmeldungen ohne Worte, wenn die Besuchenden mit einer Dankesgeste in meine Richtung die Kirche wieder verlassen. Einmal zur Mittagszeit war ein Passant zu Tränen gerührt, betete länger weinend für sich und legte mir vor dem Weggehen schweigend ein Fünf-Franken-Stück auf den Tisch.

Allmählich wird dieses monatliche Angebot bekannter. Es gibt Frauen, die extra deswegen nach Leukerbad kommen und Freundinnen mitnehmen. So kommen wiederholt Besucherinnen aus Crans, Fribourg und Spiez.

Mein herzlicher Dank gilt allen, die diese interkulturelle und interkonfessionelle Klangmeditation für den Frieden unterstützen, wie Herrn Pfarrer Sommerhoff und dem Tourismusbüro Leukerbad.

18.12.2023: Das kann an das Auge gehen …

… zum Glück nicht in das Auge! Es kann sein, dass dies einigen von euch auch schon passiert ist oder noch passieren wird, was ich niemandem wünsche. Deswegen schreibe ich hier darüber. Ihr erinnert euch: Ende September war ich für ein paar Tage nach Bonn gereist, um an einem Familientreffen und auch einem Klassentreffen teilzunehmen. Dies bedeutete für mich einen nahen Kontakt mit vielen Geimpften. Nach der Rückkehr in die Schweiz fühlte ich mich eine Woche lang sehr erschöpft. Etwa vier Wochen später entwickelte sich eine zunehmende

Schwellung und Entzündung auf meinem linken oberen Augenlid. Zunächst fühlte es sich so an wie sonst, wenn ich ein Lebensmittel mit genmanipuliertem Weizen gegessen habe. Wenn möglich meide ich Weizenprodukte, da ich darauf allergisch reagiere. Die Schwellung bzw. das Ödem kann so heftig sein, dass ich morgens kaum das Auge öffnen kann. Sie bildet sich etwa nach drei Tagen wieder zurück. Dieses Mal war es anders: Es bildete sich auf dem Augenlid eine rote Halbkugel, die langsam grösser und dunkelviolett wurde. Dazu kamen ein Jucken und zeitweise ein Stechen. So etwas war mir noch nie passiert. Ich vereinbarte eine Sitzung bei meiner Bioresonanztherapeutin mit dem Wunsch, Weizen auszuleiten. Doch die Werte von Weizen waren überraschenderweise sehr niedrig und konnten nicht die Ursache für diese heftige Entzündung an meinem Auge sein. Jedenfalls liess ich mir mein Immunsystem durch diese Therapie stärken und besorgte mir ein spagyrisches Mittel zur Ausleitung von Schadstoffen. Drei Tage später platzte die Halbkugel, deren Durchmesser inzwischen etwa einen Zentimeter betrug. Zunächst floss sehr dickflüssiges dunkelrotes Blut, das allmählich flüssiger und heller wurde. Ich war erleichtert «dieses Zeug» loszuwerden. Meine Bioresonanztherapeutin wusste, was es war: Spikeproteine von der C-Impfung.

Wie kommen diese aber in mein Augenlid? Auf Youtube werde ich fündig. Inzwischen wurde festgestellt, dass Geimpfte Spikeproteine ausatmen können. Etwa die Hälfte der Geimpften trägt sie immer noch in sich bzw. produziert sie selbst. Zum Beispiel auf dem Kanal von «medimicro» auf Deutsch und von anderen englischsprachigen Quellen kann man unter dem Stichwort «shedding» – was auf Deutsch so viel bedeutet wie «ausschütten» – mehr darüber erfahren. Während ich dies schreibe, ist meine Abwehr damit beschäftigt, eine weitere zum Glück kleinere Portion Spikeproteine zum Augenlid zu transportieren, um sie dort rauszuschmeissen. Dank der natürlichen Intelligenz des Immunsystems werden fremde Gene erkannt und beseitigt.

Was können nun aber Geimpfte tun, die weiterhin Spikeproteine produzieren? Die «C-Impfung» ist keine Impfung, sondern bewirkt, dass unsere Zellen den Impfstoff erst produzieren. Die Folge davon sind unter aanderem Blutgerinnsel und Entzündungen. Wie können sich Geimpfte davor schützen? Ein Mittel dagegen soll Natto sein, ein japanisches Gericht aus fermentierten Sojabohnen, das für viele unangenehm riecht und schmeckt. Dr. Bodo Schiffmann hat daraus ein Nahrungsergänzungsmittel entwickelt, welches ausser Nattokinase u.a. auch Kurkuma enthält und als Kapsel leicht einzunehmen ist.

Dieses Mittel verhindert jedoch nicht, dass die Zellen der Geimpften weiterhin Spikeproteine produzieren. Ob jemand davon betroffen ist, lässt sich unter anderem mit Hilfe der Dunkelfeldmikroskopie nachweisen. Wie lange die Zellen den Impfstoff produzieren, ist nicht bekannt. Forschende vermuten, dass dies ein paar Jahre bis lebenslänglich dauern könnte. Insofern lässt sich die «C-Impfung» als sicher und effektiv bezeichnen: Sicher ist, dass die eigenen Zellen den Impfstoff in dauerhafter wirksamer Weise herstellen. Dies kann nicht rückgängig gemacht werden, solange kein Mittel dagegen gefunden wird. Unser körpereigenes «Mittel», unsere Lymphozyten, sind im Kampf gegen eine solche Biowaffe völlig überfordert. Dies sieht man an den Statistiken der letzten drei Jahre zur weltweiten Übersterblichkeit und zum Anstieg bestimmter Erkrankungen wie zum Beispiel Herz-Kreislauferkrankungen, Krebs, Autoimmunerkrankungen und vieles mehr. Studien hierzu zitiert und erklärt auch für Laien gut verständlich der englische Arzt Dr. John Campbell auf seinem Youtube-Kanal.

Am 10. Dezember des Jahres gab die deutsche Partei «die Basis» zum Tag der Menschenrechte eine Pressekonferenz in Karlsruhe. Hier berichtete der Rechtsanwalt Ralf Ludwig, dass er in Deutschland Strafanzeige gegen die Verantwortlichen eingereicht hat mit dem Ziel bis vor den Internationalen Strafgerichtshof in Den Haag zu gehen.

21. Dezember: Wintersonnenwende. Wie die Zeiten sich ändern oder auch noch nicht

Im Jahr *2020* lautete mein Tagebucheintrag zur Zeit der Wintersonnenwende wie folgt: «Menschen, denen es möglich ist, fliehen aus London, weil sich dort eine Variante des Virus verbreitet, die anscheinend noch viel ansteckender als die bisherige sein soll. Die angrenzenden Länder auf dem europäischen Kontinent machen die Grenzen zu Grossbritannien dicht. Die Schweiz stellt ab heute Mitternacht den Flugverkehr dorthin ein. Die zuständigen offiziellen Stellen beeilen sich zu sagen, dass der gerade bewilligte Impfstoff auch gegen diese mutierte Variante wirke. Woher wissen die das?»

In den nachfolgenden Monaten stellte sich heraus, dass weder diese Variante gefährlicher war, noch dass der Impfstoff auch dagegen wirkte. Bald gab es mehr Geimpfte als Ungeimpfte in den Spitälern.

Zur Wintersonnenwende *am 21. Dezember 2021* schrieb ich: «Der Kanal des unabhängigen Journalisten Boris Reitschuster hatte zum Titel ein Zitat aus der Bundespressekonferenz: Eine Frage noch, Herr Reitschuster! Meine Frage lautet: Will ich, dass eine Regierung angeblich aus lauter

Liebe und Fürsorge zur Bevölkerung bestimmt, wie und wann ich als Bürgerin zu sterben habe? Ich antworte mit einem Zitat aus dem Song der Band «Queen»: To much love can kill you! Zuviel Liebe kann dich töten!»

Heute wissen wir, dass Herr Reitschuster von der Bundespressekonferenz ausgeschlossen wurde und seinen Wohnsitz unfreiwilliger Weise ins Ausland verlegt hat. Und wir wissen, dass viele Menschen weltweit an den Folgen der Impfung leiden oder bereits gestorben sind.

Am 24. Dezember 2022 schrieb ich, dass in Leukerbad die Gäste wegen Schneemangel ausbleiben. Obwohl am 18. Dezember die neue Seilbahn auf den Torrent eingeweiht wurde. Die Skifahrenden können nicht bis ins Dorf fahren und haben sich andere mit Schnee gesegnete Destinationen ausgesucht. Das Restaurant Weidstübli hat demzufolge nur vier Gäste, darunter Georg und mich. Die Chefin lässt laute kitschige amerikanische Weihnachtsmusik spielen, in der Hoffnung, es kämen noch mehr Gäste. – Statt weihnachtlicher Duft verbreitet sich in Waschküche und Treppenhaus unseres Hauses der Verwesungsgeruch von 30 Kilo Rind- und Schweinefleisch, welches unser deutscher Nachbar Hans in einem Kellerabteil trocknet. Dies sei eben Walliser Tradition, er mache das seit 20 Jahren und liesse sich von einem Neuankömmling wie mir schon gar nichts sagen.

Und jetzt, *2023*, ein Jahr später: Leukerbad ertrinkt in Schnee, zahlreiche Gäste, vor allem Familien, haben sich eingefunden. Hans trocknet wieder sein Fleisch im gemeinsamen Keller. Trotz der vielen mündlichen und schriftlichen Reklamationen an ihn und die Hausverwaltung in den letzten zwei Jahren. Für die nächsten Monate kann ich vergessen, meine Wäsche in der Waschküche zum Trocknen aufzuhängen. – Die Kriege in der Welt werden noch grausamer und häufiger. Hoffen wir, dass der Höhepunkt erreicht ist. Für 2024 habe ich wieder jeweils am zweiten Freitag im Monat eine Klangmeditation für den Frieden geplant. Dona nobis pacem.

Gedanken zum Jahresende 2023

Welche Höhepunkte bzw. «Highlights», auf Deutsch wortwörtlich «hohe Lichter», gab es für mich in diesem Jahr? Da fallen mir zunächst die zwei grossen Wanderungen ein: Eine auf dem Kulturweg von Leukerbad nach Salgesch, gemeinsam mit hundert Mitwandernden auf Goethes Spuren am 3. Juni. Die nächste grosse Wanderung führte mich am 23. Juli zum Gottesdienst bei der Marienkapelle auf der Flüealp in 2067

Metern Höhe. Am 16. September war ich beim Ausflug der Thermal-quellenzunft zum höchsten Weinberg Europas in Visperterminen hoch über dem Rhonetal dabei. Meine Berichte dazu befinden sich in diesem Tagebuch unter den Monaten Juni und Juli.

Es gab viele schöne, erstaunliche und unerwartete Begegnungen bei meinen Klangmeditationen in der Pfarreikirche Leukerbad. Am 8. Dezember zum Beispiel kam nach meiner Darbietung ein Besucher aus der Bretagne aufgeregt zu mir. Er zeigte mir an seinem linken Handgelenk einen Armreif aus kostbarer reiner Jade. Dieser habe zehn Minuten nach Beginn meiner Darbietung angefangen zu vibrieren. Nach weiteren fünf Minuten hätten seine beiden Hände vibriert, bis zum Schluss. Auch sein Herz hätte vibriert. So etwas habe er noch nie erlebt. Mit grossen wunderbaren blauen Augen schaut er mich an und bedankt sich bei mir. – Ich erkläre mir dieses Phänomen mit Resonanz: Die Klänge meiner Kristall-Instrumente und mein Obertongesang bringen andere Kristalle und die Herzen der Zuhörenden in Schwingung, die mit der Zeit kohärent werden, das heisst gleichförmig schwingen und sich gegenseitig verstärken. So können wir gemeinsam ein Feld des Friedens schaffen, das seine Kreise in die Welt ausdehnt.

Für mich sehr aussergewöhnlich und unerwartet war die Begegnung mit der unerlösten Seele Adolf Hitlers am 22. September in der Suite des Rheinhotels Dreesen in Bonn-Mehlem. Die ausführliche Beschreibung befindet sich hier im Erzählband unter dem Titel «Eine Meditation für Deutschland und Europa». Ich hatte zwar mit Absicht diesen Ort, der oft von A.H. besucht wurde, gewählt, um eine Landschaftsheilung durchzuführen. Inspiriert hatte mich dazu der Bauer Hubert Möhrle aus der Nähe von Überlingen, der in Deutschland und Österreich gemeinsam mit anderen Mitwirkenden verschiedene Orte besucht, die von den Nazis energetisch missbraucht worden waren, und heilende Rituale mit Hilfe der Christuskraft und der Energie der Liebe ausführt. Während meiner Meditation im Hotel Dreesen erschien mir die umher irrende Seele Adolf Hitlers und bat mich in der für dessen bekannten kaltschnäuzigen Art um Hilfe. Schliesslich führten ihn die Engel ins Licht und ich sah, wie sich die dunkelbraune Glasglocke über Deutschland aufzulösen begann. So konnte ich einen wichtigen Impuls setzen. Viele Menschen wirken mit positiven Gedanken, Gebeten und Meditationen in das Energiefeld Deutschlands hinein, damit das Land seine geistige Aufgabe wieder zum Wohle aller wahrnehmen kann. In der Völkergemeinschaft hat jedes Land eine bestimmte Aufgabe, die es jedoch nur wahrnehmen kann, wenn seine Traumata gelöst sind.

Eine sehr zutreffende Analyse zur Situation in Deutschland gibt es von Raik Grave, der von Felix von Frieden auf dessen Youtube-Kanal interviewt wird.

Heute, am 23.12.2023 denke ich bei meiner Klangmeditation in der Leukerbadner Kirche an die Karlsuniversität Prag, deren Räumlichkeiten ich auch von innen kenne. Gestern hat in Prag ein 24-jähriger Philosophiestudent zuerst seinen Vater, danach bei seinem Amoklauf in der Universität 14 Studierende und Lehrende erschossen. Zum Schluss sich selbst. Das ganze Land steht unter Schock. So etwas ist hier noch nie passiert. Mögen meine Klänge und Gesänge zu Trost und Frieden beitragen. In der dunkelsten Nacht wird das Licht geboren. Jeder und jede kann auf seine und auf ihre Weise dazu beitragen.

Literaturhinweise:
Masaru Emoto: Die Botschaft des Wassers. Koha Verlag 2010
Ernst Joachim Behrendt: Nada Brahma. Die Welt ist Klang. Rowohlt 1985
Hans Cousto: Die Kosmische Oktave. Der Weg zum universellen Einklang. Synthesis 1984
Gunnar Kaiser: Der Kult. Rubikon 2022
Petra M. Dobrovolny-Mühlenbach, H. Tews, J.-K. Raab u.v.a.: Reiseträume erfüllen sich. Dorante Edition, hrsg. vom literaturpodium.de 2019

Petra M. Dobrovolny-Mühlenbach

Leukerbadner Rosinen – Begegnungen im Alltag – Aus meinem Tagebuch 2024

Januar

Das neue Jahr begann für mich mit einer Grippe. Fünf Tage lang lag ich flach, meine Stimme hatte Mühe sich zu erholen. Im Zug von Visp nach Bern hatte ich in der Nähe einer asiatischen Reisegruppe gesessen. Ein Tourist war erkältet und hustete fast ununterbrochen. Er trug keine Maske, obwohl dies bei asiatischen Touristen oft der Fall ist. Wahrscheinlich habe ich auf dieser Reise einen mir fremden Virus erwischt, der nun mein Immunsystem trainiert. Mein lieber Partner Georg hatte daraufhin die Idee, mir ein paar Hygienemasken zu besorgen, die ich hustenden Reisenden bei Bedarf anbieten könnte.

Auch dieses Jahr darf ich wieder jeweils am 2. Freitag im Monat in der Seitenkapelle der Leukerbadner Pfarrkirche eine Klangmeditation mit meinen drei grossen Kristallklangschalen, meiner Kristall-Lyra und meiner hoffentlich nicht heiseren Stimme geben. Am 12. Januar war es wieder so weit. Georg meinte, ich solle mir ein instrumentales Alternativprogramm ausdenken. Also dachte ich, meine Traumharfe könnte meine Stimme vielleicht vertreten. Am Tag vor der Meditation nehme ich sie mit in die Kirche, um die Saiten dort zu stimmen. Saiteninstrumente sollten wegen der Raumtemperatur und der Luftfeuchtigkeit in derselben Umgebung gestimmt werden, in der sie anschliessend gespielt werden. Kaum bin ich bei der fünften Saite von 22, ertönt der Staubsauger der Frau, die die Kirche putzt. Von ihrem Reinigungsprogramm lässt sie sich nicht abbringen, auch wenn sie Maria heisst, denn sie müsse heute noch viele Ferienwohnungen putzen, Leukerbad habe jetzt Hochsaison. Am nächsten Tag versuche ich mein Glück aufs Neue. Während ich die elfte Saite von 22 stimme, betritt eine Grossmutter mit ihren zwei Enkeln die Kirche. Diese stürmen nach vorne zum Altar, neben dem die Krippe aufgebaut ist, mit lautem Getrampel wieder zurück zur Oma, um dann mit lautem Geschwätz neben mir in der Seitenkapelle bei der Statue der Maria von Fatima eine Kerze anzuzünden. Auch heute kann ich meine Harfe wieder unverrichteter Dinge einpacken. Schliesslich zünde auch ich eine Kerze an und bitte die Muttergottes um die Klärung meiner

Stimmbänder für meine Aufführung ab 17 Uhr. Georg versorgt mich liebevoll mit Kamillentee und bezieht seine Position als Türwächter, um die renovationsbedürftige Kirchentüre für das hereinströmende Publikum für die Ankommenden ohne Lärm zu öffnen und zu schliessen. Nach dem fünften Glockenschlag beginne ich, und zu meinem Erstaunen trägt meine Stimme. Maria von Fatima zwinkert mir zu, das Publikum lässt sich in meine Klänge einhüllen und folgt im Stillen meinen Gebeten für den Frieden.

Der *Februar* bricht alle bisherigen Rekorde. Seit den Aufzeichnungen des Jahres 1864 steht er an erster Stelle der Wärmerangliste mit 4,3 °C. Die Schmetterlinge erwachen bereits aus dem Winterschlaf.

Dieses Jahr fällt meine Februar-Klangmeditation auf den 9. Februar, den Beginn der Fasnacht. Auf dem Weg zur Kirche treffen Georg und ich eine Gruppe bunt kostümierte „Guggenmusiker*innen" mit Pauken, Trompeten, Saxofonen und weiteren nicht gerade leisen Instrumenten. Die Wintergeister werden mit Lärm und schrägen Melodien verscheucht. Georg sagt den Guggern, dass ab 17 Uhr in der Kirche eine Klangmeditation stattfände. Ja, zu der Zeit würden sie unten beim Rathaus spielen, das sei kein Problem. Pfarrer Frank Sommerhoff, der für mich die passende Beleuchtung einschaltet, meint, dass ich mir ein schlechtes Datum ausgesucht habe. Er selbst hätte in der Karnevalszeit mal eine Messe wegen des Lärms absagen müssen. Vor Beginn meiner Darbietung bitte ich die Engel, für eine störungsfreie dreiviertel Stunde zu sorgen. Im Publikum befinden sich heute besonders viele, die es gewohnt sind zu meditieren und sich über eine längere Zeit zu konzentrieren. Sehr schnell bildet sich eine dichte Energiewolke, ein unsichtbares, aber fast greifbares Gewebe aus Gebeten, Klängen, Obertönen und Stille jenseits von Raum und Zeit. Vier Minuten vor Schluss mit „Pax domini sit semper vobiscum", „Der Friede des Herrn möge immer bei euch sein", und „Andate in pacem", dringt allmählich laut werdende Guggemusik von der Gasse zu uns in die Kirche. Meine himmlischen Klänge werden irdisch untermalt, bald übertönt. Ich warte ab, bis der rhythmische Evergreen aus den 60er Jahren verklingt, füge ein „Andate in pacem", „gehet hin in Frieden", hinzu und runde alles ab mit einem „Amen" pünktlich zum Schlag der Kirchenglocken. Mein Publikum ist keineswegs irritiert, sondern amüsiert und dankbar für diese besondere Erfahrung von Gegensätzen.

Mitte Februar erfüllt sich mir ein schon lang gehegter Wunsch: Mit einer Freundin unternehme ich einen Ausflug zum Nachbardorf Albinen. Die

Gemeinde hatte sich im Jahre 1226 vom damaligen Bischof losgekauft und ist seither selbständig. Der Name Albinen stammt vom Wort „Arbignon" und bedeutet „bewaldetes Gebiet". Das Dorf mit heute 248 Einwohner*innen liegt südöstlich von Leukerbad am Eingang des Dalatals auf 1300 Meter über dem Meeresspiegel mit einem wunderbaren Blick ins Rhonetal, auf das Naturgebiet des Pfynwalds und die südliche Alpenkette mit ihren Drei- und Viertausendern. Das berühmte Matterhorn schaut um die östliche Ecke. Wegen der länger dauernden Abendsonne als in Leukerbad und der einheitlicheren Architektur mit vielen gut erhaltenen alten Häusern aus Holz und Stein ist Albinen ein beliebter Wohn- und Ferienort. Erst seit 1978 gibt es eine direkte Strassenverbindung nach Leukerbad mit einem Tunnel, den auch Wandernde benützen dürfen. Vorher führte der einzige Weg über acht an steilen Felswänden befestigte zehn Meter lange Holzleitern. Für Schwindelfreie ist eine solche Wanderung heute immer noch möglich.

Der Bus bringt uns bis zum Friedhof von Albinen. Die schlichten Holzkreuze sind nach Westen ausgerichtet. Den Verstorbenen bietet sich ein weiter Horizont mit Blick auf die Walliser Viertausender und ins Rhonetal. Bei unserem Spaziergang durch die engen, mit Steinen bepflasterten steilen Gassen, ist die alte Zeit des Wallis in seiner Ursprünglichkeit spürbar. Das Wallis wird auch „le vieux pays", das „alte Land" genannt. Wir fühlen uns in eine mehrere hundert Jahre alte Vergangenheit versetzt. Ich spüre die Anwesenheit von Naturwesen, von alten Geistern, die die Häuser hüten und von den Ahnen, die in ihrem Leben hier wohnten und heute aus dem Jenseits öfters zu Besuch kommen.

Ab und zu unterbricht das Bohren eines Handwerkers die Stille. Ein altes Haus wird mit viel Fachwissen um die Erhaltung des Alten renoviert. Inmitten der alten Häuser steht eine ovale moderne Kirche aus dem Jahr 1959. Nach einem Erdbeben musste die ursprüngliche Kirche von 1739 ersetzt werden. Sie ist dem Schweizer Nationalheiligen Bruder Klaus geweiht. Er wird als Friedensstifter verehrt und hatte eindrückliche Visionen. Darüber werde ich später noch etwas schreiben. – Die Dorfbeiz „Sunnublick" hat geöffnet. Der Wirt empfängt uns freundlich, zwei Männer sitzen, von einem Hund begleitet, am runden Stammtisch und geniessen schweigend ihr Feierabendbier. Ich frage, ob jetzt viele Feriengäste hier seien und wie weit die nächste Bushaltestelle in Richtung Tal entfernt sei. Ein Gast meint, dass Albinen diese Woche gut besucht sei, die Skipisten bieten noch gute Bedingungen. Das bliebe so bis Ostern. Und bis zur Haltestelle „Tschingeren" dauere es etwa eine knappe

Stunde auf dem Wanderweg nach unten. Das sei für uns kein Problem, denn wir seien ja gut zu Fuss. So werden wir fachmännisch eingeschätzt. Also machen wir uns auf den Weg, der Hochnebel gibt die Sonne etwas frei. Es ist ausnahmsweise windstill und nicht kalt. Nachmittags weht sonst oft ein kalter Nordwind von der Gemmi her. Der schmale steile Wanderweg führt uns in engen Kurven zum Dorf Tschingeren mit einer von einem traditionellen Schieferdach bedeckten Kapelle. Den ganzen Altar nimmt eine grosse Statue der Muttergottes mit ihrem verstorbenen Sohn ein. Diese „Pietà" scheint wundertätig zu sein. In einer Ecke der Kapelle hängen an der Decke aus Holz gefertigte Hände und Füsse als Votivgabe, als Dank der Betroffenen für die Heilung. Bald finden wir die Haltestelle und müssen nur zehn Minuten auf den Bus warten.

Leukerbad kommt mir nach diesem Ausflug eher städtisch vor. Mit seinen gemischten Baustilen verschiedener Jahrzehnte und Jahrhunderte wirkt das Dorfbild nicht gerade harmonisch. Dafür lassen mich die steilen Berge, die Leukerbad wie in eine riesige Klangschale einbetten, immer wieder staunen. Aus praktischen Gründen schätze ich hier die Einkaufsmöglichkeiten, die Nähe der Thermalbäder und die gute Erschliessung durch den öffentlichen Verkehr. Doch kann ich gut diejenigen verstehen, die Albinen den Vorzug geben. Übrigens haben die Albiner*innen vor ein paar Wochen dagegen gestimmt, dass am Berghang über ihrem Dorf eine grosse Solaranlage gebaut wird. Die Landschaft soll in ihrer Ursprünglichkeit und Schönheit bewahrt werden. Für mehr Informationen: www.albinen.ch

8. März: Meine Begegnungen mit Bruder Klaus

Am Freitag, den 8. März, biete ich wieder eine Klangmeditation in der Pfarrkirche von Leukerbad an. Fünf Minuten vor Beginn strömen noch zusätzlich zu den bereits 15 Wartenden weitere 10 Gäste eilig herein. Georg hält ihnen die Türe auf, gibt ihnen Sitzkissen und weist Plätze an. Dieses Mal befindet sich etwa ein Drittel Männer unter dem Publikum, so viele wie noch nie. Alle in Begleitung ihrer Partnerinnen. Die Kirchenglocken schlagen fünf Mal, also 17 Uhr, und ich beginne wie immer mit „in nomine patris et filii et spiritus sancti", um sodann alle willkommen zu heissen mit „benedictus, benedicta, qui venit in nomine domini". Bald schliessen die meisten der mir Zuhörenden die Augen, lassen sich von den sanften Klängen und Obertönen einhüllen und durchschwingen, manche beten still vor sich hin. Dieses Mal versucht zum Glück niemand, mich zu filmen. Ich sehe eine goldene Lichtsäule, die aus dem Inneren der Erde kommend, sich durch meine Füsse bis über meinen

Kopf spiralig nach oben dreht bis über das Dach der Kirche hinaus in den Abendhimmel. Die starke Konzentration des Publikums hilft mir, diese Lichtsäule die ganze Zeit mit meinen Klängen zu nähren und die entstehende Energie des Friedens zunächst im Kirchenraum zu verdichten, um sie sodann in die Welt zu senden. Nach einer Dreiviertelstunde schliesse ich ab mit „pax domini sit semper vobiscum" und „andate in pacem". Die Glocken schlagen viertel vor sechs. Ich danke den Anwesenden dafür, dass sie gekommen sind, um für den Frieden in der Welt und im Herzen zu beten. Georg sammelt die Gaben für die Kollekte ein. Etwa fünf Anwesende kommen die Altarstufen zu mir nach oben, um meine Instrumente aus der Nähe zu betrachten. Ein Mann steckt seine grosse Nase in meine Klangschalen und sagt verwundert: „Die sind ja leer!" Auch seine Frau will das Geheimnis meiner Klänge erforschen und berührt eine Schale. Ich bitte sie, es sein zu lassen und frage das Paar, woher sie kämen. „Aus der Innerschweiz, vom Kanton Obwalden", sagt die Frau.

„Oh, so wie Niklaus von Flüe", antworte ich.

„Ja, wir heissen auch von Flüe". Jetzt bin ich diejenige, die staunt. Ob ich diese Meditation auch an anderen Orten gäbe, möchten sie wissen. Als ich verneine, bitten sie mich um meine Visitenkarte und meinen, sie würden gerne wiederkommen.

Niklaus von Flüe lebte von 1417 bis 1487. Er war ein einfacher Bergbauer, der weder lesen noch schreiben konnte. Er war hellsichtig und hatte Visionen. Im Alter von 50 Jahren verliess er mit dem Einverständnis seiner Frau seine Familie mit zehn Kindern. Die zwei ältesten inzwischen erwachsenen Söhne übernahmen den Bauernhof. Bruder Klaus verbrachte den Rest seines Lebens ohne Essen und Trinken in einer Einsiedelei in der bewaldeten Ranft-Schlucht in der Nähe seines Familienhauses, um als Eremit zu beten und zu meditieren. Manchmal kamen Ratsuchende zu ihm, man erzählte von Wunderheilungen und anderen Wundern. Im Jahre 1481 bewahrte er durch seine Ratschläge die Schweizer Eidgenossenschaft vor einer Spaltung und einem Bruderkrieg. Auch nach seinem Tod wandten sich viele Gläubige in ihrem Gebet an Bruder Klaus und berichteten, dass ihre Bitten erhört wurden. Auch während der beiden Weltkriege sollen ihn viele Menschen um Schutz und Beistand gebeten haben. 1947 wurde er heiliggesprochen und offiziell zum Schweizer Nationalheiligen mit weltweiter Ausstrahlung.

Nun bin ich Bruder Klaus innerhalb kurzer Zeit viermal begegnet: In der Kirche von Albinen, die ihm geweiht ist, durch die neue Sakristanin von Leukerbad, Schwester Antoinette, die aus Sachseln, dem Herkunfts-

286

ort von Bruder Klaus, stammt, in meiner Lektüre vom 5. Kapitel des Buches „Und plötzlich grosse Klarheit – Positive Prophezeiungen für die heutige Wendezeit" von Armin Risi und dem Ehepaar aus Obwalden, das dem Namen nach sogar mit ihm verwandt ist. Im Jahre 2017 erschien zum seinem 600. Geburtstag ein Buch mit dem Titel „Niklaus von Flüe – Engel des Friedens auf Erden".

Meine Klangmeditationen verstehe ich als Gebet für den Frieden. Diese Begegnungen mit Bruder Klaus sind für mich ein Zeichen dafür, dass ich ihn dabei um Kraft und Inspiration bitten darf.

08. *April,* Montag: Sonnenfinsternis

Nach der Lehre der Navajo, einem Stamm der amerikanischen Eingeborenen (native Americans) stirbt heute die Sonne und wird danach wiedergeboren. Dies ist eine Gelegenheit über das eigene Leben nachzudenken: Welchen Sinn hat mein Leben? Welche Lebensaufgabe habe ich? Wie wirke ich in die Welt? Die Aufforderung der Navajo lautet: Bleibt im Vertrauen, Glauben und in Frieden und seid glücklich!

In diesem Sinne wünsche ich Euch einen meditativen glücklichen Tag.

08. *Mai,* ein Tag vor Christi Himmelfahrt

Endlich zeigt sich auch in Leukerbad wieder die Sonne. Die totale Finsternis vom 8. April hatte den Frühling ausgebremst. Im Rhonetal mussten die bereits blühenden Aprikosenbäume und Reben in den Frostnächten durch grosse mit Gas betriebene Kerzen gewärmt werden. Die Bienen blieben in ihren Stöcken, um ihre Brut vor der Kälte zu beschützen. Durch unermüdliche Flügelschläge schaffen sie es bis auf 35°C. Die bereits aus dem Süden zurückgekehrten Schwalben und Mauersegler fragen sich, ob sie nicht einen zu frühen Flug gebucht hätten.

Die orthodoxen Ostern fanden dieses Jahr erst vor ein paar Tagen statt. Anfang Mai ist zwar das späteste Datum dafür, aber zur Wetterlage passender als der gregorianische Kalender, demgemäss Ostersonntag bereits am 31. März stattgefunden hatte.

„Unsere" ukrainische Familie, Veronika, eine 35-jährige Frau mit drei Kindern im Alter von 13, 10 und 2 Jahren, ist zu unserer Erleichterung wieder gut aus ihren „Ferien" in der Ukraine nach Bern zurückgekehrt. Sie konnten den Vater, der als Armeeangehöriger nicht ausreisen darf, in Odessa treffen. Nur einmal hätten sie einen Flugalarm erlebt. Es sei aber noch nicht möglich in ihre Heimat zurückzukehren. Die Schulen seien immer noch geschlossen, der Unterricht erfolge über Internet, oft gäbe es Unterbrüche in der Stromversorgung. Die Grosseltern leben in Mariupol im Osten der Ukraine. Wegen der russischen Besatzung können sie weder reisen noch Familienbesuch empfangen. Die Grossmutter konnte kurz nach der dem russischen Angriff im Frühjahr 2022 mit ihren zwei Töchtern und deren fünf Kindern in die Schweiz fliehen. Alle durften wir kennenlernen und fanden es sehr mutig, als im Sommer 2023 die jüngere Tochter mit ihren zwei Kindern und die Grossmutter wieder in die Ukraine zurückkehrten. Wir hoffen sehr, dass dieser irrsinnige Krieg so schnell wie möglich ein Ende findet. Sobald in zwei Monaten die Schweizer Sommerschulferien beginnen, möchten Veronika und die Kinder wieder zum Vater reisen, trotz der gefährlichen Umstände und obwohl die beschwerliche Reise mit Zug und Bus durch Österreich, Tschechien, die Slowakei und Moldawien 36 Stunden lang dauert.

Am 28. April entschied sich mein dritter Grossneffe dafür, eine Woche früher als erwartet das Licht der Welt in Wien zu erblicken. Er heisst Samuel, wie der Prophet, dessen Buch im Alten Testament die Geschichte von David und Goliath erzählt. Der kleine mit seinen 3,7 Kilo gewichtige Kerl begeistert bereits die ganze Familie. Der Frieden, den er ausstrahlt, scheint nicht von dieser Welt zu sein. Ich habe ihm mein 56. Album mit Wiegenliedern gewidmet. Auf meinem Youtube-Kanal könnt ihr eine Kostprobe anhören.

Ein Katzensegen! Im Dezember war unseren Nachbarn eine Katze zugelaufen, kurz nachdem die eigene gestorben war. Zunächst fütterten sie diese, ohne sie ins Haus zu lassen. Doch die Katze beharrte auf das von ihr gewählte neue Zuhause. Schliesslich brachten sie das Tier zum Arzt, der meinte, es sei noch sehr jung. Er impfte es gegen Tollwut und gab den neuen Besitzern für alle Fälle Anti-Babypillen mit. Ende April war es trotzdem so weit: Unsere Nachbarn wurden „Eltern" von fünf sehr hübschen Kätzchen. Im Dezember hatte sich die Katzenmutter ihr neues Zuhause in sehr weiser Voraussicht ausgesucht.

Eine Reiseorganisation wirbt für ein *„Retreat"* in den Bergen auf 1777 Metern Höhe: Dieses sei mehr als ein gewöhnliches Entspannungswochenende für Räucherstäbchen-Romantiker. „Jeder Augenblick dieser energiegeladenen Tage markiert den Beginn deiner Reise zu einem erfüllten Leben. Verlasse das Tal der Gewohnheit und besteige die Gipfel des Lebens. Erlebe, wie du souverän den Kurs deines Lebens bestimmst und den Kompass neu ausrichtest. Freue dich auf eine Reise voller tiefer Einsichten!"

Jeder oder jede, die oder der so etwas liest, meldet sich bestimmt sofort an. Eile ist geboten, denn die Platzzahl ist beschränkt. Ich bin wieder einmal dafür dankbar, dass ich mir zu jeder Zeit meine Dachterrasse zu einem „Retreat" und einem Zwiegespräch mit den Bergriesen zur Verfügung steht.

Das Danken überwiegt! In der Leukerbadner Kirche liegt ein Bitt- und Dank-Buch aus, in welches alle Vorbeikommenden in eigener Sprache etwas eintragen können. Viele bitten um Gesundheit und Schutz für sich selbst, die Familie oder für Bekannte. Jugendliche bitten um den göttlichen Beistand bei einer Schulprüfung. Manche bitten um Trost, wenn ein geliebtes Familienmitglied gestorben ist. Viel häufiger wird gedankt, etwa für das bisherige Glück im Leben, für die Liebe des Partners, für die Fürsorge der Eltern oder Grosseltern. Heute lese ich den Eintrag eines anonymen Schreibers: „Lieber Gott! Danke für diesen heiligen und heilenden Ort in den Bergen! Danke dafür, dass ich auf eine so einzigartige Weise mein Leben auf einem neuen Weg fortsetzen darf, der mir ermöglicht mehr ich selbst zu werden. Möge ich Licht und Stärke in diese Welt bringen!"

30. Mai: Filmen in der Kirche?
Heute ist Fronleichnam und in den katholischen Kantonen der Schweiz ein Feiertag mit Messen und Prozessionen. Auch in Leukerbad. Stolze Fahnenträger, die Musikgesellschaft Gemmi mit Paukenschlägen und beschwingter Blasmusik, Blumenkinder, Kommunionskinder, der Kirchenchor, Mitbetende, … alle begleiten den Pfarrer, der das Allerheiligste, das heisst die Monstranz mit der Hostie, unter einem goldenen Baldachin durch das Dorf trägt. Es werden gesegnete Brötchen verteilt, nach dem Schiessen der Schützen – zum Glück schiessen sie mit ihren Gewehren nur in die Luft – sind alle zu einem Glas Walliser Weisswein eingeladen. So wird das Leben gefeiert, in Gedenken daran, dass Christus den Tod überwunden hat. Die Freude darüber soll heute nicht nur in den vier Wänden der Kirche bleiben, sondern in Form einer Prozession in die Welt hinausgetragen werden. Eine feierliche Stimmung mit viel Dankbarkeit verbreitet sich in den mit Fahnen und Blumen geschmückten Gassen.
In der Kirche brennen bei der heiligen Maria von Fatima wie immer gespendete Kerzen. Nur wenige Touristen sind unterwegs, denn das Wetter ist kühl und regnerisch. Kaum habe ich am frühen Nachmittag meine Klangmeditation, die heute nicht im offiziellen Rahmen stattfindet, be-

gonnen, betreten ein Mann und zwei Frauen im Alter von etwa 80 Jahren die Kirche, lauschen und entdecken meine Klänge und lateinischen Gesänge. Ich bin gerade bei „dona nobis pacem". Der Mann geht die Treppe zur Empore hinauf, um eine bessere Sicht auf mich und meine Klangschalen zu haben, zückt sein Smartphone und beginnt mich ungefragt zu filmen. Seine Bekannte ahmt es ihm in kurzer Zeit nach. Ich empfinde es als sehr unangenehm, sogar von zwei Kameras von oben her gefilmt zu werden. Dies ist mir noch nie passiert. So schnell wie möglich beende ich das „Gloria" und lege eine Trinkpause ein, in der Hoffnung, dass die Filmerei gestoppt wird und die Besucher verschwinden. Doch alle drei bleiben auf der Empore, spielen sich gegenseitig auf dem Handy vor, was sie gerade aufgenommen haben, und unterhalten sich laut. Eine ungestörte Fortsetzung meiner Meditation ist gar nicht möglich. Kurzerhand gehe ich die Treppen hinauf und frage die Leute, woher sie kommen. Aus dem etwa 60 Kilometer entfernten Sion, lautet die Antwort, gefolgt von Komplimenten über meine Darbietung. Eine Dame scheint zu spüren, dass ich nicht sehr begeistert bin und fragt, ob es denn erlaubt gewesen sei, mich zu filmen. „Eigentlich nicht", antworte ich, „zumindest hätten Sie mich vorher fragen können."
Der Mann meint rechthaberisch, dass Musik geteilt werden müsse, das sei doch für private Zwecke sowieso erlaubt. Ich wende ein, dass wir uns hier in einer Kirche, also einem geweihten Ort befinden und Filmen nicht erlaubt sei. Es gäbe auf meinem Youtube-Kanal Ausschnitte meiner Klangmeditationen, falls es sie interessiere, könnten sie meine Visitenkarte mitnehmen und auch ein kleines Plakat mit den Daten meiner diesjährigen monatlichen Darbietungen. Die andere Frau begreift sofort. Und die Bekannte, die mich auch gefilmt hatte, meint, dass sie das Video löschen werde. Sie hätte es ihrem Sohn schicken wollen, um mit ihm ihre „Entdeckung des Tages" zu teilen. Ich entgegne ihr, dass sie es nicht löschen müsste, es mir aber schicken könne. Ein paar Stunden später tut sie dies tatsächlich auch. Während meines Gesprächs mit den beiden Frauen wendet sich der Mann ärgerlich ab, geht die Treppe hinunter und geht fotografierend und filmend durch die ganze Kirche. Ich lade die Frauen ein, sich unten hinzusetzen und zu meinen weiteren Klängen im Stillen zu beten. Dies könnten sie für ein paar Minuten tun, meinen sie, denn sie würden den Anruf einer Freundin erwarten, die hier in der Reha-Klinik sei. Der Mann hat inzwischen ohne Abschiedsgruss an mich die Kirche bereits verlassen. Niemand von den dreien hat eine Kerze noch etwas für die Renovation der Kirche gespendet.

Kaum habe ich meine Meditation fortgesetzt, betreten Eltern mit zwei Kindern und deren Grossmutter die Kirche. Sie freuen sich, als sie meine Klänge hören, setzen sich leise in eine Bank und hören mir andächtig zehn Minuten lang zu. Danach zündet die Mutter fünf Kerzen bei der Marienstatue an, bedankt sich bei mir und alle verlassen leise die Kirche. So etwas ist also auch möglich.

Ein seltsamer Notartermin
Für den *13. Juni* ist um 13.30 Uhr der Notartermin für die kleine Wohnung mit 1,5 Zimmern, die ich kaufen möchte, festgesetzt. Ich habe mir alles in Gedanken schon ausgemalt: Die meisten Möbel werde ich vom Brockenhaus abholen lassen. Danach werde ich den alten Teppichboden durch Laminat ersetzen und die Wände streichen lassen. Die Küchenschränke müssen auch erneuert werden. Meine Musikinstrumente wie Klangschalen, Monochords, Gongs, Trommeln, auch die Traumharfe haben in meinem Plan bereits ihren Platz gefunden. Meine Lampe mit den kosmischen Farben werde ich auf den Tisch vor das Fenster stellen. Passende Vorhänge habe ich noch vorrätig. Die Wohnung möchte ich für meine Meditationen und Kreationen benutzen und dort auch mal jemanden zu einer Therapiesitzung empfangen.
Eine Nebenbemerkung zum besseren Verständnis für die Lesenden: In Leukerbad ist es üblich, dass Mobiliar und Inventar beim Wohnungskauf vom Käufer übernommen werden.
Nach vielen Regentagen scheint heute wieder die Sonne. Ich freue mich darauf, den Notar und die Eigentümer der Wohnung, ein älteres Ehepaar, kennenzulernen. Auf dem Weg zum Büro der Immobilienmaklerin Frau B. an der Dorfstrasse, wo das Treffen stattfinden soll, schaue ich noch in die Kirche und bitte darum, dass alles nach göttlichem Plan verlaufen möge. Baulärm empfängt mich. Die Dorfstrasse ist aufgerissen, neue Rohre werden gelegt. Leukerbad setzt endlich ein schon lang geplantes Fernwärmenetz in die Tat um. Anstatt mit Heizöl sollen die Häuser mit dem Abwasser der Thermalbäder beheizt werden. Es wird gebaggert und gebohrt. Die Baustellen geben die Sicht frei auf ein Labyrinth mit neuen und alten Leitungen. Die Anwohnende balancieren über provisorische Stege aus Holzbrettern zu ihren Hauseingängen.
Die Verkäufer der Wohnung sind bereits vor mir im Sekretariat des Immobilienbüros eingetroffen. Herr G. streckt mir seine schlaffe Hand zur Begrüssung entgegen. Er scheint verwirrt zu sein, stellt sich weder vor noch spricht er mich mit meinem Namen an, sondern teilt mir mit: „Meiner Frau ist gerade schlecht geworden, sie musste sich übergeben. Das Mittagessen im Restaurant war zu salzig."

Auf dem Sofa des Empfangsraums sitzt eine stöhnende Frau, die sich einen grossen Schal über den Kopf gezogen hat, sodass ich ihr Gesicht nicht sehen kann. Es ist mir nicht möglich, sie zu begrüssen und kennenzulernen. Die Maklerin bittet den Notar, mich und meinen Partner Georg in den ersten Stock zu gehen und im Sitzungszimmer Platz zu nehmen. Herr und Frau G. würden in Kürze nachkommen. Wir nutzen die Zeit, um den sympathischen jungen Notar kennenzulernen. Nach einer Viertelstunde teilt uns die Maklerin mit, dass sie mit Einverständnis von Frau G. sicherheitshalber den Rettungsdienst bestellt habe. Der Notar schlägt vor, dass er jetzt dem inzwischen ebenfalls anwesenden Herrn G. und mir den Kaufvertrag vorlesen werde. Nach unserer Unterschrift könnte die unpässlich gewordene Frau G., die immer noch im Parterre halb auf dem Sofa liegt, ihrem Mann die Vollmacht für ihre Unterschrift geben, wodurch der Kaufvertrag gültig wird.

Der Baulärm auf der Dorfstrasse hält sich in Grenzen. Unter solchen Umständen habe ich noch nie einen Vertrag unterschrieben. Unterdessen trifft der Rettungsdienst mit einer fahrbaren Bahre ein, die er geschickt über die Stege der Baustelle balanciert. Der Notar begibt sich mit Herrn G. nach unten, um die Vollmacht auszudrucken, die Frau G. unterschreiben soll und auch möchte. Nach weiteren zehn Minuten kommen der Notar und die Maklerin nach oben und teilen uns mit, dass die Notfallärztin Frau G. als unzurechnungsfähig diagnostiziert hätte. Sie durfte die Vollmacht für ihren Ehepartner nicht unterschreiben.

Inzwischen wird Frau G. bereits auf der fahrbaren Bahre über die Gräben der Baustelle hinweg abtransportiert. Ihr verwirrter Mann begleitet sie ins Spital nach Visp. Er hat sich nicht einmal von uns verabschiedet. Der Notar erklärt uns, dass der Kaufvertrag nicht zustande gekommen sei. Er werde ihn neu aufsetzen. Die Verkäufer Herr und Frau G. könnten sich dann zu einem neuen Termin per Vollmacht von der Immobilienmaklerin vertreten lassen. Um mich zu trösten, fügt der Notar hinzu: „Das kann alles innerhalb einer Woche erledigt werden." Und er meint kopfschüttelnd, er habe noch nie erlebt, dass während eines Notartermins mit ihm die Ambulanz kommen musste.

Auch ich habe so etwas noch nie erlebt. Allerdings erinnere ich mich an einen Vorfall aus dem Jahr 1991: Mein Bruder und ich hatten in Deutschland die Wohnung unserer verstorbenen Eltern verkaufen wollen und warteten mit der Maklerin beim Notar auf die Käufer. Diese erschienen jedoch nicht. Weder hatten sie den Termin vorher abgesagt, noch sich nachträglich entschuldigt. Wir mussten neue Käufer suchen. Bei Notarterminen treffen die Lebenswege verschiedener Menschen, die sich vorher nicht gekannt hatten, aufeinander. Ich bin der Meinung, dass ein Liegenschaftskauf bzw. -verkauf positiv verlaufen muss. Die Umstände rund um einem solchen Vertragsabschluss bestimmen das spätere Wohngefühl.

Der heutige Vorfall geschah völlig überraschend. Wie ein Blitz aus heiterem Himmel. Eine höhere Macht hatte eingegriffen. Frau G. hatte die Absicht zu unterschreiben, die Notfallärztin hat es verhindert. Darüber könnte ich mich aufregen oder mich über Frau G. oder die Ärztin ärgern und ihnen in Gedanken Vorwürfe machen. Doch stattdessen bin ich erleichtert und lasse los. Unter solchen Umständen wäre ich mit der Wohnung nicht glücklich geworden. Mein Georg tröstet mich: Es wird bestimmt bald eine neue und bessere Gelegenheit geben. Noch am Abend schreibe ich an den Notar, die Maklerin und die Verkäufer: „Unter diesen Umständen verzichten wir auf den Kauf der Wohnung."

3. Juli: Die Folgen der Unwetter

Am vergangenen Wochenende haben Unwetter in der Schweiz grosse Schäden angerichtet, besonders im Tessin und im Wallis. Unvorhersehbare Geröll-Lawinen überraschten die Bevölkerung. Es gab auch Todesopfer. Plötzlich anschwellende Bergflüsse brachten Brücken zum Einsturz, ganze Täler wurden abgeschnitten.

Zwischen Visp und Leuk ist die Rhone über die Ufer getreten und hat viel Geröll und Sand auf den Bahngleisen hinterlassen. Die Linie Visp – Leuk ist unterbrochen, wie es Georg am Sonntag bereits vermutet hatte. Darüber wird erst am Montagmorgen ab 9 Uhr von den SBB informiert. Schnell entschliesse ich mich, meine Rückfahrt nach Leukerbad um einen Tag zu verschieben. Ab Dienstag soll gemäss SBB wieder alles normal funktionieren. Doch das Ausmass des Gerölls wurde unterschätzt. Die Arbeiten dauern länger. Im Zug von Bern nach Visp kann die Kondukteurin mir keine Auskunft darüber geben, wie ich nach Leuk komme. Ich solle mich im Bahnhof Visp erkundigen. Zwei junge chinesische Touristen fragen in gebrochenem Englisch nach der Verbindung nach Zermatt und erhalten auch dieselbe Auskunft: Im Bahnhof Visp sollten sie sich informieren. Eine deutsche Touristin schaltet sich ein. Sie selbst fahre auch nach Zermatt, sie sollten ihr folgen, es werde einen Ersatzbus geben. Doch die beiden Chinesen geraten in Panik und bereiten sich vor, bereits in Spiez auszusteigen, obwohl die Kondukteurin ihnen viermal gesagt hatte, sie sollten erst in Visp und nicht in Spiez aussteigen. Wahrscheinlich klingen für chinesische Ohren die Worte „Spiez" und

„Visp" zu ähnlich. Eine Schweizer Mitreisende zückt ihr Handy, ruft ihre Tochter an und bittet sie den Chinesen zu erklären, wie sie nach Zermatt kämen. Dann reicht sie ihr Handy einem erstaunten Chinesen mit den Worten: „My daughter speaks Chinese! Her husband is Chinese!" (Ihre Tochter spreche Chinesisch, ihr Ehemann sei ein Chinese.) Nach zwei Minuten Konversation auf Chinesisch beruhigen sich die beiden Touristen sichtlich, reichen der Mutter bzw. der Schwiegermutter das Handy zurück mit dem Kommentar: „Your daughter speaks very well Chinese!" (Ihre Tochter spricht sehr gut Chinesisch.)

Im Bahnhof Visp ertönt die Lautsprecherdurchsage mit Informationen zur Weiterfahrt. Genauere Auskünfte geben die mit Leuchtwesten bekleideten SBB-Angestellten auf dem Bahnsteig. Mir wird empfohlen, den Regionalzug nach Gampel-Steg zu nehmen und dort in den Ersatzbus nach Leuk umzusteigen. Es bleibt nur die Frage, ob ich den Verbindungsbus nach Leukerbad erwische. Alles geht gut, ich treffe sogar eine Leukerbadner Bekannte, die im Spital Visp arbeitet. Sie hilft mir in Gampel-Steg mit meinem Gepäck die Treppen herunter und hinauf zum Bus. Wie geplant treffe ich in Leukerbad ein und erreiche auch noch den lokalen Bus, der mich fast bis zur Haustür bringt.

Georg meint, dass Viola Amherd, Bundesrätin und Chefin des Departements für Verteidigung, Bevölkerungsschutz und Sport VBS, für eine bessere Information der Bevölkerung sorgen solle, anstatt selbst ins Wallis und ins Tessin zu reisen, um sich die Schäden anzusehen. Er schreibt eine Mail an das VBS mit der Frage, wann die Bevölkerung besser informiert werde. Eine Antwort erhalten wir nach zwei Wochen. Es sei die Sache des Kantons Wallis die Bevölkerung zu informieren. Auf der App „Unwetteralarm Schweiz" könnte man sogar schweizweit immer nachschauen, was los sei. Die SBB täte ihr Möglichstes, um ihre Kundschaft über Apps aktuell zu informieren.
Am 3. Juli schreibt die Neue Zürcher Zeitung: Die Schweiz hinkt den EU-Ländern in Bezug auf die Alarmierung der Bevölkerung über drohende Naturkatastrophen hinterher.

Eine Marketingstrategie für Leukerbad: Theorie und Praxis
Am *26. Juni 2024* hat die Tourismus-Organisation von Leukerbad „myleukerbad.ch" Gewerbetreibende, Ferienwohnungsbesitzende und alle anderen Interessierten zum jährlichen Informationsabend über die „Marketingstrategie 2026" und die aktuellen Entwicklungen eingeladen.

Etwa 60 Leute sind in den Theatersaal des Schulhauses gekommen. Es verspricht ein interessanter Abend zu werden, an dem ich etwas über das Marketing dieser Tourismusregion erfahren kann. „Nachhaltigkeit" ist das Hauptthema, auf Englisch „sustainability". Studien sollen zeigen, dass Touristen zunehmend „nachhaltiger" reisen möchten und sich beim Aussuchen ihres Reiseziels darüber informieren, ob und wie das zur Auswahl stehende Hotel oder auch die ganze Destination mit natürlichen Ressourcen umgehen, ob regionale Produkte und authentische Veranstaltungen angeboten werden. Demzufolge ist die Nachhaltigkeit zu einem wichtigen Faktor der Marketingstrategie geworden. Wie ich zu meinem Erstaunen erfahre, sei die Schweiz europaweit führend und hat dafür das Label „swisstainable" erschaffen. Gastronomische Betriebe können das Label oder Zertifikat für einen Jahresbeitrag ab 150.- CHF erhalten, wenn sie bestimmte Bedingungen erfüllen. Geprüft wird auch, inwiefern das Personal in die Gestaltung betrieblicher Abläufe miteinbezogen wird und sich in Bezug auf die Nachhaltigkeit weiterbilden kann.

75% der Gäste, die nach Leukerbad kommen, stammen aus der Schweiz. Dies bedeutet, dass die Zeit der Schulferien die jeweilige Hochsaison bestimmt. Die meisten Gäste kommen in den Weihnachtsferien und in der sogenannten Sportwoche im Februar. Im Mai und Juni zieht es die Schweizer eher in den wärmeren Süden statt in die Berge. Die aktuelle Vermarktungsstrategie setzt also darauf, dass Leukerbad ständig, d.h. 365 Tage im Jahr, eine Feriendestination werden soll. Der September und Oktober haben hier eine gute Chance, besonders wenn über dem Mittelland und Norditalien Nebel liegt. Die Lücken in der jährlichen Auslastung könnten Gäste aus ferneren Ländern füllen. Jetzt peilt man Japan an, Marktanalysen geben Indien und China auch eine gute Chance. Asiatische Gäste sind jedoch anderes Essen gewohnt. Der Marketingchef von Leukerbad, Herr C.D. meint, dass die Hoteliers flexibel sein und zum Frühstück Nudelsuppe anbieten müssten.

Für die landesweite und die internationale Vermarktung von Leukerbad hat man sich der Organisation „Valais Wallis Promotion", die 2012 gegründet wurde, angeschlossen. Diese hat für die Marke „Wallis" das Motto „Wallis ins Herz gemeisselt" lanciert. Der Gast soll das Wallis einfach lieben, es sich einprägen und nie mehr vergessen. Leukerbad wird mit dem Motto „Quelle zum Glück" beworben, auf Französisch „Source de bonheur".

Die hiesigen Marketingfachleute schwärmen von der Vielfalt, die Leukerbad zu bieten hat und meinen genau zu wissen, was der Gast hier sucht: Er wolle das Freiheitsgefühl auf einem Mountainbike geniessen oder tagsüber wandern und abends ins Thermalbad. Familien wollten „Action" und Spass. Dazu käme die natürliche Schönheit der überwältigenden Bergkulisse. Das alles wolle man verkaufen und in zwei Jahren unbedingt die Bike-Weltmeisterschaft nach Leukerbad holen.

In der Frage- und Antwortrunde wird die Skepsis des Publikums spürbar. Ein Landwirt möchte die für die WM geplante Route sehen, denn diese führe wahrscheinlich durch sein Gebiet und die Bikes würde nicht so schnell behebbare Schäden anrichten. Wie stehe es denn dann mit der Nachhaltigkeit? Antwort von Herrn C.D.: Wo es Einsprachen gäbe, würde dies bei der Routenplanung berücksichtigt. – Ich weise auf den Interessenkonflikt zwischen Wandernden und Bike-Fahrenden hin. Als konkretes Beispiel führe ich den Panoramaweg an. Besonders seit einem Jahr sind dort in der schneefreien Saison an Wochenenden immer mehr Leute auf Bikes und „Monster-Trottinettes", die man bei der Bergstation der Torrentbahn mieten kann, unterwegs. Der Weg werde aber auch von Familien mit kleinen Kindern und von älteren Leuten benützt. Bereits mehrere Wandernde hätten mir gesagt, sie überlegten sich, ob sie das nächste Jahr wiederkämen. Früher sei es besser gewesen. Die Antwort, die ich von Herrn C.D. erhalte, lautet: Eine Mehrfachbenutzung auf Wanderwegen sei in der Schweiz prinzipiell erlaubt und meistens auch so signalisiert. Man müsse eben Rücksicht nehmen und miteinander reden. Er würde seit 20 Jahren biken und hätte noch nie ein Problem gehabt. – Meine nächste Frage: Es gibt auch viele Gäste, die sich bei ihrem Aufenthalt in Leukerbad Ruhe und Erholung wünschen. Wie werden diese in das Marketingkonzept eingebunden? Die Antwort: Diese könnten dann kommen, wenn nichts liefe. Da würden sich die Hoteliers freuen.

Beim anschliessenden Apéro, zu welchem alle eingeladen sind, frage ich Herrn C.D., ob der Begriff „noise pollution", also Lärmverschmutzung als Faktor bei der Nachhaltigkeit aufgelistet sei. Er meint, dass Leukerbad damit bestimmt kein Problem habe. Ich entgegne: „O doch, zum Beispiel auf dem Dorfplatz bei der Après-Ski-Apéro-Bar im Freien würden die Boxen voll aufgedreht." Er meint, wenn dies ein privater Betrieb mache, könne man dagegen nichts sagen. Und diese Outdoor-Bar gäbe es nur eine Woche lang. Mein Gegenargument: Die erlaubte Grenze an Dezibel würde wahrscheinlich überschritten. Die Antwort: In diesem Fall müsste ich mich an die Gemeinde wenden und mich beschweren. Dann erzähle ich Herrn C.D., dass ich weltweit viel gereist sei, zum Beispiel sei ich auch auf Barbados in der Karibik gewesen. Dort gäbe es vor zwei Uhr nachts wegen zu lauter Musik keine Ruhe. Die Insel sei bekannt für „noise pollution" und viele Gäste würden deswegen ihre Ferien nicht mehr dort verbringen. Stattdessen seien andere Inseln, die weder Internet noch Events anbieten und gerade dies als Marketingstrategie lancieren, ständig ausgebucht. Mein Gegenüber schüttelt verständnislos den Kopf. Ein Leukerbad ohne Internetverbindung und Events sei nicht möglich.

Von einem Bike-Verleiher werde ich gefragt, ob ich in Leukerbad ein Hotel führe. Meine Fragen im Anschluss an den Vortrag seien so entschlossen und mutig gewesen. Ich antworte lachend, dass ich Psychotherapeutin sei und unterwegs gerne mit Leuten ins Gespräch käme. Ausserdem sei ich Klangtherapeutin, hätte sehr empfindliche Ohren und würde in der Kirche Klangmeditationen anbieten. Ach so, meint er, dann sei ihm alles klar. Er gibt mir recht: Die Bike-Fahrenden hätten eine viel zu starke Lobby. Die Jungfrau-Bahnen zum Beispiel hätten die Regel eingeführt, dass Biker erst ab 16 Uhr auf die Kleine Scheidegg fahren dürften, wenn alle sonstigen Touristen bereits auf dem Heimweg seien. Leukerbad müsste Wandernde und Bike-Fahrende auf die Dauer auseinanderdividieren. Ausserdem meint er, dass Biker der Region nichts bringen. Sie seien meistens Tagesausflügler, die weder ein Restaurant noch ein Hotel beanspruchten. Er bekäme morgens von ihnen einen Anruf mit der Bestellung, ein Bike an einem bestimmten Bahnhof oder einer Bushaltestelle bereitzustellen. Dann würden sie die Route fahren, sich aus dem Rucksack verpflegen, abends das Bike am abgemachten Ort wieder hinstellen und mit dem Zug nach Hause fahren. Deswegen sei es unverständlich, warum Leukerbad Tourismus die Biker so stark fördere.

Zum Glück kann ich mich in meine Wohnung, die eine Oase der Stille ist, zurückziehen, wenn mir der Rummel im Dorf in der Hochsaison zu viel wird. Ich höre immer wieder von Leuten, die gerade wegen der Ruhe nach Albinen, dem Nachbardorf, umgezogen sind oder dort statt in Leukerbad ihre Ferien verbringen. Ruhe zu erleben ist vielen Menschen ein tiefes Bedürfnis. Oft sagen mir Gäste, die meinen Klangmeditationen in der Kirche zuhören: „Jetzt bin ich endlich zur Ruhe gekommen und dafür danke ich Ihnen." Seit heute weiss ich, dass meine Klangmeditationen sogenannte authentische Veranstaltungen sind. Somit leiste ich einen Beitrag zur Nachhaltigkeit der Destination Leukerbad.

Es stellt sich die Frage, wie realistisch die Marketingstrategie 2026, die auf Biker und asiatische Touristengruppen setzt, für Leukerbad ist. Wie ich erfahren habe, sind Biker meistens Tagesausflügler, die weder Restaurants noch Hotels in Anspruch nehmen. Biker werden nicht verhindern, dass gastronomische Familienbetriebe oft schliessen müssen, weil die Nachfolge fehlt. Eines der ältesten Leukerbadner Hotels hatte versucht, sich in den letzten Jahren als Biker-Hotel zu profilieren. Jetzt steht es zum Verkauf ausgeschrieben. Zunehmend benützen Biker beliebte Wanderwege und werden zu einer Gefahr für Touristen, die die Stille der Berge geniessen möchten. Unfälle häufen sich auch bei Frauen und Kindern, die ihr Fahrzeug nicht richtig beherrschen und nicht genügend Kraft zum Bremsen haben. Sie fahren in grossem Tempo auf ihren Bikes oder „Monster-Trottinettes" die Wanderwege bergab. Auch die engen Gassen im Dorf bleiben von Bikern nicht verschont. Wer sollte auf wen Rücksicht nehmen? Ich habe schon mehrmals von langjährigen Stammkunden sowie von Familien mit kleinen Kindern gehört, dass sie sich überlegen, eine andere Feriendestination zu suchen.

Die Einzigartigkeit, im Marketing „USP" genannt, von Leukerbad liegt sichtlich in der Schönheit der Natur und dem Thermalwasser, welches europaweit hier am reichlichsten sprudelt und bei vielen Krankheiten heilend wirkt. Warum setzt die Marketingstrategie auf Biker, die Stammgäste vergraulen? Es wird eine Gästegruppe gefördert, die ihr Freiheitsgefühl auf Kosten von anderen auslebt. Es gibt genügend andere Regionen, die Bikerouten anbieten.

Asiatische Touristengruppen biken zum Glück nicht, besuchen jedoch weder eine Cafeteria noch lokale Läden. Grosse Hotels profitieren von ihnen am meisten.

Individuell Reisende fragen sich:

Warum gibt es in Leukerbad weder eine Arzt- noch Zahnarztpraxis?

Warum gibt es keinen Obst- und Gemüsemarkt?

Und ich frage mich:

Warum wird eine realitätsfremde Marketingstrategie entwickelt?

Und man staune: Ende Dezember berichtet der Walliser Bote, dass die Gornergratbahn ab Zermatt im nächsten Jahr Bikes nicht mehr erlaube. Die Begründung: Die Interessen von Wandernden und Bikenden lassen sich nicht vereinbaren. Bikes nehmen zudem in der Bahn den Wandernden fast 10 % Raum weg.

20.08.2024, Dienstag: Ein besonderer Duft

Bei meiner heutigen Klangmeditation „ausser Programm" hörte mir eine ältere Besucherin eine Dreiviertelstunde lang zu. Danach kam sie zu mir und bedankte sich. Ich fragte sie, woher sie käme. Aus dem Kanton Jura, antwortete sie und erzählte mir, dass sie vor langer Zeit als Mitglied eines Kirchenchores in der Kathedrale von Chartres gregorianische

Lieder gesungen hätte. Diese Gesänge fehlten ihr. Doch ich würde sie wieder daran erinnern, besonders mein „Kyrie eleison" (Herr, erbarme dich). Ich gebe ihr das kleine Plakat mit den Daten meiner Klangmeditationen. Sie freut sich darüber und meint, dass sie an einem dieser Daten wieder nach Leukerbad kommen werde. Dann zündet sie noch bei der heiligen Maria von Fatima eine Kerze an und verlässt mit nochmaligem Dank an mich die Kirche.

Im Bitt- und Dankbuch, welches auf dem Altar der Seitenkapelle liegt, kann jeder Besuchende Wünsche und das, was ihn oder sie gerade bewegt, eintragen. Heute lese ich darin ein paar Sätze auf Italienisch, die ein Besucher hineingeschrieben hat: „Vielen Dank, dass es mir gegönnt war, dieses herrliche Gotteshaus zu besuchen. Hier spürt man den Duft – „il porfumo" – von Gottes Liebe und Güte." Ich finde es sehr berührend, dass jemand die Liebe Gottes so beschreiben kann und frage mich, ob Weihrauch gemeint ist oder eine Mischung von Rosenholz, Wacholder und Jasmin?

In der Nacht auf Freitag, *den 13. September*, fiel der erste Schnee auf die Blüten meiner Geranien. Im Verlaufe des Tages wurde es so stürmisch, sodass ich mich fragte, ob ab 17 Uhr überhaupt jemand das gemütliche Hotelzimmer oder die warme Wohnung verlassen wolle, um zu meiner Klangmeditation „Dona nobis pacem" in die Kirche zu kommen. Nach meinem Üben am früheren Nachmittag treffe ich auf dem Nachhauseweg zwei ältere Ehepaare, die mit ihren Rollkoffern herumirren. Sie sind froh, jemanden in der menschenleeren Gasse anzutreffen. Wo denn die Talstation der Gemmibahn sei, fragt mich ein Herr. Ich sage, das sei noch mindestens eine Viertelstunde zu Fuss entfernt und frage, warum sie nicht den Bus oder ein Taxi beim Busbahnhof genommen hätten. Von einem Bus hätten sie nichts gewusst und wollten jetzt weiter zu Fuss gehen. Schliesslich hätten sie genügend Zeit, die Seilbahn fahre erst um halb drei. Ich schüttle den Kopf: „Die bekommen Sie aber nicht mehr, es ist doch schon fünf vor halb drei! Doch es reicht bis zur nächsten um drei Uhr. Ich zeige Ihnen eine Abkürzung und erkläre Ihnen den weiteren Weg. Woher kommen Sie?" „Aus Basel! Wir haben die „Gemmi Lodge" für das Wochenende gebucht. Bitte gehen Sie nicht so schnell, wir kommen kaum nach!", sagt der Basler ausser Atem. „Sind Sie von hier?" Als ich das bejahe, ruft er den anderen hinter sich zu: „Das ist eine Einheimische! Ich gehe schon mal mit ihr voraus!" Oben bei der Ringstrasse angekommen erkläre ich den weiteren Weg und verabschiede mich mit besten Wünschen für einen angenehmen Aufenthalt. Jedenfalls kann ich annehmen, dass diese Gruppe aus dem Flachland wohlbehalten an ihr Ziel kommen und beim sich bereits ankündigenden Schneesturm ein sicheres Dach über dem Kopf haben wird.

Fast wäre es einer Tourengruppe beim Aletschgletscher anders ergangen. Sie wurden vom heutigen Schneesturm überrascht worden, fanden die Hütte nicht mehr und mussten am späten Abend bei -10°C um Hilfe rufen. Der Rettungshelikopter konnte bei solchen Wetterbedingungen jedoch nicht starten. So entschieden einige ortskundige Retter mit langjähriger Erfahrung sich trotzdem auf den Weg zu machen. Tatsächlich fanden sie die in Not Geratenen und konnten sie zur 200 Meter entfernten Alphütte bringen, wo sie nach Mitternacht eintrafen. Am anderen Morgen brachte der Helikopter alle wohlbehalten ins Tal bzw. ins Spital, wo die Erfrierungen behandelt wurden. Dies ist ein Glücksfall. Es kommt auch nicht häufig vor, dass Retter unter solchen Bedingungen zu Fuss aufbrechen.

Zu meinem Erstaunen fanden trotz Schneesturm immerhin 15 Personen kurz vor 17 Uhr den Weg in die Kirche und lauschten, in dicke Wintermäntel eingepackt, andächtig meiner Klangmeditation. Am Schluss danke ich jedes Mal für den Besuch und gemeinsame Beten für den Frieden im Herzen und den Frieden in der Welt, auch wenn es draussen noch so stürmt.

Am 20. November hielt Bruno Zumofen, ein Experte für die Geschichte Leukerbads, wieder einen Vortrag. Im Januar 2023 durfte ich bei seinen Ausführungen über die alten Badner Familien einiges erfahren. Darüber habe ich am Anfang meines Tagesbuchs 2023 berichtet. Dieses Mal heisst das Thema „Weggeschichten", und Bruno erzählt auf „Wallisertitsch", ab wann es welche Wege von und nach Leukerbad gab, und wer sie wann benutzen durfte. Als historisches Dokument dient ihm „das weisse Buch", worin der jeweilige Gemeindeschreiber in der Zeit von 1500 bis 1908 alle wichtigen Gegebenheiten aufgeschrieben hat. Die heutige Strasse von Leuk im Rohnetal bis hinauf nach Leukerbad gibt es seit 1850. Vorher gab es nur den schmaleren Römerweg. Kutschen fuhren bis 1915, danach gab es bis 1967 die Zahnradbahn, welche zum grossen Bedauern vieler abgeschafft und von Bussen abgelöst wurde.

Alte Flurnamen entstammen dem frankoprovenzalischen Dialekt. Darin enthaltene Silben wie „plan" bedeutet Ebene oder „prae" bedeutet Wiesenmatte. Auch keltische Namen sind erhalten geblieben. „Leuk" bedeutet Wiese, „Dala" trüber Fluss, „Brig" Brücke, „Wallis" Tal der Römer. Die damalige Walliser Währung hiess „Mauriner Pfund". Die Strasse zur

Nachbargemeinde Albinen gibt es erst seit 1978. Vorher benutzten die Einheimischen nur die Leitern, die es heute noch gibt. Es war damals keine Seltenheit, dass auch 70- oder 80jährige Frauen die Leitern geschickt hinauf- und hinabkletterten. Auch Kinder und Tiere, wie zum Beispiel Ziegen, wurden auf dem Rücken über die Leitern getragen.

1232 wurde zum ersten Mal der Gemmipass und der Weg nach Kandersteg erwähnt. Dies war vor Inbetriebnahme der Lötschbergbahn 1913 und weiterer Strassen- und Tunnelbauten während vieler Jahrhunderte der kürzeste Weg vom Berner Gebiet ins Wallis. In der Mitte des Weges wurde 1742 eine Zollstation erbaut, die später in das Gasthaus «Schwarenbach» umgewandelt wurde. Mit dem aufkommenden Tourismus beherbergte es berühmte Persönlichkeiten wie Alexandre Dumas, Jules Vernes, Guy de Maupassant, Mark Twain, J.W. Goethe, Lenin, Pablo Picasso usw.

Gemäss dem «weissen Buch» wurde festgelegt, zu welcher Zeit der Weg zu den Gebirgsweiden für das auf- und absteigende Vieh reserviert war. Die damaligen Kühe waren kleiner und hatten kürzere Beine. Heute weiden im Sommer nur noch Schafe rund um den Daubensee beim Gemmipass. Der Alpabzug im September ist immer noch jedes Mal ein Volksfest.

1484 wurde der Grundstein zur St. Barbara-Kirche gelegt. Bisher waren die Gläubigen jeden Sonn- und Feiertag den 16 km langen Weg zu Fuss zur nächstgelegenen Kirche nach Leuk gegangen. 1501 weihte Bischof Matthias Schiner von Sitten die Kirche ein und erklärte Leukerbad zur selbständigen Kirchgemeinde. Um 1870 wurde die Kirche erweitert, um 90 Grad gedreht und der heiligen Maria geweiht. Dank dem erfolgreichen bischöflichen Marketing für das Bäderdorf entwickelten sich die Besucherzahlen rasant. Aus dem Jahr 1533 gibt es folgende Weisung im „weissen Buch": „Falls jemand sich nicht zu Kurzwecken oder zu Besuch von Verwandten oder als Handwerker mit einem Auftrag in Leukerbad aufhält, solle er nach drei Tagen befragt werden. Kann er keinen Grund angeben, so solle er sofort abreisen, damit nichts Böses geschehe." Eine Zuhörerin im Publikum meint, diese Bestimmung sollte man heute wieder einführen. 1779 wurde der erste Kupferstich der Umgebung von Leukerbad erstellt und in demselben Jahr besuchte Goethe das Dorf. Er genoss die „säuberlich gefassten" Thermalquellen und bedauerte, dass er nicht genügend Zeit gehabt hätte, um die Einheimischen, die er als freundlich und ehrlich einschätzte, näher kennenzulernen. Zu der Zeit betrug die Einwohnerzahl etwa 500.

Anfang des 20. Jahrhunderts waren die Albiner Blumenkinder bei den Kurgästen sehr beliebt. Auf den schmalen Wegen nach Leukerbad pflückten sie einheimische Blumen wie Edelweiss, Enzian und Silberdisteln. Diese verkauften sie in kleinen Schachteln den Gästen, die sie per Post Bekannten und Verwandten in die ganze Welt verschickten. Manchmal verdienten die Blumenkinder pro Monat sogar mehr als der eigene Familienvater.

Die acht Albiner Leitern gibt es heute immer noch. Sie bestehen aus Holz, und jede ist etwa zehn Meter lang und einen Meter breit. Ich habe sie bis jetzt auf meinen Wanderwegen vermieden. Man muss schwindelfrei sein. Es ist einfacher hinauf- als hinunterzuklettern.

Advent: Worauf wie lange warten?
Pünktlich zum ersten Advent hängt wie jedes Jahr unser deutscher Nachbar gemeinsam mit dem Berner Nachbarn in dessen Kellerabteil etwa 20 Kilo rohes Schweine- und Rindfleisch zum Trocknen auf. Diejenigen unter euch, die meine Tagebücher der letzten drei Jahre gelesen haben, wissen bereits, was nach ein paar Tagen passiert: Es entwickelt sich ein penetranter Verwesungsgeruch, der sich bis in die Waschküche und das Treppenhaus verbreitet. Seit drei Jahren beschwere ich mich über diesen Gestank, denn es ist mir jeweils für sechs Monate nicht möglich, meine Wäsche in der gemeinschaftlichen Waschküche zu trocknen. Auch an der letzten Eigentümerversammlung im Oktober, an welcher ich zum ersten Mal dieses Thema „öffentlich" zur Sprache brachte, fand ich kein Gehör. Die Fleischtrockner meinten, dies täten sie schon seit 22 Jahren, es sei erlaubt und gute alte Walliser Tradition, von mir liessen sie sich nichts verbieten. Dass sich das Kellerabteil im gemeinschaftlichen Zivilschutzkeller befindet, sei unwichtig. Käfer und Mäuse gehörten zu einem Haus. Diese müsse man einfach töten. Dass es ein Hausreglement gibt, das bei der Nutzung gemeinsamer Räume auf die Rücksichtnahme setzt, wird ignoriert. Auch vom Verwalter. Dieser meint später zu Georg, das Problem würde sich „durch einen natürlichen Abgang" lösen, die nächste Generation würde bestimmt kein Fleisch trocknen. Ausserdem sei diese Tätigkeit auf einen kurzen Zeitraum von sechs Wochen beschränkt. Falls ich wolle, könnte ich gerichtlich gegen diese Nachbarn vorgehen. Das will ich aber nicht. Also bleibt mir mal wieder nichts anderes übrig, als in den kommenden Monaten meine Wäsche nicht in der Waschküche zu trocknen. Das versprochene Gitter gegen Mäuse und Ungeziefer wurde bis jetzt noch nicht vor dem dortigen Fenster montiert. Niemand der

anderen Miteigentümer*innen will mit der Sache etwas zu tun haben und Partei ergreifen. Niemand hat etwas gerochen. Meine Erkundigungen beim kantonalen Amt für Zivilschutzbauten ergeben: Es seien nur bauliche Veränderungen nicht erlaubt. Starke Geruchsemissionen seien Sache der jeweiligen Eigentümergemeinschaft.

Ich soll also warten, bis die zwei etwa 85jährigen Nachbarn das Zeitliche segnet. Ähnlich scheint es auf der grossen Weltbühne zu sein: Wir müssen warten, bis Staatspräsidenten, die ihre Macht missbrauchen, ihr Lebensende erreicht haben, damit es Frieden und Gerechtigkeit gibt. Es bleibt mir nichts anderes übrig, als öfters die Waschküche zu lüften und als Kontrastprogramm „das Parfum der Liebe Gottes" (siehe hier im Text vom 20. August) in der Kirche zu geniessen. Die heilige Maria von Fatima tröstet mich und sagt: „Hab' Vertrauen! Diese Zeit wird zu Ende gehen. Hebe deinen Blick zu den Sternen: Kreise vollenden sich, neue Kreise werden beginnen."

Was internationale Zusammenarbeit zu einem friedlichen Zweck bewirken kann, zeigt sich in diesen Tagen in Paris. *Am 7. Dezember* wurde die Cathédrale Notre Dame feierlich wiedereröffnet. Am 19. April 2019 war in deren Dachstock aus unbekannten Gründen ein Brand ausgebrochen. Die Bilder gingen um die Welt und berührten die Herzen. Die Feuerwehr konnte durch richtiges Handeln das Schlimmste verhindern: Die zwei vorderen Türme fielen nicht, und die vordere Fassade blieb fast unbeschadet. Wie durch ein Wunder verfehlte der herabstürzende Vierungsturm, „la flèche" genannt, die berühmte Statue der Madonna mit dem Kind aus dem 14. Jahrhundert und die Pietà in der Mitte der Kathedrale. Schnell wurde entschieden: Die Kathedrale, das Herz von Paris, soll wieder aufgebaut werden. Spenden aus der ganzen Welt trafen ein. Während vier Jahren gaben 2000 Fachkräfte aus allen möglichen Ländern ihr Wissen und ihre ganze Kraft in dieses Projekt, das zu Beginn auch wegen der kurzen Zeitvorgabe unmöglich schien. Seine Rede hätte Präsident Macron gemäss Weisung der Kirchenobersten auf dem Platz vor der Kathedrale halten sollen. Das schlechte Wetter verhinderte dies, und sie fand im Inneren statt. Macron dankte allen, die dazu beigetragen haben, dass diese Kathedrale, die nicht nur Frankreich, sondern der ganzen Welt gehöre, in einer noch grösseren Schönheit, „splendeur", wiederauferstanden sei. Die Eröffnungsfeier dauerte drei Stunden und wurde weltweit übertragen. Zu Gast waren u.a. Trump mit einer goldgelben Krawatte, Selenskyj in militärgrün, Steinmeier mit Gattin, Georgia Meloni, die zu meinem Erstaunen mit Macron Englisch spricht, Prince William, dessen Hand von Trump lange und herzlich geschüttelt wurde, und der reichste Mann der Welt, Elon Musk. Es ist ein Tag der Freude, die viele unterschiedliche Menschen unter dem erneuerten Dach der Kathedrale vereint.

Die meisterhaft vorgetragene klassische Musik vertieft die Stimmung der Freude und Dankbarkeit. Ein Kopfschütteln bewirkt allerdings eine Passage der Improvisation des Organisten während der feierlichen Einweihung der neuen Orgel. Er hämmert einige Minuten lang wild auf die Tasten ein, sodass sich laute und disharmonische Klänge in den heiligen Raum und über das Publikum ergiessen. In einem nächsten Teil improvisiert er mit kirchentraditionellen Klängen und Tonlagen, die nach dem wilden Ausbruch besonders sanft und wohltuend wirken. Trotzdem erhält der Organist in nachträglichen Kommentaren schlechte Noten. Ich kommentiere auf Youtube: Es könnte sein, dass der Musiker den Zustand der Welt spiegeln und an die furchtbaren Kriege erinnern wollte. Mit einer Orgel kann man alle Fassetten ausdrücken. Sein Beitrag hat die sonst fast zu harmonische und somit einseitige Feier zu einer Vollendung gebracht. Meinem Kommentar stimmen auch andere Youtube-User zu.

Am 13. Dezember biete ich zum letzten Mal in diesem Jahr meine Klangmeditation „Dona nobis pacem" in der Seitenkapelle der Leukerbadner Pfarrkirche an. Gleichzeitig findet im Aufbahrungsraum St. Josef gemäss einer alten Sitte eine zweistündige Totenwache für eine mit 90 Jahren verstorbene Dorfbewohnerin statt. Der mit Blumen geschmückte Sarg ist in der Mitte des Raumes aufgestellt, das ganze Dorf verabschiedet sich von einem geliebten Mitmenschen. In Gedanken schicke ich meine Klänge in diesen Raum und ein „Agnus Dei, dona eis requiem", „Lamm Gottes, schenke der Verstorbenen Frieden". Nach meiner Vorstellung sucht ein Basler Ehepaar das Gespräch mit mir und meint, die Klänge seien wunderschön gewesen. Sie seien Musiker und hätten so etwas aber noch nie gehört. Die Baslerin bedankt sich besonders bei mir, denn sie sei mit Schmerzen im Bauch gekommen und würde jetzt schmerzfrei wieder gehen. Sie ist nicht die Erste, die mir eine so erfreuliche Rückmeldung gibt.

Ausblick 2025 und Erinnerungen für die Zukunft
Pluto hat am 19. November 2024 nach 200 Jahren wieder das Sternzeichen Wassermann erreicht und wird während der kommenden 20 Jahre von dort verweilen. Die Zeichen stehen auf Transformation und Innovation mit tiefgreifenden und langfristigen Folgen, so wie damals zur Zeit der französischen und der industriellen Revolution. Gemäss Vo-

raussagen von Astrologen und Astrologinnen werden alte starre Strukturen zerfallen, vertuschte Wahrheiten werden zum Vorschein kommen, Völker werden Gerechtigkeit, Frieden und Freiheit fordern. Neue bedeutende Erfindungen werden unseren Alltag verändern. Die Veränderungen zeigen sich bereits:

Die Ureinwohner von Neuseeland, die Maori, demonstrieren gegen ein von der Regierung geplantes Gesetz, das ihre Rechte einschränkt. In Georgien geht nach der manipulierten Wahl des prorussischen Präsidenten die Jugend auf die Strasse: „Wir wollen uns die Zukunft nicht stehlen lassen." Die Polizei greift mit Gewalt ein. Hingegen entscheidet die Regierung Rumäniens die Wahl des Präsidenten zu wiederholen. Bei der Auszählung der Stimmen wurden bei der ersten Wahl die gleiche Art von Manipulation entdeckt wie in Georgien und Moldawien.

Nach 54 Jahren wird am *8. Dezember* das diktatorische Assad-Regime in Syrien gestürzt. In Damaskus wird gefeiert. Die neue Führung will angeblich nicht auf Rache setzen, sondern auf Frieden und Gerechtigkeit.

In Europa wünschen sich einzelne Regionen mehr Autonomie. Von Katalonien und dem Baskenland ist dies schon längst bekannt. Ein französisches Ehepaar erzählt mir während ihres Besuchs in der Kirche von Leukerbad, dass auch die Haute-Savoie mehr Selbstbestimmung fordert. Die Kirche in ihrem Heimatstädtchen sähe genauso aus wie die hiesige. Die Region der Haute-Savoie hätte dieselbe Kultur wie das Wallis und das Tessin bis nach Turin in Norditalien. Wer weiss, vielleicht wird eine neue Art Gemeinschaft entstehen mit der Schweiz, Westfrankreich und Norditalien? Pluto im Wassermann bewirkt Grenzen neu zu denken. Der Walliser Kardinal Schiner wollte Mailand und Genua an die Schweiz anbinden. Nach der verlorenen Schlacht von Marignano 1515 war dies jedoch kein Thema mehr. In jener Zeit befand sich Pluto auch im Sternzeichen Wassermann: Renaissance und Reformation!

Die Idee, über Grenzen hinweg gemeinsam etwas zu erschaffen, was dem Frieden und dem Gemeinwohl dient, kann begeistern. Wer erinnert sich noch an die Anfangszeit der Europäischen Gemeinschaft? Wer weiss, unter welchen Umständen, und warum sie von wem gegründet wurde?

Nach den zwei Weltkriegen sehnten sich die Menschen nach Frieden. Doch wie konnte dieser entstehen und andauern? Der Franzose Jean Monnet (1888 – 1979) sah die Lösung in der Zusammenarbeit ehemaliger Kriegsparteien und entwarf 1950 das Projekt einer Europäischen

Gemeinschaft, welches der Versöhnung von Frankreich und Deutschland und dem Frieden in Europa dienen sollte. Die gesamte Stahl- und Kohleproduktion beider Länder sollte einer gemeinsamen Hohen Behörde unterstellt werden, die auch anderen europäischen Ländern offenstand. Nachdem der Aussenminister Frankreichs, Robert Schuman, grünes Licht gegeben hatte, unterbreitete Jean Monnet seine Idee, die auch „Schuman-Plan" genannt wurde, dem damaligen ersten Kanzler der Bundesrepublik Deutschland. Konrad Adenauer erkannte sofort das grosse Potenzial des Projekts und sagte nach Jean Monnets Besuch: „Gott hat mir einen Engel geschickt."

Zu der Zeit war mein Vater im Presse- und Informationsamt der Bundesregierung in Bonn tätig. Sein Vorgesetzter, Konrad Adenauer, empfahl ihm Jean Monnet als Mitarbeiter. Die von Frankreich, Deutschland, Belgien, den Niederlanden, Luxemburg und Italien neu gegründete Europäische Gemeinschaft für Kohle und Stahl – EGKS – eröffnete im Sommer 1952 ihren Sitz in Luxemburg. Jean Monnet war der erste Präsident der Hohen Behörde und engagierte meinen Vater als Referenten für Öffentlichkeitsarbeit im Informationsdienst der EGKS. Dies geschah zwei Monate, bevor ich das Licht der Welt erblickte. Meine ersten 18 Lebensjahre bin ich mit „Europa" und der Begeisterung dafür aufgewachsen. Vom Kindergarten bis zum Abitur besuchte ich die erste Europäische Schule. Es war selbstverständlich, dass wir Kinder gemeinsam mit Kindern anderer Nationalitäten und Religionen lernten und spielten. Nach dem Abitur gingen die meisten von uns zum Studium in andere Länder – damals gab es in Luxemburg noch keine Universität – und heirateten später Partner und Partnerinnen einer anderen Nationalität. Gerade wenn jemand „anders" oder „fremd" war, verliebten wir uns.

Die Europäische Gemeinschaft wird in Dokumentarfilmen als das erfolgreichste Friedensprojekt des 20. Jahrhunderts bezeichnet. Trotzdem war sich Jean Monnet bewusst, dass die Umsetzung seiner Ideen Zeit benötigt. Besonders bei seinen Meinungsverschiedenheiten mit Frankreichs Präsident Charles de Gaulle dachte er, dass erst die nächste Generation reif dafür werde, aber auch einer entsprechenden Bildung bedürfe. In seinem Testament bestimmte er, das sein Landhaus in Houjarray, Frankreich, ein Ort des Gedenkens, der Weitergabe und der Bildung für Jugendliche aus aller Welt werden soll. Auch dank des Engagements seines Enkels wurde dies verwirklicht. Jean Monnets Glauben an zukünftige Generationen war grösser als sein Vertrauen in die Bürokratie in Brüssel. So ist es kein Zufall, dass sich der grösste Teil seines Nachlasses in einem öffentlichen Archiv in der Schweiz befindet und von der Stiftung „Fondation Jean Monnet pour l'Europe" in Lausanne gehütet wird. Ermöglicht wurde dies durch seine Freundschaft mit dem Lausanner Professor Henri Rieben, der dann der erste Präsident der Stiftung war.

Gemäss dem Wunsch meines inzwischen verstorbenen Vaters habe ich seinen Nachlass im Jahr 2010 dieser Stiftung anvertraut. In dem dortigen „Fonds Petra Dobrovolny-Mühlenbach" befinden sich wertvolle Pressefotos und weitere historische Dokumente meines Vaters aus den Anfängen der Europäischen Gemeinschaft der 1950er und 60er Jahre, sowie meine Schulhefte und -bücher der ersten Europäischen Schule. Am 25. November habe ich die Stiftung in Lausanne wieder einmal besucht und weitere Dokumente überreicht. Einen Nachmittag lang habe ich den dortigen Archivaren über die damalige Tätigkeit meines Vaters, unser Familienleben in dem internationalen Umfeld und meine Erlebnisse in der Europäischen Schule Luxemburg erzählt. Die Archivare waren für meinen Besuch sehr dankbar, denn sie erhalten historische Dokumente eher von bereits verstorbenen Personen und nicht von einer noch lebenden Zeitzeugin. Auch ich bin dankbar dafür, dass sich die wichtigen historischen Dokumente meines Vaters und von mir sich von Experten aufbewahrt und gut behütet in einem öffentlichen Archiv befinden, welches weltweit der jetzigen und den künftigen Generationen zugänglich ist und bleiben wird.

Besonders jetzt sind die Ideen Jean Monnets gefragter denn je. Vor kurzem wurden in seinem Landhaus in Frankreich überraschenderweise mehrere alte Filmrollen mit historischen Aufnahmen gefunden. Damit erstellte das französische Fernsehen im Frühjahr dieses Jahres einen spannenden und sehr sehenswerten Dokumentarfilm über das Leben von Jean Monnet. Wenn Ihr bei Youtube unter „Jean Monnet, l'aventurier de l'Europe" eingebt, könnt ihr ihn finden. Ich konnte diesen Film am 5. November bei der Fondation Jean Monnet pour l'Europe in Lausanne anschauen. Die Filmautoren, darunter der Enkel von Jean Monnet, Jean-Marie Lieberherr, waren bei der Vorstellung anwesend. Während der Fragerunde mit dem Publikum sagte ich, dass ich als kleines Mädchen seinen Grossvater gekannt hätte und dieser Film gerade für die jetzige Zeit und die junge Generation so wichtig sei. Herr Lieberherr meinte, er würde mich beneiden, denn im Unterschied zu ihm hätten ich und vor allem mein Vater noch die Zeit der Begeisterung für Europa erlebt.

Besonders zur Jahreswende blicken wir zurück auf das vergangene Jahr und fragen uns: Welche Höhepunkte haben wir erlebt? Für mich waren dies meine zwei Besuche bei der Fondation Jean Monnet pour l'Europe im November und das Schreiben meiner Memoiren. Als Kind und Jugendliche habe ich erlebt, wie durch eine Vision eine friedliche Welt erschaffen werden kann. Diese Erfahrung prägt mich bis heute. Sie ermutigt mich weiterhin dazu, durch Klänge und Farben Harmonie und Heilung zu bewirken. So werde ich auch 2025 meine Klänge und Gesänge in die Welt schicken – zum Beispiel auf meinem Youtube-Kanal – und Klangmeditationen für den Frieden unter dem Motto „Dona nobis pacem" in der Leukerbadner Marienkirche anbieten. Dazu seid Ihr alle herzlich eingeladen.

Mehr findet Ihr bei www.dolphinkissis.ch und www.atelierinspiration.ch

Sylvia Hofmann

Ach, wenn`s nur schon Januar wäre

„Warst du denn nochmals auf dem Weihnachtsmarkt?" Ingrid fragt ihre Freundin Claudia, die so gerne Weihnachtsmärkte besucht. Sie findet die vorweihnachtliche Stimmung schön und trinkt dort am liebsten Glühwein.

„Nein, bei 16 Grad Wärme und grauem Himmel bin ich nicht in Stimmung dazu."

Ingrid rückt ihre Brille zurecht. „Du weißt ja, ich besuche keine Märkte, denn ich mag die dunkle Jahreszeit überhaupt nicht. Ich wäre froh, wenn der ganze Trubel schon vorüber wäre. Ich habe eine Hassliebe zur Weihnachtszeit. Einesteils mag ich Weihnachtslieder, doch ich hasse das Gedrängle in den Geschäften und in den Einkaufsstraßen. Jeder hat es eilig. Es fängt doch schon im September mit den Schokoladennikoläusen und den Lebkuchen an. Bis Weihnachten mag man keine mehr.

„Schokolade und Plätzchen mag ich immer."

„Claudia, seit mein Vater am 19. Dezember verstorben ist und die Beerdigung am 22. stattgefunden hat, werde ich Weihnachten immer daran erinnert und es macht mich sehr traurig. Wenn es schon im November auch tagsüber so dunkel ist und man nur noch Nebel und dunkle Wolken sieht, möchte ich fliehen. Du weißt ja, dass ich mit meinem Freund schon öfters die dunkle Zeit auf den Kanaren verbracht habe und erst, wenn es wieder heller wird, zurückkam. Auch dort kann man Weihnachten feiern, sogar mit einer feierlichen Weihnachtsmesse. Im nächsten Jahr möchte ich wieder weg. Doch so ein Langzeiturlaub wird uns zu teuer.

„Das glaube ich dir gerne. Doch wie geht es dir jetzt gesundheitlich in dieser Zeit?"

„Da darfst du gar nicht fragen, Claudia. In diesen Wochen spürt man besonders, dass man nicht mehr jung ist. Ich wache schon mit Hüftschmerzen morgens auf. Mal rechts, mal links, je nachdem wie ich gelegen hatte. Im Schlafzimmer ist es kalt. Da möchte ich gar nicht aufstehen und kuschle mich unter die warme Decke. Bin ich dann endlich aufgestanden und gehe zur Küche, fangen die Kreuzschmerzen an. Sie werden besser, wenn ich beim Frühstück sitze. Dafür bekomme ich dann meistens Kopfschmerzen und seit gestern tut auch ein Zahn weh. Ist das ein Leben? Wie soll man da den Advent feiern? Ich dürfte eigentlich überhaupt keine Plätzchen essen, da ich es nicht schaffe abzunehmen. Doch eines am Tag wird ja nicht so schlimm sein? Ich will nicht noch mehr zunehmen. Setze ich mich dann an den Computer und schaue meine E-mails an, dann habe ich nach kurzer Zeit Schulterschmerzen, die bis in den linken Arm ziehen. Glaub mir, da bekomme ich Angst vor einem Herzinfarkt, da ich manchmal auch ein Stechen auf der linken Seite spüre. Ich hatte mir schon die linke Brust röntgen lassen, um sicher zu gehen, dass da alles normal ist. Es war Gott sei Dank nichts zu sehen. Hast du nicht auch Angst vor Brustkrebs? Denk doch mal an die Sigrid, die operiert werden musste. Hoffentlich ist sie jetzt gesund! Ja, liebe Claudia, so kann einem die Freude an den dunklen Monaten vergehen."

„Ich nehme mir ein spannendes Buch und setze mich mit der Tageslichtlampe ins warme Wohnzimmer, wo mein Freund manchmal Feuer im Kamin macht. Wir trinken Weihnachtstee und probieren die ersten Plätzchen. Natürlich fehlt schon gegen vier Uhr nachmittags das Tageslicht. Du hast recht, es ist keine schöne Zeit. Wer es sich leisten kann, fährt jetzt weg und genießt nochmal irgendwo die Sonne vor dem langen Winter. Ich rate dir, lese doch etwas Fröhliches, dann wird deine Stimmung besser."

„Da fällt mir gerade ein, ich muss noch den Christbaum besorgen und vieles andere mehr. Mein Freund schimpft, weil er am Dachboden die Kiste mit dem Weihnachtsschmuck nicht findet. Widerwillig hat er draußen im Vorgarten die Beleuchtung auf den Bäumen angebracht. Ich möchte nicht darauf verzichten. Das Licht sieht so toll aus. Die Dose für die Plätzchen ist auch nicht auffindbar. Anstatt schöne Weihnachtsgeschichten zu senden, bringt das Fernsehen lauter Krimis und das auf den meisten Kanälen oder dreimal in der Woche Spendenaufrufe. Folgt man denen, bleibt für Geschenke für die eigene Familie nichts mehr übrig.

Oh du fröhliche Weihnachtszeit. Das neue Jahr ist hoffentlich nicht mehr weit.

Sylvia Hofmann

Endlich war die Suche erfolgreich

Mein Arzt hatte mir Stützstrümpfe verschrieben. Da es hier im Ort kein Sanitätshaus gibt, fuhr ich mit meinem Mann in den Nachbarort. Während ich schon mehrere Paare probiert hatte und keine passten, musste ich plötzlich zur Toilette. Ich fragte die Verkäuferin nach ihrem WC. Doch ich bekam die Antwort: „Wir haben keine Toilette für Kunden. Unser Chef mag das nicht, Sie können hier die Toilette nicht benutzen." Eine öffentliche Toilette war ihr nicht bekannt. Was tun? Ich unterbrach die weitere Anprobe und machte mich auf den Weg eine Gaststätte aufzusuchen. Dabei fiel mir ein, dass ja Montag war und die meisten Gasthäuser geschlossen sind. Ein Café in der Nähe öffnete erst nachmittags. Es war jedoch erst kurz vor mittags. Drei oder vier Stunden konnte ich nicht warten. Was tun?

Wir kamen an einer Arztpraxis vorbei. Das wäre eine Idee, schoss es mir durch den Kopf. Der Druck war schon sehr stark, als ich die Treppe zum Eingang hinaufstieg. Die Tür stand offen, weil so viele Patienten dort anstanden. Ich ging an allen vorbei vor zur Theke, wo ich nach einem WC fragen wollte. Die Dame dort war mit Schreiben beschäftigt und würdigte mich keines Blickes. Leute in der Reihe schimpften, ich solle mich nicht vordrängen. Von der Rezeptionistin hörte ich in bösem Ton, ich solle mich gefälligst hinten anstellen. ‚Das kann dauern', dachte ich mir und ging wieder. Müssen wir nun nach Hause fahren ohne die Strümpfe gekauft zu haben? Auch das dauerte eine knappe halbe Stunde.

Ich dachte an die vielen Männer, die ich schon in irgendeiner Ecke habe pinkeln gesehen und wurde richtig böse. Da kam mir der richtige Gedanke. Als wir vor Monaten in einem Gartencenter Pflanzen gekauft hatten, sah ich ein Kunden-WC. Nichts wie hin! Es war nicht weit. Doch die Toilette dort war gerade besetzt. Schon die Aussicht auf diese Möglichkeit machte mich glücklich. Hoffentlich heißt es nicht, die Toilette wäre abgesperrt, da kaputt. Ich hatte Glück. Nach fünf Minuten Wartezeit verließ eine Frau das WC.

Auf der Fahrt zum Sanitätshaus kam mir der Gedanke, ob ich mir künftig einen Topf ins Auto stellen sollte?

Sylvia Hofmann

Wo ist meine Mama?

Alina kommt von der Schule nach Hause. Seit einigen Wochen besucht sie die erste Klasse der Grundschule. Sie teilt ihrem Papa, der zu Hause arbeitet, mit, dass die Lehrerin am kommenden Samstag alle Mütter mit ihren Kindern in die Schule bittet um gemeinsam zu basteln. Alina wächst mit zwei Vätern auf und hat sich noch niemals Gedanken gemacht, wo ihre Mama wohnt. Sie kennt es nicht anders. Doch jetzt fragt sie ihren Vater, wo ihre Mutter ist. Dieser meint, sie lebe in Amerika, weil es ihr dort besser gefalle als hier.

„Können wir sie nicht einmal besuchen?" Fragt Alina.

„Wenn du älter bist, werden wir das tun. Du musst dich noch etwas gedulden. Ich werde mit dir zum Bastelnachmittag gehen, mein Schatz."

„Die Mutter von Lisa kann auch nicht kommen, sie muss am Samstag arbeiten", hört der Vater. Der zweite Mann im Haushalt meint, er würde am liebsten auch mitkommen und fragt, was gebastelt wird.

„Nein, einer genügt", hört Alina und ist froh, dass sie nicht ohne Begleitung gehen muss.

Als Markus einmal von Nachbarn angesprochen worden ist, meinte er sie lebten getrennt, deshalb sei seine Tochter bei ihm.

Etwas komisch kam er sich vor, als er mit Alina in der Schulbank saß und die vielen Frauen ihn immer wieder ansahen. Doch keine der Mütter hatte es gewagt nach Alinas Mutter zu fragen. Vielleicht hatte sie einfach keine Zeit. Dem Kind, dessen Mutter heute arbeiten muss, half die Lehrerin öfters. Die restlichen Kinder sind in Begleitung ihrer Mütter und viel Bastelmaterial gekommen.

In der Pause ist Alina mit ihren Freundinnen beschäftigt. Die Lehrerin nimmt ihre Chance wahr mit Alinas Vater zu sprechen. Dieser gesteht der Lehrerin, seine Tochter hat nicht nur zwei Väter sondern auch zwei Mütter. Die Lehrerin macht nicht nur große Augen, sondern kommt sich verulkt vor. Sie weiß nicht, wie sie reagieren soll. Ihr ist bekannt, Männer machen manchmal dumme Scherze. Sie lacht und meint: „Bitte machen sie keine Witze mit mir."

Markus bleibt ernst und antwortet: „Seit längerer Zeit haben ich und mein Lebenspartner uns ein Kind gewünscht. Wir wollten aber keines adoptieren, sondern jeder ein eigenes Kind haben. Möglicherweise bekommt Alina auf dem gleichen Weg noch ein Geschwisterchen. Die Augen der Lehrerin werden noch größer. Sie denkt über künstliche Befruchtung nach.

„Wir hatten von einer Methode aus Amerika gehört, die bei uns nicht erlaubt ist. Dazu muss eine Frau ein Ei opfern, das im Labor mit dem Samen vermischt wird und einer anderen Frau eingepflanzt wird. Sie ist sozusagen die Leihmutter. Sie trägt es aus und gebiert es. Es ist ihr bewusst, dass es nicht ihr Kind sein wird. Sie wird dafür bezahlt. Sie muss es abgeben. Die genetischen Väter holen ihr Baby in den USA ab. Sie kennen beide Mütter, die sie vorher ausgesucht hatten und halten den Kontakt, wenn sie wollen. Wenn die gleiche Frau nochmals ein Ei spendet, dann sind die Kinder richtige Geschwister.

„Na dann viel Glück“, mehr fällt der Lehrerin dazu nicht ein. Sie ist der Meinung, ein Kind braucht eine Mutter. Zwei Männer können keine Mutter ersetzen. Es hat seinen Sinn, warum diese Methode in Deutschland verboten ist. Nicht alles heute Machbare muss auch gemacht werden.

Sylvia Hofmann

Wie alt kann ein Mensch werden?

Das Kleeblatt, das sich monatlich zum Kaffeekränzchen und Austausch über Neuigkeiten der Stadt trifft, war noch nicht vollzählig. Vermisst wird noch Helga, deren Angewohnheit es scheinbar ist zu spät zu kommen.

„Wenn du wieder nach Schönhausen fährst, nehme nicht den Radweg, sondern fahre außen herum", rät Lisa der Freundin Monika. „Es könnte einmal gefährlich werden."

„Als ich kürzlich an seinem Garten vorbeifuhr, hat er mich sogar eingeladen. Du weißt doch, wen ich meine?"

„Und hast du dich getraut sein Grundstück zu betreten?", will Lisa wissen.

„Der arme Mann kann einem leidtun. Er ist so isoliert und wollte sicher nur mit jemanden reden. Ich habe gewinkt und bin weitergefahren."

Nun ist auch Helga eingetroffen und fragt, was die Freundinnen gerade besprechen.

„Von dem komischen Alten haben wir geredet, der behauptet, er sei mehr als 200 Jahre alt. Er will mit Napoleon geredet haben und die Französischen Revolution erlebt haben, der Spinner. Er soll wohl früher auch in Frankreich gewohnt haben, behauptet er zumindest. Er schwärmte von Napoleons hübscher Frau, die aus Martinique stammte.

„Das klingt interessant, da hätte ich doch mit ihm im Garten reden sollen." Monika ist ganz aufgeregt. Sie hätte gern mehr erfahren.

„Nicht nur Radfahrer, auch Spaziergänger meiden diesen Weg, seid doch nicht so neugierig! Ja, uralt sieht er aus mit seinem weißen Bart und den zotteligen weißen Haaren und Falten hat er auch genug."

Helga nimmt ein Stück von dem selbstgebackenen Kuchen und meint: „Ich bin deshalb so spät, weil ich noch etwas erfahren habe, das ihr nicht für möglich haltet. Jemand aus unserer Stadt soll das Gesundheitsamt eingeschaltet haben, und Ärzte haben ihn daraufhin überprüft und festgestellt, dass er krank ist. Er war früher Lehrer für Französisch und Geschichte gewesen und hat sich alle Einzelheiten aus den Büchern, die sein Hobby sind, so eingeprägt, dass er es für die Realität hält, die er selbst erlebt hat. In seinem Kopf geht alles durcheinander. Man sollte ihn nicht auslachen. Er hält alles für bare Münze. Eigentlich ist er mit

314

seiner Krankheit genug gestraft. Er wird unter der Isolation leiden. Er hat nur ein paar Hühner und eine Ziege, so viel ich weiß.

„Also, wenn ich wieder mit dem Fahrrad nach Schönhausen fahre werde ich ihn besuchen und ausfragen, dann kann ich euch berichten."

Adam R. Prokop

Augen eines Lebens

Ein grauhaariger Greis stieg langsam und mühsam die Treppen eines Turmes hinauf. Jetzt stand ihm viel Zeit zur Verfügung. Ohne sich zu beeilen, erinnerte er sich an die vergangene Zeit, als ob eine Stufe eine Woche wäre. Ein Gefühl nagte an seinem Gedanken und erlaubte ihm nicht, den Weg zur Befreiung zu genießen. Er empfand sich selbst als eine schwarze Krähe, die ein Fleck auf dem Wolkenkleid des Himmels ist.

– Bleib auf den Boden, schwarzer Vogel! – ermahnte er sich selbst. So poetisch war er lange nicht mehr. Die lebendige Grausamkeit des Alltags läßt sich in der Poesie einfach nicht wiedergeben, zumindest fand er keine richtigen Worte dafür.

Im tiefen Abgrund seines Gedächtnisses behielt er die Gedichte, die von ihm selbst geschrieben wurden. Das Heft befand sich unter seinem Teenagerbett. Damals in seinem Zimmer, hing ein Bild an der Wand, das eine schwarze Katze darstellte. Katzen zogen ihn magisch an, und es hatte nichts von der sich schnell verbreitenden Sinnlosigkeit der Katzenaufnahmen. Die feinsten Sekunden jedes Tages waren am Abend, wenn die untergehende Sonne die geheimnisvollen Augen der Katze belebte und sie grün leuchten ließ. Diese beseelten Augen schienen ihn ganz zu durchschauen, unbekannte Möglichkeiten seiner Fantasie zu wecken. Das Leben der Augen dauerte nur ein paar Sekunden, jedoch in seiner Seele leuchtete ihr Licht noch mehrere Stunden in der Nacht. Er versuchte jeden Tag dabei zu sein, wenn die Sonne das Bild verzauberte. Unter der Katze entstanden die meisten seiner Gedichte.

Dieser Führer der Nacht half ihm auch bei der Unterscheidung, welche Leute vertrauenswert sind. Einfältige Leute fanden in diesem Bild nichts Ungewöhnliches – die waren ihm egal, trotzdem manchmal nützlich. Seine zukünftigen Feinde hielten die Katze für abscheulich. Und da waren auch zwei Leute, die die Magie des Gemäldes empfanden so wie er. Seine vertrauten Freunde für immer und ewig – Lars und Violett. Violett war unheimlich geil, überdurchschnittlich intelligent und liebte die Katze. Als er in der Schule Probleme mit der Mathematik hatte, war sie – Objekt der Begierde des männlichen Teils der Schüler – bereit ihm zu helfen. Seine Freude stieg noch, als sie das erste Mal die Türschwelle seines Zimmers zwecks Nachhilfe überschritt und einen Blick auf die Katze warf. Da wusste er – sie wurde verzaubert. Eines Tages fand Violett, angeblich zufällig, sein Heft mit den Gedichten.

- Die sind ganz toll.
- Spinne nicht!
- Doch, ich meine es ernst.
- Lies sie nie wieder.
- Warum?
- Die gehören nur mir.
- Dir und deiner Katze.
- Vielleicht.
- Warum verbirgst du, was du geschrieben hast?
- Die Seele befindet sich in der Privatzone, nicht im Verkaufsbereich.
- Du bist ein verdammter Egoist.
- Wirklich?
- Yep.
- Soll ich das Bild der Katze zu irgendeiner Ausstellung bringen?
- Wieso?
- Beantworte meine Frage!
- Nein!
- Warum?
- Na ja, nicht alle Leute sind verzauberungsfähig.
- Du bist eine verdammte Egoistin.
- Wirklich?
- Yep.
- Schon gut.

Eines Nachts wachte der Junge ganz plötzlich auf. Er hatte einen seltsamen Traum. Jemand sagte ihm, er solle sich anziehen und hinausgehen. Draußen sei ein Taxi für ihn bestellt worden. Im Zimmer befand sich niemand, doch draußen wartete ein Auto, wie er beim Blick durchs Fenster feststellte. Er zog sich an und ging hinaus. Die Uhr schlug die erste Stunde des neuen Tages. Der Fahrer begrüßte ihn mit freundlichem Grinsen und mit der Handbewegung lud er ihn zur Platznahme ein. Vertrauen zu Fremden schien ihm nicht hundertprozentig vernünftig zu sein, aber seine Neugier besiegte die Angst. Er ließ sich auf der Hinterbank nieder und ins Unbekannte führen. Im Rückspiegel bemerkte er eine unerwartete Eigenschaft seiner eigenen Augen. Sie leuchteten grün. Die Reise dauerte ungefähr eine Stunde. Die Gegend hatte er früher nie gesehen. Das Auto hielt an. Nächste Überraschung: Sein Chauffeur wollte kein Geld, hingegen versprach er, noch siebenundsiebzig Minuten einfach zu warten. Der Junge stieg aus. Die Schatten der Nacht kamen ihm seltsam deutlich vor. Im Sehkraftbereich befand sich kein Haus, jedoch ein paar Meter vor ihm stand eine Tür frei in der Gegend herum. Stand da tatsächlich *Voi che intrate lasciate ogni speranza* drüber? Die Tür öffnete sich selbst, beinahe als Antwort auf seinen Zweifel. Im Rahmen der Tür erblickte er plötzlich eine schöne Frau, die ganz betrübt aussah.

- Spielst du immer noch am liebsten mit Treff?
- Woher weißt du das?
- Ich sehe scharf, was du vernebelt wahrnimmst.

Er kämpfte mit seinen Gedanken, konnte gar nicht begreifen, was los war. Er fürchtete sich nicht, allerdings war ihm auch nicht mehr klar, was er empfand. Die südländische Frau streckte ihre Hand aus, auf der ein Brief lag.

- Nimm.
- Wieso?
- Zeit bringt die Antwort.
- Kannst du sie mir nicht sagen?
- Deine siebenundsiebzig Minuten sind vorbei.
- Das war doch nicht mal eine Viertelstunde.
- Lass die Zeit selbst entscheiden.

Die Hupe des Taxis unterbrach die Ruhe der Nacht. Die Tür verschwand, jedoch der Brief schwebte vor seinen Augen. Er nahm ihn und ging langsam zum Auto.

- Hier ist meine Visitenkarte. – Das waren die einzigen Worte, die er aus dem Mund des Fahrers auf dem Rückweg hörte. Im Zimmer angekommen, legte er sich sofort hin, um das Gleichgewicht nicht zu verlieren. Er untersuchte den Briefumschlag, da stand nichts drauf, trotzdem wollte er ihn nicht öffnen. Mit der Visitenkarte war es noch schlimmer. Da wurden nur der Unternehmensname *(Contra il Tempo Fatale)* und der Inhabername *(Aeternius Weil)* erwähnt. Danach kam der Schlaf und hielt ihn ruhig bis zum späten Morgengrauen, als die unbarmherzigen Sonnenstrahlen ihn weckten. Er bangte die Augen zu öffnen. Jetzt hatte er Angst, obwohl die Sonne ihn wohl nicht töte. Dann hörte er jemandes Schritte und die Stimme von Violett.

- Eh, Vögelchen, was hältst du vom Aufstehen?
- Eigentlich nichts.
- Wow, du hast einen Brief gekriegt.
- Hä?
- Brief, liegt neben deinem Bett.

Er stand auf, ungläubig betrachtete er den Briefumschlag. Mit grüner

Schrift stand dort geschrieben: *Perfektes Mittel, um die Katze umzubringen.*
Die unfassbaren Gedanken liefen durch seinen Kopf, ganz chaotisch,
doch eine Frage kehrte immer wieder zurück: War es kein Traum?
- Ich habe dein letztes Gedicht gelesen.
- Habe ich nicht gesagt, du sollst meine Gedichte nie mehr lesen?
- Ist das wirklich passiert?
- Was bedeutet wirklich?
- Das war kein Traum?
- Nein.
- Hast du keine Angst?
- Nicht mehr.
- Neugier?
- Eher Enttäuschung.
- Enttäuschung?
- Ja.
- Wieso?
- Das ist alles so infantil.
- Was?
- Na, wie in der Schundliteratur.
Diesen Eindruck hatte er wirklich. In der Nacht passierte etwas, beim
Sonnenaufgang hoffte er, alles sei ein Traum, und dann kam die Kon-
frontation mit der Wirklichkeit. Was kommen soll, wird kommen. Wenn
dieses verrückte Nachtabenteuer nur seine Ruhe stören wollte, war es
misslungen. Zwar schrieb er dieses blöde Gedicht, aber das war immer-
hin ein schönes, lyrisches Thema. Poesie beschäftigt sich mit allen Dingen, die aus Träumen hervorgehen, um gedacht zu werden. Das war aber
sein letztes Gedicht.

Eines Tages versuchte er noch einmal einige Wörter zu verzaubern, aber
er schaffte es nicht. Das war aber wenige Monate später, in der Zeit, wo
weder die Katze noch Violett bei ihm sein konnten. Vor seinen eigenen
Augen hatte er nur andere graue Augen. Der tiefe Gram ihres Ausdrucks
erlaubte ihm keinen ruhigen Schlaf. Der Zettel, den er als Sündenbock
für die Poesie stiften wollte, damit diese die ganze Schuld übernimmt,
verhielt sich wie ein Spiegel. Jenseits dieses Spiegels sah er die grauen
Augen, in denen seine eigenen Tränen reflektiert wurden. Jede Bewegung des Kugelschreibers zerstörte dieses Bild und banalisierte es. Keine
Worte waren zu finden, keine Hilfe der lyrischen Musen war zu erwarten.
Die lebendige Grausamkeit des Alltags lässt sich in der Poesie nicht wiedergeben.

Ratlos erörterte er die Möglichkeiten, wie alles anders gewesen wäre, wenn ... Dutzende von Entwürfen, die nie Wirklichkeit werden konnten, vergifteten seine Stunden. Er sei nicht schuldig, behaupteten die Leute. Aber was wussten die anderen schon? Die meisten von ihnen lernten im ganzen langen Leben nie ordentlich die eigene Seele kennen. Nicht, dass er sich wirklich schuldig bekannte. Im Gegenteil. Ihm waren die Hilflosigkeit und Ratlosigkeit eines Freundes dem anderen gegenüber klar. Rational konnte er die eigene Unschuld ganz gut beweisen, aber umsonst. Seiner Seele war es nicht mehr fremd, verflucht zu sein. Die Flecke der Schuld sind so alt wie die Ewigkeit, doch leben sie länger. Die Vernunft verfügt in diesem Bereich über keine Entscheidungsmacht. Keine ausgedachte Lösung wäre in der Lage diese grauen Augen entweder aus seinem Gedächtnis zu tilgen oder sie mit einem Sonnenstrahl neu zu beseelen.

Er erinnerte sich ganz gut an diese erste Begegnung. Violetts Geburtstag näherte sich. Eine extravagante Idee setzte sich diesbezüglich in seinem Kopf: Sie wird von ihm eine lebendige Katze geschenkt bekommen haben, jedoch zuerst musste er diese finden und fangen; in einem Dorf neben seiner Stadt. Mit dem Fahrrad war diese Strecke nicht mehr als eine Dreiviertelstunde entfernt. Der Weg dahin führte durch eine seltsame strauchartige Gegend, wo ganz viele kleine Tiere, darunter verwilderte Vertreter der Gattung *felis catus* ihr Domizil fanden. Durch das Dorf floss ein Bach, über dem eine tiefrote Brücke schwebte. Das war das beste Wort für den Eindruck, den diese Brücke machte. Die abergläubischen Bewohner der Gegend bezeichneten sie als Dämonentor. Obwohl er an keine Dämonen glaubte, musste er zugeben, dass diese Brücke seltsam gebaut wurde. Mehrmals untersuchte er die Konstruktion, trotzdem erfuhr er nie, welche architektonischen Anwendungen diesen ungewöhnlichen optischen Effekt verursachten. Bei diesen Untersuchungen schloss er eine neue Bekanntschaft mit einer schwarzen Katze, die seiner Meinung nach vor einigen Tagen ihre Jungen bekommen hatte. Seine Hoffnung war, dass er ein kleines Kätzchen nehmen könnte, ohne die gute Beziehung zu der Katze zu verlieren. Überrascht stellte er plötzlich fest: Das Tierlager befand sich in der Mitte der Brücke. Drin lag seine bekannte Katze mit fünf Jungkatzen. Höchstwahrscheinlich traute sich niemand in dieser Gegend jemals die Brücke zu betreten. Dieselbe Szene beobachtete allerdings von der anderen Seite des Dämonentors ein anderer Junge mit auffälligen grauen Augen. Schweigend musterten sie sich gegenseitig ohne mit der Wimper zu zucken. Erst als er sich entschied, das kleine Kätzchen zu ergreifen, fragte der andere Junge:

- Weißt du, dass diese Brücke verflucht ist? – aber er erhielt keine Antwort.

Die große Katze lag ohne Bewegung, als er in Richtung des Lagers trat. In dem Augenblick, in dem er eine der Jungkatzen nahm, schickte die untergehende Sonne einen Strahl in die Augen der Katze. Die Verwandlung fand blitzschnell statt. Die Augen wurden grün, etwas ähnlich den Augen des Bildes, aber dieses Grün konnte nicht das frohlockende Licht des Abendmeisters bedeuten. Diese Augen wurden grimmiggrün, und bevor er überhaupt etwas unternehmen konnte, fühlte er die Krallen der Katze am Hals. Kurz danach flog die Katze ganz plötzlich ins Wasser hinein. Vor sich sah er die grauen Augen des Jungen, der ihn besorgt betrachtete.

- Danke.
- Du würdest dasselbe machen, nicht wahr?
- Ich hoffe.
- Kennst du dich selbst nicht?
- Ich kenne mich und genau deswegen bin ich mir nicht sicher.
- Aber lieben kannst du.
- Woher weißt du es?
- Du hast den Fluch auf dich genommen, um diese Katze jemandem zu geben.
- Du bist also auch verflucht.
- Voi che intrate lasciate ogni speranza.
- Du zitierst hier Alighieri einfach so?
- Si.
- Also bin ich mehr schuldig, als ich dachte.
- Wieso?
- Du hast dich meinetwegen verfluchen lassen.

Die grauen Augen lächelten ihn an. Er erwiderte mit einem Grinsen. Als Pakt der Freude mitten auf der tiefroten Brücke fing seine überraschende Freundschaft mit Lars an.

- Bist du glücklich?
- Es ist ganz schwer, Glück in sich selbst zu finden. Aber unmöglich irgendwo anders.
- Chamfort. Weiser Kerl.
- Wenn du meinst.

Lars unterhielt sich mit ihm häufig über das Thema des Glücks. Dank dieser Gespräche behielt er sehr viele schöne Momente aus dieser Zeit in Erinnerung. Den Nachmittag, als trotz des bedeckten Himmels ein Sonnenstrahl es schaffte, das Bild an seiner Wand zu beleben. Nur weil er es wirklich nötig hatte, in den grünen Augen ein Antidot gegen den Hass der Brückenkatze zu finden. Violetts Kuss, als er ihr die Jungkatze schenkte. Erstes quasiphilosophisches Gespräch mit Lars. Sie lasen viele Bücher und konnten sich endlich einmal mit jemandem auseinandersetzen. Jedoch ein Dialog war gar nicht so glücklich.

- Dieses Bild ist verzaubert.
- Ich weiß.
- Katzen sind wunderbar und verflucht.
- Dämonentor?
- Yep.
- Lars, glaubst du wirklich daran?
- Hast du irgendwelche Ahnung von ägyptischer Mythologie?
- Eine Katze als Schützer in der Unterwelt?
- Genau.
- Ich sehe keine Verbindung.
- Seit diesem Ereignis auf der Brücke halte ich meine Seele ständig für dreckig.
- Ich war auch auf dieser Brücke, aber diese Empfindung bleibt mir fremd.
- Du hast dieses Bild und einige Momente des Heilmittels pro Tag.

In der Nacht nach diesem Gespräch wachte er um Mitternacht auf. Vorahnend wusste er, was er durch das Fenster sehen würde. Er zog sich an und ging hinaus. Aeternius Weil wartete hinter dem Lenkrad des Taxis. Als der Junge sich hineinsetzte, begann die zweite Reise ins schon Gesehene, jedoch stets Unbekannte. Alles lief planmäßig: die Gegend, die Tür, die Aufschrift, der Teppich, die südländische Frau, sogar der Briefumschlag.

- Spielst du immer noch am liebsten mit Treff?
- Woher weißt du das?
- Ich sehe scharf, was du vernebelt wahrnimmst.
- Warum fragst du dann?
- Ich brachte etwas für dich.
- Ist das die zweite vollkommene Methode, eine Katze umzubringen?
- Nein.
- Dann was?
- Ausflug für zwei Personen.
- Wohin soll ich fahren?
- Nicht fahren, fliegen.
- Stets bleibt die Frage: Wohin?
- Nach Italien.

- Mit Violett?
- Nein.
- Mit Lars?
- Ja.
- Was willst du mir noch sagen?
- Nichts.
- Warum?
- Eine Weile dauert nie ewig.
- Ich möchte wissen warum.
- Über Antworten verfügt die Zeit.

Am nächsten Morgen überprüfte er die Flugscheine; und nachdem er festgestellt hatte, dass alles mit ihnen in Ordnung war, erzählte er Lars die Nachtereignisse. Damit sein Freund ihn nicht für einen Narren hielt, traf er die Entscheidung, manche Dinge nicht zu erwähnen. Die Taxifahrt wurde zu einem Spaziergang und die südländische Frau zu einer zufällig getroffenen, alten Bekannten. Unklarheiten waren offensichtlich, aber Lars stellte keine überflüssigen Fragen.

- Wann brechen wir auf?
- Heute Nachmittag, wenn du kannst.
- Gewisslich werde ich können wollen. – bei dieser Formulierung mussten sie beide wieder grinsen.
- Warum bist du so zufrieden?
- Ich spüre, dass ich in Italien Zeit für mein Glück finde.

Der Junge erzitterte, weil er eine Vorahnung hatte, aber vielleicht war das nur ein Truggefühl. Wie er später erfahren sollte, hatte er mit seiner Intuition recht.

In Italien verbrachten sie fünf wunderschöne Tage. Das Geld wurde jeden Tag von dem Concierge parat gestellt, danach begann die Besichtigung der Städte. Dabei waren sie ziemlich mobil, weil ihnen ein Auto mit einem Chauffeur zur Verfügung stand. Lars war glücklich. Er dagegen hatte Angst, sie wuchs von Tag zu Tag. Die Stimmung eines Geheimnisses trennte ihn und Lars voneinander. Am sechsten Tag wachte er am Morgen ganz schlecht gelaunt auf und merkte, dass Lars nicht in Zimmer war. Na ja. Eigentlich gut, er war so schlecht drauf, dass er sogar die Gesellschaft von Lars nicht mehr wollte. Er nahm eine Dusche, doch die half ihm nicht dabei, sich besser oder munterer zu fühlen. Irgendetwas bedrückte ihn von innen.

Es klopfte an der Tür. Auf der Schwelle stand ein Concierge und hielt drei Briefumschläge in der ausgestreckten Hand. Der erste war von der südländischen Frau, der aber kein Geld enthielt, sondern eine Flugkarte.

Nur eine. Der zweite war von Violett. *Wo bist du eigentlich? Ich vermisse dich so sehr. (...)* - hier kam der ganze Unsinn, den ein Mädchen einem Jungen erzählt, um das Wesentliche zu umgehen. Von der Länge des Quatsches her, ahnte er, dass etwas wirklich Schlimmes passiert war. Das wesentliche Ereignis war nun im Postskriptum angedeutet. *Ach ja, ich habe noch eins vergessen. Aber ich weiß nicht, wie ich dir das schreiben soll. Bitte, ärgere dich nicht.* (als ob etwas ihm die Laune noch tiefer in den Abgrund stürzen könnte) *Deine Mutter und ich haben uns entschieden, dein Zimmer aufzuräumen und dabei hat deine Mutter den Brief, du weißt welchen, gefunden. Und ... Und geöffnet ... Du wirst nicht glauben, aber das Bild der Katze ist dann auf den Fußboden gefallen und hat jetzt zwei Löcher, da wo die Augen waren ...*

Er erinnerte sich an die grimmiggrünen Augen der Katze auf der Brücke und fühlte wieder ihre Krallen an seinem Hals. Aber Lars war diesmal nicht dabei. Sein Bildschützer war auch fort. Die tägliche Minute des Heils war vorbei. Seine Seele fühlte sich dreckig. Er fühlte sich zum ersten Mal tatsächlich verflucht. Das war aber gar nicht so schlimm im Vergleich zu dem Inhalt des dritten Briefumschlags. Darin war kein Brief, sondern nur zwei Augen, zwei graue, auffällige Augen, die ihn mit einem tiefen Gram anschauten. Der Junge war des Erbrechens nahe, doch er beherrschte sich. Aus der Jacke nahm er die Visitenkarte von Aeternius Weil, obwohl er gar nicht wusste, wozu sie dienen sollte. Doch darauf fand er etwas, was früher nicht vorhanden war, nämlich eine Telefonnummer. Er wählte die angegebene Nummer. Niemand meldete sich, doch er hörte eine Stimme, die sagte, dass er in fünf Minuten auf dem Innenhof des Hotels warten solle. Das tat er auch.

Aeternius war höflich und schweigend wie immer. Er gab ihm keine einzige Antwort, sondern ermahnte ihn nur, dass die Zeitbestimmung nicht den Menschen gehöre. Der Junge sah nichts außer den grauen Augen, die seine grünleuchtenden Augen widerspiegelten. Er wollte eigentlich nicht wissen, ob die südländische Frau mit ihm sprechen werde. Er fühlte sich ratlos und zu schwach, um wütend zu sein. Sie wartete auf ihn und ließ ihn kein Wort sagen.

- Dafür, was mit Lars geschah, bist du nicht verantwortlich. Du weißt es. Andere werden dir das auch sagen. Du wirst aber morgen den höchsten Turm in deiner Stadt besteigen und an dem letzten Fenster wirst du die nächsten Hinweise finden.

Dann ließ er sich von seinem Chauffeur zum Flughafen bringen. Beim Abheben der Maschine wurde ihm überraschend schwindelig, danach fiel er in Ohnmacht. Er wachte mit dem Sonnenaufgang im eigenen Bett auf. An der Wand hing das blinde Bild der Katze. Er wollte ein Gedicht schreiben, umsonst ... Er sah nur die grauen Augen von Lars. Er zog sich an und ging zum Turm.

Beim Eingangstor, das ostensibel dunkelrot gestrichen wurde, wartete die andalusische Frau und schaute ihn mit einer undurchsichtigen Miene an. Ihre schwarzen Augen machten einen abgründigen Eindruck. Man konnte sich sowohl in der Farbe, wie auch in der Tiefe vollständig verlieren. Er wollte es eigentlich nicht. Vor allem, weil er diese Frau gar nicht kannte. Ihr andalusisches Aussehen, ein wenig bekannt, doch im Grunde genommen exotisch, fast orientalisch, so als ob die Reconquista lediglich ein unüberprüfbarer Mythos wäre, faszinierte ihn. Aber zum Zittern brachte ihn eigentlich das Unbekannte, das Geheimnisvolle. Und da war noch die Frage, die sie gestellt hat, die Bitte, den einen Menschen zu nennen, dessen Existenz, dem Leben Lebenswürdigkeit verliehe. Am Ende zuckte er nur mit den Schultern. Er kannte so einen Menschen nicht; weder suchte er je danach, noch wurde er fündig. Die tiefschwarzen Augen zogen ihn fast magisch an. Viel mehr als die klischeehaft roten Lippen, die sich gerade aus einem Lächeln lösten, um die weitere Frage zu formen.

- Gäbe es denn Momente, für die es sich lohnte zu leben?

Er erinnerte sich erstmal an eine Vokabel. Das war „gewisslich". Laut Wörterbuch ist es ein wenig gebräuchliches Adverb, das nur noch von altersmäßig fortgeschrittenen Generationen genutzt und durch kürzeres und zugleich auch als Adjektiv funktionierendes „gewiss" verdrängt wird. Er nahm das Wort zum ersten Mal in der Synchronisation einer amerikanischen Sitcom wahr. Übrigens verdankte er im Allgemeinen den deutschen Filmübersetzern sehr viel. So hörte er in einer Folge der verjährten Sternflottenserie über eine Weltraumstation einen Satz, der tatsächlich mithilfe von Futur II gebildet wurde. Eine wahre Rarität. Der Inhalt der Aussage fiel weniger ruhmreich aus. *Wir werden diesen Krieg gewonnen haben.* Jedenfalls gewisslich sagte ein Schauspieler, der gerade von seiner Drehbuchfrau bezichtigt wurde, dass er in Anwesenheit einer bestimmten Person seine Ausdrucksweise verändere. Die Wortwahl bei der Antwort sollte die Anklage bestätigen. Aber es war irgendwie nicht lustig, nur das vorausschauend instruierte Publikum im Fernsehen lachte zwar gezwungenermaßen, jedoch erwartungsgemäß. Er hingegen entschied freiwillig und wider jegliche Erwartungen, dass er von nun an in besonderen Situationen genau dieses Adverb als Bestätigung einer Sicherheit benutzen wird.

— Gewisslich. — Das war die einzig mögliche Antwort auf die Frage der andalusischen Dame, deren schwarze Augen ihn verlockend anzogen.

Sie frug nach den Momenten, nach den ewigen Weilen. Sie schickte ihn zurück nach Hause, er sollte sich noch viele Jahre quälen. Diese Qualen werden ihm Lars` Verlust verdeutlichen und Violett langsam aber sicher entfremden.

 Ein grauhaariger Greis stieg langsam und mühsam die Treppen eines Turmes hinauf. Als er zum letzten durch das Treff-Symbol markierten Fenster kam, sah er Lars, wie er ihn vor Jahren das letzte Mal gesehen hatte. Ein tiefes Seufzen entfuhr dem Abgrund seiner Seele. Dieses Wesen sah mindestens wie Lars aus, obwohl es die grünen Augen der Katze auf dem Bild hatte.

 - Hai.
 - Hai.
 - Deine Zeit ist gekommen.
 - Deine auch?
 - Wir sind verflucht.
 - Meinst du?
 - Ja.
 - Woher weißt du das?
 - Ich darf nicht in die Unterwelt, in die Bereiche der Toten.
 - Musst du in dieser Wirklichkeit herumschweben?
 - Du wirst dasselbe erleben.
 - Ich möchte noch gar nicht sterben.

Die grünen Augen von Lars verwandelten sich rasch. Jetzt waren sie grimmiggrün. Er sprang und beide flohen durch das Fenster.

 - Weißt du, warum Italien? - fragte Lars. Die gleiche Frage stellte ihm vor Jahren Violett.
 - Ja.
 - Warum?
 - Dort schauen die grauen Augen eine nicht-göttliche Komödie an.
 - Und die grünen?

Kristin Ertmer

Tod einer Freundin

Wie es immer ist, wenn man eigentlich etwas Hilfe gebraucht hätte, war natürlich niemand da. Es war ein recht warmer Sommertag am 30. Juli 2005. Mein späterer Mann Ralf und ich hatten Semesterpause und waren bei meinen Eltern zu Hause, die in einem kleinen Dorf zusammen mit meinen Großeltern auf einem Hof wohnten. Meine Mutter war noch auf Arbeit und mein Vater war die Woche über wegen der Arbeit nicht da. Die Großeltern waren mit ihrem Auto im 100 Kilometer entfernten Autohaus zur Durchsicht.

Seit ich neun Jahre alt war, hatten wir unsere Hündin Senta, ein schwarzer Mischling, mittelgroß und ein sehr liebes Wesen. Sogar zwei später noch hinzugekommene Katzen akzeptierte sie, ließ sie als Junge sogar an ihren Zitzen saugen, sodass der Milchfluss einsetzte. Wie weit „Mutterliebe" geht.

Mit Senta ging ich als Kind und später immer, wenn ich da war, täglich spazieren. Sie war mit meine beste Freundin. Mit ihr genoss ich draußen die Freiheit des Umherstreifens. Zu Hause waren wir nur unter Obacht und Kontrolle, alles wurde mir und meinem Bruder abgenommen.

Mit Ralf ging ich nun auch immer mit Senta spazieren. So auch an diesem Tag. Es sollte meine Lieblingsrunde, ein Stück die Landstraße entlang und dann auf die Kohlenstraße, einem kilometerlangen Feldweg, wo man selten eine Menschenseele trifft, werden. Als wir mit Senta dann schon die staubtrockene Kohlenstraße ein Stück langgegangen waren, bekam sie ganz plötzlich keine Luft mehr. Sie atmete schwer und die Atemgeräusche waren deutlich zu hören. Ihre Zunge fing nach einer Weile an sich bläulich zu verfärben. Was war jetzt zu tun? Ich entschloss mich, nach Hause zu rennen und das Auto zu holen, damit wir sie zum Tierarzt fahren konnten. Ralf sollte mit Senta an der Stelle auf mich warten. Ich rannte los, aber dabei merkte ich schon, dass Senta nicht warten wollte, sondern in ihrer Angst hinter mir her wollte. So zog sie denn Ralf hinter sich her mir nach. Es ging ihr nicht gut und das Laufen war sehr beschwerlich für sie. Aber sie ließ sich nicht davon abhalten mir zu folgen.

Ich kam außer Atem zu Hause bei meinen Eltern an, wo mein Bruder wenigstens anzutreffen war. Ich erzählte ihm schnell, wie es Senta ging und dass wir schleunigst zum Tierarzt wollten. Ich fuhr mit dem Auto Richtung Kohlenstraße, aber Senta hatte schon die Hälfte der schwarz asphaltierten und von der Sonne aufgeheizten Landstraße hinter sich gebracht und machte gerade am Straßenrand zusammengekrümmt wieder eine Pause. Wir luden sie hinten in mein kleines Auto auf die Rücksitze und fuhren die acht Kilometer zum Tierarzt. Alles dauerte so lange und Senta bekam immer schlechter Luft. Die Beschwerlichkeit jeder ihrer Atemzüge war deutlich zu hören, die ganze Zeit. Ich hätte mir gewünscht, dass wir fliegen könnten. Endlich beim Tierarzt angekommen, bekam sie gleich eine Spritze gegen die Atemnot. Jetzt wurde kurz gewartet, ob eine Besserung eintrat. Aber das war nicht der Fall. Da sagte die Ärztin, dass das Einschläfern jetzt eine Erlösung für sie sein würde. Ich musste weinen. Ich konnte und wollte es nicht glauben und fragte nochmal nach, ob man nicht noch etwas anderes machen konnte.

Die Ärztin verneinte dies. Ich konnte jetzt auch keinen anderen fragen, was ich machen sollte. Hätte gerne meine Mutter dazu gesprochen, aber es musste jetzt schnell durch mich entschieden werden. Das war ein schlimmes Gefühl. So stimmte ich dann notgedrungen der Spritze zu. Die Ärztin sagte, wir sollen draußen nochmal warten. Ich hätte nicht gedacht, dass sie dann doch schon so schnell eingeschläfert werden würde. Ich nahm an, dass wir uns hätten noch von ihr verabschieden und dann bei der Spritze hätten dabei sein können. Doch die Ärztin kam wenig später wieder raus und sagte, dass Senta friedlich eingeschlafen sei. Wahrscheinlich hatte sie Wasser in der Lunge. Nach 13 schönen gemeinsamen Jahren sollte meine beste „Freundin" nun plötzlich nicht mehr da sein. Ich konnte es schwer glauben. Senta war die erste nahe „Person" in meinem Leben die gestorben war. Ralf tröstete mich. Er kannte sie zwar erst kurz, wusste aber auch, was sie für ein liebes Tier war und was sie mir bedeutete.

Wir bezahlten die Rechnung und fuhren tief traurig nach Hause. Sentas Tod lastete schwer auf mir. Inzwischen waren auch meine Großeltern zurück und wir erzählten ihnen, dass Senta eingeschläfert werden musste. Dann kam auch meine Mutter um die Ecke. Mein Bruder hatte sie schon angerufen und ihr erzählt, dass es Senta schlecht ging. Als sie von uns vom Einschläfern erfuhr, musste sie weinen. Senta war ja ihre Hündin. Ich war schlecht im Trösten. Ich umarmte meine Mutter nur kurz, sprach ihr nicht mal mein Beileid aus.

Abends hoben Ralf und mein Bruder an einer ausgewählten Stelle im großen Garten ein Loch für Sentas Grab aus. Wir hatten sie in einem schwarzen Plastiksacke mit nach Hause bekommen und bei der Hitze solange in der Waschküche meiner Großeltern gelagert. Meine Mutter und ich hatten zwischenzeitlich noch eine Blume, eine große Hortensie zur Bepflanzung gekauft. Dann fand die „Beerdigung" statt. Meine Mutter, mein Bruder, Ralf, meine beiden Großeltern und ich standen dabei um das Grab.

Ich hätte Senta gerne in ihren letzten Minuten begleitet, damit sie nicht so viel Angst hätte haben müssen. Ich hoffe, sie hatte ein schönes Leben bei uns. Sie war sehr verfressen, hatte immer Gesellschaft auf dem Hof. Als Welpe war sie mir zappelnd mal aus den Händen auf die Steinplatten gefallen. Jetzt würden die schönen langen Spaziergänge mit ihr ausbleiben. Nach diesem schweren Tag hatte ich mal wieder das Bedürfnis, meinem Tagebuch alle meine Gedanken mitzuteilen.

Kristin Ertmer

Himmelfahrt

Es war an Himmelfahrt. Die nach all den gemeinsamen Jahren noch immer sehr verliebten Studenten Katja und Matthias waren seit Vormittag beim Vater von Matthias zu Besuch. Immer mal wieder küssten sie sich in seinem Beisein lange und intensiv. Matthias Vater machte ständig Bemerkungen deswegen. Ihn schien es zu stören. Die Mutter von Matthias war seit zwei Wochen in der Reha im Westharz. Im Laufe des Tages wollten sie sie dort gemeinsam besuchen. Dies sollte gleich als schöner Tagesausflug genutzt werden. Matthias Vater war seit Rehabeginn in dem Haus auf sich allein gestellt, dementsprechend sah es dort auch aus. Überall hatte er seine Arbeitsutensilien, die er endlich mal sortieren wollte, ausgebreitet. Sonst befanden sich diese in seinem Dienstauto. Zudem vernachlässigte er Haushalt und Kühlschrank. Um etwas Abhilfe hinsichtlich des Kühlschrankes zu schaffen, wollte er für das Mittagessen ein paar Reste verwerten. Also würde es abgelaufene Eier mit Senfsauce und alten schrumpligen Kartoffeln geben. Um die schon riechenden Eier wieder genießbar zu machen, kochte Matthias Vater sie 12 Minuten. Er meinte, dass müsste reichen. Da es mittlerweile schon weit über die Mittagszeit hinaus war und Katja und Matthias wirklich Hunger hatten und froh waren, dass es überhaupt etwas geben würde, protestierten sie nur kurz dagegen und ergaben sich dann ihrem Schicksal. Gegen Matthias Vater kam in Diskussionen eh keiner an. Die innen blauen Eier schmeckten dann zwar halbwegs, lagen aber im Nachhinein sehr schwer im Magen, sodass Katja und Matthias ständig aufstoßen mussten und sie sich des Gedanken nicht erwehren konnten, dass Matthias Vater sie wohl damit umbringen wollte. Faule Eier zu essen war schon riskant.
Gegen 15 Uhr konnte es dann endlich losgehen Richtung Reha. Katja saß am Steuer ihres kleinen Suzuki Alto, daneben Matthias Vater und hinten Matthias. Die Fahrt ging über kleine Dörfer und so hatten sie an Himmelfahrt ständig Traktoren mit Anhänger und darauf befindlicher feierwütiger Männergesellschaft vor sich. Sie kamen nur sehr langsam voran. Als sie endlich wieder einen Traktor überholt hatten, fuhren sie ein ganzes Weilchen hinter einem schwarzen Van her. Plötzlich passierte es. In einer weiten Kurve kam ihnen ein anderes Auto genau auf ihrer Fahrspur entgegen. Der vor ihnen fahrende Van knallte fast frontal mit

dem Auto zusammen und wurde rückwärts in den rechten Straßengraben geschleudert. Das andere Auto prallte dann an ihm wieder zurück und kam auf der Gegenfahrbahn in Fahrtrichtung zum stehen. Katja ging sofort auf die Bremse. Ihr kam das alles wie in einem Film vor. In Zeitlupe flogen ihnen unzählige kleine und größere Autoteile entgegen. Sie sah ihr Auto schon davon getroffen und demoliert. Als sie schließlich zum Stehen kamen, konnten sie das Geschehene immer noch nicht fassen. In dem Van waren alle möglichen Airbags aufgegangen. Nach kurzer Zeit stießen jedoch der Fahrer und die Beifahrerin die Autotüren auf und kamen heraus. Hinten waren noch zwei Kinder zu sehen, die sich aber auch regten. Alle schienen nur leicht verletzt. Ihr Auto war vorne total eingedrückt, die Frontscheibe kaputt und ihre Habseligkeiten lagen überall wüst im Auto, auf der Fahrbahn und im Straßengraben herum. Der Fahrer des anderen Autos klemmte mit dem Kopf hinter der vorderen Seitenscheibe und rührte sich nicht. Blut lief an seinem Kopf entlang. Der Vanfahrer rief sofort den Notruf. Katja, Matthias und sein Vater saßen noch immer geschockt im Auto und waren nicht fähig, etwas zu tun. Katja stieg dann irgendwann als Erste aus und betrachtete ihr Auto. Es hatte nicht einen einzigen Kratzer davongetragen. Der Van hatte alles abgefangen. In dem Moment wurde ihr bewusst, dass, wenn ihr kleines Auto den Aufprall hätte erleben müssen, sie vermutlich alle drei zerquetscht und nicht mehr am Leben gewesen wären. Nach wenigen Minuten trafen die Polizei, Feuerwehr und mehrere Krankenwagen am Unfallort ein. Katja hatte ihr Auto stehen lassen, wo es zum Stehen gekommen war für eine evtl. Beweisaufnahme der Polizei. Matthias und sein Vater hatten sich mittlerweile in den Straßengraben gesetzt und schauten dem Treiben nur zu. Katja ging zu ihnen, um keinem im Weg zu stehen. Jetzt kam auch ein Rettungshubschrauber für den Schwerverletzten angeflogen. Keiner der anderen beachtete die drei oder wunderte sich darüber, dass ihr Auto da mitten auf der Straße stand. Auch kam keiner zu ihnen, um ihre Zeugenaussagen aufzunehmen. Alle drei waren schon etwas überrascht deswegen.

Als die Rettungskräfte viel später am Abziehen waren und sich nun wahrscheinlich auch keiner mehr für sie interessieren würde, stiegen sie wieder in ihr Auto und fuhren weiter zur Rehaklinik. Sie konnten das Glück, das sie gerade gehabt hatten, immer noch nicht fassen und standen weiterhin unter Schock. Zwei Stunden später als geplant kamen sie schließlich in der Klinik an. Es war mittlerweile Abend. Matthias Mutter saß draußen in sich zusammengesunken auf einer Bank im Grünen und schien sehr traurig und in sich zurückgezogen. Garantiert war sie zunächst sehr wütend und später dann sehr enttäuscht gewesen, dachte Matthias, weil sie so lange auf sich hatten warten lassen und sie eigentlich einen schönen gemeinsamen Nachmittag verbringen wollten. Matthias kannte seine Mutter, Belastungen waren nichts für sie. Sie hatte keine Nerven mehr. Und diesmal hatte Matthias Vater, der sonst immer für ihr notorisches Zuspätkommen verantwortlich war, gar keine Schuld. Als die drei Matthias Mutter von hinten kommend zuriefen, reagierte sie gar nicht. Matthias setzte ich neben seine Mutter auf die Bank und wollte sie gerade zur Begrüßung in den Arm nehmen, als ihm die vergilbte abgegriffene Zeitung auf ihrem Schoß auffiel. Die Zeitung war sorgsam um einen großen Artikel zusammengefaltet mit der Überschrift: An Himmelfahrt drei Autos in schweren Autounfall verwickelt – alle Insassen tot! Das Foto zeigte den Unfallort. Alle drei Autos waren Totalschaden, die Straße lag voller Trümmer. Überall Blut. Im Text stand, dass es sich um den Fahrer eines VW Golf, einen jungen Mann, die Insassen eines Vans, einen Mann mit seiner Frau und den beiden zwei- und vierjährigen Kindern und die Fahrerin eines Suzuki Alto, einer jungen Frau mit einem jungen Mann und seinem Vater als Insassen handelte. Matthais stockte der Atem. Als er in Gedanken den Kopf Richtung Klinikeingang drehte, las er darüber das Schild: Fachklinik für Traumatherapie. Seine Mutter war gar nicht mehr zur Kur und sie waren gar nicht mehr am Leben.

Kristin Ertmer

Kaputt

„Du machst alles kaputt", sagte er resigniert und mit leichtem Hass in seiner Stimme. Er ging Richtung Tür, drehte sich jedoch wieder um.

„Ich mache gar nichts kaputt", konterte sie wütend. „Ich bin wie ich bin und ich war schon immer so! Sei doch froh, dass du es jetzt weißt." Auf der Couch sitzend verschränkte sie jetzt die Arme.

„Mir ging es vorher besser, als ich es nicht wusste."

„Ich finde es aber gut, dass du es jetzt weißt. Jetzt bin ich erleichtert und mir geht es jetzt besser." Für einen kurzen Augenblick huschte ein Lächeln über ihr Gesicht.

„Und mir schlechter." Alles, was sie sich zusammen in über zehn Jahren aufgebaut hatten, sah er vor seinem inneren Auge einstürzen. Das trieb ihm die Tränen in die Augen. Er wusste nicht, ob er seine Frau anschreien und aus dem Zimmer rennen, oder ob er sie einfach in den Arm nehmen sollte, um dadurch wenigstens etwas Trost zu empfinden.

„Wenn du nicht damit leben kannst, dann musst du eben gehen. Ich brauche das und ich lasse es auch nicht", sagte sie sehr bestimmt und sah ihn ernst an. Sie zeigte weder Reue noch Mitgefühl. Diese Frau konnte so kalt sein. Es machte ihm richtig Angst. Ihr Gesicht mit dem sonst so bezaubernden Lächeln, in das er sich damals verliebt hatte, wirkte jetzt richtig hässlich.

„Ne, wenn dann gehst du. Ich habe ja nichts gemacht und sehe nicht ein, dass ich dann hier rausgeschmissen werde." Jetzt wurde auch er bestimmter.

„Ich gehe auch nicht", beharrte sie.

Er wollte wütend auf seine Frau sein, aber er konnte es nicht. Er war einfach nur traurig.

Keiner sagte etwas.

Nach einer Weile entfuhr es ihm weinerlich: „Ich will dich doch nicht verlieren." Dabei ging er mit leicht geöffneten Armen einen Schritt auf sie zu. Trotz seiner Masse wirkte er so klein und verletzlich.

„Dann musst du es so akzeptieren und mich machen lassen." Noch immer klang sie sehr hart.

„Tut es dir wenigstens leid, dass du mir das angetan hast?", fragte er in der Hoffnung, in ihr wenigstens irgendeine Gefühlsregung hervorzurufen. Die Arme ließ er wieder sinken.

„Etwas. Aber ich würde es immer wieder machen. Ich bin halt so." Sie blieb auf der Couch sitzen.

Er erkannte seine Frau nicht wieder. Was hatte er da nur geheiratet? Das hätte er nie von ihr gedacht. Sie hatten zwei gesunde Kinder, eine schöne Wohnung, einen schönen kleinen Garten, alles war fertig. Warum nur reichte ihr das nicht mit ihm und warum brauchte sie so etwas? Er verstand die Welt nicht mehr. Es würde keine Lösung geben.

Kristin Ertmer

Sichtweisen

Ich-Perspektive von Lotte

„Na mal sehen, was sie mir diesmal wieder für ein schreckliches Geschenk gemacht hat. So ein Mist, dass sie hinter mir steht und Begeisterung erwartet, sonst hätte ich das Geschenk jetzt gar nicht ausgepackt. Es sieht aus und fühlt sich auch so an, als ob es wieder eine Vase ist." Das waren meine Gedanken, als ich vor den ganzen Geschenken zu meinem 50. Geburtstag stand und gerade das meiner Schwiegermutter auspackte. Und es war eine grässliche Vase. Welch ein „tolles" Geschenk. Ich wollte die Vase gerade lustlos hochheben, mich umdrehen und brav allen zeigen, wie es erwartet wurde, als sie mir aus den Händen glitt und von der Tischkante auf den Boden prallte. Ich muss zugeben, ich war von dem Sekt auch schon etwas zu locker und unvorsichtig in meinen Bewegungen. Außerdem bedeuteten mir Geschenke nicht so viel, und die meiner Schwiegermutter noch weniger. Mit lautem Scheppern zersprang die kitschige, bunt gestreifte Vase jedenfalls gleich in tausend Teile. „Gott sei Dank", ging es mir durch den Kopf, als meine Schwiegermutter auch schon laut aufschrie und mich entsetzt mit den Worten „Weißt du wie teuer die Vase war? Ich habe sie aus einem Töpferladen. Sie hätte perfekt in euren Flur zu der anderen Vase gepasst. Wie kannst du nur so ungeschickt sein?", anfuhr. „Upps!", war das Einzige, was ich herausbrachte. Meine Schwiegermutter zog nun alle runter mit ihrer schlechten Stimmung und der Abend war dank dieser Alten gelaufen. Ab jetzt hasste sie mich vermutlich. Und ich hasste sie, weil sie meine Feier zerstört hatte. Was für ein schrecklicher 50. Geburtstag. Alles wegen der blöden Vase.

Personal – Schwiegermutter

Sie versuchte sich trotz ihres Alters immer noch sexy zurecht zu machen. Ihr in ihren Augen gutes Aussehen war ihr sehr wichtig. Sie stand hinter ihrer Schwiegertochter und sah zu, wie diese gerade ihr Geschenk auspackte. Dabei kam ihr der Gedanke, dass ihre Schwiegertochter Lotte einfach eine unglaubliche Figur hatte und dadurch von hinten mit ihren 50 Jahren immer noch aussah wie 16. Sie war so zart und schlank. In dieser Hinsicht war sie stets neidisch auf sie, hatte sie selbst doch seit ihrer Krankheit eigentlich stetig zugenommen, obwohl sie kaum noch was aß und sich bei allem einschränken und zügeln musste. Das war so ungerecht. Ihre Schwiegertochter konnte essen was sie wollte und nahm nicht zu. Als Lotte im Umdrehen begriffen war, um ihre Vase allen zu zeigen, so wie sie es auch erwartet hatte, sah sie die schöne teure Vase nur noch auf dem Boden aufschlagen. Das Scheppern und der Schreck über das Unglück ließen sie kurz hoch aufschreien. Sie hätte ihre Schwiegertochter dafür am liebsten gleich geohrfeigt und wäre dann weinend davongelaufen. Von ihrem wenigen Geld hatte sie die Vase extra passend zu der im letzten Jahr geschenkten Vase gekauft. Nun lag sie in Scherben. „Weißt du wie teuer die Vase war? Ich habe sie aus einem Töpferladen. Sie hätte perfekt in euren Flur zu der anderen Vase gepasst. Wie kannst du nur so ungeschickt sein?", sagte sie mit vorwurfsvollem und hartem Ton zu ihrer Schwiegertochter. Ihre Stimmung war nun dahin. Sie war zutiefst traurig. Zum Feiern war ihr nicht mehr zumute.

Lottes Ehemann – unzuverlässiger Erzähler

„Meine Frau sieht immer noch verdammt scharf aus", kam es mir in den Sinn, als ich schräg hinter ihr stehend zusah, wie sie die Geschenke zu ihrem 50. Geburtstag auspackte. Von hinten wirkte sie dank ihrer schlanken und zierlichen Figur immer noch wie ein junges Mädchen. Das hatte mich von je her an ihr am meisten angemacht. Ich würde sie immer wieder heiraten. Doch nun war ich erstmal gespannt, was meine Mutter von ihrem wenigen Geld wieder für ein relativ großes Geschenk gekauft hatte. Darin war sie sehr geschickt, denn sie musste sich jede Mark für solche Extraposten von ihrem wenigen Geld abstottern. Als meine Frau das Geschenk meiner Mutter endlich ausgepackt hatte und im Umdrehen war, um es allen zu zeigen, rutschte ihr die Vase auch schon aus den Händen und zerschlug am Boden. Ich wusste in dem Moment wirklich nicht mehr, was ich für diese Frau mal empfunden habe und warum wir noch zusammen sind. Sie war so ungeschickt und gleichgültig. Geschenke bedeuteten ihr absolut nichts. Das hatte sie selbst mir immer wieder gesagt. Da schrie meine arme Mutter neben mir auch schon auf und sagte dann zu meiner undankbaren Frau „Weißt du wie teuer die Vase war? Ich habe sie aus einem Töpferladen. Sie hätte perfekt in euren Flur zu der anderen Vase gepasst. Wie kannst du nur so ungeschickt sein?" Meine Mutter war sehr enttäuscht und traurig und sprach die ganze Feier nicht mehr. Nicht einmal ich konnte sie mehr aufmuntern. Meine Frau gab dann später meiner Mutter die Schuld für die missglückte Feier. Dabei war sie doch selbst schuld daran gewesen. Wie konnte sie auch so blöd sein.

Auktorial

Lotte stand an ihrem 50. Geburtstag irgendwie angestrengt am Geschenketisch und wünschte, sie hätte diesen Teil der Feier schon hinter sich. Geschenke gaben und bedeuteten ihr nicht viel. Sie war eher ein Mensch, dem man mit gerne ausgeführten Dienstleistungen ein Geschenk machen konnte. Das musste auch ihr Ehemann irgendwann bitter akzeptieren, nachdem sie es ihm zigmal erklärt hatte, warum sie nicht mit überschwänglicher Freude und tausend Dankesworten auf seine Präsente reagierte. Für ihn wäre es immer schon einfacher gewesen, seiner Frau mit Blumen oder Schmuck mal schnell eine große Freude zu machen, als unter Anstrengung regelmäßig zum Beispiel die Reinigung der ganzen Wohnung durchzuführen, nur, weil ihr gerade dies etwas bedeutete. Andere Frauen waren da einfacher zufrieden zu stellen. Aber sie war halt nun mal so. Dafür mochte er unheimlich an ihr ihre schlanke mädchenhafte Figur, die ihn auch nach über 20 Ehejahren noch „scharf" machte. Lotte packte zunächst das Geschenk ihrer Schwiegermutter aus. Hinter ihr stand ihr Mann und daneben ihre Schwiegermutter, die gespannt auf Lottes Reaktion auf ihr Geschenk wartete. Es handelte sich wieder um eine Vase wie im letzten Jahr, nur noch hässlicher. Als Lotte im Umdrehen war, um die für sie abscheuliche Vase allen zu zeigen, fiel ihr diese ganz plötzlich aus den Händen und zersprang auf dem Boden in tausend Scherben. Lotte war eigentlich ganz froh darüber. Für die Schwiegermutter brach hingegen innerlich eine Welt zusammen. Die teure Vase. Sie hätte am liebsten losgeheult. Stattdessen schrie sie gleich laut auf und fuhr Lotte an, ob sie nicht wisse, wie teuer die Vase gewesen war. Sie hatte sie extra aus einem Töpferladen für sie gekauft und sie hätte perfekt in den Flur zu der im letzten Jahr von ihr geschenkten Vase gepasst. Wie konnte Lotte nur so ungeschickt sein. All dies bekam sie von der Schwiegermutter zu hören. Danach war die Feierstimmung dahin. Die Schwiegermutter sprach kein Wort mehr an dem Abend. Schwiegertochter und Schwiegermutter hassten sich von dem Moment an und das Verhältnis zwischen ihnen wurde auch nie wieder besser.

Kristin Ertmer

Sslangen sspressen nisst oder wie Falko zum Sprecharzt geht

„Das ssmeckt ssön", sagte der sechsjährige Falko, nachdem er den ersten Bissen seines selbst gemachten Brotes hintergeschluckt hatte. Zuvor hatte er das Brot wie immer mit sehr viel Mühe und Liebe und ganz viel Butter und Belag auf seinem Brettchen angeordnet, zusammen mit den von Mama geschnittenen Gurken- und Tomatenstücken und einer kleinen Minisalami. Er, Mama, Papa und sein größerer Bruder Wolf, der drei Jahre älter war als er, saßen zusammen beim Abendessen in der Küche. Es war Montagabend.

Wolf aß, auch wie immer, hastig sein Garnelenbrot und sprach dabei ohne eine Pause zu machen mit Papa über Fußball. Plötzlich sagte Falko laut: „Mit vollem Mund ssprisst man nisst." Mama stimmte gleich ein: „Das stimmt. Da hat Falko recht." Dann erklärte Mama Falko, dass sie morgen einen Termin haben, wo Falko richtig sprechen lernen soll. Falko konnte nämlich das „sch" und das „ch" nicht richtig sprechen und sollte ja das nächste Jahr in die Schule kommen. Dort musste er das können. Deshalb sagte der Kinderarzt, dass Falko zu einem Sprecharzt müsse.

Als Falko von dem Termin hörte, antwortete er Mama: „Mit dem sspresse ich eh nisst." Damit war für Falko das Thema erledigt.

Am nächsten Morgen hatten sie gleich sieben Uhr den Termin, deshalb musste Falko zeitiger als sonst von Mama geweckt werden. Er war unausgeschlafen und quengelig. Da er ein Zimmer mit Wolf zusammen hatte und beide sogar zurzeit aus Spaß in einem Bett schliefen, erzählten sie abends immer noch lange. Mama zog Falko an, damit es schneller ging und dann wollte Falko noch ein paar Flakes mit Milch zum Frühstück essen. Mama gab sie ihm und sagte, dass er sich aber beeilen sollte beim Essen. Wolf machte sich früh komplett alleine fertig und ging dann in die Schule. Die war nicht weit weg. Er war schon in der dritten Klasse. Nachdem Mama Falko noch die Zähne geputzt hatte, konnte es endlich losgehen. Sie fuhren mit dem Auto durch die ganze Stadt und hielten dann direkt vor dem Haus, wo der Sprecharzt sein sollte.

Mama und Falko stiegen aus und Mama klingelte. Falko wollte wissen, was auf dem Schild steht und Mama las vor: „Logopädische Praxis".

Mama erklärte dann Falko, dass das Sprecharzt bedeutete und alle Kinder, die nicht richtig sprechen könnten, dort hingingen. Die Tür sprang auf und drinnen wurden sie gleich freundlich von einem älteren Mann begrüßt. „Ich heiße Frank", sagte er zu Falko und gab ihm die Hand. „Aber nur für dich heiße ich so. Für Mama heiße ich Herr Müller", fügte er mit einem Lächeln hinzu. Nachdem er auch Mama die Hand gegeben hatte, gingen sie in das Sprechzimmer. Hier stand ein großer Schreibtisch mit einem Computer, Telefon, Drucker, Schreibtischstuhl und zwei Stühlen. Auf einem kleineren Tisch war ein Puppenhaus aufgebaut und es standen auch zwei Stühle drum herum. Außerdem gab es ganz viel Spielzeug und einen großen bunten Spielteppich mit vielen Straßen drauf.

„Kuck mal Mama, so einen haben wir auch zu Hause", rief Falko freudig. Frank sagte: „Falko schau du dir erst mal das ganze Spielzeug in Ruhe an und such dir etwas raus, mit dem du spielen möchtest, und ich rede erst mal mit deiner Mama."

Falko fand gleich ein großes rotes Feuerwehrauto interessant und spielte damit auf dem Teppich. Was Mama und Frank erzählten, interessierte ihn schon nicht mehr. Nachdem sie fertig waren, sollte Falko mit an den Tisch kommen, wo Mama und Frank saßen.

Jetzt bekam Falko von Frank verschiedene Bilder gezeigt und er musste sagen, was dort zu sehen wäre. Falko erkannte alles sofort und bekam viel Lob von Frank. Dann musste er noch eine kleine Geschichte anhand von Bildchen erzählen. Falko fand das alles sehr einfach und gar nicht schlimm. Da war die Zeit auch schon rum und sie verabschiedeten sich von Frank. Frank fragte Falko, ob er nächste Woche wiederkommen würde und Falko sagte „Ja."

Falko und Frank waren jetzt jeden Dienstag verabredet. Mama saß derweil im Warteraum und Falko war jetzt immer allein mit Frank im Sprechzimmer. Das fand er toll. Am Anfang kopierte Frank immer Blätter für Falko, die sie dann zusammen durchsprachen oder ausmalten und die Falko dann mit nach Hause nehmen konnte. Danach war immer Spielen angesagt. Falko durfte die Spiele aussuchen, die Frank dann mit ihm spielte. Falko hatte viel Spaß dabei und gewann meistens. Mama hörte ihn bis ins Wartezimmer hinaus laut lachen. Wenn sie fertig waren, wurde Mama noch mit rein ins Sprechzimmer gerufen und Frank sagte ihr, was er mit Falko an dem Tag gemacht hatte. Frank sagte, dass Falko das super mache und mal ein sehr guter Schüler werden würde.

So freute sich Falko auf jeden Dienstag und fragte Mama schon immer, ob morgen Frank wäre. Falko lernte das „Sch" und das „Ch" zu sprechen. Zu Hause sagten Mama und Papa dann, wenn er es mal falsch aussprach, weil er nicht daran dachte: „Wie heißt das?" Und dann sagte er es noch mal richtig. Bis Schulbeginn konnte er dann ohne Probleme beides richtig sprechen. Darüber freuten sich Mama und Papa sehr. Und Falko wurde ein sehr guter Schüler, der gerne in die Schule ging.

Marlies Joepen

Abgedriftet

Zum dritten Mal verweilt Jonas an der Schiffsanlegestelle, genau da, von wo aus er beschwingt gestartet war, der Ausflug aber unvermutet einen Meilenstein markierte, der ihn aus der Bahn warf. Günstig, dass wiederum am 10. Juli heute die Witterung mitspielt. Wie an jenem Vormittag einige Federwolken, die leichte Brise und eine gut erträgliche Temperatur. Das ägäische Meer im Blick mit verhaltenem Wellengang sind die Gedanken im Kopf noch ziemlich präsent, die ihn damals hin und her geschüttelt hatten. Er aber will die eindringlichen Emotionen hervorholen und beleben. Im Glauben, dass sie ihn nachhaltiger davor schützen unter dem Druck des Alltags in den Strudel alter Muster zu fallen. Vor Ort versucht er den einstigen Gemütsregungen nachzuspüren, damit nicht verloren geht, was er als befreiend empfindet. Das vergangene Geschehen in Turbulenzen und eine Abfolge von Bildern, in denen er selber im Zentrum stand, aber inzwischen jemand, der ihm im Laufe der Zeit fast fremd geworden ist.

Nunmehr im Augenschein ein ähnliches Motorboot, das er an dem legendären Morgen gechartert hatte und zunächst nahe des Küstenstreifens übers Meer tourte, das ruhig vor ihm lag. Auf einmal mutig geworden und das Tempo gesteigert, bis Übermut ihn packte, wobei das kalte Nass an seinem Körper hoch spritzte. Bei aufkommender Sommerhitze herrlich angenehm. In großer Entfernung eine Fähre, ansonsten kein Schiffsverkehr. Hingerissen von der Weitsicht gab er dem Drang nach, die unbekannten Gefilde erobern zu wollen. Kamen Felsen in Sicht, drosselte er die Geschwindigkeit und umschiffte sie in gehörigem Abstand, stolz und selbstsicher, das Gefährt bestens manövrieren zu können. Vorbei an winzigen Inseln, üppig bewachsen, auf denen keine Behausung erkennbar war und der von Klippen umrahmte gelbe Fleck lockte. Anmutend wie ein sandiges Strandidyll. Kurz entschlossen das Boot an einem Steinblock fest gezurrt und mehrfach kräftige Züge aus einer der mittlerweile angewärmten Wasserflaschen genommen, bevor er sich Abkühlung in den sanft plätschernden Wellen gönnte. Zurück an Land, weiß er noch, dass er sich auf die nicht geläufigen Naturgeräusche einstellen musste. Summende Insekten, zirpende Zikaden, Töne unbekannter Vögel. Ab und zu flitzende Molche. Während er sich dort ausstreckte, vagabundierte im Kopf die letzte Nacht in der Taverne. Die meisten Touristen waren bereits gegangen und spontan war er von Einheimischen in ihre Unterhaltung nebst reichlicher Getränkelage einbezogen worden. Betört von der fröhlichen Feierlaune mittendrin. Am Ende sogar ausgelassen mitgetanzt und völlig vergessen in üblicherweise knappen Abständen aufs Smartphone zu schauen. Nicht mal vor dem Zubettgehen die eingegangenen Mails gecheckt. Eine Erinnerung, der er nachhing, schließlich im beständigen Rauschen von See und Wind einschlief und erst durch heftige Böen aufgeweckt wurde. 16.40 Uhr. Rückfahrt geschätzte drei Stunden. Garantiert hell, kein Problem. Den Rucksack gepackt. Sein Boot? Es trieb auf dem Meer, immer weiter hinaus. Aufwallende Wogen und Schaumkronen. Undenkbar zu schwimmen. Hektisch forschte er nach dem Kärtchen mit Telefonnummer der Bootsvermietung. Kein Empfang, keine Verbindung. Erneut wird er jetzt von der Unruhe heimgesucht, die ihn in jener Situation zu überwältigen drohte und ihm die ärgerliche Eingebung bescherte. Wie konnte ausgerechnet er so blauäugig sein, dass dieses Dilemma passierte? Seine Pläne stets im Griff gehabt. Niemals ein Traumtänzer gewesen. Doch er selber hatte die Einöde gewählt, wo ein Funkloch vorhersehbar gewesen wäre. Postwendend erwischte ihn der zweite Gedanke. Würde man das Boot orten und ihn an dieser entlegenen Stelle suchen, wenn er nicht zurückkehrte? Um ein Signal seiner Anwesenheit zu setzen, verknotete er die Ärmel der orangefarbenen Öljacke, hängte sie an einen herausragenden Ast und machte sich ins Innere der Insel auf. In vager Hoffnung einem Menschen zu begegnen. Der Pfad zwischen eng stehenden Bäumen, Gestrüpp, über Wurzelgeflecht und Grünzeug. Mühsam vortastend. Gerade konnte er noch verhindern auf eine Schildkröte zu treten, die regungslos vor seinen Füßen lag. Völlig unwissend, ob sie gefährlich werden könnte und als sie fauchte, nahm er größtmöglichen Abstand und legte einen Schritt zu. Der Schreck saß noch in den Knochen, solange er weiterging, bis sich die kleine Weidefläche mit Schafen und Ziegen auftat. Deutlich im Gedächtnis, wie er pfiff, lautstark rief, griechische Sprachbrocken untermischte. Unbeantwortet geblieben. Käme irgendwann der Hirte um nach seiner Herde zu schauen? Aber wie oft? Wenigstens in Gesellschaft mit Lebewesen an einem vertrockneten Brot kauend, war er plötzlich aufgesprungen. Man würde ihn am ehesten im Umfeld der Jacke finden. Schlagartig ging die Sonne unter, nachdem er sich an den ursprünglichen Standort gekämpft hatte. Immerhin, das grelle Teil flatterte noch am gleichen Ast. Abgeebbter Sturm, die See nahezu wie glatt gebügelt, sternenklarer Himmel, ansonsten von Dunkelheit eingehüllt und eine unheimliche Stille. Mückenstiche plagten, während er erschöpft eindöste, sich auf dem harten Boden hin und her drehte, der Rücken wehtat und mit Albdruck aufstand. Würde er schaffen durchzuhalten? Der Morgen nahte. Bar jeden Zaubers zeigte sich die Sonne. Sie erschien ihm lediglich wie ein heller Ball fernab am Horizont. Er, einsam und hilflos. Dennoch krallte er sich an der Idee fest, dass eine Rettung tagsüber wahrscheinlicher wäre. Ohne ersehntes Zeichen, während er sich an schattigen Plätzen aufhielt, bisweilen die Füße badete, winzige Schlucke aus der verbliebenen Wasserflasche trank, Hunger sich bemerkbar machte. In rapide wechselnder Stimmung zwischen Hoffen und Bangen stand er die nächste Nacht durch, starrte wieder aufs Meer. Endlich. Am Folgetag nachmittags steuerte das kleine Schiff auf die Insel zu. Ein Bergungsteam nahm ihn geschwächt an Bord. Gut versorgt worden und innerhalb der Fahrstunden allmählich in zufrieden stellender Verfassung brachte man ihn zurück in seine Pension, wo das aufmerksame Personal sich kümmerte.

Jonas mochte sein Zimmer bis zur Abreise nicht mehr verlassen. Aufatmen. Die Anspannung loswerden im Bewusstsein, Menschen in der Nähe zu wissen, wenn er sich meldete. Ein wenig zur Ruhe gekommen, bis innerlich der Blitz einschlug und einen Gemüts-Tsunami entzündete. Erfasst von der üblen Erfahrung und seinen Ängsten, denen er getrotzt hatte. In welcher Weise er die Minuten beinahe restlosen Verzweifelns zu bezwingen versuchte und sich ausschließlich auf die eigenen Kräfte besinnen musste. Überlebensstrategie. Immer wieder hervorgeholt, dass Gestrandete nicht selten aus abgeschiedenen Gegenden gerettet wurden. An Freunde gedacht, die er länger nicht getroffen hatte, intensiver an seinen Vater, bei dem der Besuch seit Wochen anstand. Den zu Hause mit seiner Freundin verbrachten Stunden nachspürend, wobei das innige Gefühl, das er sich wünschte, weniger aufkeimte als ersehnt, er jedoch hartnäckig Zuversicht beschwor. Vieles bedrängte, was im Alltagtakt versiebt war. Warum erregte ihn die vermutlich harmlose Schildkröte? War er in eine Scheinwelt abgetaucht, wo bebilderte Texte und Videos ausreichten, aber lebendige Natur unentdeckt blieb, quasi bedeutungslos wurde? Was hatte er über Jahre versäumt, verpasst? Wie angenagelt am Laptop gesessen, meist beruflich gefordert und recherchierend, zur Zerstreuung mit Spielen und Filmchen beschäftigt. Zu häufig Verabredungen verschoben oder abgesagt. Gut, vor der Reise hatte er sich über Land und Leute informiert und reizvolle Fotos angesehen. Angetörnt, allerdings unbeeindruckt von der beschriebenen griechischen Gastfreundschaft. Als gängige Werbemasche und längst überholte Tradition abgetan.

Immer noch sitzt Jonas am Ufer. Seine Augen schweifen über die See. In diesem Moment den langen Tisch, die Musik in der Taverne im Kopf und wiederum von dem Wohlempfinden durchflutet, das er spontan im Kreis der herzlichen Leute ausgekostet hatte. Unvermutete Berührungspunkte trotz sprachlicher Barrieren. Dieses vergnügliche Miteinander, nachdem sein eingefleischter Rhythmus durchkreuzt worden war, übliche Gedanken in den Hintergrund traten und die ausgetrocknete Seite seiner Persönlichkeit aufblühte. Zurückdenkend, weiß er noch, dass bereits im Pensionszimmer das Gerüst seiner vertrauten Alltagsroutine zu bröckeln begann. Grübelnd hin und her gerissen. Erst auf dem Heimflug verfestigte sich eine Denkfährte, die beschwichtigte. Schöne und schlimme Erlebnisse wechseln im Auf- und Ab und dem nebulösen Raum dazwischen. Nehmen gefangen, entfachen ein unverfälschtes Lebensgefühl, das er nicht mehr missen mochte. Etwas hatte sich in ihm verändert, als er gelandet war.

Jonas ist erleichtert auch in diesem Jahr zum Ausgangspunkt zurückgekehrt zu sein. Ein Ort, der Kraft gibt. Es geht ihm gut. Überzeugt, dass er aufs Neue Zutrauen für die kommende Zeit gewonnen hat.

Marlies Joepen

Das Vorspiel

Viel versprechende Aussichten nach dem guten Abschluss auf der Schauspielschule. Danach mehrere Bühnenerfolge, doch ein festes Ensemble war nicht sein Ding. Die Selbstständigkeit hatte er gewählt, nahm unsichere Phasen in Kauf, lebte nicht üppig und konnte sich in der Regel zufrieden stellend über Wasser halten. Ab und zu der innerstädtische Kulturtrip, mitunter eine kleine Reise, nachdem zuvor ein Engagement möglich gewesen war, um ihm diese Freiheit zu gönnen. Sonnenklar, dass wieder der Zeitpunkt kam, an dem Oliver grübelte, ob noch ein Kinobesuch denkbar wäre oder der Espresso in seinem Stammcafé. Spätestens dann unumgänglich die Initiative zu ergreifen und passende Angebote zu durchforsten.

Es ist soweit. Die Flaute droht. Er hat sich getummelt und im Sekretariat des kleinen Theaters angemeldet. Sympathisch, von einer Anja freundlich empfangen und weder mit kühlem Geschäftsgebaren noch einer plumpen Vertraulichkeit angesprochen zu werden. Sie mustert ihn, als sie ein paar Worte wechseln, bis Schreibtätigkeit ihre Konzentration fordert. Hefter und Papiere legt sie ohne Hektik von einem auf den nächsten Stapel ab, scheint routiniert zu arbeiten und überträgt ihre Gelassenheit auf ihn, während er sie still beobachtet. Laut Anzeige sind männliche Akteure im Alter zwischen 35 und 40 gewünscht. Offenbar ist die Anstellung für viele Kollegen wenig lukrativ, denn in dem überschaubaren Vorzimmer sitzen nur noch drei, die sich vorstellen wollen. Der eine mit trendigem Hut, roten Lackschuhen und in buntem Outfit glaubt anscheinend sein Äußeres könnte unterstützen die komödiantische Rolle zu ergattern. Oliver hingegen hatte unschlüssig vor dem Kleiderschrank gestanden und sich letztlich für Bluejeans und ein schwarzes T-Shirt entschieden, ehe er seine leicht abgewetzte Lederjacke überwarf. Vielleicht doch ein Fehler gewesen, lediglich auf verbale Qualitäten zu zählen. Der Mann grüßt knapp, spricht kaum und ziemlich belangloses Zeug. Keineswegs erkennbar, welche Fähigkeiten er aufweisen könnte, um ihm Konkurrenz zu machen. Ein anderer Anwärter sitzt etwas entfernt. Mit ergrautem Schnauzbart, im gepflegten Jackett und mit Goldrandbrille wirkt er älter, zumal in ein Buch vertieft, was ihm einen intellektuellen Anstrich verleiht. Ob diese Person zu der vorgegebenen Figur passt? Oder trügt die Wahrnehmung? Vielleicht würde er sich stilistisch gewandt ausdrücken, im Dialog eine besonders amüsante Seite nachweisen und wäre überlegen. Unmittelbar auf dem Stuhl neben ihm, ziemlich blass, der Dritte, der auf einmal über Dies und Das zu plaudern beginnt. Er streift ihr gemeinsames Anliegen und schaukelt sich zu einem Wortschwall auf. Anmutend wie Warm-up für das bevorstehende Gespräch mit dem Regisseur. Oliver bemerkt allerdings einen hintergründigen Humor und fürchtet instinktiv, dieser könnte ihm tatsächlich den Rang ablaufen. Um alle verlässlich auszustechen müsste er einen Coup landen und trotz der knapp verbliebenen Zeitspanne raucht sein Kopf. Zunächst wird der schräge Typ vorgelassen und als jener später beim Hinausgehen fast feixend einen selbstgefälligen Blick hinüberwirft, sieht es so aus, als habe er bereits gewonnen. Daraufhin wird der Lesefreak gerufen, kehrt mit unbeweglicher Miene zurück und lässt nicht erahnen, ob die Darstellung zuvor gut verlaufen ist. Etwa eine Viertelstunde später ist schließlich Oliver an der Reihe, stellt sich namentlich vor und nimmt Platz vor dem Schreibtisch. Prompt tönt es aus der Sprechanlage: „Sorry, Leo, ich suche gerade nach den Bewerbungspapieren und reiche sie dir gleich rein." Der Theatermacher beäugt die legere Garderobe des Gegenübers, etwas eingehender seine verwegen erscheinende Lockenfülle und verlautbart, dass er dem Gespür seiner langjährigen Sekretärin traut, die ihm stets einen ersten Eindruck von Interessenten gibt. Sicher habe sie mit ihm geredet und die unkonventionelle Ausstrahlung bemerkt. Länger den Friseur gemieden und nicht einzuschätzen, ob die Äußerung ironisch abwertend oder wohlwollend gemeint war, ist Oliver bemüht gleichmütig zu erscheinen. „Ihnen ist bekannt", fährt Leo nun fort, „dass Sie keine Hauptrolle erwartet. Sie hätten hingegen einen nicht unwesentlichen Part in meinem Stück. Ich suche jemanden, der beim Publikum für Überraschungsmomente sorgt, spontan kreativ reagieren kann und durch unterhaltsame Schlagfertigkeit überzeugt. Der Kern der Handlung ist festgelegt, aber ein paar kluge Einfälle zwischendurch sollten dem Ablauf eine gewisse Würze verleihen, wenn Sie wissen, was ich meine."

Als die Sprechpause signalisiert auf eine Entgegnung zu warten, legt Oliver los: „Ich verstehe, was Sie mir vermitteln wollen, mochte Sie nicht unterbrechen, doch bedauerlicherweise liegt ein Missverständnis vor. Ich bin hier um als Putzkraft zu arbeiten. ´Staub`, wie erwähnt, mein unfreiwillig origineller Nachname." Wie zu erwarten, ein irritierender Augenblick. Keinesfalls zulassen dürfen ausgebremst zu werden oder aus dem Konzept zu geraten, nimmt er zügig wieder Anlauf und steigt in die kurz zuvor erst geplante Rede ein: „Meine Referenzen weisen einschlägige

Betätigungsfelder aus. Privaträume, Büros, Arztpraxen. Gutes Feedback, doch auf Dauer langweilig. Gern wechsle ich von Zeit zu Zeit den Arbeitsbereich. Zuletzt war ich in einer Schule beschäftigt, brauche Ihnen im Detail wohl kaum den Verschmutzungsgrad zu beschreiben. Sie können davon ausgehen, dass ich keinen oberflächlichen Wisch veranstalte, den Boden und die Zimmerecken im Blick habe, Möbel und Lampen flockenfrei halte. Wollmäuse, Dreck und Krümel fordern mich geradezu heraus. Bei den Aufführungen fällt natürlich einiges an, was aufgeräumt werden muss. Zuschauer hinterlassen Schuhspuren, Müll auf den Theatersesseln und ich könnte meiner Leidenschaft frönen, die gründliche Reinigung zu übernehmen."

Die Tür geht auf und Anja übergibt die Bewerbungsmappe. Der Regisseur blättert, liest eine Weile, starrt abwechselnd von dem darin befindlichen Foto ins Gesicht des Kandidaten, guckt ungläubig und grinst verschmitzt: „Oliver Staub, Sie haben die Rolle!" Der Small-Talk im Vorraum war geglückt. Ihm irgendwie zugetan hatte die Sekretärin eingewilligt, seine Unterlagen etwa zehn Minuten zurückzuhalten. Pech für den Paradiesvogel. Mutmaßlich hat der Bücherwurm zu wenig imponiert. Der Redselige wird auf ein anderes Mal vertröstet.

Marlies Joepen

Die Gestrige

Sobald das Taxi am späten Freitagnachmittag anhält und er aussteigt, geht Luisa auf ihn zu. Spontan lässt er den Rollkoffer los und fällt ihr in die Arme. Ein überraschender Zugriff, da Florian, den sie schon lange kennt, kaum zu gefühlvollen Gesten neigt und wie sie selbst zu nüchternen Zeitgenossen zählt. Keineswegs beeinträchtigen gedämpfte Emotionen ihre Freundschaft, die über die gemeinsame Schulzeit hinweg hält. Nachdem sie in unterschiedlichen Städten Arbeit gefunden haben, sehen sie sich nur im Abstand von Monaten und überbrücken die Lücke mit den modernen Kommunikationsmitteln. Umso größer war die Freude, als er den Wochenendbesuch ankündigte. Luisa hat eingekauft, ein delikates Abendessen beim Lieferdienst geordert und empfängt ihn bei sich zu Hause, wo der Tisch bereits mit Gebäck gedeckt ist und sie einen frisch aufgebrühten Latte macchiato serviert. Ihr beider Lieblingsgetränk. Zunächst steht seine umständliche Anreise im Mittelpunkt. Zugausfall, Verspätung, spärliche Informationen bei der Bahn. Die Verärgerung verraucht. In den folgenden Stunden bemerkt die Freundin, wie er sich hin und wieder abwendet oder den Gesprächsfaden zu verlieren droht. Zäh verläuft die Unterhaltung. Umso merkwürdiger, da sie auch ihr bevorzugtes Thema anschneiden und sich als glühende Technikfreaks gewöhnlich gern über Marktneuheiten austauschen. Begeisterung wie sonst kommt nicht auf. Bevor Florian kurz vor Mitternacht sein Hotel aufsuchen möchte, schwenkt er plötzlich um und will eine Geschichte loswerden, die ihm offensichtlich unter den Nägeln brennt.

„Großmutter Mathilde ist gestorben.". Erstaunt schaut sie ihn an. Bisher erwähnte er die Verwandte selten und keineswegs hatte sie eine innige Beziehung vermutet, zumal er auch jetzt nicht von Omi oder Oma spricht, als wollte er Distanz wahren. „Ich glaube, sie ist zu wenig vorgekommen", sagt er. Sein Gesichtsausdruck wirkt wie ein großes Fragezeichen. Luisa weiß nicht, ob die übliche Beileidsbekundung angebracht ist. „Wann ist es denn passiert?", bringt sie heraus, zugleich betroffen, dass ihr nichts Feinfühliges einfällt.

„Vor neun Wochen", ist die lapidare Antwort. Zwei, drei Minuten danach fängt er an zu erzählen: „Wenn ich sie besucht habe, kam ich nicht umhin hinzuhören, während sie lebhaft berichtete, aber es war weit weg.

Abseits jeder Vorstellung von Leben. Gelegentlich blieb sie in Andeutungen stecken. Manchmal huschte etwas Spitzbübisches über ihr Gesicht. Doch über die kleinste Ungerechtigkeit konnte sie sich aufbäumen. Die olle Rebellin. In vier Jahren wäre sie Hundert geworden. Innerlich habe ich öfter über ihre Äußerungen gegrinst. Wahrscheinlich gab es noch andere Knackpunkte, die sie aufregten, aber verschwieg. Ohne erkennbaren Übergang konnte sie nicht mehr über Erlebnisse und Erfahrungen sprechen. Ernsthaft erkrankt und bettlägerig, artikulierte sie sich nur noch flüsternd in sprachlich gebrochenen Halbsätzen. Gab mir einen Wink, um zu trinken oder den Speichel vom Mund abzuwischen."

Seine Mimik signalisiert Abscheu. Luisa hakt nicht ein. „Zugegeben, mir war die fast Verstummte inzwischen lästig geworden. Vater hatte mir die unangenehme Betreuung aufgedrückt. Aber als sie starb, ertappte ich mich dabei sie zu vermissen. Zurück blieb Wolf, ihr kleiner Hund. Ein kurioser Name mit den kurzen Beinen und zotteligem Fell. Stammte vom vormaligen Herrchen. Du weißt, Luisa, nie käme ich auf die Idee mir ein Haustier anzuschaffen, doch dieser Hund hob regelmäßig den Kopf, wenn er einen Laut von Frauchen vernahm. Irgendwie beeindruckend. Pflegerin Anne ging tagsüber Gassi und ich habe die Aufgabe abends übernommen. Übrigens eine großartige Hausfee. Vater hatte sie in einer Agentur aufgetan, die noch Personen vermittelte. Zwar hätte er lieber einen Pflegeroboter zur Seite gestellt, weil Geld ohnehin keine Rolle spielte. Für seine Mutter bezahlte er jede Versorgungsleistung. Sie hatte sich allerdings mit all ihren verfügbaren Kräften geweigert ein Automatenwesen zuzulassen, bis er nachgab. Diese Anne kümmerte sich, behandelte Großmutter mit Respekt und fand sensible Worte, was mir abging. Auch Vater tat sich schwer, schneite nur ab und zu vorbei.

Ein einziges Mal habe ich die Pflegerin ungeduldig erlebt, als sie eine Tablette mit viel Wasser einflößen musste und die störrische Alte sich vehement wehrte. Sofort danach aber entschuldigte sie sich ehrlich zerknirscht für ihren barschen Ton. Bei mir, Luisa, ist in diesem Moment Skurriles aufgeblitzt. Ein Roboter hätte kein Herz. Allenfalls würde er das reuige Timbre in einem einprogrammierten Spruch nachahmen."

Die Freundin verbirgt ihre Verblüffung über die absonderliche Anmerkung. „Nach Großmutters Tod bewährte sich Vater mit seinem Organisationstalent und regelte das Bürokratische. Stellte verwandtschaftliche und nachbarschaftliche Kontakte her bis hin zur feierlichen Beisetzung mit anschließendem Schmaus in einem teuren Restaurant."

Florian macht eine Pause, scheint dem Geschehen nachzusinnen. Luisa wähnt, dass die Geschichte noch nicht zu Ende ist, wartet gespannt ab, spürt aber, wie seine Erregung zunimmt. „Nimm einen Schluck Wein, Flo!"

Nach einer Weile nimmt er den Faden wieder auf: „Anne hatte das Hündchen zu sich genommen. Ich erklärte mich bereit, private Dinge in Großmutters Eigenheim zu sichten, bevor Vater eine Firma mit der Entrümpelung beauftragen und das Haus verkaufen wollte. Tagelang habe ich gezögert. Mich überkam ein mulmiges Vorgefühl. Das unbewohnte Terrain. Die Welt, die Großmutter Mathilde ihr behagliches Zuhause nannte, würde mir noch grotesker aufstoßen. Ewig vorbei, wenn ich bei manchen Pflichtbesuchen sonntags in ihrem scheußlich möblierten Wohnzimmer verbracht hatte. Zuletzt bin ich geradewegs ins Schlafzimmer gegangen."

Er nippt am Merlot, bittet um ein Glas Wasser. „Danke dir. Es ist so gewesen, wie ich ahnte. Als ich in die Diele kam, fiel der erste Blick auf die dunkle Holztruhe. Darauf das Telefon mit Drehscheibe. Ohne Funktion. Großmutter war schon jahrelang schwerhörig. Hatte das Angebot, ein Handy zu besorgen, rigoros ausgeschlagen. Problemlos hätte ich sie eingewiesen zu der Zeit, als sie noch helle war, sich selbst versorgen konnte, mit Wolf spazieren ging und Leute traf. Aber so verbockt wie sie war und jegliche Neuerung ablehnte, wäre sie nicht zu überreden gewesen."

Luisa hat aufmerksam zugehört und nickt. Als würde ihn die Erinnerung in diesem Augenblick aus der Fassung bringen, ereifert er sich: „Du glaubst es nicht! In der Küche schien weder die Brotschneide- noch die Kaffeemaschine in Gebrauch gewesen zu sein. Blank wie neu. Vielmehr stand eine Porzellankanne mit Handfilter da, der geläufige Kaffeebecher und ihre Teetasse. Das Stövchen daneben. Großmutter mochte wenig Wurst, früher aber gern ein oder zwei Frühstückseier. Ein elektrischer Eierkocher, von Vater besorgt, war wie eingefroren in der Originalverpackung verblieben, ebenso der Entsafter für extra frischen Vitaminsaft. Nur Krümel am Toaster und im ausgeräumten Kühlschrank. Die Spülmaschine habe ich erst gar nicht aufgemacht. Mit Sicherheit erfolgte der Abwasch ausschließlich im Spülbecken. Unsäglich! Anne hatte sich offensichtlich auf Großmutters Geheiß dem antiquierten Lebensstil angepasst oder war selber rückständig. Ich kann nicht begreifen, wie es sich ohne technische Alltagshelfer leben lässt. Selbst dann, wenn man beruflich nicht eingespannt ist. Oder?"

Die Freundin erfasst intuitiv, dass er keine Antwort erwartet, nickt wieder zustimmend. „Im Wohnzimmer stand der bekannte urige Fernseher. Kleiner Schirm, wahrscheinlich nicht mal ein Farbgerät. Bis dahin war mir allerdings die riesige Anzahl von Büchern entgangen. Romane, antiquarische Schinken, zahlreiche Reiseführer hinter der Glasscheibe des grässlichen Schrankungetüms angeordnet. Sogar verblichene Zeitungen. Wie erwähnt, Luisa, eine aufgeweckte Frau. Ich sah sie vor mir mit Decke im Sessel sitzen. Am Kachelofen. Aber die Idee, ich hätte ihr in den letzten Wochen vorlesen sollen, absurd.

Ich ging an aufgestellten Fotos vorbei. Unterschiedliche Personen, fast alle fremd. Auf dem Sekretär lagerte tatsächlich noch ein Stapel Briefpapier mit Kuverts. Solange es ihr möglich war, hatte sie handschriftlich Geburtstags- und Weihnachtswünsche versendet. Weißt du noch, wann du zuletzt mit der Hand geschrieben hast?"

Luisa besinnt sich ein paar Sekunden und zuckt mit den Achseln. Er redet sich in Rage: „Handy, SMS, Mails, okay. Welch bahnbrechende Erfindung, dass wir uns die Mühe ersparen selber zu formulieren! ChatGPT, großartig! Unser Zeitalter, unsere Zukunft!" Sie ist bemüht ihm beizupflichten, möchte seine Faszination teilen. Während Florian zum Glück in seinem Redeschwall verfangen ist, hat sie ein Déjà-vu eingeholt. Auch jetzt will sie nicht darüber reden. Er trumpft auf: „Einfach unabdingbar von auswärts per Smartphone Fenster zu öffnen, meine Flurlampe einzuschalten und die Heizung in Betrieb zu setzen. Ganz zu schweigen von den Musikprogrammen rund um die Uhr! In keinem Fall würde ich auf ALEXA und meine HIFI-Anlage verzichten. Oder etwa die Maschine mit Kaffeespezialitäten missen wollen. Jeden Morgen Gold wert! Wir verstehen uns."

Er setzt aus. Sein stark errötetes Gesicht ist nicht zu übersehen. Dann: „Hast du eine Zigarette für mich?" Sie gehen zusammen auf den Balkon. Belanglose Worte. Eher Nachdenklichkeit, die zwischen ihnen steht. Die spätabendliche Frische ist wohltuend. Seine Erregung scheint abgeflaut, als sie ins Zimmer zurückkehren und er fortfährt: „In einem abgeschlossenen Fach stöberte ich mit Schlüssel ein Bündel von Ansichtskarten auf. Aus Ländern, die sie selber bereist oder man ihr per Post zugeschickt hatte. Großmutter Mathilde ist also irgendwann von Fernweh gepackt gewesen. Es war mir nicht bewusst. Ich hätte es wohl wissen können. Bestens kannte sie sich in Reiserouten und fremden Kulturen aus. Ein paar Texte habe ich gelesen. Deutlich, dass einige Menschen außer Großvater ihr sehr nahe standen."

Er gerät erneut in Fahrt: „Stell dir vor, eine steinalte Frau, die aufbewahrte, was sie irgendwann schwärmerisch bewegte! Auch in einer dicken Kladde, die zum Vorschein kam. Über Jahrzehnte geführt. Persönliche Begegnungen ausgemalt. Exotische Pflanzen beschrieben. Verschrobene, blumige Ausdrucksweisen. Gespenstisch, herbe Kriegsepisoden zwischen geschoben. Mit Datum versehen. Notizen aus grauer Vorzeit. Habe lustlos herumgeblättert. Du kannst dir denken, mein Interesse schlief ein. Der Rucksack war leer, als ich das Haus verließ."

Er starrt schweigend Löcher in die Luft. Ziemlich lange und Luisa überlegt fieberhaft, in welcher Weise sie auf ihn eingehen könnte. Schwierig, weil seine Stimmung schlagartig wechselt. Unvermittelt hebt er noch einmal an: „Ich setzte mich ins Auto und wollte zügig starten. Hockte aber vor dem Lenkrad wie angewurzelt. Zwar wusste ich, dass ich ihr gegenüber nie mein Unbehagen offenbart hatte, wahrscheinlich aber durchscheinen lassen. Es gab kein WIR. Ich hätte mehr Anteilnahme zeigen müssen. Unversehens war Großmutter Mathilde noch einmal hautnah. Durch meinen Kopf wirbelte ihr wacher Intellekt, wenn sie sprach und sich in den schriftlichen Zeilen mitteilte. Die kritische Art zu denken. Krieg und Hunger durchgestanden. Spuren aus einem anderen Jahrhundert. Eigentlich nicht so weit weg. Sie hatte es nicht leicht gehabt. Richtete sich in ihrem ureigenem Kosmos ein. Seltsam, sie haderte nie. War genügsam, zufrieden. Warum hätte sie sich zeitgemäßen Veränderungen und unseren Gepflogenheiten anpassen sollen? Plötzlich wollte ich doch ein Andenken, bin zurückgegangen. Habe ihr Tagebuch mit den Aufzeichnungen an mich genommen. Hältst du mich für verrückt?"

Luisa steht abrupt auf. „Warte, ich mache uns einen Espresso!" Ein guter Einfall. Durchatmen. Florian hat keinen Schimmer, was sie umtreibt. Die düsteren Tage, in denen sie sich vom Pech verfolgt glaubte. Sonntagmorgens eine Schnittwunde vom rotierenden Messer des Dosenöffners zugefügt. Blut tropfte auf dem Weg ins Bad, ehe sie ein Pflaster aufspürte und den Boden aufwischen musste. Angebrannte Toastscheiben. Wenig später gab der Saugroboter seinen Geist auf. Selbstverständlich war der Handstaubsauger längst entsorgt. Als dann noch ihr Smartphone versagte, hätte sie heulen mögen, zumal sie überzeugt war ihr Knowhow würde allemal reichen es ohne Schwierigkeit zu aktivieren. Peinlich, es ins Fachgeschäft bringen zu müssen. Noch schlimmer im Kollegenkreis dieses Dilemma einzugestehen. Oft hatte sie Mitarbeiter mit ihren Kenntnissen fundiert zu beraten und zu helfen vermocht, sich stolz und überlegen gefühlt, wenn sie sich überschwänglich bedankten. Nun die Blamage. Der vermeintlich rettende Anker, als sie den herben Infekt vorschob und ihrer Arbeitsstelle für eine Woche fernblieb. Tage, die ihr bitter in Erinnerung blieben. Wie aufgestochen in der Wohnung herumlief, seitdem die heiß geliebte Beschäftigung fehlte. Langeweile aufkam. Eine Leere, die sie nicht kannte. Laut zu fluchen begann, über ihre Abhängigkeit jammerte und sich sogar bei dem Gedanken erwischte, den Stellenwert technischer Errungenschaften anzuzweifeln. Bis zu dem Zeitpunkt, sobald sie das begehrte Objekt wieder funktionstüchtig in Händen hatte.

Luisa fängt sich, nimmt die beiden Tässchen und stellt sie betont langsam auf den Tisch. Geduld ist nicht Florians Stärke. Mit Spannung erwartet er die Entgegnung: „Vor zwei Monaten noch hätte ich bestätigt, du bist definitiv verrückt!" Ihre Bemerkung befeuert heiklen Diskussionsstoff und läutet eine lange Nacht ein.

Marlies Joepen

Genannt Ali

Froh über die Pause im Small Talk mit der Friseurin, während sie an meinen Haaren schnippelt, sehe ich ihn zur Tür hereinkommen. Es sind vermutlich die paar Schritte zum Nebenstuhl und der kurze Blick, den ich auf den Nachbarn werfe, was die Assoziationen an Ähnlichkeit hervorrufen. Erst als mir am Schluss der Handspiegel von hinten und seitwärts vorgehalten wird und ich den Kopf drehe, luge ich noch mal hin und glaube das Profil wiederzuerkennen. Allerdings ist die Person kräftiger als erinnerlich und in der schwarzen Haarfülle und dem Bart schimmern bereits graue Strähnen. Etwa drei Jahre her, seitdem wir in der Gartenbaufirma zusammen gearbeitet haben. Könnte er tatsächlich jener Kollege sein, den ich damals kennen lernte? Zu unsicher um ihn anzusprechen, verlasse ich den Salon. Mich nehmen die Aufgaben in meiner Handwerksfirma in Anspruch und die Begebenheit ist vergessen. Da zu Hause noch Büroarbeiten anliegen, begnüge ich mich mit Tiefkühlpizza und Mineralwasser. Kurz darauf ein starker Kaffee, der jedoch nicht hilft, mich auf die Schriftstücke zu konzentrieren. Selbst Sätze im Computer verschwimmen vor Müdigkeit und wahrscheinlich hält mich auch mein Widerwille ab, aufgelaufene und aktuelle Rechnungen zu sichten. Schließlich gegen 22 Uhr ins Bett gesunken, bevor für einen Moment der morgendliche Friseurbesuch aufblinkt und Schlaf übermannt. Die Nacht scheint wenig erholsam gewesen zu sein, denn am Samstagmorgen ist die Zudecke auf den Boden gerutscht und mein Kopf dröhnt. Wahrscheinlich unruhig geträumt, ohne dass ich wüsste wovon. Nach dem Frühstück erst mal besagte Papiere ordnen. Die unliebsame Betätigung geht leichter von der Hand als befürchtet, da ich zum Abschluss freudig der lange aufgeschobenen Verabredung mit alten Freunden entgegen sehe. Ungewollt schmuggelt sich jedoch der damalige Betriebsangehörige mit Namen Ali in meine Gedanken ein. Auf einmal tauchen sehr konkrete Bilder aus der gemeinsamen Zeit auf. Eine Phase, in der ich unschlüssig gewesen war, welchen beruflichen Weg ich nach der Ausbildung einschlagen sollte.

Vor meinen Augen wieder die Ladefläche des Pickups, in der Frühe üblicherweise mit diversen Gartengeräten und Werkzeugen bestückt. Theo, technisch versiert und bereits abgestiegen, brachte zunächst den leicht verrosteten Rasenmäher in Gang. Sein regulärer Part, die Gras bewachsenen Gelände zu schneiden. Wir Anderen warteten auf Anweisungen von Frau Schober, um die 50 Jahre alt, resolut, aber nicht unfreundlich. Sobald sie jedem das erforderliche Tagespensum mitgeteilt hatte, lehnte sie häufig draußen an der Wagentür, beobachtete, griff manchmal korrigierend ein und bewertete die Ergebnisse am Ende des Arbeitstages. Obwohl es zu Anfang an praktischer Erfahrung mangelte, war mir ein Schülerpraktikant zugeteilt. Felix. Wir beide übernahmen die jeweilige Bepflanzung, nachdem Ali im Vorhinein gegraben hatte und dann flugs an eine andere Stelle beordert wurde. Die Abläufe erschienen durchdacht und ich achtete nicht darauf, dass er stets separat beschäftigt war. Theo arbeitete häufiger in der Nähe. Auch Frau Schober streifte gelegentlich vorbei und trotz der Ackerei fielen ein paar Worte. Hingegen nahm niemand Kontakt mit diesem Mitarbeiter auf. Außer Felix. Der aufgeschlossene Junge machte zwei, drei Versuche. „Dirk", meinte er dann, „der Mann sagt keinen Ton."

Wir überlegten. Offenbar ein Eigenbrötler. Ich entsann, wie ich irgendwann Matthias aus der Truppe befragte, der bekanntlich über alles Bescheid wusste und erfuhr, dass der fremdländisch aussehende Kollege kein Deutsch spreche, lediglich primitive Arbeitsschritte und einfachste Hinweise begreife. „Hauptsache, pünktlich und fleißig!", fügte er hinzu. Die knappe Erläuterung reichte. Mehr Plattitüden mochte ich nicht hören, zumal dieser Matthias sich öfter mit derb-dummen Sprüchen hervortat. Wenn er nicht in seiner Fahrerkabine am Steuer saß und uns kutschierte, vermittelte er den Eindruck abstoßender Allüren. Nicht selten breitbeinig irgendwo mit Zigarette verharrend, ließ er seine Augen schweifen, als wollte er sich von uns Übrigen abheben, die sich entsprechend schmutzig machten.

Wir alle trugen den gleichen Overall, bei ihm um den dicken Bauch gepresst wie eine Wurstpelle. Ohne Dreckspuren, die bezeugt hätten, dass er im Erdreich wühlen würde oder half, wenn neue Pflanzen von den Paletten geholt werden sollten. Schutzhandschuhe waren ohnehin nicht sein Ding. Ich beschränkte mich auf unumgänglichen Wortwechsel. Während Theo, Felix, Frau Schober und ich die Fahrten von einem Ort zum nächsten oder zurück zum Firmenparkplatz mit belanglosem Geplauder untereinander füllten, hockte Ali schweigend mit heruntergezogener Kappe in einer Ecke der Ladefläche. Als wäre der Platz für ihn reserviert. Aufgrund der Sprachbarrieren leuchtete ein, dass er sich zurückzog und falls er am Ende aufsah, wünschte ich immerhin schönen Feierabend. Dachte mir, er würde die freundlich gemeinte Bemerkung verstehen.

Ich erinnere den extrem heißen Tag im Juni, an dem ich von Ferne bemerkte, wie er sich mehrfach den Schweiß von der Stirn abwischte, sich Augenblicke auf die Schaufel stützte und ich zu ihm hinging. „Alles in Ordnung?", fragte ich, besorgte im Wagen eine gekühlte Flasche Wasser und deutete an, dass auch ich die sengende Sonne als sehr unangenehm empfand.

Am Folgetag wies ich ihn auf die Sonnenmilch hin, die zwar für jeden verfügbar war, man jedoch versäumt hatte, sie ihm zu geben. Bis dato äußerte er keine Silbe. Felix fühlte sich bestätigt und scheute einen neuen Anlauf. Ab und zu suchte ich ihn auf. Verwundert, wie wir uns allmählich durch Gestik und Mimik einigermaßen verständigten. Zumindest in meiner Gegenwart gab es keinen Kommentar, wenn wir beäugt worden waren. Nur Frau Schober mahnte einmal die Pause nicht auszudehnen. Schritt für Schritt gelang es uns, von knappem Vokabular zu einzelnen Sprachbrocken zu hangeln.

Geraume Zeit später erst verlautete er beiläufig, er heiße gar nicht Ali sondern Djamal. Selbstverständlich waren alle ahnungslos, dass dieser Name, den ich recherchiert hatte, „Schönheit" bedeutete. Ich verschwieg es, war jedoch erpicht, den Grund zu kennen ihn anders zu benennen. Mein Warum beantwortete Frau Schober lapidar. „Ali" sei eben besser zu rufen. Er habe keineswegs protestiert. Wie auch? Ich stellte mir vor, irgendjemand würde mir einen x-beliebigen Namen geben und mich beschlich ein ungutes Gefühl. Man würde nach Gutdünken austauschbar werden und an Individualität verlieren. Nebenbei mitbekommen, wäre er aus Syrien oder Afghanistan geflohen und als Hilfskraft vermittelt worden. Keiner wusste, wo genau er herkam. Unser Austausch blieb spärlich und nahezu ritualisiert. Begrüßt, verabschiedet und ein paar Nettigkeiten zwischendurch. Er wirkte gehemmt, mutmaßlich misstrauisch.

Nie war ich bis dahin persönlich Geflüchteten begegnet, hatte sie lediglich aus den Nachrichten oder im Stadtbild wahrgenommen. Mittlerweile aber interessiert, was in ihm vorging. Ob er allein oder mit Familie in einer der gängigen Unterkünfte wohnte, auf welche Weise er seine Existenz in unserem Land erlebte. Er erzählte nichts und ich verkniff mir zu bohren. Solange wir in der Firma tätig waren, war er eine Randfigur. Anwesend, aber unscheinbar und isoliert. Später brachen alle Zelte ab, nachdem ich die Meisterprüfung bestanden und gewagt hatte einen kleinen Handwerksbetrieb auf die Beine zu stellen. Große Anforderungen standen an, um am Markt bestehen zu können. Zwangsläufig versickerten Vorgänge aus der Vergangenheit.

Merkwürdig. Ausgelöst durch die unspektakuläre Episode am Morgen eröffnet sich plötzlich eine Rückschau. Ob er auch regelmäßiger Kunde im selben Salon ist, vielleicht unweit in meinem Bezirk wohnt? Wird er sich mittlerweile besser zurechtfinden? Keineswegs war er ärmlich gekleidet. Könnte er in den Jahren eine solide, auskömmlich bezahlte Arbeit gefunden haben? Sinnlos darüber nachzusinnen. Ich hatte ihn, der Djamal lediglich ähnelte, höchstens zwei Minuten im Visier gehabt. Wäre ich mutig gewesen, den Unbekannten einfach zu fragen, hätte ich Gewissheit. Verpasste Gelegenheit. Einen lustigen Abend im Freundeskreis verbracht, am Sonntag restliche Arbeiten erledigt und in die neue Woche gestartet. Der Alltag. Nach fünf Wochen beweist mein Spiegel einen überfälligen Haarschnitt. Erneut sitze ich bei der Friseuse und komme nicht umhin auf den Eingang zu achten, sobald jemand den Raum betritt. Meine vage Erwartung erfüllt sich jedoch nicht. Nur andere Leute. Diesmal hätte ich mich erkundigt.

Ein paar Monate verstreichen. Montags ist der Kühlschrank ausgedünnt. Der leidige Einkauf liegt an. Kurz vor Ladenschluss herrscht Trubel im Supermarkt, Gewusel in den Gängen, Schlangen an der Kasse. Während ich vor den Getränken verweile, tippt mir jemand heftig auf die Schulter. Verschreckt wende ich mich um. Matthias steht grinsend vor mir, hebt die Arme und will mich offenbar an sich drücken. Eben noch zurückgezuckt. Prompt erkannt, feist wie eh und je. Der unangenehme Typ. Völlig distanzlos. Ehe ich die Sekunden seiner Überrumpelung überwunden habe, legt er aufgeräumt los: „Na, wie ist es dir ergangen?"

Mein „Danke, gut" scheint er zu überhören, schäumt fast über vor Freude mich zu sehen, als hätten wir eine enge Kameradschaft gepflegt. Erzählt ungefragt Anekdoten aus der Firma, wo er nach wie vor angestellt ist und inzwischen öfter Frau Schober vertritt. „Das passt", schießt es mir durch den Kopf. Sich nachdrücklich in den Vordergrund zu schieben. Keinesfalls würde ich einen derart aufgeblasenen Menschen einstellen und um mich haben wollen. Während ich krampfhaft nach einer Ausrede suche ohne ihn zu brüskieren, bremst sein überschwängliches Auftreten. Mir will spontan keine plausible Notlüge einfallen, die den Redeschwall abbrechen könnte, um schleunigst das Weite zu suchen. Plötzlich poltert er mit noch lauterer Stimme: „Djamal, du glaubst nicht, wen wir hier treffen!"

Vom Ende der Regalreihe kommt er geradewegs auf mich zu. Der Mann aus dem Friseursalon. Mein Kollege von damals, nun irgendwie vertrauter, raunt: „Mensch, Dirk, wie schön!" Entspannte Gesichtszüge. Gelöste Ausstrahlung. Mir bleiben die Worte im Halse stecken. Eine Weile lang verstummt sogar Matthias.

Djamal findet als erster die Sprache wieder: „Du wirst erstaunt sein, ich habe Deutsch gelernt. Mich mit einigen Jobs durchgebracht. Mein Studium aus Syrien ist nicht anerkannt worden, aber kürzlich wurde der Asylantrag genehmigt. Ich warte auf eine gute Arbeitsstelle. Das Jobcenter kümmert sich. Ich bin zuversichtlich."

Er lächelt. Matthias schaltet sich energisch ein: „Klar, wir bleiben dran!" Meine Überraschung ist mir vermutlich anzumerken und ich beeile mich zu bekräftigen, wie sehr ich mich über die Aussichten freue. Djamal wendet sich Matthias zu: „Mein treuer Kumpel im fremden Land. Ohne seine Energie und Hilfe hätte ich die Probleme nicht durchgestanden. Und, Dirk, stell dir vor, wir wohnen seit einem halben Jahr zusammen in einer WG." Noch mehr verblüfft gebe ich beiden die Hand, ehe wir uns sputen müssen um die Einkäufe zu bezahlen. Großes Gedränge. Die beiden sind eher draußen. Ich ahne, dass Djamal einen steinigen Weg hinter sich hat und noch manche Hürde vor ihm liegt. Durch die Fensterscheibe schaue ich ihnen hinterher. Das Bild, als sie mir zuwinken und wie zwei Vertraute abziehen, geht mir nach.

Werner Hetzschold

Ein alter Mann

Die Wegstrecke, die er zurücklegt, wird zusehends kürzer, die Steigungen nehmen zusehends ab. Mitunter verzichtet er, eine Steigung zu überwinden, dann wählt er die Ebene, die Gerade. Wie ein Hund braucht er seinen täglichen Auslauf. Wie ein alter Hund benötigt er auch seine Ruhe. Dann liegt er flach auf dem Teppich im Arbeitszimmer und döst vor sich hin. Er bezeichnet diesen Zustand schöpferisches Träumen. Vieles geht ihm durch den Sinn, spukt in seinen Vorstellungen herum, lässt sich weder steuern noch irgendwie beeinflussen. Diese ständig sprudelnde Quelle der Gedanken kommt und geht, wie ihr beliebt, kennt kein Ziel. Die Gedanken fließen dahin, schwerelos, ziellos, lassen sich treiben, sind planlos unterwegs. Mit der Umwelt kommuniziert er per Internet, genießt seinen neuen Computer mit allem Zubehör, der ihn kontinuierlich warnt vor Viren, feindlichen Programmen, vor Hackern, vor allen Feinden, die ihn bedrohen. Sein alter Computer, den er gezwungen war auszumustern, weil er den technischen Ansprüchen nicht mehr genügte, signalisierte diese Botschaften nicht, ignorierte sie, war ihnen gegenüber immun und nie störanfällig. Für seine Bedürfnisse reichte er voll aus. Der Computer ist das einzige digitale Gerät, das er besitzt. Er verzichtet auf die vielen digitalen Geräte, die existieren, die das tägliche Leben erleichtern sollen. Den klugen Nachrichten in den Massenmedien entnahm er, dass ein alter Mensch unmittelbar vor seinem Tod das Phänomen erlebt, dass sein Leben wie ein Film vor seinem geistigen Auge ablaufen soll. Diese Momente sind ihm nicht fremd. Schon oft hat er sich dabei ertappt, unabhängig von der Tageszeit, dass sein durchlebtes Leben an ihm vorbeizog, ihn herausforderte. Dieser Umstand gab ihm zu denken. Jeden Augenblick kann Schluss sein.

Das Internet informierte, dass Orkas sich weltweit in Küstennähe aufhalten, Badende bedrohen, Schiffe attackieren, sie zum Kentern bringen. Viele Wale fühlen sich vom Menschen bedroht, in ihrem Lebensraum eingeengt, kämpfen um ihre Existenz, indem sie ihn angreifen, unschädlich machen wollen, ihn schlicht und einfach warnen, bevor sie ihn vernichten. Aber der Überlebenskampf beschränkt sich nicht nur auf die Wale. Viele Tiere wehren sich, bedrohen den Menschen, passen sich der

359

ständig verändernden Umwelt an, gefährden die Menschheit, indem sie ihr immer neue, unbekannte Viren und Bakterien schicken. Im Internet las er, dass sich in Kliniken hochresistente Keime ausbreiten, die der Wissenschaft unbekannt sind. Er erfährt, dass jährlich mehr als eine Million Menschen an multi-resistenten Bakterien sterben. Mittel zu deren Behandlung existieren nicht, weil die Wissenschaft diese Keime nicht kennt.

Delfine und Seelöwen werden in großer Anzahl an die Strände gespült. Der Auslöser für ihren Tod ist eine Alge. Stirbt diese Alge, produziert sie ein starkes Nervengift. Diese Algen dienen vielen Fischen als Nahrung. Die Fische werden von den Seelöwen und Delfinen gefressen, die sich vergiften. Qualvoll sterben sie.

Seine Informationen bezieht der alte Mann aus dem Internet. Sonst verfügt er über keine Kontakte. Er nutzt keine anderen Hilfsmittel. Sie sind ihm zu kompliziert, zu schwierig. Ihm fehlt für diese Geräte das Fingerspitzengefühl.

Das aggressive Verhalten vor der iberischen Halbinsel führt die Wissenschaft auf die Begegnung der Orkas mit Menschen zurück, die diese Tiere belästigen, sie stören, ihr Leben beeinträchtigen, sie nicht ihr gewohntes Leben leben lassen. Immer wieder wird dem alten Mann bewusst, wie die Menschheit den Raum zum Überleben der Tiere einengt, ihnen ihre Existenzgrundlage entreißt, die Tiere zum Handeln zwingt. Die um ihren Lebensraum kämpfenden Orkas fallen Boote zum Opfer, werden von ihnen versenkt. Sie wehren sich wie die Eisbären, deren Jagdgebiete immer kleiner werden, die nicht mehr genügend Nahrung finden. Der Hunger treibt sie in die menschlichen Siedlungen, sie werden zu gefährlichen Gegnern der Menschen, die sie mit Waffengewalt vertreiben, töten.

Einer Meldung entnahm er, dass viele Robben einer Vogelgrippe zum Opfer fielen, an deren Folgen starben. Die Wissenschaft befürchtet nunmehr, dass der Virus nicht länger die Säugetiere verschmäht, sie als Nahrung akzeptiert, eventuell bevorzugt, zu einer echten Gefahr, zu einer folgenschweren Bedrohung für die Menschheit wird.

Erst kürzlich las er, dass Zehntausende unbekannter Viren in Einzellern entdeckt worden seien. Ein Forschungsteam fand zufällig viele Tausende neuer Viren, die untersucht werden, inwieweit sie Besitz vom menschlichen Körper ergreifen. Ob Pflanzen, Tiere oder auch Menschen: Viele Lebewesen enthalten DNA von Viren. Manche Erreger sind dabei noch völlig unbekannt, wie ein Forschungsteam nun herausgefunden hat. Bei ihren Untersuchungen stoßen sie - zufällig - auf mehr als 30.000 neue Viren. Viele Lebewesen, ob Pflanzen, Tiere oder Menschen, beherbergen in ihrem Körper die DNA von Viren, die bisher die Wissenschaft noch nicht zur Kenntnis genommen hatte, weil sie nicht auf sich aufmerksam gemacht hatten. In einem Schwimmbad ohne Chlor-Zusatz wurde ein durchtrainierter Schwimmer von einer sich vom Gehirn der Menschen ernährenden Amöbe getötet. Diese Amöbe dringt in den menschlichen Körper über die Nase ins Gehirn, bringt den Tod in fast allen Fällen. Die Mediziner sind ihnen gegenüber machtlos.

Immer häufiger begegnet der alte Mann Botschaften in den Massenmedien, die belegen, wie machtlos die Wissenschaft gegenüber Erkrankungen ist, wie wenig sie das Verhalten der Tiere erklären können. Neulich stieß er im Internet auf eine Information, dass in Australien Dingos Jogger und Badende angreifen, Bisswunden zurücklassen, Kinder lebensgefährlich verletzen. Eine Joggerin flieht vor einem Rudel Wildhunde ins Meer. Die verfolgen sie, lassen sich nicht abschütteln. Der alte Mann kennt die Ursachen. Nur wird ihm nicht geglaubt. Er und seine Theorien werden verlacht. Der Mensch ist der Verursacher. Er bedient sich der Erde, als gehöre sie nur ihm. Rücksichtslos beutet er sie aus, ergreift von allem Besitz, entreißt den anderen Lebewesen ihren ihnen zustehenden Lebensraum. Doch diese Strategie ist nicht zufriedenstellend, denn er benötigt mehr Raum als ihm der Blaue Planet zur Verfügung stellen kann. Um ein Vielfaches größer müsste er sein, um das Raubtier Mensch ernähren zu können. Es gibt Länder, die Hunderttausende Kühe töten wollen, um die Klimaziele einzuhalten. Solchen Berichten steht er fassungslos gegenüber, zweifelt an dem Intellekt des Menschen. Für ihn ist die Erde schon längst überbelastet, wird zusammenbrechen, an einem Kollaps sterben. Für den alten Mann sind alle anderen Lebewesen anpassungsfähiger als der Mensch. Alle Lebewesen machen keine Stimmung gegen Andersdenkende, nur der Mensch benutzt dieses Mittel, um Andersdenkende mundtot zu machen.

Immer wieder stellt der alte Mann fest, dass eine schlimme Nachricht die andere jagt. Den Namen des Landes hat er vergessen, in dem der Gesundheitsnotstand ausgerufen wurde, weil eine seltene Nervenkrankheit die Menschen plagt. Erste Todesfälle soll es bereits gegeben haben. Eine Droge gibt es, die die Psyche der Menschen besonders gravierend unterminiert. Straßenzüge werden gezeigt, in denen Menschen im Drogenrausch sich austoben, das Land bedrohen. Viele Obdachlose bevölkern die Zentren großer Städte, vernichten die Verkaufskultur, vertreiben die Kunden, zerstören die Geschäfte, die Kaufhäuser, weil die Käufer ausbleiben. Überall nehmen die Hackerangriffe zu, beeinflussen die Ergebnisse von Wahlen, fälschen deren Ergebnisse, korrumpieren korrupte Politiker, entscheiden über Krieg und Frieden. Überall sind Cyberkriminelle am Werk, wie diese Typen bezeichnet werden. Der alte Mann staunt, dass die Welt noch immer existiert und dem Raubbau der Menschheit widersteht. Er hatte zur Kenntnis zu nehmen, dass sich viele Tonnen Schadstoffe in die Ostsee vor Lettland ergossen. Eine Kläranlage war zusammengebrochen. Der Schlamm, durchsetzt mit Schwefel, gelangte in die Ostsee. Alle Strände ließen die ratlosen Behörden sperren. Spezialisten erkannten, dass Spielzeug für Kinder sich aus verbotenen Chemikalien zusammensetzt, die in die Körper der Kinder gelangen, wenn diese mit ihnen spielen.

Pro Tag, so meldete ihm der Computer, brechen etwa fünfzig neue Waldbrände in Griechenland aus. Viele davon gehen auf Brandstiftung zurück. Dass Wölfe in den Städten nebst Füchsen ein neues Zuhause gefunden haben, verwirrt den alten Mann nicht mehr, aber dass eine Löwin, die keine Menschenseele vermisst, mitten in Berlin sich zurückgezogen hat, spräche für die Anpassungsfähigkeit und den Intellekt dieser Großkatze. Doch am Ende entpuppte sich diese als Wildschwein.

Immer wieder tauchen sich widersprechende Meldungen in den Massenmedien auf. Vor tropischen Stechmücken wird gewarnt, die tropische Krankheiten verbreiten. Überall ist die Rede von gravierenden Klima-Exzessen. Dabei hat es so etwas schon immer auf dem Blauen Planeten gegeben, ohne Einwirkungen des Menschen.

Er hat gelesen, dass vor 400.000 Jahren Grönland eisfrei war. Es besaß eine sich weit ausdehnende Tundra. Afrika fasziniert den alten Mann stets von Neuem. Er weiß, die Wiege der Menschheit ist bis heute noch nicht endgültig geklärt. Zu allen Zeiten beschäftigte sich die Wissenschaft mit diesem Problem. Ständig gab es neue Erkenntnisse. Afrika galt seit uralten Zeiten als der Kontinent, der als Ursprungsort für die Mensch-Werdung angesehen wurde. Der alte Mann vertritt die Theorie, dass sich die menschliche Entwicklung gleichzeitig auf verschiedenen Erdteilen vollzog, sich nicht auf nur einen Kontinent beschränken lässt. Er ist sich sicher, dass die frühen Menschen sich ständig auf Wanderungen befanden, sich vermischten, dass kontinuierlich neue Typen entstanden. Viele Millionen Jahre beanspruchte dieser Vorgang. Völker kamen und gingen. Manche setzten Zeichen, blieben im Gedächtnis der Menschheit haften, machten auf sich aufmerksam. Viele Völker verschwanden in der Anonymität, ohne eine Spur zu hinterlassen für die Ewigkeit. Den Menschen soll es seit sieben Millionen Jahren geben, Zecken dagegen seit ungefähr 50 Millionen Jahren.

Der alte Mann lächelt. Zecken werden noch immer existieren, da hat der Mensch sich schon längst ausgelöscht. Wie die Ratten werden auch die Zecken den Menschen überleben. Sie sind anpassungsfähiger als diese Intelligenz-Bestie, verwandeln die Erde in keine Mondlandschaft.

Der alte Mann gehört keiner Religionsgemeinschaft an, muss keinem Guru Gehorsam leisten. Er hat gehört, dass in Pakistan eine Lehrerin von Kolleginnen enthauptet wurde, weil sie den Islam beleidigt haben soll. Sie war in einem Ort zu Hause, der unmittelbar an der Grenze zu Pakistan lag, der Heimat vieler unterschiedlicher Terroristen. Er kann es nicht fassen. Da steht geschrieben: Politiker fordern weitere NATO-Manöver. Offensichtlich kennen sich diese Entscheidungsträger*innen beim Militär bestens aus, sind Sturmbahn erprobt, buddeln in ihrer Freizeit Schützengräben, stülpen sich einen Stahlhelm aufs Haupt, streifen den Kampf-Anzug über, exerzieren, legen riesige Entfernungen im Laufschritt zurück, hungern, ertragen stillschweigend den Durst, haben keine Probleme mit dem Donnerbalken. Der Kollege mit dem Pausbackengesicht und der Künstlermähne, dessen Haarpracht bis zu den Schultern reicht und der aufgrund seiner politischen Position die Lockenfülle nicht abschneiden muss und der nie beim Militär gedient hat, über einen nicht bekannten Dienstgrad verfügt, teilt die Ansichten vieler der Kampf erprobten Entscheidungsträger*innen und deren zweifelhafte militärische Qualifikationen.

Müde fühlt sich der alte Mann, abgespannt und ausgelaugt. Er ist nicht mehr so fit wie in früheren Jahren. Das Alter fordert seinen Tribut. Immer häufiger stellt er fest, dass er sich auf sein Gedächtnis nicht verlassen kann. Vieles vergisst er oder bringt es durcheinander. Immer wieder kommt es zu Verwechselungen, zu Missverständnissen, zu Problemen. Er befürchtet Schlimmes. Vielleicht verliert er die Kontrolle über sich selbst, ist nicht mehr er selbst, sondern ein Phantom, das von fremden Mächten gesteuert wird, sich selbst als Individuum nicht mehr im Griff hat. Angst hat er vor der Zukunft. Er baut ab. Je älter er wird, desto gravierender. Geheim muss er seinen Verfall halten, darf ihn sich nicht anmerken lassen. Vielleicht leidet er an Alzheimer oder Demenz. Vielleicht an beidem. Vielleicht an einer unbekannten Krankheit. Immer wieder werden neue Krankheiten entdeckt. Als Versuchskarnickel will er nicht dienen, sich der Forschung nicht zur Verfügung stellen.

Ins Grübeln ist er geraten, hängt Gedanken nach, denen er aus dem Wege gehen sollte. Nur schlaflose Nächte bringen sie, rauben ihm die Ruhe, führen zu nichts. Seine Hannah, seine liebe Frau wird er fragen, ob er erste Anzeichen von Demenz oder Alzheimer hat. Sie wird es wissen. Viele medizinische Zeitschriften, Bücher, Artikel liest sie, nein, studiert sie, gründlich, gewissenhaft, fertigt Aufzeichnungen an, bringt sie auf den neusten Stand. Nur sie kann ihm helfen. Seit seiner Jugend misstraut er allem und jedem, zweifelt alles an, ist ungemein vorsichtig.

Hannah ist überrascht. Nie hätte sie gedacht, dass ihr Schätzchen sich mit solchen Problemen befasst. Locker ist er alles angegangen, ging allen Schwierigkeiten aus dem Weg. Und jetzt zweifelt er an sich, unterstellt sich, Demenz oder Alzheimer zu haben oder gar beides. Langsam wird er wunderlich, je älter er wird. Hannah will ihn nicht mit ihrem Wissen belasten. Sie lächelt ihn an und sagt: „An Demenz leidest du, wenn du in einer Gaststätte gegessen und getrunken hast, dich aber daran nicht mehr erinnerst und ohne zu bezahlen, das Restaurant verlässt. An Alzheimer leidest du, wenn du dein Schwarzes Bier trinken möchtest, das Glas in die Hand nimmst und dabei alles verschüttest, weil deine Hand so zittert. Du hast deine Gliedmaßen nicht unter Kontrolle. Sie zittern, gehorchen deinem Willen nicht länger, haben sich verselbständigt.

Allein gelassen forscht Jan nach Parkinson, lässt aber davon ab. Demenz, Alzheimer, Parkinson, weiß der Geier, was es noch so gibt. Schlimm muss es sein, wenn sie diagnostiziert werden. Er hat Angst. Ein Glück, dass er schon so alt ist. Demenz äußert sich in einer Verlangsamung geistiger Fähigkeiten, dazu kommen Orientierungsprobleme, Sprachprobleme und, und … Der Krankheitsverlauf gestaltet sich bei jedem Individuum anders. Er braucht seinen Mittagsschlaf, konstatiert, dass er länger schläft. Das hat seine Ursachen in der Alzheimer Erkrankung, wie eine Studie nunmehr ergibt. Vor allem ältere Menschen sind davon betroffen. Kontinuierlich nimmt die Zahl zu.

Jan findet einen Artikel, der die Abrechnung von Corona-Tests beinhaltet, die nie durchgeführt worden sind. 18 Testzentren! Mehr als neun Millionen Euro wurden illegal abgerechnet. Und keiner soll das bemerkt haben? Ungläubig schüttelt Jan den Kopf. Ihm fehlt die Vorstellung. Schlafen die Kontrolleure?

Eine Hungerkrise bedroht Millionen von Menschenleben in Ostafrika. Es soll die größte Dürre seit 40 Jahren sein. Hunderttausende flüchten. Vertrocknete Ernten. Verdurstetes Vieh. Verbranntes Weideland. Er liest: In Äthiopien, in Kenia, in Somalia werden laut UN-Welternährungsprogramm viele Millionen Menschen an Hunger sterben. Wie kann so etwas passieren? Millionen Menschen sterben unter den Augen von Millionen von Menschen. Jan kann es nicht fassen. Sie schauen nur zu. Tatenlos! Nein, nicht tatenlos. Sie, die Menschen, führen große Reden, überhäufen sich mit Redundanz, Schuldzuweisungen ...

Auch das ist möglich. Dort fehlt es, hier gibt es die Hilfe im Überfluss. Er muss lachen. In Sachsen lässt sich ein Mann viele, viele Male impfen, um die Impfzertifikate zu verkaufen. An wen? An Impf-Verweigerer! An Impf-Unwillige! An Impf-Gegner! Das Geschäft blüht. Jan ist nicht überrascht. Bei so vielem Schutz der Bevölkerung ist alles möglich. Warum nicht auch das!

Eine neue Corona-Variante wurde gefunden. Sie hat bereits einen neuen Namen bekommen. „Pirola". Neu ist, dass sie Hautausschläge mit sich bringt und gerötete Augen. Rote, wunde Finger und Zehen sowie juckende, gerötete Augen sind neu. Es wird berichtet, dass Durchfall die Folge ist, aber auch Geschwüre und Schwellungen im Munde. Die Gefährlichkeit zu Vorgängerinnen ist nicht vorhanden. Das klingt beruhigend. Nicht für mich! Ich fürchte mich vor den neuen Varianten, die mich völlig aus dem Gleichgewicht bringen. Hautausschläge und gerötete Augen versetzen mich in Alarmbereitschaft, fördern meine Aufmerksamkeit, verringern nicht meine Vorsicht. Ich bin auf der Hut, beobachte alles neu Hinzugekommene, wäge ab. Eine Kombi-Impfung wünschen sich die Hausärzte. Sie soll gegen Corona und Grippe sein. Jan entzieht sich der Grippe-Impfung und der Corona-Impfung. Er lässt beides nicht zu. Nicht vorsichtig genug kann er sein.

Für eine Etappe ihrer Reise nimmt die Außenministerin den Bus. Am nächsten Morgen legt ihr Airbus der Flugbereitschaft die gleiche Strecke zurück. Ohne sie. Das Auswärtige Amt verweist auf Termine und Ruhe der Crew. Somit ist allen gedient.

Über Wolodymyr Selenskyi urteilte der Präsident Russlands, dass er kein Jude sei, sondern eine Schande des jüdischen Volkes. Er ist für jüdische Witze bekannt, spielt auf traditionelle Klischees an, auf den gierigen Juden. Er verweist auf die vielen jüdischen Freunde, die er hat, die ihn seit seiner Kindheit begleiten. Sie kritisieren Selensky, nennen ihn einen schlechten Juden, manche sogar bezweifeln seine jüdischen Wurzeln. Sie sind der Ansicht, dass er mit einer Nicht-Jüdin verheiratet ist und sein Sohn und seine Tochter getauft sind. Der Autor dieses Artikels ist der Auffassung, dass Selenskyi keine jüdische Identität hat. Er denkt als Ukrainer, beurteilt alles unter dem Aspekt als Ukrainer, nicht als Jude. Jan weiß nicht, wem er Glauben schenken darf. Alles ist so verworren, so nebulös, die Grenzen verschwimmen.

Jüdische Taliban werden sie genannt. Das ist aber nicht der Grund, dass gegen sie ermittelt wird: International aufgrund der Vorwürfe des Kindesmissbrauchs! Das ist der Vorwand! Ultraorthodoxe Juden haben einen Sonderstatus, lehnen die Gründung Israels vor 75 Jahren als Sünde ab, da diese erst mit dem Erscheinen des Messias vonstatten geht. Die israelische Regierung hilft den Ultraorthodoxen. Sie unterstützt die Männer beim Studium. Hier in Jerusalem tragen die Frauen eine Burka. Ab dem dritten Lebensjahr! Wie die Moslems! „Sie leben in ihrer eigenen Welt", sagt Shai Gottlieb aus Tel Aviv. Als er sechzehn Jahre alt war, sollte er seine dreizehnjährige Cousine heiraten. Er entschied sich zur Flucht, wollte frei und unabhängig sein.

Jan hält inne, überlegt, denkt nach. Seine Gedanken wandern hin und her, finden nirgends Ruhe, verbeißen sich in ein Geschehen, das fast fünfzig Jahre zurückliegt. Er rechnet nach, kommt zu keinem Ergebnis, überschlägt, prüft. 1985 war es! Genau in diesem Jahr war er in Leipzig, arbeitslos, lebte auf Kosten seiner Frau, war eingeladen zu einem großen Fest. Angehörige des Becher-Institutes trafen sich, feierten ein Wiedersehen. Jan war vorsichtig, zurückhaltend. Wie immer in seinem Leben. Er wartet ab, was diese Rückschau ihm alles bringt.

Ihr Name fällt ihm ein. Schulz-Semrau hieß sie. Mit Familienname. Der Vorname lautete Elisabeth. Genau, so war es. Sie war die Tochter eines Beamten. Im ehemaligen Königsberg in Preußen kam sie Anfang der dreißiger Jahre zur Welt. Heute heißt Königsberg Kaliningrad, gehört zu Russland. Wie war ihr Mädchenname? Elisabeth Appelt? Apelt? Appe? Abbe? Er denkt nach, überlegt. Jetzt hat er ihn gefunden. Appe hieß sie. Elisabeth Appe. Vier Jahre besuchte sie die konfessionelle Grundschule, drei Jahre das Lyzeum. Oder waren es vier, oder gar fünf. Er weiß es nicht mehr. 1945 floh die Familie in die Altmark. In Tangermünde beendete sie die Oberschule. Ohne Abschluss. Ihre Ausbildung setzte sie in einem Lehrerbildungsinstitut fort. Ab 1949 war sie Lehrerin. Das Fernstudium für die erste und zweite Lehrerprüfung erwarb sie an der Pädagogischen Hochschule in Potsdam. Bis Ende August 1967 war sie als Lehrerin tätig, schrieb während dieser Zeit Gedichte. Von 1967 bis 1970 studierte sie am Institut für Literatur Johannes R. Becher in Leipzig. Anschließend war sie freischaffend, dann für viele Jahre an diesem Institut im Fach Prosa bei Fernstudenten tätig.

Ihm fällt ein Bild in die Hände. Zwei Frauen sind darauf abgebildet. Die Ältere der beiden erkennt er. Sie verstarb 2015. Dort auf dem unteren Bildrand steht es geschrieben. Jan rechnet nach. 84 Jahre ist sie geworden. Ein erstaunlich hohes Alter.

Vor der Jahrhundert-Wende gründete die Schriftstellerin Elisabeth Schulz-Semrau die Gruppe für Schreibende Frauen in Paula Pankow. Auf dem Bild ist sie abgebildet, als sie sich von der Gruppe für immer verabschiedet. Gebrechlich und hinfällig sieht sie aus. Jetzt kann sie nicht mehr. Sie ist vom Tode gezeichnet. Die geschaffenen Texte sind nachzulesen in drei Bänden mit dem Titel „Federlesen", erinnern an die einstige Schriftstellerin aus Ostpreußen, an ihr besonders innig geliebtes Karalautschi, auf dessen Titelseite das Schloss zu Königsberg dem Betrachter entgegen strahlt.

Mit diesem Buch „Karalautschi", Report einer Kindheit, veröffentlicht 1984, begann ihre Auseinandersetzung mit dem Thema „Flucht und Vertreibung". In der Vergangenheit hatte sie nie das Thema Ostpreußen losgelassen, immer hat sie sich mit ihm beschäftigt, es zum Gegenstand ihrer Nachforschungen gemacht. Sie konnte zeitlebens nie die Finger davon lassen, auch wenn sie sich daran verbrühte. Immer spielte es sich in den Vordergrund, beeinflusste ihr Denken und Handeln. Nicht nur aus der Perspektive über den Verlust der Heimat schrieb sie, sie schrieb vor allem über eine Zeit, die unwiederbringlich verloren ist, die nie wieder zurückkehren wird, die nie wieder so sein wird, wie sie sich einst repräsentierte. Auf ewig ist sie verloren. Kein Wiedersehen wird es geben. Auch hätte sie 1984 den Namen Königsberg nicht verwenden dürfen, das russische Kaliningrad passte nicht, zeugte von einer neuen Epoche. Mehrfach versuchte die Schriftstellerin ein Visum für die schönste Stadt ihrer Vorstellung zu bekommen, doch es ließ sich nicht realisieren, ihre Wünsche blieben Träume, Wunschvorstellungen. Ihre Wunschvorstellungen erweckte sie zu neuem Leben. Ihre Kindheitserinnerungen schrieb sie nieder, setzte auf diese Weise Königsberg ein unauslöschliches Denkmal. Unmittelbar vor dem Fall der Mauer in Berlin flog sie von Moskau nach Kaliningrad. Als Antwort folgten Bücher über Ostpreußen. 1995 erschien ihr Buch „Wer gibt uns die Träume zurück. Schicksal Ostpreußen." Poetischer ist die grenzenlose Liebe zur Heimat nicht auszudrücken. 2008 folgte „Elchritter. Fast ein Märchen aus vergangenen Tagen." Dann wurde es still um sie.

Wie sieht es mit der Liebe einer Frau aus, die erst in der zweiten Hälfte des Lebens dem richtigen Partner begegnet, zumindest es annimmt. Auf die Vierzig ging sie zu, als sie Max Walter Schulz heiratete oder heiratete er sie. Keiner scheint das so richtig zu wissen. Ist auch egal. Sie wussten beide, was sie taten. Alt genug waren sie. Sie wussten genau, worauf sie sich einließen. Fortan gingen sie gemeinsam durch das Leben, solange sie füreinander da waren. Als er gegangen war, blieb sie allein zurück, gründete die Gruppe für Schreibende Frauen in Paula Pankow.

Die zweite Frau auf dem Foto, auf dem Elisabeth Schulz-Semrau verabschiedet wird, ist die wesentlich jüngere Astrid Landero, Geschäftsführerin von Paula Pankow. Geboren wurde sie in Thüringen, in Meiningen. Schon früh wollte sie der Kleinstadt entfliehen. Der Autor macht eine Pause, denkt nach. Als junger Lehrer war er zu einer Weiterbildungsveranstaltung in diese Stadt geladen worden. So klein hat er sie gar nicht in Erinnerung. Zumindest hat sie ein eigenes Theater mit eigenem Ensemble. Soweit ihn sein Gedächtnis nicht in Stich lässt, liegt der Ort ebenso wie Dresden in einem Tal. Nur ist es eben nicht so groß. Ein paar Grad kleiner. Aber leben ließe es sich in dieser Stadt. Davon ist er überzeugt. Ein paar Jahre später zog es ihn dorthin, aber die örtliche Regierung wollte ihn nicht haben. Sie setzten die Schulleitung von seinem Schriftsatz in Kenntnis. So wurde nichts daraus. Astrid Landero wird von den westdeutschen Frauenbewegungen aktiviert. Als der Prager Frühling in der Tschechoslowakei niedergeknüppelt wird, ermutigt sie eine ihrer Großmütter mit dem ewig im Gedächtnis gebliebenen Satz „Geh nach Berlin, studiere, heirate nie." Bedeutend für sie ist, dass der Feminismus keine Grenze zwischen privat und öffentlich kennt. Immer zweifelt er an den bestehenden Kräften. Auch jetzt als Rentnerin will sie wissen, wie die Pandemie sich auf die Frage der Gleichstellung auswirkt, welche Konsequenzen daraus geschlussfolgert werden können. Nur weiß sie aus Erfahrung, dass es ihr an Geduld mangelt, an langen Sitzungen teilzunehmen. Über ihre Arbeit bei Paula Pankow ist sie in Kooperationen mit Aktivistinnen aus Kasachstan und Polen getreten. Wichtig ist ihr, dass sich Frauen auf europäischer Ebene austauschen. Eine Entwicklung wie in Polen will sie in unserem Lande vermeiden.

Jan will mehr über diese Frau erfahren. Und er findet mehr, wesentlich mehr über sie, als über die Ältere. Und alles auch fein gegliedert. In mehreren Abschnitten. Jan wird mitgeteilt, dass Astrid Landero eine geborene Luthardt ist, die 1954 zur Welt gekommene Tochter einer Agrar-Ingenieurin und eines Forstwissenschaftlers. Die Mutter engagiert sich rege in der Frauenbewegung, zuletzt in der SED. Einen bleibenden Eindruck hinterließen die Großmütter. Kluge, selbständige Frauen waren sie, die ihre Entscheidungen selbst trafen. Aus Trotz zu ihren Eltern tritt sie in die SED ein, damit Leute wie ihre Eltern nicht mehr das Sagen haben. Zeitlebens wollte Landero Meiningen hinter sich lassen. Die Jugendorganisation schickt sie zum Studium der Geschichtswissenschaften und Politik nach Moskau. In Moskau trifft sie die ganze Welt. Nicht begeistert ist sie, als sie zurückkommt. Obwohl ihr eine Position beim Zentralrat der FDJ geboten wird, die für die Beziehungen zu westeuropäischen Jugendorganisationen zuständig ist, hält sie sich bedeckt.

Gleich nach Maueröffnung sind wir ausgeschwärmt in den Westen und haben uns die feministischen Wissenschaftlerinnen und Aktivistinnen geholt, erzählt Landero. Immer war sie für etwas Neues zu haben. Nie war es ein Job für immer. Sie strebte die Veränderung an.

Jan verlor die Schriftstellerin Elisabeth Schulz-Semrau aus den Augen. Er ging nach dem Westen. Noch zu DDR-Zeiten. Fünf Jahre musste er warten, bis er dem Land Lebewohl sagen durfte, verlor seine Arbeitsstelle, war viele Monate arbeitslos, verdiente kein Geld, lebte auf Kosten seiner Frau. Sie hielt ihn am Leben, bewahrte ihn vor dem Gefängnis.

Ganz anders erging es einem Kollegen. Nach wenigen Wochen war er ausgereist, lebte in West-Berlin. Jedem war ein anderes Schicksal in Aussicht gestellt. Der Kollege in West-Berlin wurde als Berufsschullehrer eingestellt. Nicht lange dauerte es, und er war Oberstudienrat, heiratete. Von einer Familiengründung hatte er nichts gehört. Er durfte sogar in den Osten reisen. Jan dagegen reiste nach Bayern. Er durfte wählen zwischen Bayern und Nordrhein-Westfalen. Seine Frau fragte, wo es landschaftlich schöner sei. Ihr wurde Bayern genannt. So entschieden sie sich für Bayern. Seine große Schwester, die in Bayern lebte, war mit seiner Wahl nicht einverstanden. Sie erkundigte sich immer wieder, warum er sich nicht für Nordrhein-Westfalen entschieden hätte. Deutlich spürte er, sie wollte Abstand zu ihm haben. Er beließ es bei Bayern, wurde mit Familie im Raum Schweinfurt angesiedelt, unweit der Grenze. Eine Wohnung fanden sie schnell. Ein völlig neues Haus war es, in das sie einzogen. Fünf Jahre blieben sie dort wohnen, dann wechselten sie nach Aschaffenburg. Dort fand er eine feste Anstellung. Als Fachlehrer. Die erste Lehrerprüfung hatte er mit Bravour bestanden, auf die zweite verzichtete er. Er wollte keine Kinder unterrichten, strebte die Erwachsenen-Qualifizierung an. Das hatte er immer getan, auch im Osten.

Er war der Einzige im Kollegium, der keinen festen Vertrag hatte. Einen Jahresvertrag erhielt er. Jedes Jahr musste der Vertrag erneuert werden. Jahr für Jahr! Dann erfolgte eine Zäsur. Stenografie und Maschinenschreiben entfielen. Durch Textverarbeitung wurden sie ersetzt. Pro Woche siebenundzwanzig Stunden. Drei Stunden Mehrarbeit hatten die Fachlehrer im Gegensatz zu den richtigen Lehrern zu erbringen. Die Arbeit am Computer ließen Spuren zurück. Sie äußerten sich bei Jan durch rote, entzündete Augen. Ihm war kontinuierlich so, als hätte er einen Schleier vor dem Gesicht. Die Augen schmerzten, brannten. Anfangs ließen die Schmerzen in den Ferien nach, später manifestierten sie sich. Über zehn Jahre führte Jan den Job aus, dann folgte das Schlüsselerlebnis. Mit seiner Hannah reiste er durch die Schweiz, durch Nord-Italien. Eines Morgens waren die Schleier, die Schmerzen, einfach alles verschwunden. Er konnte sehen, wie seit Jahren nicht mehr. Die ganze, weite, große Welt wollte Jan umarmen. Er kündigte den Job, wollte andere Fächer unterrichten, weigerte sich, Textverarbeitung zu übernehmen. Viel Ärger gab es bis zur Auflösung des Vertrages. Jan wurde freischaffender Lehrer. Arbeit gab es genug. Alle Fächer unterrichtete er. Er hatte mehr zu tun, als er tun konnte. Mit seinem Schicksal war er zufrieden. Nie hatte er geglaubt, dass es so laufen würde.

Vor seinem Computer hockte Jan, starrte auf die Benutzer-Oberfläche, hing seinen Gedanken nach, wählte die Schaltfläche, die ihn mit Cottbus verband. Er wollte sehen, wer außer ihm noch am Leben sei. Oder wer der Stadt den Rücken gekehrt hatte. Seit Jahrzehnten hatte er nichts mehr von ihnen gehört. Sie mussten sich sehr verändert haben. Einige Kollegen von einst, die geblieben waren, hatten es weit nach oben geschafft, ihre beruflichen Grenzen erreicht. Jetzt waren sie aber Pensionäre, gingen in den wohl verdienten Ruhestand. Viele Schulen machten dicht. Auch viele Berufsschulen. Von den einst 129.000 Menschen in Cottbus waren 95.000 übrig geblieben, Neubaugebiete verschwunden. Keine in den Himmel ragenden Neubau-Blöcke! Menschlicher sah es aus. Überschaubarer.

Über einen Abschluss am Institut für Literatur Johannes R. Becher verfügt Jan. Jahrzehnte liegt es zurück. All seinen Mut nahm er zusammen, als er eigene Arbeiten zusammen stellte und an das Institut schickte. Wochen vergingen. Viele Wochen. Er hatte schon allen Mut verloren. Da kam ein Schreiben. Er wurde eingeladen. Er konnte es nicht fassen. Das Schreiben trug die Unterschrift eines Herrn Werner Bräunig. Mehrmals las er es. Es stimmte. Es war eine Einladung.

Zur angegebenen Uhrzeit stellte sich Jan ein. Empfangen wurde er von einem Herrn mittleren Alters, der aber gemäß seines Alters und seiner Position nicht wie ein Dichter aussah, so wie sich Jan einen Dichter vorstellte. Jetzt kann sich Jan nicht mehr genau an dessen Aussehen erinnern. Zu lange liegt es zurück. Jan hatte die Vorstellung, ein Dichter, ein Schriftsteller muss schon rein äußerlich wirken, auffallen, aber das war in diesem Falle nicht gegeben. Wäre er diesem Mann auf der Straße begegnet, wäre der ihm nicht aufgefallen, hätte er von ihm keine Notiz genommen. Der Mann hatte die von Jan eingereichten Arbeiten bei sich, begann zu reden, hörte nicht auf. Jan konnte ihm nicht folgen, verlor den Anschluss. Ihm wurden die Texte zurückgegeben mit dem Vermerk, sich erst einmal in der Produktion zu bewähren. Dann sollte er sich erneut bewerben.

Die Jahre gingen, vergingen. Als Lehrer war Jan bereits tätig, hatte sich an einem „Zirkel für Schreibende Arbeiter" beteiligt, an dessen Ende ein Dozent namens Dr. Rothbauer vom Literaturinstitut Johannes R. Becher auftauchte, der über den Alltag dieses kleinsten Institutes detailliert berichtete, zur Aufnahme eines Studiums ermunterte. Die Ausstrahlung, die Wissensvermittlung, das Können und Sagen des Sechsundfünfzigjährigen imponierte Jan. Er ließ es auf einen Versuch ankommen. Sein damaliger Zirkelleiter schrieb ihm eine empfehlenswerte Beurteilung. Dieses Mal wurde Jan genommen. Mit Mitte dreißig begann er das Studium. Unter vielen Schwierigkeiten, mit vielen Problemen. Sein damaliger Direktor delegierte ihn nicht für dieses Studium, er beurlaubte ihn nur unter vielen Zugeständnissen. Jan musste die ihn für die Teilnahme am Studium notwendige Zeit vorarbeiten, erhielt keine Fördermaßnahmen, keine Unterstützung. Eine Kollegin besuchte die Bezirksparteischule der SED. Alle nur erdenklichen Förderungen wurden ihr geboten. Seine Weiterbildungsmaßnahme wurde ignoriert. Seine Reise zum Ausbildungsort wurde ihm verwehrt, er erhielt keine Freistellung. Erst nachdem er sich an das ZK der SED schriftlich gewandt hatte, wurde ihm die Freistellung ermöglicht. Keine Probleme tauchten nunmehr auf. Alles lief automatisch.

Als Jan sich nicht mehr über die Freistellung Gedanken machen musste, lief alles reibungslos für ihn ab. Zu keiner der Gruppen gehörte er, die sich innerhalb der Großgruppe herauskristallisiert hatte. Nach allen Seiten war er offen. Sein persönlicher Mentor wurde Dr. Rothbauer. Jan schrieb sein Leben auf, so wie er es gern gesehen hätte, es aber nicht so erleben durfte. Dr. Rothbauer las sogar aus dem im Entstehen begriffene Buch vor. Vor allen Studenten. Öfters machte er es auf diese Weise, indem er Texte von Autoren vortrug, die noch keine Autoren waren. Er holte sie an das Licht, prüfte die Reaktionen der Zuhörerinnen und der Zuhörer. Als Jan seinen Lebensbericht oder das, was ihn an seinem Leben interessierte, abgeschlossen hatte, legte er dem Doktor das Manuskript vor.

Von dem Doktor erfuhr er, dass er den Text dem „Mitteldeutschen Verlag" angeboten hatte; gleichzeitig erhielt er von ihm eine Einladung, die aber Tage später rückgängig gemacht wurde. Ein Stein fiel Jan von der Brust. Damals wusste er nicht, wer die Frau von Herrn Dr. Rothbauer war. Heute weiß er es.

Was waren die Voraussetzungen für die Aufnahme eines Studiums. Begabung allein reichte nicht aus. Bevor Jan das Studium aufnehmen konnte, war er Schriftsetzer für Hand- und Maschinensatz gewesen. Anschließend setzte er seine Ausbildung in der Polygrafie als Korrektor fort. Dann folgte eine Zäsur. Als Student für die englische und die russische Sprache studierte er in Halle an der Uni. Nun war er Lehrer. Er erfüllte somit die Anforderungen in Bezug auf Lehre und Studium. Das hatte zur Folge, dass die Studierenden an der kleinsten Hochschule wesentlich älter waren als die Studienanfänger aller anderen Hochschulen. Obwohl er Mitte dreißig war, zählte er nicht zu den Ältesten. Er gehörte zu den so genannten jüngeren Semestern. Die Jüngste unter ihnen war ungefähr zehn Jahre jünger als er. Die Ältesten waren knapp Fünfzig. So auch sein Bekannter aus Hoyerswerda. Zu dessen Hochzeit wurden seine Frau und er geladen. Daran kann er sich noch erinnern. Seine Frau war wütend, weil er getrunken hatte und sich wie die vielen anderen auch mit dem Fahrzeug auf die Straße wagte. Zum Glück passierte nichts, außer der scharfen Zurechtweisung seiner besseren Hälfte.

Da Jan seinen ehemaligen Prüfer nicht vorfand, erkundigte er sich nach ihm. Ihm verschlug es die Sprache. „Er ist tot." Keine weiteren Fragen stellte er. Äußerst behutsam musste er vorgehen, wenn er mehr über den Verblichenen in Erfahrung bringen wollte.

Am Institut für Literatur Johannes R. Becher war seit September 1965 der ehemalige Republikflüchtling, Wismut-Kumpel und Schriftsteller Werner Bräunig verantwortlich für das „Schöpferische Seminar Prosa", in dem die Studentinnen und Studenten eigene und fremde literarische Arbeiten zur Diskussion zur Verfügung stellten. Was Jan damals nicht wusste, waren die Probleme seines Gegenübers, der um seine Existenz als Künstlers kämpfte und letztlich unterlag. Anfang 1967 verließ er endgültig das Institut, beendete seinen Arbeitsvertrag wegen disziplinarischer Verstöße und eines Parteiverfahrens. Das fand Jan zunächst heraus. Als er Ende der siebziger Jahre am Becher-Institut studierte, war ihm gar nicht bewusst geworden, was es für Kämpfe in der Vergangenheit gegeben hatte. Seinen Mentor Herrn Dr. Rothbauer schätzte er über alle Maßen. Ihn begeisterte dessen Verhalten, dessen Stil, dessen Darbietungsweise. An den politischen Diskussionen innerhalb der Großgruppe beteiligte sich Jan nie. Sie waren ihm zu suspekt. Ändern konnte er sowieso nichts! Weshalb dann aufregen? Andächtig hörte er zu, wenn sich die beiden großen Lager bekriegten. Sehr bald hatte er herausgefunden, auch wenn er sich nie offen dazu äußerte: Er kam mit beiden zurecht. Die eine Gruppe waren die Studierten, die anderen kamen aus der berufstätigen Bevölkerung. Jan hatte studiert. Sein Partner aus Hoyerswerda nicht. Er war Obermeister, soweit sich Jan erinnert. Trotzdem klappte ihre Kommunikation. Nie gab es Missverständnisse. Alles zwischen ihnen lief in geregelten

Bahnen ab. Zwar hatten sie von den Beschlüssen des Bitterfelder Weges gehört. Aber das war längst schon Geschichte. Schnee von gestern. Aufnahmequoten für schreibende Arbeiter wurden eingeführt. Jan hatte als Schüler der Erweiterten Oberschule so einem Zirkel angehört, wurde weitergereicht, bis er in dem Zirkel landete, den Herr Dr. Rothbauer einen Besuch abstattete. Jan hatte auch von der Sächsischen Dichterschule vernommen. Das war damals zu Zeiten des Lyrikers Georg Maurer, der es bis zum Professor brachte an diesem kleinsten Institut mit den weltweit ältesten Studentinnen und Studenten. Die Kampagne, die die Ausbürgerung Wolf Biermanns mit sich brachte, berührte ihn nicht. Auch Jan hatte Gedichte von ihm gelesen. Sie begeisterten ihn nicht so, dass er den Dichter nicht gleich auf den Index gesetzt hätte. Erst als das geschehen war, hinterfragten viele, wer das denn sei. Erst auf dem Index wurde der Dichter berühmt. Vorher hatten ihn nur Eingeweihte gelesen, jetzt lasen ihn alle. Jan konnte seinen Gedichten nichts abgewinnen, legte sie beiseite. Andere lasen ihn nur, weil er der Biermann war. Mit steigender Leserzahl stieg der Ruhm des Dichters. Das Verbot seiner Texte und dessen letztendlich erfolgte Ausbürgerung machten den Dichter in der DDR allen bekannt, brachten eine Ausreisewelle in Gang. Die bis dahin nie den Namen des Dichters gehört hatten, kannten ihn jetzt alle. Er spukte in allen Köpfen. Viele Künstler nahmen ihn zum Anlass, um auf reguläre Weise die DDR zu verlassen. Sie beriefen sich auf ihn, waren überzeugt, so schneller zum Ziele zu gelangen.

In der DDR, und sicher nicht nur dort, gab es Vertreter*innen, die bezweifelten, dass Schriftsteller*innen an einer Hochschule ausgebildet werden können. Als Jan inmitten seiner Ausbildung war, besuchten Dozentinnen und Dozenten, Studentinnen und Studenten des Moskauer Maxim Gorki Literaturinstitutes das Institut für Literatur Johannes R. Becher in Leipzig. Eine Verständigung war nur mit den Händen möglich. Lediglich ein Dozent, dessen Namen Jan vergessen hat, war in der Lage auf Russisch fließend zu kommunizieren. Er hatte einige Jahre in der Sowjetunion verbracht, war der Star der sowjetischen Dozentinnen und Studentinnen. Sie suchten dessen Nähe. Diese Begegnung war eine willkommene Abwechslung, aber kein Gedankenaustausch. Die verbindende Sprache fehlte. Jan hatte nur ein Ziel, verfolgte es unerbittlich, wollte seinen Mentor damit überraschen. Er schrieb an seinem Manuskript, stellte es fertig, überreichte es seinem Mentor Herrn Dr. Rothbauer nach zwei Jahren, erregte damit Aufsehen unter den Studenten. Soweit Jan Bescheid wusste über das Gorki-Institut, war es dort üblich, dass jeder Student sich mit einem in sich abgeschlossenen Text dort verabschiedete. In der DDR waren die Gesetze lascher, zumindest war das der Eindruck von Jan. Diesen Gedanken äußerte er nicht laut. Jeden Ärger wollte er vermeiden. Für ihn war klar, dass nur ein abgeschlossenes, fertiges Buch vorliegen musste als Finalprodukt. Alles andere war nur Augenwischerei. In der Sowjetunion reichte jeder Student ein in sich abgeschlossenes Werk ein. Wer darüber entschied, wer geeignet oder nicht geeignet war, konnte Jan nicht beantworten. Er hatte mehr Fragen als Antworten. Für Jan war das Schreiben wichtig! Was für andere wichtig war, wusste er nicht. Das hatte jeder mit sich selbst auszumachen. Wie auch die Beurteilung der Werke. Was für den einen gut war, war für den anderen schlecht. Der Leser entscheidet!

Das Buch bestand die Prüfung nicht. Einige Lektoren versuchten sich daran. Die Urteile waren widersprüchlich. Die einen sagten hü, die anderen hott. Am Ende erhielt Jan sein Werk zurück.

„Durchgefallen!", sagte er.

Kommilitonen sagten: „Ein Glück, dass ich mich nicht diesem Zwang ausgesetzt habe."

Jan war der Einzige, der ein abgeschlossenes Manuskript eingereicht hatte. Alle anderen beschränkten sich auf kürzere Texte. Jan bereute nichts. Zumindest hatte er es versucht. Wie sein russischer Kollege, der eigentlich kein Russe war, sondern ein Tatschike. In der DDR hatte er bereits einen Namen. Die Lektorin vom Mitteldeutschen Verlag erwähnte ihn bei all ihren Gesprächen. Um Jan wurde es still, nachdem er sein Werk zurückbekommen hatte.

Die letzte Lehrer-Konferenz vor den unterrichtsfreien Tagen wurde für Jan zum Höhepunkt. Wie alle Fernstudenten wurde er ausgezeichnet. Die Höhe der Geldsumme, die er bekam, hat er vergessen, die der anderen hat er nie erfahren. Er ließ sich seinen Abschluss in den Sozialversicherungsausweis eintragen, den er noch immer besitzt, obwohl er nach der DDR ihn hätte abgeben sollen. Er hat ihn aufbewahrt, fein säuberlich verpackt in einer Klarsichtfolie, vor Beschädigungen geschützt.

Nicht untätig blieb er. Er nahm Kontakt mit der Stadthalle auf. Er hatte Glück. Eine Produktionsleiterin hatte gerade das Handtuch geworfen. Später erfuhr er, dass sie ihrem Leben ein Ende bereitet hatte. Freiwillig war sie aus dem Leben geschieden. Er drückte sich vor der Beerdigung, begründete seinen Entschluss, dass er sie nicht persönlich kennen gelernt hatte, keine Beziehungen zu ihr gehabt hätte. Für ihn war sie eine Fremde.

Der Chef rief ihn. Sie waren allein. Der Chef informierte die Vorzimmer-Dame, nicht gestört zu werden. Dann begann er feierlich: „Die

Stadthalle feiert Geburtstag." Der Chef traut ihm sehr viel zu. Der Chef sagt: „Sie werden der Produktionsleiter sein. Bei Ihnen laufen alle Fäden zusammen. Sie werden die Absprachen mit den Abteilungsleitern der Gewerke führen. Haben Sie noch Fragen?" Er verneinte, er wollte es allen beweisen. „Sehr gut!", sagte der Chef. Er erhob sich vom Stuhl, ging in das Vorzimmer, teilte der Dame mit, was zu tun sei.

Wenige Minuten später saßen die Abteilungsleiter am Tisch. Es waren die Gewerke Ton, Licht … Nach dem Gespräch brummte Jan der Kopf. Sein Körper sehnte sich nach Ruhe, Entspannung, nach Entlastung. Ihm war alles zu viel.

Peter sagte: „So eine Partei-Fete muss ein Erfolg sein. Ein Beinbruch ist nicht möglich. Nur ein Erfolg! Ein großer Erfolg! Und es ist ein großer Erfolg geworden!" Einst war Peter Stellvertreter des Chefs, aber seine Alkohol-Sucht hat ihren Tribut gefordert. Jetzt ist er Produktionsleiter wie Jan. Oder Britta, die graue Maus, wie Frank sie bezeichnet, auch Produktionsleiter seines Zeichens. Die Chefin ist Annemarie. Zehn Jahre jünger als Jan ist sie. Sie ist die jüngste im künstlerischen Bereich, hat die Regisseure nach Cottbus geholt, nachdem die für das Ballett zuständige Betreuerin und deren Gatte, der Regisseur, das Stadthallen-Ensemble verlassen haben. Nicht zu genau will Jan alles wissen. Ihm reicht es zu wissen, was er jetzt weiß. Mehr muss es nicht sein. Wer zu viel weiß, lebt gefährlich. Und das muss er sich nicht antun. Frank sagt immer, er, der Jan, schreibt so, wie er spricht, in vollständigen Sätzen. Alles müsse korrekt sein, alles stimmig, keinen Fehler enthalten. Eben druckreif. Das ist es! Jan spricht druckreif. Und dann ist noch Johannes im Bunde. Er ist der Älteste, ist Bühnenbildner, ausgebildet vom studierten Bühnenbildner des Theaters. Den Namen dieses Herren hat Jan vergessen. Es ist ja auch schon eine Ewigkeit her. Damals war noch Ursula Fröhlich Theaterintendantin. „Mutter" wurde sie vom Ensemble respektvoll genannt. Auf sie folgten Männer, Regisseure, fast jedes Jahr ein anderer. Es war wie im Taubenschlag.

Das Theater besucht Jan, gemeinsam mit seiner Frau. In der Pause promenieren sie durch die Gänge, betrachten die Bilder der Schauspieler*innen. Jan bleibt wie angewurzelt stehen, dann ruft er: „Das ist doch nicht möglich! Du hier! Ich denke, du bist in Rudolstadt. Bist du jetzt hier? Seit dieser Spielzeit?"

Der Angesprochene reicht ihnen die Hand, lächelt, verkündet: „Ich bin bei Kauls auf Besuch. Sie sind von Rudolstadt nach Cottbus gegangen. Das ist nunmehr die dritte Spielzeit. Immer haben Sie mich eingeladen. Nun endlich hat es geklappt."

Jan versucht, den Namen des Stückes auf den Radar zu bekommen, das damals gespielt wurde. Es gelingt ihm nicht. Er erinnert sich nur an diese eine Episode, als er seinen Bekannten Lothar Rasche auf der Bühne in Rudolstadt sah. Viele Jahre liegt es zurück. Damals spielte er alles, nicht nur Schauspiel. Bei einigen Stücken war er auch der Regisseur. Ein vielseitig einsetzbarer Interpret. Nun ist sein langjähriger Bekannter im Ensemble des Cottbuser Theaters. Er, Lothar Rasche, noch immer in Rudolstadt. Er wird dort auch bleiben. Es sei denn, er hat die Prüfungen bestanden. Ohne eine Prüfung abzulegen, fand er ein Engagement in Rudolstadt. Kompliziert war es bei Lothar. Vier Jahre älter als Jan wurde er in die Armee einberufen, sollte sich länger verpflichten wie so viele seines Jahrgangs, die das Glück hatten, im FDJ-Aufgebot dienen zu dürfen. Fünf Jahre. Lothar lehnte ab. Die Schauspielschule lehnte Lothar ab. Er bewarb sich als Schauspieler in Rudolstadt, wurde genommen. Ohne Zeugnis! Jan hatte nicht gewagt, Lothar zu fragen. Es war ihm zu unangenehm.

Jetzt sind viele Jahre vergangen. Seitdem ist eine Menge passiert. Da gräbt Jan keine ollen Kamellen aus. Vieles hat sich geändert. Jan erinnert sich der vielen Theaterschließungen. Ganze Ensembles wurden aufgelöst, versanken in der Versenkung. Auch das ist viele Jahre her! Er kann es selbst nicht glauben, dass es so lange her ist. Das soll er alles miterlebt haben? So alt ist er doch gar nicht! Oder doch?

Gestorben ist Lothar Rasche …? Alt ist er nicht geworden. Jan rechnet. 2001 oder war es 2003? Er weiß es nicht mehr. Ist ja auch eine lange Zeit her. Er weiß nur, Lothar war vier Jahre älter als er. Das weiß er genau. Anfang Sechzig war er, als er sich von dieser schönsten aller Welten verabschiedete. In Rudolstadt war er nicht geblieben. War es Zeitz gewesen oder Crimmitschau oder Naumburg? Oder Stendal? Jan weiß es nicht, bekommt es nicht mehr zusammen. Ist ja auch egal. So weit liegt es zurück. Er entsinnt sich, damals, als er noch jung war, zumindest viel jünger als jetzt, sah er im Fernsehen einen Film über ein Theater mit einem jungen Schauspieler, der ganz groß herauskommen wollte. Der Impressario, der den jungen Mann an die Hand genommen hatte, war Lothar Rasche. Er erzählte über den Werdegang dieses jungen Mannes, über dessen Esprit, Ehrgeiz, über dessen Träume. Damals war Lothar Ende Fünfzig, vielleicht auch schon Sechzig. Da muss er ja bald gestorben sein. Lothar sprach auch über sich selbst. Jeden Tag war er im Theater, auch wenn er nicht sein musste. Das Theater war sein eigentliches Zuhause. Hier lebte er. Jan denkt nach. Ihm fällt der Name dieser Spielstätte nicht ein. Er wird alt. Und vergesslich. Bringt alles durcheinander.

Keine Ordnung mehr. Übles Chaos! Für Jan wird es höchste Zeit, dass er abtritt, den Jüngeren, den Dynamischeren den Vortritt lässt. Mit ihm ist kein Blumentopp zu gewinnen. Höchste Zeit ist es!

Wieder legt er eine Pause ein. Ihm fällt auf, dass er öfters pausieren muss, dass seine Gedanken abschweifen, sich von der Realität entfernen. Immer häufiger braucht er eine Pause. Seine Gedanken treiben dahin, entführen ihn in das Märchenland.

Der Sommer ist nun endgültig vorbei. Nicht mehr lange, und es ist Winter. Die Uhren sind vor- oder zurückgestellt worden. Das Ergebnis ist eine frühere Dunkelheit. Um eine Stunde. Jetzt dämmert es bereits um vier. Um fünf, halb sechs ist es stockdunkel. Und kalt! Sehr kalt! Er spürt, wie die Kälte an ihm hochkriecht, von seinem Körper Besitz ergreift. Trotzdem läuft er seine Runde. Vormittags und nachmittags! Sein Körper braucht seinen Auslauf, seine Bewegung, seinen Sport. Froh wird er sein, wenn wieder Sommer ist, die Tage länger, viel länger sind und vor allem wesentlich heißer. Ihm kann es nicht heiß genug sein. Dann läuft er um die Mittagszeit. Weit und breit ist kein Mensch. Er ist allein. Mit sich und seinen Gedanken! Keiner stört, keiner weist ihn zurecht. Alles ist richtig und gut. Kein Fehler unterläuft ihm. So etwas gibt es nur beim Alleinsein. Er stutzt. Misstrauisch beäugt er die Uhr. Soll es so spät schon sein? Die Zeit verrinnt wie im Fluge. Eben erst neun und jetzt schon halb sechs. Das kann nicht mit rechten Dingen zugehen. Er muss die Zeit unter Kontrolle haben.

Seine Gedanken schweifen erneut ab. Konzentrieren kann er sich überhaupt nicht mehr. Immer fällt ihm etwas Neues ein. Er dachte eben an seine Kindheit, an den Panzerfahrer, der beide Beine verloren hatte und an den Onkel Herbert, der nicht mehr richtig im Kopf war. Beide hat er nicht vergessen. Sie werden ihn zeitlebens begleiten. Damals war er sechs Jahre alt. Sie wohnten in den Meyerschen Häusern, in der 16 a, Parterre. Der Panzerfahrer teilte sich die Wohnung mit seiner Mutter. Auch sie bewohnten die 10 a oder die 12 a, natürlich auch Erdgeschoss. Jan weiß nicht mehr, wie alt der Panzerfahrer war, vielleicht so Ende zwanzig. Er saß stets hinter seinem Fenster. Bei schlechtem Wetter blieb es geschlossen, bei gutem Wetter standen die beiden Fenster sperrangelweit offen, erlaubten den Sonnenstrahlen ungehindert freien Eintritt. Der Panzerfahrer war immer beschäftigt, schraubte und drehte, baute und feilte, von früh bis spät. Müdigkeit kannte er nicht. Immer war er hellwach. Zu uns Kindern war er sehr nett, sehr freundlich. Besonders mochte er Bernd. Er war einer meiner Freunde, war sehr geschickt. Als er ein funkelnagelneues Fahrrad erhielt, war die erste Amtshandlung, es vollständig auseinander zu nehmen, es in sämtliche Teile und Teilchen zu zerlegen, diese fein säuberlich aneinander zu reihen. Als Bernd´s Mutter von der Arbeit nach Hause kam und das funkelnagelneue Fahrrad in diesem Zustand erblickte, ergriff sie ihren Regenschirm und verbläute ihren Sohn nach allen Regeln der Kunst. Er baute das Fahrrad zusammen. Kein Schräubchen blieb übrig. Bernd war schon ein Könner. Jan hätte diese Leistung nie vermocht zu erbringen. Ihm fehlte das technische Verständnis. Vielleicht war das der Grund für den Panzerfahrer, Bernd so zu mögen, ihn uns allen anderen Kindern vorzuziehen.

Onkel Herbert lebte gemeinsam mit seiner Mutter im ersten Stock in der 14 a. Er war der Klassenkamerad von Antjes und Bernds Mutter. Als er noch gesund und fit war, war er ein hübscher, junger Mann, strahlte vor Selbstbewusstsein, spannte den anderen Gleichaltrigen die Mädchen aus, so wurde es im Viertel erzählt. Es passierte an einem Fluss. Ein Kamerad hatte Schwierigkeiten ihn zu überqueren. Er trieb ab. Ohne sich zu besinnen, stürzte sich Herbert in die Fluten. Die Sonne schien. Der Fluss funkelte. Das Wasser war eiskalt. Herbert erlitt einen Kälteschock, von dem er sich nicht mehr erholte. Seitdem ist sein Leben völlig verändert. Ewig bleibt der Zustand erhalten, in dem er sich nunmehr befindet, ewig wird er ein Pflegefall bleiben.

Jan blättert in der Zeitung, stößt auf einen Artikel, der ihn gefangen nimmt. „Vom Fidler auf dem Dach" ist die Rede. Jan überfliegt den Text, begreift: Das sind die Worte des Staatspräsidenten Izchak Herzog für den israelischen Schauspieler Chaim Topol. Mit seiner Rolle Anatevka in „Anatevka" erwarb er internationalen Ruhm und eine Oscar-Nominierung. Nun ist der israelische Schauspieler gestorben. Mit 87 Jahren in seiner Geburtsstadt Tel Aviv. Er ist die leibhaftige Verkörperung des Tewje. Viele Auszeichnungen erhielt er, auch den Golden Globe, für die Filmversion.

In einer Theatertruppe der israelischen Armee ist der Beginn seiner Schauspielkarriere zu suchen. Im Jahre 2015 bekam er den Israel-Preis, die höchste Auszeichnung des Landes. Sehr erfolgreich war er auch als Illustrator und Schriftsteller. Mehr als 60 Jahre lang war Topol mit seiner Frau Galia verheiratet. Er hinterließ drei Kinder und viele Enkelkinder.

Auf eine Ankündigung im Internet stößt Jan, die ihn aus der Fassung bringt: „Mit KI außer Kontrolle könnten wir alle sterben." Er liest, die EU widmet sich der Aufgabe, wie sie die KI ständig kontrollieren kann. Ein Philosophie-Professor in Oxford macht auf die Auswirkungen der KI aufmerksam, falls KI außer Kontrolle geraten würde, das menschliche Know-How überbietet. Für diesen Professor ist es unumgänglich, ein weltweites gültiges Gesetz zu verabschieden, um die KI in den Griff zu bekommen, sie zu jeder Gelegenheit unter Kontrolle zu bringen. Jan liest, dass sie in Gedicht-Bänden zu finden ist und in Museen. Überall ist sie zu Hause, ist nicht zu unterscheiden von den Werken, geschaffen von menschlicher Hand. Sie übertrifft ihren Konkurrenten – den Menschen. Texte, von der KI verfasst, sind nicht von denen zu differenzieren, die die Menschheit kreiert hat. Sie vermag alles. Die Kunst-Richtungen sind untereinander austauschbar, miteinander kombinierbar, versetzen die Menschheit in Angst und Schrecken, lassen nichts Gutes ahnen, stellen die Frage, wie sehr die künstliche Intelligenz die vom Menschen geschaffene bedroht. Aber nicht nur die Kunst ist beeinflussbar, auch das Handwerk, vor allem das Handwerk. Jan ist überzeugt, die KI wird den Menschen überflüssig machen, seine Funktionen übernehmen, ihn ins Abseits stellen. Im Internet hat er einen Artikel über Bruce Willis gelesen. Sehr, sehr nachdenklich machte ihn die Lektüre, beschäftigte ihn mehrere Nächte hintereinander, ließ ihn keinen Schlaf finden. Die Überschrift lautete: „Bruce Willis schließt seine Laufbahn wegen Krankheit ab“ oder so ähnlich. Jan kann sich nichts mehr merken, im Hirn behalten, um nach Abfrage richtig zu reagieren. Jan hat zur Kenntnis nehmen müssen, dass einer der berühmtesten Hollywood-Stars seine Karriere einstellen muss. Und zwar nicht freiwillig, sondern auf Geheiß der Ärzte! Im Alter von 67 Jahren verschwindet der Schauspieler in der Versenkung. Er muss aufhören. Sein Sprachvermögen wird von einer Krankheit beeinflusst, die ihn gänzlich zum Schweigen verurteilt, ihn verstummen lässt. Aber dank künstlicher Intelligenz wird er zu uns sprechen, wird am Leben teilnehmen, sich einbringen, mit uns kommunizieren, unter uns weilen. Jan ist fassungslos. Die künstliche Intelligenz scheint alles möglich zu machen, nichts entzieht sich ihr.

Sean Penn will selbst die Waffe in die Hand nehmen. Als der Krieg zwischen Russland und der Ukraine sich ankündigt, ist der Hollywood-Star Sean Penn mit einem Film über den ukrainischen Präsidenten beschäftigt. Jetzt ist er völlig durcheinander. Er lässt nachfragen, in welchem Jahrhundert er sich nun bewegt. In seinen Fantasien greift er selbst zur Waffe, irrt durch die Jahrhunderte, bemüht, irgendwo Halt zu finden, findet ihn nrigends.

Eine neue Überschrift lässt Jan Furchtbares ahnen. „Schlimmste Dürre seit 40 Jahren. Hungerkrise bedroht Millionen Menschenleben in Ostafrika.“ Ein simpler Satz fasst das Elend zusammen. Rund 140 Millionen Dollar werden nach Schätzungen von Hilfsorganisationen benötigt, um die Folgen der Dürre zu bekämpfen. Jan ist sprachlos. Inwiefern lindern

Millionen von Dollar die Folgen der Dürre. Er hätte erwartet, dass enorme Liefermengen an Getreide benötigt werden, um einiger- maßen Herr der Lage zu werden. So aber ist von Geldern die Rede, die aber die Betroffenen nicht essen können, auch nicht ausgeben, weil sie des Lesens und Schreibens unkundig sind. Während die Regierungen über die Höhe der Hilfsgelder feilschen, sind bereits Hunderttausende auf der Flucht. Da steht geschrieben: „Vertrocknete Ernten. Verbranntes Weideland, Verdurstetes Vieh. Mütter und Kinder auf der Suche nach Wasser und Nahrung." Das ist es, was die Menschen brauchen, um überleben zu können. Sie benötigen das Elementarste: Essen und Trinken. Bereits 2011 starben 250.000 Menschen allein in Somalia an einer Hungerkrise.

Jan macht eine Pause, denkt nach. Die Bevölkerung Afrikas nimmt überhand, gerade auch in Somalia. Als Schüler in der fünften Klasse – oder war es die sechste? – Er weiß es nicht mehr so genau, da besuchten sie als Klasse während eines Pioniernachmittags ein Forscher, der viele Jahre in Afrika zugebracht hatte. Wunderbar konnte der Mann über Land und Leute erzählen, auch über Somalia. Er berichtete über die Hirten, die von ihren Herden leben, deren ganzer Stolz ihre Herden sind. Noch genau erinnert sich Jan, dass dieser Forscher auch von den mageren Jahren sprach und auch von Kollapsen. Da mutierte ein sehr reicher Herden-Besitzer zu einem Nichts. Alles verlor er. Die Herden fanden nicht mehr genügend zu fressen. Sie verhungerten und verdursteten, auch die eigene Familie. Wie viele Jahre das zurückliegt. An der Einstellung der Hirten hat sich nichts geändert. Nur die Bevölkerung in Afrika hat drastisch zugenommen. Sie liefern sich wahre Schlachten um das Weideland. Die Verlierer sind die Tiere, vor allem die Großen. Sie sind zahlenmäßig zurückgegangen. Es gibt Regionen, da lebt kein Exemplar mehr der großen big Five. Alles Land wurde ihnen genommen. Sie sind jetzt Fremde im eigenen Land, entweder zahlenmäßig unterlegen oder völlig ausgerottet.

Einst hatte Jan einen Film gesehen, der die Routen der Elefanten widerspiegelte. Viele der Routen blieben den Tieren verwehrt, weil Häuser dort errichtet worden waren, wo sich einst Savanne ausbreitete. Die Tiere behaupteten ihr Recht, bestanden auf ihre alten Trassen, zertrampelten das ihnen geraubte Land.

Wieder hält Jan inne, überlegt. Inwiefern ist der Mensch berechtigt, das Land der Tiere sich unter den Nagel zu reißen? Er nimmt es ihnen einfach weg, vertreibt sie, verwehrt ihnen den Zutritt zu ihrem angestammten Besitz. Von blutigen Kämpfen ist die Rede, die die Sicherheitskräfte und die Milizen sich liefern. Wenn Jan das liest, zweifelt er an der Berichterstattung, an ihrer Glaubwürdigkeit. Wer kämpft für wen?

Sicherheitskräfte sind Milizen, und Milizen sind Sicherheitskräfte. Oder sieht er da etwas falsch? Er weiß es nicht. Zumindest das von den Milizen und Sicherheitskräften kontrollierte Land müssen die Flüchtlinge durchqueren. Wem trauen sie – den Milizen oder den Sicherheitskräften? Jan ist nicht in der Lage, sie zu beraten, weil er nicht weiß, wer Freund oder Feind ist. Er geht von sich selbst aus. Er misstraut beiden, macht um sie einen weiten Bogen, will mit keinem zusammentreffen. Von einer jungen Frau ist die Rede, die mit ihren sechs Kindern die von den Sicherheitskräften und Milizen sondierten Räume durchquert hat und am Rande der Stadt im Lager angekommen ist. Dort leiden die Menschen. Einmal am Tage wird Essen geboten. Der Frau muss es nach all dem Durchlebten wie das Paradies erscheinen: ein Dach über dem Kopf, Essen und Trinken. Einmal am Tag.

Den Afrika-Forscher aus seinen Kindertagen hört Jan. Es war damals genau so wie jetzt. Nur Afrika war längst nicht so dicht besiedelt. Heute gibt es viele Menschen und wenig Tiere. Sonst ist alles so geblieben - bis auf die Mega-Städte, denkt Jan. Er selbst war noch nicht in Afrika. Vielleicht ist es dort völlig anders. Aber von gewaltigen Städten hat er gehört mit vielen, vielen Millionen Menschen. Das dort sind keine Wilden mehr wie aus seinen Kindertagen. Das sind zivilisierte Eingeborene, die ihr geraubtes Land als Erben wiederhaben wollen, die ihre geraubte Kultur zurückfordern, ihren Status selbst in die Hände nehmen und verwalten. Sie benötigen keine Vermittler, sie sind selbst die Vermittler. Sie nehmen ihr Schicksal in die eigenen Hände.

Die Stimme seiner Frau holt ihn in die Gegenwart zurück. „Ja, er ist da!", hört er sie sagen. Dann an ihn gewandt: „Hier ist ein Dieter. Er kennt dich!"

Jan weiß schon längst, worum es geht. Er meldet sich: „Hallo Dieter! Nach 28 Jahren meldest du dich. Trotzdem hört es sich so an, als sei es gestern gewesen."

Jan wird zu einem Klassentreffen geladen. Wie damals vor 28 Jahren. Damals lehnte er ab. So auch jetzt.

Ich kenne die Gründe, respektiere sie. „Es war schön, deine Stimme zu hören", meldet sich Dieter aus der Ferne. „Ich schicke die Fotos …" Der Beginn einer Freundschaft!

Es ist Sonnabend, Anfang April 2024. Hannah und Jan werden vom Sohn mit dessen Fahrzeug abgeholt. Bereits am Morgen ist es ausgesprochen warm und sonnig. Ihr Weg führt sie nach Dietramszell. Die Nebenstraßen wählt der Sohn. Jan sitzt neben ihm, genießt die Landschaft rechts und links der Straße, erspäht Störche, die völlig unbeeindruckt vom Verkehr nach Beute Ausschau halten, gemächlich in unmittelbarer Nähe der Straße im Erdreich herumstochern.

Nach etwa einer Stunde erreichen sie Dietramszell, begrüßt von der Klosterkirche Maria Himmelfahrt. Links, gleich hinter der Kirche, biegt der Sohn ab, steuert den geräumigen Parkplatz an. Mühsam schälen Hannah und Jan sich aus dem Fahrzeug. Hannah führt den Rollator mit sich und die Stöcke, Jan versucht das Gleichgewicht zu halten und bewegt sich in Richtung des ausgeschilderten Weges. Langsam, Schritt für Schritt tasten seine Füße sich den Weg entlang. Seine Sinne nehmen die Wasserstellen rechts und links des Weges wahr. Seine Augen spüren die Fische auf. Rechts des Weges dehnt sich ein Gewässer aus, an dessen Ufer Bänke in der Sonne stehen. Jan liebt die Sonne, setzt sich, spannt aus. Nach einer Weile taucht Hannah in Begleitung des Sohnes auf. Schnell folgt sie dem Rollator, verschnauft nicht einmal auf der Bank neben Jan. Jan hat keine Chance ihrem Tempo zu folgen, vor allem steigt der Weg vor ihnen, eine Ende ist nicht abzusehen. Er trifft eine Entscheidung. „Auf dem Rückweg nehmt ihr mich mit. Ich bleibe so lange hier in der Sonne.“

Ohne Pause erklimmen sie den Weg, verschwinden hinter einer Biegung. Dreißig Minuten verbleibt Jan auf seinem Platz, dann erhebt er sich, folgt ihrer Spur. Es geht bergan. Verbissen nimmt er Meter um Meter, bis er sein Ziel vor sich sieht. Es ist eine Gabelung. Zwischen den Bäumen links nimmt er Hütten wahr. Er geht auf sie zu. Sie verfügen über Bänke. Der Weg führt irgendwohin, vorbei an den Hütten. Jan macht kehrt, entschließt sich für die andere Richtung. Die Wege sind alle beschildert, zeigen talabwärts. Er blickt auf die Uhr. Es ist schon spät. Die Zeit verstreicht wie im Fluge. Dreißig Minuten sind keine Option. Nur eine kurze Entfernung schafft er in dieser Zeit. Kaum der Rede wert. Er beschließt den gleichen Weg zu wählen, nur eben hügelabwärts. Rechts und links bemerkt er Wege, die ihm vorher nicht aufgefallen sind. Sie alle führen abwärts. Er verbleibt auf der Straße, die unten in Dietramszell endet. Der Rückweg erscheint ihm kürzer. Nirgends im Restaurant erblickt er sie. Wieder auf der Straße fallen sie ihm auf. Hannah und Sohn sind auf dem Wege zur Gaststätte. In der Sonne finden sie einen Tisch.

Auf dem Heimweg fragt Hannah Jan, wie ihm die Gegend gefallen hat.

„Gut!“, antwortet Jan.

„Dort werden wir ruhen. Ich denke, wir haben gut gewählt, belasten die Kinder nicht. Sie können vorbeischauen oder auch nicht, ganz wie sie wollen.“

Otmar Heusch

Nur eine Armlänge entfernt …

Der Sommer hat es wieder mal über die Hügel geschafft – es ist heiß – sehr heiß. Die sonst ins Auge fallenden aufrechten Blumen in ihrem strahlenden Blütenkleid kämpfen gegen den Sonnenbrand und betrüben ihre Betrachter. Man könnte die Lust verlieren zu denken – geschweige denn körperlich aktiv zu sein. Doch die Geschwister Charlotte, Leonard, Laurenz und Mattis stört das alles nicht, sie haben sich entschieden: „Wir fahren ins Freibad."

Charlotte ist neunzehn Jahre alt, sehr zielstrebig und weltoffen. Leonard ist siebzehn Jahre alt, hat klare Vorstellungen und einen Faible für Fußball. Laurenz ist zwölf Jahre alt, ruht in sich selbst, gebettet in Intelligenz und Gemüt. Das Küken Mattis ist vier Jahre alt und noch auf der Suche nach interessanten Abenteuern.

Das Freibad ist nur ein paar Kilometer von zu Hause entfernt. Ab auf die Fahrräder und dann in das kühle Nass. Von weitem hört man schon das laute Gegröle aus dem Freibad – mit einer durchdringenden Klangfarbe – es scheint voll zu sein. Die vier stellen sich geduldig in die Warteschlange und erreichen nach einer gefühlten Stunde eine kleine Ecke auf der ausgetrockneten Wiese.

Charlotte sorgt für ausgebreitete Handtücher, während Leonard und Laurenz zielstrebig das Wasserbecken aufsuchen. Mattis setzt sich an den Rand der Handtücher und beginnt mit dem Aufblasen seiner Schwimmreifen. Für ihn ist das ein anstrengender und zeitintensiver Vorgang, aber er ist sehr ehrgeizig.

„Hey „Süßmo"*, können wir uns zu dir setzten?", schallt es hinter Charlottes Rücken.

Charlotte dreht sich selbstbewusst und reaktionsfähig im Zeitlupentempo um. Zwei Jungs in Leonards und einer in Charlottes Alter stehen vor ihr.

„Wir haben heute den „Tag der offenen Handtücher", also ihr könnt euch zu uns setzen" – und ich heiße nicht „Süßmo", sondern Charlotte."

(Charlotte wird im Bekanntenkreis auch „Charly" genannt.)

„Ich heiße Ludwig - und das sind Sam und Ali".

„Ganz schön voll hier, ich würde am liebsten ein Drittel nach Hause schicken", sagt Ludwig.

„Es hat doch auch etwas Gemütliches und im Übrigen hat doch jeder das Recht hier zu sein", antwortet Charlotte.

Ali antwortet mit einem „Side eye"* und einem „Papperlapapp".

Charlotte flüstert: „Goofy"*.

„Was macht ihr so in eurer Freizeit?", fragt Charlotte.

Sam antwortet spontan, mit in Stolz gebetteter Stimme: „Ich spiele Fußball in der U17 – und das erfolgreich."

Ludwig meckert wieder: „Wenn ich mir die Leute hier anschaue, dann sind mindestens ein Drittel Ausländer im Freibad."

„Die gehen mir so langsam auf den Geist."

„Hast du dich mit dem Begriff – Ausländer – schon mal informativ auseinandergesetzt?", fragt Charlotte.

„Was hast du gegen Ausländer, Migranten, Flüchtlinge, Zuwanderer oder Einwanderer?"

„Es sind Fachkräfte darunter, wie zum Beispiel Ärzte, Krankenhaus- und Pflegepersonal und vieles mehr, die uns fehlen würden".

„Ich denke, wir sollten unterscheiden zwischen guten und schlechten Menschen und nicht nach Herkunft, Hautfarbe oder sexueller Orientierung."

„Sonst könnte es die humanitäre Wertschätzung verderben, bis hin zum Gesellschaftsmüll."

„Lehnst du den Notarzt ab, wenn es dir besonders schlecht geht – nur weil er eine andere Herkunft, Hautfarbe oder sexuelle Orientierung hat?"

„Versuche mal realistisch in die Welt zu blicken und nicht verworren fremd gesteuert."

„Charlotte, du mit deiner einflößenden Allwissenheit, mit einem Anteil übertriebener Gründlichkeit", erwidert Ludwig.

Solche Aussagen gehen an der entspannten Charlotte vorbei – und zerplatzen als Wortblase weit im Seitenaus.

„Doch, die müssen alle raus aus unserem Land", stottert Ludwig weiter.

„Auch dein Freund Ali?", fragt Charlotte.

„Ali hat einen deutschen Pass, der hat das Recht hier zu bleiben", grollt Ludwig.

„Siehst du, du wirfst alles durcheinander. Da Ali einen deutschen Pass hat, ist er kein Ausländer. Wie schon gesagt: Mach dich mal schlau!"

Sam und Ali enthalten sich – zu Boden starrend – der Diskussion.

Leonard kommt dazu und legt sich triefend nass auf die Handtücher.

„Hey, wer bist du denn?", fragt Ali - sehr bestimmend.

„Ich bin der Bruder – und zeigt auf Charlotte – und heiße Leonard."

Ludwig ergreift sofort wieder das Wort: „Leonard, du bist doch sicherlich unserer Meinung, dass wir zu viele Ausländer oder so ähnlich in unserem Land haben?"

„Ich habe Freunde, die nicht in Deutschland geboren sind, auf die ich mich verlassen kann und die ich nicht missen möchte."

„Ich kenne auch welche, die ich nicht vermissen würde", antwortet Leonard.

„Im Grunde ist mir die Herkunft egal – Hauptsache ist die vorhandene Achtung voreinander – gebettet in Wertschätzung und Toleranz."

„Du schwafelst wie deine Schwester – Blödsinn", poltert Ludwig.

Charlotte stellt sich fast Nase an Nase an Ludwig heran und spricht expressis verbis mit einprägender Stimme: „Wenn viele Menschen so denken würden wie du, Ludwig, dann gäbe es vielleicht bald keinen Frieden mehr auf der Welt – und Kriege wüten schon in der unerträglichen Wirklichkeit – möchtest du das?"

„Stell dir doch einmal vor, alle Menschen würden sich freundlich, mit Achtung und Wertschätzung die Hand reichen, dann könnten wir sagen: Der Weltfrieden war nur eine Armlänge entfernt."

Ali und Sam blicken entschlossen zu Ludwig – „über das, was Charlotte gesagt hat, sollten wir nachdenken."

Charlotte überrascht die Drei mit vertraulicher Stimme: „Wenn ihr wollt, dürft ihr mich Charly nennen" und reicht jedem freundlich ihre Hand.

* Worterklärungen:
Süßmo = süße Person, Kosename
Side eye = Skepsis oder Misstrauen
goofy = tollpatschig, alberne Person

Marita Wilma Lasch

Der Pflegedienst SUBVENIO:
Die Geschichte vom „Zack"

Solveig (Namen geändert) erscheint neuerdings ab und zu (wenn Mary verhindert ist) in der Frühschicht bei mir zuhause zum Verabreichen der lebensnotwendigen Insulin-Spritze, die ich wegen motorischen und sensiblen Ausfällen in den Händen nicht selbst setzen kann. Solveig ist eine fachlich kompetente, kommunikationsfreudige und warmherzige, also rundherum sympathische junge Frau. Zum Zeitpunkt des beschriebenen Geschehens weiß ich noch nicht viel mehr über sie, als dass sie einen Zusatzkurs zur Wundschwester absolviert hat. Später sammelte ich noch Informationen, zum Beispiel, dass sie ein dreijähriges Söhnchen hat und mit ihrer kleinen Familie in Bad Harzburg wohnt. Als sie die dünne Nadel in meinen immer noch nicht dünnen Bauch „rammt", sagt sie dezent: „Zack". Ich Schwerhörige werde blitzschnell hellhörig, denn diese Tätigkeitsbeschreibung habe ich auch von einem Kollegen von ihr – und zwar nur von ihm – schon mehrmals vernommen: von Herrn G. S. (Initialen n i c h t geändert), der am Tag 732 die fachliche Leitung „meines" Pflegedienstes angetreten hat. Zuvor hatte er elf Jahre in einer Psychiatrischen Klinik gearbeitet. Ich habe ihn, der genauso beschrieben werden kann wie Solveig und der einen jungen Hund (Französische Bulldogge) namens „Kurt" sein eigen nennt, bei seinen Touren kennengelernt, auf denen er sich löblicherweise ein Bild über die aktuellen Patienten machen wollte. Bei seinem ersten „Zack" habe ich mir das Lachen verbissen – er sollte sich nicht ausgelacht fühlen; ich habe ihn natürlich mitsamt dem lustigen Spritzenbegleitwort ernst genommen.

Jetzt aber erzählte ich Solveig davon. Sie lachte laut und herzlich: „Das kommt wahrscheinlich daher, weil wir vor vielen Jahren die Ausbildung zusammen gemacht haben!" Dann war Solveig – wie es bei allen Pflegekräften, die ich kennengelernt habe, der Fall ist – zum nächsten Patienten entfleucht.

Mich überfiel wieder einmal die Neugier und so fragte ich am Nachmittag (die Erscheinungszeiten des spritzenden Personals sind jeweils recht individuell) Herrn G. S., der mein Enkel sein könnte, zugegebenermaßen etwas indiskret, ob Solveig seine Freundin sei. Seine Antwort: „Nein, aber sie ist eine sehr, sehr gute Freundin – und das seit elf Jahren! Ich bin

386

auch der Patenonkel ihres Söhnchens."

Es kommt mir in den Sinn, dass ich mit Erwin, dem komponierenden Juristen, dessen Lebensberuf „Kanzler der Fachhochschule Fulda" gewesen ist, seit 62 Jahren befreundet bin! Nachdem Erwin G. S. bei einer Feier kennengelernt hatte, machte er folgende passende Bemerkung über ihn: „Der Mann mit der Mut machenden Ausstrahlung ..."

Im Fall von Solveig und Herrn G. S. ist erstere sogar die Stellvertreterin von Herrn Gerrit Schämann, dem alten und neuen Pflegedienstleiter, Inhaber, Geschäftsführer oder einfach: Chef.

Wie schön: zwei strahlende Zacken im Gestirn „meines" Pflegedienstes, der jetzt, nach einigen Turbulenzen und Überwindung der schmerzhaften Insolvenz seiner Vorgängerin, „SUBVENIO" (lateinisch: Ich helfe, ich unterstütze, ich komme zu Hilfe) heißt. Ach, übrigens: ich liebe – auch – die lateinische Sprache. Ich freue mich außerordentlich, dass dieser Name, der bei nächtlichen Überlegungen meinen grauen Zellen entsprungen ist, von den Gesellschaftern gewählt und offiziell geworden ist.

Ein Nachtrag: Inzwischen gibt es bei „SUBVENIO Pflege GmbH" noch einen weiteren „Zack"en: Zu meiner großen Überraschung benützte Nathan (wieder ein veränderter Name!) das bedeutende Wort, als er mich erstmalig – mit Beteiligung von Klara – spritzte. Er wurde von Herrn Schämann „geangelt" auf 500,- Euro-Basis, wie Nathan freimütig preisgab. Es war einfach, mit dem freundlichen, starken, jungen Pfleger ins Gespräch zu kommen: Das „Zack" stammt natürlich aus der langen (15-jährigen) Bekanntschaft mit Herrn Schämann, der während seiner Ersatzdienst-Zeit mit seiner (Nathans) Mutter in einem Krankenhaus arbeitete. Mehr soll an dieser Stelle nicht verraten werden – sonst werden ich und Nathan möglicherweise von Herrn Schämann gerügt, der bis hierher durch Genehmigung seine Offenheit und Toleranz bewiesen hat!

Marita Wilma Lasch

Memoiren aus meiner Berufszeit: I. J.

Die Initialen I. J. stehen für eine lange verstorbene Kollegin. Sie hatte an derselben Lehranstalt für Beschäftigungs- und Arbeitstherapie (= Ergotherapie) wie ich Examen gemacht, aber ein, zwei Jahre vor mir. Zeitweilig war sie in einem unserer Praktika – Häuser meine Praxisanleiterin. Wir trafen uns dann nach mehreren Jahren wieder als Angestellte in der Lehranstalt, in der wir ausgebildet worden waren. Sie war dort inzwischen Lehrkraft und ich Anwärterin auf die Ausbildungsleitung. Bei den dortigen Verhältnissen mit einer todkranken, ehemals im In- und Ausland sehr anerkannten Schulleiterin, wuchsen wir eng zusammen. Unsere Offenheit und Zusammenarbeit verhalfen etwas zum Ertragen der Situation und wir hatten teilweise ähnliche Interessengebiete.

Es fällt mir jetzt wieder ein, dass I. J. als Haustier eine Schildkröte hielt, was in einem meiner unfertigen Bücher eine Rolle spielt. Von I. J.s privatem Vorleben weiß ich allerdings sehr wenig: nur dass sie kurz verheiratet war – über ihren Exmann sprach sie nie – und dass ihr Erstberuf Schaufenstergestalterin war. In dieser Beziehung lernte ich auch viel von ihr. Als ich mich wegen der schier unerträglichen Verhältnisse wegbewerben wollte, nahm sie die erste Stelle an, die ich abgelehnt hatte. Ich trat eine Stelle im Öffentlichen Dienst an, bei der die Schülerinnen für die Ausbildung nichts zahlen mussten und wo auch sonst alles stimmte (Zum Beispiel hatte ich die sagenhafte Möglichkeit, bei vollem Gehalt, aber ohne Schüler die Schule einzurichten.) I. J. gab dann ihre Schulleiterinnenstelle auf und kam als dritte Lehrkraft zu mir. Nach etwa sieben Jahren verließ sie unser Team und richtete in ihrer Heimatgegend eine Schule ein. Der eigentliche Grund ihres Weggangs war jedoch, dass sie einen Mann, einen Fuhrunternehmer, dessen Frau schwer an Krebs erkrankt war, kennen und lieben gelernt hatte.

Bei unserer Zusammenarbeit kamen einige „seltsame" Begebenheiten vor, die mir bis heute nicht aus dem Sinn gehen – davon abgesehen, dass Frau J. bei den Kolleginnen nicht sehr beliebt war. Zu neuen Kollegen war sie in der Regel ziemlich unfreundlich. War sie – ohne ersichtlichen Grund – neidisch, hatte Angst vor Konkurrenz oder dem Verlust meiner „Liebe"? Ich beschreibe aus der Erinnerung ein paar Geschichten:

1. Ich lobe sie wegen ihres überragenden handwerklichen Könnens, das auch vonseiten der Schülerinnen anerkannt wurde. Sie sagt, sie fühle sich aber bisweilen regelrecht bestohlen – warum solle sie all ihr diesbezügliches Wissen und Können hergeben? Sie wäre dann leer und würde nichts dafür bekommen. Ich war so vor den Kopf gestoßen, dass ich nichts geantwortet habe. Sie war als Lehrerin angestellt – da ist es doch ihre grundsätzliche Aufgabe, Können und Wissen weiterzugeben! Und wenn sie schon etwas dafür „bekommen" will, warum genügt ihr nicht Anerkennung und Gehalt? Auch ihr Gefühl des Leer-Werdens, indem sie ihre Aufgabe erfüllt, war mir schwer verständlich. Es erinnerte mich zudem an die Projektionen meines ersten, psychisch kranken Mannes auf mich, wenn er sich „leer fühlte.

2. Wir gehen zusammen fehlendes Material für den Handwerks-Unterricht einkaufen. Auf dem Weg in die Innenstadt unterhalten wir uns, nichts Wichtiges kommt zur Sprache nur Small-talk. Auf einmal dreht I. J. sich um und sagt: „Ich gehe nachhause!" Ja, und ich gehe alleine einkaufen! Sie lässt mich völlig perplex auf diesem Dienstweg zurück. Und ich grüble noch lange danach, warum sie sich so verhalten hat. Ich konnte auch nichts finden, was ich falsch gesagt haben hätte können. Ich konnte die Situation einfach nicht verstehen, habe sie aber auch später nicht nochmals angesprochen, weil ich dachte, sie sollte ohne mein Insistieren eine Erklärung abgeben. Die Geschichte führte mich aber einfach zur Einsicht, dass man nicht alles verstehen kann.

3. Alle vier weiteren Kollegen konnten die folgende Situation nicht verstehen: I. J.s Geburtstag stand bevor. Wir fünf Kollegen berieten, was wir der ästhetisch Anspruchsvollen schenken könnten. Aus mehreren Vorschlägen stimmten dann alle zu, einen Briefbeschwerer zu erstehen, den ich, die Chefin, einkaufen sollte. Ich suchte einen sehr schönen, mit sehr schönem Echt-Blumen-Design in einem exquisiten Braunschweiger Blumenladen aus, in dessen Schaufenster ich mehrere Briefbeschwerer entdeckt hatte. Im Laden hatte ich sogar ein nettes kleines Gespräch mit einer sympathischen Dame. Als sie gegangen war, machte mich der Ladeninhaber darauf aufmerksam, dass das Ursula Piech, die Frau der VW-Größe war. Eine Kollegin, Jutta O., die wir zur Einpack-Weltmeisterin ernannt hatten, packte das Ganze ein und wir legten unser Geschenkchen auf I. J.s. Schreibtisch, bevor wir alle per Handschlag und teilweise mit Umarmung gratulierten. Dann gingen wir alle in den Unterricht. Als ich an meinen Schreibtisch zurückkam, lag dort der wunderschöne Brief-

beschwerer mit einem Zettel: Ich will kein Geschenk von euch.

4. Ich hatte das Weben innerhalb des Handwerk-Unterrichts übernommen; im Jahr zuvor hatte I. J. Weben unterrichtet. Ich demonstriere einer kleinen Schülergruppe das Aufzäumen einer Kette für einen Handwebrahmen. I. J. kommt herein und verkündet nach einem kurzen Blick auf das Geschehen, dass „das" so einfach falsch sei. In diesem Fall habe ich sie später in meinem Büro (natürlich ohne Anwesenheit von anderen Kolleginnen oder Schülern) zurechtgewiesen: sie könne mir gerne sagen, wenn ich ihrer Meinung nach etwas falsch erkläre und vormache, – sie sei ja die Koryphäe. Aber bitte nicht in Anwesenheit der Schüler; das würde die Autorität untergraben. Ich würde sogar den Praktikumsanleiterinnen sagen, dass sie bitte nicht die Schüler vor den Patienten belehren sollen… Ob I. J. das verstanden hat, weiß ich nicht, es blieb unkommentiert… Abgesehen davon war und bin ich eigentlich der Meinung, dass es nie nur eine absolut richtige Anschauungs- oder Handlungsart gibt, sondern immer unterschiedliche Möglichkeiten.

5. Vor dem – von ihr vorgeahnten – Tod (sie starb nach der Abnahme ihrer zweiten Brust), kam I. J. auf einer Art „Abschiedstournee" noch einmal zu uns. Sie hielt eine bemerkenswerte Unterrichtsstunde über das Tanzen ab, das inzwischen zu einer tiefgreifenden Beschäftigung von ihr geworden war. Für mich gibt es dazu eine Assoziation: „Mensch, lerne tanzen, sonst wissen die Engel im Himmel mit dir nichts anzufangen." Der Spruch stammt von Augustinus, der zum Tanzen Folgendes schrieb (Quelle Internet: Christina Bohnert: Systemische Beratung – Begleitung und Perspektive):

Ich lobe den Tanz,
denn er befreit den Menschen von der Schwere der Dinge,
bindet den Vereinzelten zu Gemeinschaft.
Ich lobe den Tanz,
der alles fordert und fördert: Gesundheit und klaren Geist
und eine beschwingte Seele.
Tanz ist Verwandlung
des Raumes, der Zeit, des Menschen, der dauernd in Gefahr ist,
zu zerfallen ganz Hirn, Wille oder Gefühl zu werden.
Der Tanz dagegen fordert
den ganzen Menschen, der in seiner Mitte verankert ist
der nicht besessen ist von der Begehrlichkeit nach Menschen und Dingen

und von der Dämonie der Verlassenheit im eigenen Ich.
Der Tanz fordert
den befreiten, den schwingenden Menschen im Gleichgewicht aller Kräfte.

Augustinus Aurelius

6. Auf ihre Veranlassung lud mich ihre Familie zu ihrer Beerdigung im Westen der Republik ein. Selbstverständlich nahm ich es an, um der Wegbegleiterin die letzte Ehre zu erweisen. Es ist mir in Erinnerung geblieben, dass die Pfarrerin eine Ansprache gehalten hat, durch die I. J. bestens charakterisiert wurde; kaum ein Auge blieb trocken. Beim „Leichenschmaus" in ihrem Haus nahm mich ihre Schwester zur Seite und vermachte mir, wieder I. J.s Auftrag folgend, zwei mittelgroße Kisten von Bändern, die mein Leben lang reichen. Sie liegen in zwei großen Schubladen einer Bank in der Kaminecke meiner gegenwärtigen Wohnung. In eine der Schubladen habe ich ein Gedicht von Renate Nemetz gelegt:

Bänder

Die Zeit
wächst
um mein Haus.
Blind werden die Fenster,
die Türangel rostet ein.

Draußen
webte ich
Bänder.

Jetzt
sammle ich
sie auf in meinem Haus,
sortiere sie,
seh' mir die Muster an
keins ohne Webfehler.

Werner Friedrich Kresse

Kaum zu glauben

Herkömmlich ist dieser Monat, indem wir reisten, bekannt durch eine schöne Volksweisheit: „Ist der Mai kühl und nass, füllt's dem Bauer Scheuer und Fass." Wir, die im Wonnemonat Mai unterwegs waren, bedacht mit den erwärmenden Strahlen von Helios, dem Sonnengott, genossen eine anmutsvolle Frühlingspracht.

Auf unseren Wanderungen durch den Harz, mit seiner schönen Erhebung, dem Brocken, hatten wir bereits so manches interessante Erlebnis in vorangegangenen Jahren. Nicht nur, dass wir dem Brocken aufs Haupt gestiegen, schwitzend beim Aufstieg, frierend den kahlen Kopf bestaunend, schnell den Abstieg wählend, um uns heil in Wernigerode zu akklimatisieren. Braunlage als Ort zwischen Ost und West sollte uns nicht fremd bleiben, ebenso die Kaiserpfalz Goslar, die es uns angetan hatte. Auf unseren Wanderungen bestaunten wir die Rappbodetalsperre und krochen in die Rübeländer Tropfsteinhöhlen. Allerdings, Versuche wie die Hexen zu tanzen, ließen wir aus.

Nun war es an der Zeit, mal etwas genauer eine Grafschaft im Frühling zu erkunden, die sonst nur zur Advents- und Weihnachtszeit das Nonplusultra ist.

So nahmen wir, unabhängig von allen öffentlichen Verkehrsmitteln, das Auto und fuhren los, um unser Ziel nach wenigen Stunden zu erreichen.

Daran, dass daraus fast ein ganzer Tag wurde, hatten wir überhaupt nicht gedacht. Wie kam es dazu? Nun, durch mehrere Entschleunigungsabschnitte, bedächtiges und freundliches längeres Schrittfahren, Stau, Halten, Anfahren – Übungen der ersten Stunde Fahrschule – und dies Kilometer für Kilometer. Da kam Freude auf, wie beim Heilkräutersammeln auf der Frühlingswiese. Hohes Verkehrsaufkommen und Baustellen waren die Zauberworte. So tuckerte alles vor sich hin. Freuten uns, mit unserem Mittelklasseauto, dass die fetten SUV, Maserati, BMW, Volvo und wie sie alle heißen, neben, hinter, vor uns kreisten, wie ein Schwarm Mücken am Sommerabend. Aber so eine Autofahrt hatte auch ihre erhebenden Momente. Da schob sich mal ein Auto zwischen mit dem Nummernschild NO WODKA, hier sonnte sich Lady, Beine hochgelegt, schön offen alles. Sonne lachte, wir auch. Es war Sonntag.

Da, zwei Knopfaugen in einem schneeweißen Knäuel. Oh ja, sehr, sehr gepflegt, er war ganz bestimmt erst in der Pudelwaschanlage. Fußball – Restprogramm der Sonntagsspiele – ganz entspannt schauen, kein Problem. So erlebt, sind Debatten um Geschwindigkeitsbegrenzungen auf deutschen Autobahnen völlig sinnlos.

Irgendwann war auch die längste Fahrt mal zu Ende und ein jeder war froh, in die Stadt einzufahren, in die er wollte. Aber auch das war unter den heutigen Bedingungen nicht mehr so einfach, den Ort zu finden, der angesteuert werden sollte. Baustellen sperrten die Straße, Umleitungen führten uns Fremde ins Nirwana. Das Navi schickte uns hier- und dorthin. Es war genauso ratlos und hilfebedürftig wie der Mensch. Wird das nicht durch Satelliten gesteuert? Am Ende wussten wir gar nichts mehr, ließen das Auto stehen, gingen fragen. Wenn wir Glück hatten, trafen wir einen, der sich auch nicht auskannte. So wurde die Zeit vertrödelt, ehe wir zum Hotel kamen. Aber auf einmal – welch ein Wunder – wir waren da, waren nicht verrückt geworden. War doch eine segensreiche Fahrt. So der Alltag und mitunter auch der Sonntag.

Leicht erschöpft klopften wir an, fragten nach dem Zimmer und dem Stellplatz für das Auto. Uns leicht Geschädigten wurde der Weg zur Tiefgarage erklärt, durch den Hotelboy. Wir entschieden, erst mal laufen, um dann das Auto eine Straße weiter unterzubringen. Den Knopf drücken, Schranke hoch, Auto rein. Gott sei Dank geschafft.

Nach einiger Zeit: Wo ist der Chip zur Auslösung des Autos, denn eine Gebühr musste bezahlt werden. Es gab keinen Chip. In der Aufregung vergessen. Nun folgte dem vergangenen ein neuer Tag mit Erregung. Ach, wie lieben wir Spanien mit seinen Garagen, Auto am Eingang übergeben, alles paletti.

Es kam wie gedacht. Zur Auslösung des Autos an die Sprechanlage, eine Ersatzkarte lösen, Geld zahlen – nicht bar, Plastik – und dann geschwind das Auto raus, ehe die Frist verrinnt. Das war geschafft! Wir hatten unser Auto auf der Straße.

Wenn wir mit dem Auto unterwegs sind, gehört auf jeden Fall ein Besuch unserer Lieben dazu, von denen wir – wie immer – sehnsuchtsvoll erwartet wurden. Sie wohnen unweit der großen Stadt auf dem Land. Frei nach Hildegard von Bingen´s Worten: „Tragt Sorge zu unserer Erde. Seid zu ihr zärtlich und lieb."

Fast wörtlich wurden diese Gedanken zum Synonym. Im Einklang mit der Natur haben sie, wie wir aus Erzählungen wussten, eine Lebensexistens geschaffen. Wir erlebten bei ihnen das Wachsen der Waren des täglichen Bedarfs vor der Haustür. Kartoffeln, Tomaten, Gemüse, allerlei Beeren und andere Früchte.

Sowohl unter, als auch über der Erde wurde so Verschiedenes feilgeboten, belebt es doch die Küche mit dem Feinsten vom Besten. So manches Kräutlein wächst, und macht dem Fleißigen alle Ehre zum Ruhme von Natur, Körper, Geist und Seele.

So grünt und blüht es vom Frühjahr bis zum Herbst und in den Winter hinein.

Ohne liebes Federvieh geht so ein Landleben nicht, denn Eier sind immer willkommen. Dem Habicht derweil läuft das Wasser im Schnabel zusammen über die willkommenen Aussichten. Jedoch muss er feststellen, so einfach gehts wohl doch nicht. Die lieben Hühner sind auch im Freien geschützt wie Fort Knox.

Liebt man Feld und Flur, Wald und Natur gibt es nicht nur Habichte, Bussarde und Konsorten, die es auf das liebe Federvieh abgesehen haben. Auch wie im Märchen der böse Wolf den sieben Geißlein nach dem Leben trachtet, ist es hier mit ihm. Das Wildschwein ist nicht zu vergessen. Es beansprucht seinen Platz, gräbt den Boden um, anderes gleich mit. Sorgt so für manche Überraschung. Ab und zu dreht der Fuchs seine Runde ums Haus. Es könnte ja sein, man weiß es nicht, dass durchaus etwas abfällt.

Herr und Frau Igel finden allemal ein geruhsames Plätzchen für ihren Winterschlaf. Die Schleckermäuler bekommen den Sommer über ein Näpfchen Milch, auch hin und wieder ein frisches Hühnerei. Sie danken es durch das in Schach halten des „Kleingetiers", damit diese nicht die Oberhand gewinnen und dem Kulturgemüse Schaden zufügen.

Das Eichhörnchen hingegen betreibt für den Winter erst mal eine gute Vorratswirtschaft. Versteckt an unterschiedlichen Stellen seine Vorräte, damit Feinde keinen Zugriff haben. Es ist vergesslich, findet, wenn nötig, die Verstecke nicht wieder. Es kommt trotz allem ganz gut durch den Winter.

Neben diesen mittlerweile sehr bekannten, nicht immer beliebten Bewohnern gibt es aber durchaus welche, die Glücksgefühle auslösen. Da kann es im Unterholz knacken und der Hirsch spaziert vorüber. Dort ist ein kleines Rudel Rehe.

Vielleicht erleben wir gar das eine oder andere. Aber erst einmal müssten wir vor Ort sein. Der Weg führte in Richtung Hamburg, eine Stunde mit dem Auto, in einen Ort nach Niedersachsen. Nichts leichter als das, dachten wir. Ort ins Navi eingeben. Los geht es. Nichts ging los! Navi fand nichts. Naja, aber es gibt ja noch das Handy. Dasselbe Dilemma. Zu guter Letzt auch noch das Netz verschwunden, wahrscheinlich in der großen Eiche, im Gespinst des Eichenprozessionsspinners hängen geblieben.

Nach einigem Hin- und Herfahren in der unbekannten Stadt fanden wir dann doch noch den Weg im Labyrinth der durch Baumaßnahmen gesperrten Straßen. Später halfen uns die guten alten Straßenschilder in Ergänzung einer abgegriffenen Straßenkarte.

Empfangen mit Verspätung lagen wir uns in den Armen. Wir waren trotz allem gut gelaunt. Lange genug hatten sich alle darauf gefreut. Am Ende reichte die Zeit wie immer nicht, um alles wahrzunehmen. Auf Wiedersehen schöne Landidylle.

Nach diesem exzellenten Familientag ging es nun ins Harzvorland, unserem nächsten Ziel, mit einem Stop in Bad Harzburg. Beine vertreten, Kaffeetrinken, Besichtigung des kleinen interessanten Städtchens mit seinem wunderschönen historischen Bahnhof.

Das Navi spielte mit, das Handy auch. So kamen wir am Nachmittag bei prächtigem Sonnenschein, aber launischem Wind in unserer Vier-Tage-Bleibe an.

Was macht man am Ankunftstag? Sich vorsichtig dem Unbekannten nähern, denn die Wirklichkeit stimmt nicht immer mit dem Gedachten überein.

So wandelten wir im Jahre 924 des Dorfes Quitilingen auf ermüdendem Pflaster zum Zentrum, dem Marktplatz. Nur die Kleidung von uns ist aus der Zeit gefallen, obwohl der eine oder andere, der uns begegnete, durchaus einem anderen Jahrhundert entsprungen sein konnte. Der Markt nun, mit dem über 700 Jahre alten Rathaus, vor dem der kleinste Roland Deutschlands steht und heute noch immer wacht, legt Zeugnis ab vom mittelalterlichen Marktrecht der Stadt.

Wir lasen im Reiseführer über die Vergangenheit: „Ende des 12. Jahrhundert wächst die heutige Altstadt bis an ihre Grenzen. Äbtissin Agnes II von Meißen, die Wolle und Stoffe in die weite Welt verkaufen will, benötigt für die Schäfer und Weber Platz, um ihr Vieh zu halten und aus der Wolle der Schafe Stoffe zu weben. Diesen findet sie in der heutigen historischen Neustadt. Rund um den Mathildenbrunnen entwickelt sich eine florierende Stadt, die seit 1330 mit der Altstadt gemeinsam als Stadt Quedlinburg agiert."

Aha! Das ist also die „Welterbestadt Quedlinburg" und alles in dieser Stadt wurde im Jahr 1994 durch die UNESCO zum universellen Erbe der Menschheit erklärt.

Bei diesem ersten Spaziergang durch kleine enge Straßen und Gassen erlebten wir noch mehr. 1100 Jahre Geschichte. Fachwerkhäuser elegant und feinalt, klein und wuchtig, einmal windschief, mal verbogen. Hatte hier jemand gewohnt, der gelogen hatte, dass sich die Balken biegen?

Wie auch immer, alles noch bewohnt. Wir bestaunten die Solidität der Bauten und gewannen Achtung vor den Leistungen der Baumeister alter Zeiten. Erstaunlich, was das Auge wahrnahm. Uns erwarteten gewiss ereignisreiche Tage, die uns – wie so oft - an unsere physischen und psychischen Grenzen brachten. Erkenntnisse, die unser kleiner Kopf kaum davontragen konnte.

Tage, Wochen später würden wir dem Gesehenen Bewunderung entgegenbringen, davon träumen, es regelrecht anbeten. Vergessen würde das Pflaster aus der Zeit König Heinrich des I. sein.

Unser nächster Besuchstag begann an der meistbesuchten Sehenswürdigkeit Quedlinburgs, der romanischen Stiftskirche. Eingebettet in die Schlossgärten und das aktuell in Sanierung befindliche Stiftsensemble ist der Stiftsberg mit der Kirche St. Servatii. Ein Muss für uns, um Heinrich I. – der im Jahr 936 seine letzte Ruhe hier gefunden hat – zu gedenken.

Die reichhaltigen Reliquien und Kostbarkeiten aus dieser Zeit in der romanischen Stiftskirche zu bestaunen, gehörte natürlich dazu.

Eine Führung durchs historische Rathaus wäre sicher sehr interessant gewesen, aber da im Rathaus immer noch gewichtige Gremien der Stadt tagen, blieb die Pforte für uns verschlossen. Jedoch blieb auch so genug zu bestaunen, zum Beispiel das Memorialmuseum in Klopstocks Geburtshaus. Wir begegneten hier auch der ersten promovierten Ärztin Deutschlands, Dorothea Christiane Erxleben. Ebenso dem Wegbereiter der Sportpädagogik Johann Christoph Friedrich GutsMuths. Allerdings waren wir so gut wie allein in diesem Haus.

Obwohl Scharen von Besuchern bzw. Touristen unterwegs waren, liefen alle daran vorbei. Wollten zum Stift. Hals über Kopf hetzte man bergan zum Schatz. Es wurde das Letzte gegeben, um ja nichts zu verpassen.

In derselben Gasse ging´s auch wieder zurück. Nun in Ruhe und mit Gelassenheit. Es wurde das zweite Mal das Klopstockhaus passiert.

Kaum zu glauben, dass dabei jedem Lessings Worte eingefallen sind. „Wer wird nicht einen Klopstock loben? Doch wird ihn jeder lesen? – Nein"

Doch lieber erstmal Pause mit Käffchen. Zu verstehen war das alles nicht. Dabei wäre es doch durchaus vorstellbar, dass der eine oder andere in so ein mittelalterliches Haus gerne mal geschaut hätte. Das wäre hier bestmöglich gewesen, von der Diele bis zum Boden. Beeindruckend das Ganze. So ging man von Zimmer zu Zimmer, bewunderte die Anordnung der Räumlichkeiten, Türen und Fenster, die für ein gutes Raumklima das ganze Jahr über sorgen. Dielen, die kaum knarren, Balken – was müssen das für Bäume gewesen sein? – die alles zusammenhalten. Sie werden weitere Jahrhunderte Schaden für den Benutzer im Haus fernhalten.

Wir langweilten uns jedenfalls nicht. Versehen mit einer Studienausgabe des „Messias" und entsprechender Literatur zu Frau Doktor, verließen wir einige Zeit später dieses prächtige Haus. Ja, lieber Gast dieser Stadt, das sind die Perlen, die wie in einer Auster im Verborgenen liegen.

Nach diesem ambitionierten bewegten Tag genossen wir am Abend die Ruhe, schauten in Reiseführer für den nächsten Tag.

Der ließ sich erst einmal vom Wetter und unseren erquickenden Stunden gar nicht so schlecht an. Allerdings entfaltete sich das Wetter nach und nach eher argwöhnisch, sodass wir gegen Mittag zurück ins Hotel mussten, um uns wärmer anzukleiden. Später war sogar der Kauf eines Regenschirmes angesagt.

Aber allen Unbilden zum Trotz war der Tag von weiteren Sehenswürdigkeiten der Geschichte geprägt. So unter anderem von dem Museum der Klosterkirche St. Marien auf dem Münzenberg und der Kirche St. Blasii, die ein beeindruckender sakraler Ort ist. Sie strahlt durch ihr schlichtes Kastengestühl sowie die hölzernen Emporen eine Atmosphäre der Geborgenheit, des Wohlfühlens aus.

Zur Seelsorge dient heute dieses ehrwürdige Haus nicht mehr. Jedoch hinterlässt der sakrale Bau weiterhin ein ähnliches Gefühl, wenn Kultur und Kunst den Raum erfüllen. Nicht nur Bach, Mozart oder Schubert, sondern auch Musik der jüngeren Generation sorgen für Momente der Einkehr, Ruhe und Geborgenheit. Ihren Charme hat die Kirche St. Blasii nicht verloren. Vielleicht liegt es auch daran, das St. Blasii einer der 14 Nothelfer war und Schutzpatron von 15 Berufen.

Geplant war noch ein Besuch im Lyonel Feininger Museum. Wer lächelte uns aber entgegen als wir vor der Tür standen? Der Umbaurabe. Geschlossen! Nun staunten wir aber schon. Drei außergewöhnliche Sehenswürdigkeiten konnten nicht betreten werden. Naja trösteten wir uns, es muss halt immer mal was erneuert werden.

Was nun? Bimmelbahn? Wir nutzten sie zum Abschluss unseres Besuches, ließen uns in einer Stunde kreuz und quer durch die Stadt schaukeln, mit Erklärungen von einer angesehenen Persönlichkeit. Das war ein wohltuender Abschluss.

Noch mal hierhin, dorthin geschaut, dem Kopfsteinpflaster adieu gesagt. Träumerisch verließen wir die traditionsreiche, immer vorhandene, bewohnte Szenerie der Adventsstadt.

Das war's dann. Geistig ermüdet von dem Genuss aller Herrlichkeit und körperlich matt von dem vielen Herumlaufen wird der Koffer gepackt, um am nächsten Tag nach Hause zu kutschieren. Freitag vor Pfingsten! Wir ließen uns überraschen.

Wir verabschiedeten uns aus Quedlinburg so, dass wir gegen Mittag zu Hause sein könnten. Andere dachten auch so. Alles strömte nach Hause. Nicht nur innerhalb Deutschlands, sondern auch aus unseren Nachbarländern. Es wurde Kaffeezeit. Nun könnte der eine oder andere sagen, musste es denn dieser Tag sein? Naja, es passt eben nicht immer alles zueinander. Aber Stau ohne Ende und Schrittgeschwindigkeit durch Baustellen sorgten für Bedrängnisse aller großen und kleinen Autos, wenn von teilweise vier Spuren drei die Brummis benötigten und eine für die kleinen Pkw übrig blieb. Es kam uns vor wie mit Gulliver auf Reisen. Hinzu kam ein stark böiger Wind, der den einen oder anderen Großen schön schaukeln ließ, wie eine Hollywoodschaukel auf Sylt. Wir würden lügen, wenn uns dabei öfter der Gedanke nicht losließ, ob hoffentlich alles gut gehen würde. So fuhren wir mal schneller, mal langsamer nach Hause. Was sollte die Zeit?

Der nachträgliche Blick auf den Kalender ruft uns in Erinnerung, dass wir mit den Eisheiligen unterwegs waren. Servatius, Pancratius und Bonifatius waren sehr besonnen. Nur die kalte Sophie konnte es nicht lassen und schickte uns noch einen kleinen Gruß, der ihrem Namen alle Ehre machte.

Dennoch, Ende gut, alles gut. Rund 40 Kilometer zu Fuß, viele, viele Kilometer mit dem Auto. Unterstreichen am Ende eine alte Weisheit, gesehen ist besser als hundertmal erzählt.

Ingrid Münsch

Meine Familiengeschichte
Familien Unold +Münsch

Im September 2017 starb Mama nach einer 18 Monate dauernden Leidenszeit mit Lymphomen im Gehirn. Der Tod war eine Erlösung für sie und mich, die Brüder hielten sich heraus und überließen alles mir. Mama war gebürtig aus Wolfegg, geborene Unold. Die Großeltern hatten die Landwirtschaft mit kleiner Gastronomie „Gasthaus zur Brücke" in Wassers. Mehr war nicht mehr geblieben von den ehemaligen Papierfabrikanten, ein Sohn von Unold brachte es gar bis zum Abt, er wurde der Bauabt von Weingarten genannt.

Vielleicht hatte Mama etwas davon geerbt oder das Bauen lag in den Genen, ihre Lehre machte sie bei einem Architekten in Ravensburg, der seinen Dackel mit ins Büro brachte. Mama war verlobt, aber nach der Lehre begann sie bei Gipser und Stuckateur Peter Paul Münsch zu arbeiten. Das war ihrer Mutter, Senze Unold, gar nicht recht. Gipser Münsch war berüchtigt. Damals wohnten die Bürokräfte zum Teil mit im Haus, im Anbau in der Memmingerstrasse war das Büro. Der jüngste Sohn Peter, mein Papa, machte die Lehre bei ihm. Im Berichtsheft schrieb er, obwohl er der Sohn vom Chef war, gab es so manche Ohrfeige. Die Mutter, meine Oma, stammte von einem vermögenden Bauernhof und brachte eine gute Mitgift in die Ehe. So konnte das Haus in der Memmingerstraße mit Mietwohnungen im Nebengebäude verwirklicht werden.

Aber Vater und Sohn stritten oft und Mama und er verliebten sich ineinander. Sie ließ den Verlobten mit kleinem Café sausen und heiratete heimlich Peter Paul Münsch in der Lorettokapelle Wolfegg. Das Glück währte nicht lange, mein Vater war gewalttätig, er kannte aus dem Elternhaus nichts anderes. Wenn der Opa zuhause tobte, dann flogen zuerst die Schnitzel und dann die Pfanne aus dem Fenster. Mama und Papa gründeten ein eigenes Bauunternehmen und Papa hatte viele türkische Gastarbeiter. Einer sagte einmal zu ihm: „Ich Capo, du Capo, wer schiebt Karre?" Es war für Mama mit drei kleinen Kindern, dem Hausbau im Ahornweg und der Arbeit im Büro sicher alles zu viel. Wir hatten Dienstmädchen, aber sie fuhr morgens auch die Gastarbeiter auf die Baustellen. Die sangen türkische Lieder im Bus und behielten wegen der Kälte unter der Arbeitskluft die Schlafanzüge an. Viel später trafen wir öfters Dumlu in der Stadt, der hatte noch eine zweite Frau in Anatolien, und war bald Leutkirchs berühmtester Türke. Der Lohn wurde damals noch in der Lohntüte ausbezahlt und Fünfzig-Stunden-Woche war normal. Frei war nur der Sonntag im katholischen Leutkirch. Als mein Vater im Mai 1970 bei der Rückfahrt vom Anwalt und dem Besuch der Mutter in der Weissenau bei strömendem Regen mit meinen Bruder Peter tödlich verunglückte, zeigte Familie Münsch ihr wahres Gesicht. Niemand half Mama, ich war drei Jahre, meine Brüder fünf und sechs Jahre alt! Sie erhielt von der Bauberufsgenossenschaft glücklicherweise eine Witwen- und Halbwaisenrente für uns drei Kinder.

Aber das Bauunternehmen war hoch verschuldet, das löste sie auf. Noch zu Lebzeiten von Papa gründete sie zusammen mit dem Bayer Pankraz Reisacher die Münsch+Reisacher GbR. Den Gastarbeitern zahlte sie noch zwei Monate Lohn und verkaufte die Baumaschinen, ein Capo von der Baustelle erschlich sich ihr Vertrauen. Meine Verwandten in Wolfegg ließen sich von Oma und Opa Unold die Landwirtschaft überschreiben, um ein Fuhrgeschäft zu gründen. Onkel Dieter Waldhoff brachte alles durch, in Italien gab es bereits ein uneheliches Kind. Alles wurde versteigert, Tante Bruni, Mamas älteste Schwester hatte auch drei kleine Kinder. Mama nahm sie auf in einer Dachwohnung. Der Schäferhund vom Opa Unold kam zu uns, ich liebte Tell heiß und inniglich. Aber da war schon Fritz Denzel, der Bauarbeiter, bei uns im Haus. Tell biss ihn einmal, dann wurde er eingeschläfert. Der Hund holte mich jeden Tag aus der Grundschule ab und war ein großer Beschützer!

Prof. Dr. Erwin Münsch ging 1973 mit Opa Münsch zum Notar, wir Enkel wären ja nachgerückt in der Erbfolge. Opa setzte ein Testament auf und schrieb, Papas Pflichtteil sei abgegolten mit zwei Baufahrzeugen. Dieser Onkel war ein Schwein, an Ostern 2017 nahm ich zu ihm Kontakt auf und der reiste an. Der hatte noch den Nerv mich anzubaggern, obwohl er sah, in welchem Zustand Mama war. Ihr Sohn Peter wollte sie bereits 2008 unter Vormundschaft stellen, da bekam sie drei Hörstürze durch den Stress mit dem Bauen. Wir hatten fünfzehn Jahre zusammen gearbeitet in ihrer Firma Rita Münsch in Leutkirch. Ich war stolz auf meine Mutter, andere Mütter waren Hausfrauen. Meine Mutter hatte eine Putzfrau! Vierzig Jahre baute sie Häuser und Wohnungen und als sie krank wurde im Februar 2016, stellte sich heraus, dass Pankraz Reisacher ein zinsloses Darlehen aus der Firma seit 2006 hatte. Beinahe eine halbe Million Euro und die Tochter reichte an Mamas Geburtstag, 14.03.16, Prokura ein. Natürlich zahlten die nur 300.000 € zurück, den Rest mussten dann wir Kinder bezahlen aus unserem Erbe von Mama.

Peter hatte mit der zweiten polnischen Pflegekraft ein Verhältnis in Mamas Wohnung, er war seit einem Jahr verwitwet. Die zweite Frau war im Mai 2015 an Krebs gestorben. Die wollten immer zusammen in Mamas Baufirma. Mama machte das glücklicherweise nicht, sie sagte ihm, dass er das nicht könnte. Dieser Depp heiratete die zwanzig Jahre jüngere Polin, nachdem die Frau sich im Eilverfahren vom polnischen Mann hatte scheiden lassen. Fünf Jahre später war sie schwanger, da ändert sich das Erbrecht und sie wird seine drei Kinder aus erster Ehe beiseite schieben. Traurig, wofür Mama schwer schuftete, landete dann bei der Frau, die sie schlecht behandelte. Mamas Ärztin holte sie zusammen mit der Polizei aus der Wohnung heraus, die Polin ließ niemand mehr herein. RA Corsepius als Betreuerin hatte das Schloss auswechseln lassen, weil die und mein Bruder Peter behauptet hatten, ich sei auf Mama losgegangen. Notar Keller im Vormundschaftsgericht Leutkirch hatte sich da beschwatzen lassen und kümmerte sich zu wenig.

Nun kam Mama ins Heim am Ringweg und ich besuchte sie täglich mit Hund Pelusa. Auch ihre Schulfreundin aus Wolfegg, Rosa Klawitter, besuchte sie häufig. Die Unolds von Ravensburg besuchten sie nur noch im EK nach der Biopsie und sahen, wie sie neben der Kappe war, dann kam niemand mehr von denen. Tante Mina war 1992 gestorben, mit 95 Jahren! Als Kind war ich oft bei ihr in ihrem Haus in Wassers. Als es verkauft wurde, holte Mama sie ebenfalls in eine Wohnung in den Wiesen 4/2. Das Haus mit den Mietwohnungen hatte noch mein Papa gebaut, aber ich hatte keine Erinnerung an ihn. Aber ich vermisste einen Vater immer sehr. Fritz Denzel, der Bauarbeiter, vergriff sich an mir. Meine Brüder vertuschten den Missbrauch, aber 2017 bekam ich vom Missbrauchsfonds Berlin zehntausend Euro für eine Therapie. Das konnte ich gut gebrauchen, die Sorge um Mama und die stetige Verschlechterung ihres Zustands belasteten mich sehr…

Prof. Dr. Wiedemann gab mir drei Privatsprechstunden ohne Betreuer und erklärte mir ihre Unruhe käme von ihrer Psyche, nicht von den Lymphomen. Aber die Hausärztin stopfte sie voll Psychopharmaka, der Zahnarzt meinte: „Das ist ja eine halbe Apotheke!" Es war eine schlimme Zeit, aber die türkischen Gastarbeiter grüßten Mama immer freundlich in Leutkirch. Es gibt einen deutsch-türkischen Kulturverein, bei einer Ausstellung im Museum gab es sogar noch Rapporthefte vom Gipser Münsch. Mir war das peinlich, aber sie sagten Freunde wie Frau Münsch, läßt man nicht im Stich. Ich kann mir vorstellen, wie alleine die Menschen sich fühlten. Die Frauen und Familien kamen erst viele Jahre später nach, heute leben sie hier integriert.

Ich habe nach einem fünf Jahre dauernden Erbschaftskrieg mit meinen zwei Brüdern, finanziell ausgesorgt.

Katja Baumgärtner

Kindesmissbrauch – eine tragische Geschichte

Es fing damit an, dass ich mich im Sportunterricht nicht gerne umzog, schon beim Sport sich auszutoben machte mir keinen Spaß wie meinen Mitschülern. Es begann also ganz langsam. Am Kindergeburtstag schloss ich mich aus und spielte bei den Ballspielen nicht mit. Ich saß im Zelt und wartete bis die anderen fertig gespielt hatten. Das Einzige was ich immer konnte, war reden und Dummheiten machen. Dann sackte ich plötzlich schulisch ab. In der neunten Klasse waren meine Noten nicht mehr gut. Ich hatte einen Notendurchschnitt 3,0. In der zehnten kam ich zwar durch, aber das Zeugnis glänzte mit Vieren. Nur in Kunst bekam ich eine eins.

Dann kam ich in die Oberstufe, in der ich krank wurde. Ich lief Anfang Jahrgangsstufe elf wirr herum, so meine Schulkameradin Dorothea. Ihre Mutter weinte wegen mir. „Katja ist krank. Wie kann das sein!"

Mein Psychiater sprach von einer Jugendpsychose. Ich war zu ihm gewechselt, der andere verschrieb mir die falschen Medikamente. Ich vertrug sie nicht. Es ging mir von da an besser, nachdem ich bei Doktor Hofmann war. Ich war nicht mehr so durcheinander. Meine beste Note in der ersten Elften war meine Religionsnote. Ich hatte zehn Punkte. Die anderen Noten hatten sich zwar auch gebessert, doch ich musste das Jahr wiederholen. Die Jungs riefen mir nach, wer wohl die Schönste sei, da ich herumlief und fragte, ob sie mich schön fanden. In der Mittelstufe hielten sie mich für hässlich. In Englisch weinte ich dann damals, weil es mir zu viel war und die älteren Schüler auf mich losgingen. Dies war typisch für die Kerle, was ich damals nicht verstand. Es war ihre Art, Sympathie einem entgegenzubringen. Mama erklärte es mir dann später, als ich ihr davon erzählte.

Ich verliebte mich immer wieder ab der Oberstufe, doch es blieb immer erfolglos. Es drückte mir im Kopf, die Noten wurden wieder schlechter und ich sackte generell ab, ob in der Schule oder im Berufsleben. Ich konnte mich nicht mehr auf das Lernen konzentrieren und ich machte plötzlich viele Fehler im Schreiben und Rechnen, in der Ausbildung war ich gereizt und zeigte Schwächen bei den Umgang mit der Preisliste.

Das erste Mal ging es mir wegen eines Schülers in der Oberstufe wieder richtig schlecht. Er wollte mir einen Kuss auf die Wange verpassen, aber ich lief davon und kam ganz außer Fassung bei Mama an, die mich von der Schule abholte. Ich kam erstmalig nach meinem Abitur in die Psychiatrie: Tiefe Wunden hatte ich, ich bekam mit, wie er mit seiner Freundin schlief und verzweifelte daran. Nach dem Abitur musste ich dann ins Krankenhaus eingeliefert werden. Ich konnte nicht mehr schlafen - ein Mädchen gratulierte mir umarmend zum Abitur.

Während der dreizehnten sammelte ich schon Schlaftabletten, die ich nach dem Klinikaufenthalt wegwarf. So gesundete ich dann wieder und wir hatten ein schönes Weihnachtsfest, denn kurz vor Weihnachten wurde ich aus dem Krankenhaus entlassen.

Die Kerle und alle Männer waren aber alle nicht der Rede wert, aber ich war verliebt in sie. Ich liebte. Ich verzieh ihnen nämlich alles. Ich blieb bei denen am Ball und wartete auf sie. Sie vergnügten sich mit anderen Mädchen oder Frauen. Sie verhielten sich immer mies gegenüber mir und schlugen mich nicht nur mit Worten und ihrem Verhalten, sie bestraften mich lediglich mit Verachtung. Diese Kerle und Männer bekamen immer etwas von mir geschenkt. Meistens hatte ich etwas gemalt. Sie behielten alle meine Geschenke, die ich zurückverlangte. Es war mein Herz, das ich schenkte, was diese Kerle und Männer nicht verdienten.

Papa ging in der Oberstufenzeit weg von unserer Familie, unsere Familie sparte seitdem. Wir mussten alle mit einem Schul- oder Universitätsabschluss kämpfen. Die Geschenke kamen vom Herzen. Ich hatte kaum Geld um etwas auszugeben. Für alles mußte ich sparen.

Nach dem Abitur musste ich einen Weg einschlagen, den ich ungern ging. Es klappte nichts. Ich hätte mich natürlich auch auf der Hochschule gesehen, machte aber nur eine Ausbildung zur Augenoptikerin. Ich war unglücklich und die Mitschüler auf der Nürnberger Schule bestraften mich dort. Sie stießen mich weg, als ich verliebt war, und ich wieder schlecht in der Schule wurde. Ich überspielte es, dass es mir schlecht ging, und sie drehten mir einen Strick daraus, ein Amokläufer zu sein. Ich kam mit einem blauen Auge davon und musste die Schule verlassen, um meine Lehre zu beenden.

Später wollte ich keinen Kontakt mehr zu diesen Mitschülern, ich bekam nämlich keine Stelle nach der Ausbildung. Zumal der Lehrherr nicht so ausbildete wie es sich gehörte, um im Beruf einzusteigen, schmiss mich jeder Arbeitgeber hinaus. Ich wurde nicht eingearbeitet, ich musste es können. Schon das lange Aussetzen in dem Beruf setzte eine Einarbeitung voraus, was kein Chef machte und veranlasste. Obwohl ich auf meine Kosten an Berufsseminaren teilnahm, gaben sie mir keine Chance. Ich blieb arbeitssuchend. Es war zwecklos, egal, was ich unternahm in den Beruf hineinzukommen. Es war erst eine Entlastung für mich, die Prüfung zu bestanden zu haben, doch dann haderte ich wieder und wurde unzufrieden und bis heute denke ich mir, dass es falsch war, den Beruf zu ergreifen und bis heute trauere ich einem Studium nach.

Ich brachte mir nach dem Schulabbruch selbst den theoretischen Schulstoff bei und legte die praktische Prüfung in meiner Region ab, anstatt auf der Nürnberger Schule, die Optik unterrichtete. Normalerweise hätte ich dort eine theoretische und praktische Prüfung ablegen müssen.

Ich saß damals in Nürnberg nur in meinem Zimmer und konnte nicht mehr so gut lernen. Es war ein Heim für Schüler. Ich las den Schulstoff nur durch, anstatt ihn wie immer zu lernen. Wiederum war ich durcheinander und ich musste mich zusammenreißen um zu lernen. In Englisch schrieb ich die Note sehr gut, in anderen Fächern sah es nicht so gut aus. Ein junger Mann kreiste in meinen Kopf herum, und es war wie immer, ich wurde laut und launisch, ich war traurig und zum Scherzen aufgelegt, was gar nicht zum Lachen war. Das verstand natürlich niemand. Ich machte in der Schule blau und musste, als alle anderen im Unterricht saßen, die Klausur nicht mitschreiben. Ich saß unter den Schülern und weinte, während die ihre Arbeit schrieben.

Ich schaffte die Abschlussprüfung zwar, aber eigentlich wollte ich mit gut abschließen, was dann anders kam. Ich musste die Zähne zusammenbeißen, denn es tat mir so weh, aus der Schule ausgeschlossen zu sein. Mein Bruder Roger, der Jurist war, riet mir ab, die Schule nochmals zu betreten. Die hatten mich auf dem Kieker und ich wäre wieder in die Psychiatrie gebracht worden, nachdem mich Roger erst dort rausholte. Ich wurde mit der Polizei von einem zum anderen Krankenhaus gebracht und das Krankenhaus, in dem man mich einweisen wollte, war noch weiter von meinem Zuhause entfernt, als das erste. Ich landete damals kurzzeitig darin, weil ich wie gesagt als ein Amokläufer galt. Die Eltern der Schüler gingen auf mich los, und es sprach alles dagegen, das letzte Schuljahr in Nürnberg zu beenden.

Nachdem ich kurzfristig als Optikerin eingestellt wurde, ging es dieses Mal nicht so glimpflich aus. Ich galt ich als Stalkerin, und beim nächsten Mann war es nur noch halb so wild, als man mich wieder als Stalker beschuldigte. Beim ersten Mal landete ich wegen Nachstellung in der geschlossenen Abteilung der Psychiatrie. Ich wurde dort schlecht behandelt, ich wehrte mich dagegen, umso schlechter ging es mir. Ich bekam schlechtes Essen. Beim nächsten Klinikaufenthalt wurde ich angebunden, ich schrie, ich wolle die Medikamente nicht nehmen, ich brauche sie nicht. Ich gab den Mann nicht auf, deswegen kam ich wieder rein. Ich wurde unter Druck gesetzt, den Mann nicht mehr anzurufen und mich bei ihm zu melden. Ich sprach diesen Mann sowieso nur auf Band und schickte Post und Geschenke. Ich beleidigte ihn wie den letzten Mann, der mich wiederum wegen Nachstellung anzeigte.

Gemeinsam mit meiner Mutter sahen wir ihn nur einmal durch Aschaffenburg laufen, die Stadt, aus der ich kam. Ich hatte keinen persönlichen Kontakt zu ihm, nur telefonisch und per Post kontaktierte ich ihn. Er kam einmal zu mir zu Besuch, bei dem er Hochkant herausflog. Mein Bruder Achim wohnte gerade bei Mama und mir und schrie herum, da er keine Wohnung mehr hatte und ich mehr gehabt hätte als er. Er sagte die übelsten Ausdrücke und der Mann machte gleich kehrt und lief zur Tür hinaus.

Ich wollte nicht von dem Mann ablassen und machte ihn zynisch darauf aufmerksam, er sei jetzt mit anderen Frauen zusammen. Meine Familie war überlastet mit mir, seitdem mein Bruder Achim und er sich in mein Herz geschlichen hatten und sie sprachen davon, mich im Stich zu lassen, Mama wäre gerne gegangen. Sie wollte mal sorgenfrei leben, doch sie kümmerte sich gern um mich und blieb und freute sich über jedem Fortschritt bei mir.

Nach dem ersten Klinikaufenthalt erreichte meine Krankheit den Höhepunkt und ich war angeschlagen wie noch nie. Es gab bei jedem Mann, in den ich verliebt war, Krach in meiner Familie. Mama ließ mich nie alleine, ich war immerhin ihr Kind, sie hielt an mir fest. Der Rest der Familie wollte mich abschieben, ich solle zum sozialen Dienst.

Mama schrie immer auf der Straße mit mir, wie überlastet sie auch war mit mir. Wir fielen auf. Ich kam nach weiteren Krankenhausaufenthalten in ein Kästchen und wurde grundlos angebunden, obwohl ich mich alleine abregte. Das Kästchen war für Patienten, die sich zu sehr aufregten. Es war ein beengter Raum, man hatte kaum Platz darinnen. Ich hätte nicht hinein gemusst, es war auch teils ein Missverständnis, dass ich da eingesperrt wurde.

Nachdem ich das erste Mal aus der Klinik entlassen worden war, tobte ich immer zu Hause und wenn Mama mit mir in der Stadt unterwegs war. Sie schämte sich mit mir und versuchte, mir zu entfliehen, was ihr nicht gelang, weil ich aufpasste, dass sie mir nicht entwischte. Ich hatte mittlerweile Selbstmordversuche hinter mir. Ich wollte meine Mutter damit entlasten und war wegen des Mannes so traurig, der mich immer mehr ablehnte.

Mein behandelnder Psychiater Herr Doktor Hofmann sprach vor dem Gericht immer davon, dass Kindesmissbrauch einst vorlag und holte mich immer wieder heraus. Ich brauchte nicht in die Forensik oder musste keine Geldstrafe bezahlen. Mein Bruder Roger verhinderte, dass ich einen Betreuer und keine Depotspritze bekam, die ich alle vier Wochen bekommen sollte, damit ich meine Medikamente nicht mehr heruntersetzen konnte.

Ich hörte im Krankenhaus Mitpatienten nächtelang schreien. Wie gesagt ich schlief nicht, andere Patienten waren so mit Medikamente ruhiggestellt, dass diese fest durchschliefen und das Geschreie nicht hörten.

Die Männer kamen nicht davon ab, die Anzeige als Stalkerin gegen mich fallen zu lassen, und ließen nicht davon ab, bis sie mich ganz platt machten und ich loslassen musste. Den letzten Mann getraute ich mich schon gar nicht mehr aufzusuchen, damit ich nicht doch noch in die Forensik kam. Mir waren beide Hände gebunden, um mich mit ihm zu versöhnen. Es war der Einzige, den ich auf seiner Arbeitsstelle im Krankenhaus oder bei seinen Konzertauftritten in der Kirche aufsuchte. Ich beleidigte ihn zwar, aber ich meinte es doch nicht so. Ich wollte nur nicht, dass er einen Fehler begehen würde, und er sollte mit mir den Weg gehen. Wenn in es einer großen Familie Streit gab, musste man auch untereinander wieder harmonisch sein, damit das Familienleben funktionierte. So war es bei uns immer zu Hause. Wir waren mit Mama und Papa acht Personen.

Diese Männer waren immer die Auserwählten, sie wären dazu bestimmt gewesen, mich zu heilen. Sie verstanden meine Krankheit nicht. Der Letzte von ihnen war ein Psychiater. Er war zu jung zu begreifen, dass ich seine Frau war, dass ich in dem Hochzeitkleid hätte stecken müssen anstatt die, die er heiratete. Diese Kerle und Männer ließen mich alle im Stich, allen sagte ich, bei mir gab es Kindesmissbrauch und alle entschieden sich für eine andere Frau.

Sie verstanden das mit dem Missbrauch einfach nicht. Mein Arzt kam erst Jahre später darauf und bestätigte meine Vermutung, als Kind missbraucht worden zu sein. Ich sah immer gut aus. Beim letzten nahm ich wegen der Medikamente zu, und mein schönes Gesicht fiel nicht mehr so ins Gewicht. Ich war dick, ich dachte daran lag es, dass er sich gegen mich entschied. Ich sah sein Hochzeitbild. Auf dem Bild war sie von hinten fotografiert. Auf alle Fälle war sie dünn, auch wenn das Kleid nicht besonders schön aussah, so Mama. Ich sah beide auf seiner Facebookseite. Danach löste ich mich ruckzuck von dem Gedanken, ihn heiraten zu wollen. Ich fing an, negativ über ihn zu denken und zu reden. Meine Gefühle zu ihm nahmen abrupt ab, da ich schon vorher merkte, wie sinnlos es gewesen war und wie es mir wehtat, ihn bei einer anderen Frau zu wissen.

Ich schrieb allen diesen Männern immer aus dem Buch des kleinen Prinzen „Man sieht nur mit dem Herzen gut, das Wesentliche ist für die Augen unsichtbar." Mein Bruder, der Jurist sagte, es läge daran, dass man mich unterschätze, dass der Arzt zum Beispiel meinte, ich sei minderer als die, die er hatte.

Immerhin habe ich nicht studiert, dachte ich, und bestätigte ihm seine Aussage. Wegen der letzten Männer, in die ich verliebt war, hätte ich kein Abitur machen können, es drückte zu stark auf meinem Kopf. Ich war ganz traurig. Das Leben war mir schwer. Ich wollte und konnte mich nicht mehr bewegen und lag im Bett. Ich machte nur das Notwendigste. Nachdem es mir so schlecht ging, bevor ich zum ersten Mal ins Krankenhaus kam, hörte ich mit meinen Hobby dem Schwimmen ganz auf. Wenn Mama schwamm, saß ich in der Cafetaria des Schwimmbades und beschäftigte mich mit Lesen oder tat so und trank eine Cola oder einen Kaffee. Ich weinte und lachte dauernd in dieser Zeit. Ich konnte mich nicht auf einen Text konzentrieren, wie zum Beispiel Zeitung lesen. Ich legte dann meine Arbeit nieder. Ich konnte auch nicht putzen, für was ich meinen Kopf nicht brauchte. Ich wollte nicht mehr vorwärts. Ich wollte einfach nicht weiter machen, aber ich wollte auch nicht einfach da sitzen und nichts tun. Also telefonierte ich viel und störte andere damit. Es ging vorwärts, nur wie war die Frage. Das Leben war drückend - natürlich hatte ich gute Tage, aber mir ging es teils sehr miserabel.

Die Männer, in die ich verliebt war, wissen nicht, was Liebe ist. Sie machten mit ihrer Arbeit weiter und traten mich mit Füßen. Ich wäre es gewesen, doch sie wollten es einfach nicht.

Sie wollten es unkompliziert. Der Letzte konnte bei meiner Anwesenheit nicht so gut Orgel bei seinem Auftritt spielen. Er wollte es einfach haben - keine Fehler beim Konzert machen eben. Er wollte lieber einen fehlerfreien Auftritt anstatt seine Gefühle wahrzunehmen. Er ignorierte sie geradezu. Ich besprach das mit meinem Arzt und ich sagte es sei doch gut, dass er bei meiner Anwesenheit aufgeregter sei. Er sei doch verliebt. Der Arzt kannte das Gefühl nicht, nicht arbeiten zu wollen und in der Nähe seiner Geliebten in diesem Moment sein zu wollen und wegen ihrer Anwesenheit alles falsch zu machen. Ich kannte es, er kannte das Gefühl nicht.

Alle diese Männer unterdrückten ihre Gefühle zu mir und gingen den Weg des Einfachen, wollten nicht warten, bis eine Krankheit ausgestanden ist und man sich leidenschaftlich einen Kuss dann geben kann und miteinander schlafen. Diese Männer bestraften mich alle. Ich blieb alleine. Ich blieb ohne Partner. Mein Arzt sagte, das Schlimme sei, dass ich mich nicht an den Kindesmissbrauch erinnern könne. Alpträume deuteten ihn nur an. Es wird nie mehr ans Tageslicht kommen, was geschah und wer es war, es gibt nur Alpträume, in denen ich schreien möchte und nicht kann. Alpträume, von denen ich mich jetzt lösen kann und schauen, ob da wer hinter mir ist und es ist keiner hinter mir. Meine Mutter liegt gegen mich gewendet neben mir im Bett. Es kommen nur Erinnerungsstücke aus den Träumen ans Tageslicht: Eine Frau mit langen Haaren, anfassen von hinten, eine Brücke, bei Unwetter im Freien muss es gewesen sein. Es kommen einfach nur Bruchstücke aus meinen Träumen hervor. Ich sehe in meinen Träumen nichts Genaues, nur ein bisschen und Ausschnitte von damals: Wie gesagt eine Frau, Streicheln von hinten, eine Brücke, Unwetter, mehr sehe ich in den Träumen nicht. Die Träume kommen vermehrt, als ich zum Beispiel vor Gericht wegen des Mannes stand, den ich liebte.

Nach dem Abitur, wenn ich wieder mal verliebt war und Mama und ich meine Geschwister zum Bahnhof abends brachten, um in Würzburg ihr Studium fortzusetzen und es dunkelte, bekam ich immer Angst vor ihnen. Sie wollten mich wegbringen zu einer großen Baustelle, abgelegen von der Zivilisation und wollten mich dort abladen und dort meinen Leichnam begraben. Es solle eine Psychose bei mir gewesen gewesen sein. Mir ging es wie so viele Male schlecht. Meine Familie erfuhr nie von diesen Gedankengängen bis jetzt, da ich auch in dieser Zeit tobte, nahm ich die Tabletten und es verlief normal weiter bei uns. Die Gedanken waren verschwunden.

Früher, mit 16 Jahren, konnte ich nachts nicht schlafen. Ich war wach bis in die frühen Morgenstunden, in der die Vögel im Sommer zu zwitschern begannen. Ich schaltete bei Tagesanbruch endlich mein Licht aus. Durch die Rollläden schien helles Licht ins Zimmer. Heute ist die Angst vorüber. Nur damals, als ich in die geschlossene Abteilung kam und als ich als Stalker angezeigt wurde, musste in meinem Krankenzimmer Licht brennen, damit es nicht so dunkel war. Wenn ich zu Hause wieder bei Mama im Ehebett schlief, knipsten wir die Nachttischlampen an, damit ich keine Angst haben musste. Dann, nach Jahren, ließ ich das Licht wieder aus und ich schlief wieder im Dunkeln neben Mama im Bett. Der Grund des Ausschaltens des Lichtes waren die höheren Stromkosten. Damals brauchte ich immer Licht während des Schlafens, dann ließ ich es einfach mal weg und schlief ohne Angst ein und durch. Ich vermisste das Licht nicht mehr. Ich probierte es einfach, ohne Licht zu schlafen.

Beim ersten Klinikaufenthalt und auch später mussten alle meine Stofftiere um mein Bett versammelt sein. Ich stellte sie neben meinem Bett auf. Es war schwer, sich von ihnen zu trennen und sie wieder ins Regal zu stellen.

Ich werde dieses Jahr 50 und ich hatte noch nie einen Partner. Ich bin jetzt kinderlos. Höchstwahrscheinlich bekomme ich kein Kind mehr. Ich habe ja nicht mal einen Partner, um schwanger werden zu können.

Mir wurde mein Leben zerstört. Dies alles, weil ich angefasst worden bin. Ich habe keine Erinnerung an meinen Kindesmissbrauch, das ist das Schlimme an der Geschichte. Ich bin jetzt alt. Ich habe keinen Liebeskuss bis jetzt bekommen. Ich küsste auch, aber es waren keine Liebesküsse. Ich küsste vier Mal insgesamt fremde Menschen auf dem Mund und es war keine Liebe. Es machte keinen Spaß, ich fühlte nichts dabei. Mit einem Mann schlief ich ganz und gar nicht. Ja, ich habe mein Jungfernhäutchen noch – ein Armutszeugnis in meinem Alter.

Ich habe Eltern- und Geschwisterliebe empfangen, aber mich liebte kein Mann. Es wollte niemand mit mir den Weg gehen und mit mir teilen. Mich liebte einfach keiner. Es war ein Aufflammen von Verliebtsein, aber mehr nicht. Das Verliebtsein muss zu schwach gewesen sein, um zu kämpfen, um mich näher kennenlernen zu wollen. Ich gebe zu, mich konnte derjenige, der in mich verliebt, schlecht lieben, da ich ihn nicht nahe an mich heranließ. Ich war unnahbar und doch kontaktfreudig. Mich kennt niemand. Es reichte nicht zu einen Partnerschaft. Ich wollte bei vielen Kerlen und Männern eine Partnerschaft. Da machte ich den ersten Schritt, sonst funktionierte es meist nicht. Sie wiesen mich ab.

Dann erzählten mir einige, in mich verliebt zu sein, aber ich spürte nur, dass ich sie gern hatte und dann wurde ich heruntergeputzt von denen, die in mich verliebt sein wollten. Mit mir wollte keiner Zärtlichkeiten austauschen. Mich wollte keiner kennenlernen. Es kämpfte keiner darum, am Ball zu bleiben, wenn ich ausfällig zu ihnen und beleidigend und plötzlich laut wurde. Was habe ich davon, mit einem Mann ins Bett zu gehen, wenn ich kein Kind mehr bekommen kann, denke ich jetzt.

Ich hatte in meinen gelernten Beruf nicht länger als ein halbes Jahr gearbeitet. Es war mein Traum zu studieren, was ich wegen des Psychiatrieaufenthaltes nach dem Abitur nicht mehr konnte.

Ich brauchte in der Zeit des Erwachsenwerdens immer länger als andere, etwas zu erreichen. Auch später, als ich erwachsen war, hatte ich Schwierigkeiten zu arbeiten. Mir ging es nie gut wie anderen. Ich musste um alles kämpfen. Jetzt bin ich arbeitsunfähig.

Es gibt so schlechte Tage, dass es sich nicht lohnt, Arbeit im Angriff zu nehmen. Ich bin seit fast 17 Jahren ohne Arbeit, wie soll ich da noch integriert werden auf dem Arbeitsmarkt?

Ob das gut geht und Katja, die das hier erzählt, einem netten Mann kennenlernt, ist offen … Doch siehe da, wen Katja da gerade gesichtet hat im Supermärktchen um´s Eck in Michelbach. Ihr geht es seitdem wieder schlecht. Dieses Mal erhöht sie sofort ihre Medikamente, dass sie am Ball bleibt und sie ihre Hobbys und ihre Hausarbeit fortsetzen kann. Sie döst nur die ersten Tage, dann macht sie weiter wie immer. Sie schreit nicht und ist gut zu ihrer Mutter. Ihre Mutter und sie streiten dieses Mal nicht wie sonst bei den früheren Männern, in die Katja verliebt war. Ob sie sich wieder sehen würden, die beiden? Katja und ihr Freund? Ihre Mutter drückt die Daumen und sagt Katjas Geschwistern Bescheid.

Alle hoffen nun mit ihr. Beide, Katja und Wolf kommen sich näher und Katja behält dauernd die Tabletten bei. Es klappt alles, wie die Familie es sich wünscht und Katja und Wolf heiraten und es geht jahrelang alles gut. Katja hat sich mittlerweile abgefunden, dass sie keine Kinder mehr bekommen wird. Sie verdient Geld mit Bücherschreiben und macht mit ihren gemalten Bildern eine Ausstellung. Ihr Bruder Roger und der Rest der Geschwister schenken Katja das Elternhaus. Sie ließen es ihr einfach. Nur Achim ist ausgezahlt worden. Katja arbeitet am Haus immer und da ist ja noch ihre Mama zu pflegen, die ihre Tochter nicht im Stich und überhaupt nie alleine ließ und lässt. Katja möchte das Haus für Rogers Kindern zurecht machen. Wolf ist sowieso zehn Jahre älter als Katja. Doch eines Tages taucht er auf. Sören heißt er und es geht Katja schlecht wie schon lange nicht mehr. Sie muss in die Klinik, Wolf kümmert sich fürsorglich um Katja. Sie wird dick wie noch nie.

Sören verschwindet eines Tages aus Katjas Leben und Katja nimmt wieder ab. Sie trainiert jeden Tag hart, um an Gewicht zu verlieren. Katja sieht Wolf noch bei Sören bevor Sören aus Katjas Leben verschwunden ist. Katja blühte auf, und es ging wieder aufwärts mit ihr. So dick wie dieses Mal wurde sie noch nie und sie lachte und dachte an Sören.

Lina Wagner

Der Trend

Am 31.12.2025 gelang mir der Durchbruch. Ich hatte endlich Socken entwickelt, die untrennbar waren. Warum? Wie jetzt, warum? Stellen Sie sich vor, Sie verlieren nie wieder eine Socke in der Waschmaschine. Müssen nie wieder wie wild nach der einen grünen in einer Schublade voller schwarzen Socken suchen.

Ich eröffnete meinen Laden, online wie offline und machte so viel Werbung, wie meine spärlichen Ersparnisse es zu der Zeit zuließen. Das Geschäft ging durch die Decke. Ich machte so viel Umsatz, dass ich in kürzester Zeit mehrere Fabriken eröffnen – oder besser gesagt, aufkaufen – musste. Gepaart mit dem exklusiven Label „made in Germany" verkauften sich meine Socken wie warme Semmeln. Was sage ich? Mir wurden die untrennbaren Socken regelrecht aus der Hand gerissen.

Am 31.12.2027 war ich pleite.

Der Insolvenzverwalter warf mir einen mitleidigen Blick zu. »Aus welchem Grund? Die Idee war innovativ, traf auf Kundenbedürfnisse, das Geschäft entwickelte sich gut.«

»Tja.« Ich nippte an meinem Whisky und seufzte aus voller Kehle. »Es stellte sich heraus, dass die Socken wirklich untrennbar waren.«

»Ich verstehe nicht«, sagte der Verwalter. »Genau das sollten sie.«

»Nun ja«, sagte ich. »Die linke Socke wollte nicht am linken Fuß bleiben, weil die rechte Socke am rechten Fuß war. Jeder, der die Socken angezogen hat, klebte dann mit den Füßen aneinander.«

»Die Menschen klebten mit den Füßen aneinander?«

»Ja. Wenn sie versucht haben, Schuhe anzuziehen, haben sich die Socken zusammengerollt – aus Protest. Haben Sie schon mal Socken getragen, die sich in den Schuhen zusammenrollen?«

Am Gesicht des Insolvenzverwalters sah ich meine Antwort.

»Eben«, brummte ich. Nahm noch einen großen Schluck aus meinem Glas. »Irgendwann wurde es zur Farce oder besser gesagt, zu einem Spiel. Menschen versteckten die Socken irgendwo im Haus und schauten zu, wie sie einander suchten. Es gibt Tausende – ach was, Millionen von TikTok-Videos davon, wie gelbe, grüne, blaue und schwarze Socken sich in der Wohnung von Leuten suchen. Die Videos kursierten bald über alle Plattformen hinweg und wurden millionenfach angeklickt.«

Der Insolvenzverwalter unterdrückte wenig erfolgreich ein Glucksen. Er hatte die Videos bestimmt auch gesehen. »Ah! Sie haben die suchenden Socken erfunden?«, rief er.

Natürlich hatte er die Videos gesehen. Die suchenden Socken waren zum Trend des Jahres geworden. Sie suchten sich überall: auf Hochzeiten, Taufen, im Kölner Dom, in Gefängnissen, im Europäischen Parlament – sogar Vladimir Putin war dabei gefilmt worden, wie er hinter einer Socke mit kleinen Panzern herlief, die eine andere Socke mit kleinen Maschinengewehren suchte.

»Aber die Aufmerksamkeit in den sozialen Medien hätte dem Geschäft doch helfen sollen«, sagte der Insolvenzverwalter, immer noch ratlos.

»Hat sie zunächst auch«, sagte ich. »Die Verkaufszahlen waren so hoch, dass wir mit der Produktion kaum noch nachkamen. Ich sah mich schon expandieren, denn ich erhielt verzweifelte Bestellungen aus Amerika, Asien, Australien. Ich konnte beim besten Willen nicht alle honorieren. Ich kaufte noch mehr Fabriken. Schraubte die Produktion noch höher. Investierte alles, was ich hatte.«

»Und?«

»Das Problem mit Trends ist, dass sie vergehen“, sagte ich betrübt. »Oder erinnern Sie sich noch an den Fidget-Spinner?«

Er schüttelte den Kopf.

»Sehen Sie? Irgendwann wurde es für alle zu langweilig und heute – heute will niemand mehr meine Socken kaufen. Sie kramen lieber wieder nach der einen fehlenden Socke, als ob es eine olympische Disziplin wäre.«

»Ich verstehe.«

Ich weiß nicht, ob der Verwalter wirklich meinen Schmerz verstand. Da hatte ich etwas erfunden, was uns allen das Leben leichter machen sollte, und wurde ein TikTok-Trend. Wieder nippte ich an meinen Whiskey und versuchte meine aufgerollten Socken in den Schuhen zu ignorieren.

Inhalt

415

416

Autorinnen und Autoren

Herta Andresen, geboren 1949 in Loitmarkfeld, Schleswig-Holstein. Hat in der Ambulanten Altenpflege gearbeitet und lebt nun mit ihrem Mann in Schnarup-Thumby in der Landschaft Angeln. Sie ist Rentnerin und hat drei Bücher veröffentlicht, davon einen heimatbezogenen Erzählband und einen Lyrikband, zuletzt das Buch „Unterwegs zum Regenbogen". Beim Literaturpodium hat sie in mehreren Anthologien ihre Gedichte publiziert.

Katja Baumgärtner, geboren 1972. Wohnt bei Aschaffenburg. Nach dem Abitur absolvierte sie eine Ausbildung als Augenoptikerin. Viele Texte von ihr sind auf e-stories zu lesen, weitere erschienen in Anthologien und anderen Kontexten. Sie malt, spielt Klavier, sammelt Münzen, fährt Fahrrad u.a. Vorträge im Podcast und im Berliner Kulturradio.

Vanessa Boecking, geboren 1981, ist gelernte Kauffrau im Außenhandel. Sie trat beim TV als Kleindarstellerin auf. Ihre Hobbys sind Wettkampfwalken, wandern bis hundert Kilometer, schreiben, singen, Pilze sammeln und Tiere. Sie veröffentlichte Gedichte, einen Essay zum Thema grün und eine Fantasiekurzgeschichte. 2022 erschien ihr erstes Buch unter dem Titel „Damian, der Zauberer. Ein modernes Märchen". Außerdem wurde von ihr veröffentlicht „Osiris - Die Supermumie", Europabuch (2022).

Wolf-Ulrich Cropp lebt, ist er nicht schreibend unterwegs, in Hamburg. Bisher erschienen, auch unter Pseudonym, 28 Bücher und viele Kurzgeschichten, Essays und Features in bekannten Verlagen. Darunter *Alaska-Fieber* (Besteller bei Piper/Malik/National Geographic); *Die Batavia war ihr Schicksal* (Delius Klasing); *Im Schatten des Löwen* (DUMONT); oder *Fangtage* (Arena Verlag). Weiteres unter wikipedia.

Xaver Egert, geboren 2004, studiert Psychologie in München. Er ist interessiert an Psychologie, Literatur, Politik und Umweltschutz. Außerdem ist er Mitautor des Klimanewsletters der Gemeinde Unterhaching bei München und hofft, bald ein erstes Buch zu veröffentlichen. Instagram: @xaveregert

Kristin Ertmer (geb. Armes), 1984 in Wippra geboren. Diplom Ingenieur (FH) Flächen- und Stoffrecycling. Sie arbeitet als Sachbearbeiterin in Umweltamt im Bereich Immissionsschutz. Aktuell macht sie das Laudius Fernstudium „Kreatives Schreiben". Sie lebt mit ihrem Mann und zwei Kindern in der Lutherstadt Eisleben.

Petra M. Dobrovolny-Mühlenbach, Dr. phil., Jahrgang 1952, aufgewachsen in Luxemburg, wo sie bis 1970 die Europa-Schule besuchte. Nach ihrem Studium der Psychologie mit Promotion in Neuropsychologie an der Universität Zürich und ihrer Heirat blieb sie in der Schweiz. Seit 40 Jahren führt sie eine eigene Praxis, seit 2004 Spezialisierung auf Klangtherapie mit eigenen Kompositionen: www.dolphinkissis.ch. Sie schreibt Märchen, Gedichte und Reiseberichte, die seit 2018 in Sammelbänden veröffentlicht werden, welche das Literaturpodium herausgibt. Einzelpublikationen: 2019 erschien „Das Ei der Weisheit. Ein Märchen für unsere Erde", Verlag united p.c., 2003 „Eine Rose für Aschenputtel. Ein Weg zur Selbstachtung", Verlag Warmisbach und 1998 „Lass mich atmen! Selbstwerdung und Sinnfindung durch Traum und Atem", Editions Heuwinkel. Mehr Information zur Autorin auf www.petrasmaerchen.ch

Zoe Fornoff geboren in Rom, Studium der Germanistik, Literaturwissenschaften und Amerikanistik an der FU Berlin, arbeitet nach diversen Auslandsaufenthalten als Lecturer mittlerweile als Publizistin, Moderatorin und Projektmanagerin in Berlin. Zoe Fornoff ist verheiratet und hat eine Tochter. Neueste Lyrik erschien in der Anthologie des Ulrich Grasnick Preises 2023 unter dem Titel „Zwischen Himmel und Mut" sowie in „Berge und Sichten" 2024, neueste Publikation/Prosa in Kassiber, Wien 2023. Letzte Buchpublikation (Branka Schaller-Fornoff): „Hedonistische Askese", Wehrhahn 2023.

Heinz Erich Hengel, geboren 1949. Studium der Forstwirtschaft an der Universität für Bodenkultur in Wien, Abschluss DI. Beschäftigung mit Philosophie und Ethnologie. Nach 40 Jahren Berufsleben seit 2014 in Alterspension; lebt im Wienerwald in Niederösterreich. Buch-Veröffentlichungen: „Heilpflanze Baum" (Sachbuch), „Der falsche Flüchtling" (Roman); Text-beiträge in Anthologien: Experimenta-Edition Maya / CarpeGusta / Literaturpodium; Text-Veröffentlichungen in „eXperimenta" und laufend in „textmanege"- Online-Lesebühne, Berlin.

Werner Hetzschold, geboren in Dittersbach 1944. Nach dem Abitur erlernte er den Beruf des Schriftsetzers (Handsatz und Maschinensatz), arbeitete als Korrektor, studierte Anglistik und Germanistik, beendete erfolgreich sein Studium als Diplom-Fachlehrer für Englisch und Deutsch, erwarb die Lehrbefähigungen für Stenografie und Maschinenschreiben/Textverarbeitung, absolvierte erfolgreich ein Studium als Sozialtherapeut und am Literaturinstitut „Johannes R. Becher", ist seit fünf Jahrzehnten als Lehrer in der Berufsausbildung und der Erwachsenenqualifizierung tätig.

Otmar Heusch, moderner Aphoristiker und Dichter, ist 1953 gebo-ren, verheiratet und hat zwei Söhne. Er lebt in Rheinland-Pfalz/Hunsrück. Otmar Heusch schreibt seit über 35 Jahren Gedichte und Aphorismen, die in mehreren Anthologien veröffentlicht wurden, u.a. von der Brentano Gesellschaft, Frankfurter Bibliothek, vom RAABE-Verlag, Brockhaus-Duden-Meyers Verlag.

Sylvia M. Hofmann bezeichnet sich als Schriftstellerin aus Lust und Leidenschaft. Bereits in der Schulzeit in der Lucas-Cranach-Stadt Kronach ist sie durch ihre spannenden Aufsätze aufgefallen. Heute lebt sie in Bad Breisig am Rhein. Erste Veröffentlichung 1988 „Reiseratgeber USA". Später folgten: „Wo bist Du?", der Roman „Die wandelbare Frau" und „Oftmals kommt es anders als man denkt" sowie Beiträge in Anthologien. Sylvia Marietta Hofmann ist Mitglied im Verband Deutscher Schriftstellerinnen und Schriftsteller. (VS) www.Diewandelbarefrau.de

Marlies Joepen, geboren 1949 in Düren. Abitur. Studium der Pädagogik und Psychologie in Aachen und Heidelberg. Seit 1972 Lebensmittelpunkt in Berlin mit Familie, beruflicher Tätigkeit als Lehrerin und Autorin. Sie veröffentlichte in zahlreichen Anthologien Beiträge, so z.B. „Aufbruch" in „Ein Menschenrechte-Lesebuch", Hrsg. Tobias Kiwitt, Ulrich Klan, 2010; und „Musterkind" in „Weißt du noch ... ERINNERUNGEN", Hrsg. Betti Fichtl. Die Erzählungen „Nachbeben" und „Unterwegs" erschienen in dem Band „Riskante Fahrt in die Sahara". Beiträge befinden sich auch in dem Band „Reibeisen Nr. 36" vom Europa-Literaturkreis (2019) und in weiteren Publikationen des Literaturpodiums.

Werner Friedrich Kresse ist Diplompolitologe und Landwirt. War in verschiedenen Einrichtungen der Erwachsenenbildung tätig, so auch als Dozent für EDV bei freien Trägern und Volkshochschulen. Besuche und Studien in einer Vielzahl europäischer Länder, Stationen des Berufslebens Plauen/Vogtl., Dresden, Berlin. Verheiratet. Lebt in Berlin.

Hans-Jürgen Kuite, geboren 1958, lebt in Düsseldorf und an der Ostsee, schreibt seit 28 Jahren. Eine Roman-Veröffentlichung (Gegenverkehr, Engelsdorfer Verlag) und mehrere Veröffentlichungen von Gedichten und Kurzgeschichten bei verschiedenen Verlagen und Zeitschriften.

Marita Wilma Lasch, Jahrgang 1944, hat schon immer gerne geschrieben: als Jugendliche Gedichte und Essays, auch für die Schulzeitung, als Ergotherapeutin Artikel für Fachzeitschriften, von denen einer hoch prämiert wurde. Später verfasste sie unter anderem allseits anerkannte Reden zum Ausbildungsabschluss im Berufsbildenden Schulwesen. Nach ihrer Pensionierung war sie neun Jahre lang Freie Journalistin bei einer lokalen Tageszeitung. Jetzt ist das Literaturpodium ihre literarische Heimat, ihre Lebenserfahrung und ihre Schreibfreude bewirken eine qualifizierte Mitsprache bei vielen Themen.

Sigrid Liebenspacher-Helm, *1958, lebt mit ihrer Familie in Bad Dürkheim in der Pfalz. Sie arbeitet hier in ihrem Beruf als Diplom-Psychologin. Neben Erzählungen, Gedichten und Kinderliedern verfasste sie für zwei Kinderopern die Libretti („Zwerg Nase" und „Die sechs Schwäne", Musik: Thomas Nutzenberger) und gemeinsam mit Simon Helm entstand die musikalische Reiseerzählung „Das blaue Strandcafe".

Erwin Macher, geboren 1958 in Gleisdorf (Österreich), erlernter Beruf: Bürokaufmann. Langjährig als Logistik-Gruppenleiter in der Automobilbranche tätig. Bereits in Pension. Diverse Lesungen und Veröffentlichungen. Genre: Satiren, Kurzgeschichten, Minimalgeschichten, Märchen und Gedichte.

Ingrid Münsch, 1966 in Leutkirch geboren, bis 1985 Schülerin im Wirtschaftsgymnasium in Wangen. Danach absolvierte sie nebenberuflich IHK-Prüfungen zur Fachkauffrau Marketing, Wirtschaftsassistentin und Informationsdesignerin. Sie arbeitete in einem Verlag und Kinofilmverleih in Kempten, als Layouterin beim MI-Verlag und im Marketing im elterlichen Unternehmen. Ab 1997 auch freiberuflich in der Erwachsenenbildung und als Autorin für Magazine und Werbetexte im Internet. Abschluss als psychologische Beraterin 2015 bei Paracelsus und als Kreativpädagogin bei IFsB in RV.

Adam R. Prokop – ausgebildeter Theologe und Philosoph, der sich der Literatur gerne in unterschiedlichen Rollen widmet, vor allem als Dichter (*Jedenastemu* /2020/) und Dramatiker (*Der Engel daneben* /2012/), seltener

Prosaiker (*Die Wohnung, die bleibt* in: *Der Mörder im Bahnhofscafé* /2023/) und Übersetzer (*Kain* 2013), aber auch Veranstalter (*Jugend dichtet Gott* /2008-2013/) und Redakteur (*Bóg w zwierciadle poezji* in: *Nowe Życie* /2016-2023/).

Carsten Rathgeber, geboren in Flensburg. Schulzeit in Hessen, Nordrhein-Westfalen, Niedersachsen. Studium der Pädagogik, Philosophie und Elektrotechnik. Staatsexamen Sonderschulpädagogik und Dipl.-Ing. (Univ.) der Elektrotechnik. Tätig an einer berufsbildenden Schule und Lehrbeauftragter für Informationstechnik im wissenschaftlichen Kontext. Autor von mathematischen und informationstechnischen Büchern und Fachaufsätzen. Weiterhin seit 2011 Veröffentlichung von Gedichten und Erzählungen.

Grete Ruile, geboren in Stuttgart, Bankkauffrau. Sie studierte einige Semester Philosophie; ständige Beteiligung an einer Schreibwerkstatt, an einem Literaturkreis sowie an dem Forum Schaffhauser Autoren Schweiz. Besuch diverser Kunstkurse. Zahlreiche Lesungen im In- und Ausland. Teilnahme an Autorenwettbewerben. Bisher erschienen von ihr die Bücher „Regenbogen des Lebens", „Lebenspunkte", „Gefühlspotpourri", „Gedankenmelodie", „Eingefangene Alltagsmomente" und „Durchwobenes". Außerdem beteiligte sie sich an zahlreichen Anthologien. Sie schreibt Reiseberichte, Briefe, Kurzgeschichten, Theaterstücke, Gedichte und Reime. Mitglied: ZSV Zürcher Schriftsteller-/Innen Verband, Forum Schaffhauser Autoren, Singener Schreibwerkstatt, Autorinnen und Autoren in Baden Württemberg. Internet: http://filigrane-literatur.privat.t-online.de

Margit Stein ist Professorin für Erziehungswissenschaften an der Universität in Vechta. Neben vielfältigen wissenschaftlichen Publikationen schreibt sie seit 2014 auch Belletristisches und hat mehrere Erzählungen im Rahmen des Literaturpodiums veröffentlicht sowie zwei Satirebände im Berliner Hirnkostverlag. Für ihre Satire zum Thema des vermeintlichen Ökoterrorismus erhielt sie auf der Leipziger Buchmesse den Klimazukünftepreis.

Heike Streithoff wurde am 1966 in Plauen im sächsischen Vogtland geboren. Nach ihrer Ausbürgerung 1989 aus der DDR lebte sie in Eschenlohe, Oberbayern. 1990 siedelte sie nach München in die bayerische Landeshauptstadt über. Sie ist Medienfachwirtin und PR-Beraterin. Seit 2006 schreibt die Autorin Gedichte und Erzählungen.

Ulrike Teepe ist gebürtige Osnabrückerin, Jahrgang 1964. Als sie sechs Jahre alt war, zog die Familie nach Luxemburg, wo sie die Europa-Schule besuchte und mit Ballett begann. Die erworbenen Sprachkenntnisse erlaubten es Ulrike nach dem Abitur, vom Germanistik Studium in Tübingen in eine klassische Tanz- und Schauspielausbildung nach Frankreich zu wechseln. Danach zog es sie für acht Jahre nach Berlin, wo sie an verschiedenen Bühnen engagiert war. Seit 25 Jahren lebt Ulrike in Osnabrück und ist freischaffend als Tanz-, Theaterpädagogin, Sprachcoach und Chansonsängerin tätig. 2024 erschien ihr Buch „Die Wildnis vor der eigenen Haustür. Wahre Geschichten aus einer besonderen Zeit". Webseite: ulrike-teepe.de

Helga Thomas, geboren 1943 in Berlin, verbrachte ihre Kindheit in Ostberlin, ihre Jugend in Bremen, studierte Slavistik und Nordistik in Göttingen, Saarbrücken und Sofia. Nach Promotion und Assistentenzeit an der Universität Saarbrücken, wurde sie in einer Zusatzausbildung am C. G. Jung-Insitut Zürich zur Psychoanalytikerin ausgebildet. Von 1976 bis 2023 war sie in ihrer psychotherapeutischen Praxis in Lörrach tätig. Sie hat zwei Kinder und inzwischen vier Enkelkinder. Sie schreibt seit ihrem zwölften Lebensjahr (Lyrik, Prosa, Aphorismen). Sie erhielt zwei Literaturpreise, vom BDSÄ (Bund deutscher Schriftstellerärzte) 2008 und von der IGdA (Interessengemeinschaft deutschsprachiger Autoren) 2013. Sie hat diverse Bücher veröffentlich, auch zweisprachig bulgarisch-deutsch. Seit 2003 bis zur Pandemie hat sie regelmässig in Bulgarien am Aufbau einer Psychotherapie-Ausbildung mitgearbeitet.

Lina Wagner, geboren 1980 in Bukarest. Studium der Betriebswirtschaftslehre. Sie wohnt in der Rheinmetropole Köln und arbeitet in der Verwaltung der Stadt. 2023 veröffentlichte sie unter diesem Pseudonym ihre ersten Kurzgeschichten u.a. im Kriminalband „Der Mörder im Bahnhofscafé" und dem „#kkl – Kunst, Kultur und Literatur-Magazin".

Cleo A. Wiertz, geboren 1954 in Baumholder (Rheinland-Pfalz). Diplom-Psychologin. Tätigkeit als Fabrikarbeiterin, Büroangestellte, Psychotherapeutin, Beraterin, Pädagogin, Supervisorin, Klinische Psychologin, freie Autorin. Als Schriftstellerin und Bildende Künstlerin aktiv seit 1970. Diverse Ausstellungen von Bildern, Werkstücken und Fotografien. Publikation von Fachtexten, populärwissenschaftlichen Darstellungen, Essays, Kurzgeschichten, Gedichten. Lebt mit ihrem Mann in Lalaye (Elsass) und Clermont l'Hérault (Südfrankreich).
www.cleo-wiertz-textures.com

Nie wieder Martini

Erzählungen

Petra Dobrovolny-Mühlenbach, Werner Hetzschold, Heidi Axel u.v.a.

444 Seiten, 2021

Reiseabenteuer in die Tschechoslowakei bei winterlicher Wetterlage sind zu bestehen. Die Schwächen einer Denunziantin kommen ans Tageslicht. Hessische Ringelstöcke haben sich als ganz alte Relikte noch bei Deutschen in Russland erhalten. An der Küste Floridas wird flaniert, aber auch dort gibt es Regentage. Eine Liebesgeschichte beginnt in einem Wettbüro mit allerlei misslichen Hindernissen. Im Dialog mit einer Gästeführerin kommen die Lebenserfahrungen und Weltbilder der älteren Generation zur Sprache. Von den Corona-Geschehnissen aus dem Blickwinkel der Schweiz berichtet ausführlich ein Tagebuch. Schabernack aus studentischen Zeiten wird erinnert.

Inhalt: www.literaturpodium.de
Bestellung: wettbewerb@literaturpodium.de

Die dritte Patrone

Kriminalerzählungen

Kerstin Werner, Susanne Schwertfeger, Gisela Seekamp, Klaus J. Rothbarth

456 Seiten, Dorante Edition, 2023

Bei einem Sturm landen Schiffbrüchige in einem Boot an der Ostseeküste. Eine sonderbare Münze aus Sowjetzeiten gibt Rätsel auf. Aus einem tauenden Gletscher wird eine Leiche geborgen. Was ist damals geschehen und wird sich das Geheimnis der dritten Patrone enthüllen? Auf sehr speziellen Baupfusch und mysteriöse Netzwerke stößt eine Kriminalerzählung aus der arabischen Welt. Eine junge Frau sprüht Symbole für die Klimarettung auf eine Hauswand. Sie wird von Blaulicht überrascht, kann sie den Polizisten entkommen? Die Herero und die Schlacht am Waterberg rücken in den Blick, die Verbrechen der deutschen Schutztruppen in Namibia. Von einem Schuljungen und seinem Schicksal berichten Fragmente aus seinem Leben, nichts schützt ihn vor der drohenden Gefahr. Einem Flugzeugabsturz folgt ein strapaziöser Trip durch den Urwald, kriminelle Gestalten waren mit an Bord. Ein Baby, ausgesetzt auf einer Parkbank, wird von der Mutter wieder zurückgeholt. Die Kette ihrer Missgeschicke und Fehlentscheidungen legt die Autorin offen. Der Band enthält auch einige Kriminalgedichte.

Die japanische Freundin

Erzählungen

Sylvia M. Hofmann, Petra M. Dobrovolny-Mühlenbach, Erwin Macher

420 Seiten, Dorante Edition, 2023

Von einem Erdbeben in New York wird man erfahren, wie geöffnete Fenster anfangen zu klappern. Eine scheinbare japanische Freundin führt zu opulenten Spekulationen. Harte Konflikte aus dem Lehreralltag finden sich im Band. Erfahrungen aus der Schweizer Bergwelt halten Tagebuchaufzeichnungen fest. Ein spöttischer Einwurf skizziert, wie man den Gürtel enger schnallen kann. Fische, denen einige Zeit das Wasser fehlte, lassen sich überraschenderweise retten. Ein Pfeil trifft den jungen Widersacher, wie konnte es dazu kommen? Aprilscherze aus der Kindheit werden erinnert, ein Hase aus der Nachbarschaft verschwindet. In die besondere Welt einer Werkstatt kann man sich einweisen lassen, heilige Räume. Ein Gespräch bei einer Kneipentour; leicht hätte es in einer Affäre enden können.

Brücken ins Land

Erzählungen

Sabine Naumann, Marko Ferst, Elisabeth Gehring, Fritz Leverenz, Peter Lechler u.v.a.

Mit den besten Erzählungen, die zwischen
2012 und 2021 bei Literaturpodium eingereicht wurden

376 Seiten, 2021

Von einer Hochzeit in den Jurten der mongolischen Steppe, grandiosen Landschaften wird erzählt. Ein Ausflug auf dem Dromedar in Saharadünen endet in den Fängen von Ganoven. Der Band enthält zahlreiche spannende Liebeserzählungen. Vom Schicksal eines Lehrers berichtet ein Beitrag, seine Frau kehrt von einem Kongress im Ausland nicht zurück in die DDR. Der Krieg in Syrien unterbricht das musikalische Üben eines Jungen, in Deutschland bekommt er eine neue Geige. Wie ein Kind in Brokdorf hineinwächst in die Anti-AKW-Bewegung, zeigt eine Autorin, bis hin wie die Polizei illegal Menschen einkesselt in späterer Zeit. Ein Gericht in Chile soll einen Brand klären, ein Lager mit Biberfallen fackelte ab. Ein Fliegermord soll aufgeklärt werden. Eine junge Frau, zur russischen Kommandantur beordert, gelangt unschuldig in ein Speziallager bei Berlin. Beim Schlachtefest kommt die Sache mit dem Schwein zur Sprache, das nach fruchtiger Kost ausnüchtern mußte.

Tanz im Zwielicht

Erzählungen

Heidi Axel, Petra M. Dobrovolny-Mühlenbach, Beatrix Jacob, Werner Hetzschold u.v.a.

420 Seiten, 2022

Ein cleveres Diebinnenduo wird bei seinen Raubzügen begleitet. Wie weit gehen die beiden Frauen? Werden sie am Ende überführt oder gelingt es ihnen sich aus der Affäre zu ziehen? Onkel Willibalds exotische Geschenke kommen zur Sprache. In einer kurzen Erzählung geht es um Rumba und eine Tanzgruppe. Lassen Sie sich berichten, wie man nachts ein Telegramm aufgibt. Von einem fernen, unbekannten Vater, der in Westdeutschland lebt, kann man erfahren. Der Sohn selbst wohnt in der DDR. Ein Tagebuch aus der Schweiz erzählt über Lebenswege und die Erfahrungen der Coronazeit im Jahr 2021, aber auch Bergwanderungen und musikalische Auftritte. Sichtbar werden die psychologischen Bruchlinien zwischen Geimpften und Ungeimpften. Am Ende findet man sich auf einer Demonstration gegen die schweizerischen Maßnahmen wieder. Der Leser ist gefordert sich dem zu stellen, mit seinem Weltbild abzugleichen. Welche Konflikte zwischen Lehrern entstehen können, die Flüchtlinge in deutscher Sprache unterrichten, wird aufgezeigt. Ein literarischer Spaziergang durch die Mark Brandenburg und Fontanes Leben ist zu finden.

Leseproben, Inhaltsverzeichnis: www.literaturpodium.de

Wege zur ökologischen Zeitenwende

Reformalternativen und Visionen für ein zukunftsfähiges Kultursystem

Franz Alt Rudolf Bahro Marko Ferst

340 Seiten, Leseproben: www.umweltdebatte.de

Die ökologische Krise droht der menschlichen Zivilisation eine Richtstatt zu bereiten. Würden wir sämtliche Energie, die wir nicht einsparen können, über Solartechnik, Wasserkraft, Windkraft und aus Biomasse gewinnen, hätten wir schon ein gutes Stück Zukunft gesichert. Mit einer globalisierten Wettbewerbsökonomie, die auf permanentem Wachstum fußt und einen Pol auf Kosten des anderen Pols entwickelt, wird die Todesspirale nicht aufzuhalten sein. Gerechte gesellschaftliche Verhältnisse im globalen Maßstab sind nötig. Der erforderliche ökologisch-soziale Strukturwandel müßte umfassender sein als alle vorhergehenden Umwälzungen und Reformen in der Menschheitsgeschichte. Die eigentliche Chance für eine ökologische Rettungspolitik erwächst aus dem geistigen Lebensniveau der Gesellschaften. Jede Veränderung beginnt im Menschen, hat dort ihren Vorlauf. Wir brauchen ein ökologisches Kultursystem, das auf Herz und Geist gebaut ist.

Bestellung: marko@ferst.de
(neuwertige Remissionsexemplare für 19,90 inkl. dt. Porto direkt beim Autor)